东归英雄传

DONGGUIYINGXIONGZHUAN

姜兆文 著

内蒙古文化出版社

图书在版编目(CIP)数据

东归英雄传 / 姜兆文著. - 呼伦贝尔:内蒙古文化出版社, 2018.5
ISBN 978-7-5521-1469-0

Ⅰ.①东… Ⅱ.①姜… Ⅲ.①长篇小说-中国-当代 Ⅳ.①I247.5

中国版本图书馆 CIP 数据核字(2018)第 100690 号

东归英雄传
姜兆文 著

责任编辑	白鹭 丁永才
出版发行	内蒙古文化出版社
	(呼伦贝尔市海拉尔区河东新春街4付3号)
印刷装订	三河市华东印刷有限公司
开　本	710 毫米×1000 毫米　1/16
印　张	30.25
字　数	465 千字
版　次	2018 年 5 月第 1 版
印　次	2020 年 5 月第 2 次印刷

ISBN 978-7-5521-1469-0
定价:75.00元

写 在 前 面

我早就渴望出个全集,对写作生涯作个总结。但又知道,我此生只从事长篇小说创作,全集只能是长篇小说的汇总。这在小说界虽说未必绝无仅有,毕竟少之又少。但内蒙古文化出版社丁永才编审告知,决定给我出全集,这令我喜出望外。

原以为这事很简单,但干起来却很不简单。特别是重新排版后的校对,既繁重,又需细心和耐力。结果,我的家人(妻子傅玉玲、儿子姜眘、儿媳胡小丹、女儿姜睿、女婿苏舟、孙女姜思齐、外孙女苏乔)都加入到这项单调乏味和令人生厌的工作中。特别要提到的是我的儿子姜眘。他才华出众、为人厚道,操作电脑的水平出类拔萃。他的文字功底甚至在我之上。为了我的全集早日问世,他决然放弃了自己宏伟的写作计划。有时为了一个词、一个字的妥帖,不仅要看原书、原稿,甚至翻遍辞书。这使我的全集少了许多遗憾之处。有这样的好儿子,是上天对我的眷顾,我期望他陪我到终老。可是,上天却又在我感到我的儿子如此宝贵的时候,把他夺走了!竟让我这年近八旬的白发人哭送四十四岁的黑发人!呜呼哀哉!痛杀我也!痛杀我也!……

在我的全集付梓之际,我要感谢儿子为我做过的一切,愿他的在天之灵安息。

我还要再一次表达对内蒙古文化出版社和丁永才先生的诚挚的谢忱。没有他们的努力和心血,便不会有我这部全集作为厚礼送给爱子姜眘,送给朋友,送给世人!

姜兆文

2017 年 10 月 31 日于海拉尔

内 容 简 介

乾隆三十六年,出现了一个声震中俄两国的传奇式英雄——蒙古族土尔扈特汗王渥巴锡。由于不堪忍受叶卡特林娜女皇的征役和沙俄贵族的欺凌,他率领部众,驱赶驼马,从玛怒托海起程,连克俄国重兵防守的要塞和关隘,越过哈萨克草原,跋涉万余里,直抵新疆伊犁,完成了东归故国的大业。这部小说再现的就是这一可歌可泣的壮烈史实。

小说以东归大业的组织者和指挥者渥巴锡为主人公,描写了他在纷纭复杂的现实中气吞江海的器量、丰富复杂的内心世界、身先士卒的勇士风范、运筹帷幄的将帅才干。同时也为我们塑造了一群东归英雄的形象:老谋善断的舍楞、机变百出的策伯克多尔济、勇敢无畏的巴木巴尔、机智过人的神箭手阿斯楞、美丽明慧而勇于献身的安妮……他们的思想和行为充满了传奇色彩,使人敬仰和喜爱。

小说的情节亦以传奇性引人入胜:东归中阿斯楞、安妮兄妹徒手入虎穴,刺杀库拉金纳要塞司令拿不勒;驼兵攻下奥琴峡谷;渥巴锡单身赴会;哈萨克草原疲众胜强敌……波翻浪涌,使人目不暇接,惊叹不已。

主要人物表

渥 巴 锡：土尔扈特汗国汗王。
舍　　　楞：土尔扈特汗国重臣，渥巴锡远支叔父。
策伯克多尔济：土尔扈特汗国重臣，渥巴锡族侄。
巴 木 巴 尔：渥巴锡爱将，罗卜藏之子。
达 什 敦 杜 克：土尔扈特汗国元老重臣，渥巴锡叔父。
色 克 色 那：札木扬之子。
阿 斯 楞：渥巴锡爱将，神箭手。
安　　　妮：阿斯楞之妹，渥巴锡女常侍。
塔 莉 沙 娜：渥巴锡妻子。
莉　　　莎：鲁道夫之女，达尔罕恋人。
达 尔 罕：渥巴锡之弟。
萨　　　莱：渥巴锡之子，被俄国索去做人质。
托 布 信：渥巴锡爱将，通俄语。
罗 卜 藏：土尔扈特汗国重臣，不幸早死于札木扬之手。
查 合 布 彦：千夫长。
洛 桑 丹 增：喇嘛。
巴 兰 德：德国医生。
国　　　母：渥巴锡之母。
江基尔·巴图尔：原是归鸿驿站丁，后为一支两千人队伍首领。
特 里 根：归鸿驿站长。
札 木 扬：和硕特部首领，渥巴锡舅父。
道 迪 比：策伯克多尔济异母弟。

阿　沙　莱：道迪比之弟。
叶卡特林娜：俄国女皇。
卡辛斯科依：俄国驻土尔扈特汗国大使。
贝　格　托　夫：阿斯特拉罕总督。
拿　不　勒：库拉金纳要塞司令。
果　利　津：俄国与土耳其战争时俄军统帅。
特　鲁　本　堡：奥伦堡总督。
加　米　尼　契：哥萨克中尉。
鲁　道　夫：俄国盐商，间细。
努　尔　阿　里：哈萨克小帐首领。
阿布赉苏丹：哈萨克大帐首领。

1

公元一千七百六十八年,炎热而干旱的五月的最后一天,在从卡马河①南岸一直向南延伸的滚烫的驿路上,出现了一对奇怪的旅伴。牵着马缰走在前面的是一个瘦骨嶙峋的皤然老翁,马背上驮着的却是一位风流俏丽的妙龄女郎。从少女的略高的颧骨、小巧的鼻子、乌黑的双眸以及稳坐雕鞍的优雅姿态,一眼可以看出是个土尔扈特蒙古族的姑娘,而且出身一定很高贵。至于那个长者,则肯定是俄罗斯人,他那蓬松的卷曲的长发、粗糙而多皱纹的脸皮、佝偻的身躯和举首投足的轻快恭谨,无不在显示他生来即注定的奴仆身份。

"米哈依老爹,前面是什么地方?你为什么在如此接近它的时候,要牵转我的马头呢?"当女郎发现米哈依要让坐骑离开驿路踏上茫茫荒野时,操着熟练的俄罗斯语,这样问道。

米哈依停下脚步,依然垂着头回答道:"安妮姑娘,那塔顶林立、烟雾缭绕的所在,是远近闻名的奥伦堡②城。我到过那里。是个比喀山更繁华的地方。繁华的都市常常是罪恶的渊薮,而我们女主人给我的职责是保证你旅途的安全。"

"那么说,你是打算让我们的旅程远离闹市了?"

"是的,姑娘。特别是眼前。"

"可是,你为什么总是让我躲开人群?如果只是在阒无人迹的旷野游荡,那么,我们的旅行还有什么意义呢?"

"我明白你的意思,安妮姑娘。我们可敬的女主人对我讲,你要去寻找失散七八年的父兄。"

"既然你记得善良高贵的女主人的旨意,那就应该使我们走出的每一步都具有达到目的的可能。"

---

① 额济勒(今称伏尔加)河中游上的一个支流。
② 雅依克(今称乌拉尔)河中游的重要城市。

"姑娘,你在喀山①时,和女主人形影不离,足不出户。虽然不能说你少不更事,但总是不晓得世事的险恶。再说,你的父兄是在叛逃的途中被掳获的。我是奴仆,但毕竟是俄罗斯人,知道对那些被免死的黑蛮——唔,对不起,我是说加尔梅克②人——如何处置。女人中有姿色的,被带进武功卓著者的深宅大院,为仆为妾;男人都被卖给商人做脚夫或卖给庄园主到荒郊草野放牧牛羊和骆驼……"

"米哈依老爷,你说我们是叛逃,可实在不对。我们是想回到祖先生活过的地方。除此之外,你说的都很有道理。你的话又勾起了我差不多快忘怀了的伤心事。可是,你要知道,我们虽然走的是同一条路,心情却是多么不同。你是想以对我的保护来表达对女主人的忠诚;而我却要不避风险地仔细观察遇到的每一个人,在他们身上寻找父兄的影子。所以,我们还是向你所说的繁华的奥伦堡走去吧。"

"姑娘,我本应该服从你的每一句话,但是,我知道你为什么获得女主人如此的恩典,那是因为你貌美如花,老将军想娶你为妾,女主人才偷偷放走你。而女人长得美,恰恰是灾祸的根苗。姑娘你想,偌大的奥伦堡城,游手好闲的好色之徒不会少,而且我听说,那里的神父、阿訇和新近进驻的骠骑兵和哥萨克,都喜欢美貌的女人……"

安妮姑娘骄傲而矜持地笑了一下说:"我的确长了一张讨人喜欢的脸蛋。你刚才说,老将军想娶我为妾,那是不确切的。有一天,老头子抱住了我,要亲我的嘴。我挣脱了出来,惹恼了他。我怕有更大的祸事降临,便跑到女主人那里说:'高贵的主母,我的好夫人呀!放我走吧。老头子要真娶了我,对您的宠幸就会抛得一干二净。那我就对不起夫人给我的恩惠了。'女主人这才放走了我,还搭上你这个老仆人。——可是,米哈依老爷,经过这么远的跋涉,我还会像以前那样讨人喜欢吗?我想,我一定憔悴了,不那么鲜艳了。你看看我的脸,是不是不那么漂亮了?"

米哈依把头俯得更低,十分惶悚地说:"姑娘!我……怎么敢在女主人面前抬起头呢?这是拿不勒将军家族的规矩……"

"你的将军规矩真多!可是拿不勒将军却常常死盯着我看个没完。"

---

① 额济勒河中游的重要城市。
② 即土尔扈特蒙古人。

"他是将军,我是仆人。姑娘,这是不同的。"

"可我也是奴仆呀!"

"你现在是我的主人。"

"对你真没办法。那好吧,我自己看。"安妮说着,从褡裢里摸出一个带有手柄的十分精致的镜子。当她渐渐看清镜子里的形象时,连自己也吓了一跳,接着,她扑哧一声笑了。她放好镜子,跳下马来,站在米哈依面前,"米哈依老爹,你抬起头吧。那个会招灾揽祸的安妮不在了!"

米哈依吃惊地后退一步说:"不要开……开玩笑!"

"真的,米哈依老爹。你呀!我命令你看看我。"安妮说着,扯住米哈依的两只耳朵,硬是把那越垂越低的头拉了起来。

米哈依疼得"哎哟"叫起来,不得不对安妮撩了撩眼皮,他也一下子惊呆了。

"这是你吗?安妮!"

"当然是我,老爹。男人见到准会吓跑的。"安妮咯咯笑了一阵,"你想想,多少天了?我们不停地走啊,走,渴了喝河水,困了睡草地。炎炎烈日烤得我们汗流满面,道路尘土飞扬,脸上的脂粉早冲光了,只剩下了灰尘。你也一样啊,米哈依老爹!"

米哈依叹口气,无奈地说:"那好吧。但你千万不要洗脸。"

"那还用说。请你上马。"

"我?你发疯了!"

"一点儿也没疯。从现在开始,你我以父女相称。你要常常看着我,表示父亲对女儿的关心。另外,我们到奥伦堡再买一匹马,两个人都骑马走路,就快多了。"

"我们当奴仆的从来就是牵马而不骑马。可是你说两个人都骑马,马要跑起来,你能行吗?"

"看样子,你没到过玛怒托海?"

"确实没有。我出生在将军的马棚里,除了到过奥伦堡外,从未出过更远的门。"

"可在我们家乡,会走路的孩子就会骑马。我五岁时,就和渥巴锡赛过马,他还夸我骑得好呢。当然,总是他赢。"

"渥巴锡?你的哥哥吗?"

"天哪,我怎么会有那么高贵的哥哥!你知道阿玉琦汗吗?"

"知道。听说他是个非常可怕的黑……唔,加尔梅克人。曾带领人马和巴什基尔人一起,攻陷过奔萨斯卡亚和坦波夫斯亚,把俄罗斯人打得好苦呢!"

"你们俄罗斯人是该那样惩罚的。敦罗布喇什呢,也听说过吧?"

"也听说过,是你们的一位汗王。对吗?"

"对,是我们的一位汗王。渥巴锡就是他的儿子,七年前继承了汗位。"

"你……很喜欢渥巴锡?"

"嗯,很喜欢。"

"那你们为什么要离开他?"

"唉!"安妮悲哀地叹口气,"都怪爸爸。他说,指望十几岁的渥巴锡汗把整个部族带回到肥沃而安宁的天山牧场,是办不到的。他毁掉了忠于汗王的誓约,带领鄂拓克①的男女老幼,离开了玛怒托海。结果,我们刚刚渡过雅依克河②,就遭到拿不勒将军的龙骑兵的围攻。老人和孩子都被砍死扔在河里,只留下还能做奴仆的人……"

"你的话使我想象得出,你的家族遭到的不幸。那一定是惊心动魄和惨不忍睹的吧?"

"是啊,现在回想起来,我还会感到惊骇和忍不住掉泪呢。"

"要是这样,我真不该问。姑娘也不要再想它了。"

"办不到啊,好心的老阿爸。我也想忘掉,但并非一切往事都是可以忘掉的。那段经历已深深印在心上了。我那时还小,才十四五岁,还不知道什么叫悲痛。要是现在让我再目睹那悲惨的场面,我会哭得昏过去的……"

"会的,姑娘,会的。"米哈依说道。他看到安妮的眼里涌动着泪花,自己也忍不住抽咽了一下,他不愿再让安妮陷入更深的痛苦,便引开了话题,"安妮姑娘,我们是歇息一会儿,还是继续赶路呢?"

安妮抬头看了看头顶的烈日,同时平复了一下悲痛的情绪,抹了一把眼泪说:"这该死的热天,快把人烤干了。……你真不上马吗?"

"姑娘,在第二匹马买到以前,我只能步行。"

---

① 有固定牧地的游牧单位,部众称爱马克,首领称爱马克长。
② 乌拉尔河的旧称。

"也好,我们一边慢慢走,一边说话吧。"

当这一老一少继续起他们的旅程后,米哈依问道:"你是想回去找渥巴锡吗?"

"那还用说?土尔扈特部众是不能没有汗王的。"

"你不是要寻找爸爸和哥哥吗?"

"是的。我要先找到他们。劝他们仍旧回到渥巴锡身边。"

过了一会儿,米哈依又问道:"渥巴锡会娶你的,对吗?"

"只要他肯……唉,我大概不会有这个运气了。我背叛过他。……再说,他娶了妻子,听说又聪明又美丽……好了,米哈依老阿爸,到了城门口了,不说这些了。——唔,你看他!"

安妮突然停下脚步,伫立着,久久地注视着从眼前飞驰而过的一辆马车。马车上载着一具肥胖的僵尸。

"怎么了,安妮?"

"啊,那个赶车的多像我哥哥!"

米哈依同情地摇摇头说:"安妮姑娘,哪有这么巧?你是想哥哥想疯了,使他的影子附上了所有年轻人的身体……"

"说得对呀,米哈依老阿爸。我们走吧。——唔,天哪!这里的人这么多,把每个人看一眼,也要看一个月吧?"

"两个月怕也看不完呢。"

……

奥伦堡的确繁华。

这座城市的第一批房舍始建于何时,历史上没有明确记载。但人们都知道,在叶卡特林娜二世的"光辉朝代",它作为新建的辽阔而富庶的奥伦堡省的省会,正处于它的鼎盛时期。它这时的人口,如果算上近郊从事稼穑和放牧的哥萨克人、巴什基尔人以及皈依东正教的加尔梅克人,不会少于十万。在这座城市里,通行四种语言,往来客商感到十分方便,都愿意到这里来碰碰运气。旅馆、店铺、妓院也应运而生,一天比一天兴旺,把市面点缀得丰富多彩。基督教堂的直插蓝天的塔顶和石头马路两侧金碧辉煌的贵族邸宅,更为这座新兴城市增色不少。

但是,对于满面灰尘的安妮和米哈依来说,走在熙来攘往的人群中,耳听叫卖之声,目接旗幡招牌,却产生一种巨大的压抑之感,觉得眼花缭乱,什么也看不清,心里憋闷得仿佛要爆裂开来,盼望着立即拔腿逃出城去。

"我们走吧,老阿爸。我简直要发疯了!"

"我也是啊,安妮。我早说过不该来的。"

"都怪我,都怪我。我真希望周围这些人都是幻化出来的,快些消失吧!——咦?你怎么了,老阿爸。你好像很惊慌?"

米哈依压低声音说道:"安妮,你看到那座两旁站有卫兵的大铁门了吗?"

"看到了。"

"看到大门里面的甬道上……"

"那里有两辆马车。那又怎样?"

"马车的后面呢?"

"后面?是一座很高很大的楼房啊。"

"对。那是奥伦堡总督的府邸。肯定是的。我到过这里,不会记错的。我听说,我们的主人拿不勒将军正是到这里来,准备和总督大人一起去彼得堡,参加女皇登极六周年庆典的。"

大惊失色的安妮喊道:"天哪!你还有闲心给我讲这些。"说着,一把拉住米哈依,掉转头来,"快走!"

2

当安妮和米哈依顺着来路直奔城外的时候,在总督府邸二楼客厅的门口,正有四个大人物走出来。这四个人,由于各自的毋庸置疑的辉煌政绩和赫赫军功,在俄罗斯帝国都享有盛誉。他们是奥伦堡总督莱英斯多尔普伯爵、阿斯特拉罕总督贝格托夫伯爵、俄罗斯驻土尔扈特汗国大使卡辛斯科依少校以及喀山驻防军副司令拿不勒将军。

还是在年初,他们曾会聚在阿斯特拉罕,共同商讨如何加强"南部防线"。那时他们约定,五月底在奥伦堡会齐,结伴去彼得堡,参加叶卡特林娜二世登基六周年庆典。现在,马车已停在楼门前的甬道上,扈从人员也已集合完毕,主人说启程时间已到,他们便走出客厅,踏上长廊的红色地毯了。

贝格托夫和卡辛斯科依边走边谈着,显然谁也不想停止在客厅里的唇枪舌战。对这两个人的争论,拿不勒将军丝毫不感兴趣,脸上是一副冷漠的样子,而莱英斯多尔普伯爵却异常关注。

"伯爵大人,"卡辛斯科依轻蔑地看着贝格托夫宽阔多肉的后背说道,"我总不能用这样或那样的'据说',就做出加尔梅克人要叛逃的结论。"

"大使阁下,"走在前面的贝格托夫头也不回地说道,"我用'据说'这个词儿,是希望您自己找到事实去肯定它,这要比我这个如您所说的不相干的人去证实它好得多。"

"伯爵大人所说的事实,是不存在的。"

"是吗?"贝格托夫侧过肥胖的头问道。

对贝格托夫像取笑白痴的语气和戏谑晚辈的眼神,卡辛斯科依感到很恼火,他不出声地冷笑一下,说道:"伯爵大人一定又要援引札木扬的密告信了。对吗?"

"那么,阁下也一定还要说札木扬的密告信都是胡编乱造的无稽之谈了?"

"是的,伯爵,我还要这样说。"

"您是过分自信了,大使阁下。"

"我了解札木扬,就像我了解渥巴锡一样。"

"当然,当然。我不否认这一点。札木扬不是个正人君子,对渥巴锡怀有私仇,有夺取汗位的野心,这都是尽人皆知的。"

"既然如此……"

"我还没有说完,阁下。我们姑且假定札木扬是无中生有。但是,他想搞垮自己的妻侄兼外甥①,完全可以虚构别的内容,而不至给自己留下后患。比如,他可以说渥巴锡不准部众学习俄语,不准部众接受东正教洗礼,等等。"

"伯爵大人,您大概忘了,这两条法令可不是渥巴锡这一代人制定的。"

"我没有忘,阁下。这在渥巴锡祖父在位时,已经是两条不成文的法令了。可是,眼下在汗国,这两条法令依然生效。"

"我们迟早要强令汗国取消这两条法令的。但这需要一个合适的时机。"

---

① 札木扬和渥巴锡的父亲,是易妹而嫁的联姻。

"非常正确,阁下。女皇陛下在两年前确实说过这样的话。"

"所以,用这两条早就存在的法令去指控渥巴锡,是毫无意义的。他必须虚构耸人听闻和能引起女皇震怒的情节。"

"您只看到了问题的一个方面,阁下。您还应该从另一个方面去分析。那就是,密告者考虑的不仅是置对方于死地,而且要保证自己至少是安全的。'企图背叛女皇,率众东逃',这的确耸人听闻和容易激起女皇陛下的震怒。但札木扬不是个傻瓜,他在密告信上这样写的时候,首先会想到,对如此严重的事情,女皇肯定派人查核,一旦证明他是诬陷,女皇的震怒会双倍地落在他自己头上。但是,如果他在密告信中写道:'在汗国有成千上万的人强烈要求学习俄语和皈依东正教,而渥巴锡却坚持不取消这两条法令。'那么会产生怎样的效力呢?女皇陛下肯定不会允许渥巴锡继续留在汗位上,因为正是这个狂妄的年轻人,阻拦着加尔梅克人投向女皇陛下的怀抱。请问,这不是可以达到同样目的,又不给自己造成任何麻烦吗?札木扬为什么冒险虚构'东逃伊犁'的情节呢?"

"札木扬不择手段,不计后果。这就叫利令智昏!"

这时,他们已经走下门厅前的台阶,到了马车跟前了,贝格托夫停下脚步,讥笑而又怜悯地盯着卡辛斯科依,轻叹了一声说道:"阁下,您的自以为是真令人吃惊。"

卡辛斯科依针锋相对地说道:"伯爵大人,您对汗国的事务的浓厚兴趣,仍然不减当年①,这才令人惊诧莫名。"

站在旁边的莱英斯多尔普,不怀好意地看着卡辛斯科依,似乎想说几句训诫的话,但略一思忖,又打消了这个念头。他紧闭着嘴,轻轻摇了摇头。然后对浑身透发着慵懒气的拿不勒说道:"将军,这两位谈兴正浓,谈锋未钝,是不会轻易罢休的。就让他们坐在一辆车里,一路吵到彼得堡吧。来吧,您和我坐第一辆车,请——"

拿不勒抬起昏倦的眼睛,看了一眼天上的骄阳,所答非所问地嘟囔道:"该死的太阳,,能烤死人的。"说完,缓慢地挪动着大腹便便的肉块,向第一辆马车走去。

"天气真是热得出奇。"莱英斯多尔普边走边附和道,"不过,多想点愉快

---

① 在卡辛斯科依之前,贝格托夫曾一度兼管土尔扈特汗国的事务。

的事,就可以心清气爽了。——唔,对了,还是来谈谈你那个加尔梅克小姐吧。"

"加尔梅克小姐?"拿不勒诧异地挑动了一下厚眼皮,似乎来了几分精神。

"就是那个叫安妮的姑娘啊。"

"安妮……您怎么知道她?"

"唔,天哪!您可真健忘。昨天晚上您自己说的啊。"

"我?昨天晚上?我昨天晚上谈到加尔梅克小姐……安妮了?"他好像自言自语地说着,渐渐回忆起昨天晚上酒后的失态了。

"将军,那个小姐一定非常可爱吧?"

"可爱?"拿不勒神往地向远处瞄了一眼,不清不楚地说道,"鬼知道她有多可爱!"

"您好像还没有成功?"

拿不勒可怜巴巴地苦笑了一下,然后摇了摇头,叹气道,"唉,身边摆着个妒妇,实在是男人的不幸。"

莱英斯多尔普忍不住哈哈大笑起来,他一边摆手示意那些扈从人员可以上马,一边在笑声中掺进一句别人无法听清的话。

在另一辆马车旁,贝格托夫和卡辛斯科依的舌战,曾被莱英斯多尔普的笑声打断了一会儿,这短短的第二回合也就宣告结束。但是,更加激烈的第三回合,由于贝格托夫的挑战,又马上开始了。

"阁下,您几次说我这个老头子不该干预汗国的事务。我有时也讨厌自己的多事。何必呢,各人自扫门前雪好了。那样,您我之间就会相安无事。但是,我们都是女皇陛下的奴仆,维护国家利益是我们共同的义务。如果我眼看着由于阁下的疏忽……"

"等一等,伯爵!您是不是在说,我对土尔扈特汗国监护不力,出现了可能给女皇陛下带来麻烦、给俄国造成损失的什么疏忽?"

"说得很对,阁下。"

"您当然希望出现这样的局面。"

"恰恰相反,阁下。我现在提醒您,正是因为我不希望在汗国闹出乱子时使阁下陷入困境。"

"对伯爵大人的盛意,在下真应该说一句'感荷殊甚'!可是,遗憾的是,我直到目前,还没有可供伯爵大人利用的'疏忽'。"

"大使阁下!……"

"算了吧,伯爵大人。我们的争论是没有意义的。"

"总有一天,您要后悔不迭的!"

"不会的,伯爵大人。汗国会永远风平浪静。"

"风暴常常是在平静之中陡然而起。"

"汗国的平静只能说明土尔扈特部众的驯服。我了解渥巴锡,他既不像他的祖父有敢于同俄国人作对的胆量,也不像他的父亲对什么'东归祖邦'念念不忘。是的,这个二十几岁的汗王,对女皇陛下的恩宠感激涕零,对自己的地位志得意满,除了游山玩水,对其他的一切都没有兴趣,正所谓'乐不思蜀'。"

"能装出胸无大志和俯首帖耳样儿的人,要比那些狂喊乱叫和赤膊上阵的蠢货可怕百倍。"

"这是毫无根据的,伯爵大人。对我的结论,舍楞和策伯克多尔济也能作出证明。难道您对这两个人的话也不相信吗?"

"当然,我不能怀疑女皇陛下信赖的人。但是,有谁能保证,他们就不能被表面现象迷惑呢?"

"伯爵大人把渥巴锡估计得太高了!"

"这总比粗心大意好得多。"

"我倒以为这正好应了中国一句古话:天下本无事,庸人自扰之。"

"就算我庸人自扰,那么,再请教阁下,您对罗卜藏的失踪怎么理解呢?"

"罗卜藏?"卡辛斯科依问道,惊讶地挑了挑眉毛,但紧接着流露出不屑的神情,戏谑地笑了起来,"唔,天哪!活人还不够大人消遣的吗?"

贝格托夫刚想说话,却听到从第一辆马车传来不耐烦的喊声:"喂!你们这两位不知疲倦的怪人,想站在车门口吵到太阳落山吗?"他看着将头探出车窗的莱英斯多尔普,深表歉意地俯了俯身,然后对卡辛斯科依说道:"我们确实该上车了。请吧,阁下。"

卡辛斯科依说道:"也许让我和拿不勒将军对调一下更合适一些。"

"那又何必呢?再说,同拿不勒将军同乘一辆车,我会打不起精神的。"贝格托夫说着,先自坐进车厢。

卡辛斯科依耸了耸肩膀,不太情愿地踏入车门。

马车缓缓启动以后,似乎不愿草草收兵的贝格托夫意味深长地斜睨了一眼心不在焉的卡辛斯科依,便又展开了新的攻势。他问道:"大使阁下,您确信罗卜藏已不在人世了吗?"

卡辛斯科依没有回答,却没好气地整理了一下坐垫,然后微闭双目,舒舒服服地仰在柔软的靠背上了。

贝格托夫冷然一笑,缓缓说道:"您一定在心里说:'瞧,这个讨厌的老头子,又在无事生非地虚构故事了!'的确,谁会相信,在虎狼成群的密林里失踪的人,半年后竟奇迹般地出现在千里以外的地方!"

卡辛斯科依撇撇嘴唇说道:"您在讲神话,伯爵大人。"

"的确像神话,但绝不是神话。而且,阁下是应该睁大眼睛仔细听听的。"

卡辛斯科依真的撩开了眼皮,但眼里流露出的不是惊讶和好奇,而是嘲弄和厌烦。他看着煞有介事的贝格托夫,语气冰冷地说道:"真遗憾,伯爵大人。我对起死回生的故事并不感兴趣。"

"您会感兴趣的,阁下。如果我告诉您,罗卜藏不仅没有死过,而且没有失踪过,那么,您还要说不感兴趣吗?"

"这是不可能的。罗卜藏是在打猎时失踪的,渥巴锡手下人一直在搜索他的残骸以便安葬。这在汗国有哪一个不知道呢?"

"可是,阁下为什么不想一想,一位在汗国举足轻重的人物,在危机四伏的密林里打猎,他的随从怎敢须臾离开左右呢?"

"这有什么奇怪?加尔梅克人就是这样的脾性,连渥巴锡也常常独自一人行猎嘛。"

贝格托夫惊讶地挑了挑眉毛,问道:"竟有这样的事?"

"当然。"卡辛斯科依肯定地说,脸上的神情大有讥笑对方根本不了解加尔梅克人的意味。

贝格托夫沉思了一下说道:"看来白花我钱的人可不止一个。"

"您说什么?"

"唔,不说它!"贝格托夫掩饰着内心的恼怒,挥挥手,"阁下,就算您刚才说得对,我还想请问,既然人们都相信,罗卜藏已葬身虎口,为什么花费这么长的时间去寻找呢?十天半月还不见踪迹,就该举行葬礼了。"

"正如伯爵大人所说,罗卜藏是汗国举足轻重的人物,他的儿子巴木巴尔也是汗国的大臣嘛。这怎能草率从事呢？他们准是希望能找到罗卜藏的哪怕一点点遗物。"

"分析得合情合理。"

"您这是什么意思？"

贝格托夫笑了笑，慢条斯理地说道："正是渥巴锡看透了您，才敢大胆地设置了这么一个骗局。"

"我明白了，伯爵大人。您说来说去，无非想证明罗卜藏并没有死这样一个事实。"

"是这样，阁下。"贝格托夫紧紧盯着卡辛斯科依说道。

"而且，"卡辛斯科依紧接着说，"您又要说，罗卜藏的假失踪一定和渥巴锡的背叛阴谋有关。"

"是这样，阁下。"贝格托夫说着，肯定地点点头。

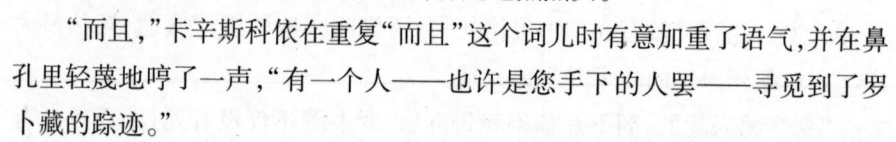

"而且，"卡辛斯科依在重复"而且"这个词儿时有意加重了语气，并在鼻孔里轻蔑地哼了一声，"有一个人——也许是您手下的人罢——寻觅到了罗卜藏的踪迹。"

"是偶然发现的，不是寻觅。阁下。"

"寻觅也好，偶然发现也好，总之，您是不会放过罗卜藏的，因为他是您拿来证明札木扬密告信的再好不过的人证。"

"是的。"

"那么，罗卜藏现在一定在您手中了？"

"本应如此。只是罗卜藏太狡猾，把我派出去的几个人都甩掉了。"

"这可太遗憾了！"

"实在是遗憾。这都怪我，派出去的人个个是窝囊废！"

卡辛斯科依闪动的眼光久久游动在贝格托夫悔恨交加的脸上，终于忍不住哈哈大笑起来，并在笑声中断断续续地迸出一句使贝格托夫更加恼火的话："我猜到，您一定会这样结束您的故事的！"

"您说……故事？"

"是的，伯爵大人。没有这样的结尾，您如何能自圆其说呀！"

"卡辛斯科依！"贝格托夫愤然道，"您真是个不开窍的人！"

"伯爵大人想叫我开什么窍呢？想叫我同您一样，在罗卜藏的幽灵身上大做文章吗？"

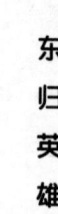

"听着,大使阁下。这不是开玩笑的事情。我是出于对俄国的责任感,才向您提供这条重要线索。我知道,我派出的人再找到罗卜藏是不大可能的。但您常驻汗国,四处都有您的耳目,您可以有机会捕获随时都可能返回汗国的罗卜藏!"

"伯爵大人如此厚爱,晚辈刻骨铭心。不过……"卡辛斯科依朗朗地说道,并狡黠地眨了眨眼睛,"这首先需要借助于大人起死回生的妙手。"说完,又放纵地大笑起来。

在卡辛斯科依的笑声中,两辆马车逐渐加快了速度。因为他们已穿过了闹市区,快驰到行人稀少的东城门了。

3

安妮顾不上走得很慢的米哈依,独自一人三步并作两步地一直逃到离东城门不远的地方,已是气喘吁吁,汗流浃背了。她壮着胆子试探着回过头去,她看见,被他们远远甩在身后的闹市,依然人流涌动,没有什么异常的变化,更没有马车驰行的迹象。看来危险已经过去,就算拿不勒将军真的在总督的府邸里,就算那两辆马车恰巧也经过这条路,他们也肯定能及时地躲到城外一个隐蔽的所在,不会受到威胁了。但是,安妮可不愿因为自己粗心大意而重新落入拿不勒的魔掌。况且,这通到城外的最后一段路的两侧没有店铺,眼下又不是赶集的人出入城门的时刻,前后左右都是行人寥寥,他们这一老一少风尘满面的样子就异常显眼了,必然会引起人们的注意。所以,安妮虽然已感到筋疲力尽,还是决定等米哈依一赶上来,就一刻不停地奔出城门。

这时,从高耸的石砌城墙下突然拐出一个风尘仆仆的满脸胡须的人,迎着他们走过来。安妮感到奇怪地向他看去,他也在略显惊异地盯着她。安妮虽然一眼就看出,这个行色匆匆的人肯定也是蒙古人,但对他那种莫名其妙的好像要一口把她吞掉般的注视,毕竟觉得十分讨厌。她想侧过脸去,赶快躲开这个肮脏的同族人。恰在此刻,随着身后响起的马蹄声,她看到他倏然站住,露出惊慌的神色,似乎想立刻转身逃开,却又马上否定了自己的大概是不合时宜的决定,并几步走到她面前,飞快而又不容反驳地轻声说道:

"姑娘,我的生命遇到危险。但我现在不能死。你一定要帮助我一下。"

安妮大吃一惊,不知道自己今天遇到的是怎样的一个怪人。她想躲开他,又不知道这样做是否合乎情理,一时拿不定主意。她想,也许这个人真有危难,真需要她的救助,她怎能拂袖而去呢?况且,他听到马蹄声就胆战心惊,自己想到车轮声就臂颤股栗,能不产生同病相怜的感情吗?所以,她不由地问道:"你是谁?我能帮你什么忙呢?"

"过来。"那个人伸手把安妮很快拉到道旁,让她面对街道站定,"抱住我。只要那两辆马车不在我身后停下,我就得救了。"

"马车!"安妮骇然叫道,飞快转过脸向西看去,在几个骑马的骠骑兵后面,正是她唯恐避之不及的两辆马车已经赫然在目,并向这里疾驰而来。

实在说,就是安妮满心想帮助这个人,也不会接受那种在众目睽睽中逢场作戏的方式,想到自己的身体将被这个又脏又丑的人紧紧搂在怀里,心里就要作呕。更何况,她自己也成了受威胁的人。她恐惧地左顾右盼,真想逃开去。

说时迟,那时快,辚辚的马车声,已经很近了。

求救的人可不知道安妮也许更需要别人帮助,他不由分说地抱住了她,并急切地耳语道:"放心,我绝不是坏人。"当他看到安妮没有做出相应的动作时,又严厉地命令道:"快,抱住我!否则,我就杀死你!"

安妮浑身一抖,很快扬起她那充满恐惧的眼睛。她看到了一张威严而恼怒的脸。她觉得自己就要瘫倒,反抗的力量已消失殆尽,身不由己地伏到那个比魔鬼还可怕的人的宽阔的震跳着的胸前,并把手臂轻轻搭在那个人的肩头,紧紧地闭上了眼睛。就在她闭上眼睛的一瞬间,一个记忆海洋里早已埋下去的细浪突然涌动起来,她猛地睁开眼,激动地说道:"我认出你了!你是罗卜藏大叔?"

"住口!"那人轻声喝道,"不准再说出我的名字!抱住我,闭上眼睛!"

安妮更加感到悚惧,并感到委屈和不可理解,但她还是顺从地照办了。两辆马车也正是在这时驰到了他们身旁。他们都听到车上的人骂了一句很难听的粗话,并讨厌地狠狠地吐了一口唾沫,马车的速度却丝毫也没有减慢,直向城外飞驰而去。在这被无限抻长了的一瞬间,安妮紧张得差点儿昏厥过去。

罗卜藏用他的微闭的眼睛斜睨了一下马车的背影,终于放心地舒了一

口气。他赶紧把压在胸前的吓得半死的安妮轻轻推开,并用双手握住她的无力的双臂,以防她会倒下去。此刻的罗卜藏,眼里的恐惧和严厉已被慈爱和感激代替,他深情地看着和他如此贴近的毫无生气但十分可爱的脸,歉疚而和悦地说道:"好心的姑娘,让你受委屈了。"

安妮仍像在睡梦中一样,感到浑身疲软无力;就连罗卜藏的声音也像从天外飘进她的耳鼓,模模糊糊,依稀可辨。但她毕竟还没有完全失掉自我意识,刚才瞬间所做的事,已把她和罗卜藏从可能会丧命的厄运中解脱出来。虽然她无法知道罗卜藏到底遇到了什么祸事,但她可以猜测,那驰过去的马车对这位流落异乡的土尔扈特汗国的重要官员肯定是一个巨大威胁。而这个威胁,由于她安妮的帮助而解除了。想到这些,她对自己竟然接受一个男人的拥抱的行为,觉得是可以谅解的了。她轻轻叹了口气,眼角涌出两滴泪珠,推开了罗卜藏的扶持。

"姑娘,为了今天的事,我会感谢你一辈子的。"

"不,没什么。"安妮摇摇头,睁开迷惘的眼睛,四下看了看。

早已赶上来并一直牵着马站在旁边的米哈依,显得很兴奋,他用俄罗斯语问了安妮一句什么,安妮毫无表情地摇摇头。

罗卜藏警惕地看了米哈依一眼,向安妮问道:"他是谁?他跟你说什么?"

安妮说道:"他是我的仆人。他以为我找到了失散多年的爸爸。"

"他听不懂我们的话?"

安妮点点头。

"那很好。"罗卜藏放心地说,同时回过头看了一眼往来的行人,"姑娘,记住我的话,对任何人不要说出你见过我。我们该分手了,让我再真诚地说一遍:谢谢你,好心的姑娘。"

"不,等一等。"已恢复常态的安妮语气坚定地说,显得不满地盯着罗卜藏的微笑的眼睛,"你为什么不让我说出你的名字?你是在做着不可告人的坏事吗?"

罗卜藏略一思忖,笑了笑说:"你千万不要怀疑自己帮助了一个坏人。是的,姑娘,你今天做的事,我们整个汗国都会颂扬的。至于我的名字,待一个月后,你可以大声喊出来,我会由衷地感到喜悦的。但现在,必须按着我的要求去做。姑娘,我只能这样告诉你。"

"那么马车呢?"安妮仍旧显得很固执地问,"你为什么如此害怕?车上坐着你的仇人吗?"

"可以这样说。——你知道车上坐的是谁吗?"

"不。我当时一定昏过去了,什么也没看着。"

"那么我告诉你,车上坐着卡辛斯科依和贝格托夫。"

"大使和总督?"

"正是他们。我没预料到会在此时此地而且正在辨认眼前的女乡亲时,他们的马车会突然出现。我当时可以逃跑,但那样会更危险。因为这两个人,特别是贝格托夫,不仅可以一眼认出我的相貌,连我走路的姿势,也可以从人群中辨别出来。哪怕他们稍一怀疑,也不会放过我的,因为他们已确信,我是不该再活在世上的。如果一旦出现这样的局面,那么危及的就不仅仅是我的生命。但是,假如在街头出现两个久别重逢的满脸污垢的加尔梅克情侣,他们就会不屑一顾,甚至赶紧躲开的。此外,车上的另外两位,也见过我。他们是莱英斯多尔普伯爵和拿不勒将军。"

"拿不勒?"安妮惊叫道,"他会看到我的!"

罗卜藏大惑不解地问道:"怎么?你认识他?"

"我是他的奴隶。天哪,我会遭殃的!"

罗卜藏善意地笑了笑,宽慰道:"放心吧,姑娘。拿不勒将军一坐上马车,就会成为睡魔的奴隶的。"

安妮惊奇地看着罗卜藏说:"你对他了解得这样多?"

"我需要了解一切。好了,姑娘,我还有很多事情要做,特别是眼下,这几位高贵的俄罗斯显宦已启程去彼得堡参加女皇陛下登极六周年的庆典,是个难得的机会。你呢,也该继续去寻找你的爸爸——你正在寻找他,对吗?"

"是的。可是太难了。"

"你的爸爸叫什么名字?"

"萨姆特。"

"萨姆特!"罗卜藏惊讶地大声说,"是爱马克长萨姆特吗?"

"是的。"安妮羞愧地垂下眼帘。

"那么说,你是安妮!"罗卜藏一下子握住了安妮的滚烫的小手,"你是那个渥巴锡最喜欢而且至今念念不忘的小安妮?我说为什么一见到你,就觉

着面熟呢。"

安妮十分伤心地啜嚅道："听说渥巴锡已经结婚了。"

"他确实结婚了。但他一直在想念你。自从你爸爸脱离汗国以后,年轻的汗王就再没有欢乐过。"

安妮的眼里涌出一汪泪水,深深地叹了口气。

罗卜藏松开安妮的手,沉吟了一下："那么说,你爸爸并没有成功?"

安妮摇了摇头,抽咽了一下说："我们二百人最后只剩下五十人,都被拿不勒将军卖掉了,有的甚至成了哥萨克的奴隶。"

"是啊,急于求成,结果只能是大祸临头。"罗卜藏说着,又沉吟了一下,"可是安妮,你打算怎么办呢?还想回玛怒托海吗?"

"我天天盼着回去。我想先找到爸爸和哥哥,劝他们也回去。但不知道渥巴锡会不会宽恕我们。"

"会宽恕的。那个时候,背叛他的不仅仅是你们一个家族。特别是你们决心纠正以往的过错自己重返汗国,他一定会高兴的。"

"听你的话,我放心了。我们不好同行吗?"

"我是很愿意和你搭伴的,安妮。但我不能很快离开这里。你先走吧,越快越好。如果你在最近能重归汗国,千万不要提到我的名字。"

安妮顺从地点点头,并问道："对渥巴锡也一样吗?"

罗卜藏思忖片刻后说道："你会有机会和渥巴锡单独见面。那时,你只要告诉他,一个失踪的人,将在比约定的时间略晚的日子和他会面。别的你什么也不要说。"

安妮不解而又无奈地说："好吧。"

"再见吧,安妮。祝你很快找到你的父兄。"罗卜藏说完,亲昵地拍了拍安妮的肩膀,便头也不回地匆匆离去了。

安妮和米哈依也很快走出城门。在郊区,安妮给米哈依买了一匹马,这一老一少继续赶路了。

"快走吧。"安妮抖了抖缰绳,"我多希望赶快碰到一条河,洗洗我这个脏脸呀!"

4

在这个年代,哥萨克还处于半开化的状态。他们的不怕死也不怕看到死的野性,常常使沙俄驻防军感到恼火和头疼。但不知怎么的,这个民族突然获得了年轻的叶卡特林娜二世的青睐。女皇用使人销魂的微笑和优厚的赏赐,鼓励他们向额济勒河东岸以及雅依克河流域迁移,允许他们在那里定居。这样,在这两条河流的沿岸,出现了许许多多哥萨克人的村落。有些得天独厚的村落,更被幸运地纳入沙俄驻防军之中,成为令人畏惧的要塞。这些毗连的要塞,和南方的阿斯特拉罕、古里耶夫以及北方的奥伦堡和喀山,形成了一个严密的圆环,把始终不愿臣服的土尔扈特汗国,严严实实地围在当中。而且随着这个圆环的不断收缩,压迫得这个由五万帐蒙古人在一百多年前建立起的乐园,只能在愈来愈狭窄的范围内勉强维持放牧生活。女皇的目的是显而易见的。她是想把哥萨克的可怕的野蛮力量握在掌中,为她即将在南方采取的伟大军事行动服务。但是,女皇的安抚和军饷并没能使哥萨克胡作非为的气焰稍稍减弱,反而使他们更加有恃无恐。特别是那些穿上军装的哥萨克,因为暂时还无事可做,他们的嗜好也愈来愈多。除了酗酒赌博、为争夺女人决斗,还常常袭击同样是半开化的巴什基尔人,以对俘虏施以剐刑而感到快乐。有时,甚至和沙俄正规驻防军发生龃龉,大动干戈。他们尤其感兴趣的是污辱和砍杀在他们看来更加劣等的土尔扈特部众,满载的土扈尔特商队,只要被他们碰见,是很难幸免于难的。在他们看来,既然女皇陛下也不喜欢不肯就范的汗国,那么,血洗加尔梅克人组成的商队,理所当然是无可非议的。

在雅依克河右岸,离奥伦堡大约三十公里的地方,就有这样一个哥萨克人组成的要塞。这里驻扎着一百名哥萨克骑兵。要塞司令名叫加米尼契,他的副手名叫格里奇,两个人都是中尉衔,都是二十三岁,身体也都异常剽悍。这两个并不需要太多智慧的哥萨克,可以说是难兄难弟,情同手足,无论是做坏事还是做好事,总是形影不离。

三天前,在离要塞二十公里的伸向草原深处的驿路上,加米尼契和格里

奇带领五十个哥萨克,轻易地打劫了一个自称是属于土尔扈特汗国第二号人物策伯克多尔济的商队,十几个加尔梅克人当场毙命,所有货物和金属的、纸的卢布,都被他们运回了要塞,按着惯例,货物均分,卢布全归两个中尉。为了挥霍掉在当地无论如何用不完的卢布,两个中尉留下准尉书记官管束一百个士兵,他们自己则改装易服,只带腰刀,骑着高大的被称为顿河种的马,大摇大摆地走进了奥伦堡城。他们在城里整整玩了两天,花尽了口袋里的钱,才在第三天的下午醉醺醺地离开东门,踏上归途。

"我说格里奇,"加米尼契在马鞍上晃晃荡荡地说道,"此行……如何?"

"甭说有多痛快了!那烤牛排香透了,现在吧嗒吧嗒嘴,还要流出口水呢。"

"可我更喜欢乌克兰姑娘。她们的肉皮子……呃,白,白极了。嘿嘿,她们嫌我脏,捂着鼻子往后躲。要不是我把一大堆金卢布当啷啷倒在桌子上,还不会陪我睡……睡觉呢。"

"是呀,司令官大人。我们真该弄回几个乌克兰姑娘呀。"

"几个?三个还是五个?那准会搞得我们要塞天下大乱呢!嗯?哈哈哈哈……"

"哈哈哈哈……"

两个中尉痛快淋漓地狂笑一阵,又继续赶路了。他们一会儿纵马狂奔,一会儿缓辔饮酒,十分惬意。太阳偏西的时候,他们的喉咙干渴得冒烟了,胸膛里盛了过量的酒,已全是熊熊烈火了。他们只好离开道路去寻找小溪。

在小溪旁,他们把马拴在岸边的树上,咕嘟咕嘟喝了一阵沁凉的河水,觉得舒服多了,便坐在岸边,一边抹着嘴巴和胡须上的水珠,一边浏览起周围的美景。

"唔,天哪!"加米尼契突然睁大圆眼,拉住格里奇的袖子,压低声音惊叹道,"你看到了吗?格里奇老弟,我一定是在做梦吧?"

"我也正在看,加米尼契大哥。简直和天仙一样!"

他们之间兄弟相称,除了加米尼契确实比格里奇早见世两个月外,大概和当前的职务也不无关系。

被称作大哥的加米尼契紧接着说道:"是的,一定是天仙。我们今天交了好运了,老弟!她一定等我们等得不耐烦,睡了。"

"走,司令官大哥,让我们到跟前仔细看看她的小模样。"

"那当然要睁大眼睛好好看一看。"

两个中尉互相拉扯着,蹑手蹑脚走过去,细细端详起依在树干上正在酣睡的安妮。

安妮早已洗去了脸上的污垢,露出了粉红细腻的俏脸。她的长发也是刚刚用心洗过,披散在脑后,把俊俏的脸蛋衬托得更加娇柔可爱。从紧闭的双目看得出她长着双眼皮;两缕柔软的细发遮掩不住似清非清的诱人的微微鼓起的额角;鼻子虽说不算高,却很白,小巧得玲珑剔透;嘴唇更是红得鲜艳,好像涂着胭脂;胸脯很丰满,处女的微微耸起的乳峰在薄薄的衣服里平稳地起伏。在她的纤细的手指间,还轻轻握着一面镜子,好像刚刚对着镜子顾影自怜,觉得对自己很满意才安心睡去。

在安妮的旁边,米哈依平躺在草地上,打着轻鼾。

"喂,格里奇。"加米尼契轻声说道,"你见过比这更美的女人吗?"

"从来没有,司令官大哥。就是做梦也没见过这么漂亮的脸蛋。"格里奇说着,垂涎欲滴地咽了口唾沫。

"人们都说乌克兰女人长得美,我是再也不相信这种鬼话了。她们除了鼻梁高,再没有任何可取之处了。和眼前这个姑娘比,乌克兰女人简直都是丑八怪!我敢打赌,格里奇,真的,我敢打赌。"

"我也是,加米尼契。你要不承认她是最美的女人,我宁愿和你决斗。"

"老弟,看来我们无须打赌和决斗了。你我看法相同。是的,我们都说她是最美的女人。你是这样说的吗?你是想说她只是很美而不是最美吧?"

"儿子才想那么说。我是说她最美,你却说什么她只是比乌克兰女人美。"

"是吗?那一样,老弟。我那也是'最美'的意思。"

"可是,是我先说她像天仙啊!"

"嗯,好像是你先这么说了。……不过,格里奇,我马上接着说,她一定是天仙。对!我说的'一定是',你说的仅仅是'像'啊!"

"那……那是一样的,是一样的。"

"就算一样吧,格里奇。我们分不出输赢。"

"这倒是一句公平话。"

"我们合计一下该怎么办吧。先说那个老头儿。"

"送他归西天。"

"好主意,就这么办。"

"姑娘呢?"

"那还用说,归我!"

"我不会答应!"

"你会答应的,格里奇老弟。我是第一个看到她的。"

"你说得不确切。你是第一个说的,可在你说之前,我就看到她了。"

"说谎!"

"我发誓!"

"看来,我们只好决斗了。"

"来吧,加米尼契中尉,我接受挑战。"

"自家人这么伤和气可不好。"

"为了这个姑娘,值得。"

"你打不过我。你会后悔的。"

"我今天的体力比你强。"

"那么,决斗吧。摔跤还是拼刀。"

"拼刀最彻底,你我只能活一个。"

"顶好。"

两个中尉又都望了安妮一眼,便都回身走到自己的坐骑前,从褡裢里取出短刀。一场厮杀开始了。

两条凶汉同时又是两个醉鬼,一来一往,声东击西,呼声如雷,刀声铿锵,早惊醒了熟睡中的安妮和米哈依。这双临时父女一时还弄不清发生这场拼斗的原委,但都意识到必须尽快离开这个是非之地。他们谨慎的动作到底被加米尼契看到了。

"停!"加米尼契喊了一声,跳出圈外,"等一等,格里奇,他们醒了。我们可不能让他们跑了。喂!——"他转向安妮和米哈依,厉声喊起来,也不管他们是否能听懂他的话,"听着,我们哥儿俩正为这位天仙般的美女决斗。谁胜归谁。最勇敢的人将是最美的姑娘的丈夫。在我们死掉一个人以前,不准你们离开此地一步,否则叫你们先流出血来!"

"加米尼契,照我看,还是把他们捆上才好。"

"你想拖时间恢复体力吗?没门儿!最多再有两三回合,我就要了你的命了!"

"这话该由我说。——看刀!"

"我要搂着美女,拿你的心肝下酒!"

两个人又搅到一起了。真不愧是两个军官,刀法都非常娴熟,谁也找不到对方的破绽。他们杀得性起,眼前又只剩下敌对的兄弟了。

突然,当啷一声,两把刀都飞到空中去了。但谁也顾不得去接刀,立即又扭结到一起,拼杀变成了角力。

"认输吧,格里奇。我会掐死你的。……你只要答应不和我争夺这个女人,我就饶了你。我……我毕竟是你的上司和兄长嘛。"

"加米尼契,我听出……你的声音吭吭唧唧。我不会,不会输的。既然你承认是兄长,就应该让老弟……就该把这女人送给老弟嘛。"

"我决不肯。"

"那我还要用劲儿!"

两个人搂抱着摔倒在地上,滚作一团……

这场你死我活的决斗长久地不分胜负,直到太阳落山,天色逐渐昏暗下来,而这时他们正相抱着滚进水里,才突然意识到,只顾角力,忘了他们的猎获物了。

"松开吧,格里奇。"加米尼契在灌进几口水后,好不容易抬起头,气喘吁吁地说道,"我们是两个蠢货。……"

"可不是。"格力奇费劲儿地站起来,甩了甩身上的水,上气不接下气地看着岸上,"那个姑娘一定不在了吧?"

"该死的酒!……"

"天哪!我们的马也没有了!……"

5

在离加米尼契中尉驻守的要塞不太远,正当雅依克河一个半月形河湾的地方,有一个叫伏龙涅什的村子。这个村子周围土地肥沃,水草丰美,又不乏建造木屋的木料,特别是由于村子里的住户基本都是哥萨克人,要塞里的兵士们很少到这里骚扰,所以,人们都过着安宁而快乐的日子。

但是,五月里偶然出现的酷热,却给这个村子造成了普遍的灾难。不知

是谁最先患上了霍乱病,接着,便几乎每天都有送葬的人家。有的人还没有向他的天主忏悔,便留下终生遗恨合上了眼皮;有的人还来不及安葬父母,自己也追随到天国去了。

这个村子的紧东头,有一个全村最富有的哥萨克家庭,终年雇着好几个长工,还有两个奴隶。身体强壮得像一头公牛似的加尔梅克人阿斯楞,就是这个家庭的一个奴隶。阿斯楞和父亲住在主人房间旁边的一间小木屋里,阿斯楞的父亲是个相当暴躁的人,据说他的妻子——阿斯楞的生母,就是由于他酒后的辱打而郁郁病死的。就是在成了哥萨克人的奴隶以后,脾气也没能稍稍改变。阿斯楞有时对父亲的残暴很不满,甚至想找一个恰当的机会发泄一顿。但是,当老迈的父亲被霍乱折磨得死去活来,时时唤着他的名字时,儿子对父亲的怨恨便烟消云散了。他可怜起父亲来,懊悔自己长得太慢,竟没能给父亲挣来一个较快乐的晚年。他跪在和病魔搏斗的父亲身旁,喂他奶茶和软绵绵的乳酪。有时,父亲的高烧稍稍减退,神志清醒的刹那,阿斯楞便发现那双眼睛又恶狠狠地瞪着他,并用力挥着胳膊驱赶他,叫他不要守在身边,或者命令他把自己的病体拖到外面去,以免染上霍乱。这两点,阿斯楞都没有做,那发紫的嘴唇就哆嗦着痛骂起来。阿斯楞忍不住大声哭了。后来,他跑到主人的房间,请求允许他带父亲出去医治,并发誓说,只要能救活父亲,他来生愿意变作牛马报答主人的恩典。但这时,主人也感到被病魔缠住了,没有答应阿斯楞的请求,却命令他套车把自己拉到奥伦堡基督教堂去忏悔。结果是,主人在离奥伦堡不远的地方一命归西,当他回车狂奔时,又因冲撞了两个哥萨克人的坐骑而险些丧命。他巧妙脱身后,几乎一口气跑回伏龙涅什村。他急急忙忙冲进自己的小木屋,等在里边的既不是老父亲的呻吟,也不是恶狠狠的咒骂,却是一具变了形的瘦骨嶙峋的尸体。他捶胸顿足,号啕大哭。他这时不仅发现自己是那样深切地爱着父亲,而且觉得离开父亲,简直无法独自活下去。……

对于可怜的阿斯楞,有生以来还是第一次面对这种无所依赖的局面。首先,他的主人全家都死了,他成了一个自由人,他不知道一个自由人怎样生活;其次,和他相依为命的父亲升天了,他不知道没有父亲的日子怎么过。是的,他习惯于遵照主人的命令行动,他习惯于每天听到父亲的痛斥。而这一切,突然一下子全部从生活中消失了,他反而感到紧紧包围着他的宁静是太难以忍耐了。但是,二十四岁的阿斯楞,没有充分的时间在痛苦和空虚中遨游，以便好好体会一下人生的可怖。他要料理各种各样琐屑的事务，一个独立家庭必不可少的劳作都要他一个人承担。这样，他把父亲的尸体扔出去以后，很快忘掉了痛苦，或者说，他没有时间去痛苦。

第一个孤单单的、极度忙碌的日子，终于被他打发走了……

半夜里，阿斯楞被一阵叩门声惊醒了。他一骨碌爬起来，心里想道，一定是父亲又活转来回到木屋给他做伴来了。他一边咒骂自己竟急于把父亲尚未死去的身体扔到野外，一边飞奔过去打开板门。

进来的不是他的父亲，却是一个美貌的姑娘搀扶着一个奄奄一息的老头儿。这是在厄运中逃脱出来的安妮和米哈依。

阿斯楞泄气地站在那里，失望而恼怒地问道："你们是什么人？来干什么？"

安妮低下头，可怜巴巴地乞求道："好心的大哥，行行好，救救我们吧。我们遇到了强盗，逃脱后，老父亲又病倒了……"

"强盗？"阿斯楞吃了一惊，"一定是杀人不眨眼的哥萨克黑风盗吧？你们真是干了一件好事，有意把强盗引进我的家里！"

"不是的，大哥……"有了以前的教训，安妮是再也不敢轻易抬起头让人家看到她的招灾揽祸的俏脸了。

"'大哥，大哥'！嘴倒挺甜！"阿斯楞气得连看也不去看眼前的姑娘，"可你要把灾星给'大哥'送来了。你听……天哪！我听到了马蹄声。你赶快走开，我要关门睡觉了！"

"那不是强盗追来的马蹄声。是我们的马，一共四匹，是我和父亲带来的。强盗不会这么快追来的。大哥，请允许我们进去吧。父亲病得很重，你不能见死不救啊！我们只住一夜，父亲能站起来，我们就走。那两匹带鞍子的马，就送给你了。……"

阿斯楞搔着后脑勺沉吟着说："要是这样……那么好吧。请进来。——且慢！咱们可先小人，后君子，只住一天，两匹马，对吗？"

"是的，大哥。"

"进吧，进吧。什么'一天'啊，不是'两匹马'吗？！……救人一命，可是积阴德的好事呀！"

"你真是个善心的大哥。"

"那还用说。谁不知道我是个行善积德的人！——好，再往前，放下吧，轻点儿!"

阿斯楞帮助安妮把病势沉重的米哈依放在皮褥上,便开始给两个不速之客烧奶茶了。

当曙光挤进这座小木屋的时候,米哈依清醒过来,开始大口喝奶茶。阿斯楞则拖着疲惫的身体,轻轻走出去,欣赏和品鉴受之无愧的两匹骏马去了。对他主人留下的财产,他却怎么也想不到可以据为己有。

"安妮。"米哈依听到阿斯楞的脚步消失以后,轻声说道,"我大概要完蛋了⋯⋯"

"别这么说。"安妮挑起直想打瞌睡的眼皮,安慰地看着米哈依,"我一定想办法治好你的病。"

"没有用,安妮。真的,没有用⋯⋯唉,我对不起我们的女主人,没能看到你和父兄团聚。⋯⋯"

"你会好的,米哈依老阿爸。"

"我是你的仆人。"

"别这么说,以后也别这么想。你就把我当作女儿好了。"

"你是个好姑娘。这么美,这么善良。我真希望能有你这么一位姑娘做女儿。在已经走过的这段路上,我是越来越喜欢你了。可是,当我感到和你如此接近,感到作为父亲的喜悦的时候,我们却要永远分别了⋯⋯"

"不会的,你会好起来的。"

米哈依凄然一笑说道:"你的心我明白。我也不愿意在刚刚体会到人生的快乐时就死去,真舍不得离开你。可是,我知道我得的是什么病,这是霍乱⋯⋯"

"不会的。"

"错不了。得这种病的人,有几个能摆脱死亡的召唤?"

"如果真那样,就让我也和你得同一种病,一同离开这个可怕的世界好了。"

"傻瓜!"米哈依皱着眉头说,"我老朽无能,死对我不是太可怕的事。可你还年轻啊,你要活下去,寻找父兄,寻找快乐,回到你的祖先生活过的美丽的国家。⋯⋯安妮,你既然把我当作父亲,那就听我一句劝告吧。你千万不能一个人继续走了。到处都隐藏着强盗和罪恶,对你们加尔梅克人尤其如此。请不要为我以下的话恼怒吧,孩子。我看我们在这间房子里碰到了一个好人。他年轻、英俊,还很善良,好像也是加尔梅克人。你如果还想去寻找有可能还在人世的父兄,那就先把这间木屋当作你的家,嫁给他吧。然后再求他和你一起走遍天涯海角,去寻找你失散的父兄的下落。"

安妮咬着嘴唇拧着眉头,久久地思索着米哈依的话。

"安妮,在生我的气吗?"米哈依见安妮不说话,便深感怀罪地说。

"不,米哈依老阿爸。也许你说的是唯一可行的办法,我一个人继续走下去看来是不行的。但只要有你……"

"当然,只要我能活,我就永远在你身旁保护你。可这种病……"

"你听,他回来了。你歇一会儿吧。这件事先不要提起……"安妮说完,更深地埋下头去。

到了中午,米哈依又发起高烧,上吐下泻。阿斯楞告诉哭成泪人的安妮:"你爸爸得的是霍乱,肯定活不成了。"他把安妮赶到外面,由他去收拾那些脏物。他说,他的身体好,什么病也奈何不了他,而弱不禁风的姑娘,却受不住霍乱病魔的进攻。但安妮却不能心安理得地在外面等着米哈依死亡的消息。她又闯了进去,对已经神志不清的米哈依说,将遵照他的遗嘱,许身给这间房子的年轻主人。

一开始,阿斯楞被这些似乎天外飞来的话惊得目瞪口呆,继而心里产生一阵高兴的悸动,最后竟激动得手忙脚乱,不知怎样才好了。

米哈依老人在太阳偏西的时候,死去了。安妮伤心地哭了。阿斯楞则像对待老岳丈一样处理了米哈依的后事。对悲哀的安妮他却不好意思正眼去看一下。

从野外回来,阿斯楞以丈夫的身份,温存地、小心翼翼地把安妮扶到木屋里躺下,命令她好好休息休息,并声明,收拾屋子和喂牲口等活计,他一个人全包下了。这时,他才大着胆子飞快地看了安妮一眼。他好生奇怪,这个俊俏的女儿,怎么没长着爸爸那样的高鼻梁呢?但继而又想,鼻梁高低算个啥事儿?人总是非常美的嘛!便很快走到外面去操劳了。而这时的安妮,也发觉自己很喜欢这个黑紫脸膛的年轻人。不止他那总是含笑的诚实的大眼睛,略厚的线条清晰的嘴唇,微微向上翘起的浑圆的鼻子,以及他说话时的响亮和幽默,连他那虎背熊腰的健壮体格也同样引起安妮由衷地喜爱。她想,无缘和渥巴锡结合,能有这样一个丈夫,也就不错了。所以,她安心地睡了。

到了傍晚,阿斯楞把所有该干的活都格外利索地干完了,便第一次精心地洗了脸和手,拍掉身上的灰土和草屑,精神抖擞、乐不可支地走进木屋。他心里突突跳着,轻轻接近在幽暗的光线里甜睡的安妮,准备去做丈夫了。他坐在安妮身边,端详着依稀可辨的漂亮可爱的脸,竟怀疑自己是在做梦。真的,难道伏龙涅什村的哥萨克姑娘们不屑一顾的奴隶阿斯楞,会有这样一位天仙般的姑娘当妻子吗?他掐了一下自己的脸,感到了疼,确信眼前的事是真实的。他想喊醒姑娘,以便再听听那张小嘴发出的美妙声音。但他们还没有互通姓名,不知道怎样称呼她;而且,也不忍心把她从梦乡呼唤回来。然而,他此刻又是多么想亲近一下女人的身体啊!特别是令他眼睛发热和视物模糊的耸起的乳峰和纤细的腰肢。他忍不住用那抖动的手去扯姑娘的腰带。他的手触到了一个坚硬而光滑的东西,那是佩戴在腰带上的一个物件,他托在手心里看了看。突然,他惊叫了一声,身体猛烈地抖了一下。天哪!他拿在手里的不正是他送给妹妹的玉玦吗?那平滑光亮的面上,镶嵌金银后又磨平的云状花纹,是他少年时的杰作。为了这块半圆形的玉玦,他和少年的渥巴锡差点儿伤了和气。还是渥巴锡的母亲解了围,把它判给了安妮。他又替妹妹在玉块上钻了三个圆孔,成了安妮永远不离身的佩带物。这块玉玦,就是放在一百块同样大小的玉玦里,阿斯楞也能一眼认出来。

正当阿斯楞惊叫一声把玉玦连同腰带扯到眼前仔细观看时,安妮醒了。她发现自己的腰带松动了,其中的一端正握在阿斯楞手里,意识到将要发生什么事,便呼地坐了起来,用双手护住腰部,红着脸害怕地说:"你,你……千万不要……"

阿斯楞怔怔地看着眼前的姑娘,突然他抓住安妮的手,大声地说道:"你是安妮妹妹!"

"你!你是……"

"我是阿斯楞啊!"

"天哪!你是我的哥哥阿斯楞?"

这一对儿意外相逢的兄妹用力抱在一起,使劲儿地哭了起来。不用说,哭够了以后,他们是有无数的话互相倾诉的。

太阳早已滑到西边的天际了。阿斯楞和安妮决定,一天也不耽搁,当晚就启程南下,回归土尔扈特汗国。这时,外边传来说话声,安妮一下子就听出说话的人是那两个强盗。

"坏了,哥哥,是他们!"

"谁?你认识?"

"我听出来了,肯定是那两个坏蛋!"

阿斯楞伏在门隙向外看去,这两个人他也见过,正是他曾冲撞过的两个哥萨克人。此时,那两个样子狰狞而又狼狈的中尉,正在畜栏旁指手画脚地说话:

"你看见了吗,格里奇?这是我的马。"

"正是呢,司令官大人。我的坐骑也拴在这儿。"

"啧啧,它们吃得蛮好啊。"

"得感谢这里的主人。"

"是得好好谢谢他们。看样子,我们那个仙女也会受到很好的招待呢。"

"该属于我们的,是永远逃不脱的。"

"应该说,该属于'加米尼契'的,而不是什么'我们'啊,格里奇中尉。"

"我们又要决斗吗?"

"愿意奉陪。不过,这回我们可别当傻瓜了!得先让他们都老老实实待着。"

"最好的办法是让他们永远闭上眼睛。"

"就这么干。走,先到房子里去看看那个狡猾的美女在不在。"

……

看到两个强盗向房门走来,阿斯楞准备推开门迎出去,安妮惊恐地拉住了他。

"你不能去,哥哥!"

"我们总不能恭恭敬敬请他们进来干坏事呀!"

"你会送命的。他们都是魔鬼!"

"正因为是魔鬼,更要拒之门外。"

"他们是两个人。"

"我能对付得了。"

"这两个人都像野兽一样凶狠。"

"我和他们打过交道。放心在里面等着,不要出来。看我怎样收拾这两个龟孙子。"

"哥哥!……假如你有个三长两短……"

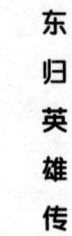

"不会的。好妹妹,你把墙上那张弓准备好,我需要时,从门缝递给我。"

"那好吧。……愿神灵都来帮助你战胜魔鬼吧。"

阿斯楞咳嗽了一声,推门走了出来,又把门轻轻掩好。两个哥萨克中尉已离木屋几步远了。

阿斯楞朝两个强盗鞠了一躬,微笑地说道:"二位这么晚驾临寒舍,不知有何见教?"

"嗯?"加米尼契停下脚步,歪着头说,"这声音好熟呀!你好像是从我们面前逃跑的那个驾车人。"

"很像。"格里奇附和道,"看他鞠躬的样子,就越发像了。"

"是吗?"阿斯楞微皱眉头说,"你们把声音和样子都记错了吧?我可从来没在别人面前逃跑过。"

加米尼契点头道:"大概是我们搞错了。你长得比那个胆小鬼漂亮多了。"

"承蒙夸奖,我可真有运气,今天遇见了你们这样一见投缘的好朋友。"

加米尼契挤了挤眼睛说:"我说好朋友,我们此行可实在不易呀。但总算万幸,没有白吃苦,找到了我们失掉的东西。我们是来讨还这些东西的。"

"马吗?"

"正是。"

"是两匹好马,真舍不得叫别人牵走。不过,既然是你们二位朋友的,就骑走好了。"

"不只是两匹马呢。"

"还有什么?"

"还有一个姑娘和一个老头儿。"

"可惜那老头儿已经升天了。"

"死了?那很好。那个姑娘呢?"

"二位,那是我的妹妹呀!"

"真的吗?那你是我的大舅哥了。"

"是我的大舅哥,加米尼契。"

"二位别争。"阿斯楞说道,"我只有一个妹妹,只能有一个人是我的妹夫。可你们二位都想当妹夫,都想要大舅哥,那就不好办了。"

"好办。你在我们两个当中选一个好了。你说呢,格里奇中尉?"

"好吧,我同意这么办。"

"那我可实在太为难了。"阿斯楞紧皱着眉头说,"二位都这么威武英俊,挑哪一个是好呢?……我看二位还是比一下武艺,谁胜谁就是我的妹夫。"

加米尼契说:"这样最公平。用刀吗?"

"用刀不好。怎能为此流血?摔一跤吧。"

"行。——你看呢,格里奇?还有胆量摔一跤吗?"

"儿子没胆量。过来吧。"

这两条愚蠢的莽汉又像斗架的公羊,互相撞击起来。

阿斯楞一边叫好助兴,一边退向板门,接过安妮递过来的弓箭。他很快搭上箭,拉开弓,看准两个强盗互相紧握的手臂相持着抬起来的瞬间,"嗖"地一箭射去。只听两人同时"嗷"地喊了一声,便停止了角斗,一动不敢动了。那支箭正好穿透两人的腕子,两只胳膊被联结到一起了。

阿斯楞扔下弓,喊出安妮,戏谑地笑着走近两个疼得直呻吟的哥萨克跟前。

"喂,二位,这回可认识我阿斯楞了吧?我现在可以把你们的头都砍下来了。"

"饶命吧,阿斯楞大爷。跪,跪下!"加米尼契说着和格里奇一起跪下去了。

"你们山洞里还有多少人?"

"我们有一百个哥萨克骑兵。——可我们哪有什么山洞啊!"

"唔,你们是要塞的哥萨克?"

"正是,阿斯楞大爷。"

"想活吗?"

"想啊。"

"你呢,格里奇中尉?"

"大爷,我更没活够啊!"

"你们发誓不再干坏事吗?"

"我们发誓,发誓……"

"那我就饶了你们。"阿斯楞说着,伸手把箭头拧下来,然后猛地抽出箭杆。

"磕个头,就赶快滚回你们的要塞吧!"

两个中尉一边捂着流血的手腕,一边不得要领地朝阿斯楞兄妹磕了个头,才战战兢兢地爬起来。安妮忍不住笑了一下。

阿斯楞想了想说道:"等一等,跟我到屋子里去,我给你们上点儿药,免得溃烂。看你们疼的那样,真叫人不忍心。"

阿斯楞发现,坐在木屋里恭恭敬敬接受他敷药的哥萨克中尉,不像在干坏事时那么讨厌,便产生了恻隐之心,邀他们吃完晚饭再走。不用说,饥肠辘辘的两个中尉,高兴而又万分感激地接受了邀请。安妮则开始忙着切肉切菜,对眼前的场面,她觉得很开心。

这一晚,三个身强力壮的年轻人都喝得挺痛快。加米尼契和格里奇一再发誓,以后阿斯楞兄妹有用得着他们的地方,"随叫随到","愿效死力","赴汤蹈火,在所不辞";并神秘地告诉阿斯楞,有可靠的消息说,所有要塞都严阵以待,命令一下,就要杀到玛怒托海,消灭汗国,叫他们兄妹留点儿心眼儿,及早准备,以免到时玉石俱焚。最后又真诚地表示,如果阿斯楞兄妹愿意,加米尼契中尉可以带一排哥萨克兵,把他们护送到安全地带,因为南下还要经过几个要塞,加尔梅克人是很难顺利通过的。阿斯楞对两个中尉的话,大加赞赏,并同意让他们护送。

夜阑以后,阿斯楞兄妹简单装束一番,在两个变得高尚起来的哥萨克中尉陪伴下,乘着夜色和凉爽,高高兴兴地向南驰去了。……

6

炎热的六月上旬告别人间之后,中旬也已剩下最后一天了,而草原急需的第一场透雨却仍迟迟不见踪影。一个暴热天过去,大地还没来得及冷却下来,又一个暴热天气便接踵而至。太阳像一团火,空气就像从这团火中喷射出的热浪。

耸立在一片高地上的土尔扈特汗王的木结构宫殿,在热浪中缓缓浮动。它的蒙藏混合式殿顶和豪华而艳丽的雕饰,无一处不在闪烁着璀璨的光点,好像在每一个光点上,随时都会腾起烈焰。

这样的热天,人们会自然而然地暂时停止一切正常活动,躲在阴凉的地方品茗消暑。但是,并非所有的人都能在这样无所事事的消闲中打发日子。

比如终日里忙于政务的汗国的扎尔固①成员,此刻就都聚集在宫殿门前烫人的平台上,心甘情愿地接受午后的炎炎烈日的炙烤。这里有渥巴锡的叔父,温柔敦厚、高风亮节的达什敦杜克;渥巴锡的远支叔父,深受先王器重的深谋远虑、德高望重的舍楞;渥巴锡的族弟,性情急躁、忠勇无双的巴木巴尔;渥巴锡的近支侄儿,扎尔固的首席成员,言辞敏捷、执法如山的策伯克多尔济;学识渊博、老成持重的第七世昂嘉喇嘛洛桑丹增等。

这些地位崇高的汗国的栋梁们,为什么要在这里大汗淋漓地自讨苦吃呢?因为这几天他们正想处理几个棘手的案件,包括德玛拉什的鄂拓克集体改信东正教一案和叛逃的阿斯楞兄妹回归自首一案。扎尔固成员的意见很不一致。有的主张一律处死,比如策伯克多尔济和巴木巴尔;而达什敦杜克和舍楞则认为,叛教一案涉及的人太多,而阿斯楞兄妹是在未成年时随父叛逃的,处罚均不宜过重。双方都引据《卫拉特法典》②进行辩论,一时难以定论,这就需要汗王亲自裁决后施行。但当他们一起来谒见汗王时才获悉,渥巴锡在五天前一个谁也不知道的时间,离开了宫殿。至于汗王目前在什么地方,可能在什么时候回来,连汗王的母亲和妻子也无从知晓。因此,汗王的这些重臣们是不敢离去的。

渥巴锡以这种方式"失踪",这已经是近两个月的第三次了。在上个月月初他第一次失踪时,曾经引起宫殿内外一片混乱,母后埋怨王妃,王妃哭成泪人,大臣们互相询问,个个顿足搓掌。真正沉得住气的大概只有舍楞了,他一会儿宽慰汗王的女眷,一会儿要臣僚们冷静,对要立刻带人马四处寻找的巴木巴尔,他则劝说再等一等,不要操之过急,说不定汗王在当晚就能回来。舍楞的沉着稳重引起人们极大的不满,认为他毕竟和渥巴锡汗的血缘关系太远了,不像近支宗族和亲属那样更关心他的安全。正当渥巴锡的母后准备同意巴木巴尔的请求,立即派出只有汗王才有权调遣的护卫军③的三千兵勇时,殿外却传来汗王返驾的欢呼声。大臣们一拥而出,在门外的平台上,紧紧围住了汗王。人们惊讶的是,年轻的汗王身着的是破旧的猎人的服装,而且满身满脸都是灰尘,唯一能让人认出他是汗王的,是挎在腰间

---

① 即议会,相当于贵族院,成员大都为汗王的族人中有爵位的人。

② 1640年,厄鲁特、喀尔喀蒙古各部首领会盟于塔尔巴哈台(今新疆塔城),共同制定了该法典。法典最早的抄本,是在伏尔加河下游土尔扈特部余众处发现的。

③ 又称宿卫军,即汗王的亲军,负责保卫汗王和宫殿。

的珠光闪闪的宝刀和一袭一尘不染的猩红的披风(这显然是在离宫殿不远的地方匆匆系上脖颈的)。人们一时都找不到此时此刻该说的话语,默默地看着令人感到陌生的汗王。渥巴锡也一言不发,扫视着面前忠诚的属臣,当他的视线落在旁边的舍楞脸上时,眼帘垂落了一霎,嘴角拉出一个也许只有舍楞能明白而别人难以觉察的苦笑。继而他一扬脖颈,很自然地把这一丝苦笑不露痕迹地变成了真正的微笑,而且充满了善意和感谢之情。然后,他扬起右手,按在胸前,略一俯身,朗朗说道:"我理解并衷心感谢你们的焦急不安。但是,有神灵保佑,我是不会出事的。现在大家可以放心地回去歇息了。"这时,策伯克多尔济躬身俯首道:"汗王殿下,我希望这是汗王殿下第一次也是最后一次引起宫廷内外的混乱和不安。"达什敦杜克也附和道:"殿下身着猎装,独自一人出游,是很不合适的。"渥巴锡凝视了策伯克多尔济一眼,又看了看达什敦杜克,"叔父,我很喜欢这身猎装。"紧接着,他掉转视线说,"当我穿着猎人的服装,独自一人在牧场和林中行猎时,我才真正理解了,'自由'该是个何等可贵的东西!"在场的人都明白汗王视线的转移到底说明了什么。他从来不当众驳斥他不愿接受的某个人的主张,而是看你一眼后,转向别人说一句也许是毫不相干的话。这时的汗王分明在说:"你的这些话不要再提起,别人也顶好别再重复。就是这样。"所以,当时人们不再说什么,而是让出路,看着汗王匆匆走进殿门。而且,在汗王第二次"失踪"三天归来后,没有人敢再去责备他。

但这次可大不相同了。汗王已经五天不见踪影,说不定以后还要接二连三地"失踪",甚至经月、经年不归!那怎么得了啊!身居扎尔固重位的大臣们,在心里隐隐产生了不安的情绪。他们觉得汗王变了,在私下里议论纷纷。有人说汗王可能在寻仙访道;有人说他可能到某一个隐秘的所在和迷住他的姑娘幽会,等等,等等。所以,今天踏上平台的达什敦杜克认为自己有责任规劝一下汗王,表示要冒死进谏,出乎他预料的,策伯克多尔济对此不以为然,态度很冷淡,而舍楞却点头称是。

在太阳已经偏西、炎热稍稍收敛起威势的时候,从敞开的殿门走出一个心事重重、愁容满面的年轻人。

"色克色那。"回过头看的舍楞,同情而怜爱地柔声叫道,"你还没有回去吗?"

色克色那站在舍楞身边,一面期待地向远处望去,一面忧愁但坚定地答道:"不见到汗王殿下,我不能回去。"

"色克色那。"达什敦杜克略显责备地说道,"如果我像舍楞一样知道你隐在宫殿里四五天,早就把你赶回去了。你怎么能模仿渥巴锡,动不动就不告而辞呢?你的父亲会为你担心的。"

色克色那恭谨地俯首道:"舅父大人,阿爸可不像你们对渥巴锡殿下那样关心我的安全。如果我惨遭杀害或落入虎口,他会高兴的,"

"色克色那!你怎么能用这种语言去谈论自己的父亲!"

"舅父,我说的是实话。——唔,你们看!"

人们随着色克色那扬起的手臂看去,只见在远处腾起一团烟尘,并从烟尘当中渐渐涌出一匹狂奔的骏马。谁都知道,除了汗王本人,没有哪一个胆大包天的骑手会在离王宫如此接近的地方还纵马飞驰。

"一定是他!"色克色那说着,略显兴奋地向前走去,"我去迎住他。"

"等一等,色克色那外甥。"达什敦杜克想制止住急不可耐的色克色那,"你一会儿有充分的时间和表哥亲近。而我们,却必须立刻见到他。"

"我理解各位大人的急切心情。"色克色那说道,却没有收住自己的脚步,"我相信,我今天超越身份和不合时宜的举动,不会推迟你们见到汗王的时间。我想对汗王说的话,一定在他向你们走来的这段路上全部说完。"说到这里,他已走到平台的边缘,回过头抱歉地飞了一眼,便左手扶着腰刀,右手握住紧身的胸甲,跑下十二级台阶,顺着长长的石板路,急匆匆走过去。

色克色那和渥巴锡几乎在同一时刻到达了石板路的尽头。

"色克色那表弟!"渥巴锡拢住狂奔的马,一边亲切地喊着,一边跳下马背,把缰绳抛给飞奔前来的司御官,一步跨到色克色那面前,握住了后者的冰凉的手,"我真高兴,能在我返回宫殿的第一眼就见到你!"

渥巴锡确实从心里喜欢色克色那。这不仅因为他们的父辈是易妹而婚的联姻,还因为色克色那从小就直率善良,渥巴锡非常喜欢这种纯真的性格;另外色克色那身材瘦弱,面目清秀,这本身就招人怜爱。更主要的是,色克色那的生母,即渥巴锡的姑姑,不幸夭折,使他幼年失恃;当渐渐获宠的晚母又为他的父亲札木扬生了两个儿子后,他的和硕特部[①]部长嗣子的地位就

---

① 原厄鲁特四部之一,17世纪初,一部分部众随土尔扈特部西迁,于额济勒河下游建立新的和硕特部,一直归属土尔扈特汗国。

岌岌可危了;要不是渥巴锡母子的干预和坚持,他早就被札木扬废黜了。色克色那也深切地感受到来自渥巴锡身上的真心的疼爱和支持。他像相信上帝一样相信这位从十七岁起就登上汗位的表哥。在他看来,渥巴锡虽然丰骨天然、潇洒倜傥,却不给人以威压之感;他那总是轻轻按在刀柄上的左手和似握非握习惯于放在紧束的腰间的右手,使人确信,他绝不会伤害任何弱小者的生命,但又会使人胆战心惊地感到,当他一旦握紧双拳,定会爆发出足以摧毁高山的伟力;他的恬静安宁的眼睛,像山泉一样清澈,在这山泉的深底,总有一股温暖的柔波流出,沐浴得忠直纯善的人神清气爽,却会使心怀叵测者的眼帘慌忙垂落下去。总之,色克色那感到,他一站到渥巴锡眼前,顿时会产生成功的自信力和巨大的安全感。

但是今天,当他仰起脸注视着渥巴锡的眼睛时,他不仅看到了疼爱、支持和鼓励,竟发现在这些他早已熟悉的内容后面,隐藏着一股巨大的忧愁和焦躁的渴望,冲激得他骇然一抖,一时说不出话来。

"表弟,"渥巴锡依然和悦地说道,"你是不是也在为我的久出不归而担心啊?"

色克色那忍住热泪轻轻摇头道:"我确信殿下……"

"不要叫'殿下',叫表哥。"

"……—我确信表哥不会做出叫别人失望的蠢事。在令人费解的行动后面,一定隐藏着神圣而重大的秘密。"

渥巴锡一震,就势把松开的手轻轻拍在色克色那的肩头上,哈哈大笑着说:"多么聪明而又愿意猜谜的色克色那哟!我们走吧,那些喜欢大惊小怪的人一定在平台上等得不耐烦了。"说着,拉起色克色那的胳膊,大步踏上石板路。

渥巴锡不仅说话很快,行动也异常敏捷。和他走在一起的人,稍一犹豫,那么,无论是思想还是脚步,都会被他甩得老远。所以,色克色那需要很紧张才能跟得上。

为了充分利用这一段时间,色克色那边走边说道:"表哥,我在这里整整等了你四天。"

"唔!"渥巴锡从沉思中回过脸来,"我想你一定有什么事情找我。是父子之间的纠纷吧?"

"是的。"

"我再三和你讲,要用忍耐和恭谨去弥合父子间的裂痕。"

"我正在按照你的话去做。……"

"不,亲爱的表弟,你并没按照我的话去做。我昨天听说你和舅父不辞而别……"

色克色那惊问道:"你见到阿爸了?"

"我很想见一见他。但是,他恰巧去了萨拉托夫①。表弟,你的明显的对抗方式,不仅有悖于孝道,而且会给你带来更大的困难。……"

"可是……"

渥巴锡没让色克色那说下去,仍旧继续着上面的话:"对你的处境,我甚至比你更清楚;对你的前途,我比你更关心。你现在需要的是谨慎,特别地谨慎,哪怕是极其微小的行动。"

"忍耐、恭顺和谨慎都没有换来应得的报偿。五天前,阿爸已明确表示,取消了我的继承权。"

"怎么会!"渥巴锡的眉头飞快地蹙动了一下,"一定是气话吧?"

"阿爸说得认真而坚定。而且是当着晚母和两个弟弟的面。"

"可是仅仅在两个月以前,他曾向母后,也就是他的亲妹妹发誓说,不管家里发生怎样的不睦,也不会危及你的继承权。照我看,舅父不是出尔反尔的人。"

"那是你没有真正了解他。"

渥巴锡惊愕地扫了色克色那一眼说:"就算是如此吧,但舅父不能不想到,他的儿子在这里,是受到他的妹妹和外甥的宠爱和保护的。而属于渥巴锡的汗国,对和硕特部是负有责任的。"

"阿爸却不认为汗王对他有什么权力。所以我请求汗王殿下履行你对和硕特部的义务和权力。姑妈已经答应了我的恳请,并说,她将叫你以武力干涉。"

"妈妈说了一句多么……糊涂的话呀!"

"这是唯一可行的办法。"

"不! 这是愚蠢的。我不会这样做。事情不会发展到大动干戈的地步。

---

① 额济勒河上游的城市,曾是俄罗斯和土尔扈特汗国的交界城市,但此时,这条边界已大大南移了。

我可以再去劝说他，舅父会醒悟过来的。"

"你过分相信劝人向善的效力了，汗王殿下！但是，你已经说得如此决然，我就不能再请求你改变主意了。下面，我还有一件也许是你更为关心的事情告诉你，这也是我此行的主要目的。但在我说出之前，请你回答我，你心里是不是隐藏着巨大的忧虑？"

"谁告诉你的？"

"你的眼睛。"

"眼睛？"渥巴锡皱眉道，但紧接着又笑了一下，扬起右手在脸上抹了一把，"看来我的眼睛是不会撒谎的。这可是我的大弱点。但是说到忧虑，作为汗王能全是快慰吗？总会遇到一些不顺心的事情的。比如……"

色克色那抢过话头说："你喜欢我，爱护我，却不真正相信我。……"

"你怎么能这样说？"

"你心里是清楚的。尽管你不相信我，我还是不能改变对你的忠诚，甚至要把阿爸的秘密泄露给你。我劝你也应该谨慎，特别的谨慎，因为阿爸似乎已经发现了什么，正在控告你……"

"什么！控告我？向谁？"

"贝格托夫。"

"贝格托夫？"渥巴锡冷笑道，"向外国的总督控告自己的汗王？真是笑话！不过，他控告什么呢？是控告我干预他的家事吗？"

"比这严重得多。他控告你正准备叛离女皇陛下……"

渥巴锡的身体猛然一抖，用力握住色克色那的手腕，并飞快地扫了一眼正从平台往下走来的扎尔固成员们，压低声音说道："不要再说了！一会儿，我把他们都打发走，你要把你所知道的一切，一字不漏地告诉我。"然后，他把身体整个转向迎下来的大臣，微笑着挥了挥手，拉着色克色那紧走几步，踏上了台阶。

大臣们见汗王已登上台阶，便不得不在原处俯首恭立，一齐喊道："给殿下请安！"渥巴锡一边很快地登着台阶，一边向两侧的大臣们说道："谢谢你们又一次迎候我。既然你们已亲眼看到我安然无恙地返回宫殿，那就请自便吧。"

但是，大臣们一个也没有离去，又都随着汗王身后返回到平台上。

渥巴锡停下脚步，略一思忖，对色克色那说道："表弟，劳你去向母后报告,说我一会儿就去请安。就便告诉你的王嫂,命人准备丰盛的便宴。我已经几天没有好好吃一顿饭了。你今天就陪我共进一次像样的晚餐吧。"

色克色那浅浅鞠了一躬离去后,渥巴锡说道:"你们好像除了关心我的安全外,还有别的事情。那就请快说。我今天确实感到疲倦了。"

达什敦杜克趋前一步,匍匐在地:"殿下!⋯⋯"

渥巴锡吃了一惊,惶惑地伸出手把达什敦杜克拉了起来,怀罪地说:"叔父,我再三说,你不必对我行此大礼。有什么话尽可以站着讲。"

达什敦杜克虽然没有拒绝渥巴锡的扶持,脸上却依然是不满和严厉的表情,他又倒退一步,拱手道:"那我就遵命了。但我不是叔父,而是臣仆。殿下,尽管你已经表示,不准臣下干预你孤身出猎的自由,尽管你用疲倦为借口,想回避臣仆们的聒噪,但为汗国,也为了汗王,更为了仰赖汗王的部众,我还要冒死进谏。殿下酷爱比武和行猎,是众所周知的。所以,殿下继承王位后,每年举行两次大比武和万人会猎,虽曾引起南北邻国①的误解和恐慌,臣仆们并没有责备殿下。至于殿下微服出游,如偶一为之,且妥为防范,亦似无不可。但屏却随从,暗自出猎,且如此频繁,则臣下以为有失人君之道。一国之主,群臣倚附,百姓仰赖,一举一动,万目攒射,故而第一要紧的是'谨慎'二字。殿下的行为实在有悖于此。如果殿下迷恋山林,专事游猎,必然荒于政事,此其一;古人有言,'上有好之,下必甚焉',长此以往,效法者恐怕不限于属臣,此其二;俗语说,祸多藏于隐微,殿下一人自处,祸患随身,或临深渊,或踏虎尾,设有不测,则母失子而国失君,此其三。以上请殿下三思。殿下如能从此收回野马之心,勤于政事,则臣下虽死亦能含笑九泉。"

渥巴锡一直心情繁杂地注视着侃侃而谈的达什敦杜克,在他深邃的眼睛里,既有折服、赞赏,也有感激、喜悦,但更多的则是只有他自己才能明白的委屈和忧愁。这忧愁如此巨大,有时又浸入一股急躁,形成一阵狂涛,在他的眼里涌动,以致遮住了其他的一切。而在场的臣僚们恰好把这误认为是汗王的愧赧。

善于克制的渥巴锡轻轻闭了一下眼皮,终于把忧愁的狂涛压回到眼底,他抬起头来,深情地看着达什敦杜克,声音略显嘶哑地说:"谢谢你,可敬的

---

① 北邻为俄罗斯,南邻为土耳其。

叔父。你使我重温了一次先王的严厉和慈爱。我的行为,决不会违背先王的遗嘱和叔父的教训。至于说到孤身出猎……"他说到这里,眼里刚刚压下去的狂涛又奔涌而出。他倏然将视线移到舍楞脸上,继续说下去,"我自己也决定不再重复了。因为我的猎伴在约定的时间没能和我会面,他如果不出事,是一定不会失约的。而我,没有这个猎伴,对行猎我已感到索然无味。"

谁也没有注意到,舍楞在听了这番话后,垂下眼帘并把身体侧向一边去了。

渥巴锡咬了咬嘴唇,想转身离去。

"殿下。"一直站在不显眼的地方的策伯克多尔济说道,"如果殿下的时间还可以多少剥夺一点儿的话,有两个案件请殿下裁夺,以便施行。"

渥巴锡心烦意乱,却又不得不停下已迈动的脚步,朝策伯克多尔济看去。后者那洁白的脸上还残留着细汗,被夕阳涂上了一层微红,但却毫无表情,平静得像一泓清晨的秋水。

这倒使渥巴锡很惊讶,不由得微蹙了一下额头。

渥巴锡原来也很喜欢这个仅比自己小一岁的同族侄儿。他常说,策伯克多尔济是王族里出类拔萃的美男子,能言善辩的机灵鬼,但因久居彼得堡,难于亲近,他感到很遗憾。可是,当渥巴锡继承汗位的第二年八月,也就是叶卡特林娜二世王朝开始的第二个月,策伯克多尔济根据女皇的圣旨,取得在同时被改组的扎尔固首领的高位,成为可以分享汗王权力的第一个贵族。这本身就给这叔侄俩造成隔阂,加之很自然的意见的偶然相左,那隔阂就越来越深了。渥巴锡对这个堂侄,不能不万分小心地加以戒备。因此,当他看到此刻策伯克多尔济的平静表情,对比自己的心烦意乱,如何能不生气呢?但他却有意地把心烦意乱和气恼,控制在不易看出的程度,露出讥诮的神色盯住对方,戏谑地说道:"这是怎样的奇案,竟难倒了谙熟《卫拉特法典》和女皇旨意的策伯克多尔济呢?"

策伯克多尔济仍然极其平静地说:"想请汗王殿下亲自裁夺,是因为有争议,又事关人命。第一件,是德玛拉什管辖的鄂拓克集体改信东正教一案。……"

"确切地说,应该是被卢布买通的德玛拉什胁迫部众改信东正教一案。对吗?"

渥巴锡的话使在场的人特别是策伯克多尔济和达什敦杜克感到惊讶，人们奇怪，汗王怎么会知道这件事，而且如此了若指掌呢？但渥巴锡没容人们多想，微微一笑，转向洛桑丹增说道："活佛……"恰恰在此时，渥巴锡一眼瞥见石板路走来两个人，顿时气得嘴唇发紫，他向洛桑丹增挥了一下胳膊，"等一等。"然后几步跨到平台的边缘，异常厌恶地向下看去。

来人是策伯克多尔济的两个异母弟，一个叫道迪比，一个叫阿沙莱。他们长期随寡居的母亲住在彼得堡，接受了东正教的洗礼，是完全欧化了的土尔扈特贵族。曾在沙俄陆军服务，官运畅达，刚过二十岁，就都已是陆军准将了。一年前，他们以俄国陆军准将和土尔扈特贵族的双重身份，突然出现在玛怒托海。人们怀疑这兄弟俩负有特殊使命。他们花钱的慷慨和常常超越身份干涉汗国的政事，引起了很多人的反感。渥巴锡最反感的是他们那身将军服。而今天，道迪比和阿沙莱正是穿着笔挺的将军服、佩戴着勋章出现在汗王宫殿前的石板路上的。

道迪比很胖，阿沙莱更胖。将军服却很瘦，紧紧箍在略低于中等个头的身体上，都显得大腹便便。时间已近日暮，两个人的右侧都投射出去极长极长的身影，从平台上看下去，令人想起中国古代皇帝帐前那滑稽逗乐的侏儒。平台上的汗王和扎尔固成员们，微皱眉头，默默看着这两个人很费力地从台阶向平台攀登而来。

"唔！原来是道迪比和阿沙莱。"渥巴锡在两位准将踏上从上往下数第三个台阶时，用冷冰冰又带有讥诮的语气说道，"我还以为是俄罗斯或土耳其派来下战表的使者呢！"

听到汗王的声音，出于最起码的礼节，道迪比和阿沙莱不得不停下脚步，因为上面还隔着两级台阶，他们说话时就只好仰起面孔了。

"你这话……是什么意思？渥巴锡殿下。"道迪比听出渥巴锡的话里有刺，感到很不满，便不客气地质问了一句。但他和他的弟弟在使用蒙古话上，像他们在台阶上使用自己的大腿一样吃力，他们更熟悉的倒是俄罗斯话。

阿沙莱附和道："殿下的话很……很叫人……不受用！"

渥巴锡冷然一笑，根本没有理会他们的话，接着说道：

"作为土尔扈特汗国的臣民，在觐见他们的汗王前，至少会想一想，他应该穿着什么样的服装！"

阿沙莱下意识地扯了扯在肚子前翘起的衣襟。而道迪比却瞪起眼睛,十分生硬地说:"我也想提醒……殿下……注意。再有二十天,就是……女皇陛下登基六周年……庆典。按照……规矩,庆典一个月前,就该穿上女皇赏赐的……礼服,佩戴……这个这个……"

阿沙莱提示道:"勋章。"

"对,佩戴勋章。殿下却穿着肮脏的猎装。是大……大不恭敬的。"

渥巴锡鄙夷地说道:"我知道怎样恭敬女皇。我已经把她赏给我的礼服和勋章在先王灵位前烧了,以便让先王知道,渥巴锡获得了女皇的怎样的宠幸!"说到这里,渥巴锡朝着下边挥挥手,"你们来找我到底有什么指教,就直说吧!"

道迪比掏出手帕揩了一下脖颈上的汗水,说道:"我们听说有人控告德玛拉什等人自愿皈依东正教,并且今天汗王要作出最后判决。"

"想听听我怎样判处德玛拉什等人,对吗?"

"对。"

"那就算你们来得正巧。"渥巴锡说着回过身,看着洛桑丹增,"活佛,刚才策伯克多尔济提出的和他的两个弟弟想知道的案件,均指德玛拉什等人叛教一事。对此,你的话最有权威。请把你的想法告诉我们。"然后,他又对道迪比兄弟说,"二位请上来,会听得更清楚的。"

道迪比咬牙切齿地看着渥巴锡,竟出乎意料地敏捷起来。两步踏上平台,气喘吁吁地站到策伯克多尔济身旁,后者却垂下眼帘动也没动。

身着袈裟、手抚念珠的洛桑丹增俯下满面红光的脸,合掌说道:"殿下,根据教规、法典和法典补充条文,凡叛教者,一律科以财产刑。十年前,扎尔固会议在为法典补充条文拟订细则时更增加了'鼓动叛教而又不听规劝、顽固不化者,处死'的律条。据我所知,爱马克长德玛拉什因接受贿赂而叛教,余属是迫不得已才表示改信东正教的,有轻重真假之别。俗语道,'法不责众',且我佛以慈悲为怀,劝善为本。故可重罚鼓动威逼者一人,属众容其自新,不施刑罚。"

渥巴锡一边细心地听,一边频频点头,并在洛桑丹增说完后,转过脸朝策伯克多尔济看去,后者也正紧紧盯着他。

策伯克多尔济说道:"既然汗王对洛桑丹增的高见已经首肯,臣下就照此判决了。"

"我看不必追补判决书了。"渥巴锡炫耀地挑了挑眉毛,"昨天,我已亲手砍下了德玛拉什的头颅,同时赦免了全体爱马克。"

渥巴锡的话引起人们的震惊。达什敦杜克赞赏地看了看汗王,又很快羞愧地低下头去。道迪比和阿沙莱却已气得鼓出了眼睛,说不出话来。

渥巴锡紧接着对道迪比兄弟说:"只可惜,我到底没查清那个肯花卢布买通德玛拉什的人,据说和二位当中的一位相貌酷似。我劝二位以后行动要谨慎,以免部众们发生误会。"

"你!"道迪比异常费劲地说,"渥巴锡,你的行动和语言是很不友好的!"

"我现在应该叫你们阿列克赛和约纳①,而不是什么道迪比和阿沙莱。因为你们到底演出了特使的节目!"

阿沙莱不得要领地威吓道:"你会后悔的!"

道迪比紧接着怒喊道:"我们要向女皇控告你!"

"演得越发像了!不过,控告我什么?控告我杀了个加尔梅克人?控告我身着猎装有失威仪?去控告吧!"在渥巴锡以少有的激动大声说着这番话的时候,道迪比兄弟已愤然奔下台阶。渥巴锡的声音却仍旧没有停下来,"去控告吧!女皇会高兴的,因为我正按着她的设计,塑造着草菅人命、荒于政事的渥巴锡汗的形象!"

渥巴锡说到这里,终于意识到自己今天激动得有些失态,他是从来不想把事情做得如此露骨的。他感到后悔和惭愧,想立刻把自己藏到一个谁也看不到的地方,猛地回转身,大步朝宫门走去。

"殿下。"策伯克多尔济又轻声喊道,"还有一个叛逃的案件……"

渥巴锡头也不回地边走边说:"叛逃者一律处死!"

舍楞说道:"殿下,叛逃者是自己归来的。"

"没有例外。"

"而且,是先王很器重的萨姆特的后代阿斯楞和安妮。"

渥巴锡听到安妮的名字,似乎受了重重一击,倏然站住了,如果不是恰好在这个时候从宫门出来的色克色那扶了他一下,他肯定会倒下去。人们看不到他的脸,但从色克色那惊骇的样子可以推测出,此刻汗王的脸色一定

---

① 道迪比和阿沙莱,在彼得堡接受东正教洗礼后起的教名,后文提到的敦杜克夫是他们的姓。

42

是异常苍白,而且表情也一定不同寻常的。

极肃静的一刹那过后,人们听到渥巴锡故作镇定的声音:"取消贵族头衔。阿斯楞罚做终身司御,安妮……暂押惩罚室。"说完,渥巴锡像逃跑一样几步跨进宫门……

7

渥巴锡急不可待地听完了色克色那的讲述后,并没有感到震惊,却放心地舒了一口气。因为札木扬虽然知道渥巴锡不会中断从阿玉琦汗便开始的东归的努力,但他还没有掌握足以使渥巴锡前功尽弃甚而彻底毁灭的证据,向贝格托夫密告的内容不外诸如习武练兵,不准部众学习俄语和改信东正教这些众所周知的事情,以及他自认为不可轻视的可疑迹象。如果贝格托夫乃至叶卡特林娜女皇感到高兴和认为多少有点儿可信的话,那仅仅因为密告者是汗王的至亲。这和他派出去查勘东归路线的罗卜藏的杳无音讯相比,毕竟是微不足道的。而且还可能有点儿好处。至少女皇可以暂时得出如下结论:她几年前就觉得不放心的年轻汗王已经众叛亲离,成不了什么大事了。因此,也就无须匆匆忙忙搞一次可能引起土尔扈特部众反感的宫廷政变。

但色克色那的一番披肝沥胆的话,又不能不令渥巴锡异常愤慨。因为密告他的不是别人,而是他曾想依赖的姑父兼舅舅。先王升天之前,曾嘱咐渥巴锡,涉及东归诸事,只能和舍楞商量;而舍楞则告诫他,对札木扬要万分小心。如果不是先王的遗嘱,不是舍楞的坚持,他早就把东归的计划向札木扬和盘托出,甚至会把和罗卜藏秘密会面的地点定在不引人注意的和硕特部了,那他渥巴锡悉心筹划的一切早就付诸东流了。想到这些,渥巴锡很为自己轻于信人感到惭愧,对先王的识人的眼力和舍楞的难得的忠直,更加佩服了。

色克色那仰望着渥巴锡渐渐变得怡然平静的脸,奇怪地说道:"表哥,我甘愿领受不孝之子的罪名,向你密告自己的父亲。但我看出,你并不认为我说的这些话对你有什么意义……"

"恰恰相反,色克色那,意义非常大。而且,任何人都不会给你加上不孝之子的罪名。真的,表弟,我感谢你。你的勇敢行动一定会获得赞誉。"

"我不是为了获得赞誉才来密告父亲……"

"这就更加可贵……"

"请你告诉我,阿爸不光彩的行为当真没有构成对你的威胁吗?"

"至少当前不会对我构成威胁,请你放心,亲爱的表弟。我指的不是这一点。你让我看到了一颗善良、高贵而又正直的灵魂。我为和硕特部感到庆幸,他们将有一位值得信赖的首领。"

"这种可能早已不存在了……"

"只要争取,就能得到。"

"怕来不及了。阿爸已经……"

"不要灰心,表弟。我决定送你回去,劝他收回成命。"

"阿爸会和你吵起来的。"

"一个自知理亏的人,怒火只能在心里偷偷燃烧。"

"表哥,你的努力仍会以徒劳告终。"

"努力一下总有成功的可能。而且,一切努力都做到了,也就不会为最后的行动感到灵魂的不安了。"

"我明白了,表哥。"色克色那眼睛一亮,"我承认还是你对。"

"那么,聪明的色克色那表弟,请你去餐室等我。我去洗掉这满身的灰尘,换件衣服,随后就来。"

在蒸汽浴室里,渥巴锡感受到一阵空茫的宁静,几天来在胸膛里郁结的块垒似乎渐渐化开,随着汗珠的滚落,溶进四周涌动的蒸汽里去了。但这种在蒸汽包围下的与世隔绝和闭上眼睛自我欺骗没有什么不同。当他穿上松软的衣服,走到餐室坐在色克色那对面的时候,那些不快、惊扰、忧虑和怨恨,又都争先恐后地从心海里涌起,搅得他焦躁不安。色克色那也发现了渥巴锡的烦躁情绪在干净而红润的脸上游荡。但他知道,像渥巴锡这样刚强、自信和骄傲的人,是不肯把隐藏在心底的苦闷吐露给别人的,而且劝说也没有用。所以,他什么也没有说,只是感到爱莫能助,同情、怜悯地凝视着渥巴锡。后来,渥巴锡勉强喝了一小杯红葡萄酒,和色克色那约定了启程的时间,匆匆道歉一声,便丢下色克色那和满桌珍馐,快步走出餐室。他没有去妻子塔莉莎娜的房间,也没有回到自己的卧室,而是沿着铺着地毯的长长走廊,走到最西面,进入他独自使用的特备房间。这里很肃静,而且没有汗王的召唤，除了母后和塔莉莎娜，谁也不能接近这个房间，而母后和塔莎娜知道只有渥巴锡心烦意乱和需要独自思考时才走进这个房间，所以从未有利用过这个权力去打搅总是心事重重的年轻汗王。

可是今天，渥巴锡刚刚把自己疲惫不堪的身体投到俄罗斯式的长沙发上，尽力动员同样疲惫不堪的神经，企望在无人干扰的片刻，整理一番混乱芜杂的思绪时，却出乎意料地听到了轻轻的叩门声。他厌烦而生气地说道："进来！"

门开了，达什敦杜克走了进来。

"叔父！"渥巴锡跳起来，显得很惊讶。

"我本不该在此刻来打搅你。"

"没什么，叔父。请坐下。"

"不。我只说几句话。"

"请说，叔父。"

"还在生我的气吗？"

"为了刚才叔父的责备吗？不，叔父，我只感到高兴。你不必为此过虑。"

"谢谢殿下。……萨莱听说殿下回来了，非常高兴。可你不去吻他的脸蛋，又很伤心。他说，你不去吻他，他就不去吃晚饭。"

"真的！我实在不该冷落了可爱的小萨莱。我这就去吻他。我也非常想他。……"

萨莱是渥巴锡唯一的儿子，今年六岁。这名字原来是属于渥巴锡的哥哥的。但这个王位的当然继承人在1741年作为人质被带到彼得堡，1744年，死于囚禁生活之中。渥巴锡的儿子出生以后，母后给他起了萨这个名字。渥巴锡担心母后一听到这个名字就会想起以往的伤心事，便想换一个别的名字。母后不同意，她说，正是为了不忘记这件令人痛不欲生的伤心事和难于湔雪的耻辱，才非要在生活中留下这个名字不可，渥巴锡只好遵命了。小王子萨莱聪明俊秀，宫殿里的上下人等都喜欢他，特别深受母后和达什敦杜克的娇宠。达什敦杜克因为一直住在宫殿里的一套房间，便主动承担起萨莱的启蒙教师的职务。

"叔父。"渥巴锡见达什敦杜克依然站立未动，便又说道，"你好像还有别的事情？"

"殿下,我多少猜出了你在进行一桩非同小可的事情。我猜对了吗?"

"猜对了,叔父。"

"顺利吗?"

"不。"

"所以你很苦恼……"

"是的,叔父。"

"为什么不让我替你分担一些忧愁?"

"我不愿让叔父过早地替我担心。我还年轻,我的精神需要多方面的支撑,包括叔父和母后健康地生活在我的身边。……"

"我明白了,殿下。我也希望你谨慎,稍有差池,就会失掉全局。"

"谢谢叔父的指教。"

"殿下,看来我应该在萨莱王子的启蒙课以外,让他学一学乾隆皇帝宫廷的礼仪了。殿下以为可以吗?"

渥巴锡感动得热泪盈眶。他一把握住达什敦杜克的胳膊,嘴唇颤抖着说:"你真是最能理解我的好叔父!——走,我们马上去看萨莱!……"

8

这座汗王的宫殿,始建于公元 1630 年。经过几代汗王的修葺和扩建,到了渥巴锡登上汗位时,已经成了额济勒河和雅依克河流域的独一无二的辉煌建筑了。宫殿本身的高度不会少于二十米,更兼坐落在平旷草原的一个小丘般的岗地上,远远望去,犹如一座拔地而起直插云汉的高峰,令人瞩目和望而生畏。它的整体造型,大致相当于一个"凸"字。这种独具匠心的设计,使它虽系全木结构,却稳如泰山般毫无轻飘之感。除了居中突起的主殿带有斗拱飞檐外,左右两翼的殿顶均为平台式。大殿正门的前脸,也有一带不太宽的飞檐,飞檐下是四根雕刻着双龙戏珠图案的立柱。立柱后边,便是四扇威武的精雕细刻的殿门了。走进这个大门,再经过一个总是挂着帘幕的月门,就是这座宫殿里最大的正殿了。正殿的四壁均有门,却无窗,可并不黑暗。因为在和左右翼楼楼顶相等高度,本应有天棚的地方是中空的,四周是带有护栏的圆形游廊;游廊下支着四十根漆红的立柱,使正殿给人一种圆形大厅的错觉；环形游廊除北侧外，三面均有明亮的窗子。光线正是从这三面窗子交叉射进正殿的。这种交叉、重叠和变幻莫测的光线，加上上边游廊北侧总是垂挂着的厚厚的帷幕，置身其间，会感到神秘、肃穆甚至恐怖。各代汗王无一例外的，都在这里处理国政、召开扎尔固会议和接见外国使臣。正殿两侧均有楼梯，可通到左右翼楼的平台式殿顶和戒备森严的环形游廊。每到春秋两季，在汗王指定的时间，那些享受不到陪汗王同登顶楼荣誉的中小贵族，便可登上翼楼殿顶，观看跳驼、诈马戏以及比武和赛马。能进入环形游廊的人，除汗王和汗王的内眷外，只有被汗王特殊召见方可。因为在那面帷幕的背后，隐着一条三十米长的走廊，走廊的里侧有十一座异常坚固的门，除当中一座门里设有不常用的通到顶楼的楼梯外，其他十座门里是格局不同、式样各异的套间，房间总数达五十多。这么多的房间，除母后、王妃、王子和乳娘以及达什敦杜克各占有五间外，其余均归渥巴锡汗使用。至于说到四面的折门总是敞开的顶楼，只是在春秋两季会集部众时，汗王和扎尔固成员以及有幸获准的外国使臣登临。汗王有时也独自一人上去。在那里，不仅可以看到东部的沙碛、北部的素练般的额济勒河以及河两岸星群一样的土尔扈特部众的毡帐群，在天气异常晴朗时，甚至可以隐约看到南边天际处高加索山脉的主峰——厄尔布鲁士山的尖顶。只要登上顶楼，四周的一切便尽收眼底，就能意识到，当年，土尔扈特汗国第一代汗王和鄂尔勒克决定在这一带岗地的制高点开掘宫殿的地基，是相当有远见的。[①]

渥巴锡返回宫殿的第二天下午，年轻的汗王正站在顶楼的廊柱旁，凝视着他的汗国。

渥巴锡是在中午前登上顶楼的。他原以为开阔的视野，无人打搅的宁静，会使他很好地思索一番。然而，那毡帐群，那一群群的牛羊，连同水浪般的地气从遥远的地方闯入他的眼帘时，他反倒被一种更令人窒息的氛围压迫得透不过气来。是的，眼前的一切是属于他的。他是这个具有一百四十多年历史的汗国的主宰。崇高的地位，三十万部众的爱戴，本应使他有无边的快乐。而他却一天都没有感受到这种快乐，反而觉得这是落在肩头又推

[①] 《圣武记》（清·魏源）载："……有腾吉思巨泽曰玛鲁托海，在图理雅部之东，俄罗斯之南，左哈萨克部之北，夹河（额济勒）两岸广莫饶水草，传至阿玉奇之孙乌锡巴（渥巴锡），皆以河南岸为王庭，而居其台吉、鄂托克等于河北，休养生息百余载，两岸各十余万户，毡幕驼马，云屯谷量。"

卸不了的巨大压力。他生不逢辰。先王交到他手里的汗国,不像叶卡特林娜的俄罗斯帝国正勃勃兴起,更不像祖先生活过的土地正经历前所未有的乾隆盛世,而是处在四面受敌、孤立无援的衰微时期,而且面临被征服甚至被毁灭的险境。所以,他接过汗国大权的同时,便也接过拯救汗国的重任。可是,也许命中注定渥巴锡要经受无数磨难,拯救汗国的努力也如此不顺!看来一切还需从头做起。

渥巴锡想着这些,重重地叹了口气,收回落向额济勒河的视线,慢慢垂下头来。当他的视线扫过宫殿西侧的惩罚室时,眼睛突然一亮。他想起了安妮。在这一瞬间,一直占据着他心海的各种苦恼,全被安妮的形象遮掩得无影无踪了。真的,渥巴锡难道只能有痛苦吗?不!他也应该有快乐。于是,他用力挥了挥手,急步走下楼梯,去寻找他肯定会得到的快乐了。……

渥巴锡急不可待地向更衣室走去。正在这时,随着一阵急促的脚步声,色克色那从游廊处匆匆走过来,在正面迎住了渥巴锡。

渥巴锡看到色克色那苍白的脸上满布着兴奋、急切和期待的表情,猛然想起他答应在今天下午陪表弟去和硕特部的事情,深感抱歉地说:"色克色那表弟,看到你归心似箭的样子,我真不忍心告诉你把去和硕特部的时间改为明天的决定。"

"真巧!"色克色那眼睛一亮,高兴地喊道,"我正想请求殿下推迟启程的日期!"

"是吗?"渥巴锡笑道,"看来,你已经开始喜欢我这座阴沉沉的宫殿了?"

"这里充满了阳光,我的爱已经达到了最高峰!"

"我真高兴,表弟。如果这样,我还要请你在这里多住一两天。"

"一月,一年,甚至永久,我也愿意。"

"那可不行,亲爱的表弟。"渥巴锡故作认真地说,"我会担一个扣押和硕特部继承人的罪名呢。说真的,表弟,再住个一两天,我很需要这段时间。——走,我们边走边谈吧。"

两人沿着走廊并肩向前走去后,色克色那说道:"表哥,你今天的心境好像比往常好得多?"

"无与伦比的快乐!——表弟,你领受过初恋的快乐吗?"

"我已经开始懂得……"

"我现在的心情,就和这种初恋的快乐毫无差别!"

"你难得有这样的好心绪。我真替你高兴。我感谢上帝,这是它对我的眷顾。"

"你说什么?"

"在我正急于向殿下有所索取的时候,赶上你如此快乐,我相信会如愿以偿的。"

"那还用说!你想要什么?珠宝,畜群,还是宫殿?我都可以毫不犹豫地奉送给你。"

"不,比这贵重得多。"

"唔!那是什么呢?"

"幸福。"

"幸福?"渥巴锡惊异地看了色克色那一眼,"请说明白。"

"表哥,在说这句话以前,我的心房在剧烈地颤抖;但我的心灵在命令我:'勇敢些,向汗王殿下吐露你的隐衷吧!他会屏却一切偏见,高高兴兴答应你的。'所以,我还是决定向你说:表哥,我突然热烈地爱上了一个姑娘。……"

"原来是这样!"渥巴锡怜爱而愉快地说,"这有什么!我一定像对我自己一样成全你们。——不过,是哪一位幸运的姑娘夺去了高贵而英俊的色克色那的心呢?"

"被你关进惩罚室的安妮。"

"什么?"渥巴锡感到万分惊讶地大声说,他此刻已经拉开更衣室的门,迈进了一步,但一下子站在那里不动了,怔怔地看着站在眼前正乞求地仰望着他的色克色那。

总是在更衣室里等候随时可能进来的汗王的内侍,立起身问道:"汗王要换哪一套衣服?"

"最好的一套。"渥巴锡没好气地说道,然后回身在地毯上踱起步来。

色克色那跟进一步,显得胆怯地问道:"殿下,我的请求很使你生气吗?"

渥巴锡站在色克色那对面,紧紧盯着他的眼睛,声音有点儿嘶哑地说道:"色克色那表弟,你……为什么偏偏爱上她呢?汗国里可爱的姑娘那么多!"

"殿下,看到你吃惊的表情,听了你这番话,我就知道你像我开初预料的那样,不会同意我的选择。你以为,我这样身份的人,不该爱一个关在惩罚

49

室里的罪囚。但我要说,对你是罪囚的安妮,对我却是幸福的源泉。是的,她是我整个的生命!从我看她第一眼的时候起,就这样注定了的。"

"你是如此地爱到不能自拔的程度吗?如果另外有一个……"

"不,这是不能对换的。你把她给我,我甚至可以不要和硕特部!"

"是这样!"

"是的,表哥,是这样。我昨天晚上,鬼使神差地走出去,偶然遇到正被押往惩罚室的安妮。我一下子被她的风韵迷住了。她像晚霞一样艳丽,像早晨一样清新。她穿着破旧,却满身喷射着高贵。她洁白无瑕的脸上,荡漾着纯洁的天真;她的泉水般的眼睛里,流动着明月般的温顺。是的,她是高贵和善良的化身!她只看了我一眼,我的心便被她整个带走了。我站在那里,直到她的身影消逝,我才勉强拔开软弱无力的双腿。……"色克色那看着在烦躁情绪中更衣的渥巴锡,自顾热烈地说下去,"表哥,不管人们怎样议论我,我也要娶她。我对她的爱将永远像现在这样热烈,不会衰竭!"

渥巴锡不耐烦地帮助内侍把宝刀挂在自己的带钩上。他踱了几步,突然转向色克色那,坚定地说:"我不会答应你的。"

"我预料到了。你有权力这样做。因为你关心我,喜欢我,我更能理解你为什么这样决定。但是,表哥,你的真诚的关怀,恰恰会害死你可怜的表弟!"

渥巴锡知道色克色那并不真正理解他此刻烦躁和发怒的原因,也不好现在就作一番明确的说明,他害怕可怜的表弟会经受不住这样巨大的打击。他找不到此时此刻最合适的语言,却不知怎么顺口问了这么一句:

"你已经向她求过婚了?"

"是的。"

"她答应了吗?"

"我想她会答应的。"

"我是问你,她……是不是接受了你的求婚!"渥巴锡的语气很生硬,而且还带着明显的怨恨,但色克色那还是把这一切都误解了。

"她还没有接受。"色克色那说道,"她知道自己是罪囚,这种不能自主的可怜处境,更加打动了我的心。她说,她的一切都属于汗王,一切要由汗王安排。"

"她是这样说的吗?"

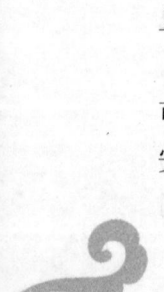

"是的,殿下。"

渥巴锡像一个获胜者那样,心里感到一阵激动和兴奋,他掩饰地转过身,走了两步。

色克色那又紧接着说道:"表哥,帮助我一次吧。你只要说一句话,安妮渴望的自由,我等待的幸福,你就算都恩赐给我们了。"

"可是……我大概不能帮这个忙。"

"我求求你,表哥。难道我这些话还不能使你感动吗?这对你是轻而易举的事情。你只要向安妮说一句:接受色克色那的爱情吧。那我就得救了!"

渥巴锡看着色克色那眼里涌流出的泪水,不由得心里一沉。他想,痴情的色克色那真会为安妮去死呢。他受到了感动,并在心里埋怨起自己的心胸太狭隘,怎么能为了一个姑娘和表弟闹僵呢?他这样冷静地沉思片刻后,抬起开始变得平静的眼睛,说道:"好吧,表弟。尽管我会为此忍受巨大的痛苦,但还是答应了。"

"你答应了!表哥,这是真的吗?"

"是真的。"

"表哥!"色克色那欢呼一声扑过去,紧紧抱住渥巴锡的胳膊,"你真是伟大而慈善的汗王!我已经感觉到,我生命的晨光已经升起来了!"

渥巴锡沉重地轻叹一口气,费力地说道:"那你就快去吧,色克色那表弟,祝你成功。"

"怎么?你不去?"

"我顶好藏在宫殿里不让她见到。你去告诉她吧,我把自由给她了。"

"那怎么能行?安妮不亲自听到你的应允,是不会跟我走的。"

"如果这样……"

"为我,你就走这一趟吧。她说,她要汗王殿下当面下命令。"

渥巴锡紧锁双眉地说:"这种事怎么能下命令啊?"

"就算是劝说吧,表哥,你也一定要去一趟。你穿着这身象征权力的王服,就更合适。"

"是吗?"渥巴锡心不在焉地支吾着。

"你还应该系上披风,就显得更威武、更英俊了。"

"披风,当然,还有披风。……那么,我就去一趟。不过,我如果站到她的面前……"

"不管你站在谁的面前,获得的也只能是心甘情愿的服从。"色克色那一边说,一边帮助渥巴锡系上披风。

"你真叫我又走到犹豫不决的边缘了。……"

"不要再犹豫了,表哥。爱情不应受等级的限制,而且我猜测出,安妮的出身也一定很高贵。"

"是吗?"

"而且……你去看看她吧。你只要看她一眼,就知道我为什么爱得如此发狂!"

"也许……这是对你很不利的。"

"不会的,表哥。让我再说一遍:谢谢你,尊敬的表哥,伟大的汗王!"

渥巴锡在色克色那的催促下,身不由己地向外走去,嘴里轻轻嘟囔着:"可怜的色克色那,你会后悔的。……"

但是兴奋中的色克色那什么也没听着。

安妮昨天晚上进入的惩罚室,位于宫殿的西侧。这座长宽均为两丈的石头墙壁的房子,是阿玉琦汗在世时为了强制那些偶然犯了过失的贵族闭门思过而修建的。有多少贵族曾在这里度过一段难堪的与世隔绝的日子,已经无法记清了。但是,让一个姑娘独自住进这个惩罚室,安妮还是第一个。

这个惩罚室不算不舒适。床铺、座椅、壁炉、盥洗设施,都很齐备。窗子不小,也不算高。每天三餐,有专人收送,每餐虽只两菜一汤,但并不粗粝。门上从来不加锁,看守的人只能站在很远的地方,不听到被惩罚者的呼唤,是不能走进惩罚室的。

对于安妮,从住了三天的又低又矮、又潮又臭的监牢房搬到惩罚室,不啻从地狱升到了天堂。第一宿她在细心地沐浴后,舒舒服服一直睡到黎明。今天,又用了小半天的时间,把这个她自己也不知道能住多久的"新居"打扫擦拭得干干净净。然后,她满心欢喜地把座椅移到东窗下,伏在大理石窗台上,双手托着脸颊,一动不动地仰望起宫殿的耸入蓝天的顶楼。中午的时候,她曾站起来一会儿。那是因为自称色克色那的温文尔雅的年轻贵族来向她求婚,她差点儿笑出声音。把色克色那打发走以后,她就又伏在窗台上,没有再改变过姿势。她有个预感,那就是渥巴锡肯定会来看她,说不定就在一瞬间后,响起渥巴锡温柔的喊声:"安妮!"她也正在盼望这一时刻的到来。过去的几年,她确信不可能再见到渥巴锡了。而现在,渥巴锡的宫殿和她如此切近,和深深思念的人相见在即,她的心海怎能不漾起波澜呢?她就这样等着,盼望着,从早晨到中午,从中午到太阳偏西,渥巴锡却始终不曾露一露身影。安妮感到纳闷,昨天人家明明告诉她,把她送进贵族惩罚室是汗王殿下的亲口命令。这显然是个有意的安排。那么,渥巴锡为什么把她扔在这里不管了呢?要知道,一天一夜对一个焦急等待情人到来的痴心姑娘,该有多长!要不,渥巴锡是故意用冷落来报复当年不辞而别的"狠心'的安妮吗?抑或是当真把安妮当作叛逃的罪犯,正在考虑如何重重地惩罚她吗?想到这些,安妮又感到伤心和委屈,忍不住又要珠泪乱溅了。

安妮估计渥巴锡不会来了,便轻轻站起,从窗前转过身来。刹那间,她像进入梦中一样愣住了,她模模糊糊看到在门口站着一个满身珠光闪烁的剽壮的男子。

"渥巴锡殿下!"

安妮惊喜地狂喊一声,一下飞到渥巴锡眼前,实实在在地扑到那宽阔的胸脯上了。

"安妮……"渥巴锡喃喃呼唤着他感到亲切的名字,把那个娇小的正在剧烈颤抖的身体用力揽在怀里。

还是在渥巴锡从宫殿到惩罚室的这段路上,他曾作过痛苦的心灵搏斗,在满足色克色那还是满足自己这个无法相容的矛盾中,寻求最后的答案。直到他已经拉开惩罚室的板门,才终于做出决定:让安妮嫁给色克色那。他这样下了决心以后,突然感到如同获得解脱一样的轻松。因而,他毫无忧虑地踏入了惩罚室。可是当他一眼看到伏在窗台上心事重重地凝望着宫殿的安妮,特别是,安妮热泪涌流地向他扑来的时候,那满足色克色那的决定是再也没有存身之地了。他的心室,如同阴雨后的光风霁月,只剩下了舒畅的宁静、温馨的快乐和热烈的情爱了。

这一对在各自的经历中多灾多难的情侣,紧紧搂抱着,谁也不说话,只是用剧烈的心房的迸跳在互相询问和回答。这样过了许久,渥巴锡才把安妮的软弱无力的身体抱起来,放到床上,自己也坐下去,任凭依偎在身边的安妮把头枕到他的肩膀上。

"安妮。"渥巴锡稍为平静一些,沉思着说,"真没想到,你又回到我的身边。"

"我也是……"安妮喃喃说道,她的手在轻轻抚摩着渥巴锡胸甲上的珠宝,疲倦地闭着双眼,"总觉得是在做梦。真害怕一睁开眼,你又从身边消失了。"

"你一直在想着我吗?"

"想忘记。可是忘记不了。……"

"我也是。……快六年了,一看到微风轻抚的草原,就想起你,以为你会突然从花丛中走出来。"

"还记得我们骑马在草原上追逐吗?"安妮试探着睁开眼睛。

"现在想起来,还历历在目。"

"记得你和巴木巴尔,还有阿斯楞哥哥的比赛吗?"

"比射箭吗?"

"是啊。"

"我总是赢不了巴木巴尔。"

"你射箭那么差劲,我可真替你着急。"

"可不是。我真生气自己不中用。"

"想起这些,有多可笑。"

"就像在昨天。我们那时还都是少年,一转眼,都是大人了。"

"真的。过去的六年,每一天都那么长,可现在又觉得只是一瞬间的事。……"

"唔,对了,安妮。讲讲这六年你们是怎么度过的?萨姆特大叔好吗?他为什么没回来?"

"我们都成了奴隶。爸爸死了。"

"太可惜了,那么一位有魄力、有才干的人……当时他真不该走。"

"你恨爸爸吗?"

"不。只是觉得他太急躁了。要不是我知道得太晚,肯定会把他追回来的。"

"爸爸以为你……"

"他想错了。我比他更急于回到祖先生活过的地方。天山脚下、额嫩河边的肥沃而宁静的牧场,早就占据了我整个心灵了。"

"你一直在准备离开玛怒托海吗?"

"做了几代的努力了。在我们这一代实现不了,就会永远成为泡影,甚至几十万部众都会客死他乡。"

"那就赶快离开这里吧。哥萨克的要塞在一天天增加。"

"我知道。时间拖得越久,困难也会越大。但是——等一等!"渥巴锡说着,推开安妮,一步蹿到窗前,猛地推开窗子,"谁?"

没人应声,但安妮也听到一阵急促的脚步声渐渐远去。

渥巴锡又飞快地跑出门去。他没看到人影。而两个看守惩罚室的卫士他在来时就打发走了。他凝眸思忖了一会儿,又返身回到惩罚室。安妮正紧张地站在门口。

"是谁?"

"不知道。"

"他要干什么?"

渥巴锡愤然而焦虑地踱了几步,然后严肃而不容反驳地对安妮说道:"从现在开始,离开玛怒托海的事一个字也不准再提!"

安妮惊恐地看着渥巴锡,轻声叫道:"唔!你现在的眼睛多可怕!"

渥巴锡歉然地看了安妮一眼,悲凉地一笑,转身走到窗前,迎接着血红色的夕照,久久没有作声。

安妮小心翼翼地走过去,双手交叠着搭在渥巴锡的肩头,怀罪地说:"都怪我,刚一见面就叫你不快活……"

渥巴锡轻轻抚摩着安妮的手,说道:"不。我怎么能对你发火?这和你无关……"

"告诉我,汗王哥哥,你的敌人很多吗?"

"谁知道?"渥巴锡说着叹了口气,"也许是我多心。——唔!你哭了?"

安妮抽咽着说:"我多不好!……你在生我的……气吗?"

"生你的气?不,我没有。真的,没有。"

"要是我的那些话,真的给你带来祸患……"

"不会的,安妮。"

"看到你脸上的不安,我的心都碎了。你惩罚我吧,殿下。我再也不说那些惹你不快的话了。"

"安妮!"渥巴锡回过脸,深情地看着泪流满面的安妮,用手指轻轻揩去她脸上的泪珠,"别让我再看到你的眼泪,好吗?"

"嗯。"安妮顺从地点头道。

"你真美!晚霞也愿意抚摩你的脸。我要是总能这样看着你,什么也不想,那该有多快乐!"

安妮娇羞地闭上眼睛说道:"那你就……总这样看吧。这是……你的。"

"安妮!"渥巴锡动情地把安妮紧紧拥在怀里,俯下头去。一个几乎没有间歇的长吻,差点儿使安妮幸福得晕过去。后来,他伸手拉上窗帘,隔开了血红色霞光毫无恶意地窥探,托起安妮柔软温馨的身体,向床边走去……

西边天际的霞光终于退尽后,惩罚室里像涌进了深蓝色的轻柔的云霭,一切都犹如罩在浮动的交叠的薄纱中,似清非清,似见非见。这是一种充满欢悦、和谐、神奇而温暖的幽暗,这样的时刻,对于热恋中的情侣,要比黄金贵重得多,而且常常把他们思想中爱情以外的内容排斥得一干二净。但是,这样梦幻般朦胧、微醉般酣畅的黄金时刻,并不总能如情侣希望的那样无限延长,有时恰恰异常短暂,使得这可贵的甜蜜的静谧,很快又被烦扰取代了。比如今天,惩罚室里的黑暗就没有持续太久,因为早就等在天空的月亮,这时已毫不犹豫地把珍藏的玉液般的清辉洒向大地,而其中的一小部分,费劲儿地挤进窗帘的缝隙,不知好歹地去亲近那对情侣的疲惫而仍未感到满足的脸了。此刻的光明可不像此刻的黑暗那样让人喜爱,它像在黑夜里跳上琴案的小猫不合时宜地踏响琴弦一样,也会搅乱宁静的心海。它先是使渥巴锡睁开眼睛,依稀记起是躺在惩罚室的床上,身边睡着的是安妮;继而由那一线月光想到天空的明月,想到月光浸溶下的宫殿,想到扎尔固成员和小王子。突然,他记起了到这里来的一个忘得光光的使命。

"色克色那!"他不清不楚地喊了一句,骨碌一下坐了起来。

被惊醒的安妮,惊恐地问道:"怎么了?"

渥巴锡什么也没有说,飞快地穿好衣服,丢下了安妮,像一阵风似地跑出惩罚室。

然而,已经太晚了。宿卫队的卫士告诉他,色克色那在天黑前,就坐上自己的马车离开了宫殿。

渥巴锡不知道自己是否应该为今天的事后悔,但他却清楚地意识到,为了安妮,他又增加了一个敌人。

他没有立刻进入宫殿,久久地在月光下徘徊。后来,他用力挥了一下胳膊,重又大步返回惩罚室。……

9

接下来的五天里,渥巴锡几乎有一半的时间是在惩罚室里消磨掉的。他原以为,安妮温柔的爱抚会平服他烦躁的心绪,哪怕是暂时的,比如一年,半年,一个月。当然,他领受到了爱情的甜蜜,也有时似乎忘却了搅得他心神不宁的世事。但是,这种姗姗来迟的甜蜜总是伴随着淡淡的忧愁;藏头露尾的忘却又常常唤醒更清晰的记忆。而且,爱情的真实甜蜜也好,忘却的虚假安慰也好,持续的时间越来越短,有时甚至似有若无。渥巴锡终于认识到,他没有也不可能获得安宁。安妮也觉察到渥巴锡常常处于魂不守舍和思绪万千的状态。她多少能猜测出渥巴锡为什么愁锁巫山,但又不敢触及第一次见面就惹得汗王殿下生气的话题,害怕会因此使自己深爱的人陷入更深的烦恼。她怨恨自己,引咎自责,以为渥巴锡不能神清气爽和哈哈大笑,是自己的无能造成的。如果自己不能给恋人带来欢乐,不能把恋人从苦闷中解救出来,那么,有什么权利接受对方的爱抚呢?就这样,在她和渥巴锡相会,本应笑展春风、情语切切的时候,也避免不了要凝眸相对、默默无言了。

总之,无论是渥巴锡,还是安妮,都感觉到,有一种巨大的无形的氛围介入了他们的幽会,压抑得他们透不过气来。时间的脚步很慢,快乐在躲躲闪闪,幸福也像云遮雾罩一样。唯一能使他们产生一星半点缠绵情丝的,大概只有等待和盼望了。

然而,渥巴锡无论如何也想不到,就是这样空虚的爱恋,对他来说绝不是放纵自己,却会遭到臣仆们的干预,甚至险些造成无法弥补的祸患。

那是在渥巴锡和安妮第四天幽会结束后,夜幕刚刚拉上不久,他离开惩罚室,准备返回宫殿过夜。他发现在离惩罚室不远的地方,有两个带刀的宿卫队的卫士。渥巴锡很奇怪,也很生气,因为他已命令宿卫队不必再看守惩罚室了,是谁如此多事,又派上岗哨的呢?他刚想喝退那两个卫士,却见舍楞匆匆走过来。

渥巴锡不满地问道:"他们是你派的吗?"

"是的,殿下。"

"你接着还要说,这是在保护我。"

"是的,殿下。"

"你最后还要说,汗王夜里和姑娘幽会是放纵行为。是吗?"

"殿下,如果把'放纵'换成'不安全',那便是臣下要说的话了。"

"你不认为我的行为有失检点吗?"

"不,殿下。我知道殿下和安妮姑娘的关系。况且,臣下怎么可以干预汗王的私事呢?"

渥巴锡令人难以觉察地怔了一下,似乎听出了舍楞的弦外之音,他扫了一眼旁边的卫士,对舍楞说道:"你愿意和我共进晚餐吗?"

"殿下垂爱,舍楞敢不乐从?"

"那就请随我来吧。"

说完,两个人便朝宫殿的方向走去。在路上,他们都沉默不语。

舍楞年近五十,形瘦体弱,但却步履稳健,一眼便可看出他是一个阅历很深又充满机智的人。追溯血缘,他和渥巴锡同宗,但却不是在玛怒托海土生土长的贵族。他出生在准噶尔。彼时的准噶尔,虽然在康熙皇帝亲征平定了噶尔丹叛乱后呈现一种安宁局面,但在清廷和俄国的关系上却依然是异常敏感的地区。各种思想和势力,在这里不停地角逐。这样复杂的局势,可能使人成熟得很早,也可能使人成熟得很晚。舍楞属于后者。所以,舍楞虽已过不惑之年,却仍未找到生活的准确起点。公元1755年(乾隆二十年),他参与了达瓦奇的反清叛乱。叛乱以失败告终后,他逃到俄国,在彼得堡过了一段寄人篱下的生活。当时,乾隆皇帝对舍楞搜求正紧,一再照会俄国,要求引渡舍楞。沙皇彼得一世难下决心。在这种情况下,舍楞突然只身南下,来到土尔扈特汗国。按照人们的猜测,敦罗布喇什汗将舍楞处死是最明智的做法,既不会获罪乾隆皇帝,也不会伤害彼得一世。但出乎人们的意料,汗王不仅收留了他,还让他成为扎尔固的成员,而且不时被汗王单独召进宫殿里进餐。至于他到底因为什么获得汗王的信任,别人是不得而知的。这种令人惊诧莫名的局面,直到渥巴锡继承汗位也没有改变。对此,无论是已故的彼得一世也好,当代的沙皇叶卡特林娜二世也好,都不反感。

当下,渥巴锡和舍楞并没有去餐室,而是顺着大殿左侧的楼梯登上回廊,进入走廊紧西头的汗王单独使用的特备房间。因为没有汗王的传话,连贴身内侍也不得走进这个房间,所以里面还没有点燃蜡烛,显得很暗。渥巴锡亲自拉开西侧的窗帘,并推开窗子,让灰黄色的月光投射进来。渥巴锡近来几个难以成眠的夜晚,就是在这里和月光相伴,艰难地度过的。

沐浴在月光中的渥巴锡转过他惨白色的脸,看着垂手恭立的舍楞,说道:"你是不是要警告,有人要来行刺?"

"是的,殿下。"

"是你的猜测吗?"

"不。"

"你怎么知道?"

舍楞从怀里拿出一个纸条递给渥巴锡:"请殿下过目。"

渥巴锡接过纸条,就着月光看去,只见上面十分工整地写着:"请转致汗王殿下,留神他过夜房间的窗口。切切。"

渥巴锡下意识地回望了一眼洞开的窗户,然后皱着眉头问道:"这封警告信是谁交给你的?"

"它是随着一块石子儿飞进我的房间的。而投掷信件的人,有意地又十分巧妙地躲开了我的视线。"

"这倒很奇怪。"渥巴锡沉吟着说,并背着手慢慢踱了几步,"是晚上吗?"

"是的。"

"在这前后有谁去拜访过你?"

"在我刚要来谒见殿下时,策伯克多尔济来找我商量给女皇陛下送贺礼一事。但我想……"

"当然不会是他。"

"臣下也以为不会是他。"

"那么,你怎么想?"

"这是一个很神秘的人物……"

"的确这样。但是,行刺汗王是一个严重而机密的阴谋,策划者怎么会轻易泄漏给关心汗王的人呢?"

"他或许正是策划者之一。"

"有这种可能。那么,此人只有在行刺失败后,要为自己赎罪时才能暴露真身了。"

"我想正是这样。"

"多么没有骨气的同谋!"

"亏得他没有骨气。否则……"

"不。我即或不杀他,也决不会再信用他!"

"殿下,最主要的还是想想如何防范吧。"

"我倒以为更主要的是想想为什么有人要刺杀我。这在我们汗国是没有先例的。"

"殿下所处的局面也是没有先例的。形势的复杂和艰险,能培养出生死与共的盟友,也能培养出刀枪相见的敌人……"

"甚至骨肉相残!这真太可悲了,太可悲了……"渥巴锡一边恨恨不已地说着,一边焦躁地踱来踱去。后来,他突然眉毛一耸,站到舍楞对面说道:"真奇怪!你说,这已经过去的几天不是难得的行刺机会吗?"

"殿下是指惩罚室吗?"

"那是非常方便的。而且成功的可能性最大。"

"策划者可能弄不清殿下和安妮相会的时间。即或弄清了,也不能不估计到殿下在惩罚室里是不会酣睡的……"

渥巴锡苦笑着摇了摇头:"有道理。"

"……除此而外,只能用准备尚未成熟去解释。"

"我真为他们失掉了这个机会感到遗憾。"

"我在惩罚室安排了卫士,而不去增加宫殿周围的巡逻者,就是想把行刺的人从那里引开。"

"引到这个窗口?"渥巴锡指了指身后的窗子说。

"是的,殿下。没有谁不知道,这个窗子一旦打开了,就证明殿下正独自一人在这里过夜。行刺者只要想办法登上西殿的平顶,跳进这个窗户是不太困难的。但是,这个注定要失败的行刺者,在这里逃跑肯定不会像在惩罚室那么容易。"

"你想的太对了。那怎么办?我只好在这里等着这个倒霉的刺客了。但愿他现在就来。"渥巴锡说着,走到窗前向外看去。

舍楞笑道:"你现在看不着他。除非他们已确切知道我离开了宫殿……"

这时,渥巴锡冷然闪到窗子旁边,把手指按到嘴唇上轻嘘了一声说道:"他们真是迫不及待呀!"

舍楞吃了一惊,压低声音说:"怎么会?这太愚蠢了。"

渥巴锡指了指被月光斜照着的床铺说道:"躺到床上,不要放下幔帐。"

舍楞会意地点点头,蹑手蹑脚地走到床前,脸朝里躺下去。渥巴锡则紧贴墙壁站着,目不转睛地盯着窗口。

不久,窗外传来一阵轻微而细碎的声音,如果不是有意地屏息谛听,这声音是不会引起警觉的。渥巴锡有把握地估计到,这肯定是刺客把什么尖利的东西插进了木缝。接下来是一段死一样的寂静,说明刺客也在倾听窗子里面的反应。突然,随着很短促却很清晰的木头破裂的声音,窗口的月光好像被搅动了一下,一个彪形大汉轻轻落在窗台上。渥巴锡看不清刺客的背着月光的脸,却清楚地看到那把衔在嘴里闪着寒光的匕首。

刺客没有立刻跳进来,却机警地朝床铺看去。当他确信床上躺着的是渥巴锡,而且已经睡熟的时候,便毫不犹豫又小心翼翼地滑到地毯上。他穿着紧身服、软底靴,落地时没有发出声响。

渥巴锡一动不动地站在那里,审视着刺客的近在咫尺的宽厚的后背。他听到了刺客粗重的喘息,听出了隐在喘息声里的即将成功的喜悦,并着实悲叹起这个胆敢刺杀汗王的勇士面临的灭顶之灾。

刺客似乎在稳定自己紧张而喜悦的情绪,站了片刻。然后,缓缓抬起右臂,把匕首紧紧握在手里,那种恶狠狠的样子,好像匕首的锋刃已捅进仇人的胸膛。

就在刺客准备迈腿向床边走去时,渥巴锡一步跳过去,鹰爪一样的大手"唰"地一下狠狠抓住了那个持着匕首的腕子。

刺客根本没有预料到会突然飞来厄运,他只是觉得脑袋被重锤敲击得嗡地响了一声,弄不清是天塌了还是地陷了,直到他的匕首当啷掉在地毯上,才突然惊醒,意识到自己的行刺在这一刹那间惨败了。

舍楞听到匕首落地的声音,腾地跃起,飞奔过去抢走匕首,并从另一侧握住刺客的胳膊,开始辨认这个胆大包天的人到底是谁。

"阿斯楞!是你!"

听到舍楞的惊呼,渥巴锡不由得一抖,慢慢松开了手,惊疑地问道:"你是阿斯楞?"

"是我。"阿斯楞毫无惧色地答道。

"怎么会是你?"

"为什么不应该是我?"

"这真……令人大惑不解。"渥巴锡困惑地摇摇头。然后看了舍楞一眼说道:"松开他。……松开他吧……"

舍楞松开阿斯楞的胳膊,退了两步站到窗口前,凝眸沉思起来。他和渥巴锡一样,感到今天的事情确实有点儿蹊跷,甚至怀疑这是一场令人啼笑皆非的玩笑。

渥巴锡费劲儿地走到阿斯楞对面,很艰难地说道:"你恨我?"

"是的。"

"因为我把你罚做终身司御?"

"我和妹妹历尽艰险重归汗国,可不是准备来当奴隶和供你消遣的!"

"你说什么傻话!司御并不都是奴隶。再说,我和安妮的关系,你也是知道的。"

"你要还是原来的渥巴锡,你要不是只会游山逛水、谈情说爱的汗王,我有十个妹妹也会高高兴兴全部送给你的。"

"你在胡说些什么,阿斯楞!我会处死你,尽管你是安妮的哥哥!"

"那你就……"

渥巴锡没容阿斯楞说完,又愤怒地抢过话头:"你来了几天?不到十天!这么几天,你就认为自己了解了一切,而且确信找到了我活该被刺的根据?"

"是的。就算我昨天才返回汗国,今天也照样要来刺杀你。"

"头脑简单的蠢货!其实你什么也不知道。你落入人家的圈套,在为一个阴谋卖命,还在冒充英雄!"

"这你可说错了。是关心汗国的高尚的人指点了我。"

"他是谁?'关心汗国','高尚'!这个人是谁?"

"一个和我爸爸一样的人。"

渥巴锡一惊,说道:"和你爸爸一样……"说着,他瞟了一眼沉默中的舍楞,又用突然发亮的眼睛盯住阿斯楞,"阿斯楞,你是说,指使你行刺的人和你爸爸一样想立即回到天山牧场?"

"你说对了。"

"也就是说,这个人把我当作汗国东归的障碍了?"

"难道不正是如此吗?"

渥巴锡显得兴奋但更多的是悲哀地摇头道:"原来如此……"他慢慢踱了几步,朝舍楞惨然一笑,"舍楞叔父,你明白了吗?"

"明白了,殿下。"

"谨慎并不总是好事。"

"当然避免不了误会和受到委屈。不过……"

"我知道。稍有疏忽就会前功尽弃。可是,本应高声呼喊的话,却必须长时期压在心底,这该是多么痛苦而残酷的折磨呀!"

"我能理解,殿下。"

渥巴锡深深哀叹一声,又面对正瞪着惊讶和疑问的眼睛的阿斯楞,满腹感慨地说道:"阿斯楞,你和你的指使者要刺杀的渥巴锡是不存在的。"

"要让我相信你吗?"

"随你的便。我还要告诉你,想刺杀阻碍东归的汗王,这个人就应该是我的盟友。"

"你说的是真话?"

"我没必要欺骗你。我敢肯定,这四天里你根本没有去看安妮,对吗?"

"是的。"

"否则,你就不会干出今天的蠢事了。"

阿斯楞垂下头说:"我相信你了,殿下。请惩罚我吧。"

"恰恰相反,我正需要你这样勇敢而刚烈的人。"

"我愿意为殿下去死。"

"还没到时候。现在,你应该告诉我,策划这次行刺的人是谁?"

"这可不行。"

"为什么?"

"我发过誓不说出他的名字。"

"在任何情况下?比如你已经确信了我正在为汗国东归作着准备……"

"他正是这样说的。"

"这真是个怪人。不过,既然你已经发誓,那就按照誓言去做吧。你也应该在我面前发誓,不把我今天说的话泄漏出去。"

"包括你想知道的那个人吗?"

"是的。他策划的行刺如此粗疏,说明他也不是很谨慎的人。"

"殿下,我能不能问一下,我们所盼望的那个时刻,还有多久?"

"很难预料。这可不像行刺那么简单。我不能让我的几十万部众重蹈令尊萨姆特的覆辙。我必须在行动前找到一条至少不太艰险的道路。为此,我苦苦等了半年。罗卜藏显然出了事,否则,我们早已越过了吐尔盖。现在,一切又需从头开始。……"

"殿下,你是说罗卜藏?"阿斯楞惊问道,"是巴木巴尔的爸爸吗?"

"正是他。"

"安妮没对你说过他?"

"没有。"渥巴锡不经意地回答道,但他立刻不胜惊讶地瞪起眼睛,"你说什么?安妮见过他?"

"见过他。"

渥巴锡一把拉住阿斯楞的手,激动得声音都变了:"快快说,什么时候,在什么地方?"

"不超过二十天,在奥伦堡。"

"唔,天哪!"渥巴锡扬起拳头,用力砸了一下脑袋,一步跳到舍楞面前,不合礼仪地握着对方的肩头摇晃了一下,眼泪簌簌滚落下来,"你看,在我确信罗卜藏已经出事的时候,他还活着,而且离得这么近!"说完,也不管舍楞是否有话,转身又跑到阿斯楞面前,"还有什么?比如罗卜藏说了什么没有?"

"他叫安妮转告殿下,他将在比约定的时间晚些时候到达指定地点。"

"阿斯楞!你告诉了我一句多么重要的话呀!"

"我也是刚刚理解这句话的意义。可是奇怪,安妮早应该对你讲呀。该死的安妮,一定是只顾谈情说爱,乐得发昏了!"

渥巴锡快活地说:"骂得好,一箭双雕啊!"

阿斯楞也自觉说话欠妥,红着脸说:"请原谅,殿下……"

"不,阿斯楞。"渥巴锡拍着阿斯楞的肩膀笑道,"你怎么骂,我也不会生气。你带来的消息,使我绝路逢生了!"接着,他又转向舍楞,"走,我们去找安妮。我真想立刻听听她能讲出一切细节呀!——唔,不,还是请你去找巴木巴尔,让他以最快速度套上轻车,鞴几匹快马,和我连夜去归鸿驿。一切要做得神不知鬼不觉。是呀,该让巴木巴尔大吃一惊,快乐得流泪了!"

"可是,殿下,起风了,乌云也涌过来。好像很快要有一场暴雨。"

"那就让狂风吹去烦躁,让暴雨洗去焦虑吧!"

10

奥伦堡总督莱英斯多尔普伯爵、阿斯特拉罕总督贝格托夫伯爵、喀山驻防军副司令拿不勒将军以及俄国驻土尔扈特大使卡辛斯科依原拟在叶卡特林娜女皇登基庆典前一个月抵达彼得堡,以便有充分的时间述职、访友和讨得女皇的欢心。但是由于天气出奇地炎热,而且,除卡辛斯科依以外,又都大腹便便;更因驿路尘埃滚滚,车窗必须关得严严实实,弄得车厢里简直和蒸笼一样。他们实在无法忍受这种酷刑一样的折磨,不得不缩减每天的行车时间。因而,直到6月15日上午,他们以及他们的扈从人员才昏沉沉地勉强挨到莫斯科。车轮和马蹄的铁掌把石块铺成的马路敲出震耳的响声,使他们略微清醒了一些。

马车在接近神圣的戈洛文宫①的时候,按着礼仪放慢了速度。卡辛斯科依借此机会,隔窗向这座灿烂夺目的木制宫殿虔诚和艳羡地望去。他突然一怔,不由得拉了拉恹恹欲睡的贝格托夫的衣袖,讶然说道:"奥尔洛夫!他怎么在这儿?"

贝格托夫不太情愿地挑起厚厚的眼皮,口齿含混地说道:"什么……洛夫?你看见了谁?"

"格里高利·奥尔洛夫。"

"怎么会?"贝格托夫怀疑地说,"他和女皇陛下是形影不离的。……"说到这里,他自觉失言,便又赶紧补充了一句,"真是他吗?他此刻应该在彼得堡。"

卡辛斯科依根本无心理会贝格托夫说什么,也没有同这位身份显然在自己之上的同车人商量一下,便立刻命令车夫停车,而且在车还没有停稳的时候,就推开车门跳了出去。

"格里高利·奥尔洛夫……将军!"卡辛斯科依一时忘记了奥尔洛夫的爵位和军衔,但他估计,这位在叶卡特林娜政变时仅是个近卫军中尉的幸运

---

① 这里曾是伊丽莎白女皇的寝宫。

儿,眼下的军衔肯定不会低于中将,便这样声音不太清晰地加上了"将军"二字。

听到卡辛斯科依的喊声,仪表堂堂的奥尔洛夫回过他异常漂亮而且总是浮着笑意的脸。当他看清从马车旁向他走来的年轻人是他的远亲卡辛斯科依时,脸上的笑意一下子绽开了,像一朵突然盛开的蔷薇。他以一个标准的军人的潇洒动作转过身来,张开双臂,浑身洋溢着热情地迎了过来。

两个人十分得体地拥抱以后,奥尔洛夫用他独具的悠扬悦耳的声调说道:"我们有半年没见面了。我可真有点儿想你呀!"

"谢谢您,奥尔洛夫。"卡辛斯科依习惯地以姓相称,却不愿将"您"改成"你",他觉得和这个飞黄腾达的亲戚远远没达到亲密无间的程度,而且在心里隐隐还有点儿妒忌。

"你是准备去彼得堡吗?"奥尔洛夫根本没在乎对方有分寸的冷淡。

"是的。"

"和你同行的一定是贝格托夫伯爵了?"

"是的。还有莱英斯多尔普伯爵和拿不勒将军。"

"那真巧了。如果我邀请诸位在莫斯科共度一段愉快的日子,你不会拒绝吧?"

"当然。如果女皇陛下……"

"那还用说?陛下正好在昨天驾幸莫斯科,而且一定会高兴见到各位的。"

"只怕陛下不赏脸……"

"不会的。特别是对你,亲爱的卡辛斯科依兄弟。"奥尔洛夫笑着说,并微露神秘和戏谑地压低了声音,"陛下今天早晨还说到你,而且很动感情呢。"

"您在开玩笑。"卡辛斯科依嘴上这么说,心里却很兴奋,脸都涨红了。

"傻瓜!我敢开这样的玩笑?陛下第一次见到你以后,就念念不忘,说你英俊文雅,讨人喜欢。前几天还说,你在加尔梅克人那里一定会感到寂寞的,要找个适当机会给你换一个好一点儿的差事。高兴吧,幸运的好兄弟。我可真要妒忌你了!"

"既然陛下如此垂怜,我就更不能玩忽职守和避重就轻。我将竭尽全力,使土尔扈特三十万部众成为俄国的驯服的奴隶,以此报效伟大的女皇陛

下。"

"陛下要听到你这番话,该多高兴啊!——唔,我们好像太冷落了你的旅伴了。你去请他们下车,我立刻去禀报陛下。"

不用说,车上的另三位乘客,是非常想在莫斯科逗留几天的,而且巴不得让女皇陛下看看他们急于赶路而造成的狼狈相。

不大一会儿,以宽容和悦而著称的三十九岁的叶卡特林娜女皇,很随便又很友好地在客厅接见了他们。简单抚慰几句以后,便叫他们去沐浴更衣,并邀他们一个小时后共进午餐。

午餐结束后,客厅里开始燥热起来,再有片刻,所有人都会大汗淋漓的。这时,有几个仆人用银质托盘呈上各种水果,最显眼的要算是几个硕大无朋的西瓜了。他们的眼睛都紧紧盯住了黄绿相间的西瓜皮上了。

叶卡特林娜忍不住笑了起来,她很滑稽地挥了挥手,说道:"好了,今天我们都来啃西瓜吧!"

女皇的话赢得了一阵欢快的笑声,不管是伯爵还是将军,一下子便不再拘谨,变得活跃起来,纷纷站起来去抢托盘里的水果刀子。甚至女皇本人也没用仆人动手,自己切开了一个西瓜。霎时,大客厅里响起一片尽情吞咽西瓜汁水和西瓜籽纷纷落进铜盘的响声。

女皇把第二角西瓜皮放进托盘以后,笑着说道:"在这样的大热天,大概不会有比西瓜更受欢迎的水果了。"

"当然,当然……"在座的几位纷纷附和道。

"莱英斯多尔普伯爵,听说这是您专程从奥伦堡运来的。真得好好感谢您呀!"

"不敢,不敢当……"莱英斯多尔普伯爵抓紧大嚼大咽的空隙,含混不清地答道,"能获得陛下夸奖,这些西瓜也不枉长途跋涉了。"

"在奥伦堡,这样的西瓜一定遍地都是吧?"

"是的,陛下。不仅奥伦堡,阿斯特拉罕也很多。这次运来的西瓜中,就是从两地精选的。"

"这太难为你们了。可是能不能不费这些周折呢?我倒希望每年夏天能吃上莫斯科产出的西瓜。"

当下,两位伯爵表示,将在今年秋天选购上好的西瓜种子,并保证来年叫这些种子在莫斯科开花结果。女皇对此大加赞赏。

又过了一会儿,女皇似乎很随便地说道:"卡辛斯科依大使……"

卡辛斯科依腾地跳起,恭敬而姿态优雅地俯身道:"陛下。"

女皇微笑道:"请坐下。我们今天随便一点儿。吃西瓜和说话两不误。"

卡辛斯科依的脸在这一刻热得像一团火,他大胆地凝视了女皇一眼,自己也没弄清,是西瓜的红色的瓤的反照,还是真有一股热血冲上了那张高贵而漂亮的脸颊,他看到女皇的脸飞起了红晕。这使得他的心剧烈地迸跳起来,差点儿在落座时摔到地上。

女皇继续说道:"大使先生,你是否觉察到渥巴锡有叛逃的迹象?"

"陛下,我敢保证,渥巴锡不会干出这样的蠢事。目前,他仍有上万名的战士在波兰为陛下效力,渥巴锡本人也一直很驯顺。……"

"陛下。"贝格托夫插嘴道,"我们不能被表面现象所迷惑,就臣下所知……"

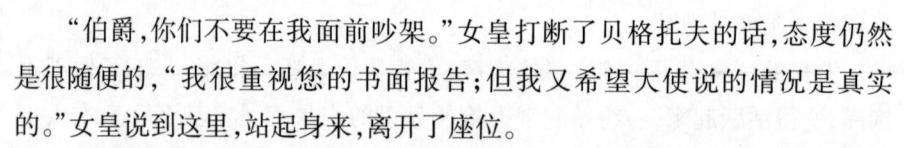

"伯爵,你们不要在我面前吵架。"女皇打断了贝格托夫的话,态度仍然是很随便的,"我很重视您的书面报告;但我又希望大使说的情况是真实的。"女皇说到这里,站起身来,离开了座位。

在场的人也都随着起立,毕恭毕敬地洗耳静听,视线都集中到女皇变得严肃的脸上。

女皇略微停了一下,接着说下去:"你们能够猜测到,我不会放弃我们正在波兰进行的神圣事业①。你们也能获悉如下的消息,即土耳其苏丹对我们在波兰的行动提出抗议照会,我估计会马上宣战。我准备应战,虽然这对我们来说太仓促了一些。我们的军队离高加索太远。我们缺少大炮,军舰也没有土耳其多。但我还是准备应战,马上调兵遣将。鲁勉佐夫和果利津两位将军,将在最近的几天分别接到海、陆军统帅的任命。是的,我是伟大俄国的女皇,任何人的意志也休想改变我的意志。土耳其人既然要来弄醒睡觉的猫,那就休怪这只猫去吃老鼠。我要让那个狂悖的苏丹跪在我的脚前求饶!"

女皇前面的人齐声颂道:"陛下英明,定会如愿以偿。"

"可是,"女皇摆了摆手,"我不能在和土耳其开战的同时,又去对付土尔

---

① 指包括俄国在内的欧洲强国对波兰的瓜分。

扈特。如果突厥人①和加尔梅克人联合起来,则更加不利。所以,必须让加尔梅克人成为我驯服的臣民,让这块介于我们和土耳其之间的土地永远属于俄国。否则,要么立刻消灭它,要么让它为我铺平通往胜利的道路!"

卡辛斯科依说道:"我明白了,陛下。我们让渥巴锡派出军队去高加索参战。"

"不是派出,大使先生。"女皇说道,"是让他亲自率领他的近卫军和箭筒士、带刀士去打土耳其。这会有两种可能,一是拒绝我的命令,证实伯爵的报告是正确的;一是服从我的命令,证明大使的话是正确的。我希望大使获胜。但是,假如是前者,我们就要毫不犹豫地在同土耳其开战前先消灭这个野蛮的民族,免去后患。所以,我想烦请卡辛斯科依大使尽快返回玛怒托海,向渥巴锡宣布我的命令。也烦请拿不勒将军同时返回喀山,率领一万驻防军进驻库拉金纳要塞,并命令两河各要塞严阵以待。一旦接到大使有关渥巴锡反叛的消息,立即包围土尔扈特汗国,把他们彻底消灭掉!"

拿不勒将军试探地问道:"陛下,是让我和大使今天就顺原路回去吗?"

"无须那样匆忙。"

"陛下,我理解此举的意义和紧迫性。"卡辛斯科依精神抖擞地说,"我自信会很快给陛下带来满意的消息,而且为庆典增添喜悦的气氛。所以,请允许我现在就向陛下告辞。"

女皇赞赏地看着卡辛斯科依忠诚的眼睛,高兴地鼓励道:"你叫我看到了俄国的希望。谢谢你,卡辛斯科依。"说着,向卡辛斯科依伸出手去。

卡辛斯科依热泪盈眶地轻吻了一下女皇柔软的手背。

最后,由于善良的女皇的坚持,卡辛斯科依和拿不勒在莫斯科休息了两天,于6月18日凌晨返辔了。女皇为他们制定了一条详细的行动路线。他们将先去喀山,待一万驻防军向南开拔后,卡辛斯科依再取道奥伦堡或萨拉托夫,经归鸿驿去玛怒托海渥巴锡的驻地。这样,在卡辛斯科依向渥巴锡宣布女皇的命令时,先给汗国造成重兵压境的局面。女皇估计,这个决定渥巴锡命运的日子当在六月份的最后两天内。

当卡辛斯科依协助拿不勒将军顺利完成第一步计划,于25日抵达萨拉托夫城时,他确信,他至少可以提前两天完成女皇赋予他的伟大使命,获取

---

① 土耳其的主体民族。

女皇的更大欢心。为了保证不出现意外,他还在刚到达萨拉托夫的时候,就派出两名随行的骠骑兵去通知渥巴锡到归鸿驿接受女皇陛下的敕令。然而,他却没有料到,会有一场突如其来的暴雨,恰恰把这两天肯定会给他带来光荣和幸运的时间夺得精光。他感到懊丧,不断诅咒故意捣乱的鬼天气。最使他窝火的是,暴雨到来的时候,他早已离开了萨拉托夫城,而离豪华的归鸿驿还足足有五十公里!他不得不在一个连门窗都关不严的破败的驿站下榻,焦急地等待着雨住云收。

11

6月25日夜里开始的一场疯狂的暴雨差点儿把整个世界冲毁,却丝毫没有破坏特里根老人千篇一律的生活秩序。他的一切活动,如同按着既定的程序,准确无误地进行着。比如说,他每天晚六点,照例要去查看一遍驿站的总是加着锁的每个房间;而今天,当他在躺椅上挑起浮肿的眼皮时,那立在墙角的高大的自鸣钟,像约定了一样"吱嘎"一声,刚好要敲响这一天第二次六下的沉闷钟声。他知道,再过一个小时,他又回到这间驿站管事的公事房时,那通到内室的厚厚的木门准会轻轻打开,探出非常可爱的女儿的半个身子,柔声细气地招呼道:"爸爸,妈妈请您去用晚餐。"

"唉!"特里根老人浑重地叹了一口气,无奈而又充满怨艾地嘟囔了一句自己也没听清的话,便费力地立起因缺少运动显得臃肿的身体,随着缓慢得出奇的钟声,以同样缓慢的速度,转动起僵硬酸痛的脖颈,巡视了一遭依然空荡寂静的房间。一切都和往常一样。只是由于阴雨,光线稍微暗淡一些。

当自鸣钟敲到第六下时,特里根老人缓步走出房间,顺着漆皮剥落的游廊,向着在暴雨中凝然矗立的高大客房走去。一大串钥匙在他的腰间晃动着碰撞出金属的锵锵声。这声音和雨声配合着,又不时被雨声淹没。

特里根老人走着,突然站下了,他侧转身,略显兴奋和疑惑地透过密集的雨丝织成的帘幕朝着大门的方向看去。但他的兴奋是极为短暂的。他意识到,这肯定又是由于他如饥似渴地盼望有人光临驿站,而被自己的耳朵虚构出的叩门声。过去常有这种情况。他被自己的耳朵骗了无数次了。特别是今天这样的天气,有谁会来到他的驿站呢?然而,刚刚在耳边响起的、并不存在的声音,毕竟又一次触动了他心里郁结已久的隐痛,满腹的怨气鼓动得他差点儿把拳头猛击到身旁的廊柱上。他嘟囔道(这次,他清楚地听到了自己的声音):"年轻的渥巴锡汗啊,你一直在睡觉吗?真是一代不如一代啊!"说完这句话,他自己也吓了一跳。他深感罪过地四下看了看,唯恐有人偷听了他的话。真的,怎么可以去怨恨自己的汗呢?就算渥巴锡真把这座驿站连同他这个骁骑校①给遗忘了,他也不该产生些许怨恨啊,因为这同他们父子两代获得的恩宠相比,毕竟是微不足道的!他记得,那是在康熙五十五年②,伟大的阿玉琦汗选定他的爸爸充任这座驿站的管事。那时,特里根还是个孩子,还没有获得箭筒士③的荣誉。他们全家来到驿站时,都惊呆了。特里根的爸爸泪流满面,再也不认为以一个战功显赫的参领充任小小的驿站管事是件委屈的事了。照他的话说,这不是一座驿站,简直可以称得上是一座宫殿!那虎座门楼和高大的石墙、院心的带有雕栏的花坛、铺着光滑石板的游廊、饰有风铃檐兽的客房以及宽敞的起居室里的豪华布置,是他见所未见的,也许只有阿玉琦汗的木制宫殿堪与媲美。而且驿站的四周水草丰美、风景如绘。它的东边是流入雅依克河的水清见底的小溪;南边是平坦如砥、色彩绚丽的草野;西边是一带密集的丛林;北边紧邻怪石峥嵘的山峰。阿玉琦汗说,这座离萨拉托夫城、库拉金纳要塞④和玛怒托海⑤均为二百里地的驿站,名叫归鸿驿。为什么不按习惯称头站或底站,却起个归鸿驿的名字,当时人们都不甚了然。但都知道,它是专为康熙皇帝的使臣殷扎纳和图理琛⑥等人下榻而修建的。阿玉琦汗将在这里款待从大清国都北京长途跋涉而来的客人,并把他们迎接到土尔扈特汗国的驻地玛怒托海。不久,图理琛使团来到了,从此开始了归鸿驿的鼎盛时期。特里根老人还清楚地记得当时的繁华景象,那些令他眼花缭乱的场面,他一辈子都不会忘记。博学而又和蔼可亲的图理琛,他也不会忘记。正是他告诉爸爸,当时的年号是康熙

---

① 军官职衔。
② 公元 1716 年。
③ 赐带弓箭的武士,又称花鲁赤。
④ 在乌拉尔河中游。
⑤ 伏尔加河下游和乌拉尔河中间。
⑥ 殷扎纳为太子侍读,系使团首脑;图理琛为内阁侍读,使团成员之一;因图归国后著有记载出使经过的《异域志》,历史习惯称该使团为"图理琛使团"。

五十五年。从此，归鸿驿的记事簿上便一直使用大清的年号了。图理琛使团回国后，归鸿驿也一直未被冷落。阿玉琦汗、敦罗布喇什汗①、吹扎布②以及许多许多高贵的人，时常在归鸿驿驻跸。有一次，阿玉琦汗曾拍着小特里根的脸蛋说："小熊，等你长成大熊，我们的汗国就能长上翅膀了。"他当时想到驿站的名字，心里说道："慈祥的汗，真像小孩子一样，就喜欢飞。"后来，特里根长大了，由箭筒士升为骁骑校，并接替升天的爸爸，当上了归鸿驿的管事，享受了一段声名显赫的日子。但是，到了乾隆二十六年，敦罗布喇什仙逝，十七岁③的渥巴锡继承了汗位，归鸿驿便从鼎盛走向衰微，终至被人们遗忘了。"我们的年轻的汗"（这是特里根私下里对渥巴锡的称呼），只是为了会见沙皇派驻汗国的大使卡辛斯科依，才在乾隆二十七年春天，到归鸿驿来了一次。那个高傲的俄国人对驿站赞不绝口，整整住了一个月，而渥巴锡汗却像对待一座普通的毡帐，随随便便看一眼便走了。从那以后，不仅是渥巴锡汗，就连其他高贵的人也不再到驿站来了。特里根和他手下的十几名站丁，都闲得无事可干。这对听惯了马嘶人叫，看惯了华服盛筵的特里根老人，实在是一种可怕的折磨。无聊的单调生活，弄得他无精打采，甚至疲惫不堪。当然，偶尔，会有那么一两个迷路的流浪汉或者饥渴的猎人光顾，他也尽力当上宾接待。比如眼下，就正有一个患病的流浪艺人住在客房的偏厅里。但这样的客人，半年也很难遇到一个，而且，就像近来每个月至多来一次，最长停一刻钟便匆匆而去的年轻猎人贡扎布一样，是无法帮助特里根老人排遣巨大的寂寞的。再说，他的归鸿驿也不是为流浪汉和猎人预备的呀！如果没有那些高贵的人，他特里根和归鸿驿还有存在的价值吗？所以，他常常为自己，也为归鸿驿感到委屈。就像失恋的人无法克制对绝情的恋人的怨恨一样，他也无法阻止自己对渥巴锡汗的怨恨。在他看来，正是这位年轻的汗把这座举世无双的驿站给遗忘了。

在这一霎，特里根想到了上面的一切，并确信刚才的叩门声是不存在的，便自我解嘲地摇摇头．可怜地苦笑了一下，自言自语道："咳，只能靠回忆过日子了。"然后，又转身向客房走去。

---

① 阿玉琦孙，渥巴锡父，1741年至1761年在位。
② 敦罗布喇什派遣回国向乾隆帝表贡的使臣，乾隆帝曾在热河赐宴万树园。
③ 一说十九岁。

就在这时,叩门声又响起来了,还夹杂着喝骂声。

"不对。肯定有人!"特里根老人大声说道。此刻,他已没有了疑惑,只剩下了惊讶。而且,从叩门声的激烈和呼喊声的粗暴,他相信这绝不会是流浪汉之类的下等人。他兴奋起来,一下子像年轻了十岁,一边激动地喊着"来了",一边飞快地朝大门奔去。

裹在斗篷里浑身湿漉漉的札木扬,对开门后毕恭毕敬站在眼前的特里根老人厉声训斥道:"混账!耳朵聋了?在睡大觉吗?我要好好教训教训你这个老懒虫!"他一面怒吼着,一面使劲儿瞪圆被脂肪包围的小眼睛,那张又胖又平酷似大自鸣钟的白色针盘的脸,也在不停地搐动。那样子,好像要一口吞掉这个没有在第一次叩门时便打开门闩的驿站管事。

特里根老人从未听过如此粗俗的责骂,而且,对这个和硕特部首领的毫无道理的羞辱,他完全可以不去忍受。他听老一辈人讲过,当他们的祖先在一百多年前,离开额嫩河向额济勒河游牧的时候,和硕特部只有一小部人跟随,并且是一直臣服土尔扈特汗国的。札木扬凭什么对一个归汗国直辖的驿站管事发号施令呢?但特里根老人到底还是忍受住了。这不仅因为札木扬是渥巴锡汗的舅舅和姑父,这种裙带关系在某种程度上弥补了身份的不足;更主要的是,札木扬毕竟是这几年里濒临归鸿驿的顶高贵的人,与那些流浪汉和猎人是不能等量齐观的。是的,被冷落了这么久并担心永远被冷落的特里根老人,不能不产生这样一个想法:只要那些贵胄显宦能记起归鸿驿,使它恢复以往的繁华和身价,即或每天在脊背上挨五十皮鞭也是心甘情愿的。

所以,札木扬的责骂只给特里根老人一点点不快,而且很快被兴奋取代了。他扬起手臂,揩去札木扬从唇边溅到脸上的雨水,轻骂了一句鬼天气,以表示自己有分寸的歉意,便在前面引路,把札木扬和两个仆从让进了公事房,并立即跑过去打开内室的门,唤出老伴和女儿。

"快过来呀,你们!"特里根对显得惊慌和莫名其妙的两个女人大声说道,还不住地搓着手,"你们连做梦也想不到,今天我们这里来了多么高贵的客人!快去行礼、问候啊!光临我们归鸿驿的是最可尊敬的、光荣的和硕特部首领札木扬大人啊!"

老伴和女儿遵命向高贵的客人行了屈膝礼,但她们更注意特里根,因为她们觉得自己的家长今天神态有些反常,担心他在发狂。

"还愣在那里干什么?"特里根对老伴说,"难道你不知道该干些什么吗?快去准备晚餐,到地窖拿来顶好的那坛酒。你不知道是哪一坛吗?笨虫!就是当年伟大的阿玉琦汗专门从阿斯特拉罕买来的还没有开封的那坛酒嘛!——阿黛,你不要去。"特里根叫住想跟母亲一块退入内室的女儿,"你也有事情要做。"说着,从腰间解下钥匙递过去,"快去把最大的那间客房打开,在壁炉里升起火,要打扫得干干净净、一尘不染。一会儿,我们高贵的客人就在那里下榻。"

阿黛顺从地接过钥匙,在三个客人的注视下,白净的圆脸上飞起朝霞般的羞红。她连忙垂下长着长睫毛的眼皮,咬着嘴唇,轻轻一笑,很快跑出去了。

札木扬看着手忙脚乱、雀跃得像个孩子似的特里根,觉得实在好笑,满怀的怒气早已消散了,他显得友好地说道:"特里根,你有一个很漂亮的女儿呀。"

"那还用说。到过归鸿驿的人没有不夸阿黛漂亮的。岂止如此?她干活儿的麻利劲儿人们也赞不绝口呢。一会儿大人就会看到,她把房间收拾得如何清爽亮堂。大人可知道,那间客房是当年图理琛大人的下榻处,阿玉琦汗和敦罗布喇什汗也都在那里摆过酒筵。今天,正该大人在里边度过一个最愉快的晚上。"

"我真该感谢你的盛情。可是,总不能让我们水淋淋地站着说话呀!"

"看我真该死!"特里根深感歉疚地拍手道,并几步蹿到通内室的门口,又一次呼唤出老伴,"快拿来三套最干净、最漂亮的衣服,给我们的客人换上。快!"

当札木扬和两个仆从都换好干爽的衣服,精神也变得舒服愉快起来以后,特里根请他们到客房去休息,四个人便离开公事房,踏上游廊的石板路。

札木扬微笑了一下说道:"特里根,也许你要白白忙碌一阵了。我不会在此停留太久,雨一住,我就要赶路。而这雨,看样子小多了。"

"大人何必如此匆忙?总该赏赏脸啊!我是难得有机缘款待大人的。"

"我要尽快赶到玛怒托海。"

"去看望渥巴锡汗吗?"

"看望他?哼!"札木扬的语气里带着明显的怨恨,"我去讨还我的儿子。"

"怎么?"

"色克色那跑到他那儿去了。"

"大人父子间不睦吗?"

"在渥巴锡的挑唆下,色克色那叛离了我。"

"那么,大人是准备惩处儿子了?"

"我取消了他的继承权。——特里根,这些门怎么都加着锁?一直是这样吗?"札木扬显然不想再谈儿子的事了。

"唉!"特里根重重地叹息了一声,"快五年了。这么一座出类拔萃的驿站白白闲在这里,石头人也会感到悲哀的……"

"看样子,你是舍不得抛弃这座驿站了?"

"抛弃?除非杀死我!……不过我想,我们年轻的汗总有一天会记起它的。"

"不会了。他把这些事全忘了,却一直没有忘记怎样把土尔扈特部引向灾难!"

"大人说什么?"

"他要把你们重新驱赶到准噶尔!"

"有这样的事?这里不是很好吗?难道还有比玛怒托海更好的牧场吗?大人应该劝说劝说他才对。"

"他会后悔的,假如我能获得他背叛女皇陛下的证据。——和你说这些有什么用?你不会明白的。——唔,等一等。"札木扬说着,停下脚步,"特里根,这里还住有别的客人吗?"

"没有。"

"那么,这个房间为什么没上锁?"札木扬注视着身旁虚掩的房门,显得很不满意,"它好像和令爱清扫的房间只隔一道墙。"

"唔,这里确实住着一个人。"

"可你却说没有别的客人!"

"他不是客人,是一个患了重病的迷路人。"

"也就是说,一个迷路人,你可以不问贵贱,当作上宾请进归鸿驿的客房,并且让我住进他的隔壁!"

"他病得很厉害,大人。我不能眼看着他死在荒野。再说,他要在这里等待从玛怒托海来的人……"

"是这样……"札木扬沉吟着说,皱起了眉头。

"所以,我想,既然他说要等玛怒托海来的人,那他一定不是坏人,也许有什么重要的事情。"

"他从什么地方来?"

"好像从很远很远的地方来。"

"他叫什么名字?他要等的人是谁?"

"不知道,大人。不过请大人尽管放心,他站都站不起来。如果大人仍觉不便,我可以把他架到别的房间,或者从外面加上锁。"

札木扬沉思了片刻,对特里根挥挥手道:"算了!"然后,他转向两个仆从,"去帮助阿黛尽快把房间清理好。"仆从躬身退去后,他又向特里根命令道:"你马上去为我准备换乘的坐骑,我随时都可能走。"

"可是大人……"

"快去吧!我已经表示领情了。"

特里根看出札木扬露出不耐烦的样子,只好失望地摇摇头,去准备坐骑了。

札木扬目送着特里根在雨中走出大门后,便毫不犹豫地推开身旁虚掩的门。

这是一个小巧而豪华的房间,里面备有座椅、盆景、地毯和雕塑。它作为正厅的附属设施,是专为驻跸的汗王和清廷使臣接见下属使用的,所以被称为接见厅。

札木扬一走进这个房间,就看见壁炉前临时搭起的矮床上躺着一个形容枯槁的人。此人看上去至少有五十岁。但实际年龄肯定要小得多,因为他的脸很肮脏,长期没有修剪的髭须布满了下颏和两腮,原来的面目被掩盖住了。

听到开门的吱呀声和渐渐移近的脚步声,床上的人费劲儿地睁开眼睛,当他终于看清了来人的面孔后,疲惫的毫无生气的眼睛里,突然闪出一股喜悦而激动的光,并微微启动暗紫色的嘴唇,喏嚅着说:"札木扬!……"

"嗯!"札木扬惊讶地站住了,"你是谁?"

那人苦笑了一下,闭上眼睛说:"连你都认不出我来……看来,我的生命已有一半成了鬼魂了……"

"你的样子实在难以辨认。请告诉我,你到底是谁?"

那人突然睁开眼睛,舔了舔干燥的嘴唇问道:"札木扬,你是从玛怒托海来吗?"

"不,我准备到玛怒托海去。"

"那么……请你替我办一件事。告诉汗王殿下,立即到驿站来,趁着我还有一口气。……除了殿下,不要叫任何人知道,包括我的儿子巴木巴尔……"

"巴木巴尔?天哪!"札木扬大惊道,并像要逃跑一样后退了一步,"你是罗卜藏!"

"是我。札木扬。"

"可是,人们都说你打猎时失踪了,而且早已不在人世……"

"你相信这个传说吗?"

"连巴木巴尔都这样说,三个月前,他还在森林里寻找你的尸骨。渥巴锡说,如果半年里找不到你的尸骨,就要为你举行葬仪。"

"那是因为,只有汗王知道,我在半年后会复活。"

"你是说,渥巴锡知道你的踪迹?"

"是的。"

"你是为他去办一件绝对秘密的事情?"

"为他,也为我们的汗国。"

"我现在好像明白了……"

"那就好。事不宜迟,你要让他火速赶来。我病得很重,也许活不到我们早就盼望的时刻了……"

"重返伊犁的时刻吗?"

"当然。"

"你为什么不让特里根把你送到玛怒托海?"

"我和汗王约定在这里见面的。"

"是这样……"札木扬轻声说道,背着手在地毯上踱了几步,然后他走到床前伏下身去,"你这次假失踪,是承担怎样一个重任呢?"

"寻找一条回归家乡的最好途径。"

"你已经完成了自己的使命。是吗?"

"是的。我要将画好的路线图亲手交给汗王。"

"如果我替你捎给他,不是更快些吗?"

"这……我们是讲好亲自见面的。"

"连他的舅舅你也信不过吗?"

"这事关系重大,而且我发过誓。"

"那么,我们一起走,我用马车拉着你。"

"不。我不能离开归鸿驿。而且,我大概经受不了马车的颠簸了。"

"你不怕因此误了时间吗?"

"已经误了时间,就不能……更不能再发生比一个月时间严重得多的疏忽了。"

"你肯定不把路线图交给我吗?"

"你怎么了,札木扬?你的眼睛里为什么露出一股凶光?"

"少啰唆。你回答我,路线图交不交出来?"

"不,札木扬。我不能交给你。我看得出,你是在打着什么坏主意!"

"哼!"札木扬冷笑道,"实话跟你讲,渥巴锡的背叛行为,已引起女皇陛下的震怒。现在缺少的是充分的证据。"

"所以你要夺去路线图献给叶卡特林娜,置渥巴锡于死地!"

"恰好命运之神给了我这个难得的机会。让卡辛斯科依再去说什么我是出于私怨才诬告渥巴锡吧!"

"我……懂了,札木扬!……噢,慈悲的佛祖,来惩罚我面前的恶魔吧!噢,可悲的愚蠢的罗卜藏,你为什么轻信戴着假面具的魔鬼?你被疾病折磨得失掉理智了吗?你竟忘了向汗王许下的誓言吗?难道几代人想做的事情,在他手里刚刚有了希望的时候,竟由于我的一个疏忽而功败垂成吗?……唔,外面的雨为什么要停下来?下吧,狠狠地下吧!把通向罪恶的道路全都堵死吧!打起震雷,把罗卜藏和札木扬一起劈死吧!"

"罗卜藏!"札木扬恶狠狠地大声道,"你无论怎样狂吼和诅咒,都无济于事了。你要是还想活下去,就把路线图交给我!"

"不!"

"我会从你身上搜出来!"

"真遗憾。我已把它藏到只有汗王才能找到的地方了。"

"说谎!你这个坏蛋!"札木扬怒骂道,"你骗不过我的!"他说着,伸出手,不客气地在罗卜藏身上搜索起来。

罗卜藏早已失去了和别人搏斗的力量,所以,他也不去反抗,只是仇视地瞪着眼前这个凶相毕露的人,嘴角挂起愤怒的冷笑。当他看到一无所获的札木扬停下手来时,讥诮地说道:"我说过你找不到的,札木扬。卡辛斯科依还会说你是诬告的。"

"你到底藏在什么地方了?说!否则我就杀了你!"

"瞎嚷嚷,没有用,札木扬。你出去,我累了,想睡一觉。"说着,罗卜藏疲倦地闭上了眼睛。

札木扬气咻咻地凝视了罗卜藏一眼,然后开始巡视室内的各个角落,企图发现可能藏有路线图的所在。

罗卜藏从微启的眼皮缝里看到札木扬的注意力已从自己身上移开,便轻轻把右手探入皮褥下面,摸出一卷纸,很快向壁炉伸去,身下的板床发出一阵吱嘎声。

札木扬猛地转过身,一个箭步冲过去,用力抓住罗卜藏的右臂,大声喝道:"不准你烧!快拿出来!"

但罗卜藏并没有撤回已被烈火烧伤的手,却用力挣扎着把手更往火的炽烈处伸去。札木扬气得浑身颤抖,一边紧紧抓住罗卜藏的右腕,一边不顾一切地用另一只手去火中抢夺路线图,晚了,他只抓出一把纸灰。霎时,札木扬的怒火像壁炉里的木桦火一样猛烈地燃烧起来,他顺手摸出腰间的匕首,用力向罗卜藏的胸口刺去。但他立刻又懊悔起来,扬起拳头砸着自己的太阳穴,嘟囔道:"我真蠢,真蠢透了!"

这一情景,差点儿把刚刚返回来的特里根吓死,他站在门口,惊骇而怨恨地说道:"你这是干什么,札木扬大人?他还是病人啊!归鸿驿可从来……"

札木扬威胁地看着特里根,不容置言地打断了他的话:"有冰吗?"

"冰?"特里根不解地说,"你要……"

"快说,有没有冰?地窖里有没有冰?"

"当然有……"

"听着,特里根。立刻熄掉壁炉的火,在床的四周摆上冰块然后锁上房门。在我返回以前,无论什么情况,也不准开锁。否则,我就把你全家连同归鸿驿一起烧掉!"札木扬说完,回望了一眼罗卜藏的尸体,匆匆离开了房间……

12

　　二十七日,天晴了。
　　卡辛斯科依草草用过早点,便命令车夫套上马车,在十名骠骑兵前后簇拥下,匆匆上路了。
　　雨后的驿路潮湿而松软,车子不颠簸,没有一星儿尘埃。驿路两旁的青草显得生机勃勃;娇艳明丽的阳光在浮苍流翠的草野上欢快地跳跃,湿润凉爽的空气夹着清幽的草香、花香,从敞开的车窗扑向卡辛斯科依,冲走了他从肮脏的驿站带出来的一身污浊之气,也洗去了他郁结在胸膛里的悒郁之情。他变得高兴起来,命令车夫以中速行驶,以便在心情松弛的节奏中去领略雨后的草原美景。
　　马车大约行驶出五公里的时候,卡辛斯科依看到正前方出现了一辆马车。令他惊讶的是,那辆有两个骑手护卫的马车,发疯了一样狂奔,甚至在和他的队伍已经相当接近的时候,依然没有放慢速度,似乎有意横冲直撞而来,非要把他的马车撞碎或逼到路旁不可似的。看到有人竟敢在骠骑兵簇拥下的大使的华丽马车面前如此放肆,卡辛斯科依顿时怒发冲冠。他伏在车窗口上命令骠骑兵鸣枪示警,让那辆胆大包天的马车老老实实地停下。骠骑兵遵命照办,刹那间"嘭嘭"响了两声枪鸣。
　　面对面飞驰的两辆马车在同一时间伴随一阵"吱嘎"声停下了,它们之间的距离最多不超过二十米。
　　两辆马车的主人同时把他们高贵的头送出窗外,朝对方看去,又几乎在同时都认出了对方的讨厌的面孔。
　　卡辛斯科依不由得皱起眉头,吐了口唾沫。札木扬没有吐唾沫,却显露出惊讶还多少掺和着高兴的神色,动作异常灵活地跳出车门,很快走到卡辛斯科依的马车旁。
　　"我们真是巧遇呀,卡辛斯科依大使。"
　　札木扬的俄罗斯话很不熟练,发音僵硬,引起骠骑兵一阵窃笑。
　　卡辛斯科依仍旧伏在窗口,鄙夷地看着札木扬的肥脸,有意激起他羞恼地说道:"真见鬼!我要是选择了奥伦堡而不是萨拉托夫的道路,今天就无幸和阁下不期而遇了。"

札木扬冷笑道:"听大使先生的语气,遇见我是件晦气的事,对吗?"

"哪里?"卡辛斯科依不耐烦地说道,"看样子你一定有什么急事要办。那就请快赶路吧。要不要我把路让开?"

"这是符合礼仪的。"

"是吗?我还要恭立路旁,向大人致敬呢!"

"这一点儿不过分。"

"你自以为是如此崇高的人物吗?"

"我没有时间和你打哈哈。我讨厌你,就像你讨厌我一样!"

"什么!你说?"卡辛斯科依大怒道,"但愿我后半生不再记起曾在这样美好的时刻碰到过你!"

"那你的后半生就会永远在悔恨之中!"

"请马上滚开!"

"简直粗野得令人惊讶!——那就请照阁下说的,让开路吧。"

"你自己向我的卫兵下命令吧。"

札木扬又冷笑了一声:"哼,我可以绕过去。但请你记住,你绝不会从渥巴锡的刀尖上绕过去!"说完拂袖转身而去。

卡辛斯科依一惊,喊道:"等一等,札木扬。你刚才说什么?"

札木扬站下后回过脸来,把眼里愤然而讥诮的光刺向对方,撇嘴说道:"我什么也没有说,虽然我曾想让阁下占个大便宜。"

"不。请息怒。你是不是获得了渥巴锡背叛女皇的证据?"

"就算是有,我也要把它交到贝格托夫总督或女皇陛下的手里。"

卡辛斯科依想了想,让步道:"我们别吵架了。"

"说得多简单!"

"说真的,如果你真获得了证据,请马上告诉我。我是专程为此而来的。而贝格托夫伯爵正在彼得堡。"

"正因为事不宜迟,我才跑到你的车门口。可是看你刚才的样子,我倒宁愿跑到彼得堡,哪怕因此误了事!"

"我向阁下道歉。"

"仍旧坐在车上,像主人对奴隶那样说话?"

卡辛斯科依咬了咬嘴唇，无奈地摇摇头，显得有点儿尴尬地跳下车来。

札木扬以一个胜利者的宽容姿态和善地一笑说道："要不是我知道贝格托夫总督去了彼得堡，我会直赴阿斯特拉罕，那幸运就不会落在你的头上了。"

"请说得具体一些。"

"你知道罗卜藏的事吗？"

"他在半年前打猎时失踪了，这是尽人皆知的。"卡辛斯科依这样说道，心里却不由得忆起和贝格托夫的争论。

"他根本不是失踪，却为渥巴锡的叛逃足足奔波了半年。"接着，札木扬讲述了他如何偶然见到罗卜藏的经过，最后结束道，"你不觉得这是个铁证吗？"

"只是……你杀掉他很不明智。"

"至少可以使渥巴锡的计划暂时落空。而且，单从罗卜藏又露面这一事实，渥巴锡就无法狡辩。"

"可是我们下一步该怎么办呢？"

"马上去归鸿驿，等候和罗卜藏会面的渥巴锡。"

"不。"卡辛斯科依坚定地说，"我倒以为我们应该稍迟一两天去归鸿驿。"

"为什么？"

"阁下刚才讲到，罗卜藏已叫人把他抵达归鸿驿的大约时间通知了渥巴锡。我在两天前也派出手下人命渥巴锡到归鸿驿接读女皇陛下的敕令。他不会不去。而且，既然他在罗卜藏的事情上半年多不露痕迹，在至为关键的会面时刻，不可能不严加防范。如果阁下说的是事实，渥巴锡又下了决心的话，那么，我们十几个人轻易进入归鸿驿就等于自投虎口。"

"大使先生的担心是多余的。我今天早晨能顺利踏上这条路，说明渥巴锡还没有准备；其次，这两天暴雨，他是不会离开宫殿的。再说……渥巴锡要是走在我们前面，你到手的证据就可能不翼而飞。……"

卡辛斯科依想了一下说："你说的也有道理。我现在就给拿不勒将军写信，叫他从库拉金纳要塞火速派出一个骑兵团，去包围归鸿驿。我们就去等着渥巴锡吧。"

在卡辛斯科依和札木扬一行向归鸿驿缓缓行进时，土尔扈特汗王宫殿内外正处于前所未有的混乱之中。大臣们在宫殿门口走来走去,窃窃私语,又不住地或紧张或疑惑地朝垂着帘幕的大殿看去。他们奇怪,土耳其苏丹的出奇高傲的使臣为什么突然进殿要立时会见汗王;他们也不明白,对邻国使臣历来彬彬有礼的渥巴锡殿下,何以竟托病不见?如果汗王果真病得不能接见使臣,又为什么不准大臣们探视问安?他们在平台上等着,看正在和土耳其使臣交涉的舍楞和达什敦杜克到底能告诉他们点儿什么。

但是,舍楞也好,达什敦杜克也好,什么也不能告诉他们。难道能对这些忠心耿耿的大臣们说,渥巴锡殿下其实仍旧非常健康,根本没染上些微小病吗?难道能对他们讲,在两天的暴雨中真的险些急出大病的汗王,已在今天凌晨急不可耐地向归鸿驿飞驰而去了吗?当然不能。这两位确知汗王行踪的大臣,此刻心情的激动、紧张和焦急,绝不亚于汗王本人。他们本来相约,汗王归来前,不和别人接触,以免稍有不慎露出心迹。可是实在不巧,汗王离去不久,土耳其使臣的车驾就停到宫殿前石板路的尽头。这个留着两撇向上翘起的小胡子的突厥种的后裔,浑身充满了不可一世的傲气,态度之强硬几乎达到了蛮横的程度。虽然舍楞强压怒火,一再说明汗王卧病,暂不能接见,请他到为他准备好的下榻处稍候数日,但这位固执的使臣就是不离开大殿,而且越来越出言不逊,大有汗王不接见他就绝不走出大殿之概。忠厚的达什敦杜克气得嘴唇发紫,舍楞也无法控制自己的感情了。

"大使阁下。"舍楞冷着脸说道,"我再说一遍,殿下卧病,暂不能接见。请到你的下榻处等候召见。"

"不。"土耳其使臣胡子一翘,说道,"今天汗王殿下必须接读苏丹陛下的国书!"

舍楞倏然从座椅上立起,严厉地说道:"你太过分了,大使先生!难道让殿下抱病下楼吗?"

"他爬也应该爬下来!"

"放肆!狂悖!"达什敦杜克怒道,"你是对礼仪一窍不通的粗人!"

"不知道怎样尊重苏丹陛下的使臣,才是对礼仪一窍不通!"

"你要的不是尊重,阁下。"舍楞说道,"你要的是奴隶对主人的服从!"

"正是如此。"土耳其使臣站起来说道,"难道巴掌大小的汗国,还想和伟大的奥斯曼帝国平起平坐吗?"

"汗国再小,也是个独立的国家。"舍楞愤然逼视着使臣,理直气壮地说道,"我为苏丹陛下感到遗憾的是,他的伟大的奥斯曼帝国,竟派不出一个比白痴略微强一点儿的人出使邻国。做一个代表国家的使臣,你需要从头学起!"

"那就让我来教教这个比白痴略微强一点儿的使臣吧!"说话的人是突然走进大殿的策伯克多尔济,他神态自若地走到土耳其使臣的面前。

"你是谁?是渥巴锡殿下吗?"

"接见你这样的使臣,有一个五尺娃娃就足够了。"

"你太放肆了!"

"在这里恰恰轮不到你来放肆!——听着!"策伯克多尔济朝着刚要暴跳的土耳其使臣挥挥手,"让我来告诉你怎样扮演使臣的角色。第一,你要恭恭敬敬请求汗王接见;第二,当你获悉汗王贵体欠安,就要代表派你来的那个人表示问候;第三,在和你面前的两位年高位重的大臣说话时,应该像对祖父那样尊敬。——别插嘴,听我说完。我可以为你出个主意,使你尽快见到你渴望见到的汗王殿下。"

"我不想听你胡扯!"土耳其使臣按捺不住怒火地大声说道,"你们这样对待苏丹陛下的特使,对你们汗国很不利!伟大的奥斯曼帝国的战无不胜的军队会在攻打俄国前先荡平你们的汗国!"

策伯克多尔济眉头一皱,思忖片刻问道:"你们是准备同俄罗斯帝国开战吗?"

"我们不能容忍俄国军队在波兰的野蛮行为!"

"那你就去彼得堡下战表好了。"达什敦杜克忍不住地说道,"干吗到这里胡搅?"

"你什么也不懂,老头儿。苏丹陛下命令你们把大刀向俄国人砍去!"

"命令?"策伯克多尔济讥笑道,"真是天下之大,无奇不有!如果这句话出自苏丹之口,那么他和你一样,是无知无识的狂妄之徒。第一,你们根本不懂'命令'的含义;第二,你们也忘了我们和俄国是订有条约的。"

"你们既然能当俄国的奴隶,就更应该成为苏丹陛下的奴隶!"

策伯克多尔济愠怒而又显得不耐烦地挥了挥胳膊,不屑地说道:"你的脑袋里除了无知的傲慢,没装着别的东西?和你这种人对答真是奇耻大辱。明确告诉你,你只能空手而归了。"

"我必须听到汗王的直接答复!"

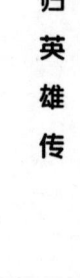

"他会对你讲:你们去厮杀好了,关我们什么事!"

"想中立就是不愿为苏丹陛下效力,同时也就等于接受了奥斯曼帝国的挑战!"

"魔鬼和狼的逻辑!……"策伯克多尔济说着,突然想起了什么,停顿了一下,然后又凝视着土耳其使臣说下去,语气也稍稍缓和了一些,"不过,你的这些不识时务的话,毕竟叫我们听懂了苏丹陛下的意图。看来,你很需要尽快见到汗王本人,听听他的答复。可是,我方才说要给你出个主意,你却不想听,只顾胡说八道!"

"你别跟我绕来绕去!汗王到底在哪儿?"

"你坐上马车,全速向北跑,要不了天黑,就会看见汗王殿下了。"

策伯克多尔济的话,使舍楞和达什敦杜克大惊失色地互相看了一眼,然后又疑惑地盯住了策伯克多尔济。

土耳其使臣没有注意到在场的人表情的变化,就算他的眼睛能明察秋毫,也无法理解这种表情变化的内情。他只是因策伯克多尔济的话感到更大的恼怒,那掀动的小胡子和大幅度起伏的胸口,都证明他几乎要气炸了。他抖动着嘴唇怒不可遏地吼道:"你的玩笑开够了吗?"

"不是玩笑。殿下在今天凌晨驾幸归鸿驿了。你要是着急,就赶紧去那里谒见他。"

"什么归鸿驿!见你的鬼去吧!"土耳其使臣一边狂喊,一边从怀里掏出苏丹的国书,塞到策伯克多尔济的手里,"告诉你们的汗王,三天之内必须给我答复!"说完,悻悻然而又愤然地大步向外走去。

策伯克多尔济又说道:"大使先生。我劝你还是亲自去归鸿驿,要不,俄国人会跑到你的前边的!"

看到土耳其使臣走出大殿后,策伯克多尔济摇着头轻轻舒了一口气,脸上似清非清地显露出内心焦急的表情,似乎是自言自语地说道:"看来,形势对汗王殿下非常不利呀!"

一直在沉思中的舍楞没有对策伯克多尔济的议论表示态度,却突然问道:"策伯克多尔济,汗王殿下真的在归鸿驿吗?"

策伯克多尔济微微一笑,说道:"难怪二位祖父大人不知道。我们的汗王常常喜欢独自出游。"

"你怎么知道的?"

策伯克多尔济也没有直接回答舍楞的问题,而是略显急切地说道:"卡辛斯科依大使将于近日抵达归鸿驿,他派人来请汗王殿下去那里接读女皇敕令。在这种时候,汗王一人独处是不相宜的。所以,我想即刻赶往归鸿驿,特来向二位祖父告禀一声。"

舍楞愈加骇然地扫了达什敦杜克一眼,对策伯克多尔济说道:"大使不是去彼得堡了吗?怎么会……"

"有些事是很难预料的。"

"不过……好吧。我立刻去归鸿驿。你还是留下来对付那个土耳其使臣吧。"

"祖父大人是想劝说殿下不和俄国弄僵吗?"

"嗯……还无法猜测大使的意图。再说,这些事情要汗王自己拿主意。"

"那我们就祖孙同行好了。马车我已准备好。至于土耳其使臣,他会很快跟上我们的。"说着,他又转向达什敦杜克,"达什敦杜克祖父大人,趁汗王不在家,最好把安妮接到宫殿里。"说完,深鞠一躬,匆匆走了出去。

13

父慈子孝就像夫唱妇随一样,历来被当成维系家庭的一个重要伦理观念。至少在财产继承权存在的历史阶段,这个未必不是陈腐观念的生命力不会结束。但是,靠这种纯属感情的(往往又是虚伪的)因素,造成的真正稳固的家庭,事实上是不存在的。任何一个儿子,都不会心甘情愿地做父亲的翻版,或者说,只是把父亲的灵魂移植到新的肉体中。是的,儿子总是要把新的思想带到家庭,冲击父子感情。当然,儿子的新的思想不是总能比父亲更高明。但即或是错误的,也是可贵的。正是父子之间思想差异形成的矛盾,才能促使人类社会不断向前发展。如果人类的繁衍,仅仅是躯体的交替,那么,和山林中的兽、江河中的鱼还有什么区别呢?

总之,父子之间的和谐是暂时的,矛盾却是永恒的,而矛盾的爆发常常是突然的。

比如爱马克长和吐安与他的儿子托布信之间便是如此。

渥巴锡汗亲自处决了触犯了汗国刑律的爱马克长德玛拉什,而和吐安就是德玛拉什的继任人。这位新任爱马克长和儿子可谓父慈子孝的典范。整个鄂拓克的爱马克都说,即使一万个家庭都疯狂到骨肉相残,和吐安父子也不会发生哪怕微不足道的口舌之争,更不会出现父子反目,骨肉成仇的局面。然而,就像纤尘不染的碧天陡然响起炸雷一样,在六月二十七日,这对载满盛誉的父子,竟爆发了一场令人骇然瞠目的拼斗。

那是在早晨,托布信向父亲请过安后,父子俩便坐在茶桌的两侧,高高兴兴地谈论起刚刚结束的这场透雨将给牧场带来的好处。这时,逐渐清晰起来的车轮声传进毡帐,听得出,那马车是径直朝着他们的毡帐驰来的。

"托布信,"和吐安放下奶茶,和颜悦色地说道,"你到外面看看,如果是来看望我们的尊贵的客人,就恭恭敬敬地请进我的毡帐。"

托布信轻轻站起来,俯首道:"我这就去,尊敬的爸爸。"

托布信走出去后,那马车果然就停在门外了。不大一会儿,托布信打起门幔,请进一个人来。

来人名叫鲁道夫,是驻汗国的俄罗斯盐商。俄罗斯人和商人的特征他都具备。要是寻找一下他独有的特征,那大概只有窄肩膀、水蛇腰和不是翘起而是垂挂的两撇八字胡了。他嗓音沙哑,口齿却异常流利。

和吐安见走进毡帐的是鲁道夫,便很快从座位上站起,表示出有分寸的热情,俯身微笑道:"唔!是尊贵而慷慨的鲁道夫先生驾临寒庐,荣幸之至,欢迎之至。请坐。"

鲁道夫的确是一位很慷慨的富商。他经常资助一些濒临破产的爱马克家庭,却从来不逼债。在和吐安的鄂拓克里,就有五十户爱马克家庭获得了这样的恩惠。加上他待人和气热情,不像别的俄国人那样趾高气扬,因此在汗国的一些部众中,赢得了乐善好施的好名声。但前不久,渥巴锡汗处决了接受东正教洗礼的德玛拉什后,引起了一些俄国人的极大反感,据说,他们要向加尔梅克人施行报复。那么,眼前的鲁道夫是否还会像以前那样慷慨呢?我们还不得而知。但当他一出现在和吐安的毡帐,我们就明显地发现,总是浮在他瘦长脸上的热情,已经荡然无存,就是在和吐安致了欢迎词以后,他也只是冷冷地瞥了一眼,便走过去坐在茶桌旁。

和吐安莫名其妙地微蹙了一下眉头,坐了下去。托布信给客人斟上奶茶后,坐到和吐安旁边。

和吐安依然带着敬意地说道:"鲁道夫先生,来此一定有什么指教吧?"

87

"岂敢!"鲁道夫操着流利的蒙古语生硬地说道,"我是来请阁下帮忙的。"

和吐安疑惑地看着他说道:"我愿意为您效劳,先生。"

"我在阁下的部众中讨债遇到了困难。"

"讨债?"

"是的。你的爱马克中至少有五十户欠我的债。"

"这我知道,知道。"

"那就请你向他们下令,立刻还债!"

"清算债务,是借贷双方的正常活动,怎么还要下命令呢?"

"你的部众蛮不讲理,都想赖账。"

"如果这样,我当然要过问。我们蒙古人是最讲信义的。不过——您是说要他们立即还债?"

"是的,立即。一天也不能拖!"

"可是,据我所知,您和债户们讲好是三年期限,现在才仅仅过去一年啊!"

"此一时,彼一时。要是德玛拉什在世,我还可以延缓收债日期,可今天,我要提前清理这笔债务。"

和吐安沉思了一下,缓缓地说道:"看来,您是对汗王殿下处死德玛拉什不满,并且要通过对他部众逼债来发泄这种不满。"

鲁道夫气咻咻地盯住和吐安说道:"随你怎么想,我是一定要讨债的!"

"就算您有权提前收债,也总该事先通知债户一声,以便使他们有个筹措的时间。再说,您也知道,您的债户里,有一多半家庭的青壮年都在波兰帮助贵国打仗,支撑门户已经不易,怎么能在很短的期限里满足您刻不容缓的催逼呢?"

鲁道夫愤然站起,恨恨不已地说道:"你左一个'发泄',右一个'催逼',这明明是否认债权人的权益而袒护你企图赖账的部众!"

"您的话没有根据,而且毫无道理,先生。"

"听好,爱马克长阁下。我会有办法让他们偿还债务的!"

"我劝您明智一些。过分地轻率,只能证明您出尔反尔、亵渎信义。"和吐安说着,慢慢站起来。

"什么?"鲁道夫怒道,"讨还欠债也是亵渎信义吗?你简直……哼!纯

粹是 Какгдупыйосёлревёшь！"

和吐安听不懂鲁道夫最后一句俄语是什么意思，以为是一句气话，因而只是不愉快地皱了一下眉头。但是，和他同时站起来的托布信却气得脸色煞白，险些冲过去打鲁道夫一记耳光。他继而犹豫了片刻，最后强忍住愤怒，捏紧了颤抖的拳头，咬着嘴唇垂下头去。这一切，和吐安和鲁道夫都没有看到，因为这两个人都在紧紧地盯着对方恼怒的眼睛。

和吐安是个有很高容忍精神的慈善长者，他不愿意看到刚刚摆脱厄运的爱马克们再遭受不幸，也不愿和眼前这个在以后的日子里仍然要打交道的俄国商人搞僵。因而，他极力克制住对鲁道夫的厌恶感情，态度又渐渐缓和下来，心平气和地说道："鲁道夫先生，请不要发火。您要珍惜以往的友谊和您在本鄂拓克赢得的清誉。如果您确实需要清理债务，而又能宽宏地延缓一下期限，那么，我是一定能为您奔波效劳的。"

"不！"鲁道夫依然不肯让步，神色更加冷峻，"我不想再听你啰唆。明天我要带人来，谁不还债，我就拆掉谁的毡帐，赶走他的畜群！Грязнаясвинья！"

鲁道夫说完，就想拂袖而去。就在这时，托布信一个箭步冲过去，扬手就是两个响亮的耳光。鲁道夫猝不及防，被打得左右摇晃了两下，刚要发作，当胸又挨了一拳，便重重地仰面倒了下去。

"托布信！"被眼前的场面惊得目瞪口呆的和吐安好不容易喘过一口气来，他大怒地喝道，"住手！不管怎么说，他也是客人。"

"不！他是一只恶狼！"托布信发紫的嘴唇在颤抖。

"住口！你给我跪下去！我绝不容许我的儿子对我的客人采取不敬的行动！跪下去，跪在鲁道夫先生脚前，我让他当着我的面任意惩罚你，直到他觉得可以宽恕你为止！"

"听到狗的叫声，就应该举起皮鞭！求他宽恕？不！我还要揍他！您说我对他不敬，可您知道他骂您什么吗？"

"你说……什么！他骂我？"

"是的。他当着儿子的面辱骂高贵的爸爸！"

"胡说！他骂我什么？"

"他……"托布信欲言复止，脸色又变得惨白了。

"说，快说！他骂我什么？"

"爸爸!"

"说不出来,就证明你是扯谎!"

"我没有扯谎,爸爸,真的,我没有扯谎。他……"托布信乞求地看着和吐安,艰难地说着,"爸爸!您是在逼着我重复那些不堪入耳的话。可是……唉!我就告诉您吧,爸爸。他骂您是乱叫的驴和肮脏的猪……"

"是这样!"和吐安浑身颤抖着,向鲁道夫走了两步。此刻,鲁道夫正费劲儿地爬起来。和吐安一把抓住他的胸襟,瞪着冒火的眼睛狞视着那张扭歪的瘦长脸,"鲁道夫!你说,我的儿子没有冤枉你吧?"

"这……我……"鲁道夫吞吞吐吐地支吾道。

"哼!看来,你也不想否认!"

鲁道夫预感到会有更大的不幸落到头上,又不甘心受到一个小小爱马克长的惩罚,便一面企图挣脱和吐安的有力的大手,一面不得要领地抗辩道:"不!他瞎猜。我说的是俄国话,他懂得什么意思?"

此刻的托布信已忘掉了其他的一切,只剩下无法按捺的愤怒,他突然大声喝道:"Рудов! я всё понимаю,чтовыговорите!(鲁道夫!你的话我全懂!)"

鲁道夫听到托布信说出异常流畅的俄国话,惊恐地瞪起了眼睛。他微张着抖动的嘴唇,一时说不出话来。他忐忑地感到,在一个精通俄语的加尔梅克人面前,狡辩已失去意义。和吐安相信了托布信转译的恶毒的辱骂,那么,这个力大无穷的新任爱马克长是不会饶恕他的。想到这里,鲁道夫干脆闭上了眼睛,听天由命了。可是,出乎他的意料,他的周围竟是死一样的沉寂,连和吐安的呼吸声也听得十分真切。和吐安运足力量的拳头一直没有落下来。他胆怯地慢慢睁开眼睛,发现和吐安正疑惑而又恼怒地凝视着托布信。托布信眼帘低垂、俯首而立,现出一种懊悔和担忧的神色。同时,和吐安那只抓住鲁道夫胸襟的大手渐渐放松了力量,最后终于无力地垂落下去。鲁道夫像坠入云里雾中一样,大惑不解。

和吐安似乎已经忘记了鲁道夫,眼睛里的疑惑和恼怒很快被切齿愤恨取代了,而这愤恨如火的目光毫无遗漏地倾泻到托布信苍白的脸上。这样过了好一会儿,他突然捏紧双拳,朝着托布信咬着牙一字一迸地问道:"托布信!你学会了他们的话?"

托布信不甘愿却又不得不承认地说道:"是的,爸爸。"

"你！……"和吐安恨恨地说道，牙齿咬得格格响。他脸上的肌肉在抽搐着，拳头越握越紧，像饿虎捕食一样，就要向托布信扑过去了。正在这时，他听到鲁道夫一声压抑的轻咳，终于记起还有第三者在场。他猛地转过身，手指门幔对鲁道夫喝道："请你立刻离开我的毡帐！"

鲁道夫一时还弄不清和吐安何以把怒火烧到托布信身上，他也无暇对此进行探究。既然可以逃命，为什么要继续留在这个可怕的地方呢？所以，他就像得到大赦一样，几步蹿到门外。很快传来马车疾驰而去的声音。

毡帐里的空气紧缩到要爆炸的程度。穹顶下站立着和吐安父子。

和吐安一直在目不转睛地盯着托布信。托布信的头一直垂到胸前。

"你在偷偷地学习俄国话。对吗？"和吐安终于打破沉寂，那样子真像要一口吞掉眼前的唯一的儿子。

"是的，爸爸。"

"你知道这是触犯汗国的刑律吗？"

"知道。"

"畜生！你知道还要故意去触犯！"

"是的。"

"你还敢嘴硬？孽障！你爸爸当上了爱马克长，你却放肆地违犯汗国的法律，我要亲自把你押送到汗王的阶下！"

"那我就逃跑，爸爸。"

"什么？你还准备叛国吗？我决不会留下你这个逆子，我要亲手处死你！"和吐安说着，"刷"的一声从腰间抽出大刀。

"放下，爸爸！"托布信大声喊道，"否则，我就从您的手里夺下大刀，把它折断！"

"你敢！畜生！"和吐安狂怒地骂道，猛然举起寒光闪闪的大刀，照准托布信的头盖骨，用力劈下去。

托布信毕竟是个训练有素的带刀士，听那大刀劈开空气的呼哨声，就能准确判断大刀的来路。他只是轻快而灵巧地一闪，便躲过了刀锋，并回身展臂，一把夺过大刀。他略一踌躇，终于没有把刀折断，却当啷一声扔到远处的角落里，然后大步向外走去。

"回来！"和吐安声音嘶哑地狂吼道。

"不。"托布信头也不回，决然地说道，"我要永远离开这个家，永远忘记这个不死不活的汗国!"

托布信的背影消失了,和吐安眼睁睁地看着仍在不停抖动的门幔,整个心肺似乎都气炸了。他感到全人类的末日来到了,眼前一片漆黑,几乎要摔倒到地上。他努力镇定着自己,趔趔趄趄走了几步,扶着哈那杆支撑着身体,竭尽全力却又像呻吟一样喊道:"逆子!蒙古人的败类!你竟敢辱骂神圣的汗国!我不会饶过你的!"和吐安骂着,松开握着哈那杆的手,本想挥出一个誓不罢休的决然动作,却恰巧碰到了毡壁上的那张祖传的雕弓。他抬起头,看着晃动着的弓弦,略一思忖,顺手摘了下来,同时拎过箭筒,跨出门去。

此时,托布信已经跳上马背,正想策马离去。

和吐安不由分说,抽出一支箭来,搭上弓弦,朝托布信射去;闻声赶来的老妻和几个乡邻,被吓得瞪起惊恐的眼睛,连话也说不出来。

托布信早已瞥见爸爸手持弓箭走出毡帐,所以有了准备。弓弦响时,他轻轻一拨马头,回过身来。那支飞来的箭被他稳稳抓在手中。他不动声色地把箭杆折断,随后抖起缰绳,坐下的骏马像箭离弦一样把他带到空旷的草野去了。

和吐安气得眼睛通红。此刻在他的脑海里,除了杀死儿子,已没有别的内容。他不管老妻怎样哀求,也不管乡邻们的劝阻,用力把雕弓挎到背上,把尚余两支箭的箭筒系在腰间,毫不犹豫地走向自己的坐骑,腾身跃上马鞍,朝着托布信逃走的方向,纵马追去。

在中途,和吐安向托布信射出第二支箭,但仅仅射伤了托布信坐骑的臀部。现在,他的箭筒里仅存一支箭了,他不能再轻易搭弓。他知道,托布信的坐骑即使受了轻伤,速度也会渐渐慢下来的。事实上,父子间的距离真的渐渐缩短了。

时间很快到了下午。托布信终于进入了和吐安的射程。真切地听见身后的马蹄声了,他不由得回过头去。爸爸那双喷射着怒火的眼睛死死地盯着他,而且已经在取弓搭箭了。他赶忙俯身磕镫,催赶大汗淋漓、筋疲力尽的坐骑。

看来,托布信很难逃脱父亲的惩罚了。因为和吐安不仅确信,他的顷刻间就要离弦的飞矢,在眼前的距离足以射穿一个人的脊背;而且,他已忘掉了进入射程的年轻人是他曾深切爱着的亲生儿子,并确信此人是他必须除

掉的仇敌。他的瞳孔在扩大,锋利闪亮的铜箭头所准确对着的背影在扩大。他眼里看不见别的,只看见了一个他深恶痛绝的人的脊背,这个脊背是他决然不肯放过的。他充满了信心,感到了胜利的喜悦。他似乎讥诮地轻轻"哼"了一下,用尽全力拉个满弓,一松手,那支催命的箭便呼啸着飞了过去。

突然,和吐安怔了一下。因为就在他的箭离开弓弦的一刹那,托布信一闪不见了。他的视野里却出现了一辆飞驰的马车。脱弓而出的飞矢恰好射进马车的窗口。正当和吐安迷梦般大惑不解地拢住奔马时,眼前的马车戛然一声停下了。

只见车门开处,走下一个人来,怒不可遏地喝道:"混蛋!你敢行刺汗王殿下!"

和吐安定神一看,一下认出了跳下马车的是巴木巴尔,同时也认出那辆华丽的马车正是渥巴锡汗王的车驾。霎时,他的眼前出现了汗王的太阳穴被射穿而倒在车厢里的场面。

他捏在手中的雕弓一下掉到地上,他自己则大喊一声:"天哪!——"便昏厥过去跌下马来。

14

渥巴锡的车驾是在凌晨避开人们的耳目驶离宫殿的。他盼望尽快赶到归鸿驿,会见劳苦功高的罗卜藏。然后他就要率领汗国的五十万部众,离开玛怒托海,东归祖邦了。

在飞驰的马车上,处于亢奋状态的渥巴锡,几次想把此行的真情告诉莫名其妙的巴木巴尔。但他还是控制住了。他要把胸膛里一个劲儿往上冲的话憋到旅途终点。他设想,当一直以为爸爸早已惨死荒野的巴木巴尔,发现安然无恙的罗卜藏微笑着站在归鸿驿的庭院中,该是怎样激动人心的情景啊!他希望,这个热泪飞溅、悲喜交集的场面,就是他梦寐以求的东归大业的序幕。从此,他早已编织好的天山牧场的美景,不再是虚幻的憧憬,而是和他迅速接近的切实的目标了。

下午两点钟左右,渥巴锡从车窗口看到了归鸿驿的闪亮的琉璃瓦顶。他估计,最多再有半个小时,就可以拥抱罗卜藏了。往日的悲哀、愤懑和即将到来的奋发、喜悦,如潮涌般向他奔来。未曾有过的激动来得如此突然而又迅猛,使他热泪盈眶。他再也克制不住自己的感情,倏然转过身,用力抱住巴木巴尔的肩膀,颤着声音说道:"巴木巴尔!你就要见到爸爸了!"

巴木巴尔骇然地看着渥巴锡:"你怎么了,殿下,你在说什么?"

"真的,亲爱的兄弟。你的爸爸还活着,正在归鸿驿等着我们!"

"真的?我的爸爸还活着?"

渥巴锡哽咽着点了点头。

"这是怎么了?天哪!我都要怀疑是在梦中同殿下同乘一辆车了!"

"不是梦,巴木巴尔。你的爸爸为汗国的东归立了第一功。他一定吃尽了苦头。今天,尊敬的罗卜藏要和被我有意冷落了几年的归鸿驿一样,该得到报偿了!"

"殿下,你是说……"

"对!你猜对了。我听到了你心里的声音。"

"原来……"巴木巴尔抹了一把眼泪,猛然从座位上站起来,趴到前面的窗口,对阿斯楞高声喊道:"快!让我们飞到归鸿驿!快,快——"

阿斯楞用力抖起缰绳,马车立刻狂奔起来。渥巴锡一下子被甩到车厢的后靠上,他不由得笑了。

正是在这时,和吐安射出的足以穿透厚厚铠甲的飞矢嗖的一声钻进左边的窗口。这支箭紧贴着巴木巴尔的后背和渥巴锡的眉睫飞过,深深嵌入右边车窗的木框上。

渥巴锡大怒,命令巴木巴尔立即叫停车驾。巴木巴尔回过身来,一眼看到右边车窗上的箭镞,不由得怒火中烧,他打开门,一步跨到地上,凶神般朝着汗王车驾旁的"拦路行刺者"怒吼了一声,吓得马背上的射手跌落到草地上。

随后,渥巴锡拿着从车窗木框上拔下来的箭镞走下车来,缓缓走到和吐安跟前。

"和吐安!是你?"渥巴锡万分惊异地问道。

已经苏醒过来的和吐安看到渥巴锡,挣扎着爬起来跪在那里,一面磕头一面哭着说道:"汗王殿下,奴才死罪。我真没有看到殿下的车驾呀!"

"可是你的箭险些射穿我的头颅!"

"奴才罪该万死!情愿接受惩罚。请殿下处死我吧!"

渥巴锡看着老泪横流的和吐安,蹙额沉思了一下,然后回过头看了看立马停在远处的托布信,问道:"你在追捕逃犯?"

"是的,殿下。"

"你站起来吧。"

"谢殿下。"

"就是说,你的这支箭是准备射到那个逃犯身上?"

"是的,殿下。我当时眼睛里除了那个十恶不赦的逃犯,已看不到别的东西了,这就使奴才险些犯下弥天大罪。"

"他是谁?"

"托布信。"

渥巴锡愈感惊讶地说:"你的儿子?那个武艺超群的带刀士?"

"正是这个逆子!"

"他犯了什么过错?"

"他辜负了殿下的恩典,肆意以身试法,背着我偷偷学习俄国话!"

"可是你这支箭足以夺去他的性命,而他的罪过还不够死刑。"

"他是爱马克长的儿子!"和吐安愤愤地说,"而且,他竟胆敢辱骂汗国不死不活,声言要永远忘掉这个汗国!"

"是这样……"渥巴锡沉吟着说,"背叛汗国是要处死的。你能大义灭亲,这很好。你还有力量把这支箭再射出一次吗?"

"我有足够的力量和勇气处死逆子托布信。"

"看样子,托布信还不想马上逃开。他正在那里盯着我们。我猜测,他也是认出了我的车驾,产生了侥幸心理,以为我会宽恕他。但是,我对背叛汗国的人,是绝不宽恕的。不过,这里只有这唯一一支箭,必须由箭法最高超的人射出去。这个最合适的人不是你,也不是我,而是阿斯楞。——阿斯楞!"

阿斯楞闻声跑了过来。

"阿斯楞,你拿起地上那张弓,把这支箭准确无误地射到马车右边那个逃犯的身上。"

阿斯楞捡起弓,接过箭,问道:"殿下,要死的还是要活的?"

渥巴锡想了一下说:"要活的。我要审问他以后再处死他。"

阿斯楞点点头,把箭搭上弓弦。

等在那里的托布信看见阿斯楞已举起弓箭,确信汗王已决定不宽恕他,便拨转马头欲走。不过,躲开阿斯楞射出的箭,可不像躲开和吐安的箭那么容易。说时迟,那时快,托布信刚刚想驱马狂奔,那迅疾飞过来的箭,已射进他的大腿。他咬牙呻吟了一声,滚下马背。不大一会儿,渥巴锡一行人已来到他的身边。

看到托布信躺在地上蜷缩着身体和异常痛苦的样子,想到很快又有一个蒙古族剽壮的青年要离开人世了,渥巴锡油然升起恻隐之心,并有一种类似悲哀的感觉。他命令阿斯楞拔下托布信腿上的箭,自己则背过脸去,直到他确信托布信已忍着剧痛站起来时,才转回身面对托布信,声音低沉地说道:"由于你爸爸控告你的罪过,我要处死你。"

谁也没预料到勉强站立的托布信,竟出言不逊:"处死我吧!让我的生命就此结束吧!我早就过够这种不能抬头挺胸、不死不活的生活了!"

"你指的是什么?说得明白些。"

"你比我更明白,殿下。你承继汗位以后,为汗国做了什么?你不是比别人……更清楚吗?"

"我懂了。"渥巴锡低下头,但立刻又扬起突然燃起怒火的眼睛,声音变得异常高亢,"可是托布信,我问你。你违犯法律偷学俄语,你辱骂汗国并想抛弃它,你就能离开不死不活的日子去抬头挺胸做人吗?"

"当然,也许不能。但至少我看不到汗国灭亡!"

"看不到你就心安理得了吗?"

"可是,殿下!……"

"听着!如果你还记得你是个蒙古人,就会意识到你说了一句多么没有气节的话!你白白糟蹋了高贵的和吐安给你的健美的躯体,你的灵魂已经完全烂掉了!"

"恰恰相反,殿下。正是因为我的灵魂还没有完全烂掉,才不愿看到汗国的沉沦。"

"你还大言不惭地说你是在关注汗国的命运吗?你既然看到汗国在沉沦,就应该去抗争,准备去为它死,决心和它一起灭亡!而你,却想在它需要千万个青年为他去死的时候,抛弃它,仅仅为了获得一个苟且偷生的未来!这是可悲的懦夫、可恨的叛徒的卑鄙行径!"

"我不是懦夫,我不怕死,我也曾想为汗国捐躯。但是,汗国不给我为它

去死的机会,汗国把它的部众全忘了!"

"那是因为你忘了你是汗国的部众,你忘了你不仅是汗国的儿子,同时也是它的主人!"

这时,站在一旁的巴木巴尔大声喊道:"殿下!对这样的坏种不要多说了,让我砍下他的脑袋吧!"

渥巴锡扬手制止道:"等一等。在今天这样的日子里,我还不想处死暂时还属于我的部众。托布信,我告诉你,汗国不会灭亡,它将获得新生。很多人正在为汗国的新生不避风险地奋斗。如果你还想洗刷自己的灵魂,重新做人,那就用你的才干和力量表示对汗国的忠诚。否则,你就骑上马,从汗国的土地上永远滚开吧!抛弃汗国的人,汗国也要抛弃他!"

渥巴锡说完,几步走到车前,踏进车门,命令阿斯楞立即驱车奔赴归鸿驿。

草野上的一对父子,久久注视着飞驰而去的汗王车驾,并久久地进行着新的思索。

15

半小时后,风驰电掣般的马车,带着满身的泥痕水迹,停在归鸿驿的大门外。

渥巴锡跳下马车,命令阿斯楞把马车赶到马厩,然后拉起巴木巴尔滚烫的手,迎着奔过来的特里根,兴冲冲地向门前的台阶走去。这两个人此时已把途中遇到和吐安父子产生的不快忘得精光,只剩下就要看到罗卜藏的满腔快乐了。

特里根趔趔趄趄跑过来,跪到渥巴锡面前,用他苍老微颤的声音说道:"给汗王殿下请安!"

"你知道我要来?"渥巴锡高兴地问道。

"是的,殿下。"

"你的妻子和女儿都好吗?"

"托殿下洪福,她们都很好。"

"你这里有客人吗?"

"有的。正在等候殿下。"

"起来吧。"渥巴锡兴奋地看了巴木巴尔一眼,然后俯下身,去搀扶特里根。但他突然怔了一下,诧异而不安地紧紧盯住脚下依然清晰的马车轮子的压痕。显然,在他们到来之前不久,一定有什么人来过归鸿驿。而且,能把马车停在离大门不远的地方,说明来访者一定是有身份的人。一种不祥的预感狂飚般向他袭来。

"你看!殿下。"巴木巴尔指着驿站两侧,不安地说道。渥巴锡看去,那里有几个持枪的俄国骠骑兵。他又向东侧瞟了一眼,也有几个骠骑兵在游荡。

渥巴锡紧紧抿着失去血色的嘴唇,朝大门里静静的庭院看了一眼,然后对已站起来的特里根厉声问道:"你的站丁呢?都在哪儿?"

"殿下。他们……他们……"

"哪来的俄国兵?"

"殿下容禀。卡辛斯科依大使和札木扬大人在里面恭候殿下。"

渥巴锡又是一惊。他拧眉想了一下,挥手做了一个威严的动作,似乎在鼓动着勇气地问道:"这里还来过别的客人吗?"

"来过的,殿下。是一个病人。"

"他在哪儿?"渥巴锡紧张而小心翼翼地问道。

"被札木扬杀死了。"

巴木巴尔一把抓住特里根的胸襟,瞪着倏然充满血丝的双眼,悲哀而愤怒地喝道:"什么?你说!"

特里根的手腕险些被捏碎,他呻吟了一下说道:"大人!这,不干奴才的事呀!"

渥巴锡轻轻拉开快要疯狂的巴木巴尔,向特里根问道:"你知道那个病人是谁吗?"

"殿下,奴才不认识。奴才也这样对札木扬大人说,可是,惹恼了他。他要惩罚我。"

"是这样……"渥巴锡呻吟般地自语道,"色克色那表弟说对了。"接着,他又很快对特里根追问了一句,"这个人的尸体在哪儿?快说!"

"札木扬大人命令锁在客房。"

"走!"渥巴锡拉着悲痛欲绝的巴木巴尔,说道。但刚迈出半步,他又陡然停下了。他摇了摇头,用一声愤怒而又无可奈何的叹息否定了自己的急躁和冲动,痛苦地看着像魇入噩梦中的巴木巴尔,声音低沉而不容反驳地说道:"巴木巴尔,好兄弟。我理解你此刻的心情。我的痛苦也不比你的轻。我恨不得一把火把那两个恶棍连同归鸿驿一起烧掉!但不行。好兄弟!"

"殿下!"

"听着,巴木巴尔。罗卜藏叔父什么也不会告诉他们。现在,你也应当不愧为罗卜藏的儿子,事关汗国的命运,我们必须暂时压下悲哀和愤怒。我们不能用一时的冲动和发泄,毁汗国于一旦。你要对令尊大人的事仍旧表现一无所知,至少要一言不发。汗国和我本人会永远感谢你的。"

巴木巴尔咬紧嘴唇,猛地转过身去,表示了顺从。

这时,一个俄国骠骑兵走出大门,说了一句俄国话,并俯身扬臂做了一个请进的动作。

渥巴锡没有搭理这个骠骑兵,却对特里根说道:"特里根,你要用沉默去赎回你的罪过。"

"遵命,殿下。"

"你进去告诉卡辛斯科依,他要想见我,就出来,我今天不想走进归鸿驿的大门。"

"遵命,殿下。"

不大一会儿,卡辛斯科依大使和札木扬在几名骠骑兵护卫下,很快走出大门,步下台阶,站到了渥巴锡的面前。特里根随后走出,侍立一旁。

"你好,殿下。"卡辛斯科依自然而优雅地俯身道,脸上呈现一种神秘的耐人寻味的表情。

渥巴锡嘴角一动,像微笑,又像挑战,也像合乎身份的答礼,随后又意味深长地朝札木扬瞥了一眼。

巴木巴尔突然转过身,他的尖利而愤恨的眼光扫过卡辛斯科依,刺向站在旁边得意扬扬的札木扬的肥脸。札木扬感到心里一阵战栗,心虚地垂下了眼帘。

卡辛斯科依见状微微一笑,对渥巴锡问道:"殿下,和你同行的只有巴木巴尔吗?"

渥巴锡没有回答,反问道:"请问大使先生,突然光临归鸿驿有何贵干?"

"看来,我的两名骠骑兵还没有见到殿下,那我们在这里相见可是事出

99

凑巧了。"

"世界上很多事情都是偶然的巧合。"

"的确如此。"卡辛斯科依瞟了一眼巴木巴尔说道，"那么殿下今天偕同巴木巴尔而不是别人驾幸归鸿驿，也是巧合了？"

"和谁同行，到什么地方，我是无须向别人解释的。"

"当然，这是汗王殿下的权力。"

"阁下在这里出现，倒是很令人惊讶的事。"

"仅仅是'惊讶'，大概远远不够吧？特别是殿下没有见到我派去的人，更特别是鄙人和札木扬在此同时出现。"

"阁下如果要见我，是负有上国的使命，那么，去玛怒托海的宫殿更顺理成章。"

"不然。就今天的事，鄙人在此候见殿下，格外意义非凡。说到巧合，我和札木扬于途中邂逅，倒真是意料之外的巧合。"说着，他炫耀地"啧啧"两声，"连我自己都怀疑，今天的事一定有神在暗中导演。"

"那你就继续演下去吧，大使先生。但愿导演者是神而不是魔鬼！"渥巴锡依然故意不提到札木扬的名字。

"不过，汗王殿下，你好像还没和札木扬见过礼吧？"

"哪里有什么札木扬？真是见鬼！"

"渥巴锡！"早已忍耐不住的札木扬，气咻咻地喊道，"你太无礼了！"

"殿下，他可是你的姑父和舅舅啊！"

"实在不像。在我看来，这是从大使身上分离出来的幻影。"

"渥巴锡！你这活是什么意思？"札木扬暴怒道，浑身都在抖动了。

渥巴锡不动声色地看了札木扬一眼，又回望了一下巴木巴尔，看出他已稍稍能控制自己了，便转向卡辛斯科依说道："大使先生，有什么话，就照直说吧，没必要闪烁其词。"

"等一等！"札木扬摆了摆手说道，脸上是受辱而又不甘心忍受的表情，"渥巴锡，你必须对刚才的话做出解释！"

渥巴锡鄙夷地看着札木扬，说道："你此刻更应该在和硕特部继续进行废长立幼、废嫡立庶的阴谋。"

"听着，渥巴锡。我知道色克色那去找你寻求支持。但是，和硕特部的事情，用不着你干预！"

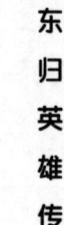

"你也听着,札木扬……舅舅。如果你真的废掉了色克色那表弟,我肯定要用武力干预!"

札木扬讥讽地冷笑道:"只怕你目空一切的时间不会太久了!"

"就算我今天死掉,也轮不到你来继承汗位,尽管你早已垂涎三尺!"

卡辛斯科依伸出胳膊拦住了恼羞成怒的札木扬,说道:

"好了。争吵这些毫无意义。"然后又转向渥巴锡,"殿下,你肯定不想到客房坐下来接受我的拜见吗?"

"岂敢。再说,我喜欢外面的空气。"

"外面的空气确实新鲜,令人神清气爽。那好吧,我就在这里向殿下请教。"说着,他狡黠地一笑,斜睨了一眼札木扬,"但愿我下面的话不至令殿下和巴木巴尔大人大惊失色。"

渥巴锡神色严峻地凝视着卡辛斯科依,紧闭的嘴唇连动也没动。

巴木巴尔却压抑不住怒火,大声说道:"有话就痛痛快快地说,干吗故弄玄虚?"

卡辛斯科依大笑道:"巴木巴尔大人,你的暴躁可真是名不虚传。"

渥巴锡对巴木巴尔严厉地说道:"巴木巴尔,现在还不是你应该发怒的时候。"

"那就别再提到我的名字!"

"真遗憾。"卡辛斯科依自负地摇了摇脑袋,"我不仅要提到阁下的大名,甚至还要提到令尊大人的英名。如果巴木巴尔大人还没有忘记父子之情,我可以马上叫你再目睹一次尊贵的罗卜藏的容颜。"

"一派胡言!"巴木巴尔瞪着血红的眼睛,强忍悲痛,咬牙切齿地说道,"我不想再听你们的鬼话!"说完,一转身大步走开了。他走到不远处的刻有纪念图理琛使团诗文的石碑旁,再也没有回过头来。

渥巴锡把目光从巴木巴尔的翕动的肩膀移回到卡辛斯科依带着怜悯表情的脸上,生气地说道:"大使先生,对一个长期怀有丧父之痛的人开这样的玩笑,未免太过分了!"

"就算是玩笑吧。我还想请问殿下,你今天驾幸归鸿驿,不是想会见你盼望已久的罗卜藏吗?"

"我有必要提请阁下注意,在你面前的是土尔扈特汗国的汗王,你不应该忘掉起码的礼仪。"

"所以我才如此恭敬地请问。是的,尊敬的汗王殿下,我还要请问,你不想看看罗卜藏的遗容吗?他可是为你送命的。殿下如果担心这个场面对巴木巴尔有太大的刺激,那么,你总该去代为瞻仰一下才是。罗卜藏的尸体就在接见厅里。"

"我要郑重地警告阁下,这是属于汗国的驿站,我决不允许有人拿一个高贵的灵魂在这里搞一出闹剧!"

"殿下一会儿就知道这是不是闹剧了。"

"请阁下立即离开我的驿站!"

"然后在罗卜藏的尸体上寻找叛逃的路线图吗?你办不到了,殿下。就算路线图没有变成灰烬,就算罗卜藏能起死回生,你的叛逃计划也只能是一场空梦。女皇陛下是不会饶恕背叛她的人的!"

渥巴锡从卡辛斯科依的振振有词的狂言里,知道他并没有获得什么有价值的依据,心里有了底,因而冷冷一笑说道:"尽管你是在毫无根据地胡说八道,我还是要敬告阁下,你的盛气凌人的狂妄态度,远远离开了两个国家的正常关系。我们是独立的汗国,不管我们想干什么,也构不成对你的女皇的背叛。"

"不,殿下。你必须明白,你只是一头用链子拴着的熊,赶你到哪里就到哪里,而不能想到哪里就到哪里。"

"你也必须明白,阁下,土尔扈特汗国的主人是我们,而不是你和你的女皇。我们不会做任何人的奴隶,过去这样,现在这样,将来也是这样!"

"殿下,你大概太健忘了。就连你这个汗王,也是沙皇任命的。"

"那是因为彼得三世把自己虚构成了世界的主宰,他连我们的宗主国在东方这一点都不知道。"

卡辛斯科依突然指着远方说:"你今天变得如此狂妄,是不是因为你预料到会有你的宿卫队来救驾?你一会儿就可以看到,他们怎样在我面前乖乖放下武器!你——"他指着一个骠骑兵下起命令,"命令所有骠骑兵做好迎战的准备。你——"他又指着另一个骠骑兵,"全速跑过去,迎住向这里奔来的加尔梅克人。叫他们就地止步,不得接近归鸿驿!"他略一思忖,又叫过特里根,把上面的话用蒙古语对特里根重复了一遍,"追上去,特里根!"

特里根犹豫地看了看渥巴锡,见他毫无表示,只好紧跟骠骑兵跑了过去。

此刻,渥巴锡正惊疑地注视着狂奔而来的两辆马车和马车后边的一队人马。他觉得奇怪,是谁估计到汗王正处于险情而在如此恰到好处的当口跑来救驾呢?会是舍楞吗?但他看到,在二百米外被特里根和那个骠骑兵拦住的第一辆马车,走下来的却是个年轻人。那个人和特里根交谈了几句,便回身约束住了宿卫队的将士。然后,他把特里根拉上马车,那个骠骑兵则跑到后边,踏进第二辆马车的车门。随着宿卫队将士纷纷跳下马背,两辆马车向归鸿驿驶来。

马车小心翼翼地轻轻停在渥巴锡和卡辛斯科依眼前,四个车门同时打开了。

第一辆车的两侧走下策伯克多尔济和特里根,第二辆车的两侧走下舍楞和骠骑兵。

渥巴锡脸上冷若冰霜,卡辛斯科依则露出诧异而又十分高兴的神色,迎了一步。

"策伯克多尔济,舍楞,是你们二位大人?"

策伯克多尔济一边走过来一边微笑着说:"你好,大使先生。"停下脚步后他又朝渥巴锡和札木扬分别深鞠一躬,"给汗王殿下请安,给札木扬大人请安!"然后他又对特里根说道,"特里根,快去熬一壶浓茶,我是真渴得喉咙冒烟了。"特里根答应一声,匆匆跑进大门。

这时,舍楞跟上来,重复了一遍策伯克多尔济行过的见面礼。除了卡辛斯科依点头答礼外,渥巴锡和札木扬的态度都异常冷淡。但是,渥巴锡的冷若冰霜中含有威严的镇静,札木扬的傲然冷漠中却隐现着不安。

短暂的沉默后,卡辛斯科依看着策伯克多尔济和舍楞被汗水浸透的衣衫,问道:"二位如此急切地赶来,一定是来护驾的吧?"

策伯克多尔济笑了笑,朗声答道:"汗王出游,臣仆护驾,这是理所当然的。还有更重要的一点……"

卡辛斯科依警惕地问道:"更重要的是什么?"

"大使先生两天前派出过两位使者吗?"

"是的。"

"他们到了玛怒托海时,汗王殿下已经离开了宫殿,去进行他酷爱已久的微服出游了。我想,既然大使先生叫汗王殿下到归鸿驿接读女皇陛下的敕令,那肯定是一件不能拖延的重要而又急切的事情。为了不至失掉上国之欢，我们便快马加鞭，想追回殿下。而殿下马车的轮迹非常清楚地延续到归鸿驿。这事情可真是太巧了！"

"出奇地巧合！"

"所以，我和舍楞大人的焦急和汗水，看来都是白费了。"

"恰恰相反，你们来得正是时候，真是再好不过了！"

"怎么？"策伯克多尔济吃惊地说，"汗王殿下对女皇陛下的敕令持有异议吗？"

"现在还谈不到女皇陛下的敕令。"

策伯克多尔济显得愈加愕然："那么是什么事情破坏了往日的和谐气氛呢？"

"我问你，还有舍楞大人。你们是忠于女皇陛下的吗？"

"我，不明白。"策伯克多尔济说着，瞟了一眼沉默中的舍楞。

"你不会忘记，你的扎尔固首脑的权势和光荣，是女皇陛下恩赐的。"卡辛斯科依又转向舍楞，"你更不会忘记，舍楞大人，你是怎样获罪清朝皇帝和逃出伊犁的，又是怎样在清朝皇帝要求引渡你的时候，受到俄国政府的保护，并得以到土尔扈特汗国享受荣华富贵的。"

舍楞满脸不快地说道："大使先生不厌其烦地重复这些并不准确的历史，有什么特别的用意呢？"

"我不想和你争论是否准确这个细枝末节的问题。我只是想问，你和策伯克多尔济对善良的女皇陛下是否知恩感遇，忠心无二？"

舍楞说道："这自有公论。"

"是的，大使先生。"策伯克多尔济紧接着说，"这要看事实。将来的事实会做出正确结论的。"

"那么我再请问二位，如果你们面前出现了一个背叛女皇的人，比如是渥巴锡殿下本人，那么你们将拿出怎样的行动呢？"

策伯克多尔济輾然一笑，说道："对一些或然的问题，怎样慷慨激昂地回答也毫无意义。再说，大使先生怎么可以拿殿下打比方呢？"

"因为正是他，准备继承从阿玉琦到敦罗布喇什的衣钵，叛逃到准噶尔！"

策伯克多尔济露出不相信的神色，摇头道："怎么会？汗国一切都很正常。如果有这样的事情，我总可以看到一些迹象的。"

"这并不奇怪。渥巴锡殿下做事历来严密,是不可能让忠于女皇陛下的人看到蛛丝马迹的。"

"那么就是说,大使先生已经看到了蛛丝马迹?"

"岂止如此?我彻底识破了这个阴谋并掌握了确凿的证据。他派出了一个你们都十分熟悉的人,为他查勘叛逃的理想道路。而这个人意外地落入了我手中。"

"对此,汗王殿下本人怎么说呢?"

"他避而不答我的问题。但这恰好说明他无法否认这个事实。"

这时,特里根走出大门,俯身对策伯克多尔济说道:"大人,茶已熬好。"

"谢谢你,我们一会儿就去。"策伯克多尔济说完又转向卡辛斯科依,"大使先生,你说的这个人在哪儿呢?"

"我们马上就可以见到他。——渥巴锡殿下,你为什么一言不发啊?"

渥巴锡威严地冷笑了一下说道:"我正在听着痴人说梦!"

策伯克多尔济又问道:"大使先生,你说的这个人是谁呢?"

"半年前失踪的罗卜藏大人!"

"什么,罗卜藏?"策伯克多尔济大惊道,"他在这里吗?快告诉我,他在这里吗?"

"你很想见一见在行猎时失踪,被确信必死无疑,而又突然出现的罗卜藏吗?我们共同来审讯他倒是很有意思的。"

"审讯?"

"是的。只可惜,他又死了,这回倒是真的死了!"

"死了?"策伯克多尔济险些晕倒,他勉强稳住身体,异常悲哀地重复着,"死了,不!"他突然大声说道,"他不能死!"

"是很遗憾。"卡辛斯科依点头道,"都怪札木扬大人太性急,办事鲁莽。但,只要有罗卜藏的尸体就足够了。"

"你是说,是札木扬杀死了罗卜藏大人?"

"是我。"札木扬自觉有德于彼地说道,"我在一个偶然的机会,为你们除去了一个隐患!"

谁也没料到,策伯克多尔济刹那间瞪起骇人的眼睛,一个箭步冲过去,一把抓住札木扬的胸襟,扬起紧紧攥住的右拳。

"你……"札木扬被对方突然的举动吓呆了,他惊恐而又大惑不解地看着策伯克多尔济,"你怎么了？你要干什么？"

策伯克多尔济咬牙切齿地说道:"我要让你偿命！"

卡辛斯科依和在场的其他几个人一样,觉得从不怒形于色的策伯克多尔济突然激动得如此失态,实在令人难以理喻。他很吃惊,也产生了怀疑。他皱起眉头,大声说道:"策伯克多尔济,松开他！"

策伯克多尔济恶狠狠地盯着札木扬说道:"要不是看在你是长辈的分上,要不是当着汗王殿下和大使先生的面,我会一拳砸碎你的脑袋！"说罢,用力一甩,把札木扬弄得仰面朝天倒下去。

札木扬吭吭唧唧爬起来,满脸涨得通红,暴跳如雷地吼道:"我不会罢休的！"

卡辛斯科依向策伯克多尔济接近一步,缓声说道:"你对罗卜藏的死很悲痛？"

"悲痛！"策伯克多尔济恨恨地说道,"简直是夺去了我的半个生命！"

"你能对你方才的出乎我们预料的言行做一番解释吗？"

"我倒希望札木扬大人对他的可耻行为做一番解释。"

"据我所知,"卡辛斯科依看了气喘吁吁的札木扬一眼,说道,"札木扬大人除了操之过急以外,并无什么可耻之处。"

"不！他是想用操之过急的疏忽去掩盖自己的罪行！"

"罪行？"卡辛斯科依不满地说道,"你言重了吧？策伯克多尔济大人。难道杀死一个背叛女皇陛下的人也算是罪行吗？你今天是怎么了？"

"背叛？"策伯克多尔济情绪激昂地高声道,"我不准任何人把这个罪名加在高贵的罗卜藏的头上！哪怕为此进行一场决斗！"

可以想见,策伯克多尔济这番话造成了怎样的效果。几乎所有的人都瞠目结舌,连刚刚走过来的巴木巴尔也猛然停下脚步,脸上的愤然的表情一下子被惊愕取代了。

过了一会儿,卡辛斯科依扫了一眼正四目相对的舍楞和渥巴锡,然后带着明显敌意地对策伯克多尔济说道:"你把我都弄糊涂了！"

"札木扬大人可清醒得多！"策伯克多尔济逼视着嘴唇在剧烈抖动的札木扬,乘胜追击般地说道,"他知道,只有杀死罗卜藏,才能封住能为自己辩护的嘴,他就可以为了达到别的目的随意给忠于女皇陛下的罗卜藏加上任何罪名了！当然,我知道,札木扬和渥巴锡殿下因仇成隙为时已久。这属于

他们之间的事,我早已发誓不介入他们甥舅之间的纠纷。他们怎样为对方编织罪名,由他们自己辩解好了,我可以不管。但对尊敬的罗卜藏,我不能不管。罗卜藏大人是我的长辈,也是忘年的生死之交。对女皇陛下忠心耿耿,是使我们同舟共济的纽带。而且,他在人们认为失踪的半年里,是为我的事情在奔波。我不能忘恩负义,使高贵的罗卜藏大人在惨遭毒手后又蒙受不白之冤!"

人们像听神话一样,听完了策伯克多尔济的慷慨陈词,都像坠入云里雾中,惊异地面面相觑,谁也无法预料下一步该怎样发展。只有札木扬的表情和别人不同,他浑身颤抖,脸色惨白,嘴唇发紫,眼睛血红。他扬臂做了一个耐人寻味的动作,讥讽而充满自信地撇了撇嘴唇,说道:"自作聪明的年轻人!我敢肯定,你要不是渥巴锡的同谋,至少是想为他开脱。这对你并无好处。罗卜藏已把他的使命都告诉我了!"

"难道说,你是害怕罗卜藏证实你的话不是编造才把他杀死的吗?"

"你!……"札木扬一时语塞,恨恨不已地凝视着策伯克多尔济。

卡辛斯科依抿唇拧眉地看着争吵不休的两个人,一时也觉得没了主意。他踱了几步,有点儿埋怨地对札木扬说道:"你杀死他真是太不聪明了。"

"大使先生!"札木扬生气地说道,"你就相信策伯克多尔济的胡诌八扯吗?"

"事情弄得如此复杂,都是你愚蠢的结果!"卡辛斯科依尖刻地说道,又转向策伯克多尔济,"策伯克多尔济,我不怀疑你以往对女皇陛下的忠诚。你和渥巴锡殿下的关系,我也了如指掌。但我又不能轻易相信你刚才的话。这里有很多说不通的地方。请你再详细地加以说明。你要知道,面对如此严重的事情,任何一句谎话都会给你带来追悔莫及的后果!"

策伯克多尔济犹豫地沉吟道:"让我当着这些人的面解释吗?"

"是的,听到你刚才一番话的人,理所当然地应该听到你的解释。"

策伯克多尔济异常懊丧地垂下头,喃喃说道:"天哪!我今天是怎么了?以往的沉着跑到哪里去了?我为什么信口开河,把自己带进尴尬的局面呢?我本可以不动声色,任凭事情的发展,让渥巴锡殿下有口难辩地替我承担罪责。可现在……"

卡辛斯科依催促道:"发这些慨叹是没有意义的。你还是快些讲吧!这件事我们必须尽早了结。"

策伯克多尔济从迷惘和悔恨中抬起头，怨怒地看着札木扬说道："我看到你眼睛里的幸灾乐祸的微笑。你一定是看到我的手足无措而非常惬意吧？但我可不是为了满足你卑鄙的欲望才暴露我的隐私。"他说着又转向渥巴锡，"殿下，我也不是为了开脱你才宁可陷入避免不了的众口交议的窘境。"最后，他把身体转向卡辛斯科依，"大使先生，不怕你生气，我决定原原本本地讲出事情的底蕴，也不是为了使你不至受骗。是的，诸位，我甘心牺牲自己的声誉，仅仅是为了替屈死的罗卜藏大人洗雪耻辱。我不该为这一行动感到悔恨，恰恰相反，我应该赞美自己的勇气。我的行动将使罗卜藏的灵魂获得宁静，含笑九泉，他在天国可以毫不愧赧地宣称，他交了一个正直的朋友！——好吧，让我来讲讲这件对我并不光彩的事情吧。诸位知道，我幼年居住在彼得堡，先父在那里有不少产业。但晚母却把这些产业平分给了她的亲生儿子道迪比和阿沙莱。我是一气之下跑到汗国的。女皇陛下给了我权势和荣誉。我唯一缺少的是财产。我决心成为一个不亚于两个兄弟的富有者。我开始在几个地方做起投机买卖。——请原谅，我无论如何不会讲出地点和我的合伙人的。我的存款早已超过了两个弟弟，我需要改弦更张，把金币变成产业。我相信，罗卜藏是我最合适的代理人。我答应把财产的四分之一给他。他发誓为我严守秘密。可是没想到，在为我忙碌了半年以后，竟成了札木扬阴谋的牺牲品。"

卡辛斯科依半信半疑地说道："你说的倒也尽情尽理。可是你用什么证明这件事的真实性呢？"

"真是一副巧嘴！"札木扬讥诮地说道，"虚构出一个天衣无缝的故事。可你忘了一点，在编造这种故事的时候，应该在主人公身旁放上大批随从和保镖才更合理。"

"你的话是没有意义的！"卡辛斯科依不耐烦地朝札木扬挥了挥手，"策伯克多尔济，如果你想证明罗卜藏确实没有犯下背叛女皇陛下的罪行，那么，还要有更能说服人的证据。"

"罗卜藏的身上肯定带有一份账单。"

札木扬插嘴道："那根本不是什么账单，而是叛逃的路线图。"

卡辛斯科依苦笑了一下，摊开双手说："现在已无法断定是账单还是路线图了。"

"难道大使先生仍旧怀疑罗卜藏有背叛女皇罪吗？"

"至少无法肯定他不是。"

"不。你就是把他当成嫌疑犯,我也要抗议。"

"替你搞投机买卖也并不光荣!"

"不光荣和背叛罪可绝不相同。"

"你拿出叫我心服口服的证据,我就可以判札木扬一个诬陷罪!"

"证据……"策伯克多尔济似乎在怨恨和无可奈何之中沉思起来,搜索枯肠想着对策,又有一种犹豫而不甘心的样子,后来,他轻叹一口气,说出下面的话,"你们逼得我失掉理智了!在这种情况之下,不得不提到家母的纯洁而神圣的名字,真是一种不可饶恕的罪过。——大使先生,记得三个月前,我们在喀山见过一面,你对我手上的钻石戒指赞不绝口。"

卡辛斯科依皱眉道:"戒指和眼前的事有什么关系?"

"有关系,大使先生。那个戒指是家母留给我的,它对我有着非凡的意义。我曾同我的合伙人讲过,除了我本人外,只有戴着这个戒指的人才能有权支配我的财产。正是在大使先生称赞这个戒指的那一天,我和罗卜藏也碰了头,并亲手把这个戒指戴到罗卜藏的右手中指上。这个戒指上的宝石价值连城,在它的背面,刻着'鸿雁来归'四个字。"

"如果是这样……"

"不要听他胡扯!"札木扬愤然叫道,"罗卜藏的手上根本没有什么戒指。一会儿,他又要说这个本来不存在的戒指,已经被札木扬据为己有了!"

"这是可能的!"策伯克多尔济大声说道,"正应该先搜搜你的身上!"

"一派胡言!简直是一派胡言!"

"好了!"卡辛斯科依制止道,"不管这个戒指是否存在,我也要亲自检查检查再说。我们都去吧。"

"不。"策伯克多尔济断然地说道,"在没有结果以前,我绝不接近罗卜藏的尸体,札木扬是非常善于耍赖的。"

札木扬冷笑道:"只怕你真的要耍赖呢!"

"那你和大使先生去吧。你还能有一次销毁证据的机会。"

"凭你这句话,我也不能去。但我相信你不会赢,也不会再有编造故事的机会了。"

卡辛斯科依生气地说:"你们就使劲儿瞎喊吧!"说着,摆手叫过两个骠骑兵,又喊过舍楞,然后对垂手恭立大门旁的特里根下了去开锁的命令。这几个人很快消失在大门里的庭院中了。

大约只有两分钟,原班人马又都很快地走出大门。

舍楞带着一脸疑惑的表情,看了看正注视着他的渥巴锡,轻轻点了一下头,便垂下眼帘,沉默地站在那里了。

策伯克多尔济根本没注意走出大门的将要决定他的命运的人,好像什么事情也没发生一样,遥望着雨后的草原和蜿蜒的细流。

札木扬把闪着自信和期待的目光,投向缓步而来的卡辛斯科依的脸上。但后者微眯的双眼里隐藏不住的恼怒和厌恶使他猛然一抖,刚要出口的讥诮的话刹那间化成了唾沫,咽了下去。

卡辛斯科依对札木扬不屑一顾,径直走到策伯克多尔济面前,亲昵地拉过他的手,把闪着绿光的宝石戒指轻轻戴上去,然后深感歉意地说道:"你对了,亲爱的朋友。"

札木扬见状惊恐地喊道:"不!大使先生,你受骗了!"

卡辛斯科依倏然转过身,大声道:"我是受骗了!"

"听我说,大使先生!"

"你顶好是闭上嘴!"

卡辛斯科依不再搭理札木扬,几步走到态度冷峻的渥巴锡面前,优雅地俯了俯上身,说道:"殿下,我理解了你今天为什么恼怒和态度生硬,刚才的场面触忤了殿下崇高的心灵。我深表歉意。这场误会都是札木扬的阴谋造成的。"

渥巴锡什么也没有说,甚至脸上的表情也丝毫没有变化。

札木扬不甘心地叫道:"卡辛斯科依大使!你到现在还认不清谁是敌人,谁是朋友?"

"我认清了!"卡辛斯科依怒目回首道,"特别是今天!"

"你!……你真……愚蠢!"

"否则,我就不会轻信你的鬼话了!"卡辛斯科依说着,瞪着威胁的眼睛走到札木扬面前,"你几次密告渥巴锡殿下准备叛逃,今天又设计了这样一场可耻的闹剧,无非是想阴谋夺取汗王的宝座!你这个卑鄙龌龊的小人,贪得无厌的混账,险些让我伤害了高贵的渥巴锡殿下,险些误了女皇陛下的大事!亏得策伯克多尔济及时赶来,否则,你的阴谋就得逞了!"

"好个不辨真假、刚愎自用的蠢材!我要亲自到彼得堡去,告诉女皇陛

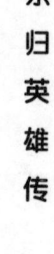

下,你是怎样失掉这不可复得的机会的!"

"哼!等你偿还了罗卜藏的命,再去摇唇鼓舌吧!"卡辛斯科依恶狠狠地说完,转向策伯克多尔济,"策伯克多尔济,札木扬犯了诬陷汗王和杀害贵族双重罪。你们按照《卫拉特法典》去惩治吧!"

策伯克多尔济看着渥巴锡说道:"汗王殿下会有明断的。再说,巴木巴尔有权提出自己的要求。"

渥巴锡毫无表示,巴木巴尔则悲愤而又充满怨恨地说道:"那不是我的爸爸!"

"怎么!?"卡辛斯科依惊疑地问道。

"有这样可耻的历史,就不配再做汗国的贵族!也休想让我承认他是爸爸!"

"这谈不上可耻,虽然也不能说是光荣。但和背叛女皇陛下罪相比,你应该为令尊大人感到庆幸。"

"不!对汗王殿下不忠诚,阳奉阴违,就应该遭到唾弃!"

"你这话怎么讲?"

"巴木巴尔!"策伯克多尔济抢过话头说道,"罗卜藏大人的假失踪,是我的安排。他没有对不住你的地方,也没有对不住汗国的地方。你想怨恨,就怨恨我吧!让一切谴责和唾骂都落到我身上吧!我对不起他。我将按着最隆重的礼仪来安葬罗卜藏大人。而且要让凶手披麻戴孝!"

"听着,你们!"巴木巴尔大声说道。

"你们敢!"札木扬几乎同时大声喊道。

接着,札木扬的声音被巴木巴尔的声音淹没了;"谁再敢在我面前提到这个名字,我就和他刀枪相见!"巴木巴尔像怒吼一样说完这句话,一扭身,大步走开了。

与此同时,札木扬也气咻咻地向通到庭院的台阶踏去。谁也没去干预他的行动。

策伯克多尔济对特里根命令道:"特里根,立即把接见厅加锁。在汗王殿下做出决定前,不准任何人接近尸体!"

特里根应声跑进大门后,卡辛斯科依摇着头吐了口浊气,说道:"总算结束了!"

一直沉默不语的渥巴锡,两眼闪着坚毅的光,凛然地说道:"旧的结束了,新的就会开始!"

卡辛斯科依并不理解渥巴锡这句话的含义,以为他由于刚才的误会产生的怒气还没有消尽,便表示和解地说道:"汗王殿下,何必对已经解除的误会仍旧耿耿于怀?"

"大使阁下,你今天的行为太过分了!我毕竟还没成为贵国的傀儡。"

"我刚才已表示了歉意。"

"在两个独立国家之间发生这样的事情,表示歉意是远远不够的!你要记住,我们是俄国的同盟者而不是臣民!"

卡辛斯科依一时无言以对。

策伯克多尔济插嘴道:"大使先生,你说事情结束了,误会解除了。可你看——"他指着远处向这里接近的马队,"你的哥萨克正在包围归鸿驿!"

卡辛斯科依微微一笑说道:"这也是札木扬这个混蛋搞的。不过,它已不再对汗王殿下构成威胁了。——来人!"他叫过一名骠骑兵,"立刻骑马拦住骠骑兵团,让他们在二里外等候命令!"

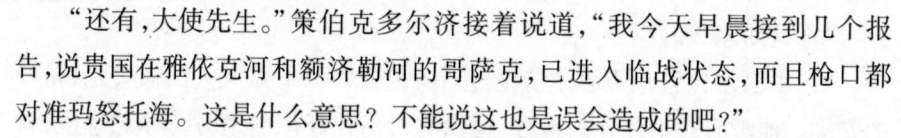

"还有,大使先生。"策伯克多尔济接着说道,"我今天早晨接到几个报告,说贵国在雅依克河和额济勒河的哥萨克,已进入临战状态,而且枪口都对准玛怒托海。这是什么意思?不能说这也是误会造成的吧?"

"也许正是误会造成的。因为有人说汗国出现了一些反常现象。"

"是贝格托夫吗?"

"是的。但我不相信。"

"那就请命令他们退回到原来的要塞去!"

"他们是根据女皇陛下的命令进入阵地的。也必须有女皇陛下的命令才能退回要塞。不过,在汗国根据两国的条约在即将对土耳其的战争中出兵协助之后,那么,两河的哥萨克不仅不会威胁汗国的安全,相反会对汗国的部众起到保护作用。"

"这有点儿重兵威胁的味道。"

"我也有我的难处。"

"当然。"策伯克多尔济斜睨了凝目沉思的渥巴锡一眼,略一思考,说道,"大使先生是说让汗国对土耳其作战吗?"

"这就是我今天要谒见汗王殿下的原因。不想被札木扬破坏了和谐的气氛。但我相信,汗王殿下会以大局为重,履行条约的。"

"假如我不呢?"渥巴锡冷冷地说道。

"那……不会吧？我想。"

"唔！对了。"策伯克多尔济说道,"汗王殿下,今天早晨,土耳其特使送来了他们苏丹的国书,好像也是说的即将发生的战争一事。国书我已带来,请殿下过目。"

渥巴锡接过国书,启封后看起来。还没等看完,便怒火中烧地说道:"要挟！讹诈！最后通牒！——土耳其使臣在哪儿？"

策伯克多尔济指着宿卫队停留的地方,说道:"毫无疑问,被宿卫队拦阻的马车上,准是土耳其特使。他说,他要汗王殿下尽快答复他。"

渥巴锡用鼻子哼了一声,顺手把土耳其的国书撕成碎片,咬牙说道:"这就是我的答复！"

"那么,对那位特使……"

"剜眼割舌,押送出境！"

"遵命,殿下。我立即去执行。"策伯克多尔济说完,跳上自己的马车,命令司御向宿卫队停留的地方驶去。

卡辛斯科依对事情的发展感到很满意。他骄傲而舒心地笑了笑,对仍在盛怒中的渥巴锡俯身道:"请问汗王殿下,现在可以开读女皇陛下的敕令了吧？"

渥巴锡反感地蹙了一下额头,强忍住愤怒,冷冰冰地说道:"涉及汗国的重大事务,需扎尔固全体会议做出决定。这是女皇陛下给予享受俄国津贴的扎尔固的权力。对此,想必阁下和女皇本人不会忘记。"

卡辛斯科依欲言复止。他咬着嘴唇想了想,无可奈何地退让道:"那好吧,我随殿下去玛怒托海。我去里边收拾一下,请稍候片刻。"说完,急匆匆进入大门去了。

舍楞警惕地四外看了一下,急趋渥巴锡身边,低声问道:"殿下决定参战吗？"

"只好如此了。"渥巴锡沉痛地说道,"我不能蛮干而毁掉汗国。"

"这是最正确的抉择,殿下。看得出来,这次叶卡特林娜是做好了消灭汗国的准备。"

"唉,汗国的部众又要因为汗王的无能,去做一次牺牲了。"

"你是英明的汗王,殿下。我更确信东归是大有希望的！"

113

"你对今天的事情怎么看？"

"罗卜藏吗？"

"不，策伯克多尔济。"

"他的话不像是临时编造的。再说……"

"当然，他不会为我做出牺牲。"

"只是罗卜藏……"

"难道他一直在欺骗我吗？"

"他在处身涉世上从无劣迹，又向殿下发过誓啊！"

"人心难测。也许真是我在用人上犯了大错误。"

"这太出乎预料。而且，安妮的话怎么解释呢？"

"是啊，是很蹊跷。——算了！"渥巴锡挥了挥手，驱走了所有堆积起来的乱糟糟的思绪，吐出了一口浊气，"我现在还犹如梦中。不说它了。不管命运怎么捉弄我，只要我还有一口气，就不会罢休，哪怕还有一百次'从头干起'在等着我！快去叫巴木巴尔命令阿斯楞准备车驾，返回玛怒托海！"

"是，殿下。"

16

渥巴锡从归鸿驿返回宫殿并下了亲自率领军队去高加索的决心以后，和母后以及达什敦杜克商定，在他离开汗国期间，让弟弟达尔罕监国，代行汗王职权。并打算把巴木巴尔留下，以便加强达尔罕同策伯克多尔济抗衡的力量。因为在所有大臣里，心怀叵测的策伯克多尔济最忌惮的就是骁勇而暴躁的巴木巴尔了。这样，内有母后和达什敦杜克，外有舍楞和巴木巴尔，达尔罕就可以高枕无忧了。

但是，当渥巴锡准备把这一重要决定向臣民公布的时候，却发现达尔罕早已离开宫殿，不知去向了。

"为什么，渥巴锡？达尔罕为什么偏偏在这个时候离开宫殿？"母后在获知达尔罕失踪后，这样问道。

"因为……"渥巴锡说道，哀叹地摇了摇头，"他一定想躲避汗王的荣誉和权柄。"

"都是你把他娇宠坏了,渥巴锡。"母后埋怨道:"长期放荡不羁的生活,使他丧失了对家族的责任感。"

"妈妈,都怪我。"渥巴锡深感怀罪地说道。

母后不再说什么,只是无奈地叹息了一声。她心里清楚,这其实不能全怪渥巴锡,作为母亲,她有更大的责任。但有什么办法呢?母亲总是把更多的温存和慈爱给予最软弱的孩子。达尔罕就是这样的孩子。他自幼身体柔弱,几场大病,都是从死神手中费力挣扎出来的。他能活下来,而且平安地活到十七岁,实在不容易。十七年来,不仅是母后,宫殿里所有的王族和内侍,一直都忧心忡忡地注视着他,小心翼翼地关怀他,百依百顺地娇惯他,唯恐稍有差池,会危及他脆弱的多灾多难的生命。渥巴锡更清楚,母后对达尔罕的偏爱,一多半原因是预感到他不会活得太久,不忍心让他短促的生命旅途中再出现苦恼和不幸。渥巴锡和所有人一样,知道母后是承受不住第二次失掉儿子的打击的。渥巴锡也非常喜爱达尔罕弟弟,对于他的一切能表达出来的愿望,总是毫不犹豫地即时给予满足。这就使渥巴锡对弟弟的爱含有过多的母亲的温柔和父亲的慈祥。所以可以说,是母亲和哥哥的充满忧虑的爱,培养出了达尔罕的任性和玩世不恭。不过,达尔罕的确招人喜爱,他聪明顽皮,口齿伶俐,常常会说出令人捧腹大笑的话和做出使人目瞪口呆的事。比如,有一次,他当着宫廷里许多围绕在身边的人说,母后像一个爱唠叨的老祖母,而渥巴锡哥哥简直就是一个哄着娃娃的小母亲。他的话使人们笑得前仰后合,渥巴锡竟笑得满脸泪水。还有一次,那是达尔罕十四岁时,他非要改名叫达尔罕不可。母后问他,为什么喜欢这样一个不太雅而意义又不甚明确的名字①?他回答说,他一生最大的愿望,就是做一个不纳贡的自由人,他要从人的等级中解放出来,他要的特权就是与人无争、自得其乐。渥巴锡笑着告诉他,那可不行,因为一到成年,就要获得爵位和官职的。而达尔罕却十分认真地说:"你别给我那些我不想要的东西,也别让我失去我渴望的东西。我就是达尔罕。谁不这样叫我,我就不理谁,母亲和哥哥也一样!"渥巴锡虽然心里不乐意,却又不敢违拗他,只好当着母后的面,向弟弟的任性举手投降。从此,达尔罕的名字合法了,对他原来的名字

---

① 达尔罕既可做王公称号,也可做工匠称号,其意甚多,如自由民、因军功被解放者、给予特权者,等等。

梅力根,人们都讳莫如深,不敢再叫了。

母后想着这些往事,不由自主地又轻叹一声说道:"达尔罕太任性,这也不全怪你。如果知道他能活到现在,而且竟健康起来,谁也不会毫无节制地去娇纵他的。"

渥巴锡想了想说道:"我派人去找他吧,妈妈。"

"他故意躲藏起来,就肯定很难找到。"

"我想,他只能藏到鲁道夫家。"

"怎么会？你责备他以后,他就不再和莉莎来往了。"

"妈妈,他怎么会轻易放弃他的自由特权呢？"

"你是说,达尔罕和莉莎并没有一刀两断？"

"他们只是不再公开往来而已。"

"那就是说,他们还在秘密幽会,而你对此没加干涉。是不是这样呢？"

"是的,妈妈。我那次对达尔罕弟弟的责备太过严厉,我一直很后悔。我不想再刺伤他。"

"这件事,你和达尔罕都瞒着我。为什么？"

"达尔罕一定和我一样,不愿让母后为此忧心伤神。"

"可是,渥巴锡,你的善意的容忍,会使达尔罕陷入更加不能自拔的地步,你想到过吗？"

"想到过。没有两全其美的办法。妈妈,这是一个很复杂、很棘手的问题。"

"我明白。……"母后沉吟着说,悲哀地叹息了一声,"你这一走,达尔罕会更加无所顾忌的。"

"而且,有人会利用这一点,煽动达尔罕弟弟对我的敌意。"

"所以你才决定让他监国吗？"

"是的。只有这样,那些居心叵测的人才无隙可乘。同时,让弟弟在政务上多用点儿心思,他逐渐会懂得,在他的生命中,还有比爱情更重要的内容。"

"那就更应该尽快找到他。你出征的日子就要到了。"

"妈妈,我这就派阿斯楞去,他会几句俄国话。"

但是,阿斯楞两次去鲁道夫家交涉,鲁道夫却矢口否认达尔罕曾去过他家。

母后焦急地问渥巴锡："你不打算强行搜查吗？"

"如果鲁道夫是我的臣民，我会砍下他的脑袋！"

"是呀。"母后点头道，"在眼下，更需要容忍和谨慎。特别是，听说鲁道夫是受贝格托夫保护的。"

"确实如此。"

"要不，我去鲁道夫家一次？"

"不行，妈妈。那比强行搜查更会叫达尔罕难堪，甚至促使他产生离家出走的决心。"

"他真会的。咳！这真是个不可救药的逆子！——可是，渥巴锡，我们怎么办呢？"

"不必为此忧虑，妈妈。好在我们还没有公布委任达尔罕监国的决定。"

"你是说……"

"我相信，达什敦杜克叔父是能把汗国治理得很好的。"

"看来，也只好如此了。"

"再说，离我出发还有两天时间，也许弟弟能想通，自己会回来的。"

"但愿如此。"

达尔罕确实躲藏在鲁道夫家。从阿斯楞两次来找他，他知道渥巴锡哥哥对他藏身的地点是心如明镜的，而且可以猜测到渥巴锡哥哥是多么焦急地期待他返回宫殿。但是，让他放弃自己的人生愿望，去接受他唯恐避之而不及的权势，那肯定是做不到的，尽管他喜欢哥哥，尊敬哥哥。

达尔罕是从母后的言谈中，隐约获知让他代理汗王的信息的。他知道，这样的安排，是出于汗王哥哥对他的信赖和期望。如果换上别人，一定会高兴得手舞足蹈睡不着觉的。有谁不希望成为一国的至尊呢？不是有很多人说，策伯克多尔济兄弟三人乃至札木扬舅父，都一直在觊觎王位并处心积虑地寻找着机会吗？虽说这次渥巴锡出征，少则一年半载、多则两年三年就会回来，仍旧会索回汗王的权柄。可是，这一年半载、两年三年的荣耀，不是也同样具有巨大的诱惑力吗？然而，达尔罕毕竟是达尔罕，权力和荣誉对于他的天性始终是格格不入的。所以，当这个机会自己向他走来的时候，他毫不犹豫地躲开了。他知道，对于他的抉择，莉莎未必会反对，鲁道夫却肯定要骂他是个大傻瓜，因为鲁道夫早就旁敲侧击地表示，达尔罕至少应该被任命为扎尔固成员。如果鲁道夫知道达尔罕是为了躲避代理汗王的任命,那么毫无疑问,定会逼着他返回宫殿的。所以,他没有把这次离开宫殿的原因告诉鲁道夫父女,只是说,在渥巴锡领兵出发前,绝不能向任何人暴露他的藏身之所。鲁道夫以为,一定是渥巴锡想让达尔罕随军出征,接受所有成年的蒙古人都必须接受的战争的洗礼,因而也没有深问,一口答应把他藏到可以露面的时候。

但是,关心达尔罕的人可不单单是渥巴锡和鲁道夫。道迪比和阿沙莱两兄弟也一直在探听达尔罕的踪迹,并且在得知渥巴锡已任命达什敦杜克为代理汗王时,忙不迭地飞骑来到了鲁道夫家。

这是七月九日。

达尔罕和鲁道夫父女共进早餐以后,仆人进来报告,说道迪比和阿沙莱两位大人求见。鲁道夫感到意外和惊讶,因为这两位出身高贵而又异常骄傲的将军,是从未把鲁道夫这个小商人放在眼里的。如果没有什么特别的事情,怎么会一大早就屈尊枉驾,光顾他这到处是盐篓的木板房呢?不过,鲁道夫是巴不得和这两位深得女皇宠幸的将军结交的,不恭恭敬敬地请进客厅显然不明智,只是由于在他面前坐着一位更有身份的人,不便把自己的卑贱的渴望表现得太露和立刻变成卑贱的行动。

达尔罕看透了鲁道夫的心理,而且他历来讨厌那两位目空一切的军人,便站起身来,懒洋洋地说道:"别说我在这里。"然后拉起莉莎的手,进入内室去了。

鲁道夫等着内室的门已经关合,便兴奋地搓着丰腴的双手,一路小跑迎出门外,请进了道迪比和阿沙莱,并呼唤仆人准备咖啡。

道迪比和阿沙莱没等主人礼让,就昂然落座了。

鲁道夫毕恭毕敬地站在地毯上,前言不搭后语地献着殷勤说道:"不知二位驾到,有失远迎。二位清晨光降,不知有何见教?"

道迪比抚摸着笔挺军服上的勋章绶带,冷冷地说道:"你坐下吧,鲁道夫先生。"

鲁道夫的热情,竟换来如此的冷淡,感到很不是滋味,但还是满脸赔笑,遵命坐下去。

仆人擎着托盘送上咖啡。

鲁道夫让道:"请二位大人赏脸。"

两位客人对面前的咖啡杯连碰也没碰一下。

道迪比问道:"你知道今天是什么日子吗?"

"知道,知道。"鲁道夫眨了眨眼说道,"是伟大的女皇陛下登基的纪念日。"

"是个值得庆贺的日子。对吗?"

"当然,当然。"

"你知道今天对于你更是值得庆贺的日子吗?"

鲁道夫不解地张大了嘴巴。

"看你惊讶的样子,好像还没意识到你渴望已久的巨大快乐已大步向你走来。"

鲁道夫的眼睛和嘴巴张得越来越大,他实在猜不透道迪比的哑谜。

阿沙莱咧嘴一笑说道:"你是不愿让我们分享你的快乐吧?"

"哪里?二位的话实在有点儿难懂。"

阿沙莱又说道:"我们可是专程为你道喜来的。"

"不过……我喜从何来?"

道迪比说道:"鲁道夫先生,你不愧是个投机商人,很会做买卖啊!"

"这……"

"你要发一笔大财了!"

阿沙莱附和道:"奇货可居嘛!"

"二位,我是越发糊涂了!"

"把未来的汗王请出来吧。"道迪比突然说道。

鲁道夫一惊,说道:"这是什么意思?"

"他一定和未来的莉莎王妃在一起吧?"

"您在开玩笑,将军!"

"岂敢!你可是未来的国丈大人啊。"

"天哪,你们在说些什么呀?"

"好了,鲁道夫先生。"道迪比严肃地说道,"我们该正经地谈一谈了。我很佩服你的心机,能不动声色地把达尔罕握在手中。但是你应该明白,未来的汗国是属于谁的。你明白吗?"

"当然属于二位。这我在彼得堡早有所闻。"

"所以我劝你胃口不要太大,免得乐极生悲。"

"我怎么敢啊,大人!"

"谅你也不敢。不过,在这之前,你可以有一个大发横财的机会。这个机会,今天就到了。"

鲁道夫抻着脖子说:"您是说……"

"渥巴锡要亲自带兵去高加索。你知道吧?"

"知道。这有谁不知道?"

"那么,由谁来监国,你知道吗?"

"不。这我可不知道。我想,理所当然应该是策伯克多尔济呀,他是扎尔固首脑嘛。"

"看来,达尔罕没对你说?"

"没有,他什么也没有说,——唔!这……"

"后悔说漏了嘴?没关系。我知道达尔罕在你这里。我们先不说这个。你刚才说,汗王出征,应该由策伯克多尔济代行汗王权力。这也很有道理。但我们都知道,渥巴锡殿下和策伯克多尔济水火不容,他不会把大权放心地交给自己的政敌的。"

"那么应该是谁呢?"

"达尔罕!"道迪比大声说道,并站起身来,"可是,渥巴锡却叫达什敦杜克监国,对达尔罕,他连想也没想!"

"是这样……"

"所以,鲁道夫先生,你应该劝说达尔罕立刻返回宫廷,从达什敦杜克手里夺来代理汗王的权位!你知道,渥巴锡此去高加索,十之八九是葬身域外,那么,至少在萨莱王子成年前,达尔罕可以一直坐在汗王宝座上,你想发多大财,尽可以发多大财。你明白吗?"

"明白,明白。可是,渥巴锡能收回成命吗?"

"现在,还没有几个人知道渥巴锡的决定。只要在他宣布这一决定前,达尔罕自己出面要求代兄监国,卡辛斯科依肯定会表示支持,渥巴锡也就不便拒绝了。"

"只是……达尔罕是否想代理汗王呢?"

"人人之上的荣耀,一呼百应的权势,傻瓜才不想要。"

"那么,据二位将军所知,渥巴锡殿下可能在什么时候公布委托达什敦杜克监国的决定呢?"

"今天中午前。"

"今天中午前？"

"渥巴锡要在中午祭旗出征。"

"天哪！要误了大事了！"

正在这时，达尔罕带着一副懒散的样子走了出来。他不清不楚地嘟囔道："嗓门儿这么高！"

三个人都略显惊讶地站起来。

道迪比俯首道："不知殿下晨睡未起，真对不起。"

"没关系。其实我本来也睡不着了，因为我在梦中突然听到了一句福音。"

阿沙莱问道："殿下听到了怎样一句福音呢？"

"好像是……"达尔罕一边说，一边很随便地坐进沙发，顺手揉了揉有点儿浮肿的眼皮，"唔，对了，是这样一句话：'达尔罕，快醒来。汗王的权位在等着你。'"

道迪比点头道："确实是一句福音。"

"可惜。"达尔罕遗憾地挥手道，"是梦里的情景。"

"梦和现实常常只有一步之隔。不过，殿下，您渴望权势吗？"

"废话！傻瓜才不渴望权势。"

"有人说殿下是无心于宦海的，倒有林泉出世的念头。"

"狐狸说葡萄酸，是因为它吃不到葡萄。"

"说得对。其实，在汗国，殿下的地位原本该是一人之下，万人之上的。"

"真是这样吗？"

"那还用说？您就是成为汗王，也是当之无愧的。"

"所以渥巴锡哥哥出征，便应由我代理汗王？"

"是的。——唔？我们刚才的话，您都听到了？"

"这么叫我开心的话，若是听不到，那可太遗憾了。"

"我们是为您着想啊，殿下。"

"我哥哥真的今天中午出发吗？"

"没错。所以我们才急急赶来。您此时不当机立断，立即返回宫殿，达什敦杜克就要获得代理汗王的权柄了。"

"我去把这个权柄夺过来？"

"那理应属于殿下。"

"中午。……看来时间还来得及。"

"时间在飞跑。必须抓紧。"

这时,通到外边的门启开一条缝,不知什么时候从后窗跳出去的莉莎探进头来,朝达尔罕摆了摆手。

达尔罕站起来,说道:"那我就去好好利用中午前仅剩的一段时间了。"

"达尔罕殿下英明至极!"

达尔罕笑着向道迪比一躬身说道:"二位的坐骑我先借用一下。我的马正在河边吃草。"

"可是……"

达尔罕几步走到门口,回过头讥诮地笑道:"你们就继续在这里胡说八道吧!"随着一声重重的门响,达尔罕就消失在门外了。

一刹那后,传来马蹄的狂奔声。屋里的三个人目瞪口呆,面面相觑。过了好一会儿,道迪比才在气愤和恼怒中透过一口气,他朝鲁道夫吼道:"快去给我们弄两匹马!"

17

七月九日,是土尔扈特汗国召集的两万人马向西开拔的日子。他们将于明天分别从哥萨克重兵据守的五个渡口,越过额济勒河,然后奔赴大高加索山脉,迎战奥斯曼帝国的军队。

这一天凌晨,曾下了一场小雨。太阳升起的时候,天晴了。蓝天下,薄薄的灰白色云在交叠着飞来飞去。空气很凉爽。清风夹带着树木的苦涩和花草的芳香阵阵吹过。对于在炎热的季节里出征的战士,这实在是十分难得的好天气。

出发的时间定为中午。招之即来又能征惯战的两万名剽壮的带刀士和箭筒士,听说是汗王亲自统帅,在上午十点钟就已精神抖擞地集合完毕。他们在宫殿西边的宽阔的比武场上,面向正南,列成二十个方阵。每个方阵的前面,都有战士擎着绣有各种标记的军旗。军旗两侧是骁骑校以上的军官。在二十个方阵前面,是汗王的旗帜、车驾、五百名亲军以及龙虎将军和骠骑将军。所有将士都静立在自己的坐骑旁,专等汗王的到来。

在两万人队伍的东、西、北三个方面,是等着送走征人的父母妻子。看不见眼泪,听不到叹息,也没有牵衣顿足的场面。这对他们早就习以为常了。这些年来,每一个爱马克家庭,都不止一次送走亲人。眼下,就正有上万蒙古人的子弟在波兰厮杀。在土尔扈特所有部众看来,执行汗王的命令是理所当然的,为汗王去死也是光荣的。所以,他们面对十之八九会一去不回的亲生骨肉,并不感到悲哀。

此刻,汗国的全部文武大臣,也都聚集在汗王宫殿的台阶下。他们不像整装待发的军人那样队形严整,但比往常毕竟要安静肃穆得多。他们三三两两恭候在石板路的两侧,眼睛都焦灼却并非期待地盯着紧闭的宫门。那种紧张而担忧的样子,就像在等待着一个他们并不希望早些到来的场面。此时盼望汗王尽快走出宫殿的,大概只有蹙额徘徊的卡辛斯科依大使了。

大约在十一点钟左右,宫门终于打开了。刚刚拜别了母后的渥巴锡,右手牵着小王子萨莱,在达什敦杜克陪同下,缓缓走了出来,站到了平台上。他今天内穿缀有锁子甲的戎装,外罩猩红色披风,脚蹬鹿皮软底靴,头戴镶着宝石的紫金冠,显得英俊威武。随后走出宫门的,是塔莉莎娜王妃和已经升任女常侍的安妮。这两个年轻美貌的女人,苍白的脸上都残留着泪痕,默然无语地站在渥巴锡身后,垂下浮肿的眼皮。

渥巴锡扫了一眼台阶下仰望着他的大臣和鹄立在长长石板路两侧的宿卫军战士,表情异常安详地站了片刻。然后,他轻轻抱起小王子,在那鲜嫩的脸蛋和光洁的额头上吻了吻,也让小王子吻了他的脸颊。他闭着双眼,稳定了一下心底突然涌起的爱子之情,把伏在肩头不愿离去的萨莱递到安妮手中,同时深情地注视了热泪滚滚的塔莉莎娜一眼,咬了一下嘴唇,回过身,毅然走下台阶。他这时的表情安详而平静,甚至有些漠然,好像刚才在巨大的痛苦中和亲人告别的不是他,而是另外一个人似的。

渥巴锡以轻捷的动作走完最后几级台阶,对在场的人们微微一笑,说道:"你们都来给我送行,我深表感谢!特别是尊敬的大使先生,一直等到我启程的时刻,真令我感动。"

卡辛斯科依俯首道:"我是说过要看到……唔,要恭送殿下踏上征途的。"

"遗憾的是,阁下赶不上参加女皇陛下的庆典了。我想,今年的宫廷舞会一定是盛况空前,因为据说贵国的库班驻防军远征波兰战果辉煌!"

"我虽然未能参加女皇陛下的庆典,却亲眼看到汗王殿下在今天这样一个伟大的日子,遵照女皇的旨意,统帅大军开赴高加索战场。女皇获知这一消息,一定会非常高兴的。"

"我选择女皇登基的日子出征,正是为了让我的部众和他们的子孙,永远记住这个……值得纪念的日子。但愿我们的厮杀和死亡,能增添女皇宫廷的欢乐气氛。"

"我一定把汗王的厚意转致女皇陛下。"

"十分感谢。"渥巴锡说完,转过身想离开卡辛斯科依。

"殿下。"

渥巴锡皱了皱眉头说道:"阁下还有什么话,就请快说。我的时间可不多了。"

"那就恕我直言了。昨天,我获悉了一个可靠的情报,说殿下所信赖的大臣之中,有人想效法萨姆特……"

"唔?有这样的事?这个胆大妄为的人是谁?"

"他是一个敢做敢当的好汉。殿下只要问一问,他自己会站出来的。"

"不用问了!"巴木巴尔凛然地大声说道,"这个人就是我!"

渥巴锡惊讶而恼怒地说道:"你的脑袋发昏了!"

"脑袋发昏的不是我。"

"是我吗?"

"是的,殿下。"

"放肆!你真是个不开窍的……蠢人!"

"就算我是蠢人,也总比软骨头强。"

"不准你再信口开河!"

"可惜你封不住天下人的嘴。你听到部众在说你什么?他们说,你为了讨好女皇,一次又一次把他们带向死亡。可是苦战流血、攻城略地的结果,只是使庞大的俄罗斯帝国的新建省不断增加,可怜的汗国可供放牧的草场却一天比一天缩小。他们说,你是个卑躬屈节的汗王!他们说,土尔扈特人的末日到了!……"

"住口!"渥巴锡怒喝道。他朝前走了一步,嘴唇发颤、脸色惨白地凝视着满脸悲愤的巴木巴尔,却再也说不出话来。是的,他无论如何也没料到,

在他出发前的一刻,会出现眼前这样难以收场的节外生枝。而将他带入窘境的,竟是他异常器重和视如手足的巴木巴尔!他在恼怒中飞快地想道:"如果你不是巴木巴尔……"但他马上又否定了自己,"不!换上别人就应该受到惩罚吗?"他继续在心里问自己,巴木巴尔这番义正词严的发泄,不是自己也想大声喊出来的吗?只是,他不能这样痛痛快快地喊叫。他不是巴木巴尔,可以用怒吼换取一时的精神痛快。他是汗王,他要从玛怒托海带走的不是一个或几个鄂托克,而是整个汗国,是几十万部众啊!这不是一件简单的事情,稍有不慎,就会陷入民族毁灭的绝境。在将近十天的时间里,他无数次斟酌这次出兵高加索的利弊,确信再做一次牺牲是必要的。如果两万人的死能给几十万部众换来新生,那么,这种牺牲是值得的。可是,他不能把这些道理告诉所有的人。他也没有讲给巴木巴尔。因为自从在归鸿驿发生了那件出人意料的事情以后,巴木巴尔变得神态异常,他有时木然呆坐,什么话也不说,谁的话也不听,有时又暴跳如雷,毫无来由地毁物伤人。渥巴锡知道,折磨这个刚强人的不是父亲惨遭杀害的痛苦,而是获知历来受人尊敬的父亲竟和策伯克多尔济的投机买卖搅到一起所造成的耻辱感。对于一个灵魂干净的人,有什么比蒙受耻辱更可怕的折磨呢?渥巴锡同情他,怜悯他,但知道劝说也没有用,只能等待他发泄得疲惫后慢慢平静下来。也许正是这种善意的放任,使巴木巴尔在无法排解的苦恼中越陷越深,并且从错误的角度曲解了渥巴锡的出兵高加索的决定。因而他才下了破釜沉舟的决心,不计后果地铤而走险。亏得卡辛斯科依获悉并在关键时刻披露了这一事件,否则,渥巴锡离开汗国,远赴异邦,真说不定他会干出什么可怕的事来!

渥巴锡这样想着,沉默了片刻。在场的人都以为一定是由于巴木巴尔的放肆,才气得汗王说不出话来。

这时,卡辛斯科依冷然说道:"渥巴锡殿下,巴木巴尔招认了背叛行为,殿下还要姑息养奸吗?"

"卡辛斯科依!"巴木巴尔咆哮般喝道,愤怒的眼睛凝视了卡辛斯科依一霎,然后,他猛地转向渥巴锡,并向前迈了一大步,"殿下,既然你已经知道了我想干的事情,就听我再说几句吧!请殿下为汗国,为几十万部众想一想吧,不能把他们带到高加索去白白送死呀!现在,两万人马已集合好,让我们借此机会干吧!先杀死这个俄国人,然后我带领人马为殿下冲开东归祖邦的通道！殿下，干吧，干吧！"

"你！……"渥巴锡伸出左手，一把抓住巴木巴尔的胸襟，咬牙切齿地说道，"成事不足的蠢材！"同时，扬起右手狠狠扇过去一个耳光。然后他松开手，嘶哑着嗓子喊过武士，命令他们挟持住巴木巴尔，自己的身体则控制不住地颤抖不止。

"殿下！"巴木巴尔挣扎着喊道，"你就死心塌地地替俄国人卖命吗？放开我，你不干，我自己也能干！"

"殿下！"卡辛斯科依向前走了一步冷笑道，"如果让如此狂悖的人继续留在世上，于汗国，于殿下，都是十分不利的。希望殿下当机立断。"

站在渥巴锡身后的舍楞和达什敦杜克听了卡辛斯科依的含着威胁的话，不由得一怔，互相交换了一个紧张的眼色。他们倒不是担心巴木巴尔可能遭到厄运，因为渥巴锡是不会处死一个渴望东归祖邦，又有功于汗国的大臣的，尽管巴木巴尔的愚蠢言行令人气恼。可是，这是在卡辛斯科依面前，这个人又想将巴木巴尔置于死地。如果渥巴锡赦免了巴木巴尔，卡辛斯科依肯定会生出疑心，那就会使出兵高加索失去了意义。那么，怎么办呢？如果卡辛斯科依穷追不舍，进一步威逼，渥巴锡殿下说不准会做出失策的举动来的。眼下，必须有人站出来说话，请求殿下免巴木巴尔一死，给渥巴锡创造一个回旋的余地。舍楞想到这里，又看了达什敦杜克一眼，达什敦杜克会意地点点头，显然他和舍楞想到了一起，并认为舍楞出面是合适的。

但是，当舍楞抬腿准备向前走去时，对面的策伯克多尔济却抢先走到渥巴锡面前。

"殿下。"策伯克多尔济俯首道，"巴木巴尔图谋不轨，谤讪汗王，罪不容诛。但今天是汗王出师吉日，是不宜杀人的。"

"策伯克多尔济？"卡辛斯科依诧异而恼怒地说道，"阁下也想替巴木巴尔求情吗？"

"大使阁下，您误会了。想必您也能听说过，三军未动，先斩大臣，于出师不利。我是希望汗国的两万人马在高加索能为贵国赢得胜利。对此，阁下一定不会反对的。"策伯克多尔济说到这里，又转向渥巴锡，"殿下，我以为，可暂将巴木巴尔收监，待殿下获胜班师后，再行议罪。请殿下明鉴。"

"不！"渥巴锡断然说道。他的不容反驳的态度，使在场的人都为之一震，连舍楞和达什敦杜克也以为他为了消除卡辛斯科依的疑心而决心牺牲

巴木巴尔了,不免惊呼一声:"殿下!"大概只有渥巴锡听到了身后的压抑的惊呼声,但他却装作什么也没听见,只顾把眼睛里燃起的戏谑的光向毫无表情的策伯克多尔济喷射过去,那意思分明在说:"我不会上你的当的!就算你的话提示了我,我也不会给你留下控制巴木巴尔的机会!"

渥巴锡想着,轻轻"哼"了一声,突然面对巴木巴尔高声说道:"听着,巴木巴尔!要不是正赶上我出师的日子,你休想活过中午!你刚才说我替俄国人卖命,那么好,我偏要你也去卖命!——把他押到比武场,戴罪出征!"

武士们立刻把不甘心的巴木巴尔带走了。

这个小插曲就这样出人意料地结束了。为巴木巴尔捏着一把汗的人,都在心里长吁了一口气。策伯克多尔济什么也没有说,又退回到原来的位置上,好像刚才的事情并没有发生一样。卡辛斯科依对渥巴锡的处置也无话可说,而且,能把巴木巴尔这个危险人物弄到前线去,未始不是一件令人快慰的事情,他对汗国可以完全放心了。

渥巴锡自己也感到惬意,因为他不仅以令人惊讶又不能提出异议的方式,巧妙地使巴木巴尔摆脱了厄运,而且,刚才巴木巴尔替他说出了那么些想说而又不能说的话,确有一种淋漓痛快之感。所以,在武士押走巴木巴尔以后,他的心绪竟变得好起来,甚至想细看一下人们的表情此刻是什么样子。

当渥巴锡的视线扫过洛桑丹增喇嘛时,不由得一怔,他盯着喇嘛的一身行装问道:"活佛,你一会儿要为出征的战士祈祷,怎么不穿法服?"

"殿下。"洛桑丹增合十俯身道,"我决定同殿下去高加索。"

"那怎么行?你的年龄……"

"殿下,我还承受得了一次远征的考验。给我这次机会吧。我要把战神奉到高加索,使殿下旗开得胜。我要为冲锋陷阵的战士祈福,让他们逢凶化吉。我要收回多年来战死沙场的蒙古人的灵魂,引他们魂归故里。"

渥巴锡感动得热泪盈眶,他走过去,握住洛桑丹增的双手,深情地说道:"我明白了。跟我一同去吧。我们会打赢这一仗的。"

"会的,殿下。我佛早已预见到殿下获胜东归的场面。"

"谢谢你,活佛。"渥巴锡眼里闪起希望的火花,激动地紧紧捏了一下洛桑丹增的手,"列祖列宗的英灵将永远和我们在一起。我们走吧,活佛,去看看你那些可爱的孩子们并为他们祈祷吧!"渥巴锡此刻的心情已达到最佳状态。

"唔,请等一等。你不是一直没找到达尔罕殿下吗?那飞骑而来的一定是他。"

渥巴锡回身看去,见有两匹快马一前一后停在石板路的尽头,跳下一男一女。

"噢!"渥巴锡惊喜地叫道,"可爱的弟弟终于在我出发前回来了。我此行已别无憾事。"

"看他那急切的样子,好像刚刚获知殿下出发的时刻。"

"一定是的。"

来人确实是达尔罕。他把马缰扔给莉莎,急匆匆地走到渥巴锡面前。

"达尔罕!"渥巴锡迎上一步,抓住达尔罕的手,"你到底回来了!"

"哥哥。"达尔罕羞惭地垂下眼帘说道,"我惹你伤心了。我真不好。"

"能在行前见到你,我还是高兴的。"

"你没告诉我今天中午出发。"

"你躲藏得太早了。"

"你好像知道我躲在哪里了?"

"知道。——和你同来的是莉莎吧?"

"是的。"

"为什么不让她过来?"

"这……"

"叫她过来。我要为你们祝福。"

"哥哥!你……"

"原谅我过去的偏狭。我为什么要反对你们相爱呢?看到你们幸福,我应该快乐才是。把莉莎叫过来吧!"

达尔罕高兴得哽咽了一下,他转过身,朝莉莎招招手。

莉莎似乎犹豫了一下,但终于把两匹马系在拴马桩上,忐忐忑忑地走过来。

"哥哥。"达尔罕又说道,"你不能取消这次行动吗?"

"什么?两国之间的事情,怎么能出尔反尔呢?"

"我是说,你不一定要亲自去。"

"你还不理解我这次行动的意义。"

"那么,让我替你去。"

"不行。"

"至少让我陪你去。"

"真是突发异想！你今天是怎么了？"

"我担心……哥哥！我希望和需要你平安归来。"

"达尔罕,你究竟听到了什么？"

"有人……诅咒你死在战场。"

渥巴锡忍不住笑道:"你真是个孩子！你可听说过有被咒死的人？放心吧,达尔罕。不过,是什么人这样盼我死呢？"

"是……"

"不要说了！我不想听到这些畜生的名字。让他们诅咒吧,我不会让他们高兴的。达尔罕,我感谢你对我的关心。如果你愿意替我分担一些劳苦,那就请暂时代我管理汗国。"

"原谅我的固执,哥哥。大哥在冥府获得了安宁,你接受了汗王的劳苦,就把自由留给我吧。"

"是啊。"渥巴锡慨叹道,"我不该剥夺你的自由。"

"我太自私了。是吗？哥哥。"

"不。我赞美和羡慕你的选择。能有个弟弟自由自在地生活,哥哥是会高兴的。"

这时,莉莎已经走到渥巴锡面前。她红着脸,姿态优雅地行了个屈膝礼。

"你好,莉莎。"渥巴锡微笑着说,"你很久都没到宫殿来玩了。"

莉莎垂下眼帘,没有作声,双手痉挛地搓弄着衣角。

"唔,当然,都怪我！"渥巴锡笑出声来说道,"可是,我这个汗王的命令对你们也没生效啊。听说你和达尔罕一点儿也没荒废时间,对吗？"

渥巴锡的玩笑使莉莎的脸蛋更红了。达尔罕也咬起嘴唇不敢抬头。卡辛斯科依等人则发出一阵善意的轻笑。

渥巴锡又说道:"我现在要向你们下一道更严厉的命令。"他故意做出的严肃表情,使一对小情人吃惊地瞪起了眼睛。"莉莎,你要把爱情和时间全部献给达尔罕;达尔罕也不得到别的地方偷情！等我回来,发现你们没有执行我的命令,我可要严惩不贷！"

在场的人,听到从来不爱开玩笑的渥巴锡说出这样一番话,都很吃惊。但刹那后,又都忍俊不禁,发出一阵欢快的笑声。人们都为汗王在出征前心绪变得如此好而感到高兴。

"殿下!"莉莎娇羞地叫道,猛地伸手捂住了泪汪汪的眼睛。

渥巴锡也被自己毫无准备的话感动了,心情豁然开朗起来。他深情地把达尔罕和莉莎拉到身边,在这一对情人的额头分别印上一个轻吻,然后异常认真地说道:"谢谢你们在此刻给我的巨大快乐。记住我的话,爱情不仅需要热烈,更需要持久,坚贞,至死不渝。我还对你们有个请求,要经常在母后的身边,让她高兴。现在就去吧,快去吧。"

"哥哥!"达尔罕泪如泉涌地叫道。

"好了,达尔罕。带着莉莎去吧。我们会很快再见面的。我相信,我会亲自主持你们的婚礼。"

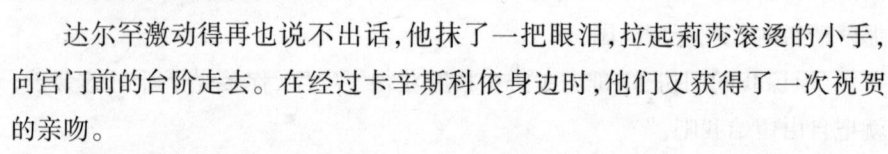

达尔罕激动得再也说不出话,他抹了一把眼泪,拉起莉莎滚烫的小手,向宫门前的台阶走去。在经过卡辛斯科依身边时,他们又获得了一次祝贺的亲吻。

卡辛斯科依这回真的受了感动。他走到渥巴锡面前,真诚地说道:"殿下,你的行动证明你不愧是俄国的伟大朋友。一切误会都会解除的。"

渥巴锡缓声说道:"只是误会太多了。而且,旧的误会解除的同时,还会产生新的误会,阁下。"

"我可以担保不会了。"

"这对我可是意外的收获,大使先生。"渥巴锡说着,把脸转向他的大臣们,"我向诸位公布一项决定。在我离开汗国的期间,由达什敦杜克叔父代行汗王职权,其余职司,一仍其旧。好,请随我到比武场,向准备为汗国流血的战士们祈福去吧!"说完,他头也不回地向比武场走去。

半小时后——七月九日的正午,两万名全身披挂的战士,在渥巴锡汗王的率领下,浩浩荡荡地向西进发了。

18

这次战争迟早要发生,但不是迫在眉睫。因为无论是气势汹汹的挑战

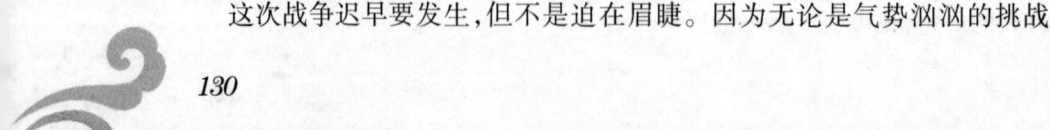

者土耳其,还是兴高采烈的应战者俄罗斯,对这次注定要发生的争斗,都还没有准备妥当,甚至还没有酝酿成熟。苏丹陛下也好,女皇陛下也好,心中都没有胜利的把握。土耳其早已失去了16世纪称雄世界的锐气,它的几十万军队,除了两万近卫军步兵外,都已疲惫不堪;它的曾令举世惊恐的三百多只战舰,连控制黑海、地中海的局势也感到力不从心了。尤其是,将作为战场的大高加索山脉和黑海北岸,那里的格鲁吉亚人以及阿塞拜疆人都不希望土耳其获胜。对此,苏丹陛下是心如明镜的。而俄罗斯帝国的军队松松垮垮、久乏操训、火药不足、大炮奇缺,海洋上只有一支装备糟透了的小小舰队,女皇也不是不清楚。要不,她怎么能在战斗刚刚打响,就毫不掩饰地说她"内心十分慌乱"呢?

然而,这场持续了将近六年,死伤几十万人的战争,却出人意料地一下子就打起来了。难怪当时名人、德国皇帝弗里德里希(据说,他就是俄国女皇叶卡特林娜二世的秘密生父)说,这是一场"独眼龙对瞎子的战争"。

这句评语真是妙不可言。它不仅是对战争总体的概括,也是对战场上的具体战斗场面的形象描述。战争一开始,便出现了种种令人瞠目的可笑场面。双方的指挥都是一团糟,战士们稀里糊涂。今天甲方大获全胜,乙方丢盔卸甲;明天乙方卷土重来,甲方溃不成军。有时,失败的一方以为到了末日,弃甲曳兵而逃,获胜的一方误认为中了埋伏,抱头鼠窜而去,然后,又都回过头来,以完全相反的心情再次交锋。

但是,并非所有人都是"独眼龙"或者"瞎子"。率领两万貔貅的土尔扈特汗王渥巴锡殿下,就是睁着洞若观火的眼睛,抵达大高加索战场的。他清楚地看到并利用了战场的混乱。他虽然一如既往地不拒绝充当俄国军队的先锋,却总能巧妙地把部下引向安全地带。然后躲在一旁去观赏战争的主角之间搅作一团的厮杀,或匿身山林间鼓励战士们大嚼从俄罗斯运来的牛肉干。

有一次,俄方统帅果利津公爵很生气地跑到渥巴锡的营帐,一反他温文尔雅的常态,不满地说道:"渥巴锡殿下,你在将近一年的战斗里,并不是太卖力气的。"

渥巴锡反问道:"那么请问,我的两万战士为什么只剩下了一万?"

"鬼知道你把那一万战士藏到什么地方去了!"

"公爵殿下应该知道,他们是在激战中牺牲的。"

"可我的将领们说,殿下常常是在激战时无影无踪。"

"一派胡言!"

"他们不会对我说谎。"

"恰恰相反,这是不折不扣的谎话。你的将领和战士是熊蛋包而又异常不讲信义。他们除了逃跑就会攫取胜利的荣誉。而且,您的那些将领,哪一位亲临过战场?您见哪一位将领的大衣和肩章上带着战场的灰尘?"接着,渥巴锡滔滔不绝地讲到,在一个山地,土尔扈特战士把几万突厥人杀得屁滚尿流,俄国的大炮正该延伸轰击溃败的敌人,可埃森将军却命令他的炮兵退却,使土尔扈特战士在无后援的情况下,孤军奋战,造成数千人的伤亡。又说,在一座城市,俄国库班驻防军炮兵团和哥萨克骑兵旅,让土尔扈特军队在城外平旷的原野上迎战数以万计的土耳其骑兵,而他们却跑进城里尽情地争夺财宝和女人,如果不是土尔扈特战士英勇冲杀,他们早就和女人以及财宝一起被土耳其人烧成灰烬了。

"还有,"渥巴锡气也不喘地继续说道,"今年夏季在被暴雨袭击的战场上……"

"好了,好了。"果利津公爵泄气地挥了挥手,"不要再说了。"

其实,果利津公爵根本不知道渥巴锡随口说出的山地和城市在什么地方。也无从知道这几场战斗的情况究竟是不是如渥巴锡所说的那样。当然更不能去清点一下渥巴锡的军队到底剩下一万还是一万五千。不过,他对俄国军队的战斗力和令人头疼的坏风气是了若指掌的。虽说渥巴锡的话肯定言过其实,但未必没有七八分真实。所以,他不再驳斥渥巴锡振振有词的辩解,态度也温和多了。后来,他叹息了一声说道:"是啊,殿下说得对,简直是一团糟。糟透了!"

最后,果利津公爵犹豫了一下,深深叹口气,乞求地看着渥巴锡,用推心置腹的表情掩盖着内心的羞愧说道:"殿下,我急需尽快获得一次大胜利,比如攻占霍亭。您能理解吗?"

"我理解,公爵。女皇陛下一定不耐烦了。"

"那就请帮帮忙吧。"

"我比公爵更渴望战争的结束。"

"请放心。只要攻下霍亭,我就启奏女皇陛下,允许你们半年内返回汗国。"

"我知道公爵一向是言而有信的人。"

"当然,当然。"

"不过,这场战争的主角是贵国和土耳其。任何一方的盟友军队,是起不到决定胜负的关键作用的。公爵是不是对我的为数不多的人马期望过高了?"

"殿下骁勇的箭筒士和带刀士,一个就可抵得上我的十个士兵。对此,我心中有数。"

"公爵这样说,我就只好勉为其难了。"

"殿下的慨然允诺,使我看到了胜利的曙光。"

"如果我侥幸获胜……"

"我绝不会失信。"

"那么开战的日期……"

"殿下决定后通知我。"

"九月末怎样?那时,雨水就少多了。"

"就定为九月末吧。但假如能提前……"

"提前就没有必胜的把握。"

"必胜……是啊。好,一切都由殿下决定吧。"

果利津公爵很高兴地走了。

渥巴锡望着缓缓离去的果利津公爵的马车,心里说道:"倒是一个不太令人讨厌的老头儿。"并产生了一股恻隐之心。他看出,虽然果利津在指挥军队上纯属平庸之辈,但不像俄国将军们那样骄傲和做作,也不像那种当面许愿,一转身就忘得一干二净的狡诈小人。而且,既然有可能早一些返回汗国,那么为什么不可以去碰碰运气呢?他的战士事实上比一万要多得多,半年前从汗国调来的一万补充人马,还藏在一个异常隐秘的地方养精蓄锐。以这样的兵力去和突厥人的骑兵鏖战一场,未必就能输给对方。所以,渥巴锡决定,把刚才对果利津公爵的随口许诺付诸行动。好在有一个多月的时间,完全可以做好充分的准备。

渥巴锡当即派人请来洛桑丹增,详细谈了果利津公爵的来访和他的打算。洛桑丹增表示完全赞同。渥巴锡说,他现在就去霍亭附近踏察一番,以便做出具体部署。

洛桑丹增问道:"殿下自己去吗?"

"我想带上巴木巴尔。"

"唔,对了。我刚才见到了巴木巴尔,他好像仍然闷闷不乐。"

"岂止闷闷不乐?"渥巴锡笑了一下,"他对我正恨之入骨。"

"殿下当然知道这是为什么了?"

"知道。"

"那么,殿下为什么不想办法改变他目前的心境呢?"

"现在还没到时候。"

"我很想听听殿下的解释。"

渥巴锡想了想说道:"有些事情我自己也弄不清。比如罗卜藏怎么会和策伯克多尔济的投机买卖搅到一起?这是不可信的。但我又推翻不了发生在归鸿驿的事件。"

"我想,这件事不是决定巴木巴尔目前心境的主要原因。"

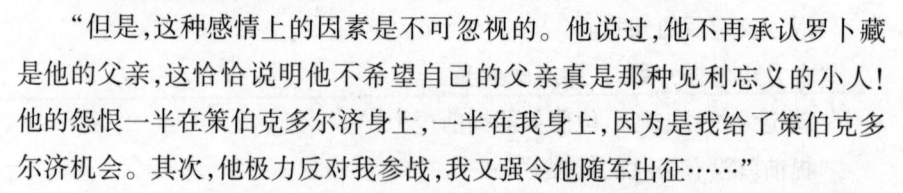

"但是,这种感情上的因素是不可忽视的。他说过,他不再承认罗卜藏是他的父亲,这恰恰说明他不希望自己的父亲真是那种见利忘义的小人!他的怨恨一半在策伯克多尔济身上,一半在我身上,因为是我给了策伯克多尔济机会。其次,他极力反对我参战,我又强令他随军出征……"

"殿下。"洛桑丹增抢过话头说道,"如果他知道参战的目的,还会反对吗?"

"当然不会。但是,这次战争可不是三天五天就能结束的。他能在战场忍耐一年甚至两年吗?他太直率,太急躁,从不会隐藏心迹。他一旦泄露了机密,我们在战场做出的牺牲就毫无意义了。"

"殿下至少应该让他有参战的机会,而不能总让他在宿卫队队长的闲职上无所事事。他虽然反对汗国参战,但既然到了战场,也是盼望有发泄的机会的。"

"我正是要磨炼他的性格,使他变得能忍耐和练达一些。"

"江山易改,本性难移啊,殿下。事实上,巴木巴尔还是依然故我,甚至可以说,在被冷落和百无聊赖的寂寞中,变得更加暴躁。而且,这种憋在胸膛里的气闷和怨恨爆发出来,会更加可怕。"

"活佛的意思是……"

"请殿下和他谈一次,把一切都告诉他。"

"这……至少要在打胜这一仗以后。"

"那么,就不能让他带着误解和怨恨同殿下单独去霍亭。"

"您担心他会……"

"巴木巴尔很莽撞,殿下。"

"我明白了。"渥巴锡说着,笑了起来,"大不了再听他骂几句'软骨头汗王'。他还不敢跟我比力气的。"

正说着,突然外面传来急促的脚步声,随后,门被猛地拉开,跨进满面怒气的巴木巴尔。

渥巴锡一惊,迅速扫了洛桑丹增一眼,然后对巴木巴尔说道:"来得正好,巴木巴尔,我刚要派人去找你呢。"

"找我?"巴木巴尔没好气地说道,"要比比力气吗?"

渥巴锡故作疑惑地说道:"你这话怎么讲?"

"殿下刚说完就忘记了吗?"

"你怎么敢肯定我说的就是你呢?"

"因为除了我,还没人敢骂你是'软骨头汗王'。"

"这就是说,你承认骂过我?"

"我承认。而且我还要骂!"

"你是不是以为骂几句'软骨头汗王',就会成为英雄?"

"我不想当英雄,但也不会当狗熊!"

"放肆!站在你面前的人毕竟是汗王!"

"什么样的汗王?"

"任你说我是什么样的汗王,也必须服从,必须遵守起码的礼仪!"

"哼!众叛亲离,还侈谈什么服从和礼仪!"

"没人背叛汗国,只有你总想不计后果地胡作非为!"

"阿斯楞怎么样?他是你的司御官,还没到战场,就不告而辞了!"

听到阿斯楞的名字,渥巴锡的身体不由得震动了一下。

有一刹那,他似乎忘记了眼前的巴木巴尔,整个身心都飞到了一个遥远的地方。至于飞到了什么地方,就只有他自己知道了。但他没让自己过多地去想阿斯楞的"逃跑事件",却像有意回避这个问题似地挥了挥手,说道:"我现在来告诉你,你今天错在什么地方。第一,你不应该偷听别人的谈话;第二,你不应该不通禀就私闯我的营帐。看在令尊是先王遗臣以及你曾立下的战功,暂且饶过你这一次。至于你骂我的那些话,我们一会儿再接着吵下去。你现在去准备两匹马,和我一同去霍亭。"

"我不去,而且你也不必对我宽宏。我宁愿你处死我,也不愿和你去为俄国人卖命!"

"巴木巴尔!……"

"我还没说完。第一,我没有听你们的谈话,我没有这个兴趣;第二,我偶然听到了你们在议论我,才闯入营帐;第三,要不是玛怒托海来了信使,我也不会接近你的营帐。"

"信使?"渥巴锡惊问道,"你一开始就应该先说这件事!他在哪儿?"说着,他几步跨到门口,推开门,一眼看到一个风尘仆仆、疲惫不堪并处于焦急状态的人。

渥巴锡把来人喊进来,并愠怒地看着巴木巴尔斥责道:"你应该知道,汗国来了信使肯定带来了重要的消息。可你却把他留在外面,来跟我胡扯八道!你这样的大臣,我还敢委你重任吗?你——出去!"

说也怪,对渥巴锡的严词训斥,巴木巴尔竟没有发火。他知道,不管刚才说了多少义正词严的话,滞留信使这件事确实错了。所以他咬了一下嘴唇,不置一词,悻悻然走了出去。

信使走进营帐后,跪在渥巴锡的脚前叫道:"汗王殿下!"

渥巴锡辨认着那张异常肮脏的脸,突然额头一蹙,惊讶地说道:"你是……托布信!"

"正是奴才,殿下。"

"怎么会是你?"

"回禀殿下。一年前我有幸受了殿下训教,决心痛改前非,为汗国效力。但我赶到宫殿时,汗国的军队已经开拔。因舍楞大人和家父有过深交,就留我在他府上供职。这次是受舍楞大人差遣来给汗王殿下送信的。"

"信在哪里?"

托布信把手探入怀里,取出信函呈上。

"你起来吧。"

"谢殿下。"

渥巴锡急忙拆开函封,展开信笺。只见上面写道:

臣达什敦杜克、舍楞诚惶诚恐再拜上书汗王帐下,殿下循盟亲征。悠悠经年。日冒飞矢流弹之叵测。夜承寒暑蚊蚋之烦苦。而

臣等空受托国之隆宠。深负汗王之厚望。能不赧然愧然而垂泪西望耶。先请死罪。初时。殿下亲点精兵赴战。牧业已趋凋敝。两阅月。复有一万剽悍西行。国本更显空虚。三十万帐部众。无一帐幸免征役。数千里沃野。无一处不闻悲声。俄皇非唯不加恤悯。反而变本加厉。鸷尽索鸟。征调不已。更于月前降旨。令汗国补征五万丁壮。克期参战。虽陈情求缓。终不获准。仆臣深知。若驱五万青壮于疆场。汗国大业势无成功之望。故决意抗旨。以待殿下明谕。叵耐多尔济包藏祸心。仰人鼻息。胁肩于大使之前。谄笑于俄皇之侧。公然卖国。不啻鹰犬。竟不顾国母王妃之命。强行征兵。且自掌兵印。率军西去。仆臣虽心如火焚。无能为也。因着托布信星夜驰报帐前。请殿下钧裁。专此布陈。臣达什敦杜、舍楞不胜惶恐待罪之至。顿首再拜。

渥巴锡看完信，早已气得脸色惨白，浑身颤抖了。他把信交给旁边的洛桑丹增，咬牙切齿地说了一句："策伯克多尔济！……"就再也说不出话来了。

洛桑丹增读完信，也深感问题的严重。他把信放在几案上，愤然说道："叶卡特林娜欺人太甚！这不明明是想借机把土尔扈特汗国不露痕迹地暗行消灭吗？"

"女皇的用心实在太险恶了！"渥巴锡恨恨不已地说道，那样子，好像叶卡特林娜在眼前，他会把她撕成碎片。他急躁地踱了几步，继续说道："策伯克多尔济更加可恶，他在卖国求荣！而两位叔父的无能，恰恰是为虎作伥！"

"殿下。五万青壮，这几乎是汗国整整一代人啊！"

"是的，这是非同小可的事。这五万青壮，是国本，是东归的希望啊！而他们，正在驰赴战场。这比眼前的人马全军覆没更可怕！设若这五万青壮已站到帐前，我能当着俄国人的面不让他们参加难卜胜负的夺城战斗吗？如果不让他们参战，果利津公爵会怎么想？我们这一年的牺牲就算白搭！反过来，让他们去冲锋陷阵，哪怕死伤一半，东归的希望也会化为泡影。那么，就算攻下一百个城市，对我还有什么意义呢？"

"可是殿下，时间太紧迫了。也许一刹那间就会传来五万匹马的奔跑声。殿下在这种时候，不能让自己的感情朝着气愤和怨恨的方向继续发展。你必须当机立断，拿出主意，及时阻止住这可怕惨剧的发生。"

"谢谢你,活佛。你提醒了我。——托布信,快告诉我,你在路上见没见到那五万人马的踪影?"

"没有,殿下。"托布信惊讶却稍感放心地说道,"我以为要误了大事了。我在路上耽搁了两天。按着舍楞大人的推算,他们在昨天就应该到达这里。"

"奇怪!他们眼下能在哪里?"

"我也感到奇怪。在这一带丘陵的东北,直到额济勒河西岸,都是平旷的草原。五万人的队伍和宿营地,如果在百里以内,我不会看不到。"

渥巴锡感到很纳闷,心里的忧虑也更加浓重起来。这五万人因为什么误了行程?又会在哪个方向突然出现在战场呢?他皱着眉头想了想,对托布信说道:"你饿吗?"

"不。我的褡裢里带着足够的食物。"

"那么,你不能休息了。我交给你一百名带刀士,在我的营地北侧拉开距离,迅速驰向东北,直到额济勒河岸。不管谁碰到了那五万人马,都要代表我传达原地扎营的命令,并叫策伯克多尔济火速来见我。明白了吗?"

"明白了,殿下。"

渥巴锡把这一百名亲信的宿卫队战士和托布信送走以后,又急急走回营帐。跟在他旁边的洛桑丹增说道:"殿下,事情很蹊跷,是不?"

"的确如此。"

"那么攻打霍亭的事……"

"必须提前。我决不能让这五万青壮参战!"

"殿下很英明。"

渥巴锡很快伏案写了一封信,派人立即送到果利津的营帐。信中说,他要求把攻打霍亭的战斗提前到九月的第一天——即五天后的凌晨。不用说,果利津很高兴,并让信使转告渥巴锡,他将调上两个炮兵团和两个哥萨克骑兵团协同作战。

渥巴锡原以为,在赴战前的这五天里,他会听到五万人马的消息。但是,在第四天返回营帐的托布信告诉渥巴锡,他和那一百名战士,谁也没有发现从汗国来的一人一骑。

渥巴锡焦躁地喊道:"这五万人马从世界上消失了不成!"

"要不我们再跑一次?"

"算了!"渥巴锡挥手道,"找不到他们的踪迹也许更好。托布信,你留在我的身边。舍楞那里我派人去回复。"

"是,殿下。"

渥巴锡立即传下令去,叫他的战士们起营拔寨,向霍亭方向迅速进发。

19

八月最后一天的傍晚,渥巴锡率领他的一万七千战士与俄军的攻城部队会合了。他们的营地扎在离霍亭二十公里的一条小溪旁。战马和大炮都隐蔽在溪边茂密的树丛里。司令部的营帐设在离小溪三公里的长满桦树的小丘上,从这里用望远镜可以清楚地观察到霍亭的布防情况,甚至能隐约看到城头的炮口和城外的突厥骑兵的战马。

作为盟军双方的首脑,果利津公爵和渥巴锡汗王分别担任这次攻城战斗的正副总指挥,同住在司令部的营帐里。对此,曾引起俄军少校们的不满和訾议。的确,那些穿着笔挺的军装、胸前挂满绶带的俄罗斯军官们,怎么能瞧得起一个微不足道的蒙古人的小小汗王呢?他们更瞧不起蒙古战士的千奇百怪的服装,瞧不起那些笨拙的大刀和原始的弓箭。在他们看来,这支徒有虚名的军队,只配用喊叫和流血作为一场激战的序幕,赢得胜利,还得靠武装精良的俄国军队。

渥巴锡不是看不到那些傲慢的面孔,不是听不到那些讥诮的话。但他捺住心头怒火,装作什么也没看到,什么也没听到,不动声色地甚至有意显出威严地坐进司令部的帐幕和果利津公爵商议攻城的部署了。他让巴木巴尔带着宿卫队守在帐幕附近,让托布信充任随身翻译官。

按照渥巴锡的计划,明天凌晨一开战,首先由汗国的一万名弓箭手全速越过小溪,冲向敌阵,万弩齐发,打突厥人骑兵一个措手不及。与此同时,两个炮兵团迅即向前推进,在霍亭进入射程之内的地方开辟阵地。炮兵阵地一经部署完毕,将响起冲锋号角,这时,弓箭手将从两侧驰归大本营,而汗国的七千名带刀士和两个哥萨克骑兵团,则以迅雷不及掩耳之势冲杀过去。冲锋的号角同时也作为开炮的命令,万炮攒射,压住霍亭城头的炮火。这样,用不了一天的时间,霍亭的守军就会瓦解。

"很好,亲爱的汗王殿下。"果利津公爵兴奋地搓着手说道,"你是个难得的将才。就这么干吧。"

"那就请公爵向贵国军官们下命令吧。"

"你来嘛,汗王殿下。也许……我会说不清的。"

"可是我发现,你的那些少校好像不愿听我指挥。"

"他们敢!"果利津公爵愤然道,同时把自己的非常精致的小手枪塞到渥巴锡手里,"我要告诉他们,有不听汗王殿下调遣者,格杀勿论! ——有我,你就大胆干吧!"

"那我就只好越俎代庖了。"

果利津公爵亲昵地拍了拍渥巴锡的手,诚恳地说道:"不必过谦,殿下。你如此年轻,就胸有成竹,临阵不慌;而且我敢说,你对女皇陛下是忠心耿耿的。这将给你带来巨大好处。"

渥巴锡挪开手,尽量掩饰着反感地说道:"谢谢公爵。"

"说真的,"果利津公爵继续说道,"打赢这一仗,就可以用事实平息那些轻口薄舌的人对你的攻击和解除女皇陛下的……误会。这次胜利越辉煌,对殿下越有利。——唔,对了,要是你那五万战士不出事,准时来到这里,这一仗你准会打得非常漂亮!"

渥巴锡不由一惊,倏然跳起,脸色惨白地盯着果利津,抖着发紫的嘴唇问道:"五万战士? 出了什么事?"

"不要着急,请坐下。"果利津摆了摆手说道,并摇了下胖胖的脑袋,"昨天,策伯克多尔济来见过我。"

"策伯克多尔济! 他——在哪儿?"

"他已经回去了。"果利津公爵说着,叹了口气,"很叫人可怜的年轻人。"

"可怜! 哼! 我会好好可怜可怜他的!"

"殿下,不要苛责他。我和他已故的父亲有过很深的交往。"

"公爵!"渥巴锡不客气地打断了果利津的话,"我那五万战士究竟出了什么事?"

"我这就告诉你,殿下。他们只不过拖了行期,误了战机。小事一段,不足为虑。"

"这五万人现在何处?"渥巴锡的语气显得急躁,并有一种咄咄逼人的架势。

"其实,我也不知道在何处。也许离我们很近,也许很远。但请放心,这五万人至少还有四万九千九百人还都活着。——唔,请别着急,听我说完。策伯克多尔济率领刚刚征集的五万人马,准备星夜赶到汗王麾下助战。这是女皇陛下的不可违抗的旨意。但正因为星夜赶路,他们迷失了途径,走进了寸步难行的沼泽地。可巧又遇上一场暴雨,一半人马病倒了。待他们挣扎着摆脱了困境,已经误了行期。人困马乏,不能马上行军。策伯克多尔济担心殿下会因此震怒和加罪于他,便独自一人绕过殿下的营盘来找我。他求我看在他父亲的面子上,在你面前替他说说情。他还说,更担心的是,如果女皇知道了这件事,会要了他的命的。关于女皇那里,我可以保证不会有事,我会报告说,这五万人马确实到了战场并做出了巨大牺牲。我想,汗王殿下这里,一定不会难为他而驳回我这个老面子了。"

渥巴锡怀着担心和愤怒的心情,像听神话一样很费猜疑地听着果利津公爵这一番似乎推心置腹的话。他当然并不相信策伯克多尔济向果利津公爵陈述的情况会有几分真实性,虽然在目前情况下他宁肯希望这是事实。那么,策伯克多尔济苦心编造谎言的目的究竟是什么呢?他把这五万青壮藏在什么地方,又准备带到哪里去呢?突然,一个早就隐约存在而在眼下变得明晰的想法跳进脑际:策伯克多尔济会不会乘机搞一次兵变呢?"会的。"渥巴锡在心里回答了这个令他胆寒心骇的问题,"他不利用这个机会反而是难以理喻的事了。"的确,在土尔扈特甚至俄罗斯,几乎没有一个上层人物不知道汗国的一号和二号人物之间的矛盾。人们也知道,这个矛盾的焦点是对俄国女皇的关系。这是不好调和的矛盾。而且,叶卡特林娜女皇对渥巴锡的种种猜疑和对策伯克多尔济的宠幸日加,更使这个矛盾形同水火。虽说他们之间的这个潜滋暗长的矛盾,还没有用争吵或火并的方式表现出来,但没有谁怀疑迟早是要有一场誓不共存的龙虎斗的。既然如此,心怀叵测又才智过人的策伯克多尔济怎么能舍得放弃眼前这个千载难逢的机遇呢?要知道,对于一个仅有三十万部众而又征役不绝、久战疲惫的汗国,五万青壮年组成的生力军意味着什么? 不管是谁,手中握有这支军队,都会不费吹灰之力地获得整个汗国!

然而,渥巴锡心里明白,现在想这些是毫无意义的。他急需要做的,是迅速掌握策伯克多尔济的行踪和那五万人马的动向。而在此之前,他必须不惜代价和刻不容缓地打赢将从明晨开始的夺城战斗。

果利津公爵看着拧眉沉思的渥巴锡，微微一笑说道："殿下，其实，这对你并非坏事。这五万战士如果如期到达，是难免要参战的，也就难免死伤哟。所以，还是请殿下宽恕策伯克多尔济的失职吧。"

渥巴锡根本没听清果利津公爵说了一句什么话，微皱一下眉头，心不在焉地说道："唔，当然……"

"我知道殿下会慨允的。难怪人们都说殿下宽厚仁慈，真是名不虚传呀！"

渥巴锡苦笑了一下，轻轻挥挥手，算是回答了对方的赞美，也算结束了这次谈话。他此刻急于到一个没人干扰的清静所在独自待一会儿，以便重新思索一番，然后暂时封锁住种种杂念，把身心全部投到正迫近的那场激战中去。他略一俯身，对果利津说道："公爵，一个钟头后，我需要一位懂蒙古话的俄国人翻译。"说完，匆匆走出帐幕。

"没问题，当然……"果利津公爵看着渥巴锡的背影，不清不楚地嘟囔道。他实在弄不明白，这个年轻的汗王为什么听了他几句夸赞的话，竟逃跑一样从身边走开了。他耸了耸肩膀，便又坐了下去，习惯地闭目养起神来。

……

第二天的攻城战斗，在凌晨打响了。

一声令下，一万匹骏马带着一万名矫健的弓箭手，跃过小溪，呐喊着向霍亭城外土耳其人的阵地猛扑过去。在飞矢能达到敌人马队的距离上，箭筒士同时拉开了弓弦。刹那间，万支箭镞飞入敌阵。早已做好迎战准备的土耳其骑兵也擎着盾牌、举着大刀，毫不示弱地纵马冲杀而来。

在小丘上，举着望远镜观阵的渥巴锡和果利津都很兴奋。因为他们在看到这种情景的同时，数百门大炮也已及时进入阵地，所有炮口都对准了霍亭的城墙。

一切都按渥巴锡的部署准确无误地进行着。

渥巴锡见时机已到，便回过头，向恭立一旁的螺号手坚定地举了举拳头。

螺号手用力一鼓腮，螺号便发出了响亮而浑厚的"嘟嘟"声。这声音随着每隔二里一个螺号手双腮的鼓动，一直传到炮兵阵地和箭筒士的队伍。

俄军炮兵阵地上霎时进发出一阵阵火光，紧接着，霍亭城城里城外以及城头都腾起了烟团。

箭筒士们拨转马头,分两路撤离了战场。与此同时,带刀士和哥萨克从两侧向战场驰去。

土耳其骑兵被战场上顷刻间的纷繁变化惊呆了,一时弄不清敌人摆的是哪一门阵势。他们犹豫起来,并退回本阵,打算好好看看再说。

从望远镜里看到这一切,是令人兴奋的。果利津公爵是第一次在离战场这么近的地方观战,显得异常活跃。他放下望远镜,笑着对渥巴锡说道:"妙极了,对吗?殿下。我敢说,霍亭已经在我的手中了!"

"在你手中?当然。"渥巴锡说道,也露出异常快活的样子。但突然,他脸上的洋洋喜气消失得精光,愤然骂了起来:"该死的炮兵!一群蠢驴!"

"怎么了,殿下?"

渥巴锡仍旧举着望远镜注视着战场的形势,他没好气地说道:"你瞎了吗?看看你的炮兵吧!"

果利津公爵惊疑地眨了眨眼睛,举起望远镜看去。他看到:俄军的数百门大炮,只有为数不多的炮口还在发着火光,而霍亭城头和城外的大炮却十分热烈地喷着火团,第一排炮弹已在带刀士和哥萨克队伍的前面炸开,第二排炮弹正向这个队伍的中间落下去——土耳其的炮兵在延伸射击。带刀士和哥萨克乱成一团,互相冲撞,互相践踏。土耳其骑兵在炮火掩护下,如虎生翼般冲杀过来。

果利津放下望远镜,怒道:"真他妈见鬼!——传令兵!立刻把两个该死的炮兵司令叫回来!"

传令兵跃上马背,驰下山坡。

战局的逆转,有时是一瞬间的事。待果利津公爵又举起望远镜时,战场的形势又有了新的发展。土耳其骑兵已和蒙古人带刀士以及哥萨克交锋了。守城的一方,因敌人的炮兵阵地仍旧沉默不语而解除了后顾之忧,杀得越来越猛。攻城的一方,眼前是刀光剑影,身后是炮弹轰鸣,早已失掉了信心,出现了溃败的动向。

果利津摔掉手里的望远镜,看着渥巴锡问道:"殿下,我们要完蛋了吧?"

渥巴锡仍旧注视着战场,没有作声。

不大一会儿,两个满脸尘土、汗流浃背的炮兵司令已飞骑来到山坡上,在果利津和渥巴锡面前跳下马来。

"怎么回事?你们的大炮!"果利津公爵怒气冲冲地问道。

"我们的大炮……公爵,那些炮弹……"

"我问的就是炮弹,你们都吃掉了吗?"

"那些炮弹……打不响……"

"什么?打不响?事先为什么不检查?"

"公爵大人,这可不能怪我们啊!"

"怪谁?怪我吗?你们这些饭桶,只配去喂马!"

渥巴锡走到两个炮兵司令面前,托布信也跟了过去。

"还有多少发炮弹可用,你们心里有数吗?"

"除非把所有炮弹都试一遍。"

"废话!看来,你们发现有不响的臭弹,也没有立即去检查毛病在什么地方?你们的失职将使我们到手的胜利化为泡影!"

"蒙古佬!"炮兵司令吼道,"还轮不到你来教训我们!"

"住口!"果利津公爵喝道,"滚回去检查所有的炮弹!能打响的全放出去!"

渥巴锡说道:"来不及了!"然后他又凝视着两个炮兵司令,"今天,我这个蒙古佬就偏要来教训教训你们!"说完,猛然从怀里掏出手枪,朝两个炮兵司令的胸口"当当"射出两颗子弹,随手把手枪丢到地上。

果利津看着两个倒下去的少校,深感不满地说道:"太过分了,渥巴锡。"

渥巴锡厌恶地扫了果利津一眼,倏然转过身,一边解下披风扔到地上,一边大声喊道:"巴木巴尔!"

巴木巴尔走了过来。

"听着,巴木巴尔。"渥巴锡不容分辩地命令道,"不论什么情况,也不准把宿卫队投入战场。这是一。第二,战斗结束后,你率领宿卫队抬回所有受伤的蒙古人。假如我已经战死,你就去找洛桑丹增,他会告诉你干些什么。"说完,他解下拴在树干上的坐骑,飞身跳上雕鞍。

巴木巴尔猜到了渥巴锡的意图。他虽然对汗王的怨恨还没减弱,但他觉得,如果此刻对汗王的赴难之举无动于衷,肯定会被人耻笑。所以,他紧趋一步,说道:"你为什么不让我去?"

"你还不具备扭转战局的威力!"渥巴锡冷冷说道,"唰"地抽出宝刀,双脚猛一磕镫,骏马嘶叫一声,带着他扑下山坡,飞过小溪,朝着正逃归本阵的队伍迎了上去。果利津公爵惊愕地看着渥巴锡的背影,对巴木巴尔说道:

"他怎么了？他要干什么？"

"他疯了！他要去死！"

渥巴锡真有些疯狂了。他越过小溪后，纵马迎住败退的人马，不由分说，挥刀砍下最前面一个人的头颅，并雷鸣般怒吼道："你们这些可耻的逃兵！"他没再说什么，却完全松开马缰，在溃败的队伍间冲开一条路，直扑战场而去。

所有蒙古战士，看到汗王亲自出马和盛怒的样子，都感到震惊，羞愧难当。不用任何人下命令，他们又都勒转马头，举起大刀，像被激怒的狮群，潮水般涌向刚刚逃离的战场。

那些哥萨克骑兵受到感染，一股不肯在蒙古人面前示弱的英豪之气霎时统治了身心，也呼喊着拨马跟了上去。

上万名骁勇的骑手，由溃逃变成了反击，冲过不断腾起的炮弹烟团，直插进突厥人马队中去了。

霍亭城方面的炮声渐渐稀落最终停了下来。此刻，炮击已失去了意义。

就在这时，在俄军炮兵阵地上，那些大炮却像被搅了酣梦的野兽，接连不断发出震天动地的吼叫。这是果利津公爵在起作用。这次行动在此后不久给他带来了巨大荣誉。他亲临炮兵阵地，异常明智地命令炮兵开箱检查，把认为尚能射出炮口的炮弹全部集中到阵地中间十几门大炮跟前。然后，在肉搏战的关键时刻，集中火力轰击霍亭城头的炮台。果利津公爵在以后的岁月里，对这次出人意料的果敢行为总是津津乐道。不过，他是无论如何也不会将巴木巴尔用大刀把他逼到炮兵阵地这一情节告诉别人的。

这场混战，大约持续了两小时。土耳其骑兵招架不住，纷纷退回城内，很快在残缺不全的城楼上树起白旗。双方死伤达三万人。

战斗结束后，果利津公爵以胜利者最高统帅的身份，在一群俄国军官的簇拥下，被土耳其的败将们跪迎进霍亭。那些立下战功的哥萨克骑兵和炮兵们则涌进城内，分散到各个角落，高高兴兴地干他们每次胜利后惯常要干的事情。

没有一个蒙古人进城。他们被巴木巴尔约束在城外，在尸骸狼藉的战场上，搜寻自己的同伴。巴木巴尔严厉地命令他们，只要发现一息尚存的蒙古人，就要运回营帐，对那些挣扎呻吟或呼救的突厥人和俄国人，可补上一刀，违者砍去双手。

人们谁也不知道渥巴锡殿下在哪里,是否还活着。

最先看到渥巴锡的是巴木巴尔。

身负重伤、奄奄一息的渥巴锡终于看清蹲在身边的是巴木巴尔,精神一振,问道:"巴木巴尔,我们……胜利了吗?"

巴木巴尔站起来,一改刚才的关注面色,冷冷地说道:"是俄国人胜利了!"

"这也标志着我们的胜利。"

"你竟是这样想的吗?为了俄国人的胜利,我们死掉了上万人!"

"这值得。"

"什么?"

"这说明我们还有一线希望。"

"希望!哼。"

"巴木巴尔,快扶我起来。"

"我宁可去搀扶一个被你逼来替俄国人卖命的部众!"

"说什么傻话?快帮助我一下。我的伤很重。"

"自作自受!"

"你怎么能这样?"

"我不在你胸口补一刀,那仅仅因为我得承认你是我的同族人。你就请自便吧,殿下。"

"你是个傻瓜,傻瓜!"渥巴锡上气不接下气地说着,挣扎着想自己爬起来,终因力不能支而失败了。他怨恨而怜悯地看着离去的巴木巴尔,用力喊道:"你是个傻瓜!你连阿斯楞都不如!你会后悔的!"说完,他又昏厥过去。

巴木巴尔身体一震,倏然转过身,泪如泉涌地向渥巴锡跑过去。

恰在此时,洛桑丹增跑了过来。原来在巴木巴尔刚一发现昏迷不醒的渥巴锡时,就当即命令手下人请洛桑丹增尽快到这里来。

146

20

霍亭一战的胜利,使整个俄罗斯都兴奋起来。最兴奋的当然是果利津公爵和叶卡特琳娜女皇。前者确信,他已为俄罗斯立下了补天浴日的奇功。后者认为,她从此可以向全世界发号施令了。既然以辉煌的胜利结束了这场战争,在收获荣誉的时候,分摊者不是越少越好吗?公爵在给女皇的报告中写道:"渥巴锡汗王重创难愈,汗国七万人马仅存一万,而且疲惫不堪,继续留在高加索,除消耗给养,别无意义。"女皇同意了公爵的看法。她甚至觉得,渥巴锡在战场上的表现,实在不像一个企图反叛的人。就算贝格托夫伯爵的报告并非虚构,汗国经过这次战争,只剩下几口残喘,苟延生命尚且不易,哪里还有力量举国东逃?至少在近期内是无须担心的。

所以,渥巴锡获准在战场沉寂了将近一年的1770年7月末,率领部下返回玛怒托海。

这一消息很快传到了土尔扈特汗国。

从1768年7月到1770年7月,整整两年时间,整个汗国始终被一种阴沉沉的气氛笼罩着。有近三分之一的人去打仗,牲口减少了一半。草原上的人欢马叫,和歌声一起消逝得无影无踪。

但是,一个顽强的民族,像一个健康的躯体一样,能承受住各种打击,也能很快医治好创伤。土尔扈特部就是这样一个民族。当他们听说渥巴锡殿下即将凯旋,亲人就要重新拿起牧鞭,便马上充满信心地意识到,土尔扈特汗国还会兴旺发达起来。当然,据传死伤惨重,汗王只能带回一万多战士,谁也无法预料自己的儿子或丈夫是否在这一万名战士内。但这有什么?这毕竟是一支为蒙古人赢得了光荣的英雄队伍,而且在将来,还会为汗国生儿育女的。正是这样一个简单的信念,使汗国部众振作起来,草原上又是一片生机勃勃的景象了。

汗王宫殿的内外,更是呈现一派前所未有的喜庆景象。舍楞和达什敦杜克跑来跑去,一会儿指点手下人如何在宫门处张灯结彩,在什么地方搭盖凯旋牌楼;一会又派人为即将归来的战士准备帐幕和庆功的酒肉。母后在为小王子萨莱赶制新衣,和一群女裁缝一起穿针引线,眼睛常常被泪水模糊,找不到珍珠的细孔,引起阵阵好意的笑声。被告知将第一个拥抱汗王殿下的萨莱,高兴得手舞足蹈,楼上楼下跑个不停。快活得不知怎样才好的塔莉莎娜王妃和安妮女常侍,三番五次地更改着汗王凯旋第一夜下榻房间的布置,两张俊俏的红扑扑的脸上细汗不断,被汗水浸透的薄衫紧紧贴在乳峰耸起的前胸,两个人时而相视,忍不住掩口而笑。

总之,汗国上下,宫殿内外,都沉浸在欢乐之中。

和整个汗国的气氛不相容,看到人们高兴而恨恨不已的,大概只有道迪比和阿莎莱兄弟了。

他们来到汗国,名为传布东正教,实则要最终获得整个汗国。叶卡特林娜女皇就是这样对他们讲的。但是,这几年他们并不顺手。不要说取代渥巴锡遥遥无期,就连接受东正教洗礼的也寥寥无几。到处是充满敌意的眼睛。他们简直寸步难行。两年前,渥巴锡亲自出征,他们曾认为是难得的好机会。当然,他们还没有简单到把希望寄托在渥巴锡战死沙场上。因为任何残酷的战争,总有毫发无损的人生还,更何况汗王比战士死亡的机会少得多。他们是想借此机会培养起达尔罕对权力的渴望。达尔罕夺得汗位后,要比对付渥巴锡容易多了。但是,他们和鲁道夫的种种努力都白费了。还不止于此,渥巴锡这次去高加索参战,立了大功,可以说是载誉归来。这更令道迪比兄弟感到前途暗淡。这几天,又有传闻,说女皇陛下要把他们兄弟召回彼得堡,这尤其使他们悲哀,因为当汗王的美梦就会从此结束了!

悲哀、愤怒、绝望以及不甘心失败,常常会使野心未泯的人做一番最后挣扎,甚至不择手段、不计后果地铤而走险。

道迪比和阿莎莱就这样干了。

他们先是到和硕特部与札木扬匆匆订好计策,然后马不停蹄地驰回玛怒托海,闯进策伯克多尔济高大木板房的极为雅致的客厅。

对两个异母弟的突然拜访,策伯克多尔济只是不冷不热地点点头,表示已经看到了他们,就又埋头到案卷中去了。

道迪比坐下后问道:"你在看什么文件,如此用心?"

策伯克多尔济头也不抬,淡淡地说道:"往来账目。"

"哼,你还有心看这个!"

"怎么了?"

"渥巴锡要回来了。你不知道?"

"整个汗国没有谁不知道。"

"他是载满荣誉,凯旋的!"

"所以臣民们才喜气洋洋。"

"你知道这意味着什么?"

"胜利与和平。"

道迪比恼怒地跳起来说道:"没想到你还能如此心平气静!"

策伯克多尔济抬起头来说道:"因为并没有搅乱我平静的身外事。"

"故作镇静而已。"

阿莎莱说道:"他心里对自己的处境是一清二楚的。"

"这我倒要请教一下。"策伯克多尔济说道,推开眼前的案卷。

"你要明白,"阿莎莱接着说道,"渥巴锡一走进宫殿,就意味着我们完蛋了!"

"我们?不,我可没有这种危机感。"

道迪比喊道:"你就会有危机感的!先是我们,接着就是你!"

"对你们,这是必然的。对我,却未必。"

"就算暂时如此吧。你对我们的失败抱什么态度呢?冷眼旁观?幸灾乐祸?"

"你们是咎由自取。"

"什么?"

"我对你们不止一次讲过,汗国部众对佛教的虔诚是举世无双的。在他们心里,只有白度母,而没有什么玛丽亚和耶稣。但是你们偏偏要他们改信东正教。这无疑在伤害蒙古人的感情。其次,汗国部众对汗王的尊崇也是举世无双的。而你们,偏偏在一个不适当的时候挑选一个不适当的人去夺取汗位。这更几乎是有意激起蒙古人的愤怒。请问,我说你们面临的结局是咎由自取,难道不对吗?"

"我们是在执行女皇陛下的旨意。我相信,女皇陛下对你有过相同的命令。"

"不错。但是女皇陛下并不真正了解蒙古人。对此,你们不是也看得很清楚吗?"

道迪比在地毯上走来走去,不时瞟一眼坐在沙发上的阿莎莱。后来,他停在策伯克多尔济面前,问道:"策伯克多尔济,就算你说的都对,——这已经是过去的事情了,说它也没有用。——那么你说,我们该怎么办?"

"趁渥巴锡还没有回来,尽快回到彼得堡去。"

"这就是你的回答吗?"

"其实,我完全可以说:请自作主张。"

"你完全不像敦杜克夫家族的成员!"

"你们好像一直说我根本不是这个家族的成员。"

道迪比一时语塞。

阿莎莱站起来说道:"我明白了,策伯克多尔济。你一直为未能获得财产继承权而怀恨在心,因此才不愿和我们合作。我没说错吧?"

策伯克多尔济倏然站起,但欲言复止,忍住愤怒地几步走到窗前,苍白的脸在剧烈搐动。

道迪比缓和道:"如果是为了财产,那好办。"

策伯克多尔济大声说道:"你们今天来到底有什么事?照直说吧,要是再提到什么家族、财产,就请出去!"

"好吧。"道迪比说道,"这些事我们以后再商量。我们今天找你,有一件刻不容缓的事情,请你合作。我刚才说过,渥巴锡这次是载誉凯旋;据我们所知,女皇陛下已命令包围汗国的哥萨克撤回要塞,对渥巴锡表示了极大的信任。你心里明白,渥巴锡是疾恶如仇的人。对我们,对你,早已恨之入骨。他的归来,预示着我们的末日到了!但我们不能这样狼狈地败下阵来。我们决定孤注一掷,采取个一劳永逸的办法!"

策伯克多尔济转过身来,严峻地说道:"你们想把汗国搞得天下大乱吗?"

"那也比我们一无所获地离开汗国好得多。"

"就是女皇陛下也不会允许你们做得如此过分!"

"目前看来,女皇陛下的确不会同意这样做。但既成事实后,她也只能认可,而且未必不高兴。"

阿莎莱补充道:"正是如此。女皇陛下知道,敦杜克夫家族对她才真正是忠心无二,不会像渥巴锡那样坚持什么独立自主的。"

"总之,"道迪比说道,"我们已经下了最后的决心,是不会改变的了。我确信,我们的行动还不至于使汗国天下大乱。除掉渥巴锡,可以暂时让小王

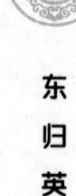

子萨莱登上汗位。"

"你是说,除掉渥巴锡,扶起个傀儡汗王?"

"这不很好吗?"

策伯克多尔济沉吟着说道:"那么……你们打算什么时候动手呢?"

"当然是人们的眼睛被快乐的泪水模糊的时候。"

"也就是说,是渥巴锡走下车驾的时候。"

"没有比这更好的机会了。"

"行刺的人,……需要非凡的勇敢和——"

"绝对可靠。"道迪比紧接着说道。他发现策伯克多尔济有些动心,便兴奋地说下去,"这样的人是很难用金钱买到的。再说,这个人又必须在欢迎凯旋队伍时,有接近汗王的机会。所以我们决定——"

"我来动手!"阿莎莱傲然地说道。

"你的枪法的确是出类拔萃的。"策伯克多尔济说道,"可是,在众目睽睽下公开跳出来,不是注定要当场毙命吗?"

"不会的。"道迪比说道,"枪声一响,札木扬手下混在欢迎部众里的两千名配有短刀的战士,就会在人们惊魂未定的一刹那,把现场团团围住。我深信,在刀锋威逼下的文武大臣,谁也不愿在一场混乱的搏斗中玉石俱焚的。他们唯一能做的,便是命令宿卫军和凯旋的战士放下武器。"

"是这样。……"策伯克多尔济说道,皱眉思索了一会儿。

"当然,"道迪比又说道,"两千人是少了一些。如果能有三万两万,就万无一失了。但和硕特部也只能派出这么多身强力壮的人了。所以,我们才决定来找你。我们知道,你也许不愿和我们一起冒险。我们也不勉强你参与行动,你甚至可以托病不到现场。"

"那你们为什么还来找我?为什么向我披露行刺计划?"

"因为这个消息会使你高兴。而且,你会助我们一臂之力的。"

"这是办不到的。"

"预料到你会这样。但我要告诉你,你可以不出面,不露出一丝一毫参与行动的痕迹。你只要借给我们一万名带刀士用一用就行。"

"什么?"策伯克多尔济大吃一惊,但又立即恢复了常态,冷笑一下说下去,"要借兵,除非去找渥巴锡殿下。"

阿莎莱嘿嘿笑了两声说道:"只可惜,渥巴锡手下的人马还不及你的一半!"

"胡说!"

道迪比在嘴角扯出一个讥讽的笑意,说道:"你手里握有汗国最强大的一支武装力量。五万青壮,对吗?"

"信口开河!谁都知道,一年前征集的五万人马在高加索参加了战斗,而且死伤惨重。"

"骗局。"道迪比撇嘴道,"巧妙的骗局!你忘记了,果利津公爵的老朋友,也就是我们的父亲,有三个儿子。果利津公爵最信任的无疑是两个俄国陆军准将。当然,我们和果利津公爵当时都不认为你要用这五万人马搞一次兵变,因为你异常看重自己的声誉。你有另外的意图。如果我没有猜错,那么,你扣下五万人,是企望渥巴锡在敌我力量悬殊的战斗中送命。遗憾的是,你的目的没有达到。单凭这一点,渥巴锡就不会饶过你。我们现在要做的,正是你朝思暮想的事情!所以,与其让那五万人白花你的钱,无聊地闲逛,莫如让他们发挥点儿作用。这不会有损你的声誉,你也不会丢掉扎尔固首脑的权位。我想,你不会拒绝吧?"

"恰恰相反,我拒绝。"策伯克多尔济坚定地说,"第一,我没有一兵一卒,这一点,很快会得到证实。第二,就算你说的那五万人在我手中,也不会让你们拿去做这种愚蠢的游戏。你们是否想过,你们的行刺计划一旦付诸行动甚至侥幸成功,将出现怎样的局面?那势必激起整个汗国的愤怒甚至哗变。这正是女皇陛下担心和倍加防范的。第三,我要正告二位,你们这几年的行径,极大地妨碍了我恪尽职守。我将向女皇提出报告,说你们已不适宜于继续留在汗国。"

阿莎莱愤然道:"你以为我们对此一无所知吗?"

策伯克多尔济冷峻地一笑,说道:"你们知道就更好。省得我再费唇舌。"

"好了。"道迪比挥手做了个宽宏大度的动作,"我们可以不计较你的不友好行为。我们也不想报复你,把你藏匿了五万人马的事向女皇陛下揭发出来。是的,我们的心胸还不那么狭窄。我们不愿看到你遭殃。但是,你应该有一个相应的表示才成。"

"叫我同你们合作?"

"其实,只是借一万人马而已。事成后,汗国的兵权就交给你。"

"我的回答是：不！"

"那么，"道迪比威吓地说，"礼尚往来，别怪我们不留情面！"

"去向女皇陛下揭发我藏匿了五万人马？"

"女皇陛下最痛恨的是欺骗她的人。"

"而且——"阿莎莱附和道，"女皇陛下处死一个人，是从不考虑他的爵位和功劳的。"

"也包括公爵和准将吗？"

"当然！——你这话是什么意思？"

策伯克多尔济看着阿莎莱突然惊愕和怨恨的表情，忍不住笑起来。

阿莎莱生气地说："你以为这很可笑吗？"

"的确可笑。很可笑。有果利津公爵蒙蔽圣上在前，又有两位将军知情不举在后。我这个当事者不该有绝对的安全感吗？"

"你！"道迪比气咻咻地喊道，"真是个狡猾透顶的人！"

"这可不能怪我。你们是为了果利津公爵才向女皇陛下隐瞒这件事的。如果这件事只能使我一人遭殃，你们早就大吵大嚷地公开披露了。你们会为此后悔一辈子！你们将提心吊胆，直到走进坟墓。在任何时候，对任何人，你们也不敢再提起这件事。否则，你们以及果利津公爵都将以欺君罔上罪被褫夺财产、爵位，甚至上绞刑架！"

道迪比脸上的肌肉搐动着说："我们宁可去死，也不能让你用这五万人马独吞汗国！"

"女皇为此处死你们是避免不了的。对我，却毫发无损。她知道，我手中掌握着比渥巴锡殿下更多的军队，——尽管获得这些军队的手段不算光彩——她对汗国的稳定性会更加放心，至少她要考虑考虑处罚一个握有重兵的人会有怎样的后果。"

"好个居心叵测的野心家！"

"而且有一天会叫你们大吃一惊！"

正在这时，仆人将舍楞派来的人带进客厅。

"大人。"来人施礼道，"汗王殿下的凯旋队伍将于明天中午到达。舍楞大人请您去宫殿商量有关欢迎事宜。"

"知道了。我随后就到。"

来人退出客厅后，道迪比惊讶地自语道："这么快！不是说中旬才能到达吗?"

策伯克多尔济轻描淡写地说道:"是呀,事情常常是出乎预料的。"

阿莎莱惶惑无措地问道:"怎么办？我们放弃这个机会吗？"

道迪比想了想说道:"不,我们不能因为渥巴锡提前返回而改变主意。"然后,他又转向策伯克多尔济,"没有你的一万人,我们照样会成功。你既然不愿插手,也不勉强你。可你要明白,渥巴锡同样是你的敌人,和我们比,他更容不得你。随着女皇陛下对他恩宠日隆,我们这些人在汗国是不会有存身之地的。是不是这样呢?"

"你说得对。是这样。"

"再说,你夺取到手的五万人马,不是为了和渥巴锡保持力量均衡,以期不失掉自己的利益吗？"

"这一点,你的分析也很有道理。"

"可见你心里也清楚,渥巴锡地位的稳固对你也是一种灾难。"

"的确如此。"

"那么,你为什么不愿意和我们携起手来？我们应该同舟共济才对。"

"是同舟共济吗？"

"当然。"

"可从你们刚才那些话,不像是请我合作,倒像要威胁我屈从你们的行动。"

"天哪!"道迪比叫道,"这么紧急的事情,你还挑剔谈话的方式？"

"这不仅仅是谈话的方式。你们是想任意摆布我!"

"我知道你是个倔强难制的人。——好了,我们为刚才的话表示歉意,这总算可以吧？"

策伯克多尔济思忖了一下,扬起头说:"那好吧,为了共同的利益,我同意干了。"

"当真？"

"当真! 但我考虑,就你们眼前的力量,没有成功的把握。这样大的举动,必须万分谨慎。"

"以你之见……"

"我把五万人马全调上来! 只是要把行动推迟几天。因为他们隐蔽在一个很远的地方。"

"推迟几天?"道迪比拧眉沉思道,"不!这不行。形势变化无端,也许明天我们就会被召回彼得堡,就不会再有卷土重来的机会了!"

"急切下手,很难成功。要知道,欲速则不达啊!"

"此事无论如何不能等待。犹豫就意味着失却!"

"你们决心冒死一试?"

"一不做,二不休!大丈夫死何足畏?"

"可是,"策伯克多尔济说着,沉思了片刻,"你们的计划是否获得了卡辛斯科依大使的支持?"

"他?哼!"阿莎莱愤愤地说道,"他巴不得我们今天就从这里滚蛋呢!"

"怎么?"策伯克多尔济问道,惊讶地耸动了一下眉毛。

道迪比说道:"卡辛斯科依对此一无所知。目前,由于渥巴锡在高加索的胜利,女皇陛下已不再相信贝格托夫的话。卡辛斯科依为此喜不自胜。他到处炫耀对汗国卓有成效的监护。他以为我们在这里只会给他找麻烦,所以劝说女皇陛下改变用敦杜克夫家族取代渥巴锡的想法。他这次去彼得堡,就是想拿回把我们召回彼得堡的敕令。所以,我们的行动也是迫不得已。"

"你这些话确实吗?"

"在朝廷议论这件事时,果利津公爵一直在场。正是由于果利津公爵担心有一天渥巴锡会为那五万人马的事大动肝火,才叫我们趁早动手。"

"如果这样……"策伯克多尔济沉吟道,"好吧,事已如此,你们想干就干吧。但我要说明,以我的本意,是反对你们在没有充分把握的情况下蛮干的。你们又不想等待我调上人马,我也帮不上忙了。我就权且当作什么也不知道。假如出现节外生枝或者……发生了动乱,我来收拾残局,以免扩大事态和危及你们的生命。"

道迪比说道:"这正是我想要求助于你的。你能做到这一点,我们就没有后顾之忧了。"停了一下,他继续说下去,"好了,我们就此告辞。你也该去见舍楞和达什敦杜克了。"

"唔,等一等。我想,你们应该有一位和我一同去宫殿,否则,你们会很难放心的。"

"那是大可不必的。"道迪比说道,"你不是那种言而无信的小人。你也不会干出给自己找麻烦的蠢事。"他说完这句表面是赞誉实质是威吓的话,便和阿莎莱一起走出了策伯克多尔济的客厅。

在他们骑马走了一段路以后,阿莎莱有些不安地说道:"道迪比哥哥,你相信策伯克多尔济不会向舍楞告密吗?"

"这倒不会。"

"你太轻信他了!"

"不。保护渥巴锡对他没有好处。"

"难道他希望我们成功?"

"那还用说?不过,他只希望我们行刺成功。是的,阿莎莱,我不担心他会在我们打死渥巴锡之前对我们采取敌对行为。"

"你的意思是……"

"他想毫不费力地收获果实,又赢得好名声。"

"的确,他干得出来。那我们怎么办?"

道迪比一边走一边思考着,最后,他做了一个果断的手势,毫不含混地说道:"把策伯克多尔济和渥巴锡一起干掉!"

"好主意。就这么干!"

"走,我们再同札木扬仔细商量一下。"

21

八月三日。天气晴朗,金风送爽。

虽然舍楞和策伯克多尔济在昨天晚上就宣布,汗王的凯旋队伍将在中午到达,但从曙光浅照、玉露莹莹的清晨开始,人们便扶老携幼陆续聚集到指定地点,向着西南方翘望,等待那个激动人心的时刻了。

四百名身着战袍、手持刀箭的宿卫队的战士,也早早在从宫殿台阶到凯旋门的一公里的道路的两侧,站到了自己的位置上。

按照舍楞的悉心安排,在凯旋门到石板路的平坦的草地上,将站满从各鄂拓克赶来的部众。他们在汗王到来的时候,可以尽情欢呼,但不管怎样狂喜,也不得越过宿卫队的警戒线。而所有爱马克长以上的官员,大小宰桑[①]

[①] 即管事官。

和领职与不领职的台吉,都要集中到石板路两侧,站在卫士们的前边。这样,当一万多名战士的马队进入凯旋门,并被引向西侧的设在比武场的临时宿营地的时候,渥巴锡汗王和他手下的主要将领,便可在石板路的尽头下马,接受官员们的致敬。然后,汗王领着小王子,在官员们的簇拥下,经过长长的石板路,到宫门前的平台上,去拜见母后和接受王妃的欢迎。

大约在十一点钟的时候,宫殿的顶楼处响起了悠长的号角声。它在向所有人报告,从顶楼已经看到了凯旋队伍踏起的烟尘。

欢迎的人群开始出现了激动情绪,纷纷向前挤去,争夺着最有利的位置。嘈杂的声浪一阵比一阵高地滚动起来。

这时,早就站在平台上的舍楞和达什敦杜克,领着小王子萨莱,离开了热泪盈眶的汗王的母后和王妃,步下台阶,踏上石板路。他们显得激动而紧张。

但是,最紧张的要数道迪比和阿莎莱了。他们跻身于一些不被人们注意的爱马克长之间。札木扬则站在他们的对面。从札木扬若无其事和胸有成竹的样子,他们知道,直到目前,那两千名准备包围宫殿的战士还没有出现任何破绽,也就是说,他们的行刺渥巴锡的阴谋没有被识破,并且恰如道迪比的预料,策伯克多尔济没有告密。

道迪比意味深长地看了对面札木扬一眼。对方回答一个充满信心的点头。

"看来,一切顺利。"阿莎莱用俄国话压低声音说道。

"是的。"道迪比点头道,"胜利在望。"

"圣母保佑!……"

"你害怕吗?"

"怎么会?我是个军人。"阿莎莱自豪地挺挺胸,"不过,想想也总感到不自在。"

"为什么?"

"我是个将军。"

"那又怎么样?将军行刺汗王,不是很值得吗?"

"当然。……我不会怯手。"

"别作声!他们过来了。"

"唔,天哪!"阿莎莱轻声惊叫道,"只有舍楞和达什敦杜克!"

道迪比紧蹙了一下眉头说道:"策伯克多尔济……"

"他会不会……"

"不。他肯定躲到一边去了。"

"这个狡猾的家伙!"

"他跑不了!照样会收拾他。——听着,紧紧闭上嘴,低下头,不要引起他们的注意。"

然而,顺着石板路走过来的舍楞到底还是看到了他们。

"唔?道迪比和阿莎莱二位将军!"舍楞惊讶地站下说道,"真没想到你们今天也能来迎接渥巴锡殿下。"

道迪比勉强笑了笑问道:"这是为什么呢?"

"我听说二位将军在五天前就做好了回彼得堡的准备。"

"舍楞大人希望我们早点儿离开汗国?"

"哪儿的话。"舍楞不冷不热地说道,"早就听说你们要走,又好几天未睹尊颜,今天竟突然出现在面前,我略表惊讶,不是合情合理的吗?"

"的确合情合理。"道迪比说着冷冷一笑,"我们原定五天前启程的,但听说渥巴锡殿下就要荣归汗国,我们便推迟了行期。"

"是啊。"阿莎莱装作很镇静地说道,"不迎接和当面拜辞汗王,那是很遗憾的。"

"说得对,阁下。"舍楞故意拉长声音说道,"我代表汗王和他的臣民表示谢忱。我相信,今天能有两位俄国陆军准将在这里,一定会使欢迎汗王的场面增色不少。不过,以二位将军的高贵身份,怎好屈尊在爱马克长的行列里呢?请同我们站到一起去吧……"

"不。"道迪比坚决地说道,"我们在这里更随便些。"

"那么,……好吧,如果二位不感到有失尊严的话。"舍楞说着,转向旁边的几个爱马克长,"请你们往两边靠一靠,免得汗王到来的时候,你们一兴奋把二位将军挤到后边去!"

几个爱马克长识趣地往两边靠了靠。

舍楞一行离去后,策伯克多尔济也匆匆走了过来。

"他来了!"阿莎莱低声说道。

道迪比见策伯克多尔济目不斜视和想追上舍楞等人的样子,控制不住恼怒地喊道:"策伯克多尔济!"

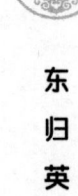

策伯克多尔济应声停下脚步,侧身俯首道:"唔!你们来得好早啊。"看样子,他对道迪比怀疑地凝视毫不在意。

"你应该比我们来得更早!"道迪比很不友善地说。

"我偶然受了风寒。仅仅几分钟前,我还以为不能目睹汗王凯旋的辉煌场面呢。"

"看你红光满面的样子,可不像卧病初起的人。"

"是吗?看来我的气色一定不坏。"

"简直可以说是神采奕奕!"

"那可太好了。但愿人们都不认为我是刚刚发了一身汗,才显得容光焕发。不过——"策伯克多尔济回望了一眼眉垂目合的札木扬,压低声音说下去,"你们好像心神不定和疑虑重重。是改变了主意还是走漏了风声?"

"你是有意搅乱我们的心绪而叫我们功败垂成吗?"

"我左思右想,总觉得你们会以惨败告终。"

"住口!"道迪比压低声音喝道,"你再这样诅咒我们一句,就先把你干掉!"

"冲你这句话,我真不该对你们的阴谋守口如瓶!"

"可惜,现在告密已为时过晚!"

"的确。我不能愚蠢到让敌对的双方都把我看成不可信任的人。"

"算你还是一个识时务的俊杰。"

"令人作呕的赞扬!"

"你听!"道迪比板着冷酷的面孔说道,"人们在欢呼,渐渐清晰的马蹄声,将带来你们的骄傲而兴致勃勃的汗王。一会儿,他将被上帝请去做客。你现在该加入到那狂喜的人群中去了。但愿你别失掉理智,在最后的时刻来妨碍我们!"

"我真是——悔不当初!"策伯克多尔济自怨自艾地说道,无可奈何地挥了一下手臂,很快转过身向前走去了。

"哼!"道迪比望着策伯克多尔济渐渐远去的背影,阴险地冷笑了一下说道,"后悔的时候还在后头呢!"当他回过头注视阿莎莱时,又突然皱起眉头来,"你怎么了?阿莎莱!你可真像是心神不定。要怯阵吗?"

阿莎莱垂下眼帘说:"我有一个不祥的预感……"

"什么?"

"好像死神不是向渥巴锡而是向我们招手。"

"胡说！在这种时候，竟说出这种泄气的话，亏你还是个曾经立过战功的军人！"

"可是……"

"闭上你的嘴！你现在的情绪只会导致我们一败涂地！"

"那么……"

"听着！你不再适合于向渥巴锡开枪。我自己干！可是，别在事成后和我争夺功劳！不配干大事的胆小鬼！"

"哥哥，我可不是想……"

"不管你想什么，也不用你开这头一枪。你的子弹留给札木扬吧！"

"什么？你说？"

"惊讶吗？我可不能给自己留下太多的竞争者！"

阿莎莱不由得一抖，他想道："天哪，有一天，你的子弹也会射进我的胸膛呢！"但嘴上却说道："那么，我来替你干掉策伯克多尔济……"

"札木扬是不会把这个报复的机会让给别人的。"

"原来……是这样！"阿莎莱胆战心惊地想道，同时不安地向四下看了看，突然恐惧地说道："哥哥，你没发现我们跟前的人都在向两边靠拢吗？我们的位置太显眼了！我们身后还有那么些身强力壮的卫士。……"

道迪比对那些汗王的宿卫队战士本来就视同草芥，方才又看到他们竟根据蒙古的传统，像每次盛典一样，穿上笨拙的盔甲，手持弓箭戈矛，简直是立在那里只是为创造气氛的毫无意义的摆设。所以他不屑一顾地撇嘴道："哼，一群原始社会的猎人或玩偶而已！他们是来不及向我们攻击的。而且，渥巴锡一露面，他们是舍不得把眼睛停在我们身上的。——你听，真是声震原野呀！"

原来，在凯旋门内外，响起了狂热的欢呼声，犹如山呼海啸，响彻云霄。从石板路一带可以清楚地看到，被抛满花束的汗王车驾正向宫殿的方向缓缓驶来。那些跪迎汗王的部众也已从地上爬起，随着进入凯旋门的马队，向西蜂拥而去。

道迪比知道，他们等待的时刻就要到来，是成功是失败，是生还是死，将在他掏出手枪的一刹那决定。他仿佛觉得心脏停止了跳动，身上的每条神经都要绷断了。但在这个关键的时刻，他是不能允许自己临阵退却的。他轻咳了一声，稳定了一下紧张情绪，对阿莎莱说道："过来，挡住我的右手！"

阿莎莱有些不甘愿地紧紧靠在道迪比的身旁，心里充满了恐怖、忧虑和羞愧。

不久，汗王的车驾在两名骑马的将军的护持下，稳重地轻轻停在石板路的尽头。鸦雀无声的文武官员刷的一声涌到石板路当中，跪下去了。

亲自充任司御的巴木巴尔精神抖擞、喜气洋洋地跳下来，毕恭毕敬地打开车门，俯首立在车旁。

在千百双泪水模糊的眼睛注视下，身着戎装，腰挎宝刀的英俊的汗王急不可待地跳下车门。

此刻，渥巴锡的脸显得清瘦和苍白，看得出，战斗中的严重创伤曾无情地折磨过他本来非常健壮的肉体，而且至今尚没有复原。但是，他依然是神采奕奕，仪表堂堂，而且从那双凹陷的更加深邃的眼睛里，喷射出火焰般的坚毅的光芒。他站在车门口，没有立刻走到跪拜的文武官员跟前，而是久久地凝视着仍旧傲然耸立的宫殿、泪流满面的文武官员以及威武伫立的宿卫队战士。同时，那宫门前平台上的一群依稀可辨的身影，也向他的眼帘飞速扑来，他知道，那一定是思念儿子变得苍老了的慈祥的母后、守着空闺熬过了孤寂而漫长日夜的塔莉莎娜王妃和他所热恋的刚刚亲近几天便忍痛分离的安妮。他甚至影影绰绰看到了宫殿西侧的惩罚室，在那里给他留下过甜蜜的回忆。是的，这一切都曾和他那样亲近，密不可分，成为他充满苦痛而又多姿多彩的生命的组成部分，以至在两年的戎马生涯中，在每个枕戈待旦的夜晚小憩的短梦里，也会十分清晰地跳到面前，跳到怀抱里来。在一年前，他冒险参加的与土耳其人的殊死搏斗中，他身负重伤，生命岌岌可危，朝不虑夕，他有时以为自己就要摆脱尘世的烦扰，走向一个未知的世界，再也回不到他的辉煌的宫殿，再也看不到这些亲近的人了。然而，也许有神灵在护佑，也许他听到了汗国部众和亲人的呼唤，也许在冥冥中他意识到自己还不能这样匆匆退出人生的舞台，他又顽强地挣扎着活下来，而且出乎预料地果利津公爵实践了自己的诺言，使他能率领在战场上幸存的部下，又回到了玛怒托海，站到了通往王宫的石板路的尽头了。现在，当这一切又都如此真切地出现在他的眼前时，他如何能不激动万分和百感交集呢？他再也无法控制自己翻江倒海的感情波澜了，热泪从眼里猛然涌出，簌簌滚落下来。

对渥巴锡此刻的心情，所有在场的人都能理解，没有谁把年轻汗王的眼泪当成是多愁善感和软弱的表现。舍楞当然比别人更能猜到渥巴锡在此情此景中的激动所包含的复杂的内容。他担心渥巴锡的带着重创的病体无法承受感情巨浪的冲击,也许再有一会儿,就会昏倒过去,而且还有另外的更大的担心,所以,他想把渥巴锡从剧烈的冲动中解救出来,以便尽快回到宫殿,那就安全了。他扬起脸来,看着渥巴锡,颤抖着声音喊道:"臣达什敦杜克、舍楞、策伯克多尔济率领文武百官拜迎汗王殿下凯旋!"

文武百官齐声颂道:"拜迎汗王殿下!汗王殿下千岁!"

渥巴锡哽咽了一下,朝臣仆们感激地点点头,并伸出右手,示意他们平身。

文武百官又齐声喊道:"汗王殿下千千岁!"然后纷纷站起。

这时,渥巴锡才发现,他的可爱的儿子萨莱仍然跪在那里。他兴奋而动情地喊道:"萨莱!"

萨莱早已忘了舍楞和达什敦杜克教给他在此刻要说的话,而是猛地跳起来,哭喊着:"爸爸!"向扬开双臂迎着他大步走来的汗王飞扑过去,投到那个宽阔的已两年未得亲近的胸膛上了。舍楞和达什敦杜克不由得笑起来。

渥巴锡一把抱起萨莱,悲喜交并地把热泪和狂吻像暴风雨般洒到他的稚嫩可爱的脸蛋上,弄得小萨莱又快活又害怕地向两旁躲避着。

过了一会儿,舍楞略感不安地朝两边看了看,向渥巴锡俯首道:"请汗王殿下回宫。"

渥巴锡点点头,轻轻放下萨莱,但那只小手却一直握在他火热的掌中。

舍楞和达什敦桂克以及文武官员都躬身退到两侧,站到了原来的位置上。

渥巴锡拭了一把眼泪,领着萨莱,踏上石板路,缓缓向宫殿走去。两侧是俯首恭立的官员和向他致敬的武士。

这正是道迪比兄弟和札木扬等待的那个机会。

道迪比又向札木扬看了一眼,那意思分明在告诉对方,他就要动手了。札木扬向他鼓励地点点头,那意思也在告诉对方,他的枪声一响,隐在不远处的两千名兵勇会顷刻间把宫殿团团围住。他们很紧张,但也很兴奋,自信马上就可以成为汗国的主宰了。

渥巴锡和萨莱渐渐走近道迪比的眼前。渥巴锡的后边紧紧跟着全部扎尔固成员。

说时迟,那时快,就在这一瞬间,道迪比猛地从口袋里掏出手枪,朝渥巴锡的胸口瞄去。也许只要再有一秒钟,甚至半秒钟,渥巴锡就会在道迪比的枪口下倒下去,汗国就将被带到一个不可知的命运中去了。

然而,也就在道迪比举起手枪的同时,不知从哪里飞来的一支响箭,不偏不倚地射穿了他的右腕。他还来不及思考这是怎么回事,将有怎样的厄运降到他的头上,便痛叫一声扔掉了手枪。而且,那箭镞的尖利的哨音就像一声命令,立即有一百名宿卫队战士从天而降,把现场紧紧围住,并有人从后面挟持住了道迪比和阿莎莱。

被这突如其来的场面惊得目瞪口呆的文武官员们,看到躺在石板路上的乌黑发亮的手枪和道迪比兄弟惊恐绝望的样子,一下子明白了这到底是怎么回事。他们群情激愤,纷纷围上前来,捏紧了拳头,恨不得砸碎这两个可恶的行刺者。

这时,从道迪比身后闪出一个人来。他手持雕弓,几步走到渥巴锡面前,跪下去说道:"给汗王殿下请安!"

"阿斯楞!是你?"

"是我。殿下。"

"那么刚才的一箭……"

"正是我射出的。"阿斯楞说道,接着又压低了声音说下去,"殿下,一切都非常顺利。请殿下放心。"

"汗国会永远记住你的。"渥巴锡会意地点点头,说道,"请起来,站到我的身边。"

"谢殿下。"

渥巴锡俯下头看了看紧紧依在身边的萨莱,只见他美丽的大眼睛里充满恐惧,脸色煞白,不由得一笑说道:"萨莱,你是未来的汗王,应该勇敢些才对。过去,把那支手枪捡起来。它归你了。"

萨莱仰起小脸惊问道:"让我打死那个坏蛋吗?"

"如果我允许了,你敢开枪吗?"

"敢!"

"这就够了。但今天你不要开枪,你还没有到杀人的年龄。去吧,萨莱。让那支手枪永远伴随着你,使你不忘记今天的事情。"

萨莱壮了壮胆子,紧抿嘴唇,走到那支手枪跟前,俯身拾了起来。但他没有马上回到父王身边,却一步蹿过去,跷起脚,用手枪向道迪比的脸上狠狠砸去,嘴里痛骂道:"打死你这个坏蛋!砸烂你的脑袋!"

道迪比的脸上顷刻间伤痕遍布、鲜血涌流了。

累得气喘吁吁的小萨莱对武士们命令道:"让他们跪下去!"

武士立刻遵命,从后面扬起脚来向道迪比兄弟的腿上用力一踹,两个俄国陆军准将便噗的一声跪了下去,道迪比右腕上的箭杆抵到石板上,又往前推进了一段,痛得他咬牙呻吟起来。

外表是冷眼旁观而内心却惊惶失措的札木扬,已没有时间去分析到底是谁识破了他们的阴谋,面对此情此景,他必须重新考虑对策,而且要在极短的时间内拿出主意,否则,在每一瞬间,他都有可能和道迪比兄弟跪到一起。这样的结局,对札木扬不是太可悲了吗?他是无论如何也不会等着束手就擒的。溜出去吗?显然不可能,在眼前的人人屏息的紧张场面中,任何人稍有异样的举动,都会遭到众目攒射。唯一能挽救他厄运的只有隐伏在附近的两千兵勇,可是,枪声不响,这两千人是不会跑来的。

"枪声!"札木扬在心里喊道,同时向萨莱手里的手枪盯去。他惊喜地浑身一抖,一个新的也许对他更为有利的计划在脑海里立刻跳了出来。他镇静了一下,向前走了一步,对萨莱说道:"萨莱,你面前跪着的两个坏蛋,是准备在光天化日下刺杀你父王的凶手。他们罪恶滔天,天理难容!你为什么不用他们的枪打死他们,以泄去我们的满腔仇恨?"

不少人应和着高声喊道。"打死他们!开枪吧,萨莱殿下!"至于在此刻道迪比怨恨地对札木扬说了一句什么,谁也没有听到。

萨莱回头看着父王,等着命令。

渥巴锡怀疑地看了札木扬一眼,然后向萨莱摆摆手说道:"过来吧,萨莱。他们逃脱不了惩罚的。"

札木扬此计未成,又生一计。他心想:"一不做二不休,我一定要让我的两千人马听到枪声!"他毫不迟疑地奔过去,劈手夺过萨莱的手枪,朝着道迪比的胸口"啪"地开了一枪。

道迪比用左手捂着汩汩流血的胸口,朝着札木扬瞪起骇人的眼睛,费力地骂道:"反复无常的……小人!"

惊魂甫定的阿莎莱大声喊道:"札木扬是我们的同谋!"

"胡说!"札木扬喝道,并迅即推上第二颗子弹,他决心要斩草除根了。

"等一等!"随着一声严厉的喊声,策伯克多尔济飞奔到札木扬面前,夺过手枪,"札木扬大人!这种事不劳大人动手。而且——"他说着,冷笑了一下,"大人未免太匆忙了吧?在我们汗国,再重大的案件,也要审判后才能判决。"

"哼!"札木扬也回报一个高傲的冷笑,"其实,这一颗子弹也就够了!"在札木扬的设想中,随着这一声枪响,他的两千人马会突然出现在人们的周围,到了那时,他札木扬可就是为所欲为的人物了。但是,令他惊诧莫名和异常惶恐的是,他所预料的惊天动地的喊杀声迟迟没有响起,而且似乎永远也不会响起了。他不由得惊恐地朝四外看去,额头的汗珠越聚越大,终于一串串滚落下来。

恰在此时,两名宿卫队武士把一个双手反剪的人带到渥巴锡面前,禀道:"启禀汗王殿下,此人自缚请见。"

渥巴锡惊讶地扬了一下眉毛。

札木扬却大吃一惊,身上的力量顿时消失殆尽,七魂六魄也在轰然一声震响中飞散到九霄云外去了。他怔怔地看着那个自缚请见的长着络腮胡子的人,苍白的嘴唇不停地抖动,竟一句话也说不出来了。他在心里哀叹一声,将沉甸甸的脑袋耷拉到胸前,像斗败的公鸡一样缩起了脖子。

那个人跪下去说道:"小人罪不容诛,情愿受汗王殿下惩处。"

"你是谁?"渥巴锡皱眉问道,"你犯了什么罪?"

"回汗王殿下。罪人是和硕特部千夫长,贱名查合布彦。因受札木扬的蛊惑,率领两千带刀士隐伏附近,只待枪声一响,就包围宫殿,挟持文武官员,威逼汗王交出权柄。但在今天早晨,我们猛然醒悟,决心弃暗投明。我们两千将士,宁可抛妻弃子,也要投到汗王麾下。万望汗王殿下恩准。"

"你的两千名部下在哪里?"

"我已命令他们交出兵器,在比武场外跪等汗王的敕令。"

"巴木巴尔。"渥巴锡回头说道,"你去叫他们起来,并在比武场里拨出供他们暂时休息的营帐。"

"遵命,殿下。"巴木巴尔很痛快地去执行命令了。

渥巴锡又对查合布彦说道:"你也起来吧,查合布彦。你将得到受之无愧的赏赐。"

"谢殿下。小人将誓死报效汗王的大恩大德。"

渥巴锡紧闭双唇,威严中带着恼怒,愤恨中露出讥诮地向札木扬走了两步,但犹豫一下后,又转向阿沙莱,声音不高却异常严厉地问道:"阿沙莱,你还想为自己辩解吗?"

"不敢,渥巴锡殿下。"阿沙莱恐惧地答道,"可是,行刺的主谋是道迪比和札木扬。……"

对面的札木扬猛地抬起头,恶狠狠地瞪着阿沙莱,像垂死挣扎般地喊道:"不对!是你们兄弟先找的我!"

渥巴锡挥了一下胳臂说道:"明白了。听着,阿沙莱。你们兄弟在我的汗国已经作恶多端,早该受到惩罚了。今天,你们恶贯满盈,玩火自焚,别怪我不留情面!"

"汗王殿下!"策伯克多尔济喊道,向前走了一步。

渥巴锡看着策伯克多尔济,显得亲切而和悦地问道:"你有什么话要说吗?"

"是的,殿下。"策伯克多尔济俯首道,"道迪比兄弟是女皇陛下宠信的将军,女皇本人也未必知道和赞同他们的行刺夺权之举,如果获悉他们在汗国同时毙命,不能听到他们自己的供词,也未必对汗王殿下有关此事的照会深信不疑。设若因疑成隙,反为不美。其次,犯有主从,罪有重轻,既然举枪行刺者是道迪比,陈兵宫外者是札木扬,那么,阿沙莱显然是个从犯,理应从轻发落。所以,以臣下之见,可令阿沙莱详写一份认罪书,然后遣送回彼得堡。请殿下明鉴。"

渥巴锡毫不犹豫地说道:"就这么办。——听着,阿沙莱,如果你想活命,就当着在场的人,把你们的阴谋详细讲一遍。有一点儿隐瞒,我也不会饶过你。"

不用说,阿沙莱原原本本地把他们如何策划兵变的详情讲述了一遍。之后,渥巴锡命人把阿沙莱押进惩罚室,并缓步走到札木扬面前,在他的冷峻的凝视下,札木扬渐渐垂下眼帘。沉默片刻后,渥巴锡声音有点儿嘶哑地说道:"你若不是慈祥母后的哥哥,我会亲手砍下你的脑袋!……听着,我今天饶过你。但从此以后,不准你踏进宫殿一步!请你马上离开玛怒托海,并限你十日内,把查合布彦等两千人的家眷给我送来,稍有损伤,我就和你算一笔总账!——闪开一条路,让他滚!"

人们觉得汗王对札木扬的处置过分宽容了,但又不敢表示异议,只好很不情愿地让出一条狭窄的路来。

札木扬在人们的怒视下无地自容,连头也不敢抬地灰溜溜地走了。不时有唾沫飞到他的脸上,他顾不得擦,越走越快,简直和逃跑一样。

渥巴锡站在那里,终于长长吁了一口气。他巡视了一下周围的人,大声说道:"除了扎尔固成员,都回到你们的部众中去吧。要把刚才发生的事情,详细地讲给每一个人!去吧!——阿斯楞,把武士们带走,等着我的奖赏,并给查合布彦准备一套千夫长的官服。然后,你要尽快返回宫殿见我。快去吧!"

"等一等,阿斯楞。"达什敦杜克愠怒地说道,"忘记昨天舍楞大人对你的盼咐了吗?现在不动手,更待何时?"

阿斯楞看了看渥巴锡,又意味深长地和策伯克多尔济交换了一下眼色,然后面对达什敦杜克不慌不忙地说道:"大人,您还是先问问汗王殿下吧。"

渥巴锡也相继看了一遍在场的几个人的脸色,突然似有所悟地笑了笑,说道:"唔,我明白了,达什敦杜克叔父。让阿斯楞走吧。剩下的事,由我来处理好了。"

达什敦杜克大感不解并显得急躁地注视着同样诧异的舍楞喊道:"舍楞!……"

"达什敦杜克大人,既然汗王殿下有话,就让阿斯楞带人走吧。"

"这……"

"叔父,您尽可放心。"渥巴锡泰然道,"神佛有灵,总是彰罚不爽的。——快去吧,阿斯楞。"

"是,殿下。"阿斯楞俯身道,并留给舍楞一个安慰的注视,便带着勇士们走了。

这时,巴木巴尔也从比武场回来了。石板路上只剩下汗王父子和几个扎尔固成员。

渥巴锡说道:"诸位,请都随我到宫殿里去吧。"

突然,舍楞向前走了一步,扑通跪到石板上,老泪纵横地说道:"汗王殿下,请治舍楞的死罪吧!"

渥巴锡赶忙把舍楞扶起,惊问道:"叔父,你这是怎么了?"

舍楞扬臂拭了一下眼泪,深负愧疚地颤声说道:"殿下,我获悉道迪比兄弟要行刺汗王,但对札木扬陈兵宫外却一无所知。如果不是查合布彦幡然悔悟,倒戈投诚,今天定会使汗国灾难临头啊!"

"这怪不得你,叔父。"渥巴锡蔼然微笑道,"你毕竟识破了这次阴谋的主体。你还是立了大功的。"

"微臣怎敢欺世盗名?"舍楞说着,从怀里摸出一张纸条,递到渥巴锡手中,"不是我识破了阴谋。而是它——它后面隐藏着一个不愿现身的怪人。"

渥巴锡展开纸条,只见上面写道:

在人们注视着汗王的英姿的时候,万不可忽略俄国将军的手枪常常会无意间走火的。切切。

渥巴锡看后,微笑地问道:"舍楞叔父,你没有猜到此人是谁吗?"

"和两年前那件事一样,令人迷惑不解。"

"此人曾经远在天边,现在也许就在你的眼前。"

长期萦绕在舍楞心头的种种疑团,此刻似乎骤然化解了。但事出突然,他又不敢一下子肯定自己的猜测。他下意识地瞄了策伯克多尔济一眼,喃喃说道:"难道此人是……"

"是的,舍楞叔父。"渥巴锡激动地说,并将慈祥的目光射向策伯克多尔济,"我想,策伯克多尔济堂侄,你今天不会拒绝在我们几个人面前露面了吧?"

"是的,殿下。"

"也就是说,"舍楞半信半疑地问道,"这封警告信是你写的?"

"毫无疑问。"渥巴锡还没等策伯克多尔济回答,便抢过话头,蛮有把握地说道。他不管舍楞和达什敦杜克表示出如何强烈的怀疑,只顾感慨万端地说下去,"当我在战场上生死难卜地养伤期间,有机会对出征前繁杂的局面中一直未得其解的事件重新回顾一番。我仔细地推敲各个细节。终于使我惊讶地相信,派出阿斯楞进行的那次企图探知我东归决心的只能失败的行刺,此后又在异常危急的时刻,巧妙地给罗卜藏戴上戒指的人,肯定是策伯克多尔济!虽然我曾不愿相信。一天前,当我渡过额济勒河,经过一带人迹罕至的山林时,一直被我笃信的两位将军纵马驰到我的车前,跪禀道:'根据策伯克多尔济的命令,我们五万将士,一直隐在山林,等候汗王殿下调遣。'我激动得热泪盈眶,也更确信了我前面的推断。所以,当我今天接过这张纸条时,立刻就猜到,除了你策伯克多尔济,不会是别人。"

"五万将士!"舍楞被这五万人马的结局激动得忘记了行刺的事,他不由

得长吁了一口气,哽咽了一下,"这……我就放心了!"同时,向策伯克多尔济信服地点点头。

"是呀。"渥巴锡慨叹道,"这是整个汗国!是二十几万蒙古人的希望所在呀!"

但是,早就把策伯克多尔济看作眼中钉的达什敦杜克,对眼前的事,实在难于理解。他还不能一下子就转过弯来,把不共戴天的敌人引为同舟共济的朋友。特别是想到今天险些造成悲剧的场面,他的疑心反而更加重了。所以,他不管渥巴锡怎样赞誉策伯克多尔济,依然满面怒容地厉声道:"策伯克多尔济,既然你愿意和汗王殿下共举大义,那又为什么不早些明确表示,而要故弄玄虚甚至有意造成险情呢?"

"祖父大人。"策伯克多尔济心平气和地说道,"一年前,我曾不相信舍楞祖父大人会和汗王殿下心心相印,像舍楞祖父大人直到今天早晨还不相信我会'背叛'女皇一样。当然,回想起我们长期互相戒备,的确叫人深感遗憾。但这却给我们造成诸多方便。试想,在汗王身边和对面,是这样的两个人:一个是从新疆逃到俄国的清廷叛逆,一个是在彼得堡有万贯家私的所谓俄罗斯化了的蒙古贵族的后裔。那么,叶卡特琳娜女皇对汗国的稳定就会大大放心。特别是人们盛传我和汗王殿下誓不两立,俄国朝野对此也深信不疑。这对汗国的事业是很有利的,而且,在今后一段关键的时期内,仍旧会发挥作用。"

渥巴锡点点头问道:"这就是你主张留下阿沙莱的用意吗?"

"这是一个原因,殿下。还有一个用意,这一点,殿下超人的睿智已经意识到并充分利用了。这就是,殿下让阿沙莱自己供出他们的阴谋,然后让所有爱马克长把他们亲耳听到的令人愤慨的情节讲给所有部众。"

"是呀。"渥巴锡叹息了一声说道,"汗国这些年丁壮骤减,牧业凋敝,虽然人心思归,却缺少信心。在这种情况下,只能用仇恨激励起人们的斗志。今天,恰恰是阿沙莱给我提供了这样难得的机会。"

"正是如此,殿下。"策伯克多尔济说道,转向达什敦杜克,"至于祖父大人说的险情,那是不会有的。但不知是否仅仅指的是今天的事情?"

"就算仅仅说的是今天的事情,你怎么解释?"

"就今天的事件来说,我首先确信,以两位祖父大人的智慧和对汗王殿下的忠心,对付道迪比兄弟是绰绰有余的。"

"可是,参与阴谋的并不仅仅是道迪比兄弟!"

"是这样。但我有把握地预料到,我是有机会去说服那两千名身怀利刃的丁勇的。"

"唔!"达什敦社克更加惊讶道,"是你使他们杀了回马枪吗?"

"他们都是崇敬汗王和深明大义的。"

"不过,你不是今天早晨才识破这个阴谋的吧?"

"是的。我昨天就获悉了他们的全部计划。"

"你昨天就应该揭露他们。如果昨天我们把他们抓起来,今天就不会担惊受怕了。"

"我估计两位祖父大人肯定要这样做,所以才拖到今天早晨。试想,道迪比兄弟在没有把计划变成行动,不是在大庭广众中暴露自己,怎么会承认自己的阴谋呢?事实上,今天的结果已大大超过了预料,札木扬开枪打死了道迪比,他在叶卡特林娜女皇眼里,已成为最可恶的人了。"

"策伯克多尔济说得很有道理。"舍楞赞誉地说道,"你年仅二十几岁,就如此深具谋略,如此稳健谨慎,真使我这个长者要退避三舍了。"

这时,站在一旁几次欲言复止的巴木巴尔终于忍耐不住,态度生硬地对策伯克多尔济说道:"汗王殿下一路上对你保存五万人马赞不绝口。可我总是想不通。请问,你是否能猜到汗王殿下是为什么身负重伤的?"

"在敌我力量悬殊的战斗中,汗王殿下要夺取胜利,只有身先士卒,冲锋陷阵。"

"亏你还能想到这一点!要是我,就会毫不犹豫地把五万人马带到战场,既保证夺得胜利,又会使汗王殿下安然无恙。"

策伯克多尔济想了想,盯着渥巴锡问道:"殿下也希望我回答这个问题吗?"

"是的,我也愿意听听你当时的想法。"

"也许殿下会恼怒的。"

"不会的。说吧。"

"那么,我就来回答巴木巴尔的问题。的确,在当时,我是很踌躇的。我知道,汗国需要汗王,也需要这仅存的五万青壮。然而,确保这两者能够兼得的途径是没有的。要保证汗王安全,就必须驱使这五万人马参加流血的战争,要保证这五万人马不受损失,就只有让汗王冒战死的危险。我在保存五万青壮和保证汗王安全这两者之间,做了仔细地权衡。这是一次异常艰难而又痛苦的抉择。最后我决定,宁可舍弃汗王,也要保存这五万青壮。……"

"什么!"渥巴锡感到震惊地说道,"你是预料到我会战死沙场的?"

策伯克多尔济依然平静地说道:"战场上是难卜存亡的。但是,汗王战死,还会有人继承王位,而五万青壮哪怕损失一半,东归大业就难以实现。"

"那么,对我活着回来,你一定感到惊讶吧?"

"不。就像我如果听到殿下捐躯不会感到惊讶一样。"

"要是我真的马革裹尸呢?"

"那管理汗国的重任,我就只好当仁不让了。"

"是这样!"

"只能如此,殿下。"

"可是,我竟然活着回来了!……"

"殿下安全归来,是汗国的幸运。"

"你希望这样吗?"

"是的,殿下比任何人都能更好地完成东归大业。"

"将来呢? 也许我活不长的。"

"将来,萨莱王子会长大,他是王位的当然继承人。但是,如果殿下在东归途中遇到不测,我就要代理汗王。"

"你说这些话,不怕我会怀恨在心吗?"

"我想不会。现在,在殿下心里,东归大业的重要意义一定远远超过王位的继承权。只要殿下真正致力于东归大业,我个人的结局是算不了什么的。"

渥巴锡久久凝视着策伯克多尔济坦白的眼睛,突然,他用力握住对方的手,哽咽地说道:"天下竟有你这样胸怀坦荡的人! 有你在我身边,我对未来充满信心了! 让我拥抱你一下……"说着,他紧紧抱住了策伯克多尔济瘦弱的身体,眼睛霎时被泪水模糊了。

22

第二天,正当宫殿内外在一片欢声中准备庆功宴的时候,卡辛斯科依大使从彼得堡来到玛怒托海。在汗王宫殿的正厅里,他面有喜色地当着汗王和全体扎尔固成员宣读了叶卡特林娜女皇的敕令。敕令中对渥巴锡的忠诚和战功,倍加称扬,并指出,过去对渥巴锡所持的一切猜疑,都要归罪于札木扬领主的玩弄权术。最后又说,鉴于道迪比和阿沙莱行为不检,屡忤圣旨,已不宜于继续留在汗国,要他们立即返回彼得堡,另授新职。渥巴锡对女皇的敕令没有表示态度,只是向卡辛斯科依讲述了昨天发生的事件。卡辛斯科依听后异常气愤,痛骂了一顿札木扬和道迪比兄弟,说他们自作自受,罪有应得。同时,卡辛斯科依也感到高兴,因为女皇敕令中谈到的内容,都是他提供的。他对女皇说,因札木扬和渥巴锡不和,所以才伪造情节,蓄意中伤渥巴锡。而昨天发生的事情,又恰好再一次为他提供了证据。他对击败贝格托夫而夺得阿斯特拉罕总督的权位,是信心十足了。他想尽快去向女皇陛下报告发生在土尔扈特汗国的事情,决定不参加渥巴锡的宴会,当天就亲自押解阿沙莱返回彼得堡。临行前,他向渥巴锡提出一个请求,就是借用一段归鸿驿,他要在那里不受干扰地整理准备呈绘女皇陛下的有关南方各省未来设想的文件。渥巴锡不仅慨允了,还说,如果卡辛斯科依喜欢那座建筑,就干脆送给他做别墅好了。卡辛斯科依心满意足地拜辞了渥巴锡。从此以后,大使先生的更多的日子当然要在豪华而舒适的归鸿驿消磨掉了。

看来,一切都比设想的顺利得多。两年前,渥巴锡果断地决定暂时放弃东归准备,亲率大军到高加索参战的巨大意义,在今天充分显示了出来。土尔扈特部众和汗王本人做出的牺牲,在今天得到了报偿:东归大业终于有了实现的可能。渥巴锡似乎已经看到了胜利的曙光。

但是,渥巴锡没有忘乎所以,而是清醒和警觉地注意着周围的一切。他知道,在东归的起点迈出第一步之前,他还有很多事情要做,而且必须万分谨慎,不露声色。他先是经过仔细筛选,确定了以他自己为首的包括策伯克多尔济、舍楞、达什敦杜克、巴木巴尔和洛桑丹增在内的六人领导核心。然后,在一个秘密地点,召开了一次领导集团的秘密会议。在会上,六位东归的首领,庄严宣誓:东归祖邦,义无反顾;如有异志,天人共戮。会议还做出决议:当年十一月份,集结全体部众,一俟额济勒河和雅依克河结冰,就开始行动。

事情进行得迅速而严密。到了九月初,已一切准备就绪。

渥巴锡的兴奋是不待细言的。

母后的兴奋也绝不亚于渥巴锡,或许更为强烈。因为对于她,盼望这一天到来的时间,比渥巴锡要长得多,为此付出的代价也大得多。还是在三十年前,她的丈夫敦罗布喇什初登汗位时,俄国沙皇获知新汗王有出走而归中国的迹象,便强迫交出王储去做人质。三年后,王储萨莱惨死,她曾痛不欲生。她恨透了俄国,恨透了沙皇,决心把帮助丈夫实现东归愿望作为后半生唯一的职责。公元 1756 年(乾隆二十一年),她不顾丈夫的劝阻,毅然扔下弱小的达尔罕,随着汗国使臣吹札布,历经三年的艰苦跋涉,抵达热河避暑山庄,向乾隆皇帝转达了敦罗布喇什向往祖邦的心情。可是,当她带着乾隆皇帝的慰问和鼓励,返回玛怒托海时,丈夫已经病危,只来得及叮嘱她"莫忘东归大计",便含恨仙逝了。她感到悲痛和失望,甚至有时心灰意冷。因为她觉得,十七岁不是组织部众东归的合适年龄,她需要暂隐心迹,等待着渥巴锡成长起来。今天,她突然发现,渥巴锡不仅成长为一个成熟而英明的汗王,并且比她的丈夫更能担当起东归的重任,她如何能不惊喜交集呢?因而,她常常紧紧搂着莫名其妙的小萨莱,一面喃喃自语"总算盼到了这一天",一面激动得热泪飞溅,也就毫不奇怪了。

不过,随着等待了多年的那一天的飞快临近,一股不知什么时候隐藏在心底的忧虑突然变得清晰和强烈起来,使她在兴奋得难以成眠之后,紧接着又忧虑得难以成眠了。

"达尔罕和莉莎怎么办?"这个问题一经跳进脑际,就立刻占据了她的整个身心,使她心乱如麻,坐卧不安。

作为母亲,她早已看出达尔罕和莉莎的恋爱已达到了狂热的程度。莉莎也确实是个好姑娘。虽说是小家碧玉,但唯其如此,莉莎素雅无华的衣着、纯洁善良的品格、温柔娇羞的姿容,才给宫殿里看惯了雍容华贵、矫揉造作、神气活现的大家闺秀的人们,带来一种令人神清气爽的清新气息。母后喜欢莉莎,也看出,只有这个美丽可爱的异族少女,才能给在人们溺爱中长大的达尔罕带来欢乐和幸福。

可是,汗国一旦踏上东归道路,这对小情侣怎么办呢?当然,如果他们已经结婚,那就好办了。女人总是要随着丈夫走嘛。这都怪鲁道夫先生。真不知道这个阴阳怪气的讨厌的家伙打的什么鬼主意!他并不反对达尔罕和莉莎来往,甚至两个情窦初开的年轻人经宿不归,他也从不过问。但是,一提到两个年轻人的婚事,他就说:"等一等,请再等一等。"母后也埋怨自己缺乏远见和决心，竟没有在整整两年的时间里为达尔罕完婚，以避免今天的五内焦灼。但当时有当时的想法。她觉得，她作为高贵的汗王的母后，是不便在出身卑微的鲁道夫感到很勉强的时候，就为达尔罕和莉莎举行婚礼的。再说，渥巴锡还在战场，存亡难卜，也不是办喜事的最合适的时间。结果，事情就拖下来了。

事情似乎已经无可挽回了。是的，鲁道夫是不可能答应未婚的女儿跟着达尔罕跑到一个遥远的陌生的土地上，去做异乡异客的。而且，莉莎本人是否甘愿抛弃父母、离开故土呢？如果她摇头说："不。"你能指责她吗？当然不能。就像达尔罕不会单独一人留在俄罗斯人或哥萨克人之间而莉莎也无权指责一样。那么，汗国的东归，对这双情侣意味着什么呢？最近，母后看得出，达尔罕和莉莎总是携手并肩、形影不离，相会的间隔愈来愈短暂，甚至像莫斯科冬天的日落和日出一样，难以找到界限了。越是这样，母后的担忧也就越重。因为东归的时刻，肯定是达尔罕和莉莎痛不欲生的悲剧时刻。想到这些，慈爱的母后怎么能不胆战心骇和愁肠百结呢？

"唯一的办法，"母后暗自叹口气想道，"让他们马上结婚。是匆促了一些。但有什么办法呢？"

有一天，达尔罕把莉莎带进宫殿。母后叫他俩到她的房间共进午餐后，疼爱地看着莉莎的白嫩的脸蛋和海水一样的诚实的眼睛，温和地问道："莉莎。我想问你一句话，你能如实回答我吗？"

莉莎感到惶惑地瞥了达尔罕一眼，柔声答道："能的，母后。"

"你想和达尔罕……结婚吗？"

莉莎害羞地一下涨红了脸，她慌忙垂落下长着长睫毛的眼帘，双手痉挛地抚弄着裙褶，咬着红润的嘴唇，很快地点了一下头，却再也不敢扬起脸来了。

母后善意地微笑了一下，又问道。"如果我提出这就为你们举行婚礼。你感到突然吗？"

莉莎满心欢喜地摇摇头。但继而又轻声说道。"这要问爸爸。……"

"如果他反对呢？"

对回答这样的问题，莉莎感到很为难，所以久久没有作声。

母后又转向低头沉思的达尔罕问道："你怎么想，达尔罕？你是不是应该再向鲁道夫先生求一次婚？"

达尔罕抬起迷惘的眼睛,盯着母后问道:"妈妈对我的婚事,为什么突然如此心急如火呢?"

母后不高兴地微皱了一下眉头,说道:"过去的两年,我也随时准备为你们举行婚礼。但鲁道夫先生始终未作明确答复,加上你哥哥还在打仗,我也只好等待。现在,你哥哥凯旋了,举国欢腾,是办喜事的好机会。难道现在让你去向鲁道夫求婚,是什么突然心急如火吗?"

"我是说妈妈早就应该知道,我是不会再向鲁道夫先生求婚的。"

"为什么?"

"我讨厌他!"

"达尔罕!"

"当着莉莎的面我也要说,我讨厌他,尽管我发狂地爱着他的女儿。"

"这很不好,达尔罕。而且……"

"听我说,妈妈。鲁道夫先生是不会应允我的求婚的。"

"你能说出理由吗?比如说,是对我们的家族还是对你本人有什么不满意?"

"当然是对我本人,妈妈。如果我对权力产生了欲望,他早就把莉莎连同嫁妆一起送进宫殿了。"

"达尔罕!"母后面带愠色地制止道,"你怎么能当着莉莎的面说鲁道夫先生这样的坏话?"

"莉莎。"达尔罕侧过脸说道,"听我说你爸爸的坏话,你生气或者怨恨吗?"

莉莎否定地摇摇头,嗫嚅着说:"可你不该对母后讲这些。……"

母后凝眸思忖片刻,朝莉莎赞许地点点头说:"莉莎,你说,达尔罕要获得怎样的地位才可以娶你呢?"

"母后!"莉莎惊恐而略含委屈地喊道,"我只要达尔罕这个人,哪怕他一无所有。请相信我,母后。"

"我相信,相信……"母后感动地说道,并把莉莎拉到怀里,亲切地吻了一下,"你真是个好姑娘!可是,你们怎么办呢?"

"不管他,妈妈。"达尔罕挥了挥手臂说道,"至少他还不反对我们的来往。我们就这样也很好。"

"这终不是长久之计。"

"他活不过我们!"

"达尔罕!你胡说些什么?"

"我说的是实话。鲁道夫先生不会轻易地强迫莉莎和我一刀两断,因为保持和汗王家庭的友好关系,这是一本万利的事。"

"达尔罕!"莉莎娇嗔道。

"这和你无关,莉莎。不过,我可以不说。"

母后想了想对莉莎说道:"莉莎,我想和达尔罕单独谈几句,你不会怪罪吧?"

莉莎顺从地站起来说:"不会的,母后。"

"那么,你就先到塔莉莎娜的房间坐一会儿,她也是很喜欢你的。"

莉莎一面点头,一面很快走了出去。

"妈妈。"达尔罕懒洋洋地说道,"你就是当着莉莎的面教训我,我也不会感到难为情的。"

"你恰恰猜错了,达尔罕。我听明白了事情的原委,看来,鲁道夫先生不是个心地纯善的人。就算你说话太刻薄,我也不想责怪你。我要跟你谈的不是这个。我的担心比这要严重得多。……"

"那是什么呢,妈妈?"

"达尔罕,你没有发现汗国有些反常的迹象吗?"

"我从来不去看那些和我无关的事情。"

"有关的,而且关系重大,你知道渥巴锡在为什么忙碌吗?"

"为治理汗国夙兴夜寐。这还用问吗?"

"你呀,达尔罕。"母后说着重重地喟叹了一声,"正因为你太不关心哥哥的事,对汗国和部众的命运不闻不问,结果连自己即将陷入绝境也不能及时意识到。当然,也许早就该让你知道,以免到时手足无措。……达尔罕,再有两三个月,我们就要举国东归……"

"什么?"达尔罕跳起来惊问道,"这是真的吗?而且竟这么快吗?"

"是的。所以我替你和莉莎担心。你们爱得那么深,我怕你们承受不住分别的打击。……"

"分别?不!"达尔罕像激烈争辩似地喊道,"我宁可死,也绝不去忍受离别的痛苦!"

"达尔罕。"母后忧心忡忡地说,"不要那么轻易而残酷地提到让妈妈心

176

碎的话。我们来想个办法。毕竟我们还有一段时间。"

"没有用,妈妈。"达尔罕悲哀而怨恨地说道,"鲁道夫一旦知道汗国要东归,会毫不犹豫地把我拒之门外的。"

"当然,无论如何不能让他知道。这不仅因为鲁道夫会拆散你们的婚姻,而且他若走漏了风声,就会给整个汗国带来巨大灾难。"

"我怎么办呢,妈妈?"达尔罕可怜巴巴地看着母后,肝肠寸断地说道,"我就平静地等待那个最后的时刻吗?"

母后心疼而怜悯地说道:"达尔罕,不要再重复这样可怕的话。不管做出多大牺牲,也肯定让你们如愿以偿的。"

"除非不媒而合……"

"那怎么行?这不仅会使我们这个光荣而高贵的家族蒙受耻辱,还会给莉莎留下私奔的骂名的。"

"多可怕的出身高贵!"

"我真不明白,达尔罕,鲁道夫先生到底要从你身上获得什么呢?如果是财产,这好办。……"

"不,他的财产已经可以使他跻身于最富有者的行列。所以,他现在渴望的是他所没的东西——权力。"

"他是个商人,权力对他有什么意义?"

"权力不一定是获得财产的唯一手段,但却永远是财产的仆人和保镖。"

"如果是这样,汗王弟弟的身份对他不是绰绰有余了吗?"

"可我一直是汗王的弟弟,他却不答应把女儿嫁给我。"

"这不是很矛盾吗,达尔罕?"

"这是事实,妈妈。"

"以后呢,以后他会怎么办?莉莎总要嫁人啊!"

"当他确信我是个不可救药的人时,就会带着莉莎到别的地方寻找他急需的权力。他需要的权力到处都有。比如卡辛斯科依……"

"卡辛斯科依?"母后惊问道。

"是的。他曾向莉莎求婚,遭到了鲁道夫的拒绝。因为那时鲁道夫相信,我将比大使更能成为他财产的保护人。"

"莉莎小姐知道这一切吗?"

"知道。"

"她怎么说?"

"除了我,她不会嫁给任何男人。"

"天哪!"母后悲哀地说道,"你们真是一对不幸的恋人!"

"所以,我们必须充分享用留给我们的不多的时间。特别是汗国即将东归,我们的时间就更少了!"

"你这话是……"

"并不可怕,我和莉莎快要解脱了。"

"你说什么?"

"我们将永远在一起。肉体留在玛怒托海,灵魂随着母后去到东方。"

"达尔罕!……"母后悲痛欲绝地制止道,"千万不能这样!不能……这样!你不要绝望。我和你哥哥再亲自去找鲁道夫求亲。会让你如愿以偿的。"

"用慈母的低首垂眉和汗王的赫赫声威来为我谋求婚姻?"

"不是的,达尔罕。"

"那么就不要去。我宁可忍受痛苦,也不愿我们的家族受到流言蜚语的进攻。对汗国我无尺寸之功,至少还知道维护它的荣誉。"

母后的心此刻异常烦乱。她不住地绞着颤抖的手指,无措地看着达尔罕。过了一会儿,她犹犹豫豫地说道:"莉莎小姐不能说服他爸爸吗?"

"女儿说服爸爸最有效的手段是撒娇。而莉莎在这方面纯粹是个低能儿。"

"就让她为了你们的幸福,去和爸爸撒一次娇吧。告诉她,你们的时间不多了。莉莎会听你的话的。"

"这真是……"达尔罕耸耸肩膀惨然一笑说道,"不择手段!"

"可是……"

"好吧,妈妈。我就去试一试。但成功的可能性极其微小。"

达尔罕满怀忧郁地离开了母后,找到莉莎,并把她送出宫殿。他们说了些什么悄悄话,我们不得而知。但出乎预料地,在第二天莉莎就兴冲冲喜滋滋地跑进宫殿,告诉达尔罕,她爸爸已对两家的婚事表示同意,并要达尔罕立刻去求婚,然后就采办嫁妆,举行婚礼。不用说,焦急万分的母后喜出望外,而达尔罕则惊讶万分地跳上马背和莉莎双双驰向鲁道夫的家了。

23

对于达尔罕,鲁道夫的允婚可以说是突降福音,使他大喜过望;以往的愁眉锁眼一下子变成了春风满面。但是,同样沉缅于热恋之中的安妮,却由于渥巴锡毫无来由的冷落,陷入椎心泣血的巨大悲哀而不能自拔了。

还是在渥巴锡凯旋的那一天,被泪水和欢笑渲染得气氛浓烈的王室家宴在深夜结束后,快乐得面如桃花而又兴奋得坐卧不安的安妮,隐在楼上回廊的帘幕后,看到同样快乐和兴奋的塔莉莎娜和渥巴锡手拉手地走进王妃的寝室。这时的安妮,虽说不无妒意,却丝毫没有怨恨。因为她知道,汗王凯旋的第一夜,理应属于塔莉莎娜王妃,虽然她自信在汗王心中她的位置远比王妃显要。她也深知,塔莉莎娜王妃是位性情温顺而心胸豁达的高尚女人,爱丈夫却又不想独霸丈夫,不是那种看不得丈夫和别的女人亲近的妒妇。安妮搬进宫殿后,和王妃相处得姐妹一样亲密无间,在一起无话不谈。塔莉莎娜曾真诚地对她说,"殿下的快乐太少了。我不是一个合格的好妻子。你能给他快乐,我真要好好感谢你。"所以安妮相信,到第二天,就连塔莉莎娜也要催促渥巴锡殿下来和她亲近的。安妮热血奔涌和浑身战栗地等着渥巴锡走进自己的房间,等着有力的拥抱,等着狂吻和爱抚,等着把欣喜的眼泪洒向她渴望的宽厚烫人的胸脯。

然而,安妮的痴心等待落空了。第一天渥巴锡没有来,她虽然有点儿失望,还能寄希望于第二天。第二天渥巴锡又没有来,就感到伤心,并担心第三天了。而第三天渥巴锡果真没有来,她就不能不感到悲哀和震惊了。而且,从此以后,渥巴锡一次也没有出现在安妮的卧室。一连三十个日日夜夜,在安妮寂寞凄凉的可怜巴巴的等待中,异常艰难地过去了。安妮如何忍受得了啊!

"狠心的渥巴锡把安妮忘了!"安妮痛苦而悚惧地在心里呼喊着。她感到肝肠寸断,甚至万念俱灰了。她骇然而凄楚地想道,她已不再是幸福和令人羡慕的安妮,快乐已成了她生命中的陈迹了。她的存在对渥巴锡不再具有意义,只能是供恶人讥笑和善心人悲悯的可怜虫了!

"可是为什么？渥巴锡为什么会这样呢？"安妮幽怨地在心里大声问道，"安妮有什么不好的地方令你厌烦，还是你本来就是个朝三暮四的人呢？"

安妮决心要问个明白。她支撑着软弱无力的身体，勉强走出卧室，躲在帘幕后，迷惘而且昏昏然地等着一旦走上楼来的渥巴锡。

当渥巴锡处理完汗国的政事，走上楼梯，一眼看到脸色苍白、身体虚弱的安妮从帘幕后走出来，双手颤抖地攥着帘幕的垂绦、抬起失神的眼睛悲怨地看着他，不由得大吃一惊，赶忙走过去，关切地问道："安妮，你怎么了？"

安妮定定地注视着渥巴锡，委屈得嘴唇一撇，两行热泪簌簌滚了下来。

"你病了？"渥巴锡又问道，并想伸手扶她一把，但一犹豫，痛苦地闭了闭眼睛，终于又垂下手来。

"为什么？殿下。你说为什么哪？"安妮令人荡气回肠地哀声问道，泪水像小河一样涌流不止。

渥巴锡咬着嘴唇轻叹了一声说："我明白。……请随我来。"

安妮像在梦中一样，身不由己地跟着渥巴锡走到走廊尽头，进入渥巴锡独处时使用的特备房间。两年前，在这个房间里，渥巴锡和来行刺他的阿斯楞建立起新的友谊，而今天，他领进对他依恋又充满怨恨的安妮。对心怀坦荡、义气如山的阿斯楞，三言两语就可以使他心悦诚服地拜在脚下；对感情细腻、堕入情网的安妮，让她理解和接受情侣的冷落，可就不那么容易了。

"安妮，坐下。"渥巴锡态度和悦地说，却掩饰不住他的内疚和悲怆。

安妮顺从地坐到沙发上，无力地垂下头，双手痉挛地抚弄着沙发上的软垫。

渥巴锡走到西侧，推开窗子，朝外面看了一会儿，借以稳定一下翻波舞浪的心海。后来，他似乎下了决心，走回到安妮面前。

"安妮，结束我们的爱情吧。……"

虽然安妮已感到自己被遗弃一个月意味着什么，但听到渥巴锡亲口说出这样的话，仍旧像被突然响起的炸雷猛震了一下，险些晕过去。她瞪起恐惧的眼睛，久久说不出话。

"我不是你合适的丈夫和情人。你应该有个更好的归宿。"

"你？……殿下，你不再爱我了。……对吗？"

"不！……"渥巴锡脱口说道，但他看到安妮眼里曾闪出一丝希望的亮光，便又立刻改了口，"是啊，安妮。我已经不能再爱了，包括你。……"

"我猜对了,你真的不再爱我了。"安妮喃喃地说道。

"安妮!……"

"你就这样把可怜的安妮扔掉了?"

"安妮,我不会给你长久的快乐和幸福。嫁给色克色那吧,他是个好青年,英俊,健康,……你们……"

"不要说了!"安妮恚恨地奋力喊道,"你说你不爱我就够了!"她说着,艰难地站了起来,想冲出门去,但却跟跄了一下,险些跌倒。

渥巴锡抢上一步,扶住了她。

安妮轻轻拨开渥巴锡的手,沉痛而决然地说道:"殿下,我会永远记住你给过我的欢乐。虽然那是短暂的,却是我生命的全部内容。我能带着它离开这个世界,也就心满意足了。"

"傻瓜!"渥巴锡大声说道,"为一个对你如此绝情的人去死,是不值得的!而且,你不久就会明白,我今天的决定,无论对你,还是对我,都有好处。"

安妮凄惨地苦笑了一下,忧愤地说道:"我有一天要为过去的渥巴锡而不是现在的渥巴锡去死。当然,不是今天……"

"安妮……"

"别再叫她。她在你的心里已经死了!……"

渥巴锡突然呻吟了一下,用力捂住了胸口,咬紧牙关,小心翼翼地背过身去。安妮没有看到他额头上浸出的汗珠,更想不到是尚未愈合的伤口又一次严重地发作,只是留给他抱怨地一瞥,便很快走出房间。等渥巴锡的难忍的阵痛过去,又能说出话来的时候,安妮早已没影儿了。

渥巴锡悲哀地叹了一口气,慢慢坐了下去,痛苦地闭上了眼睛。

门开了,策伯克多尔济走了进来。

渥巴锡张开眼睛问道:"是你?策伯克多尔济。"

"是我,殿下。"

"你……看到安妮了吗?"

"看到了。你们好像争吵了?"

渥巴锡凄然一笑说道:"女人!"他说着摇了摇头,"痴心的姑娘在把自己献给事业的男人面前,永远是个债权人。"

策伯克多尔济不由得也笑了笑说道:"真是凑巧。我今天冒昧来见殿下,也是想谈一谈一个男人和一个女人的事。"

渥巴锡惊讶地说:"那一定很有趣!"

"我可不能为了讲一件趣闻来找殿下。"

"是什么事情,请告诉我。"

"殿下对达尔罕殿下和莉莎小姐的婚事是否了若指掌?"

"唔!天哪!"渥巴锡跳起来挥拳砸着太阳穴大声说道:"看我的脑袋简直成了大理石了。我原是决定今天去找鲁道夫先生的。你要不来提醒我,又要忘得精光的。"

"去为达尔罕殿下求婚吗?"

"正是。听说鲁道夫先生对这件婚事很犹豫。而我想让达尔罕和莉莎在我们集结军队前结婚,搞得热热闹闹,让汗国内外尽人皆知。"

"我明白殿下的用意。可我今天听说,鲁道夫先生已经允婚,就要去阿斯特拉罕采办嫁妆了。"

"是吗?"渥巴锡显得高兴地说,"这就太好了!"

"这并不好,殿下,甚至是非常可怕的事。"

"为什么?"

"我对鲁道夫已注意了两年多。最近终于查清,他是贝格托夫派到汗国的间谍。"

"证据确凿吗?"

"错不了,殿下。"

渥巴锡相信地点点头,说道:"你是不会出现谬误的。"然后拧着眉毛思忖了一霎。他突然骇异地看着策伯克多尔济,惶遽而愤怒地说道:"他获悉了我们东归的计划!对吗?"

"我想是的。否则他不会这么轻易地接受达尔罕殿下的求婚。"

"他公开说要去阿斯特拉罕吗?"

"是的。"

"那么他肯定要去另外一个地方。"

"是的,殿下。眼下贝格托夫正在莫斯科。"

"无论如何不能让他离开汗国的疆界。"

"我已经在鲁道夫肯定要经过的路上部署了人马。"

"为什么不把他抓起来?"

"这事需要万分谨慎。再说,我还无法证明我的推断是否准确。"

"你是指鲁道夫怎样获知汗国东归的消息吗?"

"是的,殿下。只有找到鲁道夫获得这一消息的渠道,才能确定我们面临危险的程度。"

"这很清楚。除了达尔罕还会是谁?"

"达尔罕殿下知道东归的事吗?"

"母后知道。母后对于达尔罕更是一位慈母。"

"是母后告诉达尔罕殿下,达尔罕殿下又透露给鲁道夫先生。殿下是这样想的吗?"

"肯定是这样。"

"不过,母后是否真的对达尔罕殿下讲了呢?"

渥巴锡看了看策伯克多尔济,突然拉住他的胳膊,坚定地说道:"走,我们马上就可以弄明白。"说着不由分说,拉着策伯克多尔济走出房门。

不大一会儿,他们便来到母后的房间。

母后的房间里充满喜气洋洋的气氛。从母后和塔莉莎娜兴高采烈的样子和安妮脸上伴装的笑容,一下子就能猜到她们正在议论达尔罕和莉莎的婚事。平常就是这样,母后一有事,总要把王妃和女常侍叫到自己的房间来津津有味地谈论一番,碰上这样的大喜事,怎么能不叫这两个她所钟爱的女人来分享一下快乐呢。

母后见渥巴锡和策伯克多尔济手拉手走了进来,显得更加高兴,她喜形于色地说道:"你们来得正好。快过来坐下。"

"妈妈!"渥巴锡冷冷地叫道。

母后见渥巴锡的苍白的脸在不住地抽搐,心里一惊,满心的欢悦刹那间冰消瓦解。她纳罕地瞥了一眼低下头去的塔莉莎娜和安妮,又看了看沉默不语的策伯克多尔济,然后对渥巴锡问道:"你怎么了,殿下?你的脸为什么变得如此冷酷?"

"妈妈。"渥巴锡又叫道,声音虽然柔和多了,但仍掩饰不住内心的怨恨。他也看了看塔莉莎娜和安妮,曾经犹豫了一下,最后还是下了决心,当着两个年轻女人的面,态度峻厉地向母后问下去,"请你如实地告诉我,母后。你是不是把东归的计划告诉给达尔罕了?"

母后惊惧地站起来问道:"发生了什么事?渥巴锡!"

"妈妈！当我把这个关于整个汗国命运的计划讲给你时,同时也强调说,在河水结冰前不能告诉弟弟。妈妈,你没有做到这一点,对吗？"

"渥巴锡！你是在审问妈妈吗？"

"妈妈！"渥巴锡痛苦地叫道,在地毯上急促地走了几步,又站到母后的对面,毫不留情地说下去,"妈妈。如果你当真向达尔罕弟弟泄露了秘密,也同样会受到扎尔固的审讯的！"

"什么？"母后大怒道,她推开从两边扶持她的塔莉莎娜和安妮,愤然地向渥巴锡走了一步,"我今天才发现,你对妈妈也是一位威严赫赫的汗王！"

"殿下！"塔莉莎娜埋怨地叫道,"怎么能这样对待母后！"

渥巴锡没有理她,又向母后问道："你并没有回答我,妈妈！"

"那我就来回答你。"母后冷冰冰地说道,"达尔罕同样是我的儿子。看着他为婚事不顺利的痛苦,我也心如刀割。如果不让他知道他和莉莎的时间已极有限,他就不会硬着头皮去向鲁道夫先生再次求婚。他们不结婚,莉莎也就不可能跟我们一起走。那么,在汗国行动的时刻,他们双双殉情就是必不可免的。作为哥哥,你也不希望出现这样可怕的结局吧？而现在,由于达尔罕和莉莎的共同努力,鲁道夫先生已经允婚。这不是可喜可贺的事吗？"

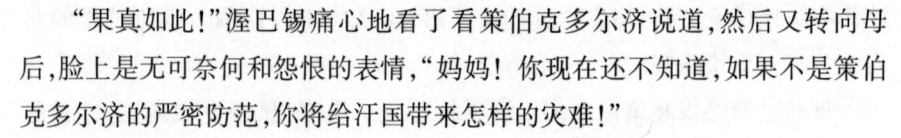

"果真如此！"渥巴锡痛心地看了看策伯克多尔济说道,然后又转向母后,脸上是无可奈何和怨恨的表情,"妈妈！你现在还不知道,如果不是策伯克多尔济的严密防范,你将给汗国带来怎样的灾难！"

"灾难？"母后疑惧地说,"难道达尔罕把秘密泄露出去了？"

"你不愿相信,这也是事实。"

"我严厉告诫达尔罕万不可向鲁道夫透露啊！"

"可是鲁道夫知道了！"

"怎么会？"

"妈妈,你事先就应该考虑到达尔罕或莉莎有可能以此为由去说服鲁道夫。那么,就算你猜不到鲁道夫是贝格托夫派来的间谍,至少根据他是俄国商人这一点,也就不会如此粗心了。"

"鲁道夫是间谍？"母后大惊失色地问道。

"是的,所以他才这么痛快地答应了拖了两年多的婚事。并假托采办嫁妆,去向贝格托夫递送情报。"

"天哪！"母后凄厉可怖地叫道。她像猛然受了一击，脑袋轰然作响，眼前金蛇狂舞，冰冷麻木的肢体抖动着，瘫痪般向后倒下去。

塔莉莎娜和安妮惊慌失措地跑过去，扶住母后，把她搀到座椅上，然后跪在两侧，哭喊着："母后！"

母后从刹那间的晕眩中很快苏醒过来，惊恐而怀罪地看着渥巴锡。嗫嚅着说："孩子，还能挽救吗？"

"很困难，妈妈。"渥巴锡沉痛地摇着头说道，"就算鲁道夫逃不出汗国疆界，哪怕仅仅是把他监视起来，贝格托夫也会很快觉察的。而在当前，哪怕引起俄国人的一点点怀疑，我们也可能前功尽弃！"

"真可怕！"母后忧心如焚地说，"好儿子，快想想办法，尽量减轻妈妈的罪过吧！"

渥巴锡怜悯地看了看六神无主的母后，叹口气对塔莉莎娜说道："去给妈妈斟碗茶来。"

安妮陪着塔莉莎娜进入内室，很快端出茶水。

正在这时，达尔罕兴致勃勃地跑了进来。

"妈妈！"达尔罕欣喜地喊道，当他看见室内有这么多人，便放慢了脚步。

"达尔罕，你见到鲁道夫先生了吗？"母后急切地问道。

"见到了，妈妈。一切顺利。"达尔罕不在意地答道，并一面擦汗，一面走向正凝视着他的策伯克多尔济，脸上是不满的表情，"策伯克多尔济，我正想找你。"

"殿下有什么指教？"

"你的人可真凶狠！他们硬是不让鲁道夫先生和莉莎小姐离开玛怒托海，说是你的命令。是这样吗？"

"是的，殿下。"

"可是为什么？难道领女儿去采办嫁妆也不准吗？"

"他不是采办嫁妆。"

"这怎么错得了？"

"殿下，他是去阿斯特拉罕吗？"

"他临时改变了主意，要去莫斯科。这还算个问题吗？"

"殿下，"策伯克多尔济对渥巴锡说道，"一切都恰如所料！"

"达尔罕！"渥巴锡怒道，"鲁道夫现在何处？"

"当然正奔驰在去莫斯科的路上了。"

策伯克多尔济大惊道:"什么!他已经离开了玛怒托海?"

"是啊。"达尔罕满不在乎地说,"要不是我说这事母后知道,你的那些凶汉还不会让开路呢。"

"坏了!"策伯克多尔济惊惧地喊道,"该死的阿斯楞!我一定处死他!"

"这不能怪阿斯楞。"渥巴锡说道,"他敢阻挡打着母后旗号的汗王的弟弟吗?"然后,他怒视着达尔罕说道:"达尔罕,鲁道夫当真去了莫斯科?"

"是呀。"达尔罕大惑不解地说道,"我亲自把他送出了国境。怎么了,哥哥?"

"你!"渥巴锡咬牙道,一把拽住达尔罕的胸襟,"你把东归的计划告诉了鲁道夫,是不是?"

"没有。我只是跟莉莎说了,可是讲好,不让她告诉鲁道夫先生啊!"

"你!"渥巴锡一使劲儿把达尔罕拉到胸前,恶狠狠地瞪着眼睛,艰难地说道,"你知道你干了些什么吗?"说完,把达尔罕推开,转过身,泄气地垂下头,悲哀地说了一句,"又是一次惨败!"

"殿下。"镇静下来的策伯克多尔济说道,"现在还不能说已经惨败。我们还可以采取应急措施。"

"除非提前行动。"渥巴锡声音无力地说道,"可是,雅依克河不会为我们提前结冰。"

"可以绕道奥伦堡或直取库拉金纳要塞。"

"那我的部众就要付出双倍的代价!可他们已经付出的还少吗?"

"但这是唯一可行的办法。女皇未必对贝格托夫的报告深信不疑。就算她马上下达围剿汗国的命令,对汗国的包围也要在一个月之后。我们还有时间集结军队。"

听着渥巴锡和策伯克多尔济的对话,在场的几个人都突然意识到形势的严重性了,都惊恐地瞪着眼睛,感到要灾难临头了。

"哥哥!"达尔罕胆怯地问道,"事情这样严重吗?"

渥巴锡掩饰不住怒火地说:"为了你向莉莎表示你不值钱的爱情,你低首下心的一句话,将使我们成千上万的部众丧生!"

"这都怪莉莎。我再三……"

"你的推诿,也减不去你弥天的罪过,也免不了你被处死刑!"

"哥哥！……"

"不要叫我哥哥！对一个把爱情看得比汗国命运还贵重的人,我耻于承认他是我的同胞兄弟！"

达尔罕不由得涌出悔恨的泪水,他终于理解了平日里对他像母亲一样慈祥的哥哥,今天为什么这样怒火燃烧。他不想请求宽恕了,这不是能被宽恕的过错；他也不想为自己辩解,这是找不到辩解理由的。所以,他慢慢跪下去,扬起泪脸看着震怒中的哥哥,说道:"哥哥,对汗国和部众,我没有和你分担过一点儿劳苦,今天,竟给汗国带来巨大灾难。你就立即处死我吧！我是罪有应得……"

"不,殿下。"母后从痛苦的思索中站起来,走到渥巴锡跟前说道,"千错万错,错在我一身。处死我吧。至少,让我替达尔罕接受惩罚吧。"说着,也跪了下去。

"妈妈！"渥巴锡泪如泉涌地叫道,慌忙扶起母后,"假如妈妈和弟弟的死,能挽回覆灭的命运,我也会毫不犹豫地和你们一起去死。因为我也……有罪。"

"儿子！……"

"是的,妈妈。我不是个好汗王,也不是个好哥哥。我们越是感到自己有罪,越是要去为汗国的可怜的部众献身！"

"可是儿子,妈妈不死,何以谢天下？"

"妈妈,你还有重任在身。你要悉心照料萨莱。保证未来汗王的安全。以此来……赎罪吧。"渥巴锡异常困难地说完这句话,又转向达尔罕,"达尔罕！你自己去走进惩罚室,等候处置！"

渥巴锡说完,觉得伤口的剧烈阵痛又向他袭来,他想尽快离开母后的房间,以免这些最亲近的人看到他严重的伤势而为他担忧。但是,他刚一转身,就觉得天旋地转,胸膛里有一团又热又痒的软块要冲出喉咙。他一哈腰,一股殷红的鲜血便从唇边涌出,立刻倒下去不省人事了！

"儿子！"

"哥哥！"

"殿下！"

在场的人都大惊失色,一起扑到渥巴锡的身边,悲痛欲绝地哭起来。

24

鲁道夫心里十分清楚,他带给贝格托夫的情报异常重要,理所当然地会受到褒奖。但他怎么也没料到,在抵达莫斯科后会获得令人瞠目的隆遇和殊荣。他和女儿莉莎不仅被客客气气请进一所带有花园和十几个可以随意使唤的男女仆人的豪华住宅,而且被允许和上流人物来往。在最初的三天时间里,贝格托夫伯爵争分夺秒地把鲁道夫引见给莫斯科几位属于中层的贵族,也陪同这些贵族到鲁道夫的临时宅邸做客。虽说这些贵族中大多是近卫军军官,缺少大腹便便的高官显宦,但对于出身微贱的鲁道夫,已经有受宠若惊之感了。特别是,在第四天贝格托夫伯爵启程去彼得堡之前,对鲁道夫说,一定在女皇面前代他请功,保证为他争得名副其实的贵族头衔时,他更以为自己是在做梦了。但这肯定不是梦。他和女儿占有的有十几个房间的宅邸是切切实实的存在。毕恭毕敬的仆人以及和他形影不离的听差也是可见的实体。贝格托夫伯爵的柔软多肉的手指是可以触摸的。那些来访的客人们的高雅谈吐是清晰可闻的。总之,标志他时来运转的一切都是真实的。鲁道夫高兴极了,甚至高兴得有点儿虚幻的感觉。这就好比昨天还是一文不名的乞丐,一觉醒来竟变成了百万富翁,因而对眼前堆积如山的金银财宝不相信真的属于自己一样。

莉莎小姐则对令她眼花缭乱的一切感到新奇和莫名其妙。过去,莉莎作为一个小家碧玉,看到坐着华丽的马车、身穿拖地长裙的贵妇人,感到艳羡和高不可攀。而今天,她也穿上了拖地长裙,也坐上了华丽的马车,也成了令人瞩目的阔小姐了,她自然感到高兴。而且,仅仅几天的工夫,她就以她出奇的美貌和特有的温柔娇羞征服了莫斯科,受到了那些近卫军军官们的包围。因此,她又感到骄傲。她也乐于接受这些年轻英俊的军官的跳舞的邀请,乐于让他们挽着胳臂到花园散步,乐于听到真的或假的甜言蜜语,乐于看到军官们为争夺和她跳舞或散步的权利大动肝火。每当这种时候,莉莎就会在心里快活地对日夜思念的达尔罕说道:"亲爱的达尔罕,你有这样一位出色的妻子,不感到骄傲吗?"在这些青年军官中,莉莎最喜欢安德烈·安德烈耶维奇上尉了;因为他不仅跳舞的姿态优雅,还能讲出许多奇妙而惊险的故事,更主要的是,他的迷人而睥睨一切的眼睛以及幽默动听的声音使莉莎想起达尔罕。安德烈却没有在莉莎身上寻找另一个姑娘的影子,而是如醉如痴地迷恋上了她。

有一次,安德烈挽着莉莎的胳臂在花园散步,发现莉莎并没有认真听他的故事,显出心不在焉和神思恍惚的样子,便充满妒意和郁郁不乐地问道:"莉莎,你在想谁?"

莉莎咬着红润的嘴唇微微一笑,不假思索地说道:"达尔罕。"

"他是谁?"

"我的未婚夫啊!"莉莎说道,并扬起飞满红晕的脸惊讶地看着安德烈,那样子就像在奇怪一个俄罗斯人竟不知道彼得大帝是谁似的。

听到莉莎的回答,安德烈猛然停下脚步,站到莉莎对面,抖动着惨白的嘴唇问道:"什么!你的未婚夫?"

"是我的未婚夫啊!你怎么了,安德烈?"

"不。不会这样!你一定是在开玩笑!"

"天啊,你怎么了?你的眼睛真吓人!"

"快告诉我,你是在开玩笑。对吗?"

莉莎骇异地摇摇头说道:"安德烈,我为什么要开玩笑?"

"莉莎,你……"安德烈死死盯着莉莎诚恳清澈的眼睛,沮丧而怨恨地说道,"原来你心里早有了另外一个人!而且……达尔罕一定是一个加尔梅克人吧?"

"是的,安德烈。他是渥巴锡汗的弟弟。"

"你为什么要爱上一个加尔梅克人?"

"加尔梅克人怎么了?"

"你要后悔的,莉莎!"

"怎么会呢?肯定不会的。"

"莉莎……你是个少有的可爱的姑娘。连我这个被女人称为铁石心肠的人也被你征服了。我爱你,莉莎。难道我连一个丑陋的加尔梅克人也比不上吗?"

"你是个好人,安德烈。如果没有达尔罕,我会爱上你的。……"

"那么就忘掉达尔罕吧!"

"做不到的,安德烈。我爱他。他也并不丑陋。"

"就算达尔罕是举世无双的美男子,你也必须忘掉他!"

"不!你为什么要用这样命令的口吻对我说话?"

"因为……我爱你。哪怕你不接受我的爱,我也不能眼看着你走向灾难!"

"我只有幸福和快乐。汗王全家都喜欢我,爱护我。"

"那么,莉莎,你知道鲁道夫先生为什么把你带到莫斯科吗?"

"来买嫁妆啊!我们很快就会回到玛怒托海举行婚礼的。"

"鲁道夫先生是这样和你说的吗?"

"是啊。可是,安德烈,你这话是什么意思?"

"不,没什么。……"安德烈犹犹豫豫地说,并沉思了一下,"莉莎,请你告诉我,如果你和达尔罕不能如愿以偿,你会怎样呢?"

"我会去死。不过,这是不可能的。达尔罕不会变心,我相信他。爸爸亲口答应了我们的婚事,也不会食言和叫我痛苦的。"

"你真是直到今天还这样想吗?"

"为什么不呢?永远会这样的。"

"那么说……"安德烈神情异样地垂下头,喃喃地说道,"鲁道夫先生竟然……"

"你说什么,安德烈?"

安德烈狠狠咬了咬嘴唇,没头没脑地说道:"祝你快乐。再见,莉莎小姐。"说完,浅浅鞠了一躬,匆匆地走了。

"安德烈!"莉莎喊道。

安德烈连头也没回,很快从莉莎视野里消失了。

莉莎感到茫然若失,她怏怏不乐地依在树干上,疑心重重地垂下眼帘。"真奇怪!"她心里想道,"安德烈怎么了?为什么会说出那些不着边际和耸人听闻的话?为什么最后又吞吞吐吐匆匆逃去呢?……难道是爸爸……不,不会的。爸爸怎么会为了奖赏而牺牲女儿的幸福呢?"她想到这里,有些怀罪地四外看了看,唯恐有人听到她竟怀疑爸爸的心声。不过,她总觉得沉重,头顶似乎有一个可怕的魔影在徘徊。莉莎的心无法宁静了,她决定立刻去见爸爸。

鲁道夫先生送走了客人后照例要踅回到充满香气的卧室,躺在摇椅里,眉垂目合地自我陶醉。而且,对推门走进来的莉莎照例先是傻笑一阵,然后"啧啧"两声说道:"真是想不到,真是想不到。你说是吗,莉莎?"

莉莎却没像往常一样乐呵呵地说一句:"可不是吗,爸爸。"而是心事很重地坐在爸爸的弹簧床上。

鲁道夫微蹙眉头问道:"莉莎,你怎么了?脸色可不怎么好看啊!"

"爸爸,我们该回去了。"

"回去?哪儿?"

"回玛怒托海呀,爸爸。"

"嗯……不要忙嘛,莉莎。再等几天。"

"等什么?爸爸。您还有没办完的事情吗?"

"是呀,是呀。当然有没办完的事情。"

"可是,您什么事情也没去办。连我的嫁妆也没买齐呀。"

"是嘛。我们总得买完嫁妆啊!"

"您跟我说实话,爸爸。您带我来莫斯科并不是为了买嫁妆,对吗?"

"怎么会不是呢?"鲁道夫说着止住摇椅,倾着上身,紧紧盯住莉莎。

"您一定有别的事情,爸爸。一定有什么瞒着我的事情。"

"莉莎,你不要胡思乱想。爸爸有什么事情瞒过你?"

"那么,我们明天就走。"

"那可不行。"

"您不愿走,就住在这里好了。我自己回去。"

"不行!"鲁道夫严厉地说道,从摇椅上站了起来。

莉莎也站起来,凝视着鲁道夫说道:"我一定回去,哪怕您再说一遍'不行'!"

"我不会答应的。尽管我过去什么事都依你,这次却无论如何不行!"

莉莎眼圈一红,哽咽着说:"原来这是真的!您欺骗了我……"

"谁告诉你的?"

"您自己。"

"我?"

"是的,爸爸。您从来没对我发火。而今天……爸爸!"莉莎流着眼泪大声说道,"您根本不是带我来买嫁妆的,您是来告密的。对吗?"

鲁道夫搓着双手在地毯上来回走了几步,然后站到莉莎面前,语气变得缓和地说道："莉莎，那我就对你实说吧。我在玛怒托海做盐商，是贝格托夫伯爵拿的本钱。……"

莉莎恐惧而怨恨地喊道："别说了，爸爸！我……什么都明白了！"

"不，你什么也没有明白！如果你还不知道我马上就要获得爵位，你也马上要成为贵族小姐，你就不会明白我过去做的一切有什么意义！"

莉莎悲哀地苦笑了一下说道："您得到了报偿，是吗？"

"我理应获得报偿。我付出过代价。"

"是的，爸爸。您用女儿做过本钱，您还忍心牺牲女儿的幸福。您付出的代价真不小啊！"

"我这也是迫不得已，莉莎。可我从来没想把你嫁给一个加尔梅克人。达尔罕算个什么东西！"

"我爱他。爸爸，我要嫁给他的。"

"胡说！连卡辛斯科依求婚我都没答应。你应该有个更好的丈夫。"

"再用女儿做一次本钱吗？"

"……不管你怎么说，玛怒托海的一切已成为陈迹了。我们要从莫斯科重新开始生活。"

"爸爸！……"莉莎痛苦万分地说，"您在这里重新开始吧，让我回到原来的生活。我爱达尔罕，我离不开他，您是知道的，爸爸！"

"小傻瓜！达尔罕就像他的哥哥渥巴锡一样，活不多久了！"

"那我就去和达尔罕一起死！"莉莎说完，热泪涌流地向外走去。

"愚蠢的痴情！——回来！你上哪儿去？"

莉莎什么也没有回答，径直走出门外。

"你会冷静下来的！"鲁道夫朝着门外喊道，又重重地跌坐到摇椅里。

但是，让莉莎冷静下来是不可能的。她把自己关在卧室里，足足哭了一夜。第二天早晨，她简单梳洗了一遍，脱去长裙，又换上了她原来的简朴的装束，便经过走廊，穿过客厅，踏着石板铺成的甬道，向大门外走去。莉莎以为，她走出大门，就算自由了，而她作为这套宅邸主人的女儿，肯定会畅通无阻的。然而，她想错了。守门人无论如何不放她出去，而且还说，这不仅是鲁道夫先生的命令，贝格托夫临行前也留下不准鲁道夫父女单独行动的话。莉莎又气又急，无可奈何地返回客厅。

正在客厅里用咖啡的鲁道夫见莉莎精神颓丧地走进来，心疼而和悦地

问道:"莉莎,守门人不放你出去,是吗?"

"爸爸!"莉莎充满怨恨地轻轻叫了一声,无力地依在沙发的旁边,"为什么?爸爸,您为什么要这样做?去和他们说一声,放我出去吧!"

"不。莉莎。……"

"爸爸!您真的爱我吗?"

"正因为我爱你,才不能让你干出傻事。"

"您这是在害女儿啊,爸爸。"

"如果我让你返回玛怒托海,才真是害你。你到现在还不明白,土尔扈特汗国就要大难临头了!"

"能和达尔罕在一起,我死而无怨。爸爸,您真不理解女儿的心吗?"

"你是陷入了魔障,鬼迷心窍。我要把你拯救出来。"

"爸爸,如果您不放我走,那您只能看到女儿的尸体。"

"莉莎!你太固执了!"

"您太狠心了,爸爸。"

"这要看什么事情。有时恰恰是狠心才是真正的关心。"

"爸爸!……"

"听着,莉莎。"鲁道夫站起来,态度严厉地说道,"你的一切要由爸爸安排。我不能眼看着你跳进地狱。还有,不准你对任何人谈起和达尔罕的关系。这里的人,包括贝格托夫伯爵,只知道你是土尔扈特汗王家族的常客。不能让他们知道你曾做过达尔罕的情人。你将作为一个高贵而纯洁的少女进入上流社会。等你冷静下来,认真权衡一下这件事的利弊得失,你就能明白爸爸是真心爱你了。"

莉莎惊恐而迷惘地听着爸爸这番发自灵魂深处和自以为无可非议的话,觉得自己的已经要窒息的心又被一把锋利的匕首割得粉碎。她胆战心惊地意识到,过去的父女相依为命的日子,永远消失了;从此,她再也没有爸爸了!这对善良而柔弱的莉莎该是何等致命的打击啊!也许再有一刹那,她就会昏倒在地,永远起不来了。但这时在她的心里突然升起一股怒火,正是这股怒火支撑住了她几乎要崩溃的神经,支撑住了她冷冰冰的身体,使她终于没有倒下去。她本想恸哭一场,但早已没了眼泪,只是在嘴角扯出一个令人回肠九转的凄楚的苦笑,然后艰难地呻吟般地说道:"我总算明白了爸爸的……爱……"

"这就对了。"鲁道夫以为莉莎开了窍,便又在脸上布置了慈祥的表情说道,"现在你回到楼上去,换下这身寒酸的衣服。我们今天还会有客人的。"

莉莎迷梦般看了鲁道夫一眼,身不由己地向楼梯走去。鲁道夫则坐在沙发上继续喝咖啡。

过了一会儿,鲁道夫刚想出去散步,仆人进来通报,说安德烈·安德烈耶维奇上尉来访。

鲁道夫心里好生奇怪,安德烈为什么在早晨就到别人家里做客呢?莫斯科人可没有这种习惯啊!但是,他又不能也不想拒绝这种不合时宜的拜访,因为他知道安德烈是个有来头的青年贵族,即将到一个大国出任使馆的武官,而且是他为女儿择婿的主要人选之一。对这样的人物是冷淡不得的。所以他当即说道:"请上尉进来吧。"

安德烈很快走进客厅,鞠躬道:"鲁道夫先生,这么早来打搅您,真抱歉。"

"哪里?欢迎之至。请坐。"

安德烈落座后说道:"莉莎小姐是否已经起床?"

"我们都有早起的习惯。她大概正在梳洗吧。"

"我想立刻见到她,不知您是否允许?"

"那还用说吗?"鲁道夫高兴地说,同时从安德烈的苍白的脸色和心事重重的样子猜测出他早晨来访的目的了。鲁道夫搓了搓手站起来,对从楼梯上往下走来的女仆喊道:"请莉莎小姐下来。"

大约过了十分钟,莉莎才像幽灵一样从楼梯上飘下来,轻轻走到客厅的中间。

"你好,莉莎。"安德烈站起来说道。

莉莎无力地点点头,伸出右手让安德烈轻吻了一下。

"莉莎!"鲁道夫站起来生气地说道,"怎么能穿这样的衣服来见客人?"

"这很好,鲁道夫先生。"安德烈说道,"莉莎小姐穿着这身乡间姑娘的衣服,显得更漂亮。"

"哼!"鲁道夫狠狠瞪了莉莎一眼,气呼呼地坐下去。

"鲁道夫先生。"安德烈又说道,"我想请莉莎小姐去散步。"

"去吧。一会儿我们共进午餐。"

"你愿意吗?"安德烈问莉莎。

莉莎没有说话,只是轻轻伸出胳膊,把自己交给了安德烈。

他们走出客厅,拐进花园,到了他们过去常来散步的树木间,站下了。

"莉莎,你的脸色很不好。"

莉莎挑了挑一直垂挂的眼帘,问道:"安德烈,您今天为什么来找我?"

"我担心你会陷入痛苦,彻夜不眠。"

"您猜对了。……"

"我很后悔。"

"不。我感谢您。"

"你已经知道了?"

"是的。爸爸出卖了达尔罕,出卖了我……"

"你准备怎么办?"

"回到达尔罕身边。"

"你想没想到后果?"

"土尔扈特汗国的灾难是我造成的。我理应和达尔罕共存亡。仅仅为了接受惩罚,我也要去。"

"莉莎,你是个高尚的姑娘。达尔罕真是个幸运儿!"

"您爱我吗?"

"是的。我爱你。"

"那就做我的朋友吧。"莉莎突然抓住安德烈的衣袖,流泪道,"安德烈,我需要您的帮助。"

"我明白,莉莎。我愿意做你吩咐的一切,哪怕去死!"

"安德烈!"莉莎感动地哭喊着扑到安德烈的怀里,"您真好!把我送走吧,我到死也忘不了您的!……"

25

卡辛斯科依自从住进豪华的归鸿驿,便可以说进入了他宦海生涯的最惬意的时期。首先,在他看来,就算承认贝格托夫向女皇陛下报告的所谓汗国东逃的迹象曾经是事实的话,那么今天,在战争中大伤元气的土尔扈特汗国乃至重创难愈的渥巴锡本人,已不可能再萌生背叛俄国的念头了。至少在他任大使期间不会出现这种麻烦。其次,也正由于土尔扈特汗国的稳定,卡辛斯科依已从微不足道的小人物一跃而成为蜚声宫廷的政界新秀了。整个上流社会,都在议论他的才华和对汗国监护的卓著成绩。尤其是女皇曾几次以赞赏的口气对大臣们说,以卡辛斯科依的才智,管理一个南方新建省是绰绰有余的。那意思分明在说,女皇陛下正在考虑在一个适当的机会,把阿斯特拉罕省从贝格托夫伯爵手里移交给卡辛斯科依。所以,卡辛斯科依在归鸿驿用打猎和饮酒消磨的日子,实际是在等待女皇陛下对他的新的任命。在他的想象中,他已经是一位令人畏惧的总督大人了。

即将飞黄腾达带来的巨大喜悦,使卡辛斯科依变得宽宏和善起来,他甚至觉得那些肮脏粗鲁的加尔梅克站丁也不那么令人讨厌了。所以,在他从奥伦堡调来一连驻防军后,也没有赶走他们。而且,他和特里根一家处得很好,常常共进晚餐。他特别喜欢阿黛,声称在阿黛和巴图尔结婚时,他要做宾相。有时,他就当着特里根老两口的面,吻阿黛的小手和额头。因为特里根老两口和阿黛知道这样轻轻的短吻是俄罗斯人的尊敬和友好的表示,也就高高兴兴地接受了。不过,阿黛发觉,卡辛斯科依对她的亲吻越来越频繁,持续的时间越来越长,甚至有一次在没有他人在场时,竟用力地把她拥进怀里,没完没了地吻她的嘴唇时,她不再认为这仅仅是长辈对她喜欢的表示了。她当时用力挣脱出来,恐惧地逃跑了。从此,她再也不敢单独一人到卡辛斯科依占用的大客房的正厅了。就是在庭院里见到散步的卡辛斯科依,也唯恐避之而不及地掉头而逃。看到阿黛这种样子,卡辛斯科依常常忍不住开怀大笑。

总之,卡辛斯科依被幸福的氛围紧紧包裹住了。他感到像出浴后那样轻松、爽快和自得。

然而,不知是女皇陛下在日理万机的繁忙中把他忘了,还是其他什么原因,对他的新任命,直到十月份,仍旧迟迟未到。他知道,大臣和省长的升迁总是在十月前结束。如果十月份任命还不下达,他就又要艰难地等待一年了。卡辛斯科依如何能不焦急和思潮翻滚啊!所以,他决定尽快去一趟彼得堡,探听一下究竟。

就在他准备启程的时候,负责保卫大使和归鸿驿的杜丁大尉把从彼得堡来的信使带进了他的房间。

显得异常兴奋的卡辛斯科依命杜丁大尉带领信使去用餐后,急不可待地拆开女皇陛下亲手铃封的信函。他设想,首先跳进他颤动的眼帘的,肯定是"兹任命卡辛斯科依超迁某某省总督"的一行醒目的大字,而附在任命状后面的厚厚一沓信纸则肯定是对他呈递的文件的批复。可是,令他大失所望和气愤不已的是,他虔诚地捧在手里的既不是任命状,也不是文件的批复,而是女皇手书的一封隐含威胁的短信和贝格托夫报告的抄件。他恨恨不已地嘟囔了一句,赌气地随手把那堆写着密密麻麻字迹的纸"啪"地摔到桌子上,焦躁地在地毯上走来走去。过了一会儿,他又不情愿地捏起女皇的信,默默读了一遍,这次,他终于能看清上面的词句了。女皇的信这样写道:

  送交卡辛斯科依大使

大使阁下:

  兹送去贝格托夫伯爵报告的抄件一宗,请阅。对贝格托夫伯爵有关加尔梅克人又有叛逃迹象之报告,我虽未深信,但事关南部大局和阁下之前程,故抄送以闻。望慎处之。

  请即命渥巴锡将王储萨莱并贵族子弟三百名,送彼得堡就学以绝其叛逃之心。如其拒绝或汗国军队确有集结迹象,望立告驻防军进入工事,切勿犹疑,以免遗患。

  钦此

            叶·卡特林娜(签字)

  卡辛斯科依放下女皇陛下的亲笔信,又拿起贝格托夫报告的抄件,一页页看下去。他对报告中左一个"据悉",右一个"认为",以及不厌其烦地重复什么什么"迹象",不由得嗤之以鼻,可是,当他读到达尔罕向莉莎透露的汗国东归的计划一节,便再也不能等闲视之了。他倏然跳起,心里大声问道:"难道真有这样的事?"同时,在他眼前浮现出两天前札木扬突然来找他的情景:

  两天前的下午,卫兵向卡辛斯科依禀告说,和硕特部首领札木扬有要事求见。卡辛斯科依已恨透了这个两面三刀的小人。如果不是女皇陛下宽容,卡辛斯科依是打算把他处死的。既然女皇陛下说"留下札木扬也不无好处",卡辛斯科依也就不好固执己见了。但心里终究有一股怒气无法宣泄。这回他自己送上门来了,卡辛斯科依正好利用这个机会痛斥他一番。所以,卡辛斯科依立刻命令卫兵把札木扬带进正厅。

  卡辛斯科依没请札木扬落座,札木扬也就没有落座,但那态度依然是倨傲的,这当然更叫卡辛斯科依生气。

卡辛斯科依坐在沙发上跷着腿讥诮道:"你是不是又掌握了什么重大秘密,而且因为贝格托夫不在阿斯特拉罕而把千载难逢的机会给我送来了?"

"阁下说对了一半。因为据悉贝格托夫总督五天前返回了阿斯特拉罕。"

"也就是,我猜对了主要的一半内容?"

"正是,阁下"。

"又是事不宜迟?"

"非常正确。"

"渥巴锡准备背叛女皇陛下?"

"猜得分毫不差!"

卡辛斯科依看札木扬毫无表情的脸和随随便便的姿态,忍不住怒火中烧,他像被弹簧弹起来似的,腾地跳起,疾言厉色道:"你这个恬不知耻的跳梁小丑,死有余辜的刀斧余生!你再敢信口开河、妖言惑众,我就亲手割去你的闲不住的舌头!"

札木扬怜悯地看着攘臂瞋目的卡辛斯科依,咧嘴一笑说道:"你真是个难成大器的宦海末流!你的不能容人已达到登峰造极的地步!你至少应该问问我带来了什么消息啊!"

"我不想听你的胡言乱语!"

"那我也要说。当然,这是为了女皇陛下,而不是为了你!"

"那你就滚到彼得堡向女皇陛下聒噪去吧!"

"听着!"札木扬怒道,"渥巴锡已命令和硕特部的带刀士和箭筒士在本月底集结到玛怒托海。你对此仍旧无动于衷吗?"

"正是如此!你就老老实实执行汗王命令好了!"

"如果不是考虑阿斯特拉罕和彼得堡都太远,如果不是担心在我离开的这段时间色克色那会把军队带走,我是绝不会再来找你这个刚愎自用的可怜虫的。"

"住口!立刻返回和硕特部,执行渥巴锡的命令!"

"不!我不会给他送去一兵一卒!而且,我已经算警告过你了。但愿你变得稍微聪明一点儿。再见。"札木扬说完,倏然转身,拂袖而去……

想到这里,他猛击了一下桌角,站起来急躁地踱来踱去。他突然意识

到,两天前札木扬带来的消息的确是不容忽视了。设若渥巴锡集结军队确实是叛逃的准备,那他卡辛斯科依不要说被女皇拔擢,连大使的位置也休想保住,甚至会丢掉脑袋的!

一身热汗使卡辛斯科依清醒了许多。他迅速戴上帽子,把文件放入公文包里,走出房间。他命令特里根立即给他备车,又命令杜丁大尉火速集合一排人。几分钟后,这个小小的队伍便向玛怒托海风驰电掣般飞奔而去了。

在中途,他们追上了一个骑着瘸马艰难行进的少女。卡辛斯科依一眼认出是鲁道夫的女儿莉莎。他的心为之一动,命令停车。一排骑兵也跟着停了下来。

卡辛斯科依跳下车来,走过去拽住莉莎的马缰,很有礼貌地说道:"请下来吧,莉莎小姐。"

疲惫不堪、双目失神的莉莎恐惧而害羞地看着周围的一群同族人,抖了抖嘴唇说道:"你们要……干什么?"

"我想请你坐我的车。肯赏脸吗?"

莉莎摇了摇头。

卡辛斯科依皱了一下眉头说道:"你还在留恋达尔罕吗?不管令尊大人向贝格托夫报告的消息是否准确,你也是汗王家庭不共戴天的仇人了。我不怪罪你和那个玩世不恭的浪荡子有过一段如醉如痴的恋爱。我只希望你再给我一次求婚的荣幸。"

莉莎坚定地摇摇头。

"莉莎小姐。我仍旧诚心诚意地爱你。请和我同坐马车。我处理完汗国的事情,就把你带回到归鸿驿,并很快向令尊大人正式求婚。"

莉莎又是坚定地摇摇头。

卡辛斯科依叹了口气说道:"你真是个固执的姑娘!那么好吧,我们各走各的路好了。"

"大使阁下。"杜丁大尉拢着马缰说道,"这个姑娘对你如此不给面子,你就不要可怜她了。把她送给我这一排人吧。我们会叫她痛痛快快快活一阵的。"

卡辛斯科依咬了咬嘴唇,说道:"不。……至少今天不行。……"

"明白了,大使阁下。"杜丁大尉挤了挤眼睛说,"不过,可不能让她骑马跑掉,尽管这是一匹瘸马。"说着掏出手枪,朝莉莎的坐骑头部连开两枪。

那匹可怜的力量已消失殆尽的瘸马,临死前的哀鸣也没来得及发出,便"噗"地趴下去了。更加可怜的娇弱无力的莉莎被这突如其来的厄运吓得惊叫一声,摔倒在地上。当她明白过来发生了什么事时,她委屈地可怜巴巴地流出泪来。

但就在这时,她那总是温顺和怕羞的眼睛里,有一股怒火燃烧起来。她恨恨地说道:"你们和鲁道夫……一样坏!"但在一排军人淫荡的哗笑声中,谁也听不到她说了一句什么。

杜丁大尉又大声喊道:"姑娘,在路上慢慢走吧。我们会很快来迎接你的!"

卡辛斯科依看着正在艰难爬起的莉莎,悲哀而怜惜地摇摇头,然后有点恼怒地朝杜丁大尉威吓地挥了挥手,便沉重地向车门走去。

不大一会儿,杂沓的马蹄声消失了。空旷的草野上,澄碧而辽阔的天空下,只留下了孤零零的悲苦无告的莉莎……

26

十月十五日下午,也就是卡辛斯科依一行丢下莉莎,继续向玛怒托海前进的时候,风尘仆仆的色克色那在舍楞的宅邸前跳下马来。他把汗水淋漓的坐骑系在拴马桩上,气喘吁吁地命令跑上前来的仆人立即进去通禀,说有要事求见舍楞大人。

此刻,舍楞正在客厅里接见托布信,听说色克色那求见,他的心不由得一动。同时,又一次恼恨地回忆起昨天和札木扬的争吵。

还是在一个月前,渥巴锡在母后的房间里口吐鲜血,昏倒在地。当时在场的人都异常恐怖地意识到,他受过战伤的身体,远比人们设想的糟得多。从那以后,渥巴锡虽然没有再当众昏厥过,但人们的忧虑却丝毫没有减轻。为了使他尽快恢复健康,让数十万部众在踏上东归的征途时,能看到一位威风凛凛、容光焕发的汗王,策伯克多尔济和舍楞等人都想更多地分担些劳苦,使渥巴锡有一段悉心调治的时间。但渥巴锡明白,由于秘密的泄露,他不仅要下孤注一掷和破釜沉舟的决心,还必须以双倍乃至几倍的精力,在极有限的时间里做好东归准备。他要集结全汗国的军队,要把东归的决定告诉部众，要把老弱妇孺提前集中到离玛怒托海较近的地方。他要制订行动计划，要考虑谁当先锋，谁来殿后，要考虑各种可能出现的险情和应变的措施。总之，需要他亲自做的事情太多了，还不是他能安心休养的时候。所以，渥巴锡不管人们怎样劝阻和流泪，还是要坚持走出宫殿，亲自到部众中做最后的动员。他带着策伯克多尔济动身前，最不放心的就是札木扬舅父的态度和反应了。他告诉舍楞，一定要暂时对和硕特部封锁汗国的一切消息，并且在不能早于十月十日的时间，去通知和硕特部立即召集所有带刀士和箭筒士，星夜开赴玛怒托海，不给札木扬留下思考和耍阴谋的机会。但是，当舍楞十月十三日驱车到了和硕特部驻地，并于次日向札木扬传达了汗王的命令时，札木扬当即暴跳如雷，大骂渥巴锡乳臭未干就想一口吞掉和硕特部。舍楞一再向札木扬解释，集结军队是为了迎击哈萨克人，保卫包括和硕特部在内的整个汗国。而札木扬一句也听不进去，还不容反驳地宣告，就是渥巴锡亲自来，他也不出一兵一卒。结果，从来不发脾气的舍楞，被激得火冒三丈，和札木扬展开了一场唇枪舌战，在憋了一肚子气的情况下，当天夜里就不告而辞了。

　　那么，事隔半日，色克色那来干什么呢？但可以断定，肯定和集结军队有关。是不是札木扬改变了主意，打发儿子来表示歉意和同意将和硕特部的军队向玛怒托海集结呢？这显然是不可能的。札木扬的固执是众所周知的，而且看得出，他和渥巴锡之间的矛盾已达到水火不相容的程度了，怎么会这样快就改变态度和当众认错呢？要不，是色克色那决心同札木扬分道扬镳，自带亲随投靠渥巴锡？这似乎也不可能。当然，谁都知道色克色那与札木扬早已父子成仇，在政务的决策上会采取截然相反的态度，是毫不奇怪的。但是又有谁不知道，因为美丽的安妮，色克色那也对渥巴锡怀有切齿的痛恨。他已经有两年没到汗王宫殿里来了，甚至听说渥巴锡身负重伤后凯旋，也没来看望一下。是啊，在历史上，因为情争而终于成为不共戴天的政敌的例子还少吗？

　　舍楞在一刹那间想到上面的一些内容，略一思忖，便命令托布信把渥巴锡的车驾即将抵达宫殿的消息报告给王妃，然后叫仆人请进色克色那。

　　色克色那快步走进客厅，朝舍楞俯身行了个简单的见面礼，说道："色克色那拜见舅父大人。"

　　"坐吧。"舍楞面无表情地指了指靠窗的长沙发说道，他自己则依然坐在靠椅上没有起身,眼睛却一直盯着色克色那疲惫而又紧张的脸。他发现,和两年前比,色克色那更清瘦了,脸也黑了许多,额头上过早地刻上了深深的皱纹,眼睛变得更加深幽,而且隐现着痛苦、坚定和决然的神情。舍楞顿时升起一股怜悯之情,轻轻闭了一下眼皮,继续说下去,"没想到你会来。我们好像有两年没见面了。"

"是的,舅父大人。"

"你出了这么些汗,一定是马不停蹄地跑来的。是吗?"

"事情如此紧急,不容我耽搁一分一秒。"

"是什么事情如此紧急呢?"

"当然是集结军队的事。"

"你已经获悉了我昨天和令尊的交涉?"

"是的。我知道这件事已经太迟,当我连夜找到您的下榻处,只看到一座空毡帐。"

"你是不是想说,如果你当时在场,能让令尊改变主意呢?"

"不。爸爸早就不准我过问和硕特部的政务了。"

"那么……"

"但是,"色克色那抢过话头说道,"我当时就可以告诉您,舅父大人,和家父商谈集结军队的事是不聪明的。"

"这是汗王殿下的命令。"

"我照样会说,这不仅是失策,简直是愚不可及!"

"我不明白你何以得出这样的结论。"

色克色那盯着舍楞微露怒气的脸,从沙发上站起来,向前走了两步说道:"舅父大人,您应该明白我为什么得出这样的结论。家父对汗王殿下怀有刻骨仇恨,这无须我多讲,您比任何人都清楚。汗王凯旋那天发生的事,更使家父成了整个汗国的罪人,而且在俄国人面前丢尽了面子。他不能也不敢再走进汗王宫殿,心里却未必不在想着伺机报复。他既然已经明明知道自己的阴谋暴露无遗,也就不再有所顾忌,只待抓住把柄,把渥巴锡殿下置于死地。而这个把柄,恰恰由您和汗王本人交到了家父的手里!"

舍楞微皱眉头沉思了一下,说道:"就算你看透了令尊的罪恶心理,可是他却没有抓住什么把柄。难道集结军队不是汗国正常防务的需要吗?"

"家父并不是一个白痴。你们都在他的狡诈面前吃过亏,对别人的计谋,他都能一眼识破。退一步讲,就算家父相信集结军队是防务的需要,但是,当他利用这一消息时,完全可以赋予任何别的内容。比如,他可以对卡辛斯科依说,汗国集结军队是为了叛逃。"

"卡辛斯科依不会相信这种虚构的。不过,令尊能舍脸去拜见卡辛斯科依吗?"

"家父从来不顾惜脸面,特别是为了达到不可告人的目的的时候。昨天,在您还没有离开和硕特部的时候,他就飞骑到归鸿驿去了。"

"是这样……"舍楞沉吟着说,慢慢站了起来,"这倒是出乎预料的。……"

"而且——舅父大人。"色克色那紧接着说道,"卡辛斯科依肯定会相信家父的话,尽管他异常厌恶和鄙视家父。"

"为什么?"

"就是我也能猜测到,汗国在河水结冰前集结全部军队,绝不是为了对付所谓有入侵迹象的哈萨克人,而是将有一次更大规模的甚至会引起俄国朝廷震惊的举动。"

舍楞拧动眉毛问道:"这是什么举动呢?"

"举国东归祖邦!——舅父大人,您是无须对我也闪烁其词的。"

"你确信自己的猜测吗?"

"是的,我确信。"

"也就是说,你今天来见我,是为了报告卡辛斯科依已获知了汗国东归的情报,以便使渥巴锡殿下有个应急的准备?"

"是的。"

"据我所知,你和渥巴锡殿下为了安妮是有很深的嫌隙的。你很恨他,是吗?"

色克色那垂下眼帘,咬了咬苍白的嘴唇说:"我恨他。我承认我……恨他!——不过,您问这个有何用意?"

"因为你今天的举动似乎是为了袒护殿下。"

色克色那抬起眼睛看着舍楞,坦白而又带着仇恨地说道:"我可不是为了袒护他!"色克色那的语气中特别加重了"他"字。"您知道,舅父大人,是在我宣布爱上了安妮以后,他才去占有这个可爱的姑娘的……"

"可你并不知道,安妮和渥巴锡殿下从幼年就结下了情谊。"

"我不管那些！当时,安妮毕竟没有成为他的妻子,而且还是个被他囚禁的罪犯。是的,他夺去了我心上的人,同时夺去了我生活的乐趣。我恨他！如果不是在那之前,我知道他还没有忘记先王的遗愿,还准备把汗国的三十万部众带回到祖邦,那么,我会和他决斗,甚至不惜采取任何被视为卑鄙的手段杀死他,尽管他是汗王殿下！"

舍楞感动地听着色克色那的慷慨陈词,不由得深深叹息了一声,然后点了点头说道:"渥巴锡殿下早就说过你是个心胸坦荡的人。你刚才的一番话,使我看到了这样一个可贵的形象。"

"您不必重复以往渥巴锡殿下对我的好感和溢美之词了。它们早已成了生活中的陈迹。我也不会再去追忆那些快乐的时刻。"

"你的话恰恰证明你不仅记得,而且怀念过去和渥巴锡殿下的亲密无间的关系。这是值得珍惜的情谊。我相信你们能够和解,还会亲如手足的。"

"这是不可能的。"色克色那说道,坚定地摇了摇头,"我也许会做他的部下,但绝不会是兄弟！"

舍楞想了想说道:"色克色那,我刚才接到托布信的报告,说汗王殿下的车驾就要返抵宫殿了。我劝你和他见见面,到宫殿里住上一天,两个人都倾吐一下心里话。这是有好处的。"

"不。我能使汗王殿下在卡辛斯科依到来之前获知我带来的消息,已经尽了一个汗国部众的责任。但是,我不愿意见到他,更不愿意到宫殿里去……看到他和安妮亲热。如果我听了您的劝告,也许会改变决心的！"

"决心？什么决心？"

"在汗国举起东归的义旗时,带领和硕特部众投到汗王麾下！——告辞了,舅父大人。"色克色那说完,浅浅鞠了一躬,快步走出门外。

夜以继日奔驰的汗王车驾,在不到一个月的时间里,把渥巴锡和策伯克多尔济的足迹带到了汗国的各个角落。现在,它正向汗王宫殿疾驶。坐在车厢里的渥巴锡和策伯克多尔济,虽说都很疲惫,却又都兴致勃勃。

"一切都比预料的要顺利。对吗？"

"是的,殿下。"

"你注意到了吗？当我向部众宣布东归的决定时,许多人都激动得流泪了！"

"因为殿下的话正是他们的心声。"

"我原来担心人们会不愿意离开这片肥沃的牧场呢。"

"他们更向往祖先生活过的礼仪之邦。"

"看来,每个民族都只能做生养她那块土地的子女,而不该到异乡做异客。"

"是的,殿下。这就像远离母亲的游子,免不了受人欺凌。"

"太可悲了!——不过你说说看,人们如此热切地盼望天山牧场,仅仅是因为俄国人欺人太甚吗?"

"这是一个原因。还有一个更重要也是更神秘的原因。"

"神秘的原因?"

"我想……殿下,这是个很难说清楚的问题。比如我自己,曾在彼得堡过着优裕甚至豪华的生活,连俄国人都艳羡不已。可我总觉得,那里的一切不属于我,和我无关,我只是个孤零零的可怜虫。后来,我到了汗国,心情好了一些,但是心头依然常常升起一种莫名其妙的怅惘之情。我好像在一个永远陌生的地方做客,而不是在这里生活。这种似乎是自造的孤独感、悒郁和排遣不开的哀愁是什么呢?我一直搞不清。可是,当我一旦获知殿下要把汗国带回祖邦,心里便豁然开朗了。我终于明白了,牵动我的心的,是天山,是准噶尔,是祖先出生的世界。我思恋这个世界,想立即投入她的怀抱,想扑到那块土地上痛痛快快地哭一场。虽然我根本还不知道这块土地是什么样子……"

渥巴锡看着策伯克多尔济脸上滚落的泪水,受到了感染,也忍不住喉咙哽咽起来,他擦了一下眼角,激动地说道:"你说得太好了,策伯克多尔济。这正是我要说的话。也许,在我们的血液里流淌着某种特殊的东西,一种千代万代也不会消失的和祖邦天然呼应的东西。这是一种力量,一种吸引我们的力量,推动我们的力量,一种无法摆脱也不想摆脱的神奇力量。"

"是的,殿下。这是维系生命的力量。没有这种力量的支撑,任何一个民族,哪怕它十分强大,也会被吞没或自己消亡的。"

"所以,作为部众的首领,只想到他们的衣食之求,是远远不够的。他们还有更重要和更强烈的需要。"

"殿下说得太对了!"

"唔,你看!"渥巴锡突然指着车窗外面说道,"那飞骑而来的好像是舍楞叔父。"

"正是他。"策伯克多尔济证实道,"可是,他为什么一个人先来迎接殿下呢?"

"我想,他一定有什么重要事情急于报告。——阿斯楞,停车!"

司御阿斯楞遵命叫停了马车。渥巴锡和策伯克多尔济分别从两侧跨出车门。舍楞也恰在这时驰到车前。

舍楞勒住奔驰的坐骑,滚下马鞍,朝渥巴锡俯身道:"汗王殿下一路风霜。"

渥巴锡期待地看着舍楞说道:"舍楞叔父,您是不是带来了不妙的消息?"

"确是个不妙的消息。"舍楞说道,"但现在,我多少有些放心了。'因为在我向殿下迎来时,注意观察了北边的驿路,那里还没有腾起车马的烟尘。"

"您是说卡辛斯科依……"

"是的,殿下。我有充分的理由估计,他的马车也正向汗王宫殿疾驰。"

"他是该来了。叶卡特林娜女皇不会把鲁道夫的情报看得无足轻重。这和我们的预料正好相符。"

"但是,我们没有预料到,卡辛斯科依在昨天获知了汗王殿下正在集结军队的消息。"

渥巴锡惊讶地扫了策伯克多尔济一眼,急切地说:"这怎么可能?我确信我的部众是不会走漏风声的。而卡辛斯科依正在志得意满地等待着女皇的奖赏和加官晋爵,也不会轻易离开豪华的归鸿驿。难道……难道又是札木扬舅舅?"

"殿下不幸而言中了。"舍楞说道,接着他简单讲述了一遍色克色那拜见他的经过。

"果然又是他!"渥巴锡捏着拳头愤然道,"我几次赦免了他的死罪,他却怙恶不悛,不知悔过自新、改弦更张。如此多行不义,我是不会再饶恕他了!"

"殿下。"策伯克多尔济说道,"现在处置他尚为时过早。"

"当然不是现在。"渥巴锡说道,又转向舍楞,"舍楞叔父,您是说,色克色那刚刚离去?"

"是的,殿下。"

"您没告诉他,我这就要回来了吗?"

"正因为我这样告诉了他,他才匆匆告辞了。"

渥巴锡低头沉思了一下,然后忧郁而愧疚地叹了一口气说道:"他不愿看到我。……唔,他最后说了些什么?"

"他说,他已猜测到殿下正为东归做着准备。他还说,他爸爸肯定不会和殿下一起走。但是,那个时刻一到,他将冲破一切阻力,将部众带到殿下面前。"

"他会的。"渥巴锡点头道,"他有一个高贵的灵魂……"说到这里,他又略一思忖,转向坐在司御位置的阿斯楞,"阿斯楞,你的超群出众的驾驭本领使我这么快跑遍了整个汗国。我感谢你。你把车赶回去卸掉,然后到宫殿和我们共进晚餐。这最后一小段路,我很想步行,舒展一下筋骨。"

"等一等。"策伯克多尔济说道,从怀里掏出一个函封交到阿斯楞手里,"把它尽快交给达什敦杜克大人,请他楷书誊清并加盖汗国金印后,放在汗王大殿的案几上。"

"你想得很周到,策伯克多尔济。"渥巴锡点头赞扬道。

阿斯楞接过函封,一言未发,面无表情地抖起缰绳,驱车向宫殿驰去了。

策伯克多尔济看着马车的背影,皱着眉头对渥巴锡说道:"他一路上沉默不语,满脸阴云,一定有什么心事。"

"他在怨恨我。"渥巴锡说道,叹息了一声。

"怨恨殿下?"舍楞讶然问道。

"是的。"

"为什么?"

"因为我冷落了安妮。……"

"是这样……"舍楞沉吟道。他犹豫了一下,然后眼睛盯着渥巴锡变得阴沉沉的脸,接着说下去,"殿下,请恕我直言。两年前,殿下对安妮表示的如火的恋情,使和殿下肝胆相照的色克色那含恨而去,直到今天还耿耿于怀。而现在,殿下又令人难以理喻地冷落了安妮,招致阿斯楞的恚怨。这两个人,一个是唯一可能使和硕特部忠于殿下的重要人物,一个是经常在殿下左右的司御。臣以为,殿下为了一个女人……"

"什么!为了女人?"渥巴锡掩饰不住恼怒地打断了舍楞的话,"您以为我是为了一个女人在争风吃醋吗?!"

"殿下息怒。……"

"等我说完!"渥巴锡挥臂制止住舍楞的话,"她不是一个什么女人,她是安妮!除了她,我还没爱过别的姑娘,包括塔莉莎娜。正是色克色那表弟想把她从我身边夺走。难道因为我是汗王,就该牺牲爱情,满足别人,在有人要夺去我的心上人时退避三舍吗?"

"是的,殿下。即使殿下要暴跳如雷,我也要这样回答:是的。作为汗王,理所当然地要比属下做出更多的牺牲,特别是关系到汗国命运的时候。"

"我做的牺牲还少吗?"

"这是有目共睹、有口皆碑的。何止于此,为了汗国的东归大业,汗王殿下已将生命置之度外了。正因为殿下做出了太多的牺牲,臣下虽然看出在对待安妮的事情上可能为东归大业造成一些损失,却不忍心剥夺殿下仅能获得的一点点快乐。我今天提及此事,并非是责备殿下和劝说殿下对色克色那做出让步,这毕竟是过去的事情了,不可能以另外的样子重演一次。我是想说,既然殿下那么深切地爱着安妮,她也乐于委身殿下,那么,殿下从高加索凯旋后,又为什么把她打入冷宫呢?安妮陷于痛苦自不必说,阿斯楞也在怨恨殿下了。而这个像公牛一样健壮的年轻人,是不可能总是用理智支配行动的。一旦……"

"不要再说下去了!"渥巴锡强忍住痛苦地说道,从语气听不出是命令,倒像是央告。"谈论这件事,只能叫我心绪烦乱。我恨那个高高在上的命运之神,它对我太苛刻了!如果我能预料到在高加索……"说到这里,渥巴锡猛然停住了,并痛苦地闭上了眼睛,令人心碎地呻吟了一声。当他再挑起眼帘时,舍楞和策伯克多尔济同时发现,他的充满血丝的眼睛已经湿润了。

"殿下!"

渥巴锡无力地摆了摆手,说道:"不说这些。我确信我已经做的和即将做的,都无可指责,历史会对我做出公正的裁判的。你们也不必为我担心,我相信色克色那,也相信阿斯楞。至于安妮,一会儿我就把一切都讲给她,她永远不会再说我是有意冷落她了。但从此以后,任何人不准再提及我和安妮的事情!"渥巴锡说完,也不管舍楞和策伯克多尔济如何疑惑和惊骇,迈开大步,像逃避灾难一样朝着宫殿走去。

渥巴锡进入宫殿拜见了母亲和亲吻了小王子萨莱后,立即叫塔莉莎娜王妃亲自去告诉安妮,说汗王殿下要在那个汗王特备房间里召见她。

渥巴锡和安妮的单独谈话，谁也没听到，因此，渥巴锡所说的"把一切都讲给她"的"一切"到底是什么内容，我们也就无从知晓了。但谈话的内容一定很严重，因为，当策伯克多尔济跑进这个被晚霞映照得通红的房间时，渥巴锡正紧紧地搂抱着已经哭昏的安妮，渥巴锡本人也是满脸泪水。这种情景使策伯克多尔济吓了一跳。

"殿下！"

"是你？有什么事？"渥巴锡扬起泪眼，颤着声音问道，并没有改变姿势，也没有去揩掉泪水。

"卡辛斯科依大使和杜丁大尉在等候殿下。"

"我这就去。"

"可是……"

"不要紧。她一会儿就会好的。是的，会好的。"渥巴锡喃喃地说道，轻轻托起安妮的身体，走到床前放好，然后掏出手帕，揩净安妮脸上残留的泪珠，并俯下身去，轻轻吻了一下。这才整了整自己的衣冠，擦了擦脸，稍稍稳定了一下情绪，随策伯克多尔济走出房间，到楼下去了。

27

看见渥巴锡走进大殿，舍楞和达什敦杜克都站起来垂手恭立，满脸冰霜的卡辛斯科依和狐假虎威的杜丁大尉却仍然坐在靠椅上，仰望着从藻井中间垂挂下来的明亮的吊灯，连动也没动。渥巴锡对来访者的失礼丝毫没有表露出不满的意思，只是令人难以觉察地冷冷一笑，便走到正位上坐了下去。

卡辛斯科依见渥巴锡没有先向他表示问候，只是不动声色地盯着他，那心里早已酝酿得十足的恼怒便又增长了几分。

他扫了一眼在座的几位汗国的大臣，朝着渥巴锡态度生硬地说道："渥巴锡殿下，我今天到汗王宫殿，是为了一件很重要的事。"

"看得出来。"

"为什么？"

"没有十分重要的事情，您是从不带翻译的。"

"他是杜丁大尉,不是翻译。殿下无须挑剔我在礼仪上的毛病。在今天,这是需要的,我请殿下回答我下面的问题:汗国这几天正在集结军队,是吗?"

"是的。"

"而且是集结全汗国的军队,包括和硕特部!"

"不错。"

"为什么?"

"为了迎战。这还用问吗?阁下。"

"迎战?"卡辛斯科依惊讶地问道。

"是的,迎战。"

卡辛斯科依怔怔地看着渥巴锡,一时竟无措地不知说什么才好了。他原以为,他猝不及防地提出集结军队的问题,渥巴锡肯定会大惊失色,起码要躲躲闪闪和神色异常的。然而,渥巴锡不仅毫不犹豫和直言不讳地做了肯定地回答,而且竟那样令人讶然地安之若素,就像在谈论天气和膘情一样随随便便,一点儿也看不出要叛逃的迹象。在这一刹那,他对贝格托夫的报告产生了怀疑。实在说,卡辛斯科依毕竟不希望自己的玛怒托海之行成为对贝格托夫报告的证明,虽然他曾确信鲁道夫提供的情报的可靠性。但是,集结军队已是个事实,这是非同小可的事情,其本身的严重性并不比叛逃轻多少,他必须搞清楚渥巴锡的目的,以便决定下一步行动。

"那么,汗王殿下。"卡辛斯科依又说道。他已不像刚刚闯进宫殿那样怒火攻心了,态度也缓和下来,把质问变成了询问,"请做一个具体说明。你们准备还击的敌人是谁?"

"哈萨克人。"

"难道他们要越过雅依克河攻击汗国吗?"

"他们早就觊觎两河间的肥沃牧场了。"

"这怎么可能?女皇陛下早就命令他们只能向东发展。"

"他们并不总能服从女皇的命令。再说,努尔阿里①知道,东边的沼泽和戈壁远不如雅依克河西岸可爱。"

"如果殿下所说的确是事实,应该向女皇陛下做出报告才对。"

---

① 哈萨克的小帐首领。

"阁下总是用词不当。"

"什么？"

"应该把'报告'换成'照会'才对。"

卡辛斯科依一怔，不快地咬了咬嘴唇，勉强压住怒火地说道："就算是照会吧，你也没有拿出来。殿下，在汗国即将有军事行动的时候，这样做是不合适的。"

"我对邻国，特别是俄国，是从未有违背条约的记录的。如果阁下不离开归鸿驿，汗国的照会在明天就会送到你的手中。"渥巴锡说完，回身从案几上拿过一函文件。

策伯克多尔济站起来接过文件，递到卡辛斯科依手中，说道："请大使先生过目。"

卡辛斯科依接过照会，并没有马上展开，而是微皱眉头看着策伯克多尔济问道："你对汗王殿下这一重要决定，不会一无所知吧？"

"恰恰相反，大使先生。正是我最先提出集结军队迎击哈萨克人的。"

"就是说，是阁下最先获知哈萨克人准备入侵消息的？"

"是的，大使先生。"

"你能保证这一消息的准确性吗？"

"我那里关押一名努尔阿里的哨探，大使先生可以亲自去审问他。"

"如果这样……"卡辛斯科依沉吟着说道，"那么好吧，我将把照会呈交女皇陛下。但据我推测，哈萨克人真想攻击汗国，行动的时间也不可能在河水结冰前。所以，请殿下立即遣散已经集结的军队。"

"让我们开门揖盗？"

"不。应该由女皇陛下命令雅依克河驻防军去阻止哈萨克人的行动，汗国不能自作主张地召集军队。"

"不对！阁下，你说得不对！"渥巴锡愤然立起身来，"土尔扈特汗国是个独立的国家。它至少还有自卫的权力！"

"女皇陛下是可以保证汗国的安全的。根据条约……"

渥巴锡挥手道："不要再说什么条约！那是强加给我们的，尽管我们曾表示接受并为了信义一直在履行这个条约。而且，就是你，大使先生，也知道所谓保证汗国的安全是一句空话！雅依克河的驻防军吗？他们对汗国都干了些什么？强占我们的牧场，打劫我们的商队，砍杀我们手无寸铁的部众！是的,大使生生,你的女皇无休无止地把汗国的部众驱赶到战场为她流血,却从来没想想我的部众也要生存！"

"殿下！"卡辛斯科依也离开座位怒气冲冲地说,"你的态度很不友好！你必须表示立刻收回这些对女皇陛下不恭敬的话！"

"我只能再重复一遍！"

"殿下！"

坐在一旁的杜丁大尉虽然听不懂大使和汗王间的对话,但从谈话的气氛猜到一定是发生了严重的分歧,他立刻瞪圆了眼睛,右手紧紧握着手枪的把柄,从座椅上腾地跳起来,满脸杀气地凝视着渥巴锡。

渥巴锡扬手止住了也要跳起来的舍楞等人,盯着杜丁大尉鄙夷地冷冷一笑,然后转向卡辛斯科依,愤然作色道:"如果阁下还想以大使身份和我继续交涉,那就立刻把这个不知天高地厚的野蛮人赶走！否则,你也请出去！我要亲自到彼得堡,问问女皇陛下,贵国懂不懂外交礼仪？"

卡辛斯科依不假思索地朝杜丁大尉挥了挥手,并用俄语说了几句好像很严厉的话。杜丁大尉不满地瞪了卡辛斯科依一眼,悻悻然走了出去。卡辛斯科依的这一举动,使在场的人都很惊讶。

"听着,大使先生。"渥巴锡又锋芒逼人地说道,"你可以转告女皇陛下,我们被贵国连年征役搞得筋疲力尽,大伤元气的时候,为了抵挡哈萨克人乘虚而入的侵扰,勉强召集起的军队,到明年春季前,是不能遣散的。如果为了这样一支微不足道的军队,再来向我们聒噪,我们就会迫不得已另寻出路！"

卡辛斯科依紧紧盯着渥巴锡充满愤怒的刚毅的脸,突然眼眉一耸,大声笑起来,并且莫名其妙地击了一掌。

渥巴锡问道:"你觉得我的话可笑吗？"

卡辛斯科依脸上依然残留着笑意,摇着头朗朗地说道:"不,殿下,不是这个意思。我是笑贝格托夫伯爵又一次输到我的手中了！"

"你这话是什么意思？"

"殿下,你对集结军队一事直言不讳,听了我的话又气冲斗牛。如果殿下真想叛逃,就绝不会如此。"

"这也很难说,阁下。贵国如果得寸进尺、逼人太甚,我们就会东归祖邦的！"

卡辛斯科依笑了笑说道:"殿下在说气话。你是个聪明人,知道你的汗国有多大力量,也知道雅依克河防线是铜墙铁壁。"

"如果我不计后果,非要碰碰这个铜墙铁壁呢?"

"你不会也不敢那样干。——好了,不说它了。一切误会都由于贝格托夫伯爵的大惊小怪造成的。"

策伯克多尔济站起来说道:"问题大概不这么简单,大使先生。"

"你说什么?"卡辛斯科依怀疑地问道。

"贝格托夫想达到一箭双雕的目的。"

"请说明白,阁下。"

"我有幸了解到鲁道夫来到汗国直到他去莫斯科送情报的全部秘密。……"

"什么什么!"渥巴锡佯装出一副怒气冲天的样子,大声斥责道:"你既然知道有人在干着为害汗国的勾当,为什么不向我禀报?"

"因为——殿下——这件事只涉及俄国人之间的关系,不可能为害汗国。所以我只想告诉大使先生,但一直没有机会。"

"这不是理由!而且你知道,我正在为达尔罕和莉莎筹备婚礼。你却对我隐瞒了这么重要的事情!看得出,在我和大使之间,你更看重大使。你对大使比对汗王更加忠心耿耿!"

策伯克多尔济深深埋下头去:"殿下!……"

"以后再发生这种事,我绝饶不过你!"

"请殿下息怒。"卡辛斯科依打着圆盘说,"让他说完。他是你我共同的朋友。"

渥巴锡愤愤地"哼"了一声,猛地转过身去。

"请说下去,策伯克多尔济。我对你的话很感兴趣。"

策伯克多尔济偷偷瞄了渥巴锡一眼,然后凝视着卡辛斯科依说道:"据我所知,自从女皇陛下任命阁下为大使,而剥夺了贝格托夫伯爵在汗国的权力和利益以后,贝格托夫伯爵一直不甘心。五年前,他派遣鲁道夫到汗国……"

"鲁道夫是贝格托夫的人?"卡辛斯科依惊问道。

"是的,阁下。有充分的证据说明鲁道夫是贝格托夫伯爵的间谍。"

"他的具体使命是什么?"

"一是刺探汗国的情报,二是搜集阁下的劣迹。"

"竟有这种事?"卡辛斯科依涨红了脸说道。

"铁证如山!"策伯克多尔济不容怀疑地说道。

213

"不过……"卡辛斯科依掩饰不住内心慌乱地说道,"贝格托夫伯爵的报告只谈到了汗国的事情。……"

"贝格托夫伯爵不可能在一份报告中涉及两个方面的内容。"策伯克多尔济振振有词地说道,并流露出耻笑对方不更世事的神情,"女皇陛下也不可能把涉及个人的报告批转给被指控者本人。但是,请问大使先生,女皇陛下既然早就有意叫您取代贝格托夫任阿斯特拉罕总督,却又为什么迟迟不见这样的任命呢?"

"这个……也许……"

"毫无疑问,是贝格托夫的报告在起作用,尽管女皇陛下未必深信不疑。"

"这个坏蛋!他是干得出来的。"

"不过,阁下最感兴趣的应该是鲁道夫的莫斯科之行吧?"

"是的。当然……"

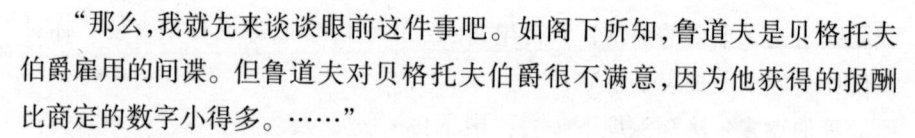

"那么,我就先来谈谈眼前这件事吧。如阁下所知,鲁道夫是贝格托夫伯爵雇用的间谍。但鲁道夫对贝格托夫伯爵很不满意,因为他获得的报酬比商定的数字小得多。……"

"对这些你也如此清楚?"

"我掌握全部细节。——另外,鲁道夫也觉察到已经暴露了身份,无法在汗国混下去了。他想出了一个金蝉脱壳计,利用贝格托夫伯爵急于击败他的对手——也就是阁下您——的心理,编造出了一通如阁下所知道的情报,携带女儿跑到了莫斯科。……"

"难道贝格托夫伯爵竟那么轻易地相信了鲁道夫的谎言?"

"鲁道夫肯定认为,贝格托夫伯爵是时刻盼望这样的情报的,因为这是他击败阁下的唯一王牌。鲁道夫还能想到,贝格托夫伯爵对这一情报,不敢拖延向女皇呈送的时间,而女皇一旦获知这一情报,肯定会对汗国施加压力,那时,情报的真伪就无法弄清了。但是,贝格托夫伯爵的头脑还不那么简单,他不能绝对相信鲁道夫。所以,他在向女皇陛下呈送报告的同时,把鲁道夫父女软禁在莫斯科,等待阁下为他提供准确的结论。看来,贝格托夫伯爵这次是赢定了!"

"你说什么?"

"首先,他赢得了时间;其次,他巧妙地促使女皇陛下开始怀疑阁下的政绩。"

卡辛斯科依恨恨不已地说道:"哼,狡猾的老狐狸!我不会让他得逞的!"他说着,又突然皱起眉头,"……可是,我总觉得你说的这一切都像神话一样。你身在玛怒托海,怎么能知道莫斯科的事情?"

"阁下太健忘了。我是领取女皇陛下的额外津贴的。这笔钱,我可不能用来吃喝嫖赌。"

"我明白了,阁下。"卡辛斯科依折服地说道,他紧紧抿着嘴唇踱了几步,最后下了决心似地猛一挥臂,"我要让贝格托夫的阴谋变成梦幻泡影!"说着,他又转向渥巴锡,"殿下,我将尽快去彼得堡,向朝廷陈述汗国目前的困境,取得女皇陛下同意汗国集结军队进行自卫的命令。不过,为了有力驳斥贝格托夫对汗国的诬陷,为了取得女皇陛下的信任,为了汗国的命运,殿下还需暂时忍受一下父子离别的痛苦。……"

"你说……什么?"渥巴锡惊骇而愤怒地大声说道,霎时脸色变得惨白,感到头晕目眩。他嘴唇颤抖着慢慢走近卡辛斯科依,逼人的目光像箭镞一样射过去,"'父子离别的痛苦'!哼!我明白了,你是想要我的儿子做人质!对吗?"

"这是女皇陛下的圣谕。"

"我不管这是谁的圣谕!这绝对做不到!我还没有忘记我的哥哥是怎样惨死在彼得堡的!"

"有我在,就不会重演令兄的悲剧。而且,殿下请看。"卡辛斯科依说着,从文件包里取出叶卡特林娜的亲笔信,向渥巴锡递过去,但渥巴锡没有接过那封信,只是瞪着一双喷射着怒火的眼睛紧紧盯着他。他不由得一抖,略一踌躇,慢慢放下擎着信的胳膊,十分勉强地笑了笑,继续说下去,"我能理解殿下的心情。但女皇陛下的圣谕是不可违抗的。她在这封亲笔信中不仅命令殿下把萨莱王子和三百名贵族子弟送到彼得堡,而且又说,如果发现汗国确实在集结军队,就立即通知奥伦堡总督派兵包围汗国。刚才我已经表示,殿下集结的军队可暂不遣散,由我去向女皇陛下解释。但是,对女皇陛下圣谕中另一半内容也拒不执行,我拿什么证明殿下是忠于女皇而没有叛逃的打算呢?"

渥巴锡咬了咬牙,愤怒地说道:"早知道有今天,我当初就不该出兵高加索,更不该牺牲几万名部众为叶卡特林娜攻下霍亭!"

"殿下！你不应该这样说,甚至不应该这样想。"

"我怎样说、怎样想才符合你和你的女皇的尊意呢？说穿了,你们无非是以强凌弱、仗势欺人！无非是想任意宰割汗国！你们打仗,我们就得出兵；你们要人质,我就得献出儿子！不！大使先生,你的女皇不是土尔扈特汗国的主人！"

"那么你们的主人是谁呢？"

"是我,是我的三十万部众！"

卡辛斯科依冷笑道："你太狂妄了,殿下！难怪我们的历史学家断定,当年和鄂尔勒克率众西迁绝不是寻找无人居住的牧场,而是想当第二个成吉思汗！"

"但愿在我的汗国能出现第二个成吉思汗,以便为整个人类除掉吃人的恶鬼！"

"殿下！女皇陛下会因为你这些狂悖的话,立刻派兵剿灭汗国！"

"你的女皇迟早要这样干,而且不需要任何理由！我们与其卑躬屈节受人宰割,不如在拼斗中灭亡！"

"既然如此,……那么请问殿下,你是肯定不交出萨莱王子了？"

"是的,不能！"说话的是达什敦杜克。在渥巴锡和卡辛斯科依争辩时,他早已忍耐不住,早已气得浑身抖动了。这时,他从座位上倏然立起,一步跨到卡辛斯科依面前,"就算渥巴锡殿下舍得把王子送到不可知的命运中去接受惨无人道的折磨,我也绝不把他交出去！你们不知餍足,欺人太甚了！当年你们夺去了我的堂侄的生命,今天,又想夺去我的堂孙——汗王殿下的唯一子嗣！不！这办不到！永远办不到！"

"达什敦杜克……大人！"卡辛斯科依恼怒而讥诮地看着怒不可遏的达什敦杜克,"亏得你还是汗国前朝老臣,渥巴锡殿下的叔父！难道你忘记了阿玉琦汗和敦罗布喇什汗违忤了圣上遭到了怎样的灾难吗？"

"正因为记忆犹新,我才不能让渥巴锡殿下重蹈覆辙！"

"可是,你和汗王殿下的激动和丧失理智,只能给汗国带来灭顶之灾！"

"大使先生。"舍楞走过来说道,"请听我说几句。"

卡辛斯科依说道："我也正想请教舍楞大人和策伯克多尔济大人,你们是否也认为汗王殿下拒绝交出萨莱王子是正确的呢？"

"阁下。"舍楞俯了俯身说道,"我不想简单地回答一个'不'或者'是'。

汗王殿下交出王子或者不交出王子,是今天交涉的最后结果;我倒希望阁下先回过头来想想事情的起因。女皇陛下为什么要让汗王殿下把王子送到彼得堡呢?显然是受了心怀叵测的贝格托夫伯爵的蛊惑,怀疑汗国可能出现不利于俄国的局面,拿贵国的话就是所谓'叛逃'吧。所以要用萨莱王子做人质,以杜绝殿下的东归之心。但是,阁下的慧眼探明,汗国仅有的自卫力量业已在高加索消耗殆尽,正处在最软弱无力的时期,怎么能采取如此大规模的危险行动呢?方才汗王殿下说了好多气愤的话,也是因为女皇陛下竟相信了贝格托夫伯爵对汗国的中伤而做出了极不友好的决定。阁下试想,如果你真的带走了王子,不是帮助女皇陛下铸成大错和使贝格托夫伯爵破坏阁下同汗国的关系的阴谋得逞了吗?这是智者所不为的。……"

卡辛斯科依不耐烦地挥手打断了舍楞的话:"阁下说了一番鞭辟入里却又毫无意义的话。我不正是为了和汗国携起手来挫败贝格托夫一箭双雕的阴谋吗?诸位知道,贝格托夫在朝廷以及女皇陛下面前,取得了先入为主的优势。而且,汗国集结军队的事实会很快在彼得堡传得尽人皆知。在这种情况下,我空手去彼得堡……"

"不,阁下不会空手而归的。"舍楞抢过话头说道,"请听我把话说完。女皇陛下最担心的莫过于汗国集结军队。可以毫不夸张地说,凭阁下出奇的机智和超群的口辩,定能使女皇陛下和朝廷群臣确信汗国一切都很正常。"

卡辛斯科依的嘴角飞快掠过一丝骄傲的笑意,他想了想说道:"我并不惧怕与贝格托夫当众辩论。但是……我需要事实作后盾。如果在杜丁大尉监督下,汗国立即遣散集结的军队,萨莱王子也可以暂不去彼得堡。……"

"大使先生。"策伯克多尔济这时向前走了一步说道,"您是不是也认为汗国集结的老弱残兵对贵国造成了威胁呢?"

"我当然并不这样看……"

"阁下当然也不希望汗国被哈萨克人灭掉吧?"

"是的。我愿意看到一个兴旺发达的土尔扈特汗国。"

"这才是阁下令世人瞠目的政绩。可是,汗国的军队一遣散,哈萨克人就会毫不犹豫地越过雅依克河,那时,汗国以及阁下的政绩就可能统统灰飞烟灭!所以,阁下不必也不应该如此强调非解散汗国军队不可。但是您完全可以向女皇陛下保证,汗国没有也不可能召集一支像样的军队。而且,贝格托夫根本不知道汗国集结军队的事实。"

"阁下是让我对女皇陛下说假话？这真是令我惊讶不止的主意！亏你想得出来！"

策伯克多尔济讥诮地笑了笑说道："惊讶不止吗？那是因为阁下没有意识到自己的可悲处境。"

"这话怎么讲？"卡辛斯科依恼怒地逼视着策伯克多尔济，冷峻地说道，"我倒要领教一下你的高论。"

"女皇陛下根据贝格托夫的报告，向阁下降了一道必须遵照执行的圣谕。这意味着什么？意味着贝格托夫和鲁道夫捏造的情报已被女皇陛下接受，意味着阁下已失去了女皇陛下的信任！……"

"我承认阁下说的是事实。但是，我绝不能用欺骗女皇陛下的谎言去同贝格托夫角斗。不过……"卡辛斯科依说到这里，低头沉吟了一会儿，然后转向渥巴锡，"殿下，我还可以作一次让步。我目前的处境和汗国一样十分艰难。我手里必须有能说服女皇陛下的具体证据：一是汗国的军队在杜丁大尉监督下立即遣散；一是交出萨莱王子；一是召集三百名贵族子弟。三者必居其一。否则，我无法向女皇陛下复命。"

策伯克多尔济急切地说道："大使先生！……"

卡辛斯科依用力挥挥手说道："不必徒费唇舌了！我只想听听汗王殿下的回答。"

渥巴锡猛然转过身，扬起充满血丝、喷射着怒火的眼睛，像要一口吞掉对方似地凝视着卡辛斯科依。在人们的记忆中，年轻的汗王从来没有出现过眼前这样怒不可遏和异常凶狠的表情，竟使与他朝夕相处的舍楞等人胆战心惊和目瞪口呆，而卡辛斯科依则更感到骇然，身不由己地倒退了半步。

事实上，在卡辛斯科依刚一提到萨莱王子名字的时候，渥巴锡就已经怒火熊熊了。只是由于事出突然以及当时在他的心室里依然拥挤着这些天来一直在考虑的种种问题，萨莱王子的命运还暂时没有成为唯一的内容，他的愤怒没有立即升到顶峰。但这种状态不可能持续太久，因为人的感情常常采取骤然爆发的形式，袭击得理智也要退避三舍。特别是，渥巴锡面对的是心爱的儿子的命运，也就是作为父亲的渥巴锡，要亲自选择儿子的生与死。这种最原始、最高尚、最强烈的父子之情，有什么力量能控制住它的突然爆发呢？所以，几乎在瞬息之间，渥巴锡思想中其他内容都已荡然无存，只剩下了萨莱的命运；在他的眼前，宫殿也好，卡辛斯科依也好，三个近臣也好，都已不复存在了,只剩下了萨莱王子顽皮可爱的笑脸和受苦受难的场面。而且,在舍楞等人和卡辛斯科依对答时,他有更充分的时间把自己的感情酝酿得更加强烈。萨莱王子的娇小的身影以越来越快的频率在眼前交叠出现,他甚至清晰地看到,萨莱王子一次比一次更加凄惨地呼唤着"爸爸",向他扑来!他的身体在颤抖,他的心灵在颤抖,他的每一条神经似乎都变成了颤抖的手臂,紧紧地把别人不可见对他却是实体的萨莱王子拥进怀里。正是在这个时候,卡辛斯科依态度冷峻地要渥巴锡做出回答,他怎能不像愤怒的雄狮,去发泄满腔的怒火呢?

"你听着,卡辛斯科依!"渥巴锡握紧拳头,向卡辛斯科依逼进一步,坚定地咬牙道,"你也不必徒费唇舌了!汗国的一切不劳你的女皇操心,我们要自作主张!"

卡辛斯科依先是怔了一下,紧接着两颊的肌肉痉挛了起来,他虎视眈眈地盯着渥巴锡,威吓地问道:"这是殿下的最后答复吗?"

"是的。这就是我——土尔扈特汗国第七代汗王①的最后答复!"

"你太狂妄了,渥巴锡殿下!你以为,在霍亭的微不足道的胜利,就为你赢得了和俄国分庭抗礼的资本吗?不!你想错了。汗国以及你本人的命运永远操在女皇陛下的掌心,你自作主张的日子永远不会到来!而且,我明确地告诉你,殿下,女皇陛下可以放任十七岁的汗王,却绝不会宽容二十六岁的汗王!"

"我也要明确地告诉你,二十六岁的汗王也绝不会像十七岁的汗王那样任人摆布!"

"你如此忘乎所以、出言不逊,不仅要自食恶果,而且将给汗国带来横祸!"

"我相信我的部众和我一样,宁肯折断骨头,也不屈辱求生!"

"殿下既然把话说绝,就休怪我不留情面!"

"悉听尊便!请你立刻离开我的宫殿!"

"你会后悔的,殿下!"卡辛斯科依说完,留给渥巴锡恶毒而又混杂着无奈的一瞥,略一俯首,便很快旋过身体,大步朝外走去。

---

① 自和鄂尔勒克建立土尔扈特汗国,传到涅巴锡是第七代,但正式称汗的到渥巴锡应是第五代。渥巴锡这样说,是对先人的尊重。

接下来,大殿里是死一般的沉寂。舍楞、达什敦杜克和策伯克多尔济都心绪繁杂地垂首而立,一言不发。他们都异常清楚地意识到,随着卡辛斯科依的愤然离去,汗国的形势将迅速恶化,甚至会很快迎接一次必然失败的战斗。是的,卡辛斯科依的刚愎自用常常表示为固执和自以为是,但不能不估计到,他的刚愎自用有时也会通过果断和破釜沉舟表现出来。就目前的情况来说,卡辛斯科依明明看出自己在和贝格托夫的角逐中已陷入被动局面。如果他无法向女皇陛下证明汗国和以往一样平安无事,渥巴锡汗仍旧是"拴在铁链上的熊",而贝格托夫的报告仅仅是"大惊小怪"的猜疑的话,那么,无异于承认败在了贝格托夫的手下,飞黄腾达的宦海美梦,从此将像破裂的泡沫一样消失得踪影全无。他怎么能甘心这样可悲的结局呢?因此,牺牲汗国以挽救面临的厄运,是他在最后的挣扎中必然要采取的手段。而且,消灭汗国要比控制汗国容易得多,他只要直趋奥伦堡,不出半月,就会调来重兵把汗国团团围住。在这半个月,让汗国的东归宏图付诸行动,显然是办不到的。然而,怎样延缓和制止住卡辛斯科依向奥伦堡飞驰的车轮呢?唯一的办法就是接受卡辛斯科依的条件。说句公道话,卡辛斯科依的确做了很大的让步,他把叶卡特林娜女皇的圣旨分割为三,只要求汗国执行其中的一条。可是,让汗王殿下接受三件中的哪一件呢?遣散已集结的几万军队吗?渥巴锡肯定不会答应。召集三百名贵族子弟?那么至少有三百个贵族家庭在东归前就精神崩溃,而这些贵族又大都是军官啊!让渥巴锡献出萨莱王子吗?不!就像达什敦杜克说的,即使渥巴锡狠心割断父子之情,忍痛舍出王子,他们也会坚决反对的。因为他们知道,萨莱王子一经踏上此行的道路,就等于和死神同行,不会有生还的可能。渥巴锡为汗国做出的牺牲确实不少了,难道还要让他献出他看得比自己的生命更宝贵的唯一儿子吗?

这一个个千斤重锤般的问题,残酷无情地撞击着舍楞、达什敦杜克以及策伯克多尔济的心海。他们在刹那间的头晕目眩之后,几乎同时在心里向自己这样发问:"可是,怎么办呢?"并几乎同时扬起迷惘、无措、急切而愧疚的眼睛,向渥巴锡看去,企望在那张英俊而刚毅的脸上找到希望和信心。

但是,此刻在渥巴锡的脸上除了愤怒以外,什么也看不到。他的身体在抖动,脸上的肌肉在抽搐,眼睛虎虎地盯着仍在颤动的门幔,那样子,好像要立刻命令门外的武士把卡辛斯科依拉回来,他亲手把这个可恶的人撕成碎片。他终于没有下这个命令,却从胸膛里滤出一声像呻吟般的轻吼,猛地转

过身来,凶狠而又带着求助神色地轮番看着眼前三位亲信的大臣,声音嘶哑地喊道:"快说,怎么办?我们总不能等着被包围!"与此同时,渥巴锡也奋力从愤怒的漩涡中挣扎出来,开始意识到形势的紧迫性,并努力回忆和仔细推敲方才自己的全部言行,苛求自己失策和失态的地方,寻觅可能补救的措施。

"殿下。"达什敦杜克急切地说道,"我们提前行动吧!夜长梦多,说不上还有多少更大的麻烦在等着我们。"

渥巴锡拧紧眉毛问道:"叔父是说现在,河水结冰前?"

"是的,殿下。"

"不行!"渥巴锡断然说道,"提前行动,我们的军队和部众必然要付出双倍的代价!多年来,我一直为没能对部众起到庇护作用而愧对先王,这次,我一定要让他们的牺牲降到最低点,使更多的人活着回到他们向往已久的祖邦!"

"此外,"舍楞补充道,"我们也没有提前行动的可能性。首先,老弱妇孺的集中,要很长时间才能完成;其次,河水不封冻,额济勒河对岸的几万部众怎么办?"

达什敦杜克坚持道:"我认为除此别无良策,除非我们接受卡辛斯科依提出的任何一个条件。说到老弱妇孺,可以加快集中速度,额济勒河对岸的部众可以泅渡过来。"

"这不可能。"舍楞说道,"我多次查勘过额济勒河的峭岸和宽阔的河面,人们称它为额济勒河天堑,不是没有道理的。如果泅渡,人和牲畜十之八九要葬身水底。而所有渡口,都掌握在哥萨克手里。……"

"的确如此。"策伯克多尔济附和道,并转向渥巴锡,"殿下,提前行动是不可能的。因此,我们眼下采取行动的出发点,应该落在暂时迷惑住卡辛斯科依和叶卡特林娜上面,以赢得最后的准备时间,否则我们必然功亏一篑,悔之不迭。要迷惑住俄国人,我们就必须接受卡辛斯科依提出的某一个条件。我仔细权衡了这三个条件,觉得只能接受第一个条件。……"

"你说什么?"渥巴锡惊讶而恼怒地说道。

"殿下!"策伯克多尔济紧接着说道,"军队遣散还可以移日集结,除了推迟行动时间,别无损失。可是……"

"不!这绝对不行!"渥巴锡急躁地来回走了两步,大声说道,"这绝对不行!当此国力衰微,面临强敌的时候,我只是振臂一呼,便应者如云、欢声遍野。这并非因为我的部众认为自己比任何民族都强大,而是因为他们渴望东归祖邦,因为他们看到了汗王的决心和信心。这种精神力量,是我们的弱小汗国可以勇克强敌的唯一保证。可是,在他们摩拳擦掌、跷足以待的时候,我却唉声叹气地告诉他们:收起刀箭,回到你们的牧场去!这将出现怎样的结果?他们的精神力量会彻底崩溃!再把他们的精神鼓动起来,我们这一代人也许是无法做到的!是的,无论如何,集结的军队不能遣散!"

舍楞看到渥巴锡的决然态度,扬手止住了又要说话的策伯克多尔济,然后向前走了一步说道:"殿下,卡辛斯科依的马车肯定已经连夜向北飞驰了,如果再迟延下去,局面就不好挽回了。"

"你也认为要遣散军队吗?"

"不。我赞成殿下的决策,遣散军队,的确有可能使汗国的东归大业成为泡影,至少在今年失去希望。我想,汗王可以立即派人追上卡辛斯科依,告诉他,我们将在数日内召集三百名贵族子弟,克期送往彼得堡。"

"让忠于我的三百名贵族都失掉儿子?"

"我相信,这三百名贵族会因此感到光荣。我可以算作第一个。"

"我附议!"策伯克多尔济说道,"并且算作第二个。这是我心甘情愿的。"

渥巴锡感动地看着舍楞和策伯克多尔济,相信这两个近臣是真诚的,说的是心里话。他也相信,另外二百九十八个贵族,也会拿出同样态度。那么,就这样决定,让这三百名贵族为了汗国的东归大业,光荣地献出自己的儿子?这样的决定是无可指摘的,在整个汗国,哪一位父亲没献出过儿子?就连先王,不是也献出过自己的儿子吗?

渥巴锡想到这里,他的心猛地一动,脑袋轰然响了起来,眼前似有千万条金蛇在狂舞,宫殿的藻井好像劈头盖脸向他砸来。他悲痛欲绝地呻吟了一声,再也站立不稳了。

策伯克多尔济最先跑过来,扶住了渥巴锡,并骇然呼喊道:"殿下!"

渥巴锡喃喃说道:"三百个和一个……"

"您在说什么?殿下!"

渥巴锡轻轻摇了摇头,紧紧闭上了眼睛,在场的三个人都看到,在渥巴锡的眼角有两滴泪珠慢慢浸了出来,却谁也猜不出是什么想法使渥巴锡如此悲哀。

突然,渥巴锡用力推开扶持着他的策伯克多尔济,瞪着愤怒、怨恨和痛苦的眼睛，大声说道："策伯克多尔济，你立即赶上卡辛斯科依，告诉他，我将在三天后亲自把萨莱王子送到归鸿驿！"

听到渥巴锡说出的任何人都意想不到的话，在场的三个大臣都大惊失色、目瞪口呆，一刹那后，都"噗"的一声跪到渥巴锡脚前，呼喊着"殿下"，泪如泉涌了。

"殿下！"达什敦杜克哭着说道，"不能交出小王子啊！"

"殿下！"策伯克多尔济痛哭失声地说道，"我们宁可做出更大的牺牲，也不能答应您交出萨莱王子啊！"

舍楞老泪横流、抽泣不止地说道："我代表全体部众，求殿下收回这个令人心碎的成命吧！"

"都起来！"渥巴锡厉声道，"我讨厌泪水！——策伯克多尔济！去执行我的命令。稍有差池，我就砍下你的脑袋！"

渥巴锡说完，倏然转过身去，飞快地离开了大殿……

28

达尔罕在似睡非睡中依稀听到有人呼唤他的名字，便一骨碌从床上翻身坐起。屋里很黑，只有未落窗幔的玻璃窗透过雾霭一样幽暗的蓝光。达尔罕以为这是凌晨，确信这将是他的生命经历的最后一个黎明了。他很高兴自己竟能坚持到这最后时刻的到来。他在黑暗的温柔的拥抱中笑了一下，轻快地跳下床来。

还是在他自己向这间不加看守的贵族惩罚室走来的时候，就异常冷静地意识到，他已经是一个十恶不赦的罪人了。他给自己判处了死刑，平静地等待着汗王哥哥当众处决他。在他的想象中，他已经被捆到比武场当中的立柱上，身边是相貌凶恶的刽子手，四周是全汗国的贵族和部众，一律瞪着仇恨的眼睛；渥巴锡就站在他的对面，眼睛里除了仇恨还有怜悯和心疼；突然，渥巴锡一挥手，那刽子手便举起寒光闪闪的大刀。他感到颈项处冷飕飕，那颗连自己都憎恶的头颅滚落到脚下了。他觉得很惬意，因为一个给汗国带来灾难的恶棍从世界上消失了。……但是一个月过去了，没有人来审问他，更没有人来把他绑赴刑场，只是母后偷偷来看他几次，看到母后掩面落泪,听到母后自谴的话,他更觉得自己罪不容诛,更盼望早一天被处决了。他听说过古人有自裁的先例,便想到由自己动手结束可鄙的生命。但他终于打消了这个更加可鄙的念头。他不是横不下心和下不得手,对于死,已不再感到可怕,甚至觉得,当他把匕首捅进心脏或者将头颅在石壁上撞得粉碎的时候,将是他一生中最轻松的一瞬。他没有这样干,是因为他想到如果这样干了,就等于逃避惩罚,人们会议论说,是哥哥逼弟弟自杀的。如果当众处决他,人们就一定会说渥巴锡汗王大义灭亲,会更加衷心佩服自己的汗王,同心同德地踏上东归的征途。达尔罕爱哥哥,尊敬哥哥。既然自己的死是咎由自取、罪有应得,那么,为什么不让这一生只有一次的死,为哥哥的光荣事业多少起一点儿作用呢?是的,当众被处决,是他唯一能赎一点儿罪的机会,绝不能为求得早日安宁而失掉这个机会。

现在,这个机会来了,他怎能不高兴呢?他没想到要去和母后诀别,也没想到要再亲吻一下可爱的侄儿萨莱,甚至没想到造了孽又逃之夭夭的莉莎。他想到的是尽快披上锁链,戴上木枷,尽快走到刑场引颈受戮。所以,他一面响亮地回答着"来了!"一面毫不犹豫地向门外走去。

可是,险些被他撞倒的,既不是行刑的武士,也不是提审的大臣,却是只比他小一个月的表弟色克色那。

达尔罕伸手扶住色克色那,惊异地问道:"表弟!怎么会是你?"

色克色那疲惫无力地说道:"我刚刚听说你被关进惩罚室。不过,这更好。"

"这的确很好,你可以单独来给我送行。"

"你是说,你会被处死?"

"这是毫无疑问的。汗国的法律对汗王的弟弟同样有效。"

"当然,假如你确实犯有死罪。"

"我犯下的罪过足以判处一百次死刑。"

"在量刑上,有意和无意总是有区别的。我听莉莎讲了全部经过,知道你是无意的。"

"你见到了莉莎?"

"是的。"

"什么时候?"

"今天下午,离现在大约有四个钟头。"

"那么说,现在是晚上而不是早晨?"

"离早晨还有一夜的时间。……让我坐下说吧,我实在太累了。"

达尔罕拉着色克色那的手向床边走去,并问道:"要点上灯吗?"

"不用了。我只能在这里耽搁很短一段时间,我必须连夜赶回去。我还有很多事情要做。"

色克色那坐下去后,达尔罕急切地问道:"你知道莉莎在什么地方吗?"

"我想,你一定急于见到她,对吗?"

"是的。我要亲手宰了她!"

"你不是很爱她吗?"

"正是因为爱情蒙蔽了眼睛,我才没看清她的魔鬼的嘴脸,没识破她的卑鄙的阴谋!"

"你的结论下得太早,而且很不公平。你要是听到了她的陈述,就不会这样说了。"

"她的陈述!哼!看来你也被她的花言巧语欺骗了!"

"我不相信莉莎这样的姑娘会欺骗人。"

"那是因为她欺骗得更巧妙!色克色那表弟,我劝你把过去对她的好感和现在的怜悯一起抛掉!既然你已经知道我为什么被关进惩罚室,也就知道了汗国正在发生的事情,因而就更应该知道,莉莎已经不再是我的未婚妻,而是全汗国的敌人。对这样一个给汗国带来灾难的毒蛇,理应受到最残酷的惩罚!"

"单看事情的可怕后果,你说的并不错。但是造成这个后果的原因呢?不应该是你要负更大的罪责吗?"

"为此,我正在迎接死亡!……"

"还有。莉莎是在什么情况下泄露了汗国东归的秘密呢?鲁道夫一再固执地要推迟你们的婚事,而莉莎却急于在汗国东归前和你结婚,以便随你走到天涯海角。她的行为全都基于一点,那就是对你的强烈的爱。"

"你不要再为这个可恶的姑娘辩解了!如果你还承认我是表哥,承认我们之间的友谊是真诚的,那就快告诉我莉莎在什么地方?让我在临死前有机会亲手惩罚她!"

"我可以让你见到她,她现在离你不算远。但是你必须发誓按着我的话去做。"

"让我发誓不惩罚她?"

"不。我让你发誓在准备惩罚她之前,听听她的陈述。"

"这做不到!我不想再听到她的声音。"

"那就只好由我来替她陈述了。"

"色克色那!你为什么看不出我急不可待的心情呢?我的时间已经不多了!"

"我的时间比你更宝贵!"色克色那大声说道,从床边站了起来,"但是,我不希望你的手沾上一位值得尊敬的姑娘的鲜血!"

"色克色那!"达尔罕怨恨而无奈地叫道,在黑暗中急躁地走了几步,"……好吧,你要说得简单点儿。"

"那你就听好吧,达尔罕表哥。"

色克色那很扼要地讲述了一遍莉莎逃出莫斯科到失掉坐骑的经过,接着说道:"莉莎在坐骑倒下时,跌伤了腿。她眼泪汪汪地看着那群恶棍扬长而去,挣扎着站起来。她这时才意识到,她背叛了父亲,在一个好心的俄国青年帮助下逃出了莫斯科,并不等于就可以来到你的身边,在通往汗王宫殿的道路上,隐伏着各种各样的险恶。她担心那些哥萨克会再次出现在眼前,也担心碰到汗国的部众,只好远离驿路,落荒而走。她拐着腿,流着泪,一步一步地向你走来。从太阳当头,走到日落西山,不知流了多少泪,流了多少汗。后来,她再也走不动了,昏倒在草野里。她醒来时,天已大黑,她站不起来,只能向前爬行,衣服挂破了,脸碰破了,手也磨破了,满脸满手都是血,就这样,她也还是坚持一寸一寸地向你接近。如果不是我也为了回避卡辛斯科依而离开了驿路,踏着荒草向和硕特部奔驰,那么,莉莎就不会得救了……"色克色那说到这里,忍不住抽泣了一下。他扬起头来,虽然看不到达尔罕的表情,但却发现达尔罕垂下头来。

色克色那继续讲道:"……我发现莉莎并赶忙跳下马来时,她已经奄奄一息了。我找来点水,给她喝下去,她终于苏醒过来。她断断续续向我讲述了事情的始末。她哀求我帮助她,不要让她死在荒野。她说,她一定要留下一口气,让达尔罕看到活着的莉莎。我问她为什么?她说,对达尔罕,她是不可饶恕的罪人,'帮助我吧,色克色那!'莉莎大声哭喊道,'让我活到被达尔罕亲手惩罚的那一刻吧!那样,达尔罕会痛快一些,我也能含笑九泉了。'……"色克色那又忍不住抽咽起来,他擦了擦泪水,突然伸手抓住达尔

罕的肩膀,大声说道:"达尔罕!你现在还不明白吗?她为了最后和心爱的人见一面,为了赎回无意间犯下的罪过,宁可抛弃马上可以获得的贵族小姐的头衔,不避风险地逃回汗国。对这样一位纯真高尚的姑娘,你还忍心去惩罚她吗?她现在只剩了几口残喘,孤苦无告,正需要你的帮助呀!"

达尔罕不是个铁石心肠的人,又深深地爱着莉莎,听了色克色那声泪俱下的讲述,如何能不动心呢?他甚至想为不幸的情人大哭一场。但他又不能把莉莎给汗国造成的灾难看得无足轻重。事情的后果是可怕的,也回避不了。为此,达尔罕早已确认自己是汗国不可饶恕的罪人,把莉莎看作是汗国不共戴天的敌人了。虽说,对于罪人和敌人可能处以同样的刑罚,但毕竟是本质不同的两个概念,存在着内外的区别。情人和敌人也是互不相容的,无法在一个人身上统一起来。是的,对于达尔罕,只能做一种选择,要么选择情人而背叛汗国,要么选择汗国而处置变成了敌人的情人。不难猜想,达尔罕还是选择了汗国。他觉得,如果按照色克色那的话去帮助莉莎,那他的罪过将更深重,连死后的灵魂也没有资格去陪伴先王于地下了。达尔罕这样想过之后,变得更加冷酷无情了,他抬起头,盯着色克色那依然很模糊的脸,嗓音干燥又异常坚定地说道:"色克色那,我已如约听完了你的讲述。现在该告诉我莉莎在什么地方了!"

色克色那充满敌意地说道:"你连一滴眼泪都没有!"

达尔罕固执地说道:"我只答应听,没答应流泪。——请快告诉我!"

"你的心是石头做的?"色克色那怒吼道,"那你就快去吧!趁着莉莎还有几口气,趁着她没有丝毫反抗能力,趁着她心甘情愿接受你惩罚的时候,去发泄你可耻的野性吧!去让这个可怜的生命结束前,认识一下你的怯懦和无情吧!去吧!莉莎就躺在她原来的家里!"

达尔罕二话没说,迅速转过身,大步向外走去。

色克色那气愤得浑身颤抖,他追到门口,想要喊住达尔罕,但继而又犹豫起来,他拢住脚步,无力地挥了一下胳膊,朝达尔罕的背影说道:"我的马离这儿不远,你会看到的。"

达尔罕没有回头,只是冷冰冰地说道:"谢谢。"他的身影很快融进黑暗之中。夜,又复归于宁静。

此刻,一直处于半昏迷状态的莉莎已经苏醒过来,并感知了周身痛楚和疲软无力。她费劲儿地挑开眼皮,缓缓轮转了一下失去光彩的双眸,发现自

227

己正躺在原来房间的床上,旁边的梳妆台上一支蜡烛闪动着明亮的光。她感到惊奇和迷惘,以为是在梦中,因为怎么也记不起是怎么来到这里的。突然,她听到一个小心翼翼的脚步声,循着声音,她模模糊糊看到从灯影后面走出一个人来,此人穿着军装。"哥萨克!"莉莎在心里惊骇地呼喊道。一刹那间,她恢复了记忆,想起逃归汗国的途中发生的一切,想起了卡辛斯科依和色克色那。可是色克色那到哪儿去了?达尔罕为什么还不来?难道她真要落入野蛮的哥萨克的魔掌吗?她真想立即挣扎着爬起来,真想立即大声呼救,但又胆战心惊地意识到,她已经没有挣扎和呼喊的力量了。她绝望而委屈地闭上了眼睛。

"莉莎,你到底醒来了。你想吃点儿什么吗?"

莉莎听到了一个异常柔和的声音。她愈加奇怪,这声音很熟悉,却又一时想不起在什么地方听过这个声音。不过,她总算放心了,因为从那纯粹的莫斯科人的发音和关切的语调,她确信在她房间里的肯定不是哥萨克。她试探着慢慢睁开眼睛,见那人已经走近她的身旁,便戒备和冷峻地说道:

"你是谁?别靠近我!"

"不要怕,莉莎。我是安德烈。"

"你是安德烈?"莉莎更加愕然地问道。

"是我。你仔细看看,会认出来的。"

"可是……"莉莎疑惑地四外看了看,"我这是在……"

"在汗国,在你自己的房间里。"

"你怎么会来到这儿?"

"我原来就不该让你一个人走,使你受了这么些苦。"

"安德烈!"莉莎感动地轻叫道,眼睛变得湿润了,嗓子也哽咽起来,"我应该经历各种……磨难。不过……亲爱的安德烈,你已经看到我还活着,放心地回去吧。赶快离开汗国,在这里你是很危险的。"

"不。我已经辞去了军职。"安德烈轻描淡写地说道。

"为什么?"

"我要陪伴你到最后的时刻。"

"最后的时刻?"

"是的。我要送你踏上背井离乡的征途,或者……带你一同回到爸爸的庄园。"

"安德烈！……我跟你说过,达尔罕要抛弃我,我就死在这里。"

"那我就掩埋你的尸体。"

莉莎伸出胳臂,拉住安德烈的手,热泪涌流地说道:"亲爱的朋友,我真对不起你。……"说着,她把热泪和亲吻同时洒在安德烈的手上。

"谢谢你,莉莎。我已经满足了。"

恰在此时,房门嘭的一声被推开了,达尔罕一步跨了进来。他看到床边的场面,先是一怔,接着就怒火熊熊了。在这怒火之中,至少有一半是被妒火点燃的。他一个箭步冲过,用力推开安德烈,凶神恶煞般站到了莉莎的眼前。

"达尔罕!"莉莎用蒙古语惊喜地喊道,"亲爱的,你终于来了!"

"别跟我甜言蜜语!"达尔罕瞪着血红的眼睛喝道,"我今天才真正看破了你的嘴脸。你不仅是巧于伪装的间谍,还是善于调情的荡妇!"

"达尔罕!"莉莎委屈地叫道,"你在说什么?他是我的朋友和恩人,没有他的帮助,我是逃不出莫斯科,回不到你身边的。"

"还想欺骗我这个傻瓜吗?哼!朋友、恩人!我要这个混蛋亲眼看着我是怎样惩罚他的情妇!"达尔罕说着,举起皮鞭,狠狠地向莉莎抽去。

莉莎紧紧咬住嘴唇,没有反抗,也没有呻吟,表情异常平静。

当达尔罕又一次举起皮鞭时,安德烈狂喊了一声,奔过来用力抓住了达尔罕的手腕,并对莉莎说道:"莉莎!你就情愿接受他的鞭打吗?"

莉莎哀求地说道:"安德烈,不要挡住他的皮鞭。你先出去,不管这里发生什么事,你也不要干预。求求你了,安德烈!"

"莉莎!"

"快松开手吧,安德烈。别阻挡向我走来的快乐。达尔罕多打一鞭,就能减少一分痛苦和仇恨。"

"你!……"安德烈咬牙说道,露出嗔怨而怜悯的表情,终于无奈地松开手,然后恶狠狠地瞪了一眼正挑战地凝视着他的达尔罕,倏然转过身,趔趔趄趄朝外走去。

达尔罕虽然听不懂莉莎和安德烈之间用俄语进行的对话,但从安德烈出乎意料的举动,他猜出莉莎是在制止安德烈的干预,因而立刻推断出,莉莎肯定不是这个年轻军官的情人,否则,他避免不了一场你死我活的恶斗。他觉得刚才的一鞭是不光彩的,那些愤怒的挖苦话委屈了莉莎。这么一想,他的怒火随即消失了一大半,皮鞭也垂落下来。他下意识地回望了一眼已经关合的房门,然后愧疚地注视着遍体鳞伤的莉莎,咬了一下嘴唇问道:"他是谁?"

"安德烈。我们的朋友。"

"他来干什么?"

"为我……收尸。"

"收尸?"

"是的,达尔罕。我给你和汗国带来了灾难。我是……罪人啊!"莉莎费力地说着,又已经泪眼模糊了,"打我吧,处死我吧,达尔罕。我回来,就是接受你的惩罚的呀!……如果我的死能为你在汗王面前赎回点儿罪过,能使你的痛苦稍稍减轻一些,我该会多么高兴啊!……"

达尔罕听着莉莎的哀哀哭诉和真心实意的请求,心里更加没了主意。还是在他骑马向这里奔来时,由于有机会对色克色那的陈述进行一番回味,就已经认识到,把怨恨一股脑儿发泄在自己返回汗国的莉莎身上,是不近情理的,是不公平的。一切罪过都在自己身上,莉莎是无辜的。如果真的通过自己的手去惩罚对他至死不渝的姑娘,那么,就正如色克色那说的那样,他就成了不敢替爱人承担灾难的令人唾弃的懦夫了!然而,他却已经抽下一鞭,而且不是为了泄密,竟是由于妒火!想到这一切,达尔罕可怜起莉莎,对自己则愈加切齿痛恨,并羞愧地垂下头去。

莉莎疑惑地看着达尔罕,有气无力地说道:"亲爱的达尔罕,临死前能见你一面,能听到你的声音,我就满足了。不要再犹豫了,为了汗王哥哥,为了汗国部众,举起你手中的鞭子吧!"

达尔罕抬起头来,久久凝视着那张他所爱怜的脸庞。此刻,这张俊俏的脸上布满了伤痕,眼里已经黯然无神,却无一处不生动地表露出对爱人的依恋、怀罪和甘受惩罚的决心。达尔罕的心开始哭泣了。他真想扑过去拥抱莉莎的身体,亲吻她的脸,她的嘴唇,以及刚刚印上鞭痕的臂肘。但他又清楚而悲哀地想到,在发生了泄密的严重事件以后,他已经不能再跟莉莎结合,和这个心爱姑娘之间的缕缕情丝必须毫不犹豫地彻底割断。这对他是多么痛苦又是多么无法更改的抉择啊!

"你怎么了?达尔罕。"

达尔罕又听到了莉莎温柔而甜蜜的声音,不由得一抖。他胆战心惊地想到,再有一刹那,他也许永远逃不出这个房间了。难道他真要向这个汗国

的敌人投降吗?"不!"他心里抗争地喊道,"决不!"同时,他恨起自己的软弱和动摇,也恨起眼前这个使他软弱和动摇的少女。他瞪起火辣辣的眼睛,猛地举起皮鞭。他相信,他不再是由于妒恨而是为了惩罚敌人抽下这一鞭。然而,莉莎那种耶稣受难的平静表情和温顺的样子,使他的最后的决心冰消瓦解了。突然,他凄惨地大叫一声,用尽平生力量,将皮鞭向矮橱抽去。蜡烛被震到地上,熄灭了。周围顿时一片黑暗。在黑暗中,爆发出达尔罕痛苦万分却不容反驳的声音:"听着,莉莎!就当你没来过汗国一样,马上离开这里,一刻不准停留!"紧接着,传来飞快离去的重重的脚步声。

莉莎只来得及呼唤一声"达尔罕",便又昏厥过去了。

达尔罕就这样从黑暗的惩罚室走来,又从莉莎黑暗的卧室离去了。房间里只留下昏迷不醒的莉莎和趴在地板上搜索蜡烛的安德烈。

29

渥巴锡决然地向策伯克多尔济下了一个令人震惊的命令以后,在灯火辉煌的大殿里一霎也没有停留,很快踏上楼梯,顺着好像突然变长了的走廊,向他经常独自使用的特备房间快步走去。大约一个小时前,也就是天刚刚黑下来的时候,他和安妮在这个房间里进行了一次严肃的谈话,使这个很刚强的少女哭得昏了过去。在他下楼去接见卡辛斯科依前,他把昏迷的安妮放到了床上。而现在,仅仅过去一个小时,他把这一切都已经忘得精光了,在他的全部意识中,只剩下了"儿子"两个字,在他的眼前只活动着小王子萨莱的形象。是的,他什么也看不见,明亮的烛光也好,走廊尽头像似一个黑洞的窗子也好,他都看不见。就连他自己的存在也感知不到了,好像他是一团轻飘飘的雾气,在虚无缥缈的空间向前飘动。他永远也不会记起是怎样走到房间的门前的,也永远不会记起是怎样打开房门、怎样在漆黑一团中跌落到沙发里的。

但是,安妮却永远不会忘记渥巴锡进入房间的情景。直到她为渥巴锡捐躯的时候,这个令她恐惧和心酸的场面依然按着原来的样子在眼前浮动。

当时,安妮已经醒来,在床上嘤嘤啜泣。她听到开门声,很快擦干眼泪看去。由于她一直处于黑暗之中,得以看清眼前的景象,确信跟跟跄跄走进来扑向沙发的是渥巴锡殿下。她刚要起身下床,却被紧接着的几秒钟发生的事情吓呆了。只见渥巴锡发疯一样用力扯开胸襟,犹如受伤的雄狮,低沉而悲哀地轻吼一声,便跌落到沙发里再也没有声息了。

"他又昏过去了!"安妮在心里惊叫道,一骨碌跳下床来,跑到沙发前。她跪下去,一面流泪轻呼"殿下",一面把那蜷缩在沙发里的沉重身体摆正,以便使渥巴锡躺得舒服些,好尽快醒来。当她去挪动那双依然抓着胸口的手时,感到握在掌里的冰冷的手指有些发黏,借着门隙射进的烛光仔细一看,不由得悚惧地喊起来:"血!天哪!"她随即跳起,几步飞到门外,不顾王宫里不得大声喧哗的禁令,用尽力量,不要命地喊道:"快来人!殿下昏过去了!快来人哪!——"然后又失魂落魄地奔进房间,不知还该干些什么。

随着安妮的瘆人的呼喊,历来十分安静的宫殿里呈现一片混乱的局面。到处是开门声,到处是杂沓的脚步声。走廊两侧很快站满了等待一旦召唤的王室近侍,心急如火的母后和惊慌失措的塔莉莎娜王妃,在两排近侍的中间匆匆走到渥巴锡的房间。

一踏进房门,塔莉莎娜便扑到渥巴锡僵卧的身体上压抑地哭起来。母后则愠怒和埋怨地对安妮说道:"连灯也不点!快去叫人把灯点上!"

安妮轻轻应了一声,抽身跑到门外,很快带进仆人点燃了蜡烛,同时给母后搬过一把椅子。

母后没有坐到椅子上,却跪在沙发前,拿出白色丝帕,轻轻揩去渥巴锡胸脯上的血迹,清晰地看到被指角狠狠抓挠的印痕,再看看凝然留在渥巴锡脸上的痛苦表情,她忍不住落下心疼的泪水,颤着苍白的嘴唇喃喃说道:"亲爱的儿子,是什么痛苦在折磨你呀?你为什么不说出来,偏要自戕呢?"说着,她仰起头来,怨恨地看着手足无措的安妮,"安妮,说实话,他是怎么昏过去的?"

"母后殿下,"安妮恐慌地瞪起眼睛,口齿也不那么伶俐了,"我……"

母后生气地站起身来,一眼看见卧榻上散乱的样子,强压怒火地说道:"哼!不用说了!是你把他惹成这个样子的!"

"母后!安妮怎敢……"

母后厌恶地挥手制止住安妮,然后回身朝门口喊道:"去一个人,请布兰德医生尽快到这里来!"

"布兰德医生来了。国母殿下。"随着托布信的声音,穿着燕尾服的布兰德医生提着药箱走了进来。

布兰德是德国很有名的外科医生。是在汗国军队凯旋前,巴木巴尔携重金招聘到高加索给渥巴锡殿下医治战伤的。在离开高加索时,由于渥巴锡的创伤远远没有痊愈,加上和渥巴锡建立起的深厚友谊,便随军来到汗国。他不会蒙古话,却精通俄语,渥巴锡和他交谈时,总是让托布信做翻译。他很尊敬渥巴锡,佩服渥巴锡的军事和治国的才干以及超人的精力,当他获悉汗国将有东归之举时,更加认为渥巴锡是个非凡的人物了。他决定帮助渥巴锡实现东归大业。他说,渥巴锡的创伤可能会常常发作,需要他这个医生不离左右,而且,他要亲身经历和详细记录这次壮举,将来公之于世。遗憾的是,他在汗国部众东归中,救活了无数伤员和病人,他自己却在最后一个俄军要塞被摧毁前,死于一场瘟疫。

且说布兰德进了房间,向母后俯首致意后,径直走到沙发前,俯身翻看了一下渥巴锡的眼皮,然后回头向托布信说了一句什么。

托布信对母后说道:"布兰德医生让我禀告如下的话。他说,请国母殿下放心,汗王殿下只是受了点儿刺激,一时气厥,很快就会好的。"

母后如释重负地吁出一口气。她想叫安妮给布兰德医生拿过一把椅子,但看到安妮魂不守舍的样子,反感地微微皱了一下眉头,轻轻"哼"了一声,顺手把自己身后的椅子搬了过去。布兰德医生点了点头,坐到椅子上,打开药箱,开始进行急救。塔莉莎娜则轻轻拭着泪退到母后身边。

安妮见状,不由得一怔,赶紧给母后和王妃各搬过一把椅子。她那手忙脚乱的样子,活像刚刚犯了过错的孩子,想方设法干点儿讨人喜欢的事,以求避免责罚似的。可是,此刻的王妃和母后,都全神贯注在渥巴锡身上,根本看不到安妮的忙乱,也想不到要坐下去。安妮却有安妮的想法。她以为,是母后和王妃不想接受她所献的殷勤,对她搬过来的椅子看也不愿看一眼。安妮突然产生了一种孤立无援的感觉,意识到自己无足轻重的身份和此情此景中人们对她的反感。她感到委屈和羞愧得无地自容。她想走出这个房间,恨不得把自己藏起来,不给任何人看见。然而她又知道,不经母后许可,她是不能离去的。可怜的安妮实在进退维谷,尴尬得手足无措了。

大约这样过了十分钟,达什敦杜克领着萨莱走了进来。萨莱看见房间里的紧张气氛和躺在沙发里的渥巴锡,喊了一声"爸爸",一下挣开了达什敦杜克的手,向沙发上扑去。

"萨莱!"母后担心而急切地喊道,想走过去拉开萨莱。

布兰德医生回过头朝母后微笑着轻轻摆了一下手,那意思分明在说,不必干预萨莱王子和汗王殿下的亲近。然后,他又亲昵地拍了拍萨莱的脸蛋,操着很不熟练的蒙古话说道:"不要哭,爸爸没事了。"说完,站了起来。

母后问道:"您是说,殿下已经苏醒了吗?"

布兰德医生好像猜到了母后的问话,还没等托布信翻译,就肯定地点了点头。不过,以下的对话,却都是由托布信帮助完成的,只是略去了翻译过程。

"要不要喊开萨莱王子?"

"不,不要。儿子的呼唤会使爸爸的神经功能更快地恢复。"

"谢谢您,布兰德先生。"母后感激地说,忍不住流下悲喜交集的泪水,"没有您,真不知殿下会怎样。"

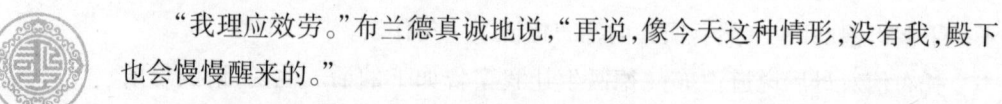

"我理应效劳。"布兰德真诚地说,"再说,像今天这种情形,没有我,殿下也会慢慢醒来的。"

"可是,这样的场面太令人惶恐、太令人担忧了。殿下的健康是汗国的希望所在啊!"

"我理解,国母殿下。"

"他这已经是第二次发病了。您说,他还会像今天这样突然昏厥吗?"

"会的,如果受到太大的刺激。"

"您是说,他今天一定是受到了很大的刺激?"

"是的。否则不会发病。"

母后嗔怨地瞥了一眼低头沉思的安妮,又向布兰德说道:"殿下以前并没有这个毛病,他几乎比所有人都健康。可是……布兰德先生,我是很相信您的。请您如实告诉我,殿下是不是在高加索染上了什么可怕的病症?"

布兰德犹豫了一下,回望了渥巴锡一眼,似乎是下了一个很难下的决心,说道:"我曾答应殿下,不把他的病情告诉其他人,包括国母殿下和王妃殿下。但是,我担心渥巴锡殿下再发病,后果也许是不堪设想的。所以,我准备如实地讲给国母殿下。渥巴锡殿下在战场多处受伤,包括心、肝等内脏,至今没有痊愈,而且,每一次发病都会使他的内伤进一步恶化。……"

母后闻言打了个哆嗦,脸色顿时一片惨白,她无限惊恐和忧心忡忡地追问道:"布兰德先生,殿下的战伤永远不能恢复了吗?"

"能的,国母殿下。"

"快告诉我,布兰德先生。您手里缺少什么药物?不管它多贵重。只要能治好殿下,我宁可把王室的财产全部卖掉!"

"药物治疗只是一个方面。更主要的是安心静养。我几次劝说渥巴锡殿下,暂时托国他人,到一个风景秀丽、气候宜人的地方静养一段。这样的地方在敝国有的是,我可以陪伴他。而且只需要一年左右的时间,他就会像以前一样健康。但是,他说什么也不肯。渥巴锡殿下在此事上态度异常固执。我希望国母殿下劝劝他。"

听了布兰德医生的话,母后全明白了。如果不是布兰德医生在场,又守着那么多人,她准会扑到渥巴锡身边,痛哭一场。此刻,她的心在痛哭。她是母亲,而且是曾经失掉过儿子因此更知道疼爱儿子的母亲。可是,她明明知道儿子重创在身,还在不断恶化,却不能劝说儿子舍弃一年的时间去恢复健康!一年的时间,的确不算长,就算一个人只能活六十岁、五十岁,这一年的时间也还是很短。然而,这短短的一年时间,对渥巴锡意味着什么呢?意味着他生命的价值,意味着几代人奋斗的结果呀!母亲毕竟是母亲,她不能不在眼前的一瞬产生这样一个想法:强制渥巴锡去静养,把东归大计留待以后再说。但母后又毕竟不仅仅是母亲,她也同样是为汗国东归祖邦奋斗的战士啊!而且,她心里明明知道,即或她不当战士只做母亲,逼着渥巴锡放弃这一年的时间,渥巴锡也绝不会答应。她是深知自己的儿子是怎样一个男子汉的。

想到这些,母后看了看肢体已开始舒展的渥巴锡,无限悲凉地摇了摇头,如同痛苦呻吟般地叹了一口气,然后像似回答布兰德医生又像似自言自语地说道:"静养,……一年,……是呀,这本该是不难做到的。……"

布兰德医生说道:"那就请国母殿下劝劝他。但不要说您知道了他的病情。"

"今天在场的人谁也不会说出殿下的病情的。——唔,您看,布兰德先生,殿下已经醒来了,他的头也在动了。"

"再过几分钟,殿下就可以坐起来说话了。"

"谢谢您,布兰德先生。时间这么晚,您也累了。既然殿下已经没有危险,就请去休息吧。"

"是,国母殿下。"布兰德医生说完,动手收拾起药箱,又摸了摸渥巴锡的手腕,认为可以放心了,便在托布信的陪同下走出房间。

母后目送布兰德的身影在门外消失后,她突然觉得自己的心力和体力都耗尽了,一阵晕眩袭来,她赶紧闭上眼睛,身体不由得晃了一下。安妮和塔莉莎娜慌忙从两旁扶住她,并帮助她坐到椅子上。她稍稍平稳一些以后,慢慢挑起沉重的眼皮。当她看清是安妮在旁边扶持着她,心里那股怒火又重新燃起,她反感地挣脱了安妮的手,恨恨不已地说道:"安妮!刚才布兰德先生的话你都听到了。殿下第一次昏厥时,你也在场。你自己知道你今天到底做了些什么!"

安妮跪了下去,仰望着母后盛怒的面容,嘴唇一颤,两行热泪倏然滚落下来,她异常委屈地说道:"母后,如果真是奴婢惹得汗王殿下大动肝火,奴婢是甘愿受到责罚的。可是……"

"那么你说还会是谁?殿下把你叫到这个房间,你便一直和他在一起。"

"不是这样的,母后。奴婢真的不知道……"

"不要再说了!就是这会儿殿下为你辩解,我也不会相信的!"母后说着,突然朝安妮挥了一下手,意思是不让她作声,然后像是在谛听一个细微的若有若无的声音,眼睛定定地凝视着渥巴锡。

塔莉莎娜露出惊喜的神色说道:"母后,殿下刚才好像喊了一声萨莱!"

"看来我没听错。他总算醒来了!"母后说着,放心地舒出一口气,同时站起来向前走了一步,把仍跪着的安妮又忘得干干净净了。

"萨莱!"渥巴锡又喊了一声。虽说这声音有如梦呓一般游移和飘忽,在场的人却都清晰地听到了。

萨莱搂着渥巴锡的脖颈,哭着喊道:"爸爸!我在这儿!"

"萨莱,我的……儿子!"

渥巴锡的声音已经很真切了,而且人们看到,他伸出胳膊,搂住萨莱。

"殿下!"母后、王妃和达什敦杜克同时轻声喊道。

渥巴锡的脸痛苦地搐动了一下,慢慢睁开眼睛,迷惘地四处看了一下。也许他什么也没有看清,因为只是在他的昏暗的目光落在近在眼前的萨莱脸上时,才闪动了一下兴奋的亮光。他想挣扎着坐起来。塔莉莎娜赶忙走过去,帮助他完成了这个显得非常艰难的动作。

渥巴锡紧紧握住萨莱双肩,仔细地看了一会儿,当他确信眼前确实是萨莱时,眼泪夺眶而出,他用力抱住萨莱娇小的身体,喃喃说道:"真是你,萨

莱！一切都很正常,我刚才只是做了一场噩梦。……"

"您刚才是昏过去了。爸爸。"

"我……昏过去了?"

"是的,殿下。"塔莉莎娜在旁边说道,"母后和叔父都一直守在你的身边。"

"殿下,"母后紧接着说道,"我们都很为你担心。布兰德医生离去不久,他也很为你的健康忧虑。"

"那么说,我是真的昏过去了?可是我为什么……"渥巴锡不能自解地喃喃说道,当他的视线落在低头不语的达什敦杜克身上时,他恐惧地猝然一抖,刹那间,昏迷前所发生的一切,都杂乱无章地涌进记忆之中。"唔,天哪!"他悲愤而绝望地轻吼道,"难道这真的不是一场噩梦吗?"

"殿下,你在说什么?"母后骇然地问道,"到底发生了什么事?你心里到底有什么隐痛?"

渥巴锡根本没有听到母后的话,在他的耳边,有无数震雷在轰响。他更紧地拥抱住萨莱,悲痛欲绝地说道:"这不是噩梦啊,我的儿子。这是真实的呀!"

"殿下!"母后惊惧而固执地说道,"有什么事?快告诉我们。你已经弄得我毛骨悚然了!"

"妈妈!"渥巴锡声音凄然地叫道,他拉着萨莱的手,在塔莉莎娜的扶持下微晃着站起来,"您说对了,妈妈。的确发生了一件……"

"殿下!"达什敦杜克急切地喊道。

渥巴锡明白达什敦杜克为什么要打断他的话。他开始变得清醒起来,略一思索,松开萨莱的小手,对塔莉莎娜说道:"塔莉莎娜,请你带萨莱去休息吧。"

"是,殿下。"

"谁跪在那里?"

母后答道:"是安妮。"

"为什么?"

"塔莉莎娜,你等一等。"母后说道,又转向渥巴锡,"我有理由猜测,你今天发病和安妮有关。你让塔莉莎娜母子离去,就更证实了我的猜测。我知道,最近一段时间,安妮很不快活,因为她认为殿下冷落了她。现在,我要当着王妃塔莉莎娜的面,告诉安妮,殿下从高加索回来,在塔莉莎娜的房间也只是待了一夜,而且是和衣而卧的。塔莉莎娜王妃对此都毫无怨言,安妮却在怨恨殿下了!"

"妈妈!您为什么要说这些?"

"母后!"安妮流泪道,"我怎敢怨恨殿下?"

"殿下!你也想替安妮辩解吗?"

"不,妈妈。我不为她辩解。但是,今天的事和安妮毫无关系。"

"你不是一直和安妮在这个房间吗?"

"不。一多半时间我是在大殿里。我接见了大使。"

"是这样……"母后沉吟道。

"正是这样,妈妈。我好像一回到房间就不省人事了。"

"如此说来……你起来吧,安妮。"

"谢母后宽宥。"

母后感到内疚地说道:"今天的事都怪我。而且,要不是安妮喊人,殿下是不会这么快醒来的。——安妮,别生我的气。"

"我理解母后的心情。奴婢只能铭记母后的恩德。"

"你也同塔莉莎娜一同回房去吧。顺便叫走廊里的人也都散去。殿下一定有什么重要事情要和我说。快去吧。"

塔莉莎娜和安妮带着萨莱走出房间后,渥巴锡想了想说道:"达什敦杜克叔父,您也请回去休息吧。"

"殿下不想改变原来的主意吗?"

"不。"

"殿下!……"

"叔父,我再和妈妈商量一下。您已经很累了,去睡吧。"

"我……能睡得着吗?"

"那您就和塔莉莎娜一起守在萨莱的床边吧。"

达什敦杜克看着显得异常平静的渥巴锡,忍不住喉头热辣辣地哽咽了一下,无力地转过身,朝外走去。

听到渥巴锡前面的几句话,母后不仅意识到的确冤枉了安妮,也猜测到一定发生了比安妮"争风吃醋"更为严重的事情。现在,渥巴锡又令人费解地叫达什敦杜克守在萨莱的床边,对照达什敦杜克焦虑的表情和说话的吞

吐,更加感到发生了什么巨大的不幸。

"你说吧,渥巴锡。"待房门又重新关合后,母后迫不及待和充满疑惧地说道,"我们是不是又要迎接一次打击?"

"您先坐下,妈妈。"渥巴锡把母后扶坐到沙发上,他自己则站在对面,注视着母后六神无主的表情,"妈妈,在回答您的问题以前,请先告诉我,在您的多灾多难的经历中,也曾经昏厥过吗?"

"你为什么问这个?"母后大惑不解地问道。

"我想知道。妈妈?您昏厥过吗?"

"没有。"母后轻轻摇头道,"这大概是因为我的身体好。"

"我是想问,您是否由于某一件不幸的事哭得昏过去?比如您失掉儿子的时候,没有昏厥过去吗?"

"追怀往事比面对不幸更令人肝肠寸断。也许我当时应该哭得昏过去,但我没有昏过去,我甚至没有哭,因为我知道哭也没有用,因为我心里更多的是仇恨和决心。"

"您比我强,妈妈。您是一位坚强的母亲,我却是一个软弱的爸爸。……"

"你说什么?"母后惊悚地跳起来,面如土色地叫道,"难道萨莱……"

"是的,妈妈。"渥巴锡负疚良深地低下头,"您又要和我一同迎接一次打击。萨莱将到我哥哥曾去过的地方。"

"去做人质!去死!"母后肝胆俱裂地说道,又跌坐到沙发上。

"怨恨我吧!妈妈。我是一个不孝的儿子,残酷的爸爸,无能的汗王啊!"

"不!"母后抗争地喊道,双手痉挛地抓着渥巴锡伸过去的手,"不!我决不答应,渥巴锡!我不答应!无论如何我不答应!不管你们怎么穷竭心计,也不准你们碰我的小萨莱!"

"除非我们放弃东归大业!"

母后惊骇地看着渥巴锡说道:"别吓唬我,渥巴锡……"

"您应该像送走王兄那样坚强。"

"萨莱!萨莱……多不幸的名字!我为什么非让孙子也叫萨莱呀!"

"女皇让他做人质,并不是因为他叫萨莱,而是因为他是汗王的儿子。"

"可恨的女皇!可悲的王族!……"母后咬牙说道,眼睛一酸,泪水簌簌

239

落下,她一下把脸伏在渥巴锡的手上,第一次失声痛哭起来。

"不要哭,妈妈。眼泪减轻不了痛苦,只能削弱您的仇恨和决心。"

母后仰起泪脸,像大旱而望云霓似地望着渥巴锡,祈求地说道:"好儿子,想想别的办法吧!召开扎尔固会议,研究个别的对策吧!"

"我曾冥思苦想,别无良策,连舍楞和策伯克多尔济也殚思竭虑,只能摇头叹息。"

"事到如今,他们竟一筹莫展,拿不出一点儿主意吗?"

"他们的主意您也不会赞同。"

"什么主意?你快说!"母后问道,似乎看到了一线希望。

"遣散军队推迟东归时间……"

"这……还有吗?"

"用三百个贵族子弟换下萨莱。"

"俄国人同意这样交换吗?"

"同意。"

"你不同意,对吗?"母后的眼睛里闪了一下亮光后,恼怒地问道。

"是的。我不能同意。您会和我一样的,妈妈。"

"不!"母后大声说道,并站了起来,松开了渥巴锡的双手,"我同意。是的,这是一个好主意!"

渥巴锡矍然变色,惊讶地说道:"让三百个贵族子弟去死,而留下萨莱王子?"

"为什么不能?萨莱王子是王位的唯一继承人!"

"我才二十几岁,还会有儿子。"

"你好狠心!竟说出这样的话来!你的父子之情到哪里去了?"

"可是妈妈,那三百名贵族也同样是父亲!"

"我们做出的牺牲要比那三百名贵族大得多!"

"我知道,妈妈。先王就是为东归大业忧愤弃世的,哥哥也是为此惨死彼得堡的。今天萨莱王子……妈妈!我们是汗王家族,理所当然要做出更大的牺牲。"

"那我就宁可让我们家族成为平民百姓,请别人来当汗王好了!"

"妈妈!悲哀已使您理智混乱了!"

"你就是说我疯了,也休想让我献出萨莱!"

这时,传来叩门声。

渥巴锡叹息了一声,走过去打开房门。

30

俯身站在门外的是舍楞和策伯克多尔济。

"是你们?"渥巴锡蹙额道,"策伯克多尔济,你没有追上卡辛斯科依的车驾吗?"

"追上了,殿下。"

"如实和他讲了吗?"

"是的,殿下。"

"那……你们还有什么事?"

"叫他们进来讲。——舍楞,策伯克多尔济,你们进来吧。"母后喊道。

舍楞和策伯克多尔济遵命走进房间。

"给国母殿下请安!"

"免了。"母后冷冷地说,掩饰不住内心的不满,"我问你们,殿下要送萨莱去做人质,你们没有异议吗?"

"有异议的,国母殿下。"舍楞俯首道,"但汗王殿下的命令,我们又不能不遵照执行。"

"策伯克多尔济,你的回答也是如此吗?"

"是的,国母殿下。"

"遵照执行?……哼!亏你们还是汗王的股肱之臣!你们就眼睁睁看着汗王后继无人吗?"

"不,国母殿下。"策伯克多尔济说道,"我们是不同意殿下的决断的。因为这对国母殿下和王妃殿下无疑是个太大的打击。汗国的贵族和部众也肯定不会赞同汗王的决定。所以,我已和舍楞大人采取了补救办法。……"

"策伯克多尔济!"渥巴锡怒道,"你根本没有执行我的命令!"

"臣下怎敢违拂汗王的旨意!"

"你是怎样对卡辛斯科依讲的?"

"我告诉他,汗王殿下将在三日内把萨莱王子送到归鸿驿。他满意地继续赶路了。"

"策伯克多尔济!"母后也怒道,"这就是你所说的补救办法吗?"

"请容我说完,国母殿下,虽然我毫无差错地执行了汗王殿下的命令,但在我离开宫殿前,和舍楞大人商妥,在我去追赶卡辛斯科依的时候,由舍楞大人向大小诺彦公布萨莱王子要去做人质的消息,并问问他们,如果用三百名贵族子弟可以换下萨莱,他们将怎样选择?"

母后向舍楞问道:"他们怎么说?"

舍楞答道:"无一例外地决定献出自己的儿子。"

母后扬手制止住要发起火来的渥巴锡,接着又问策伯克多尔济:"你不是对卡辛斯科依说,汗王殿下要送去萨莱王子吗?"

"是这样说的,国母殿下。但是,卡辛斯科依自己也曾说,在三个条件中接受一件即可。当然,他更希望带着萨莱王子去觐见女皇。三天后,他看到送去的是三百名贵族子弟,而不是萨莱王子,也许会不高兴。不过,他面临的局面对他也很不妙,他又急于事功,巴不得一步踏进女皇的宫殿,是不可能再回来难为汗王殿下的。"

"很好。"母后喜出望外地说道,"我谢谢你们。"

"不!"早就要气炸肺的渥巴锡吼道,"这绝对不行!"

"就这么办了,这事由我做主。"母后不容反驳地说道,"那三百名贵族子弟什么时候召集?"

"已经召集完毕。"舍楞答道。

"什么!"渥巴锡又惊又怒地说道,"你们如此狂悖!竟敢对我阳奉阴违!"

"臣等实出无奈。保证王储安然无恙,也是臣下的职责啊!"

"他们……在哪儿?"渥巴锡横眉立目,咬着牙,十分吃力地喝问道。

"现正跪候在宫殿前。"

"传我的命令,叫他们立刻散去,各回各的家!"

母后赫然震怒道:"不能解散!渥巴锡,直到今天,你还没有下一道不准我干预国政的命令吧?"

"妈妈!……"

"舍楞,策伯克多尔济,这一次,你们就执行我的命令吧!当然,你们也可以像渥巴锡一样说一个'不'!"

"无须让他们左右为难。我自己去解散那三百名贵族!"

"我也去。我倒要看看,他们听谁的!"

渥巴锡焦躁地扫了一眼惶惶不安的舍楞和策伯克多尔济,又看了看怒容满面的母后,迟疑了一下,咬了咬嘴唇说道:"好吧,我们都去。——策伯克多尔济,你先走,告诉那些贵族,在我和母后出现在他们面前时,不要高呼请安。我不希望他们的喊声打扰了萨莱的……最后的安睡……"

听了渥巴锡的坚定而凄然的声音,母后打了个冷战,说道:"你为什么这样固执?"

"因为这是唯一正确的决定。"

"几乎所有的人都反对这个决定。"

"他们不是汗王。妈妈,我们去吧。"

渥巴锡说完,迈动双腿向外走去。他感到一阵晕眩,险些跌倒。舍楞赶紧从旁边扶住他。

"殿下!"舍楞担心地说道,"此事拖到明天再定吧?"

"不。我坚持得了。"

母后看到渥巴锡身体虚弱的样子,一股悲哀之情袭上心头,觉得今天对儿子的态度太过分了。而且,渥巴锡刚刚苏醒过来,需要安静地休息一会儿,这样逼迫他,不是要加重病情吗?但她又一想,这是面对萨莱王子命运的最关键的也是最后的时刻,不能拖下去。虽说她相信那三百名贵族是忠于王室的,肯定情愿牺牲自己的儿子以保证王储的平安无事;不过,正如渥巴锡所说,他们也是父亲,如果今天不做出决定,他们那股效忠汗王的热血就会因妻儿的哀哭而冷却下去,那就是另一样情形了。是的,这事不能拖到明天!所以,她狠了狠心说道:"殿下,我搀扶你。"说着伸出胳膊。

"妈妈,……"

"当然,你要做出搀扶我的样子。——舍楞,你可以松开了。"

就这样,渥巴锡和母后互相挽结着胳臂,舍楞小心翼翼地跟在旁边,慢慢走出房间。

走廊变得异常肃静,使他们的脚步声显得清晰响亮。两侧的烛光静悄悄地照着他们,投到地毯上的身影忽长忽短,交错回旋。他们终于走到了楼梯口。

在踏下第一个阶梯时,母后问道:"渥巴锡,你好像叹息了一声?"

"我很难过,妈妈。"

"因为我现在的异常举动吗?"

"您正在一条错误的路上走着。"

"真正错误的是你,渥巴锡。对汗位继承人这样汗国的头等大事,你采取了十分轻率的态度。"

"您对汗位的继承想得太多,忘记了东归大业。"

"渥巴锡!你竟敢这样评论你的妈妈!"

"请原谅我,妈妈。您是一直把汗国的东归大业作为毕生奋斗的宗旨的,所以,汗国的部众都心悦诚服地把您奉为国母。但今天,您却把自己的孙子看得比东归大业更为重要。"

"我不认为这两者之间有什么矛盾。汗国将来需要萨莱,正像东归大业需要你一样。"

"将来的汗国是会有汗王的。当年,汗位的继承人是我的哥哥,可是我却成了汗王;没有我,达尔罕不是也可以做汗王吗?"

"你哥哥不是独生子。"

"如果根本没有我和达尔罕,您也可以承担起汗王的重任。俄国不就是女皇吗?汗国为什么不可以是女王?所以,妈妈,应该更多地想想眼前,眼前的东归大业是更需要这三百名贵族的!"

"要送走的是他们的儿子。他们照样站在你的麾下!"

"让三百名贵族怀着丧子之痛去冲锋陷阵?"

"在汗国,每一个父亲都失去过儿子!"

"这不一样,妈妈。如果他们的儿子已经是骑马带刀的战士,那么儿子在战场捐躯,父亲会感到光荣。可是,他们要亲手送给死神的却是未成年的孩子!这种痛苦,并不是一般人能承受得了的!"

"古语道'哀兵必胜'。他们带着痛苦,会更勇猛地迎战强敌。"

"这要看是怎样的痛苦。除非……女皇把这三百名贵族子弟从做人质改为砍头。但偏偏是做人质!他们的父亲会时时刻刻思念儿子,在心里虚构各种惨不忍睹的场面。是的,妈妈,悲哀并不总能产生勇气和力量,有时也是心灰意冷和萎靡不振的土壤。如果我今天同意这三百名贵族带着悲哀踏上征途,也就同时默许了我的东归队伍可以溃不成军。因为这三百名贵族,都要率领几百几千名战士,至少要管理几百名部众。……"

"不会出现这样的后果。他们都是心甘情愿的。"

"心甘情愿并不能减轻悲哀的分量。再说,有谁敢肯定地说,他们都是心甘情愿的?有谁敢保证他们都不会后悔?如果在这三百人里,有一百个,不,有十个不是心甘情愿或者后悔了,会出现怎样的情形?会有成千上万的战士因为没有精神抖擞、指挥若定的将领而失去战斗力!我却不能因为这三百名贵族献出了儿子而夺去他们的兵权!"

"渥巴锡,你不该把我们忠心耿耿的贵族想得这样坏!如果他们有谁后悔了,就不配做汗国的贵族。"

"不,妈妈。他们就是因此产生怨恨也是合情合理和无可指责的。当然,我这只是一种假设,但是,这假设的本身不就足以给我们造成巨大的精神负担吗?"

"你为什么偏偏要做这样可怕的假设?连你自己不是也要献出儿子吗?"

"我是汗王,注定要把自己整个儿献给汗国;他们却仅仅是贵族,是在为家族、为儿子奋斗的同时为汗国效忠。这是不一样的,妈妈。当我决定献出自己的儿子时,也是忍受着巨大的痛苦的,而且,在未来的日子里,心灵的折磨将永远伴随着我,直到我离开人世!我也想躲避这种比叫我死还大得多的打击,但我又知道,我躲避不了!……"

这时,他们走走停停地业已踏下最后一级台阶。

策伯克多尔济走过来打断了渥巴锡母子的谈话。

"国母殿下,汗王殿下。刚才有人揭发,一名贵族带进宫殿的是属下的儿子,而将亲生儿子藏匿了起来。请国母殿下,汗王殿下裁处。"

"竟有这种事?"母后怒道,"欺骗汗王殿下是不忠,夺他人之子是不义。如此不忠不义之人,留他何用?立即枭首示众!"

渥巴锡想了想说:"母后裁夺极是。策伯克多尔济,去执行母后的旨令。"

"遵命。"策伯克多尔济说完,匆匆走了出去。

母后突然感到身上的力量已消失殆尽,她长长出了一口气,无力地说道:"唔,真累。我头一次感到下这段楼梯如此艰难。我们歇一歇吧。……"

"要坐下吗?"渥巴锡问道。

"站一会儿就行了。——渥巴锡,你刚才说什么来着?……唔,对了。

你说,你想躲避也躲不了,对吗?"

"是的,妈妈。"

"为什么?"母后问道,看样子,她此刻好像不急于去见那三百名贵族,而要听听渥巴锡的解释似的,"送去三百名贵族子弟,就可以不送萨莱,这不是卡辛斯科依亲口说的吗?"

"他们说话是从来不算数的。叶卡特林娜女皇也绝不会像卡辛斯科依那样头脑简单。她会意识到,一个萨莱的价值远远超过三百名贵族子弟。三百名贵族子弟只能牵动三百名贵族,对一个有三十万部众的汗国,这只是一个区区小数,不足以阻止汗国东归的脚步;而萨莱却可牵动一个汗王,这等于牵动整个汗国。只要汗王难下决心,汗国就不能踏上东归的道路。当年,他们要我哥哥去做人质,不也是如此居心吗?而且——妈妈,您刚才知道了,有一个贵族子弟是假的,那么,叶卡特林娜会不会想到这一点,怀疑三百名贵族子弟都是冒名顶替的呢?他们没见过这些孩子,却都认识萨莱呀!……"

母后愤然挥手道:"不要再说了!"

"妈妈!您……"

"走。我们去吧!"母后有气无力地说,"搀好我,渥巴锡。我好像走出宫门的力量都没有了。"

渥巴锡搀住母后,走出宫门,终于站到了平台的边缘处了。

在平台前,两排宿卫队战士当中的石板路上,跪着黑压压一群人,在已经很浓重的夜色笼罩下,无法估计有多少人,只能依稀分辨出在每个年长者的身边跪着的是娇小的少年。遵照策伯克多尔济事先的警告,在渥巴锡和母后出现在平台上时,他们没有高声请安,只是齐刷刷地叩了一个头,然后都仰起脸来,把眼睛盯在渥巴锡和母后的身上。

"妈妈。"渥巴锡低声说道,"要是您感到说话吃力,就由我替您说吧,让他们自己做出抉择。"

"不。"母后坚定地说,"今天的话,应该由我来说!"她说着轻轻挣脱了渥巴锡的胳膊,向前迈了一步。蓦然,她觉得有一股神奇的力量注入身体,使她这一步迈得坚强有力,落地有声;她的眼睛似乎也明亮起来,看得清星空下的每一张脸。她摆手拒绝了跟上来的渥巴锡的扶持,威严和愤然地注视着平台下的贵族,发出令人惊悚的声音:"听着,你们这些幸运的人!你们能为汗国献出儿子,是你们的光荣!汗王殿下也有神圣的权力和充足的理由命令你们这样做!让汗国的三十万部众,在留下王子和留下你们的儿子之间做一个选择,他们也肯定选择王子!但是,汗王殿下不愿让你们的家庭被悲哀笼罩;他宁可一个人承担巨大痛苦,宁可汗位后继无人,也不忍心夺去你们的天伦之乐;他又用种种深思熟虑和感人肺腑的道理说服了我,因此,你们的儿子得救了!回去吧!你们这些幸运的贵族,带着儿子回去吧!回到你们的毡帐,围着你们免遭劫难的儿子高兴吧!欢笑吧!痛饮吧!如果你们的良心还没有泯灭;如果你们在庆幸之余,还能想到,你们的儿子能够幸存,完全是因为我的儿子的高贵和我的孙子的牺牲;那么,你们就在东归的征途上,用勇猛的冲杀和视死如归表示你们对汗王殿下的忠诚吧!"

平台下的人群中发出震惊之后的压抑的哭声和纷然杂乱的乞求国母允许他们献出儿子的表白。对这些,母后听不到,也看不到了。她只觉得天旋地转,注入体内的那股神奇力量也倏然飞散了。她紧紧闭上眼睛,从抖动的眼皮下浸出两大滴泪珠。正陷入惊讶和激动的渥巴锡一把抱住了她的胳膊,她顺势靠在渥巴锡身上,好像如果此刻失去凭依,就会倒下去一样。

渥巴锡热泪涌流地说道:"妈妈!您……"

"好儿子。"母后喃喃说道,"我承认……你是对的。虽然这像挖去我的心一样。……"

"您真是一位最高尚的母亲!"

"你今天的赞扬,我当之有愧。……唔,他们走了吗?"

"还没有,妈妈。"

"快把那些人赶走!我不想再看到他们,不想听到他们的声音。让他们快走,快……唔,天哪!我要挺不住了,大地……正在塌陷吗?……"

"妈妈!"渥巴锡感动而心疼地喊道。他顾不得揩去泪水,猛地转过脸去,对平台下仍旧跪着的贵族们大声说道:"立刻散去!还要用武士们驱赶你们吗?"

早就被母后的出人预料的举动弄得惊愕失色的舍楞和策伯克多尔济,失望而无奈地互相看了一眼,心情异常沉重地哀叹了一声,不得不朝被他们召集来的贵族挥了挥手。那三百人这才不甘心地站起来,纷纷领着儿子离去了。

石板路上只剩下了一个人。

渥巴锡怒道:"谁还跪在那里!"

"是我,殿下。"

"达尔罕!你怎么也在这里?"

"我是来请死的。"

"胡闹!谁让你来请死?"

"是达尔罕吗?"母后睁开失神的眼睛问道,"让他上来,到我的身边来。"

"达尔罕,母后让你上来。"

"不。"达尔罕固执地说道,"我不能再踏上宫殿的台阶,让我罪恶的双脚玷污了我们家族的光荣。汗王殿下,立刻下令处决我吧,否则,我就自裁!"说着,他从腰间拔出雪亮的匕首。

"放下!"渥巴锡怒视着达尔罕,大声喊道,"你为什么要死?"

"为了我给汗国带来的灾难,为了我今天本可以杀死汗国的敌人莉莎却又失去了勇气,为了完全是我的罪过使可爱的萨莱面临的厄运!……天哪!你还让我重复这些愧对祖宗、令人愤慨的罪行,我真恨不得把自己一片片撕碎!……"

"你能够自责,说明你没白白度过在惩罚室独处的时间。但是,你也好,莉莎也好,都是无意间犯下了过错,处死你们,只能说明我不公正。"

"你的宽容让我看到自己灵魂的卑微,你的安慰更叫我无地自容!但宽容也好,安慰也好,我都不接受。我现在需要的只是最严厉的惩罚,是死亡!"

母后叹了口气,沉静地说道:"达尔罕,既然你已经下决心去死,那就让我和你一同走向另一个世界吧。因为和你比,我的罪过更深重。"

"妈妈!"达尔罕凄惨地叫道,热泪飞溅而出。

渥巴锡在瞬息间的晕眩之后厉声说道:"达尔罕!你知道我们的妈妈经受了和正在经受着怎样的痛苦,你还想为了求得自己的安宁让她再接受一次失去儿子的打击吗?我命令你,从即刻起,要和妈妈形影不离。在东归祖邦的路上,你要保证妈妈的安全。如果由于你的疏忽和任性,使妈妈有个三长两短,你的罪孽将更深重,你就是死了,列祖列宗的在天之灵也不会承认你这个不肖子孙的!——策伯克多尔济,去把他拉上来!"

达尔罕意识到,他为了母后,必须带着耻辱和痛苦活下去。这样的活要比死更困难、更可怕,也更需要勇气。他感到勇气不足,却又无法拒绝活下

去。突然,他悲痛欲绝地仰起泪脸,望着星空,撕肝裂肺地哭喊道:"天哪!彰罚不爽的佛爷你在哪里?快让你惩治恶人的震怒,变成霹雳,向我的头顶打下来吧!打下来吧——"接着,他一头扑到坚硬的石板上,泣不成声了。……

31

残夜将尽,晓星在天。

整个世界都沉浸在最静谧的安睡之中。

小王子萨莱也在安睡,也在做梦。他梦见了什么?是在万紫千红的花丛中捉到了一只色彩斑斓的蝴蝶?是变成了一只快乐的小鸟,张着彩翼飞上了祥云缭绕的碧空?抑或是长成了英武的青年,系着长长的披风,挽弓射出的响箭穿透了猛虎的颈项,救出了一位美丽可爱的小公主?这我们无从知道。但有一点可以肯定,他做了一个非常非常美妙的梦。因为他的鲜红的嘴唇一颤,竟咯咯笑了起来。笑声停止后,那甜蜜的笑意还久久荡漾在唇边的浅靥之中,弥漫在白里透红的细嫩的脸颊上,使他显得比往常越发娇美和惹人喜爱。

但是,可爱的萨莱不会知道,这将是他短促生命中最后一个美丽的梦;他也不会知道,在他流连于梦乡时,许多疼爱他的人正目不交睫地守护在床边;他更不会知道,他睡梦中的甜笑,牵引出无数的苦泪。

的确,这一夜的泪水够多了。流泪最多的,无疑是塔莉莎娜王妃,虽说她对面临的悲剧知道得最晚;看到萨莱梦中的甜笑,心被撕绞得最难以忍受的,无疑也是塔莉莎娜王妃,虽然她的泪眼早已看不清萨莱俊美的脸庞了。她是母亲啊!眼前躺在床上,舒服地伸展着四肢,睡梦中都充满欢笑的萨莱,是她的亲生儿子,是从她身体中分离出的最宝贵的一部分,是她快乐和自豪的源泉,是她生命的巨大支柱啊!然而,这个生下来便是快乐和幸福的化身、昨天还无忧无虑地生活在爱的包围之中的稚嫩的小生命,这个她比任何人都更加珍爱的小王子,就要被活生生地夺走了!这个打击,对塔莉莎娜王妃不是太残酷了吗?当然,作为母亲,她比任何人都更有权力庇护儿子,不准任何人动萨莱一根指头;她也有理由大哭大闹,发誓说,如果萨莱真去赴难,她就立即悬梁自尽。要拯救眼下对大步走来的厄运还一无所知的小萨莱,这或许是唯一的办法。但是,作为渥巴锡的温顺的妻子,作为必须深明大义的王妃,她又知道,汗王和母后的决定是为了汗国的东归大业,是不容违抗的,而且,汗王和母后和她一样,也深切地爱着萨莱,也在承受着不亚于她的椎心泣血的悲痛。因而,她一句反对的话也不能说,就连她的无可指责的哭泣也是在一种强大力量的克制之中,人们看到的是极小的一部分,更大的部分全压抑在抽搐的心房里,在成倍地增加着痛苦的分量。

在场的人没有谁想劝慰一下塔莉莎娜王妃。这不仅因为他们也在流泪,也需要劝慰,更主要的是他们不敢看一眼王妃。他们似乎早就意识到,一旦他们的泪眼看到塔莉莎娜王妃的悲痛欲绝的样子,准会晕倒过去。

唯一没有流泪的,只有渥巴锡了。但他未必不在哭。他的泪水全部堆积到心房里了。他坐的地方离萨莱较远,但也听到了萨莱的笑声。这笑声那么动听,又那么令人心碎,他的泪水就要从心房奔涌而出了。他咬了咬嘴唇,用他又涩又辣的眼睛看了看母后、叔父、王妃以及安妮等所有在场的人,然后站了起来,走到母后身旁轻轻说道:"妈妈,请您出来一下。"

母后拭了拭泪水,站起身随渥巴锡走了出去。

他们经过长长的走廊,进入紧西头的那个房间。

一直等候在这里的舍楞、策伯克多尔济、巴木巴尔以及洛桑丹增喇嘛都站了起来,躬身道:"国母殿下,汗王殿下。"

渥巴锡把母后扶坐到沙发上后,对舍楞等人摆了摆手道:"都坐下吧。"但他本人却没有就座,紧接着说道:"我突然决定,今天就送走萨莱。"

"今天?"除了母后,都站起来惊问道。

"是的,今天。太阳一出来,就动身。"

"殿下!"巴木巴尔急躁地说道,"扎尔固成员决定强烈要求殿下收回成命!你不能送走萨莱王子!"

"不要喊了!"渥巴锡生气地说道,"我不是来同你们讨论送不送走萨莱,而是向你们宣布送走萨莱的时间! 至于这个时间是否合适,我只想听听母后的指教。"

还是在刚才离开萨莱的房间时,母后就猜测到渥巴锡叫她出来的用意,而且,她当时也在考虑把和萨莱告别的时刻放在三天以后是否正确?既然送走萨莱是必不可免的,为什么不尽量缩短告别前的难熬的时间呢?像今天这样延续三个昼夜,所有人的精神和肉体都会彻底垮掉的。所以,她听到

渥巴锡的话,一点儿也不吃惊,反而觉得自己变得坚强了,心绪也平静了许多。她轻轻叹了一口气,声音微弱却很坚定地说道:"渥巴锡,你说得对。就让诀别的痛苦时刻早些到来吧!……"

渥巴锡悲哀而激动地说道:"您是最能理解儿子的母亲!谢谢您,好妈妈!"

"你们这是怎么了?"巴木巴尔瞪着冒火的眼睛,怒吼道,"都昏了头吗?"

渥巴锡对巴木巴尔不顾身份的粗话,丝毫没表示出恼怒,却像安慰他似的说道:"不要再说了,巴木巴尔。你现在还没弄清的道理,我会在去归鸿驿的途中讲给你听。"

"叫我和你一起去把萨莱王子送进地狱?你干脆砍死我好了!"

"我们必须干的并非都是我们愿意干的事情。而且,萨莱不是去进地狱。他将是为了汗国的东归大业,继光荣的罗卜藏之后的第二位功臣!"

"殿下!……"

"快去准备车驾吧!耽搁时间,只能徒然增加痛苦。"

"渥巴锡。"母后站起来说道,"现在要不要告诉塔莉莎娜王妃?"

"不,妈妈。谁也不要告诉。"

"偷偷带走萨莱?"

"只好如此。"

"她会因此哭得昏过去的。"

"那总比在萨莱跟前昏过去要好。"

"好吧,我去把塔莉莎娜引开。……我也无法忍受离别的痛苦啊!"母后哽咽地说着,眼泪夺眶而出。

……

大约一个小时以后,身着簇新的王子服装的萨莱,被爸爸领出宫门。

萨莱对他出生以来第一次远行,表现出浓厚的兴趣;并产生一种从即刻起再也不是孩子的感觉,因为他将以汗王继承人的身份,到另外一个国家去学习。爸爸就是这样对他讲的。这说明爸爸也把他当成可以远离慈母怀抱的真正男子汉了。他早就想做这样的男子汉了。所以,他心里很快乐,表情很严肃。要说他不留恋汗国,不依恋妈妈,是不可能的。但这种纯属孩子的依恋之情与意识到自己可以自立的喜悦相比,只能退居到第二位了。只有一点使他感到莫名其妙,那就是整个宫殿似乎都笼罩在一种阴沉的氛围中。

往日的繁华销声匿迹了，人们脸上的笑容无影无踪了，连替他往外搬运行李的安妮等人也都低垂着忧郁的脸。还有，母亲和祖母藏到哪里去了？达什敦杜克叔祖为什么也不露面？特别是，爸爸为什么也是满脸乌云，而且好像突然苍老了许多？难道这一切都是因为人们不忍和他暂别造成的吗？

"爸爸。"萨莱仰起被初升的太阳映红的小脸说道，"您不高兴吗？"

"不。"渥巴锡好像被惊醒似的说道，"我很高兴。当然，你要走了，心里免不了会惆怅的。"

"我不是很快就回来吗？"

"是的。很快……就会回来。"

"那您就把眼泪擦掉吧，爸爸。"

"眼泪？我流眼泪了吗？"

"您低下头，我替您擦。"

"好，好。你来替我擦去泪水，我会非常高兴的。"渥巴锡说着，低下头去，任凭萨莱柔软的小手拭去眼角的泪珠。此刻的渥巴锡，只觉得心脏在抽搐，一团如火的热浪就要冲出喉咙，泪水就要奔涌而出了。他忍不住，一把抱起萨莱，把自己的脸紧紧贴在儿子的胸脯上。

"爸爸！快让我下来！"

"不。……我要抱着你走下台阶。"

"让我自己走吧。再说，我还没有拜别祖母、叔祖和母亲呢。"

"他们在昨天夜里已经为你祝福了。好了，我们该走了，车驾正在等着我们呢。"说完，他不管萨莱怎样挣扎着要下来，毅然地步下台阶，朝着马车大步走去。

32

对于纯洁无瑕的少女，最可怕的莫过于贞节被玷污了。归鸿驿管事特里根的女儿，天真可爱的阿黛，正是在遭遇到这种不幸后，不要命地向河边跑去。

她好像在一场噩梦里从魔鬼的窟穴逃了出来，脚下的每一步路都是那样坎坷，那样无限的长。她在半疯狂半痴呆的状态中，也不知跑了多久，跑

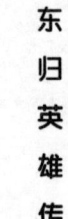

了多少路。她脑子里有一团乱糟糟的东西嗡嗡响着向外冲撞,眼前的一切都是黑乎乎一片,又都向外迸射着银白的光。直到她已经到了长满树木的河岸,听到了哗啦哗啦冲荡着的流水声,才意识到自己形体和灵魂的存在。她踉踉跄跄地收住依然自顾狂奔的脚步,抱住向她径直撞来的树干。她的脸撞破了,殷红的血和着泪水流下面颊,却丝毫没感到疼痛。不知是一种什么力量的牵引,她下意识地回过头来,怔怔地看着好像笼罩在朦胧月色中的归鸿驿。在归鸿驿门前,有人在走动,也都像梦中的飘忽不定的人影。那些人,也许根本不知道她遭遇的可怕打击,或者已经知道并遗弃了她。她异常悲哀和委屈地猛然垂下泪脸,一眼看到自己匆匆穿到身上的已被扯破的衣服,陡然忆起像饿狼一样的卡辛斯科依如何不知廉耻地在她身上的隐秘处乱摸的一幕。她犹有余悸地闭上了眼睛……

　　那是在中午的时候。偶然身体不适的妈妈让阿黛把午餐送到卡辛斯科依的房间。阿黛早就看出这个无耻之徒对她不怀好意,好久没有单独和卡辛斯科依接触了。这次她也满心不愿意去。但是,她又不忍心让妈妈抱病把又大又重的托盘擎送到大使面前,这种女人分内的活计也不能让身为军官的爸爸代劳。所以,阿黛犹豫了一下,还是端起了托盘。她打算把午餐放到餐桌上就立即退出来,只要不落入卡辛斯科依的臂膊,就可以逃避令她作呕的长吻。然而,她哪里想得到,她的戒备在力大无穷的恶棍面前是毫无意义的。而且,在卡辛斯科依猛然跳起来把她搂进怀里并扯开她的衣襟时,她魂飞魄散地意识到,这个衣冠禽兽想索取的已不仅仅是一个亲吻了。这是她无论如何也预料不到的。她骇然地瞪起眼睛,奋力向外挣脱。但是围在她腰间的胳膊,像铁钳一样,越箍越紧,令她感到窒息。她想高呼救命,可是,眼前那个红红的烈火一样的大嘴已经紧紧堵住了她的双唇。她觉得自己的双脚已离开地毯,一只大手从敞开的衣襟下伸向她的乳峰。她一下子昏了过去,以后的事情她就不知道了。但是,当她从昏迷中醒来的时候,发现自己一丝不挂地挨着一个毛茸茸的胸脯躺着,下体隐约作痛,立即明白了在她昏迷的时候发生了什么事情。她只觉得天昏地暗,悲痛欲绝,却怎么也没想到要和身边这个可恶的人拼命。她一骨碌跳下床来,扯过衣服遮住了自己的身体,昏沉沉跑出大使的房间,鬼使神差地跑到了河边。……

　　想到这里,阿黛感到一阵寒栗流遍了全身,嘴唇一颤,又使劲搂住树干失声痛哭起来。同时,她看到了死神在招手,指引她此时此刻理所当然应去的所在。阿黛是个纯洁的姑娘,纯洁得纤尘不染。她长年生活在几乎与世隔绝的归鸿驿,不知什么叫罪恶,对未来充满了天真无邪的憧憬,以为一切都应该是美好的。她原本想,有一天能毫无愧赧地把自己白璧无瑕的肉体和无可指摘的灵魂,一同交给勇敢而多情的巴图尔。巴图尔肯定会无微不至地爱护她,使她永远像生活在妈妈爸爸身边那样无忧无虑。然而,她的并非侈想的美梦仅仅在一个小时前被彻底击碎了,就像一朵含苞待放的花蕾,被一场突如其来的暴风雨摧残得凋零了。难道她还能活下去吗?能把已经被玷污的肉体再奉献给自己的情人吗?这个无声的想法,也许在她醒来的一刹那就开始在心田里回荡了,现在,和她撕心裂肺的痛哭声碰到了一起,终于敲响了人类痛苦乐章中震撼人心的音符,冲出她温柔年轻的胸膛,伴着哗哗的流水声,直震向万里晴空。……

此刻,归鸿驿的庭院里依然很宁静。特里根老人正顺着游廊向卡辛斯科依的房间走去。他像往常一样,腰间挂着钥匙,步履缓慢而稳重,不时若有所失地回望一眼寂然凝立的大门,心里却在不住埋怨老伴儿的毫无来由的庸人自扰,竟不让他喝完最后一碗浓茶,非要他去找回女儿不可:"阿黛去了这么久,把不准会出事吧?"

"能有什么事?"特里根不以为然地说道,"你们女人就是事多!是你叫阿黛送午餐,又疑神疑鬼地胡猜乱想!"

"可是,两顿午餐也该吃完了。"

"那又怎么样?就不能在一起说说话?"

"阿黛不是个小姑娘了。大使又是个独身汉。"

"你想到哪儿去了?大使是个有身份的人!"

"我总觉着不对劲儿。万——……"

"好了,好了。"特里根不耐烦地说道,无可奈何地放下茶碗,慢吞吞地站起来,"你别叨叨了,我去把阿黛找回来就是。"

特里根想着,又苦笑着摇了摇头,心里说道:"女人就是事多,真没办法。"

可是,当他走到大使房间的门外,却听不到里边有任何细微的声音传出来,他的心一下子沉了下去,恐怖地想道:"难道老伴的话应验了吗?"这个比死亡还可怕的想法一经闯入脑海,他就再也顾不得对外国大使的礼仪了,扬起右脚,"嘭"的一声踹开了房门,大步冲了进去。

房间里没有阿黛,也没有卡辛斯科依。他只看到了午餐原封未动地摆在餐桌上,床铺上散乱得一塌糊涂,床铺下随意丢弃着阿黛的靴子和扯破了的衣物。这一切,似乎在一刹那间都活了起来,飞了起来,旋转着砸向他的脑袋,冲进他快要窒息了的心房。他像一头野兽一样,愤怒地大吼一声,使尽全身力量,一脚踢翻了餐桌,然后倏然转过身,瞪着血红的眼睛,咬牙切齿地喊道:"卡辛斯科依!恶棍!你在哪儿?"

卡辛斯科依没有看到此刻特里根疯狂的样子,也没有听到特里根的可怖的怒吼。就算他看到了,听到了,也肯定不敢从浴室中走出来,反而会把自己整个埋在温热的水里。

特里根不见卡辛斯科依露面,愈加愤怒,眼里像喷射着火焰,他在房间里窜来窜去,把一切能推翻的东西全都推翻了,把一切能砸烂的物件全都砸烂了。最后,在一片狼藉中,他抓起阿黛的衣物,肝肠痛断地呼喊道:"阿黛——"

这时,一个站丁慌里慌张地跑来,气喘吁吁地说道:"特……特里根骁骑校!阿黛……"

特里根扔下阿黛的衣物,一把抓住站丁的胸襟,吃力地问道:"阿黛……她在哪儿?"

"阿黛……她,她跳河了!"

"什么?"特里根骇然道,一下子推开了站丁,着魔了一样向外跑去。

特里根经过庭院,径直冲出大门。在大门外,他险些撞倒刚刚跳下马车的渥巴锡。但是,此刻的特里根什么也看不到,在他的眼前只有翻波舞浪的河水和在水浪中挣扎着的阿黛。与渥巴锡随行的巴木巴尔、策伯克多尔济,大声喊着他的名字,想问问他发生了什么事情。但是,此刻的特里根什么也听不到,在他的耳畔只有震耳欲聋的涛声和阿黛的凄惨的呼救。

特里根早已忘记了世界上除了阿黛还有别的人,早已忘记了除了救阿黛还有别的事。他直向河边冲去,一步一个趔趄,跌倒又爬起来。他终于跑到了河边。然而,他所看到的却是阿黛的赤条条水淋淋的尸体。

刚刚从河水里打捞起阿黛尸体的江基尔·巴图尔,和特里根一样失魂落魄,恍如梦中。他不敢也不愿相信眼前的事实,可他又无法否认安安静静躺在沙滩上的确实是他的未婚妻。他实在想不通,昨天还高高兴兴和他幽会的阿黛,何以今天竟自沉河底?是谁把阿黛逼上绝路的呢?是谁夺去了他心爱的姑娘呢?难道是命中注定阿黛要溺水而死,命中注定他巴图尔要承受失掉恋人的打击吗?这个从来不会流泪的小伙子,再也忍受不住内心的悲痛了,他双手紧紧捂住脸,一下蹲下去,大声抽泣起来。

江基尔·巴图尔的弟弟扎瓦·巴图尔,看着痛不欲生的哥哥,也忍不住流下泪来。但他毕竟比哥哥清醒得多,还知道此刻应拿起阿黛丢弃在岸边的衣服,遮盖在姑娘的赤裸的身上,然后迎上一步,扶住狂奔而来跟跄欲仆的特里根。

特里根挣脱了扎瓦·巴图尔的扶持,扑到已成了隔世人的爱女身上,揪心地哭起来。他的肩头抽动着,整个身体都抽动着。仅仅几秒钟,他就再也支持不住,像一摊软泥颓倒在阿黛的身边,昏厥过去了。

人们好歹把特里根弄醒,搀了起来。他迷惘地扫了一眼周围的站丁,最后又把老泪横流的脸转向女儿。突然,他跪了下去,双手捧起紧闭双目的阿黛,哭喊道:"阿黛!可怜的阿黛!我的……好孩子呀!"

特里根的眼泪滴在女儿苍白的脸上,和那残留的水珠融合到一起,又顺着腮边流下,好像死者和生者在一起哭。特里根捧着已失去生命的可爱的小身体,在巴图尔兄弟的扶持下,站了起来,久久地注视着前面的河流,眼泪仍在眼里涌出,滴到阿黛的脸上,又从阿黛的腮边流下去……

江基尔·巴图尔咬着苍白的嘴唇,看着特里根的混浊的泪眼,问道:"爸爸……骁骑校大人,到底发生了什么事?"

特里根恨恨不已地说道:"卡辛斯科依,这个畜生!他把阿黛……"

"不要说了!"江基尔·巴图尔恐怖而愤怒地喊道,"这个人面兽心的坏蛋!我现在就去宰了他!"

扎瓦·巴图尔也怒火熊熊地说道:"哥哥,我帮助你出这口恶气!"

正在这时,渥巴锡汗王的车驾以及他的扈从人员的坐骑已停在人们的身边。

策伯克多尔济跳下马来,对巴图尔兄弟问道:"你们想干什么?"

江基尔·巴图尔说道:"我要杀死卡辛斯科依!"

"他已经离开了归鸿驿。"

"他就是跑到天边,我也要追上他!"

"就是追上了,也奈何不得他。他有一连哥萨克做保镖。再说,我也不允许你在目前情况下去伤害他。"

"你想包庇这个坏蛋！是你把他放走的吗？"

"不是他,是我。"已经走下马车的渥巴锡慢慢走过来,冷幽幽地说道,"卡辛斯科依是我放走的。"

人们看到是汗王殿下,都惊惶地跪下去。

特里根像受了委屈的孩子,嘴唇一颤,又大声哭起来:"殿下！小人命苦啊……"

"我已经知道了。我很同情你的不幸。唔,你们都起来吧。"

人们纷纷站起来,垂手恭立一旁。

只有江基尔·巴图尔仍跪在那里,固执地瞪着面无表情的渥巴锡,说道:"小人要放肆地问殿下一句。"

"你是江基尔·巴图尔。对吗？"

"正是小人,殿下。"

"我知道你要问什么。你不必问了,因为我不能回答你。"

"请问殿下,这是为什么？"

"同样地我也不能把原因告诉你。"

"殿下！您不是万民仰赖的伟大的汗王吗？"

"给你这样的勇士当汗王,我很惭愧。"

"惭愧？"江基尔·巴图尔不顾礼仪地愤恨而讥诮地喊道;"不能替部众做主的汗王,说一声'惭愧',就能心安理得吗？"他说着,站起身来,虎虎地瞪着渥巴锡。

"放肆！"策伯克多尔济喝道,"你是在同汗王说话！"

渥巴锡朝策伯克多尔济挥了挥手,依然平静地说道:"不要怪罪他。他的心里很痛苦。"

江基尔·巴图尔咬牙道:"您还知道我心里很痛苦,还知道特里根爸爸值得同情！这是毫无意义的悲天悯人。因为正是殿下放走了造成我们痛苦和不幸的凶手！而且,您是在已经知道阿黛投河自尽的原因以后,放走了卡辛斯科依的,这是为什么？"

"我已经说过,不能向你作出解释。至少目前不能。"

"那您就别妨碍我们自己报仇！这里的站丁都会帮助我的！"

"我已经决定,这里的站丁我要全部带走,包括你和你的弟弟扎瓦·巴图尔。"

"我也做出决定:不和您走。我自己也能报这个仇!"

"还有我,殿下。"扎瓦·巴图尔向前走了一步说道,"我将永远和哥哥在一起,同生共死!"

"我已经派人去护送卡辛斯科依。如果有人袭击他,当即就会被射穿脊背。"

"殿下!"江基尔·巴图尔不胜其愤地说道,"您真替卡辛斯科依想得周到啊!"

"我不能不万分谨慎。"

"说穿了,殿下,您是怕失掉俄国人的欢心!您是宁可让部众任人宰割、忍气吞声,也不敢稍稍得罪了俄国人!"

"江基尔·巴图尔!"渥巴锡提高声音说道,"你该骂够了!我们现在应该着手处理阿黛的后事。我劝你暂忍悲痛,和我去玛怒托海,我将在宫殿里向你详细解释,并希望你们兄弟都成为我的骁勇的军官。"

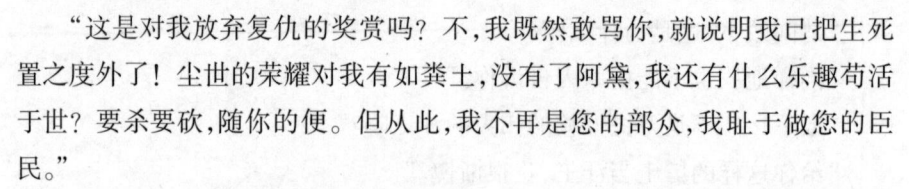

"这是对我放弃复仇的奖赏吗?不,我既然敢骂你,就说明我已把生死置之度外了!尘世的荣耀对我有如粪土,没有了阿黛,我还有什么乐趣苟活于世?要杀要砍,随你的便。但从此,我不再是您的部众,我耻于做您的臣民。"

"我不能处死你,因为你没有过错,就像我不允许你现在去复仇也没有过错一样。如果你暂时不愿再做我的臣民,由你好了。但我希望你不要忘了自己是蒙古人,不要对汗国的命运漠不关心。"

"我宁可做一辈子强盗,也不愿再听到汗国可悲的呻吟。从今天开始,你们将不断获悉俄国人被袭杀的消息。"

"深山野岭并非是英雄用武之地。"

"卑躬屈节的汗国也不是好汉安身立命之所!——扎瓦,我们走!"

江基尔·巴图尔拉着弟弟的手,走到特里根面前,眼含热泪地凝视了阿黛一眼,什么也没有说,转过身大步走开了。特里根只有摇头落泪而已。

看着巴图尔兄弟渐渐远去的背影,巴木巴尔再也忍耐不住了。他怨气冲天地吼道:"殿下!就让他们这样走了吗?"

"也许他们只能如此。"渥巴锡说道,痛苦地咬了咬嘴唇,"我不能强迫他们跟我走。"

"他们完全可以不走这条路!"

"你是说……"

"殿下,您不应该让他们带着深仇大恨去落草为寇。"

"你能说服他们?"

"当然能。只要你说一句话就行。"

"让我说怎样一句话?"

"允许他们带领归鸿驿的站丁去追击卡辛斯科依,杀死这个灭绝人性的畜生,夺回萨……"

"住口!"渥巴锡怒道,"你忘记了你是汗国的大臣,忘记了我对你说过的话。"

"您说过的话只能使堆在我胸膛里的新仇旧恨膨胀!只能叫我发疯!"

"小不忍则乱大谋。你应该学会忍耐!"

"你让我看到的,都是我无法忍耐的!"

"那你就捆住自己的手脚,堵住自己的嘴!"

巴木巴尔眼睛红得像两盏灯笼。此刻,卡辛斯科依的车驾和马队踏起的烟尘恰又从北边的岗地上涌起,更使巴木巴尔恨得咬牙切齿。他怨气难消地走来走去,不知道他在此刻应该忍耐还是应该步巴图尔兄弟的后尘。但他还能记得,就在这之前不久,渥巴锡忍痛把爱子送上死亡之路,他不应该再惹殿下生气,就算殿下真的错了,他也不能违抗。想到这些,他"嘿"地大吼一声,使劲挥了一下胳膊,走到自己随从跟前,声音沙哑地命令道:"把我捆到树上,我就要管不住自己了!"

"大人,这……"

"快!混蛋!"

"是。大人。"巴木巴尔的随从无奈,只好用缰绳把自己的主人捆到树干上了。

渥巴锡不再理他,慢慢走到特里根面前,俯下头,轻轻吻了一下阿黛的冰凉的额头,轻轻地说道:"可爱的姑娘,能先把你送走,随后就到的萨莱王子不会孤单了。……"

渥巴锡的声音很低,在场的人是听不到的,都以为他是在为阿黛祝祷。但特里根却清晰地听到了从汗王口中说出的每一个字。他大吃一惊,怔怔地看着眼角正在浸出泪珠的汗王,嗫嚅道:"殿下!小王子……"

"什么也不要问了。"渥巴锡哽咽了一下说道,"阿黛是个好姑娘,我们会永远记住她的。她的灵魂既然已凌波而去,说明她找到了理想的归宿。女孩儿爱清洁,你就再把她放在河水中,让波涛冲去魔鬼留在她身上的污秽吧!"

特里根感动地点点头。他不再哭了,却从眼底射出一种崇高的希望的亮光,好像他正在把女儿送到上帝的面前,送到圣洁的祭坛,好像阿黛已经成了菩萨身边的捧花仙子。他双臂捧着阿黛的身体,一步步地向河岸走去。人们都低垂着头跟在后边。

特里根捧着阿黛向前一步步走去。两边是枝叶披拂的柳树。此时,修长的柳叶已全成黄色,随着枝条在晚风中轻轻摆动,像在为亡者招魂;那沙沙的响声,像在为不幸的夭亡人啜泣助悲。河水被夕阳染成红色,犹如挟裹着鲜血向前奔流并发出呼唤的声音。

特里根终于站到岸边的青石板上了。这里是阿黛生前洗衣服的所在,似乎还残留着她身体的余温。特里根又忍不住抽噎了起来,他把自己满是皱纹的泪脸和女儿的冰凉的脸紧紧贴了一会儿,接着,俯下身去,轻轻把阿黛的尸体送进红色的波浪之中。

一个曾经充满活力的生命从此永远不会再显露她的美妙的形体了。人们都盯着那翻波舞浪的河水。也许他们真的看到了美丽的阿黛披着红光隐现于水浪间,并终于涌出水面,舞着笑着,并羽化了,升腾起来,登仙而去了……

太阳已快落山了。人们默默无言地离开了河岸,准备返回到死气沉沉的归鸿驿。在晚霞的映照下,沙滩是红色的,草原是红色的,远处的归鸿驿也是红色的,一切都似乎被从未见过的红色涂抹了一遍,使人想到血……

正当此时,杜丁大尉和两名哥萨克飞骑而至,他们跳下马来,气势汹汹地走到渥巴锡面前。

渥巴锡停下朝车驾走去的脚步,微皱眉头地盯着杜丁大尉。后者指手画脚、哇里哇啦地说了一阵俄国话。

渥巴锡喊过一直等在马车旁边的托布信,让他把杜丁大尉的话翻译一遍。

托布信走过来说道:"殿下,杜丁大尉说,卡辛斯科依大使一行在途中遭到两名暴徒的袭击,哥萨克死伤六人,两名暴徒虽均负重伤,却逃进树林中不见了踪影。大使认出,两名暴徒正是归鸿驿站丁巴图尔兄弟。他要求殿

下迅即搜捕这两个人,送交俄国处置,否则,他将在返回归鸿驿时,处死全体站丁!大使还强烈要求,汗国要对他的损失给予赔偿。"

渥巴锡略一思忖,冷冷地说道:"告诉杜丁大尉,请他转致大使先生,我知道了,一切照办就是。"

托布信刚要把汗王的话翻译过去,却突然从身后传来炸雷一样的怒吼:"殿下!我们就这样软弱可欺吗?"

人们都骇异地转过身去,只见巴木巴尔攘臂瞋目,双唇抖动,犹如被缚的雄狮一样奋力挣脱着绳索。

"混蛋!把我解开!"巴木巴尔摸不到匕首,便对身边的随从怒喝道。

"不,大人,我不能解开您。"

"什么?你敢违抗我的命令?"

"大人常说,在您暴怒得失去理智的时候,叫我不要执行您的乱命。"

"放屁!"巴木巴尔大声骂道,一脚踹了过去,随从的左腿当即断裂了。

"大人,您踢断了我的左腿。"随从呻吟着想从地上爬起。

"解开我!否则你的右腿也保不住!"

"大人,您就是把我四肢全砍掉,我也不能解开您。"

"我杀死你!"

"等我认为可以解开您以后吧,大人。"

杜丁大尉和另两名哥萨克听不懂巴木巴尔喊些什么话,更弄不明白,这位赫赫威严的汗国大臣为什么竟被捆绑在树干上。所以,他们只是怔怔地看着眼前的场面。

渥巴锡赞许地朝巴木巴尔的随从点点头,然后对托布信说道:"把我刚才的话翻译给杜丁大尉,并叫他们马上离开这里,我还有很多事情要办。"

杜丁大尉获得了汗王的恭谨的答复,感到很满意。他向渥巴锡浅浅鞠了一躬,便腾身跃上马背,带领另两名哥萨克飞骑而去了。

渥巴锡叫人把巴木巴尔的随从抬上马车,然后对托布信和策伯克多尔济说道:"你们在这里等到天黑,再解开巴木巴尔。我在归鸿驿等着你们。"说着,他走到特里根身边,搀起老人的胳膊,"走吧,特里根。忍耐并不是软弱。痛苦却能使我们变得更加坚定!"

33

卡辛斯科依击退了巴图尔兄弟的突袭后,一路上再没遇到别的麻烦。但为了谨慎从事和尽快赶到彼得堡,他极大限度地缩短了在每个驿站的过夜时间。在伊柔列①,他留下全部护卫骑兵,让他们补足旅途中欠下的睡眠和伏特加,他自己则只带杜丁大尉,驱车直奔首都;当晚,他终于抵达了目的地,并和杜丁大尉畅饮后足足睡了一个通宵。第二天,他带着萨莱王子精神抖擞地去觐见叶卡特林娜女皇。

叶卡特林娜女皇听说卡辛斯科依大使偕同土尔扈特汗国王储在宫外候见,感到非常诧异。因为她对贝格托夫伯爵的报告已经确信无疑,并打定主意在继续扩大开拓疆域的战争同时,亲自部署一次彻底消灭汗国的围剿。她之所以没有马上行动,是因为有理由估计汗国的叛逃行动不会在河水结冰之前。而今年入冬以来,天气一直很暖,离河水封冻的时间还远着呢。她派人给卡辛斯科依送去贝格托夫的报告抄件和隐含威胁的亲笔信,仅仅是为了更具体地了解汗国的动向和为即将采取的肯定会引起举世震惊的行动制造口实,并没期望渥巴锡会把唯一的儿子真的送到彼得堡做人质。然而,出乎预料的,萨莱王子来了,而且,一会儿就要站到她的面前。在这一瞬间,她突然问自己:"难道渥巴锡宁愿牺牲自己的唯一继承人吗?——不!"她立刻在心里做出否定的回答,"是的,这不可能。除非这个萨莱像彼得②一样可恶。而像彼得这样连最亲近的人都欲他惨死的人,是绝无仅有的。……"她这样想着,开始怀疑贝格托夫报告的可靠性了。而且,几分钟后,当萨莱王子被带引进大殿时,她心里愈加坚信自己的推断了。因为她看到了一个天真可爱、英俊潇洒的美少年。她的美丽的眼睛竟不由自主地惊讶地闪动了一下。在这一闪动中,她叫人看到了一个雄心勃勃的政治家的另一面,即作为母亲的四十岁女人的慈祥和温柔。接着,她离开宝座,走到地毯当中,当

---

① 莫斯科到彼得堡途中最后一个驿站。
② 即沙皇彼得三世,叶卡特林娜的丈夫,叶卡特林娜政变后不久,彼得被暗杀身亡。

着卡辛斯科依和许多大臣的面,亲昵地吻了吻萨莱的涨得通红的小脸蛋,并命人暂把这位小客人带进后宫。然后,她似乎是自言自语地说:"把这样令人疼爱的儿子送来做人质,除非渥巴锡确信有一天会重新拥抱他!"

卡辛斯科依俯身道:"陛下的话是极英明的。渥巴锡是把萨莱王子看得比自己的生命还贵重的。"

"这就是说,贝格托夫伯爵的报告是虚构的!"叶卡特林娜女皇说着,咬了咬鲜艳的红唇,重又将自己的思想恢复到政治家的角度,"卡辛斯科依,我相信你了。"

"衷心感谢陛下的恩典。"

"不过,阁下对加尔梅克人还不能掉以轻心。贝格托夫的报告虽然不确实,但却提醒了我们在紧紧盯着波兰和高加索的同时,也要时常回过头来瞥一眼土尔扈特汗国。这是一个不驯顺的民族。只要他们有一天自信有力量自作主张,就肯定会在我们眼皮底下放肆起来。对这样的民族,阁下一定能知道我将怎样对付他们!"

"陛下的意思是……"

叶卡特林娜摆了摆手说道。"当然不是现在。我现在还需要他们。阁下恐怕还不知道,从波兰前线传来的并非都是愉快的消息。和土耳其人的战争也远远没有结束。我需要不怕死的战士……"

"我明白了,陛下。"

"汗国还有多少人口?"

"二十万上下。"

"还剩下三分之二。……唔,阁下,如果明年或者后年,我需要您把五万名加尔梅克人送到前线,您会不会感到为难呢?"

"愿为陛下的光辉事业竭尽全力!"

"谢谢您,亲爱的卡辛斯科依先生。您可以走了。——等一等。我明天还要召见您,并当着您的面,命令贝格托夫伯爵从此不得插手汗国的事情。"

卡辛斯科依就这样轻易地重新获得了女皇陛下的信任和青睐。他感到心花怒放和说不出的激动。

第二天,卡辛斯科依和贝格托夫同时应诏入宫。在女皇面前,这两个人发生了一场针锋相对的争吵,谁也不肯让步,惹得女皇蛾眉倒竖,大发雷霆。不过,女皇毕竟更相信卡辛斯科依,所以便把怒火全烧到贝格托夫身上,她当即命令伯爵"马上滚回阿斯特拉罕"！贝格托夫伯爵愤然离开彼得堡的第十天，卡辛斯科依也心满意足地驱车驰向归鸿驿。到了归鸿驿，他受到特里根恭谨而殷勤的接待，心里觉得奇怪，并产生了内疚。他对阿黛的死竟表示了歉意。而特里根却痛骂阿黛不知好歹，没有福气，辜负了大使先生的一片真情。卡辛斯科依相信了特里根说的是真心话，对这个不幸的好老头也就格外地亲热。从此，他们相安无事，常常一起饮酒谈笑。卡辛斯科依以为，特里根之所以对他低声下气，肯定是已经认识到他的左右汗国局面的巨大力量。特别是眼前，他手里掌握着萨莱王子的命运，连高傲的渥巴锡也要恐惧他三分的。以后，他尽可以不去那座蹩脚的宫殿去请求汗王接见了，如果有事，只需派出一个信使，渥巴锡就会忙不迭地亲自跑来呢！想到这些，卡辛斯科依真有点儿得意忘形了。

从渥巴锡送走萨莱王子那天算起，已经整整过去了四十个昼夜。

四十天，对于土尔扈特汗国，就他们面临的事业的紧迫性来讲，并不算短；但是，就这个事业的宏伟和复杂来讲，四十天的时间可实在不算长，甚至可以说太短了！因为渥巴锡有多少事情要做啊！匆匆集结的军队要编制行伍、确定各级军官和进行秘密操训；散居各处的爱马克要小心翼翼地向汗王宫殿附近集中，虽说他们都把自己的毡帐原封未动地留在驻地，并抛弃了多余的铜钱和不便携带的器物，但途中必需的牲畜和车辆却无论如何不能丢掉，这无疑会减缓集中的速度；又要精选数千名勇敢而忠诚的战士分赴各鄂拓克驻地，既能造成有人居住的假象，又要保证不出一点儿差错；而且，还要打造兵器，购运枪弹……就算渥巴锡才智过人，他的助手凤兴夜寐，他的部众闻风而动，要完成这一切，也需三五个月的时间。然而，出乎预料的，仅仅四十天，就诸事告竣了。对此，连渥巴锡也感到吃惊。但他很快就明白了，这是萨莱在起作用。他把心爱的儿子送到俄国做人质，只是在他分析了各种可能之后，认为这是唯一能迷惑住叶卡特林娜女皇而赢得最后准备时间的办法。他怎么也没想到，这一行动竟如此震撼了臣民的心灵。大小台吉、宰桑以及所有爱马克，一下子驯顺了一百倍，在心里盛满了对汗王殿下的敬仰和惭愧，谁也不敢抬头看一眼汗王殿下的苍白面容，而对汗王不多的沉稳的话，则视为神的旨意，不敢也不想稍加违抗，以为在执行汗王命令时有些微疏忽，都是一种罪过，宁肯不吃不喝，也要竭尽全力使汗王满意。渥巴锡看到并理解了这一切。他很受感动，同时，更加认识到小小的萨莱对汗国东

归祖邦大业所立下的补天浴日般的奇功。愈是看到萨莱的价值,渥巴锡便愈是怜惜和思念萨莱。有时,他就躲进那间特备房间,关上门窗,一个人偷偷落泪,暗自计算着可爱的儿子就义的时间。

这一天晚上,渥巴锡又回到永远被痛苦和沉闷的气氛笼罩的房间,仰靠在沙发上思念萨莱的时候,安妮轻轻走了进来。

"殿下。"安妮叫道,并跪了下去,"安妮给殿下请安。"

"安妮?"渥巴锡睁开眼睛说道,微皱了一下眉头,"起来。"

安妮站起身说道:"看到殿下皱眉,安妮就能猜到殿下一定在心里说:'我命令你不要再走进这个房间,为什么又来了?'"

渥巴锡轻轻叹一口气说道:"不是命令,是请求。不过,既然你记得我说过的话,那么你一定有什么要紧的事情才在如此夜深人静的时候来找我。对吗?"

"我刚刚从塔莉莎娜王妃的房间出来。"

"塔莉莎娜?她……精神好些吗?"

"殿下应该自己去看看。"

"是呀……应该去看看。"

"您偷偷送走了萨莱王子后,一次也没有走进她的房间。"

"的确如此。"渥巴锡说着垂下头去,深深叹了口气。

"殿下,这是为什么?"

"因为……太忙。"

"殿下现在不正是很闲暇吗?"

"可是……安妮,你是不是听到了塔莉莎娜怨恨我的话?"

"没有。王妃从来不说怨恨别人的话。但她心里未必没有应该怨恨的事情。"

"我知道,她在怨恨我,怨恨我夺去了她唯一的儿子。"

"您从母亲手里夺走儿子,又把母亲丢在一边不管不问。殿下,您的心未免……"

"太狠了。对吗?"

"请恕安妮直言,您是太冷酷了!"

"冷酷!"渥巴锡说道,咬着失去血色的嘴唇站了起来,自语般地说下去,"冷酷……也许我真变得冷酷了。可是——"他说着,突然转向安妮,"难道我不是忍受着同样的痛苦吗？"

"可她是女人，是母亲！明白吗？殿下！"

渥巴锡凝视着激动的安妮，一时无言以对。他承认安妮说得对，并隐约地感到在安妮的话里有着一种谴责、震慑和哀求的力量，令他恐惧和愧赧。是的，女人毕竟是女人，即或做丈夫的和她承受着同样分量的痛苦，也不能要求她和丈夫站在平等的地位上，她需要用哀哀的哭泣去排遣内心的悲伤，她需要温柔的关怀获得精神的平服，她需要从丈夫身上汲取力量来支撑自己脆弱的生命。对这些，历来细心的渥巴锡竟没有想到，或者想到了，却又被左右自己的痛苦冲击得淡如云烟了。想到这里，渥巴锡渐渐垂下头去，充满自责地低声说道："是我不好。……"然后抬起头来问道，"安妮，你是想叫我去安慰塔莉莎娜，对吗？"

"殿下，我为您感到遗憾。因为最先想到要安慰别人的不是殿下您，而是塔莉莎娜王妃。"

渥巴锡一惊，说道："你说什么？"

"塔莉莎娜王妃曾经怨恨您，曾经想死。但她是一位比我们这些平凡女人更高尚、更通晓大义的非凡的女人。她终于理解和原谅了殿下，并决心为殿下活下去。她知道殿下忍受着痛苦为汗国操劳，身心交瘁，需要有人关怀。她希望自己做一个无愧于汗国的王妃，用一个女人所能付出的一切，为殿下创造哪怕十分微小的快乐。……"

"唔，天哪！"渥巴锡感愧交并地轻叫道，"多高尚的女人！她叫我惭愧得无地自容了！"

"那殿下就去吧，王妃在等着您。"

"谢谢你，安妮。我马上就去。"

看着渥巴锡急不可待地走出房间，安妮舒心地微笑了。当然，在这微笑中，免不了要渐渐侵入悲哀和嫉妒，因为再有一霎，塔莉莎娜王妃就要投入到渥巴锡的怀里了，这种幸福不也是她每时每刻都在渴望着的吗？但她却是由于对塔莉莎娜的同情和尊敬，心甘情愿地充当了信使和说客，似乎不该产生嫉妒，所以最后就只剩下了悲哀。她呆呆站了一会儿，又走过去把渥巴锡的非常零乱的寝帐整理好，然后，坐到沙发上，手托香腮，沉思默想起来。

此刻，渥巴锡已经走近通到塔莉莎娜王妃寝室的最后一道门了。在这之前，他经过了三个房间，都是灯火辉煌，香烟缭绕，却不见半个人影。以

往,在这三个房间是都住有可以随时召唤的女侍的。渥巴锡觉得奇怪,不知这些人到哪里去了?更不知塔莉莎娜王妃给他摆下的是什么阵势?正在他站在门前纳闷不已的时候,房门轻轻打开了,轻质门幔也像是自动撩了上去。渥巴锡刚想说话,突然受到一股令人迷醉的幽香的袭击,这股奇香扑入鼻息,沁入肺腑,令他周身酥软畅快,心荡神驰,他惊讶地闭拢了嘴巴,并且身不由己地走了进去,心甘情愿地接受这股奇香的熏陶了。室内光线很暗,他还一时看不清四周的情景,只是在朦胧中隐约看到两名女侍从两侧退出去,从外面掩合了房门。他下意识地想:"也许这是梦境吧?"但又不像是梦,因为他确实感到鞋底下是软绵绵的地毯,紧握刀柄的手也明确地感到胀痛。他迷惑地闭了一会儿眼睛。待他又挑起眼帘时,才看到了两边灯柱上若有若无的暗红的纱罩,室内的一切陈设,包括依稀可见的碧纱帐,都像被涂上了温暖而柔和的粉红色,似清非清,似见非见,神秘而缥缈。此时,那种刺激感观的奇香愈来愈浓,渥巴锡置身其间,似渐渐被融化,甚至变成了这种奇异香团中的一部分。他还没来得及细想,就被一种从未有过的拥抱女人的渴望完全统治了。

"殿下!"

这是一个娇柔无力而隐含激动和喜悦的声音。在此刻的渥巴锡听来,这声音犹如从仙境飘来一样遥远而动听。他循声看去,只见寝帐帏幔掀动处,一位浑身沐浴着红光的绝世美人袅袅婷婷走出来。令渥巴锡大为惊异的是,走出碧纱帐的正是塔莉莎娜王妃,却又绝非以往看惯了的塔莉莎娜王妃。渥巴锡又一次怀疑是在梦中,因为在他的记忆里,塔莉莎娜是不注意修饰的,更不善于用女人独具的娇媚引起丈夫的心旌摇动、欲火燃烧。可眼前,她是怎样一副媚态呀!她穿着一件蝉翼般的透明的薄纱长衫,根本无法遮掩曲线毕呈的肉体,身体中每一个细微部分都在纱衫的微拂中似隐似现,极力诱惑和扇动着男人的欲火。渥巴锡从未见妻子这样妩媚妖冶,他也从未像现在这样想立刻去亲近妻子的身体。他忍不住轻轻叫道:"塔莉莎娜!"连他自己也听出,他的声音颤抖,且充满了未曾有过的柔情。

塔莉莎娜垂下眼帘说道:"殿下临幸,贱妾受宠若惊。"

"亲爱的塔莉莎娜!"渥巴锡情意缠绵地喊道,想一下子扑过去抱起她的身体钻进寝帐,但他在刹那间突然想起萨莱王子,想起刚才同安妮的谈话,便又收拢住脚步,愧疚良深地凝视着王妃问道:"可是……你真的不再怨恨我了吗？正是我……"

"殿下！"塔莉莎娜知道他要说的话,忙制止道,"希望我们谁也不再提起无法挽回的往事。至少在今晚。……对于殿下做的一切,我都应该理解和……服从。"

"你确实是这样想的吗？"

"我可以发誓,殿下。"

"塔莉莎娜！"渥巴锡感动地说道,"你真是我的好妻子！"

"谢谢殿下。"塔莉莎娜轻轻说道,无力地垂下头,在一阵娇喘后又费劲儿地扬起脸来说下去,"那就请殿下恩赐给贱妾一个不再是空守帏帐的夜晚吧。"

"塔莉莎娜,你深深感动了我,而且,你今晚这样可爱,我怎能舍得离开？我今后要天天陪伴你！"

塔莉莎娜神情异样地微笑着摇摇头说道："殿下能牺牲一个夜晚,我就心满意足了。我没有权力独占殿下。"

"塔莉莎娜！"渥巴锡深情地说着,向塔莉莎娜伸出手去。

"等一等,殿下。"塔莉莎娜说着,伸手指向条几,"请先喝下那杯酒吧。就算贱妾敬献的。"她显得异常吃力地说完这句话,便转过身去,缓缓挪动着脚步,无声无息地坐进寝帐了。

渥巴锡不愿违拂了王妃的情意,顺从地走到条几旁,拿起酒杯。尽管那杯中酒发散着使他诧异的气味,他还是毫不犹豫地倾进喉咙。这杯酒经过食道,进入胃肠,浸进血管,立即发生了奇妙的效力。他感到下体发麻,浑身燥热,眼睛也视物模糊起来。而且,一种未曾体验过的情欲突然爆发了。他已不能再用他的头脑去细细琢磨一番王妃为什么给他备下这杯春酒,只是竭力在寻找寝帐的方向,身体微微晃动着,颤抖着,带着无法按捺的冲动,情不自禁地冲了过去。他一把搂过塔莉莎娜,把燃烧得烈火般的嘴唇暴风雨般亲向妻子的眼睛、脸颊和鬓角,最后紧紧印上了塔莉莎娜的芳唇,并伸手想扯开把他和王妃隔开的此刻显得多余的纱衫。可是,在这一瞬间,渥巴锡猛然一震,嘴唇和手也同时撤了回来。因为他感觉到塔莉莎娜的嘴唇像冰块一样凉,他又拉过塔莉莎娜的双手,同样的,也像冰块一样凉。

渥巴锡似乎一下子惊醒了,他有些愤然地猛地跳起,飞奔到灯柱前,一把扯掉有意加厚的纱罩。房间里立刻明亮起来,红色的涂料也在这一刻消

失了。渥巴锡又三步两步跑回寝帐，不由分说扯掉纱幔，这时，那个具有强烈诱惑力的美人不存在了，出现在渥巴锡面前的是一个面容憔悴苍白、双眸凄凉无神、乳房松弛干瘪的令人可怜的病妇！

渥巴锡全明白了！他热泪盈眶又掩饰不住恼怒地说道："塔莉莎娜！你……这是为什么？"

塔莉莎娜嘴唇一抖，滚下两颗泪珠，她喃喃地说道："殿下，你不该……扯掉纱罩……"

"先躺下！"渥巴锡不容分辩地命令道，并亲自拉过枕头，轻轻扶着塔莉莎娜躺下去，然后扯过被子给她盖在身上。

塔莉莎娜失望地看着渥巴锡，哀哀哭泣道："殿下，你不能没有……儿子呀！"

"可我首先得有妻子！你这样做，会送命的！"

"不能给汗王留下后代，我活在世上……还有什么意义？殿下，你就满足我吧。"

"如果我同意了你这种自我作践的愚蠢行为，不仅害了你，也使我成了万人唾骂的罪人。"

"可是，殿下……"

"不要说了！"渥巴锡厉声道，在寝帐前急躁地踱了几步，然后又站在床边，盯着塔莉莎娜疲惫的眼睛说下去，"看你病成了什么样子？这都是我不好。我没有同你商量，就送走了萨莱。你有理由怨恨我。"

"殿下！……"

"你不要说话，塔莉莎娜。你可能要说……是的，你一定要说，你已经不再怨恨我。但这是不真实的。安妮说得对，对于母亲，儿子具有超越生命的价值。"

"我知道，殿下，你也是出于无奈啊！"

"可对你，这打击是太残酷了。"

"我忍受过来了，殿下！"

"还没有。而且，我只是陷于自己的痛苦，忘记了你更需要关怀和安慰。我是双重的罪人！"

"不！殿下！……"

"我确实是双重的罪人。在你面前，我无地自容。我不是后悔献出儿子,我是说,我一直没认识到你的价值。今天,你让我看到了一位可爱可敬的妻子的形象。我要珍惜今天的发现,我要全心全意爱你!是的,塔莉莎娜,我的爱将永远为你保留着!"

"殿下!听了你的话,我真想痛哭一场啊!"

"那就让我们一起哭吧!我也想哭啊!"渥巴锡说着,跪到床边,把塔莉莎娜的手贴在脸上,失声痛哭起来。

塔莉莎娜从未见过渥巴锡如此动情,她感到激动,高兴得浑身战栗,热泪泉水般涌流出来,很快湿透了枕畔。与此同时,她觉得胸膛里有一团热流在攒动,周身的血液开始沸腾了。她如此渴望将自己的整个身体一丝不剩地融化在渥巴锡的怀里,不是为了生个孩子,仅仅为了突然爆发的情爱。在这一刻,她心里的一切委屈和痛苦都已不复存在了,只剩下了对丈夫的怜爱。她用力捧过渥巴锡的脸颊疯狂地吻起来,并梦呓般地断断续续地说道:"亲爱的渥巴锡,请……躺到我的身边。好吗?"

渥巴锡也感到塔莉莎娜的手热了起来,嘴唇也变得柔软滚烫。那杯春酒在他身上发生的效力本来远远没有结束,再加上火热的亲吻,使他的情欲狂涛般翻滚起来。也许再有一刹那,他就会不顾一切地放纵自己的感情了。但他终于咬紧牙关,克制住了自己,毅然站了起来,看着经过这一阵激动变得更加虚弱的塔莉莎娜,摇头说道:"不,塔莉莎娜,我不能这样做,否则,我就不配做你的丈夫。你的身体不能再受到折磨。塔莉莎娜,让我们克制住这种来得不是时候的爱欲吧。我们即将开始的征途,也许要走一年,甚至更久。我不能让你的身体在如此脆弱的时候,再忍受怀孕的痛苦。让我们耐心地等一等吧。我们才二十几岁。等我们到了天山牧场,获得了平静而自由的生活,我们再痛痛快快地享受爱情的甜蜜。相信我,亲爱的塔莉莎娜,我发誓要好好地爱你,补上我对你的亏欠。是的,我们还要有儿子,我们肯定会有儿子的!"

渥巴锡说完,留给疲惫不堪的塔莉莎娜一个深情的注视,便转身走了出去。在外间,渥巴锡吩咐那两个女仆进去服侍王妃,自己则坐在桌边,大口大口地喝起冷茶来。

在渥巴锡喝茶的时候,安妮刚好离开沙发,准备回到自己的房间去。她刚走到门口,却见策伯克多尔济匆匆走来。

"安妮!殿下在吗?"策伯克多尔济一边走进房间,一边问道。

"他刚刚离开这个房间。大人急于见到殿下吗？"

"是的。事情很紧迫。但不知殿下……"

"他到塔莉莎娜王妃那里去了。"

"是这样……安妮，能麻烦你请殿下出来吗？"

"大人，现在已经快到午夜了。您最好等到明天早上。"

"这……"

"大人。殿下送走小王子，这是第一次进入王妃的房间，而且是王妃请他去的。大人一定能想到，在这样的时候，是不该去打搅他们的。"

"我明白了。也许你说得对。……"

"不！不对！"正在这时走到门口的渥巴锡说道，使这两个人都吃了一惊。

"殿下！"安妮叫道，满脸疑惑地看着渥巴锡，"您怎么……"下面的话还没有说出来，脸上却早已飞起一片红霞。

虽然安妮说了半句话就住了口，但渥巴锡心里明白她想说什么。不过，渥巴锡不愿在策伯克多尔济面前谈起刚刚发生的事。便紧接着说道："安妮，去休息吧。但要记住，只要策伯克多尔济来找我，不管在什么情况下，我也一定要见的。"

"是，殿下。"安妮恭顺地说道，很快退了出去。

房门重新关合后，渥巴锡看着神色异常的策伯克多尔济问道，"有什么紧急的事情吗？"

"是的，殿下。我今天得到从彼得堡传来的消息，叶卡特林娜女皇已经获知汗国部众向宫殿附近转移的情报，我们秘密购运的一批枪弹也被萨拉托夫俄国驻防军截获了。女皇已决定调拿不勒将军到库拉金纳要塞驻防，并命令卡辛斯科依派杜丁大尉一部赶赴玛怒托海控制局势。"

"还有吗？"

"就这些，殿下。"

"这就足以叫人发疯了！"渥巴锡恨恨地说道，略一停顿，又垂下头去深深叹了口气，"形势又一次急转直下。"

"而且，这次我们再也没有退路了。"

"退路？"渥巴锡扬起脸说道，坚定地挥了挥手，"不！就是有退路，我也绝不再退！"他说到这里，猛然想起了什么，几步跨到窗前，伸手拉开窗帘，看了一眼明净璀璨的星空，然后转过身咬牙诅咒道："可恶的天气！"

策伯克多尔济猜透了渥巴锡的心思，向前走了一步问道："殿下决定提前行动吗？"

"这是唯一的出路。只是……"

"殿下一定是牵挂着额济勒河对岸。"

"那里有我上万的部众啊！可是，直到现在也没有变天的迹象！"

"是的，殿下。河水不封冻，对岸的人就无法过来。"

"难道在他们盼望了这么久以后，终于还要被遗弃在这里吗？"

"殿下，天气肯定不会很快冷下来的。"

"我们当然不能等到河水封冻。事情如此紧迫，拖延一天，就可能失掉全局。"

"是这样，殿下。"

渥巴锡拧眉思索了一下，问道："你说，泅渡怎么样？"

"泅渡？"策伯克多尔济惊讶地说，"不，殿下。这不行。在这样的季节泅渡水深流急、河面宽阔的额济勒河，不要说老弱妇孺，就是水性再好的壮汉，十之八九也要送命。"

"也许你说得有道理。不过，我还想到河边去看看，否则我不会死心。你也去，我们现在就去！"渥巴锡说着，扯过披风，拉着策伯克多尔济的胳膊，风风火火向外走去。

他们刚走出大殿的正门，只见舍楞和巴木巴尔急急踏上台阶，来到平台上。

"殿下！"舍楞说道，"刚刚从彼得堡星夜赶回来的人，由于没找到策伯克多尔济，便向我报告了如下的消息。他说，女皇已经派出信使，赶赴归鸿驿。……"

"怎么？卡辛斯科依住在归鸿驿，女皇也知道？"

"肯定是贝格托夫仍在活动。"

"这个老混蛋！——请继续说下去，舍楞叔父。"

"是，殿下。这个信使可能在三两天内到达归鸿驿，他身上带有命令卡辛斯科依立即派杜丁大尉包围汗王宫殿的女皇手谕。手谕中还命令汗国即送一万战士去高加索，即送三百名贵族子弟到彼得堡。"

"明白了。"渥巴锡冷森森恨幽幽地说道，"这个毒辣的女人，比我想象的更精明。遇到这样一个对手,实在是土尔扈特汗国的不幸。"说完,他紧紧咬住嘴唇,将炯炯如火的眼睛射向草野上连绵不断的毡帐透出的点点灯光。从他那两只愈握愈紧的拳头,在场的三个人都知道,他正进行着艰难的思考,而且就要做出最后决定了。所以,谁也不敢出声,唯恐搅乱了他的思绪。

片刻后,渥巴锡的拳头慢慢舒展开,左手紧紧握住宝刀的刀柄,右手轻轻一挥,同时飞快地扫了三个大臣一眼,断然地说道:"形势已是燃眉之急,我们必须当机立断。我决定,举事的日期提前一个月。——舍楞叔父,请您立即驰赴和硕特部,宣布我的命令。如果札木扬能幡然悔悟,率众来归,我可以既往不咎。"

"殿下,把一切都如实地告诉他吗?"

"是的。现在对任何人也无须保密了。"

"可是,我估计他仍会怙恶不悛、顽固不化的。"

"那也只好由他去了。"

"为什么,殿下?"巴木巴尔在一旁不满地问道,"为什么对这样一个作恶多端的人要如此宽容?是因为他是殿下的舅父吗?"

"不。……"

"那就请殿下给我一支人马,我去找他。他要是违抗汗王的命令,我就把和硕特部荡为平地!"

"所以,我不能派你去。"

"殿下!"

"听着,巴木巴尔。我们的部众已经死得太多了,现在,每一个人对汗国都是宝贵的。难道你想让我在举事之前再来一次自相残杀吗?——舍楞叔父,……"

"我明白了,殿下。"舍楞说道,"我立即就出发。"

舍楞奔下台阶后,渥巴锡对巴木巴尔说道:"你带领一千宿卫军,连夜顺着驿路向北奔驰,截住杜丁大尉的人马。但不可开火,只求拖延一下时间。明天,我将派人替下你,你可立即返回宫殿,和舍楞叔父一起率领三万先头部队,直取库拉金纳要塞,为大队人马和老弱妇孺打开通道。那才是你真正的用武之地。你可以去了。"

"是,殿下。"巴木巴尔高高兴兴地走了。

接着,渥巴锡命人找来阿斯楞,吩咐他套上马车。不大一会儿,汗王的车驾便在夜色笼罩下向额济勒河驰去了。

34

天刚亮,汗王的车驾便驰抵额济勒河南岸了。

马车还没有停稳,渥巴锡就在车壁上摘下从战场带回来的单筒望远镜,急匆匆跳出车门。

从停车的地方到河边,有一带宽阔的沙滩。它已不像夏天那么松软。那一堆堆贝壳和一片片枯草败叶,向人们述说着暴雨时河水曾漫过这里。渥巴锡踏过呈现着一派劫后状态的沙滩,一直走到河水冲荡着的岸边。沙滩从他的脚前延伸到河水中。河边的浅水不客气地向他阵阵涌过来,把肮脏的白色泡沫堆上他的油亮的马靴。他顾不得这些,只是像要一口吞下整个额济勒河似地凝视着无际无涯的水面。

顷刻间,渥巴锡的眼睛变得黯然无光了。仅仅几秒钟前,他的眼睛里还闪动着一线幻想的光芒。这幻想的光芒,虽说时隐时现,似有若无,但却一直在鼓动着他,使他急不可待地想立刻站到额济勒河的岸边,来寻求这幻想能得以实现的证明。他不是没有听人讲过额济勒河种种骇人听闻的传说,也无数次地领略过这条巨流的雄浑磅礴的气势,从中汲取过奋发的力量。但现在,他却希望那些传说是虚构的,希望头脑里额济勒河的形象是被无限夸张了的记忆。

然而,额济勒河依然故我,和传说的一样,和他记忆中的没有任何不同,甚而向他露出更加狰狞可怖的面孔。他直觉得,那一个个连鹅毛都会被卷进去的黑洞般的漩涡,以及足以埋葬千军万马的浪峰,都伴着震耳欲聋的咆哮声,一齐向他劈头盖脸地扑过来。他骇然一抖,猛地闭上了眼睛,险些晕过去扑进河水中。

跟在后面的策伯克多尔济和阿斯楞大吃一惊,急忙跑过去,从两侧扶住了渥巴锡。

"殿下!"策伯克多尔济叫道,刚想说下去,却又合上了抖动的嘴唇。他深知渥巴锡殿下是一个胆勇过人的汗王,怎样惊心动魄的场面都不会使他畏葸趋避,他刚才的晕眩,肯定是确信泅渡不可能而产生的绝望心情使他的创伤又一次迸裂。在这种情况下,任何宽慰的话都是没有用的,所以,策伯克多尔济把要说的话变成一个无声的悲叹埋在了心底。

过了好一会儿,渥巴锡才慢慢睁开眼睛,脸上依然残留着绝望而悲痛的表情。他轻轻挣脱了两个人的扶持,转过身来,用他的浑浊的眼睛盯住策伯克多尔济。他本来想说:"你说得对,额济勒河是无法泅渡的。"却不知怎么,嘴上说出来的竟是像责问自己的一句话:"是我没有勇气,还是缺少决断?"

策伯克多尔济大惑不解地问道:"您说什么?殿下!"

渥巴锡没有回答策伯克多尔济的问题,却突然反问道:"你说,我如果命令对岸的一万人泅渡过来,他们会服从吗?"

"会的。但是,我相信殿下是不能下这样一个命令的。"

渥巴锡叹息了一声说道:"是的,我不能,或者是我不敢下这样的命令。"他说着,突然激动起来,"可是为什么?策伯克多尔济,为什么在同一条河流上,五百年前的拔都①汗就下令让他的部下横渡,而我就没有这个勇气?难道我们真的不如成吉思汗的后代②?难道额济勒河也有两副面孔,对强者温顺,可以接连给他两次机会,而对我,却一次机会也不愿施舍吗?"

"殿下,"策伯克多尔济看着渥巴锡被悲愤扭歪的脸说道,"我们不是弱者的后裔,我们的祖先王罕也曾比铁木真强盛。殿下今天能决心冲破凶残敌人的阻拦,勇敢地去追求安宁快乐的未来,说明您也不愧为一个强者。但是,说到泅渡额济勒河,我们和拔都汗是无法相比的。当年,拔都汗是在上游,是在伊鲁沙泠河口,那里河面不宽。他站在岸上可以清楚地看到河对面的房屋。他的部下都是身强力壮的勇士,又是在获得了一连串胜利后去进攻闻风丧胆的敌人。而且,他们有上千只木船,有保加尔人做他们的水手。我们就不同了,殿下。河对岸的一万人中,十之八九是老弱妇孺,他们的面前是宽得望不到边的激流,而且,根据我们面临的局势,又只能夜渡。如果我们真的……"

"不要说了!"渥巴锡挥手道。他此刻,似乎正目睹一场夜渡的凄惨的悲剧,漆黑的夜空下,河水掀着黑色的巨浪,铺天盖地地横卷而来,无情地吞噬着成千上万人的生命,哀号声和呼救声震入耳鼓。想到这些,渥巴锡不由得

---

① 成吉思汗之孙。
② 土尔扈特部系王罕的后裔。王罕在同成吉思汗争雄时败北。

打起了冷战,绝望地垂下眼帘,声音嘶哑地恨恨不已地说道:"可恨的额济勒河! 不幸的土尔扈特部众啊!"

"请殿下返驾吧。您在打冷战。"

"我的心冷透了。一万人,策伯克多尔济,那是一万人啊!"

"我能理解殿下此刻的心情。但是这一万人还可以另寻机会。"

"谈何容易啊!"

"殿下,我相信,只要太阳仍旧从东方升起,他们就会记起那里是他们的祖邦,东归的愿望就不会泯灭。所以,与其让他们冒着肉体和愿望同时被河水埋葬的危险,就不如让他们带着愿望活下去。"

"我未尝不这样想。我也明明知道鞭长莫及,无力拯救他们,站在这里说什么也没有意义。但他们同样是我的子民啊!从此,他们要吃更多的苦头,二十万人分担的灾难,要他们一万人全部承当。策伯克多尔济,命运对他们不是太不公平了吗? 作为汗王,我又怎能心安理得呢?"

"他们会理解殿下的。"

"那我就更加感到愧对他们! 是的,我愧对我的部众,愧对祖宗,我一生也赎不清我的罪过的!"渥巴锡说着,倏然转过身去,落目在遥远的水天相接处,那里正有一带乌云涌起,像是晦暗的雾障。他伸出颤抖的手,指着那雾障,充满自责和痛苦地说着,"你知道那里的一万部众在想什么? 他们想的是我就要把他们带回到朝思暮想的祖邦! 可他们怎么会预料到,等待他们的是被汗王舍弃,是永远流落异乡的巨大悲哀!"

"殿下,过分的激动对您的身体有害。既然舍弃这一万人已是势所难免,就应该把心思全部放在二十万人的命运上。——唔,殿下,您好像很惊讶,您看到了什么?"

"我看到了一只船! 是的,肯定是一只船! 这个时候,在我眼前出现一只船,难道是神佛来启迪我吗?"

"我也看到了,殿下。"策伯克多尔济顺着渥巴锡的视线,向右前方看去,心里也感到意外,"那的确是一只船。——天哪! 它叫浪头卷进水里去了!"

"可恶的额济勒河! ——你看,它又钻出来了! 真是个出色的水手! 看样子,这个人是想把船撑到南岸来。"

"一定是的。而且,根据他离我们如此接近的距离,说明他至少是在上游一百里外的地方下水的。他能冲过中流的激浪,可真不简单!"

"不过,他是什么人?要到汗国来干什么?"渥巴锡说着,举起望远镜,搜索和辨认隐现在水浪间的勇敢的水手。他突然放下望远镜,愈加惊异地扫了策伯克多尔济一眼,"是他!这可能吗?"

"他是谁?殿下。"

"巴拉朱尔。"

"千夫长巴拉朱尔吗?"

"错不了。你看。"

策伯克多尔济接过望远镜看去,肯定地证实道:"真是巴拉朱尔!看得出,他已经筋疲力尽了。"

"他肯定有急事见我。否则,不会冒险渡河的。"

"可是,殿下,他就要坚持不住了!"

"糟糕!在这种时候,稍一懈劲儿,就会前功尽弃!"

"是的,殿下。"

说时迟,那时快。在渥巴锡和策伯克多尔济说话间,小木船已冲到他们正前方了。那时隐时现的船头费力挣扎着要转向南岸,奔腾咆哮的河水却顽固地要把它拨向西方。小木船就是在这样异常艰险的搏斗中,一寸寸向南岸接近。

"怎么办?"渥巴锡焦虑地说道,"我们怎样才能帮他一把?"

这时,一直站在旁边的阿斯楞说道:"我去。"

"你?不,这不行。如果……"

"放心吧,殿下。"阿斯楞说着,已经甩掉外衣,不容阻拦地顺着河岸向下游跑去,身后传过来他的命令般的喊声,"把马车赶到下游十里地的地方等我!"

"阿斯楞!千万要小心!"渥巴锡大声喊道,赶忙拾起阿斯楞的衣服,以及雕弓和箭筒,和策伯克多尔济一起奔回马车前,并抢先跳上御手的位置。

"殿下!"

"少啰唆!快上车!"

策伯克多尔济无奈地咬了一下嘴唇,不得不遵命踏进车门。马车立即向西奔驰而去。

但是,当他们按照阿斯楞的约定,在大约十里地的地方跳下马车后,并未见阿斯楞和巴拉朱尔爬上沙滩。一个令人胆战心寒的预感袭击得渥巴锡

277

险些晕倒。策伯克多尔济觉得事情不妙。他知道,阿斯楞目前在汗王心中占据着何等重要的位置。这不仅因为阿斯楞是安妮的哥哥,渥巴锡决不忍心给陷入悲哀中的安妮造成新的痛苦;这也不仅因为阿斯楞是一个神箭手,是汗王本人最得意的司御官;更主要的是,阿斯楞是汗国东归途中不能缺少的人物,正是这个胆大心细的年轻人,在随同汗王去高加索的途中,巧妙地避开了所有人的耳目,历尽了艰险,探得了一条东归祖邦的理想路线。如果阿斯楞真的在起事前就葬身水底,那对渥巴锡是怎样沉重的打击啊!再说,策伯克多尔济又怎么愿意看到阿斯楞发生不幸呢?他是最早认识阿斯楞疾恶如仇、一诺千金的真正男子汉气度的人,从某种意义上说,他对阿斯楞的喜欢更高尚,更纯洁,因为在他和阿斯楞的友谊中,并没有掺进一个妹妹。

总之,站在岸边的渥巴锡和策伯克多尔济,由于不见阿斯楞的踪影,而陷入紧张和焦虑之中。他们的眼睛眨也不敢眨地在水面上搜索,然而,除了惊涛骇浪外,什么也没有看到,连那只小木船也似乎永远消失了。

"我当时为什么不拽住他?"渥巴锡看了策伯克多尔济一眼,自怨自艾地说道。他深感后悔,焦躁地走来走去。

"殿下,您是拽不住他的。"

"他应该知道,我多么需要他的安全!"

"也许他相信自己不会出事。"

"也许!他也许已经葬身鱼腹了!"

"殿下,着急是没有用的。"

"那么你说,我们该做些什么?快说!"

"我们顺着河岸往下游找找看。也许……"

"别再'也许'了!快走!"

就这样,他们暂时舍弃了马车,紧贴河岸,疾步向下游走去,心里在为阿斯楞祈祷,希望他平安无事。

35

当渥巴锡和策伯克多尔济沿着额济勒河心急如焚地寻觅阿斯楞踪迹的时候,在通往归鸿驿的驿路中段,正进行一场激烈的混战。令人惊讶的是,

这场尸横遍野的厮杀,既不是因为巴木巴尔违背渥巴锡的命令抢先叫阵,也不是因为杜丁大尉忘记了卡辛斯科依的告诫肆意挑衅,虽然巴木巴尔的急躁和杜丁大尉的傲慢都可以使这次战斗一触即发。的确,今天的巴木巴尔和杜丁大尉都出乎预料地变得和平时判若两人。前者意识到眼下是汗国东归大业的关键时刻,鲁莽和疏忽都会给渥巴锡造成麻烦,因此在极力克制自己;后者则从卡辛斯科依那里接受了和贝格托夫截然相反的观点,确信对汗国实行包围是多此一举和无事生非,因此也不像以往那样穷凶极恶和盛气凌人了。不过,杜丁大尉还不是个初出茅庐的无知之辈,面对巴木巴尔身后的一千名剽悍骑手的充满仇恨的眼睛,肯定会对贝格托夫和卡辛斯科依的是非曲直重新斟酌一番,以便决定是否刀枪相见,而巴木巴尔的忍耐精神也是极其有限的,只要对方要强行通过他的一千人马组成的临时防线,他会毫不犹豫地率先砍杀过去。但事实上,还没有等到那个时候,他们就打起来了。这几乎可以说是一次意外事件,或者说,他们是被迫交手的,因为他们谁也没有料到,会有一支来历不明的队伍从天而降,介入其间,挑起了这次令巴木巴尔感到万分惬意的流血冲突。

事情是这样的:

按着杜丁大尉出发的时间,他的四百名骠骑兵应该在昨天夜里就到达玛怒托海。但行前,卡辛斯科依曾对他说,这次行动是毫无意义的,肯定又是贝格托夫这个老鬼在捣乱,编造耸人听闻的谎言,蛊惑皇上,以期夺取监护土尔扈特汗国的权力。"我心里是有数的。"卡辛斯科依非常有把握地说道,"渥巴锡的唯一继承人在彼得堡做人质,而且,汗国只剩下几口残喘,怎么会叛逃呢?贝格托夫是想让我们的过火行动激起加尔梅克人的愤怒,哪怕引起微不足道的纠纷,也可以对我们借故谤讪了。但是,这毕竟是女皇陛下的旨令,阁下就辛苦一趟吧。只是要切记,不要在离汗王宫殿太近的地方扎营,远远地观察一下动静就行了,我相信,一切都是正常的。至于三百名人质和一万战士的事,待一个星期后,我亲自去交涉。"

有了卡辛斯科依的鞭辟入里的分析,原来就不愿意离开舒适的归鸿驿的杜丁大尉,就更不急于赶到玛怒托海了。途中,他们又对一群黄羊展开围剿,战果辉煌,他们当然不会放弃在篝火旁狂欢的机会。这样,就在他们仅仅走完一半路程的时候,便和巴木巴尔的队伍不期而遇。

既然双方由于各自的原因,都不想引起争端,因而也都没有做出迎战的姿态。在两支队伍已经十分接近的时候,杜丁大尉和巴木巴尔都约束住自己的部下,带着翻译走到当中。

"巴木巴尔将军,别来无恙!"杜丁大尉首先说道,他知道,在汗国,巴木巴尔是军界首脑之一,觉得称呼"将军"比称呼"大人"更贴切。

巴木巴尔拱手说道:"托女皇陛下洪福,我是健壮有力的!"

"那真是太好了!"杜丁大尉笑道,"不过,阁下还是常常捆住手脚来试验自己的力气能不能挣断绳索吗?"

"你说什么?"

"记得在归鸿驿附近的河边,阁下就曾经这么干过。"

"哼!"巴木巴尔忍住怒气讥诮道,"你能记住那一天,算你还很识趣。"

"这话怎么讲?"

"要不是我捆住手脚,你和卡辛斯科依还能活到今天吗?"

"原来是这样!那么今天呢?将军阁下的手脚可没有捆上啊!"

巴木巴尔冷笑一下,在心里骂道。"王八蛋!不是渥巴锡再三叮嘱,我不砍下你的脑袋才怪!"嘴上却说道:"算你今天走运。我今天不想杀人。"

"上帝!我真是福星高照,竟有幸遇上巴木巴尔大人有如此的好心绪!"杜丁大尉说着,哈哈大笑起来,笑声结束后,他不露痕迹地抹去脸上的笑容,装出一副和善的样子说道:"开个玩笑,还请不要见怪。我们说正经话吧。敢问将军大人亲率精锐,开赴何处?"

"这话应该由我问你。"

"这是什么道理呢?"

"你是真的不懂还是假装糊涂?"

杜丁大尉眨眨眼睛,搔了一下后脑勺说道:"我实在不明白,看到汗国这么多人马似乎有所行动,作为俄罗斯军官,查问一下,不是理所当然的吗?"

"查问?"巴木巴尔反问道,"还理所当然?你可真无知,连你脚下的土地属于谁都不知道。"

"啊哈!我明白了。阁下是说,是我的队伍进入了土尔扈特汗国的领土。可是您应该知道,我的队伍是常驻汗国的,而且对汗国负有责任。"

"责任?哼,你今天带了多少人?"

"四百。"

"可是,条约规定,你们在汗国只能驻扎一百人。"

"是这样。但这算得了什么?"

"还有,你们不事先发出照会,就向玛怒托海进发。你对此怎么解释?"

"我当然可以做出解释。不过,您得换一种语气,还须我愿意,才能回答您。"

"那么好,我今天就站在这里等到你愿意回答的时候。"

"您真的不放行吗?"

"废话!"

如果不是恰在此时传来一阵急促的马蹄声,把两个人的视线吸引过去,他们这种只能拖延时间的"废话"也许还要继续下去。他们同时惊讶地看到,从不远的树林处有一匹浑身油亮的枣红马狂奔过来,马背上驮着一个蒙面大汉.这匹骏马一直跑到他们跟前,才猛地停下来,示威地嘶叫一声,踏起一阵灰尘,杜丁大尉和巴木巴尔以及他们翻译的坐骑都胆怯地退了一步,惊恐地掀动起鼻孔。

巴木巴尔怒道:"你是谁? 活得不耐烦了吗?"

从那人的眼睛里看得出,他一定冷笑了一声。只听他大声说道:"巴木巴尔大人,你今天在人数上占着绝对优势,为什么不把这群俄国人消灭掉?"

巴木巴尔一惊,问道,"你到底是谁? 我好像听到过你的声音。"

"我是谁,这无关紧要。现在就看你想不想利用眼前这个难得的机会!"

"巴木巴尔大人!"杜丁大尉通过翻译明白了蒙面人说的话后,怒气冲冲地喊道,同时从腰间拔出手枪,"如果您不想挑起事端给汗国带来灾难,就不要阻挡我打死这个狂徒!"

"等一等!"巴木巴尔扬手道,"他是蒙古人。这事还是让我来处置好了,"说着,他驱马向蒙面人接近了几步,"听着,立刻把你的脸露出来!"

那人毫不让步地问道:"你到底干不干?"

"不! 今天绝对不干!"

"那好!"听得见那人的牙齿咬得咯咯响,"你不干,我来干! 而且,几天后,我要让俄国人知道,是你巴木巴尔大人进行这场屠杀的! 不要忘记把我的话转告渥巴锡殿下!"说完,他一抖缰绳,那匹枣红马便像箭离弦般冲出两军对峙的阵脚。

杜丁大尉气得脸色煞白,他恶狠狠地瞪了巴木巴尔一眼,举枪朝蒙面人的后背射击。蒙面人似乎预料到会有这一枪,就在枪响的一刹那,灵巧地藏身马腹,子弹仅仅烫焦了一绺马鬃。

然而,这一声枪响,犹如一声号令,立刻从树林里冲出上千名骑手,他们带着惊天动地的呐喊,以迅雷不及掩耳之势,狂涛般扑向杜丁大尉的队伍。

由于事出突然,那些毫无戒备的俄国骠骑兵一时惊得目瞪口呆。待他们醒悟过来,明白了那一排排闪着寒光的大刀是来取他们头颅的,因而在此时此刻最要紧的是举枪反击的时候,已经为时太晚。他们连疏散也没来得及,那群凶神恶煞般的蒙古人已冲到眼前,随着大刀的挥动,早有一半同伙的脑袋滚落到地上了,剩下的一半预感到能继续保存脑袋的时间已经所剩无几,但又妄想死里逃生,便弃甲曳兵,作鸟兽散。

杜丁大尉眼看着自己要全军覆灭,而那群砍杀得性起的蒙古人对巴木巴尔的队伍却毛发未动,他本人也由于站在和巴木巴尔很近的地方才暂时幸免于难,不由得心头火起,朝着巴木巴尔怒吼道:"坏蛋!这都是你的圈套!"说着,举枪就要向巴木巴尔射击。

巴木巴尔手疾眼快,扬鞭抽去。随着一声惨叫,杜丁大尉的手枪落到地上,手腕立即被鲜血染红了。

"你等着!巴木巴尔!"杜丁大尉咬牙切齿地喊道,并拨转马头,落荒而走了。

巴木巴尔知道局面已无法挽回,干脆一不做二不休,回身命令道:"冲过去,把俄国人全给我砍死!"

早就巴不得和俄国人砍杀一场的战士们,听到统帅的命令,快乐得呼喊起来,纷纷举起大刀,向溃散的俄国骠骑兵席卷而去。事实上,这不是一场搏斗,而是一场屠杀,因为从人数上是两千对四百,而那四百个敌人连反抗的机会和力量都没有。也许这样去砍杀处于绝对劣势而且又不是首先发难的敌人,并不符合蒙古人光明磊落的性格。但是,想到这些俄国人在平时的专横跋扈、为所欲为和傲慢无礼,想到自己在俄国人欺凌下度过的忍气吞声的日子,他们就不再顾及眼前惬意地砍杀是否光彩了。他们把这看作是难得的出一口气的机会,当作是一种无可非议的复仇行为。所以,他们一个个精神抖擞,左砍右杀,虽然四百个俄国人根本满足不了他们的疯狂发泄,但每个人的大刀上,都沾满了鲜血,碰不到活的,就在死的身上一试锋刃。不到半个时辰,战场上东奔西突的俄国人就寥寥无几了。

这时,那个蒙面汉又驱马来到巴木巴尔面前,眼睛闪动着笑意地说道:

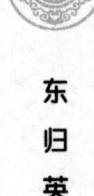

"是我把您逼上了虎背,对吗?巴木巴尔大人。不过,您终于动了手,就算有骨气。"

一直拧着眉毛坐在马鞍上的巴木巴尔怒气犹盛地喝问道:"你到底是谁?"

"我已经说过,大人,您无须知道我这个流寇的姓名。"

"胆大妄为的蠢货!你要坏了汗王殿下的大事的!"

"您说对了,大人!"蒙面汉凛然道,"我正是要坏汗王殿下的大事!对您实说吧,如果不是偶然碰到了杜丁大尉的人马,明天我就会把卡辛斯科依的头颅扔到汗王宫殿的大门前,然后,我要让俄国人知道,是渥巴锡殿下派人刺杀了大使先生。"

"混蛋!这是谁的阴谋?你们究竟要干什么?"

"干什么?告诉你,巴木巴尔大人,我们就是想让俄国人决心除掉渥巴锡,看看他在走投无路的情况下,是不是还向俄国人奴颜婢膝?好了,大人。我应该留下几个俄国人供您消受。请记住,要留下一两个,以便让他们去归鸿驿报信。"蒙面汉说完,回身打了个呼哨,便策马朝树林驰去,他手下的骑士们也立即停止追逐俄国人,扯转马头,紧跟首领身后,潮水般疾驰而去。就像他们从树林里突然出现一样,刹那间又消失在树林之中了。

巴木巴尔怔怔地目送着蒙面人的队伍,不知怎么竟重重叹息了一声。此刻,他的心情很矛盾,对是否去追剿这支同族人组成的流寇,一时拿不定主意。的确,这伙暴徒今天挑起的流血冲突,肯定会给汗国带来致命的灾难,俄国人会善罢甘休吗?不,他们会立即进行报复,这无疑要增加汗国在东归大业上的困难。就这一点来说,这伙人的不计后果的行动是不能饶恕的。但是,这些草莽英雄对俄国人的仇恨和英勇无畏的精神,以及蒙面汉的胆略无双和指挥若定,又是令人钦佩的。所谓惺惺相惜,他巴木巴尔不也是这样的性格吗?所以,他又不忍心去伤害这些人。然而,最主要的是眼前的局面如何收拾?汗王殿下的怒斥和责罚还在其次,如果卡辛斯科依获悉了他的队伍被残酷地屠戮了,立即调兵遣将围攻汗国就势所难免。想到这里,他突然一惊,猛可记起杜丁大尉已经逃跑。"不!"他在心里大声说道,"不能让他逃回归鸿驿!"紧接着,他叫跟在旁边的随从去找到千夫长,下达如下命令:把俄国骠骑兵的残余全部消灭后,在原地待命。然后,他自己抖动缰绳,风驰电掣般朝杜丁大尉逃走的方向追去,并在心里咒骂自己的疏忽,担心会让杜丁大尉逃之夭夭。

其时,杜丁大尉已经跑出十几公里,他的坐骑又是良种顿河马,高大无双,速度惊人。那些蒙古人靠着矮小的坐骑想追上他是不可能的。对此,杜丁大尉是心中有数的。所以,当他在狂奔的马背上回过头来,并没有发现有人跟在后面时,便确信已经脱险了。对他来说,在自己的同伴的灵魂在刹那间相继被凶恶的蒙古人遣送到天国时,竟能安然无恙地逃离死神的召唤,这太值得庆幸了!他拢了拢缰绳,稍稍减缓了坐骑的速度,准备对如此眷顾他的上帝作一番虔诚的祷告。可是,就在他举起右手放在左肩时,却不胜骇异地抖了一下,顿时魂飞胆碎了。因为他突然发现,在正前方又升起一团尘烟,看得出,在尘烟中时隐时现的正是一个蒙古人,而且在以疯狂的速度径直朝他扑来。已经成了惊弓之鸟的杜丁大尉,今天最担心的是再看见蒙古人。在他的意识中,所有的蒙古人在今天都是他最可怕的敌人,都是他的索命无常。再说,他明明知道,在这段驿路上,已经寂寞了几个月,怎么会突然出现蒙古人呢?无疑,这飞骑而来的肯定是那个蒙面人的同伙,说不定在这个人的后面还会有上千个凶残无比的流寇呢!对于一个失落了武器的人,不要说碰上一群敌人,就是只碰上一个对手,那也是注定要送命的。所以,杜丁大尉无暇多想,更不敢等着看清那个人的相貌后再决定是否逃走,便把本想画个十字却停留在一横的起点的右手迅即撤了回来,用力扯转缰绳,来了个一百八十度大转弯,然后向南全速驰去。他总算还记得,在跑过一段开阔地后,会有一带岗坡,岗坡下面有一片树丛,他可以在那里躲藏一阵再伺机北逃。

然而,杜丁大尉哪里想得到,他避开的不是蒙面汉的同伙,而是舍楞。舍楞当然不会知道刚才发生的冲突,因而对杜丁大尉不能构成威胁。他更想不到,巴木巴尔那么快地追上来,他刚刚驰上岗坡,就和这个真正想置他于死地的人狭路相逢了。他陡然一怔,拢住了飞驰的坐骑,心里叫苦不迭。曾有那么一瞬,他想跳下马来,向巴木巴尔说几句好话,甚至不惜丢尽面子跪地求饶,可是,当他接触到对方从圆瞪的眼睛里射出的两柱凶光时,马上知道自己怎样卑躬屈膝也没有意义了。他似乎觉得巴木巴尔的大刀已经冷飕飕地砍进了他的脖颈,眼前金星乱冒、鲜血飞溅,险些跌下马来。自以为英勇盖世的杜丁大尉,这回可真是灵魂出窍了。他的脑海里已是一片空蒙,四周的一切都看不清了,好像霎时进入了黑夜。至于他为什么不回过头来逃跑,而是折向右前方朝额济勒河跑去,连他自己也弄不清。也许这就是所谓慌不择路,也许这就是所谓鬼使神差,那就只有天晓得了。

36

渥巴锡和策伯克多尔济沿着额济勒河岸,直到走完了第二个十里地,才看到趴在河边浅水中的阿斯楞和巴拉朱尔。他们控制不住喜悦地欢呼一声,赶忙扔下手中的东西奔过去,蹚着冰凉的河水,把两个彪形大汉的沉重肉块拖到沙滩上,翻转了过来。值得庆幸的是,这两个人都没有死,只是在耗尽体力后暂时昏迷罢了。由于阿斯楞在激流中搏斗的时间比巴拉朱尔少得多,所以他首先苏醒过来,睁开了显得迷惘的眼睛。

"阿斯楞,你没事吧?"渥巴锡声音颤抖地问道,眼睛里依然残留着余悸。

"我没事,殿下。"阿斯楞微微一笑说道,想挣扎着站起来。

策伯克多尔济帮助渥巴锡扶起阿斯楞说道:"殿下一直为你担心。"

"谢谢殿下。"阿斯楞感动地看着渥巴锡。

"不,阿斯楞。"渥巴锡说道,"应该是我谢谢你。——唔,你在打冷战!看我多糊涂?快把你的湿衣服脱下来!"说着,不由分说地帮助阿斯楞脱光衣服,并解下披风递过去。

"不,殿下!"阿斯楞惶悚地退了一步说道,"这怎么可以?"

"少废话!"渥巴锡生气地说,眼睛里却是慈爱的柔光。他亲手把披风裹在阿斯楞身上,并结好带子,然后看着巴拉朱尔说道:"他怎么样?"

阿斯楞一边拉住披风遮住下体,一边说道:"他死不了。不过,得让他脸朝下趴着。"

"为什么?"

"我灌了他几口水。要不,他会把我也拖进河底的。"

"是这样。"渥巴锡赞许地点头道,然后和策伯克多尔济很快又把巴拉朱尔翻转过去。

阿斯楞这时已经暖和过来,体力和精神也恢复正常了。他看了看毫无动静的巴拉朱尔,又巡视一遭平坦空荡的沙滩,然后从汗王殿下丢在地上的箭筒里抽出一支箭来,戳开一片表面坚硬的沙地,很快培起个沙堆。这时,已经弄明白他的意图的渥巴锡和策伯克多尔济,抬起巴拉朱尔,放在沙堆上。

又过了一会,巴拉朱尔蠕动了一下,立刻从嘴里呕出一摊肮脏的水来。他终于醒了过来。

这次是策伯克多尔济脱下自己的外衣给巴拉朱尔换上了。但巴拉朱尔毕竟是太虚弱了,怎么也站不起来,另三个人只好让他依坐在沙堆旁,渥巴锡则蹲在他的面前。

"巴拉朱尔,你觉得怎样?"

巴拉朱尔慢慢睁开眼睛,异常费劲儿地说道:"你是……"

"我是渥巴锡。"

巴拉朱尔身体一震,说道:"汗王殿下吗?"

"是我,巴拉朱尔。你冒险到南岸来,有什么紧急的事情吗?"

巴拉朱尔仔细地辨认着眼前的面孔,终于确信刚才听到的声音不是昏迷中的幻觉了。刹那间,似乎有一种神奇的力量注入他的体内,猛然站起身来,推开渥巴锡准备扶持他的手,眼睛里闪射出愤怒的光,渥巴锡不由得惊异地退了一步。

"你怎么了,巴拉朱尔?"

"你……真是渥巴锡殿下!"巴拉朱尔咬牙说道,身体仍然微晃着,"你真是渥巴锡殿下吗?"这换成问号的同一句话,已不仅仅是愤怒,还有一股讥讽的味道。

渥巴锡蹙眉道:"你好像对我充满了怨恨。有什么话,就说吧。"

"我是要说的,汗王殿下。我们从上游放下五只船,四只船翻了,十个人剩下我一个,真是九死一生啊!感谢上天有眼,让我活到现在,否则,一万蒙古人想说的话,你就听不到了!"

"你现在说吧,我正在听。"

"我是要说的,殿下。首先请问殿下,你把萨莱王子送到彼得堡做人质,是真的吗?"

"是真的。"

"是真的!也就是说,你把对我们的许诺抛到九霄云外了!"

"许诺?你是指的东归祖邦吗?"

"殿下还能记得有'东归祖邦'这句话,可真叫人吃惊!"

"你这话怎么讲?"

"这得要问你,殿下。"

策伯克多尔济说道。"巴拉朱尔千夫长,你一定是对汗王殿下产生了误解。"

"误解?"巴拉朱尔蔑视地扫了策伯克多尔济一眼,说道,"看来,巴图尔兄弟没有骗我们。"

渥巴锡惊讶地问道:"巴图尔兄弟?是归鸿驿站丁巴图尔兄弟吗?"

"正是他们。"

"他们说什么?"

"说了你做过的事情!"

"我明白了。他们说我向俄国人卑躬屈节,无意东归祖邦。对不对?"

"难道不是这样吗?"

"你们相信了?"

"是的,殿下。很多人都相信了。遗憾的是,我们不少人还怀疑巴图尔兄弟的话,这才派我们十个人强渡额济勒河,冒死来问问殿下,是他们欺骗了我们,还是殿下欺骗了我们?"

"我从来没有欺骗过我的部众。至于巴图尔兄弟,也不是有意欺骗你们。"

"殿下这话是什么意思?"

"我问你,巴拉朱尔千夫长。依你看,这额济勒河能泅渡吗?比如说,让你们北岸的一万人泅渡过来,会有多少人幸存?"

"你还嫌我们死得少吗?你是想让这一万人都沉到河底吗?你也看到了,像我这样壮如公牛一样的人,十个也要有九个去见龙王!——不过,我干吗回答你这个问题?反正这一万人不会再到南岸来了!"

渥巴锡叹口气说道:"是啊,也许……真会这样。"

"也许?哼!告诉你吧,殿下。他们说过,只要我向他们证实巴图尔兄弟没有扯谎,就决定永远脱离汗国,不再做你的部众了!"

"你也这样吗?"

"这是无须回答的。"

"可是,巴拉朱尔,你为什么不问问我为什么到河边来呢?你认为这纯属偶然还是被河水冲昏了头脑无意间忽略了这一点?"

"我管你为什么到河边？你也许是没事干来钓鱼。"

这时，阿斯楞突然指着东边说道："殿下，有人赶着您的马车向这里奔来了！"

渥巴锡回头看去，皱着眉头说道："真是我的马车。是谁如此大胆？唔！你们看，马车的后面还有两个骑马飞奔的人，好像在追赶驾车的人！——策伯克多尔济，看看他们都是谁？"

策伯克多尔济紧走几步拿起望远镜看去，片刻后，他放下望远镜，异常惊讶地对渥巴锡说道："是杜丁大尉。"

"是他？"

"是的，殿下。他后面骑马的人是舍楞和巴木巴尔。"

"奇怪！如果是发生了冲突，杜丁大尉怎么会往这个方向逃跑？而且，舍楞怎么也和他们在一起？"

"也许出了别的什么枝节。殿下，截住杜丁大尉吗？"

"当然要截住他。——阿斯楞，拿起弓箭去射住马车！"

阿斯楞掩了掩被风掀动的披风，惊问道："殿下的意思是让我射死驾车的大黑马吗？"

"对。那还用问吗？"

"那可是一匹好马呀，殿下，要比两个杜丁大尉还值钱的！"

"少啰唆！快去！"

"是，殿下。"阿斯楞不得已随手扯起弓和箭，向沙滩尽处的草地跑去，嘴里还说道："我给您把杜丁抓来就是。"

"阿斯楞！"渥巴锡厉声喝道，"不能为了一匹马误了大事！"

"放心吧，殿下！"

可是，渥巴锡真有些不放心，他深知阿斯楞是爱马如命的，特别是那匹大黑马，是阿斯楞从上千匹马中挑选和调驯的，真有可能不忍心去射杀的。所以，他决定跟过去，在必要的情况下，由自己射出这一箭。他向前走了几步以后，想起刚才和巴拉朱尔的谈话还没有结束，便回过头来说道："策伯克多尔济，你先留在这里，把一切都讲给巴拉朱尔。"说完，向阿斯楞紧追过去。

这时，马车早已进入了射程。渥巴锡知道，箭无虚发的阿斯楞只要引弓发箭，那匹大黑马就会应声倒地而把杜丁大尉摔下马车。可是，阿斯楞偏偏不拉弓，却弯腰站在茂草中静静地等着。渥巴锡又气又急，加快了脚步，并想喊一声提醒阿斯楞。还没等发出声音,只见阿斯楞轻轻放下弓箭,伏身迅速向前爬去。渥巴锡明白了,阿斯楞是下了决心要保护心爱的大黑马了。他无可奈何地摇了摇头,心里也受了感动。他跑过去,拾起弓箭,藏身草丛中,做好了在阿斯楞截车失败时立刻发箭的准备。

不过,渥巴锡的担心是多余的,阿斯楞可没想要从正面拦截飞奔的马车,如果那样干,大黑马仍避免不了在受惊后瞎跑乱撞而跌伤,他自己也有可能在马蹄和车轮下丧命。渥巴锡大概忘记了,在一次跳驼比赛中,阿斯楞战胜了所有对手,赢得了桂冠。这一次,阿斯楞正决定利用这一绝技跳上马车,而且确信会成功。

说时迟,那时快。渥巴锡只觉得前面有一团红光飞腾而起,转瞬间落在马车上了。他还没来得及细想,就见马车以平稳的速度跑过来,马车的御者位置上,几乎是赤身裸体的阿斯楞一手扯着缰绳,一手按着半死的杜丁大尉。在马车驶上沙滩后,阿斯楞放慢了速度,对等在那里的渥巴锡微笑了一下说道:"上车吧,殿下。"

渥巴锡似赞美又似责备地看了他一眼,摇头叹息了一声,跨上缓行的马车。马车很快走到策伯克多尔济和巴拉朱尔跟前,停了下来。阿斯楞把杜丁大尉推下马车,自己也跳了下来,身后似乎又腾起一团火,他赶忙扯紧披风,遮住了毛茸茸的身体,引得跨出车门的渥巴锡忍俊不禁,笑了一声。也正在此时,巴木巴尔和舍楞都气喘吁吁地在渥巴锡面前跳下马背。

"巴木巴尔,发生了什么事?"渥巴锡问道,同时扫了一眼趴在地上喘着粗气并想挣扎着站起来的杜丁大尉。

"殿下,这次冲突确实不是我引起的。"

"是杜丁大尉吗?"

"也不是。"

"这就奇怪了!"

"是这样,殿下。"巴木巴尔说道。接着把这次事件从头至尾讲了一遍,最后结束道:"没想到,正要追上他的时候,他扔下受伤的坐骑,跳上了汗王的马车。没有阿斯楞,他真会逃掉了!"

渥巴锡听完后,拧眉沉思了一下,然后问道:"蒙面汉,还有上千人的队伍。这会是谁呢?"

"殿下!"巴拉朱尔叫道,"那蒙面汉一定是江基尔·巴图尔!"

"是他！"

"错不了，殿下！"巴拉朱尔肯定地说道，但猛地想起刚才对渥巴锡说过的那些话，深感负罪地跪下去，"殿下，刚才小人一时鲁莽，冒犯了殿下，甘当重罪！"

"起来，我一点儿也不怪罪你，快告诉我，你怎么知道那蒙面汉是江基尔·巴图尔？"

"殿下容禀。巴图尔兄弟到了北岸后，鼓动起一千余名青壮，在半月前就不知去向了。但我听他说过，他要到玛怒托海来。"

"他说过要干什么吗？"

"说过的。他说，他要逼得殿下走投无路，殿下就能下决心东归祖邦了。"

"原来如此！真是难得的智勇双全。巴图尔兄弟如果在这里，我会立刻封为骠骑将军！"

巴木巴尔不解地问道："殿下的意思？"

"巴木巴尔，你今天能当机立断，也不愧为将才。东归祖邦的第一功应该记在你的名下。"

巴木巴尔搔着后脑勺结结巴巴地说道："可我……我还以为，我的急躁又铸成了大错呢。"

"当机立断和急躁鲁莽是不同的。"

"我明白了，殿下。"巴木巴尔高兴地说道，免不了要耀武扬威地瞟杜丁大尉一眼。

杜丁大尉在刚看到渥巴锡殿下时，曾产生过侥幸心理，以为无论如何，渥巴锡也不会让巴木巴尔对他下毒手，甚至会表示歉意对他好言抚慰呢。可是，当他看到巴木巴尔十分得意的表情时，心一下子凉透了。他虽然听不懂蒙古话，但看样子，刚才渥巴锡的话显然不是对巴木巴尔的责备，倒像是一番赞誉。他心里悲哀地叫道："今天是怎么了？这眼前的都是梦中的加尔梅克人吗？为什么一下子全变得恶魔一样！"他想到这里，本想转身逃开，却不知怎么竟向前走了一步，乞怜地看着渥巴锡，哇里哇啦地说了一阵俄国话，不时还指指巴木巴尔。在场的人只有策伯克多尔济懂得他的话，不过其他人也猜出他在为自己分辩，说这次冲突的责任全在巴木巴尔身上。

巴木巴尔看着一脸厌烦情绪的渥巴锡问道："殿下，怎么处置他？"

"扔进额济勒河！"

"是，殿下。正该如此。"巴木巴尔快活地说道，同时转向阿斯楞，"兄弟，过来帮一下手。"

阿斯楞看着眼前一时增加了好几个汗国大臣，有些难为情地说道："巴木巴尔大人！你看，我一松手可就……"

"这不正好吗？杜丁大尉去见上帝前，能看看你这个凶神的真身，也是他的福气嘛！"

巴木巴尔说完，忍不住哈哈大笑起来，在场的人，包括渥巴锡也开心地笑了。

"那么，好吧。"阿斯楞也笑道，并做了一个滑稽的鬼脸，走到巴木巴尔身边，一拳击翻了杜丁大尉，紧接着，两人分别抓住他的双手和双脚，几步走到河边，运足力气，向前上方抛去。只听扑通一声，杜丁大尉的身体连同他的惨叫一齐被河水遣送到另一个世界去了。

渥巴锡见杜丁大尉已凌波而去，转过身来问道："舍楞叔父，和硕特部之行的结果如何？"

"札木扬决心永远臣服俄罗斯。"

"真是顽固不化！看来，我对他抱有一丝希望，是个大错误。——不过，你没见到色克色那表弟吗？"

"没有。据说他成天游山玩水，无所用心。"

"这又怪我。悔不当初啊！"渥巴锡负疚良深地说道，慢慢垂下头去。

过了一会儿，渥巴锡挥了挥手，丢去一时间拥塞进脑海里的杂乱思绪，抬头说道："这里的一切，就让它这样结束吧！对和硕特部和北岸的乡亲，我只能在心里向他们谢罪了，——唔，对了，巴拉朱尔，你打算怎么办？是同我走，还是回到北岸去？"

"我决定暂时留在北岸，殿下。"

"那你就赶路吧，从罗斯托夫绕回去。这里的马你可以骑走一匹。"

"不，殿下，我在这里等到殿下启程那一天，以便把亲眼看到的壮丽场面讲述给北岸的人，他们一定会高兴得欢呼和流泪的！"

渥巴锡感动地看着巴拉朱尔，喉头热辣辣地哽咽了一下，说道："巴拉朱尔，你很快就会看到那个壮丽的场面的！"

37

渥巴锡一行人在返回宫殿途中,要经过汗国唯一的一座喇嘛庙。这座喇嘛庙的住持,就是我们前面提到的活佛洛桑丹增。还是从高加索归来时,渥巴锡见洛桑丹增身心交瘁,便劝他暂时不必参与国政,回庙里静养一段。从那以后,由于国事繁忙,险象环生,渥巴锡顾不上进庙礼佛,已经整整五个月没有见到洛桑丹增了。这次经过这里,他正好可以去参见这位忠厚的长者,就便告知提前起事的决定。可巧,正值洛桑丹增在两个小徒弟的陪同下伫立庙门前的台阶上,而且,在见到汗王车驾后,赶紧走下台阶,俯首恭立道左。

渥巴锡一惊,立即叫阿斯楞停下马车,慌忙跳出车门,和同时离鞍落地的舍楞等人一起向庙门快步走去。

谁都知道,在土尔扈特汗国,洛桑丹增可说是一位异常重要的人物,在二十万部众的心里,他的地位并不亚于汗王;在某种意义上说,甚至超过汗王。这是因为,和汗王比,活佛可以说是神的化身。虽说洛桑丹增从未利用自己的特殊地位左右汗王和干预改事,反而对年轻的渥巴锡所做的一切都采取支持的态度,有时达到容忍的程度,但他却从未在方丈以外迎接过汗王,更不用说在庙门外恭候了。所以,对洛桑丹增今天的举止,和渥巴锡同行的人都感到莫名其妙,而汗王本人则感到甚为惶悚。

尤其令渥巴锡不安的是,他刚想抢先问候,洛桑丹增洪钟般的声音却早已到达了耳畔:"汗王殿下,老衲在此恭候多时!"

渥巴锡满脸歉意地还礼道:"小王实在不敢当。活佛知道我等今天要朝拜佛殿吗?"

"当然知道。"洛桑丹增微微一笑说道,"老衲还知道,殿下已决定即归东土。"

渥巴锡惊讶地说道:"活佛真是慧眼通天!我今天正是为此来请求神佛指点的。"

"殿下的所作所为,始终是神佛的旨意。"

"我这么久没来奉香顶礼,神佛不会怪罪我吗?"

"身拜不如心拜。神佛知道殿下是在为众生之安乐夙兴夜寐的。"

"还有,我们举国东归,神庙必遭火燹,算不算亵渎神灵呢?"

"佛主不但在庙,更在人心。况且,佛主本在东土,为护佑苍生,暂来客居域外。我等奉归故里,不正是敬佛之盛举吗?"

渥巴锡心领神会,霎时气爽意振,他退后一步,俯首道:"谢谢活佛点化,小王再无挂虑了。"说着,抬起头来,虔诚地看了一眼紧闭的庙门,然后注视着洛桑丹增,继续说道,"现在形势紧迫,已是间不容发,小王就此告辞,请活佛替我多多祈祷吧。关于庙内僧众,为使之远离兵燹,让他们随王室眷属同行,也请活佛尽快做好准备。"

"请等一等,殿下。"

"活佛还有什么指教吗?"

"殿下是不是以为庙内徒众只能打坐诵经,而不能阵前杀敌?"

"僧俗有别,让我们各尽其责吧。"

"汗国兴衰在此一举,胜则同生,败则同死,何分僧俗?"

"但是,……"

"我明白殿下的意思。请随我来。"洛桑丹增说着,自顾登上台阶,并对两个小徒弟命令道:"打开庙门!"

随着吱嘎一声响,两扇又厚又重的大门同时打开了。渥巴锡向庙内看去,不由得惊呆了。他看到,在高耸的大殿前的宽阔的庭院里,数百名身强力壮、精神抖擞的年轻喇嘛,或持棍棒,或握刀枪,排列着整齐的方阵,一律面向庙门。渥巴锡无论如何想不到,在喇嘛庙这样清静之地,会出现这样杀气腾腾的场面。正在他惊异不止、目瞪口呆之际,只见所有喇嘛齐刷刷地单膝跪地,同时爆发出一声惊天动地的呼喊:"愿为汗王殿下冲锋陷阵!誓与汗国同存亡!"

渥巴锡一下子全明白了。他心如潮涌、热泪盈眶,几步踏上台阶,深情地望着洛桑丹增,哽噎了一下说道:"谢谢你,活佛!你刚刚排解了我精神上的纷扰,现在,又给了我取胜的信心!"然后,他又回过头来,目光炯炯地看着随后登上台阶而且同样异常激动的舍楞等人,发誓一样大声说道:"是的,我们没有理由失败,我们必须胜利!否则,我们就对不起全国僧俗的耿耿忠心!"

舍楞说道:"殿下说得对,我们必须胜利。而且,现在正是上下一体,万众同心,加上殿下的信心,我们是肯定能够获胜的!"

"我们肯定能够获胜的!"渥巴锡感情激越地重复着舍楞的话,"肯定能获胜的!——唔,活佛。"他突然转过身,指着仍旧跪在地上的僧众,"请让他们起来。"

洛桑丹增举手一挥,几百名僧众又齐刷刷站起来,同时雷鸣般地喊道。"东归祖邦!汗国必胜!"

喊声戛然而止后,洛桑丹增问道:"殿下愿意检阅一下他们的操练吗?"

"当然愿意。而且,我突然决定,起义前的最后一次军事会议,就在这里举行。——阿斯楞!"

站在台阶下的阿斯楞跑上来问道:"殿下有什么吩咐?"

"你去挑一匹快马,立即驰回宫殿,叫达什敦杜克叔父派人通知全部贵族和千夫长以上的军官,日落前必须赶到喇嘛庙,参加会议。叫达尔罕也来。去吧!"

阿斯楞答应一声,便飞也似的跑去执行命令了。

"殿下,"策伯克多尔济问道,"您叫达尔罕来,是想让他领略领略这里的气氛吗?"

渥巴锡答道:"他应该更多地知道人们都在想些什么,更多地知道他应该干些什么。如果目睹这里的情景,仍不能从萎靡不振中奋发起来,那就永远不可救药了!"

"殿下对他还是不要求之过急。他正陷入双重苦恼之中,已经万念俱灰,企图一下子点燃他心中的烈火,是不大可能的。"

"但是,有些事情不能等待。我已经失去了儿子,达尔罕要是继续沉沦下去,这个弟弟也是有等于无!一旦……"说到这里,渥巴锡的心陡然一沉,似有一个令他震惊却又无法回避的隐忧侵入身心,神色也有些黯然了。渥巴锡比任何人都更早也更清醒地意识到,生命给他留下的时间已经很有限了。二十几岁,在一般人的生命旅程中,常常是刚刚成熟和进入开创期的起点,才华、抱负、信念和追求,都将在这个黄金般的时期大放光辉,他们的年轻的身体上奔涌的是沸腾的热血,他们尚残留着稚气的明眸中闪现的是灿烂的未来,而只有桑榆暮景、朝不保夕的人才恐惧的人生终点,对于他们还是遥远和不必挂虑的。然而,年仅二十七岁的渥巴锡却不能不想到大步走

来的死亡。这已经够悲惨了。更有甚者,他又不能不为汗国的未来担忧。想到这些,渥巴锡如何能不五内焦灼呢?

但是,渥巴锡决不会允许自己在眼前这个需要冷静和决策的时刻被痛苦所左右。他必须排除头脑中一切与东归祖邦无关的纷扰,努力创造一个乐观、健康和充满信心的汗王形象。这对于年轻的渥巴锡无疑是非常困难的,但又必须做到。因为文武百官需要这样的汗王,二十万部众更需要这样一个汗王。所以,谈到达尔罕,联想到萨莱,更进一步想到汗王的后继无人,而在感情的海洋里骤然涌起的狂涛,仅仅滞留了一瞬间,他便以超凡绝俗的毅力强行按捺进心底了。

事实上,渥巴锡在说了"一旦"这个词儿以后,也只是停顿了一瞬间,在人们还没来得及思索一下在"一旦"之后可能是一句什么话时,他便紧接着挥手道。"不说这些。我们该来看看佛门弟子的武功了。"他说着,转过身,大步穿过僧众的方阵,向大殿前的平台走去。其他几个人也随后跟了过去。

不大一会儿,僧众的方阵在一声号令下划然两开,退向两侧。接着,在佛殿前的空场上,进行了一场场棍棒和刀枪的精彩表演。直看得渥巴锡等人眼花缭乱、赞叹不已。

表演结束后,洛桑丹增问道:"殿下,我的徒众还可以驰驱战阵吗?"

"岂止如此!"渥巴锡激动而感慨地说道,"意义远不限于阵前杀敌。是的,他们劈下的每一棍都是对我的鞭策,刺出的每一枪都给我增加了一分力量。他们也势必给汗国注入一股雄姿英发的朝气,给二十万部众增添一股勇克强敌的神力! 是的,活佛,我要再说一遍:谢谢你!"

"殿下言重了。其实,和殿下以及俗人比较,我和徒众更渴望早归东土。记得图理琛大学士说过,大清习俗与汗国大抵相同,且崇尚佛教,又闻当今皇上也倡导禅法。而在此地,东教猖獗,如果苟安眼前,终免不了神庙被毁之灾的!"

"活佛说得很对。我们正是死里求生!"渥巴锡说着,惊讶地回过头去,"活佛,大殿里怎么有哭声?"

洛桑丹增答道:"是鲁道夫的女儿莉莎。"

"莉莎?"渥巴锡愈感疑惑地问道,"她怎么在这里?"

"是这样,殿下。她说,她对汗国罪恶深重,想在死前求得佛爷宽恕。老衲见她心诚,就答应她进入了佛殿。早该叫她离去,刚才一忙,竟把她忘在里面了。"

"是这样……"渥巴锡皱眉沉思了片刻,然后举步踏进佛殿,心里又一次想起达尔罕弟弟。

洛桑丹增和舍楞等人也相继尾随而入,站在了渥巴锡的两边。

佛殿里光线幽暗,烛影摇动,充满一种既阴森可怖又庄严肃穆的气氛。在耸然高踞的佛像下是一个大香案,香案前的跪榻上,匍匐着一个不断搐动着的娇小的身体,这便是可怜的莉莎,在莉莎的旁边,站着一个英俊潇洒却面无表情的俄国青年军官,这当然是痴情的安德烈。

渥巴锡怪异而厌恶地扫了从未谋面的安德烈一眼,便径直朝莉莎走去。他在离莉莎相当接近的地方收住脚步后,微微俯下身体,轻声唤道:"莉莎!"

处于半昏迷状态的莉莎,听到渥巴锡的呼唤,身体轻轻抖动了一下。她异常费力地撑起上身,挑起浮肿的眼皮,缓缓转动了一下早已失却光泽的双眸。当她的迷惘的目光接触到眼前的香案时,才又记起自己是跪在佛殿里,不由得又垂下眼帘。是啊,这里怎么会听到汗王殿下的声音呢?一定是自己的生命已临近结束,在极度衰弱和意识模糊中产生的错觉。她常听老一代人讲,一个人在被上帝召回前的弥留之际,会看到最亲近的人的面孔,会听到最亲近的人的声音。可是,——她紧接着又怀疑起自己的想法了。——如果自己真的到了告别亲人的时刻,刚才的呼唤声正应该是达尔罕的,怎么会是渥巴锡的呢?同时,在这一刹那,她觉得自己很清醒,心海也很明净,身体里生命的力量依然很旺盛,甚至产生一种号啕痛哭和奋力呼喊的愿望。而且不知为什么,她突然相信,刚才听到的呼唤声不是幻化出来的;更不知为什么,她认为在此刻呼唤她的正该是渥巴锡汗王,是那位被她看作慈祥的长者和伟大的上帝的人!她这样想着,又挺起脖颈,使足了力气把麻木得近于瘫痪的身体好不容易地转了过来。她扬着由于又有了眼泪而变得清澈的眼睛,终于看清俯身站在前面正亲切注视着她的正是渥巴锡殿下。

"汗王哥哥,真是你吗?"莉莎颤着苍白的嘴唇,喃喃地说道。

"是我,莉莎。"渥巴锡声音充满慈爱地说道。

莉莎嘴角一抖,眼泪如同小溪般涌流出来。她猛地伸出双臂,好像是从胸膛深处迸发出一声呼喊:"殿下——"然后扑了过去,伏在渥巴锡的靴子上泣不成声了。

虽然她再也说不成话，但在场的所有人都从那声呼喊中，听到了这个可爱又可怜的少女想要倾诉的全部内容，她的悲哀、凄惨、悔恨以及委屈和喜悦。

渥巴锡思绪万端地叹口气，俯下身握住莉莎的小手，想把她扶起来。但是，在两双手接触到一起的瞬间，渥巴锡的身体颤抖了一下，赶忙张开手掌擎到眼前，他看到了殷红的已快凝固的血！

"莉莎！"渥巴锡惊惧而担忧地轻叫一声，不假思索地蹲下去，拦腰将莉莎抱起，轻轻扶坐在跪榻上。这时，他才发现，莉莎的双手，以及裸露在破烂衣服外的双肘和双膝，都已血肉模糊了，其状真是惨不忍睹。

渥巴锡紧紧握住莉莎的双臂，喉头哽噎了一下，好不容易才说出话来："你……莉莎！这是……怎么了？"

莉莎使劲儿地睁着眼睛，求救似地凝视着渥巴锡。她想说什么，可是，嘴唇动了几下，终于没能发出声音来，却又牵引出两行热泪，伴随着身体的摇动。

这时，站在旁边的安德烈用俄国话说了一阵，有时指指外边，有时指指莉莎。

渥巴锡站起来，恼怒地看着安德烈，喝问道："你是谁？你在胡说些什么？"

在场的人除了安德烈和莉莎，只有策伯克多尔济通晓俄语，所以他就把安德烈的话翻译给渥巴锡听了。

安德烈说的是如下一番话："汗王殿下，我叫安德烈，是莉莎的朋友。您刚才问她为什么是这样一副惨状，我来替她讲讲吧。莉莎自知有罪于汗国，决心以死赎过。但她深爱达尔罕殿下，生死不渝。因此，她想在自杀前皈依佛门，并祈求佛爷超度，使她魂随达尔罕，同归东土。从昨天凌晨起，她虔诚地一步三叩，向佛庙爬来。途中曾几度昏厥。我见她四肢鲜血淋漓，哀求她接受我的帮助，她却坚决不肯，我只能偷偷落泪。就这样，在今天中午，总算到达了佛庙。所幸活佛认识莉莎，心地善良，答应了莉莎的请求。"

渥巴锡听完了策伯克多尔济很概括的翻译，不由得又看了安德烈一眼，但已不再含有敌意了。然后，他悲悯和埋怨地盯着莉莎的憔悴的泪脸，问道："莉莎，你为什么要死？为什么这样残酷地折磨自己？"

"汗王殿下！"莉莎此刻已平静了一些，她强忍着身体的伤痛，努力使自己的声音能叫渥巴锡听到,"是我……是我给汗国带来了……灾难。"

"不要这样说。"

"殿下,请不要……不要原谅我!"

"听着,莉莎。你不是汗国的敌人。汗国的灾难不能让你承担罪责。"

"不,殿下!……"

"别再说了!……当然,你泄露了机密。但你是无意的。你是配做我弟媳的好姑娘。对你的过失,我早就谅解了。再说,就算你没有泄密,汗国的灾难也同样避免不了,这一天是迟早要来的。是的,莉莎,给汗国带来灾难的不是你,而是你的爸爸鲁道夫,是卡辛斯科依和贝格托夫,罪魁是叶卡特林娜!他们都是我们不共戴天的敌人。你听明白了吗,莉莎?汗国没有把你当作敌人,我们还没有成为连一个无意间的过错都不能宽恕的野蛮国家。"

"汗王殿下!"莉莎扬脸说道,虽然声音很低,却像从心底爆发出的哭喊,"您为什么……如此宽容啊!"

"因为我不愿看到一个无辜的人自戕身亡。"

"可我的罪过……"

"莉莎,不要无休止地谴责自己的过失,而要从过失中变得成熟起来。过去的事情不要再想了,我只是希望你和达尔罕都不再令我失望。"

"达尔罕……"莉莎喃喃地重复着这个始终占据着她心房的名字,一阵巨大的悲哀又向他袭来,使她无力地垂下头去,"他不会原谅我。是我……害了他呀!"

"放心吧,莉莎。达尔罕会原谅你的。不过,你愿意跟汗国一起走吗?"

莉莎抬起脸,痛哭流涕地说道:"我……愿意呀!"

"那就打起精神勇敢地活下去。只要你们真心相爱,就会获得幸福和快乐!"

"汗王哥哥!"莉莎哭喊道,想立刻跳起来扑进渥巴锡的怀抱。但是,她体内的力量早已消耗殆尽,如何经得起这狂喜的冲击?她刚一用力,就仆到地上昏过去了。

"活佛。"渥巴锡回头说道,"请您……"

"我知道了,殿下。"洛桑丹增没等渥巴锡说完,就抢先回答道,同时叫过贴身的两个小徒弟,"把这个姑娘抬到我的方丈,我随后就去给她治伤。"

两个小徒弟小心翼翼地把莉莎抬走了。

一直站在旁边的安德烈觉得自己能做的和该做的都做完了,而且,从刚才目睹的一个个令人感动的场面,他确信莉莎在峰回路转后,已经踏上了光辉的坦途,尽可以放心了。所以,再留下去已经没有意义。他轻轻叹了一口气,准备离开佛殿,隐藏起失恋的痛苦,去寻找自己的归宿了。

渥巴锡瞥见安德烈要走,便大声说道:"请等一等!"同时扬手做了一个能使对方看懂的注解。然后对策伯克多尔济说道:"告诉安德烈先生,我今天很感谢他,也很感谢莉莎。他们让我看到了两位可爱的俄国青年,看到了一些俄国人身上的美好的东西。他们的高尚行为使我的心变得澄澈了,也变得宽容了。告诉他,因为他们,我决定取消杀掉驻在汗国境内的全部俄国人的命令。是他们,安德烈和莉莎,救了这些人的命。还要告诉他,他要离开汗国,必须等到七天以后。这段时间,他住在佛庙还是住在宫殿,可以自便。就这些。"

渥巴锡说完,转过身,大步走出佛殿,经过庭院的石板甬道,一直走到庙门外。他站在台阶上,举目远望。远处淡紫色的群山,近处金黄色的草野,都亲切地扑向他的眼帘。徐徐清风,也在轻柔地抚摸他的脸颊。他似乎此刻才发现,这里的一切是如此的美好!他似乎也是此刻才发现,他是如此深爱着这里的山山水水,如此依恋着这里的一草一木!他甚至相信,如果这里的俄国人都是莉莎和安德烈,他也一定会眷恋这里的人的。然而,他却必须离开这块美好的地方,离开这片生养了他、哺育过他的肥沃而烂漫的草原,永远地离开,永远永远地离开!在以后的无论是短暂的也无论是漫长的岁月,他只能魂游故地,梦中去追寻少年时的足迹了。想到这些,他异常悲凉地长叹一声,并在心里愤然问道:"为什么会这样?为什么会这样啊!难道这是公平的吗?"他真想攘臂瞋目,大喊一句让全世界人都能听见的话:"让人们从魔障中解脱出来,和睦相处吧!"

渥巴锡就这样,思绪万千地站在佛庙前的台阶上,任凭心海翻滚,任凭时间流逝。直到远处传来马蹄声,他才不由得一震,记起自己的存在了。他倏然抬起头,看到有人纵马向这里奔驰,人和马都披着落日的余晖,草原上也是一片殷红。他想到了血,想到了萨莱,想到了罗卜藏,想到了阿黛,也想到高加索战场。这一切,才是他无法回避的现实,刚才都似乎忘掉了。他意识到,自己也有软弱和多愁善感的时候,而这,正是需要他首先战胜的敌人。

作为统帅,在临战前不能冷静,反而被各种芜杂的念头搞得心烦意乱,怎么能领导部下去迎击强敌呢?想到此处,他在心里严厉地责备起自己来。他这次真的攘臂瞋目了,但不是为了要喊一句没有任何意义的空话,而是为了挥斥开一切与东归大业无关的杂念。然后,他坚定地回转身,昂首阔步地走进庙门。

38

公元1771年1月4日,即喇嘛庙军事会议后的第七天。日暮时,骤然而起的北风,把又浓又厚的黑灰色云扯挂到一直很晴朗的天空,接着又向大地掷下一团团雪粉。大约两个时辰,风收雪住,云天下出现了一个银白的世界。

雪后的夜是宁静的。除了额济勒河挟裹着密集的雪块依然在奔腾喧嚣外,其他万物似乎都沉睡了。

土尔扈特汗国的大地也是一片宁静,凝然耸立的汗王宫殿似乎也沉睡了。但是,如果谁在此刻登上宫殿的塔楼,定会大吃一惊。因为他一眼就会看到:汗国二十万部众和他们的车马,全都集聚在汗王宫殿前的雪地上,所有的眼睛都眨也不眨地盯着宫殿的大门,甚至连呼吸都停止了。他们在静静地等待着,翘盼着英俊的汗王出现在宫殿前的平台上,举手向他们发出在这片土地上最后一个命令。这是力量的酝酿,是在酝酿与命运抗争的力量!然而,这庄严的等待远不是今天才开始,也不是这一年,甚至不是这一代。也许可以说,一百五十年前,当和鄂尔勒克把他的部众带到这片空无人烟的荒原时,就同时带来了这个庄严的等待。因此,今天的等待,或者说,最后等待的时刻,具有更伟大而神圣的意义。从他们酷似白色底盘上雕塑的群像,一声不响地站在那里屏息等待的样子,看得出他们确实意识到了这个神圣的意义。而且,就像拳头比手掌更有力一样,今天缩小到不足十里方圆的汗国,只要汗王一声令下,也定然会爆发出举世震惊的排山倒海的伟力!

那么,这个伟力的集聚和组织者渥巴锡殿下此刻身在何处呢?为什么时近午夜,他仍不出现在部众面前呢?不用说,他一定是在宫殿里,和曾经陪伴他度过二十七个春秋的小天地作着诀别。

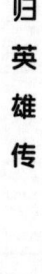

奇怪的是,在偌大的宫殿里,只有渥巴锡和策伯克多尔济两个人。

原来,在大雪刚刚停下时,渥巴锡突然想到,让由王室眷属和六百名贵族子弟组成的王室队伍与大队人马同行,是不合适的。应该让他们提前走几小时才更安全些。他预料,由舍楞和巴木巴尔统帅的两万名前锋队伍,已经走了七天,这时也该同库拉金纳要塞的俄国驻防军交战了;而主力部队和十多万名部众,将在明晨出发。俄国人肯定会在这两方面投入重兵。这样,让王室队伍提前出发,处于前锋和主力中军之间的位置,遭到俄国人攻击的机会就可以大大减少。这是一。第二,让他们提前出发,也可以使母后、王妃等女眷看不到豪华宫殿和珠宝玉玩同时毁于一旦的场面,避免可能造成的心灵上的刺激。想到这些,渥巴锡便拿定主意,让母后、王妃和达什敦杜克叔父等人立即离开宫殿,并亲自把他们送上暖车,看着他们在三千名宿卫军严密保护下,向东北方向进发了,才又同策伯克多尔济返回宫殿。

这时的宫殿,变得又空旷又清冷。所有窗子都敞开着,依然垂挂着的华贵窗幔,在风中凄凉地摆动。整个宫殿,只点燃着几支蜡烛,几乎所有的角落都是漆黑的,不断摇曳的暗红的烛光,更使微明的地方阴影幢幢,造成一种悲凉和恐怖的气氛。就在这样的气氛里,渥巴锡和策伯克多尔济把他们马靴的笃笃声,由大殿缓缓带到塔楼,又由塔楼带回到大殿。可是,在这整个过程,渥巴锡的眼睛几乎什么也没有看到。

如果说这是渥巴锡在和自己的宫殿进行诀别,那么,这样的诀别方式也实在太奇特了。而且,说到诀别,显然包含着两个内容,一是不可更改的决心,一是难以克制的依恋。但是,此刻的渥巴锡却没有产生一丝一毫的依恋心情,虽说在这座宫殿里盛满了他的欢乐和幸福,也盛满了他的痛苦和烦恼。

事实上,渥巴锡之所以又走进宫殿,紧咬着嘴唇,目光凝聚地从楼下走到楼上,又从楼上走到楼下,根本就不是来告别宫殿。甚至他对这一点连想也没想过。或者可以说,他早就和这座宫殿告别了。准确点儿说,从他登上王位的那一刻,就在心里举行了告别仪式。那么,他为什么要在宫殿里停留这么长时间呢?对此,策伯克多尔济是明白的。他早就看出渥巴锡太激动了,也知道渥巴锡带着重创的身体无法再承受一次更大的激动的冲击,而这个冲击,在那个等待了十年的伟大时刻真的到来时,肯定是躲避不了的,那么,渥巴锡就有可能在向部众喊出"向东,前进吧!"的时候,昏厥过去。所以，渥巴锡才想暂时躲进人去楼空的宫殿，安定一下跳得愈来愈激烈的心房。

策伯克多尔济猜对了，渥巴锡的确是为了平静一下，才又走进宫殿的。而且，在他们又走下楼梯，站到大殿里的时候，渥巴锡也真的觉得奔跳的心脏终于平稳了一些。他又静静地站了一会儿，突然问道．"策伯克多尔济，离午夜还有多久？"

策伯克多尔济说道。"如果我们走到楼上，再走下来，就差不多是午夜时分了。"

"这么快！——不，这么慢！"

"我理解殿下的心情。"

"是啊，真怪。那么，就照你说的，我们再走一遍。"

"殿下不觉得累吗？午夜前这段时间，您最好是躺一会儿。"

"躺一会儿？天哪！你能躺住吗？我怕就这样站着，也坚持不了多久。这是怎么了，好像所有的感觉都突然消失了！"他说着，下意识地摸了摸下颏，"可这肯定不是梦！"

"当然不是，殿下。"

"你刚才是不是也曾以为我们是在梦中？"

"不。我一直认为我们是切实的存在，而且一切都是正常的，合情合理的。"

"你要比我冷静得多！"

"因为我不是汗王。"

"可是，所有的人都处于极度的兴奋中啊。"

"没有人会不激动。但也没有人比殿下更激动。"

"我最需要的是冷静，对吗？"

"殿下说得很对。单从殿下的身体……"

"身体？不，我的身体没问题。不过，我们还是上楼吧，就像刚才那样，什么也不看，什么也不想，只是向前走去。是呀，再没有比这更大的享受了！"

正在这时，殿门处跑进一个人来。

"谁？"策伯克多尔济喝问道。

"是我。"那个人一边很快走过来，一边气喘吁吁地说。

"阿斯楞!"渥巴锡惊讶地说道,很快迎上一步,"你怎么回来了?发生了什么事?"

"请放心,殿下。王室队伍平安无事。"

"既然没出什么事,你跑回来干什么?"

"正因为没出什么事,也不可能出什么事,我才跑回来。殿下,就让我跟您在一起吧。"

"我说过,我不坐车,我要在马鞍上,直到天山!"

"那我也骑马跟在殿下左右。我是有用的,殿下。为什么非让我待在被人保护的队伍里?"

"胡说!是叫你去保护我的眷属,保护贵族的子弟。他们比什么都重要,是汗国的未来。明白吗?"

"当然明白。但那里有达什敦杜克大人,有达尔罕殿下,有托布信和布兰德医生。我在那里有什么用?"

"他们哪个能领兵打仗?让你去,就是在一旦和敌人遭遇时,由你去指挥那三千名从未经过战阵的宿卫军。其次,也是最重要的,我需要你的安全,我们一越过库拉金纳要塞,整个汗国就靠你做向导了。第三,这是我的命令,在今天,谁违背我的命令,我都不会宽恕!——唔,你们听,外面好像有杂乱的脚步声。走,我们去看看发生了什么事?"渥巴锡说完,似乎有些恼怒地向殿外走去。策伯克多尔济埋怨地看了阿斯楞一眼,也走了出去。

三个人相继走出大殿后,两个大汗淋漓的带刀士也正好跑上平台。

"汗王殿下!"两个带刀士看见了渥巴锡,扑通一声跪了下去,嘴里却不敢停下急于要报告的话,"俄国人打过来了!"

"什么!"渥巴锡大惊道,又仔细地辨认着脚前两个人的面貌,"你们是谁?把话说清楚!一个人先说,快!"

"是,殿下。"其中的一个把脸上的汗水在肩头蹭了两下,抬起头说道,"我们是沙固都尔骁骑校的部下……"

"沙固都尔!"渥巴锡更加骇然地说道,心里不由得紧张起来。因为沙固都尔是他派到北方驿路监视俄国人的,如果这支三百人的哨探队伍遇到了敌情,那就不仅会全军覆没,更严重的是说明汗国已经陷入重围了!这是渥巴锡设想的各种可能出现的局面中最坏的一种局面,难道汗国竟如此不幸,非要在最险恶的形势下打一场可怕的消耗战,才能挣扎到东归祖邦的征途吗?

渥巴锡在刹那间这样悲愤地想着,紧接着问道:"你们看见有多少俄国人?"

"看不清,殿下。黑压压一片,至少有五六千人!"

渥巴锡不由得又是一震,问道:"沙固都尔决定迎战吗?"

"是的,殿下。他说,就是全部战死,也要和俄国人纠缠一会儿,使殿下能有时间发兵迎敌。"

"站起来吧。你们做得很对。——策伯克多尔济,立即派殿后的两万人马去迎战,战场离这里越远越好!"

"明白了,殿下。"

"等一等!——阿斯楞,你也去。但只能观战。如果发现战场有向东移动的迹象,就飞速追上王室队伍,让三千宿卫军踏乱雪地上的踪迹。然后隐蔽起来,我会很快派出人马去接应。"

"是,殿下。"

"走,阿斯楞。"策伯克多尔济说道,拉着阿斯楞向台阶跑去。他们刚刚踏下两级台阶,却见一匹飞驰的马斜刺里冲到台阶下,马背上跳下一个人来。这个人正是沙固都尔。

沙固都尔甩掉缰绳,几步跳上平台,一下子跪到渥巴锡前面了。

"殿下,小人让殿下受惊了,小人真是该死啊!"

"怎么?"渥巴锡又惊又喜地问道,"你们没有遇到俄国人的军队?"

"是的,殿下。"

"那是怎么回事?……"

"回禀殿下,我们遇到的是和硕特部的人马。"

"和硕特部?"渥巴锡异常激动地说道,"是和硕特部!"

"是的,殿下。他们是来投奔汗王殿下,随殿下东归祖邦的。"

"这是真的吗?"

"是的,殿下。"

"你快起来。沙固都尔,你给我带来了这个振奋人心的好消息,我就不追究你的谎报军情了。"渥巴锡说着,又喊回策伯克多尔济和阿斯楞,显得很兴奋,"你听到了吗?策伯克多尔济。札木扬舅舅终于醒悟了!"

沙固都尔急忙补充说道:"殿下,不是札木扬。率领和硕特部的是色克

色那大人。"

"那么,札木扬呢?"

"他也来了。但捆着手脚。"

"是这样!"渥巴锡说道,沉吟了片刻,轻轻叹了一口气,"我懂了。……不过,色克色那在哪儿?"

"他就在我后边,这会儿也该到了。"

"他的人马呢?"

"我让他们停在五里地外,等候殿下指示。"

"看来,你办事不仅果断,还很谨慎。我身边正好缺少一个传令官,你来干吧。"

"谢殿下的厚爱!"

"好,你现在就以汗王传令官的身份,去告诉和硕特部的乡亲,说我欢迎他们,请他们速到宫殿前来。"

"遵命,殿下。"

沙固都尔高高兴兴离去不久,就见几匹马来到台阶下。人们一眼看出,最先跳下马背的身穿银袍的小将,正是色克色那。

渥巴锡不由得哽噎了一下,亲切地喊道:"色克色那表弟!"并想跑下台阶去迎接。

色克色那扬手道:"殿下不必轻移贵体,我自会到上边拜见!"

听到色克色那不冷不热甚至隐含着怨恨的语气,渥巴锡打了个寒战,猛然记起他们之间因为安妮而产生的不愉快。看来,这件事虽然过去了很久,色克色那却依然带着敌意记忆犹新。渥巴锡感到很委屈。因为他从高加索回来,就忍受着巨大的痛苦割断了和安妮的情意,并劝说这个自己始终迷恋的少女接受色克色那的爱情。要不是由于汗国正处于岌岌可危的窘境,要不是他无法分身的忙碌,早就亲自把安妮送到色克色那身边了。然而,他真应该感到委屈而嗔怪色克色那吗? 不,他觉得没有理由这样。对他想要做而没有做的事,对他的一番苦心,色克色那毕竟一无所知呀! 而且,色克色那是带着整个和硕特部来投奔他的,这件事本身显示出的巨大意义,是任何个人恩怨都无可比拟的,更不用说色克色那仅仅因为不知道渥巴锡的退让而产生的小小误会了。所以,渥巴锡的委屈感,在产生的一瞬间,便同时消失了,在他的脑海里只剩下了和硕特部全体来归这件令人振奋的事了。

在色克色那以及其他人看来,渥巴锡在这一瞬间,只是走了一步又停下来,而脸上的亲切和兴奋的表情没有丝毫变化,甚至对色克色那故意疏远的话,一丁点儿也没有介意,反而又显露出敬佩的神情。

色克色那也没再说什么,很快转向自己的随从命令道:"抬上去!"

两个腰悬大刀的随从,当即从一匹坐骑的鞍间抬下手脚都捆缚着的札木扬,跟在色克色那身后,拾级而上。到了平台上以后,他们把札木扬放在渥巴锡脚前了。

渥巴锡感情复杂地扫了札木扬一眼,转身走到色克色那面前,柔声叫道:"表弟。"

色克色那后退一步,俯身道:"请殿下恕我戎装在身,不能跪拜。"

"你在说什么哪,色克色那表弟!"这回,渥巴锡的语气里可充满嗔怪的味道了。

"殿下!"色克色那依然冷冷地说道,"和硕特部现任首领色克色那并九千名男女部众,愿随汗王同归祖邦,请殿下收留。"

"表弟!"

"叫我的名字好了。殿下。"

"你今天是怎么了?"

"还有,我带来了汗国的叛徒,请殿下处置。"

"色克色那表弟!"渥巴锡大声喊道,猝然抓住了对方冰冷的双手,"你今天做的事情,是一次空前的壮举,是应该载入汗国史册的伟大勋绩!我感谢你,全汗国都感谢你!"他说着,声音慢慢低下去,并充满了激动、谅解、埋怨和乞求的感情,"只是请你,亲爱的表弟,不要对我……总是这样怨恨和……冷酷。"

"殿下!……"

"叫我表哥!我告诉你,表弟。你一直爱着的安妮……"

"殿下!"色克色那抖动了一下叫道,想抽回自己的手却未能做到,眼睛里则射出一股怨恨的光,"你今天还想谈这件事吗?"

"为什么不谈?"渥巴锡固执地说道,"安妮在等着你,安妮是你的,懂吗?"

色克色那的固执也不亚于渥巴锡,他继续用力想甩开对方的手,同时说道:"请殿下先处置叛徒吧!"

渥巴锡咬着嘴唇,慢慢垂下头,过了一会儿,他盯住色克色那的坚定的眼睛叹口气,说道:"好吧,可我想知道你的意思。"

"汗国有《卫拉特法典》,无须问我。"

"他是你的父亲。"

"我带来的不是父亲,而是汗国的叛徒,是敌人!"色克色那大声说着,终于挣脱了自己的手。

"如果他能顿然醒悟……"

"你真是一副女人心肠!"

"表弟……"

"听我来讲给你,也讲给这里所有的人。我和他——"他说着,指了指正怒视着他的札木扬,"如果只是父亲和儿子间的仇恨,只是继承权造成的矛盾,那么,我除了离开和硕特部,不会做出别的事情,绝不会的!"

札木扬突然大喊道:"逆子!我后悔当初没有杀掉你!"

"逆子?"色克色那咬牙道,"就算我是逆子,那也仅仅是背叛了你。你呢?你背叛的是汗国,是汗王殿下,是汗国的东归大业!你一次又一次告密,一次又一次想加害汗王,都意外地得到了宽恕。你反而以怨报德,恩将仇报,变本加厉,通敌卖国,竟和贝格托夫密谋,决定倾和硕特全部人马伙同五百名哥萨克骑兵,准备在今天夜里突然从背后给汗国致命的一击。……"

"竟有这种事!"渥巴锡骇然一惊说道,并瞪了札木扬一眼。

色克色那瞥了渥巴锡一眼,继续说道:"如果不是部众深明大义。协助我的人马把哥萨克全部杀死,你现在也许阴谋得逞,正在这里屠杀自己的同类!令人无限愤慨和悲痛欲绝的是,由于你为虎作伥,使我们在这场混战中,付出了一千人的代价!"

"祸国殃民的……败类!"渥巴锡恶狠狠地看着札木扬,咬牙切齿地说道:"你至死不知悔悟,辜负了我和母后对你的宽容和期待!"

"渥巴锡!"札木扬疯狂地喊道:"我是你的舅舅,你没有资格教训我!去把你母亲喊来!快去!"

渥巴锡冷笑了一下说道:"就是母后在这里,也不会替你求情;就是母后求情,我也不会宽恕你!你已经恶贯满盈了!"

"渥巴锡!你和逆子狼狈为奸,以幼凌长,大逆不道,天下人都会唾骂你的!"

色克色那凛然道:"天下人要唾骂的是心怀异志、卖国求荣的叛徒!——殿下,我希望你就要做出的决定不至使汗国二十万部众失望。你应该让部众看到一个不徇私情、大义灭亲的汗王,应该让部众在出征前明白一个道理,不管是谁,只要他背叛汗国,人人都可以砍下他的脑袋!"

"畜生!你这个畜生!——"札木扬声嘶力竭地吼道。

"你喊吧!你每喊一声,就会增加人们一分愤恨!"渥巴锡说着,转向色克色那,"色克色那表弟,谢谢你给了我勇气。唔,对了,你的晚母和两个弟弟呢?"

"这件事和他们无关,况且最后同意跟我走。我已经让两个弟弟做了千夫长,派人保护晚母的安全。"

"表弟!你的心真可以盛下整个大地!我也希望——"渥巴锡说到这里,稍稍停顿了一霎,"是的,我也希望在那里重新盛下我的友情。"

"殿下,我所做的一切都不是出于友情或私恨。"

"我明白。你随我来,我有几句只能对你一个人说的话。"渥巴锡说着,拉着不愿同他走的色克色那,走到旁边,"表弟,我已经说服了安妮,她同意接受你的爱情。"

"你根本没有必要这样做!"

"有必要,在高加索战场上,我就决定这样做了。"

"为了恩赐我?为了医治我心灵的创伤?"

"你心灵的创伤是可以医治的,我的创伤却是无法医治的。——你不明白吗?"

"我不懂你在说什么。"

"我爱安妮,你也爱安妮,爱的分量也许差不多。但你能给她幸福,我却不能。我希望她幸福。她应该有一个爱她的而且活着的丈夫,而我,却明明知道不久于人世了。"

"你说什么?"

"轻点儿!不能让别人听到。如果人们得悉我也许明天就会死去,刚刚振发起来的情绪就会跌落到最低点!听我告诉你,我身上的重创随时都有发作的可能……"

"为什么不医治?"色克色那多少露出点儿关切的神色了。

"医生说要静养半年。半年!明白吗?"

"也就是说,准备东归和医治创伤只能选择其中之一?"

"结果,布兰德医生也无可奈何了。"

"殿下!你牺牲了自己!"

"没有别的选择。"

"可是……"

"放心,表弟。我现在还不能死。我不甘心死。我必须在倒下去以前,把汗国带回祖邦。是的,我必须坚持到那一天!不看到我的部众的愿望终于实现而露出喜悦的笑容,我是不会闭上眼睛的!"

"表哥!"色克色那感动地叫道。这次是他主动抓住了渥巴锡的手。此刻,两个人的手掌都是滚烫的。

渥巴锡微笑了一下,说道:"谢谢。——所以,亲爱的表弟,我需要各种力量的支撑。你今天给我的力量已经够大了,但我还需要你再给我一些。我太贪得无厌、太自私了,是吗?"

"不。表哥,我……明白。"色克色那喃喃说道,心里突然升起,——确切地说,是在心里一下子复活了以往对渥巴锡的爱戴和崇拜。想起自己这两年始终未能从儿女私情中挣脱出来,实在太惭愧了。现在他倒宁愿没有爱过安妮,宁愿世界上根本就不存在色克色那这个人,只要渥巴锡是健康的、快乐的。他想着,扬起泪花闪动的眼睛,动情地说道:"表哥,你会好起来的。"

"我何尝不希望好起来?可是,来不及了。"

"我真希望能替表哥承受创伤的折磨,哪怕为此而死!"

"我过去也常想,我为什么是渥巴锡而不是达尔罕、色克色那或者别的什么人?但这有什么用?冥冥中,我们的命运早被安排好了,抗拒不了。所以,我们与其让自己纠缠在实现不了的愿望中,不如去做些我们能够做到的事情。"

"我懂了,表哥。"

"那么,去接受安妮吧。她是个好姑娘,值得你用整个生命去爱她。你要真心爱她,关心她,保护她,让她感到快乐。你答应我了,对吗?"

"我……答应。"色克色那声音颤抖地说道,忍不住热泪涌流了。

渥巴锡用力拥抱住色克色那的身体,说道:"谢谢你,我的好弟弟。"

色克色那伏在渥巴锡的肩头,抽噎着说:"表哥!你为什么不恨我?为什么不骂我？我曾那么怨恨过你。"

"不要总想着过去。我们都很不幸。——唔，表弟，现在时近午夜，你也该走了。"渥巴锡说着，松开了双臂。

色克色那扬起泪脸惊问道："走？你让我到哪儿去？"

"去到王室队伍里。母后和安妮看到你，都会高兴的。"

"不，表哥。让我跟在你身边，我要照顾你。我会用生命保护你的。"

"你的生命比我更宝贵。"

"表哥！"

"不要说了！你必须立即离开这里。一会儿，……你应该明白，有些场面，你是不适宜看到的。"

色克色那慢慢垂下头去，低声说道："我……明白。"

渥巴锡转过身喊道："阿斯楞！"

"在。殿下有什么吩咐？"

"你和色克色那表弟速去迎住和硕特部的人马，待色克色那表弟挑选三千名亲兵后，和他一起追上王室队伍。以后，你和色克色那共同负责王室队伍的安全！"

"遵命，殿下。"

渥巴锡又转向色克色那："快去吧，表弟。把你的晚母也带上。两个弟弟愿意去也可以。他们留在这里，我也会很好照应的。"

色克色那垂泪点头道："知道了。"然后，他依恋地凝视了渥巴锡一眼，便和阿斯楞奔下台阶。

在响起他们狂奔而去的马蹄声的同时，渥巴锡面对台阶下一队火炬手喊道："上来，点燃火把！"

大约有二十几个人当即跑上平台，很快点燃了他们手中的火把。同时，还有二十几个人拎着皮桶，跑向宫殿，把桶里的牛油迅速涂上板壁。

"过去，站在那个叛徒的两边，照着他，让二十万部众都能看到他的嘴脸！"

火炬手立即遵命照办了。

札木扬终于意识到自己的生命就要结束了。人们以为他出于求生的本能，一定要向渥巴锡求饶。但出乎预料地，他却狂吼道："渥巴锡！你不会成功的！你的面前是死路一条！"

"你诅咒吧!"渥巴锡也怒吼道,"你的诅咒是徒劳的。我们一定要成功!今天处死你,就是我们向胜利走出的第一步!当然,我们很多人会战死,我也可能抛尸原野。但是,我们要像真正的蒙古人那样,死也要做英雄!——砍下他的脑袋!"

二十几个火炬手几乎同时抽出大刀,一齐劈了下去。

渥巴锡从一个火炬手那里接过一支火炬,威严而激动地走到平台的前端。他看不清台阶前有多少人,看不清他们的面孔,但他知道,这二十万人的心在此刻和他一样激动。他真想对他们高声说几句话,他想说:"乡亲父老们!从这一刻起,你们做奴隶的日子结束了!"他想告诉他们:"你们盼望的时刻来到了!"他想用尽平生气力,狂喊一声:"向着东方,前进!——"是的,他有很多话想说,他有很多话是想留到今天说的。但是,此时此景,他的嘴唇抖动了,喉头哽咽了。他说不成话,他直想痛哭!

然而,他心里的喊声,似乎已不需要借助喉咙,早已冲出胸膛,震响二十万部众的心上了。是的,他们真的听到了渥巴锡雷鸣般的喊声,而且,不需要借助于耳膜,早就被汗王的心灵的声音震动了。他们知道,应该回答汗王的召唤,所以,像有人下了一道命令,几乎在同一刹那,刷的一声举起手里的旗帜和刀枪,山呼海啸般喊道:"东归祖邦!汗国必胜!"

东归祖邦!汗国必胜!

这便是渥巴锡想说的一切,是二十万部众想说的一切!

这二十万人的怒吼汇成的巨大声浪,在原野上滚动,在夜空中滚动,震得地抖雪飞,震得云颤星闪。

难道还需要说什么吗?

渥巴锡泪水涌流地看着自己的二十万部众,突然,他高擎火炬,威严地转过身来,震地有声地大步向宫殿走去。他的后边,紧紧跟着二十几个火炬手。

渥巴锡走到宫门前了。他伫立片刻,最后看一眼就要成为灰烬的宫殿,然后,他毫不犹豫地将火炬伸向宫门。二十几个火炬手也飞快地分散到两侧。

霎时,整个宫殿变成了火海。

这座宏伟而豪华的木制宫殿,在世界上已存在了一百年,有着辉煌的经历。而此刻,才是它最辉煌最伟大的一瞬!

宫殿烈焰腾空。这是一个信号,是整个汗国燃烧的信号。一时间,在额济勒河南岸,在整个汗国的土地上,到处火光飞起。三万座毡帐的烈焰和宏伟的喇嘛庙的烈焰与高耸的宫殿的烈焰在天空会合了。这烈焰烧红了夜空,烧红了土尔扈特汗国的雪原,也烧红了土尔扈特汗国二十万人的心!

渥巴锡威风凛凛地走到平台前端,左手按着刀柄,右手朝下一挥,一百支号角同时吹响了。

在号角声中,二十几个火炬手奔下台阶,飞上坐骑。二十几支火炬作为前导,迸射着火花,呼呼响着向东方飘去。

在号角声中,台阶前的雪原上又暴发起"东归祖邦!汗国必胜!"的喊声,这喊声充满了喜悦和信心。近二十万人的队伍,中间是老弱妇孺的车队,两侧是骑马的战士,浩浩荡荡地向东开拔了。

在号角声中,渥巴锡和策伯克多尔济并肩站在平台上。他们的手紧紧握在一起,威武而庄严地注视着台阶下的雪野。他们身后是奔腾的火焰,眼前的一派红光里,是他们的正踏上归途的整个汗国!

历史上有过这样的壮举吗?有过如此光辉而神圣的日子吗?

是的,这是一个伟大的日子!

光荣的土尔扈特蒙古人永远不会忘记这一天,所有炎黄子孙都不会忘记这一天。这一个日子,理所当然地要用大字写进中华民族的史册:

公元一千七百七十一年一月五日

39

归鸿驿管事特里根老人在艰难地进入梦乡后,突然觉得一阵心动,睡意顿时消失得一丝不剩。他不得不披衣下床,蹒跚着向外走去。

自从女儿阿黛受辱自尽,老伴也紧接着忧郁成疾而猝然离世,特里根一直处于极度的悲哀之中。要不是他的耳边时时响起渥巴锡殿下讲的那番话,使他衰弱的生命在等待和盼望中获得了一点儿支撑力,那么,他早就追随女儿和老伴去了。特里根虽然挣扎着勉强活在世上,睡眠却和他再也无缘了。特别是卡辛斯科依把全部站丁都赶走以后,使他好像生活在无人的孤岛上,那日子就变得更加难熬。他几乎每天都是前半夜在床上辗转反侧,想遍死人生人；后半夜则伫立中庭，直到晨光升起。

今天，特里根照例准备到外面消磨掉漫长的后半夜。但是，当他刚刚走出房门，就吃惊地站住了。他分明看到在南天处有一片红光在跃动。他猛然想道："汗王殿下已经开始行动了吗？不过，他是说在二月里的某一天可以看到南方的大火啊！而今天，刚刚是一月……五日啊？唔，对了！七天前，卡辛斯科依派杜丁大尉去玛怒托海，一定是得知汗国要提前举义了。没说的，准是这么回事儿！"特里根这样想着，顿时兴奋起来。他以异乎寻常的灵巧动作，奔回房中，拎起早准备好的一桶牛油，走到外面，经过长长的游廊，来到正面大客房的门前。他放下油桶，怪异而滑稽地歪头眨眨眼睛，心里想道："这是怎么了？这桶油轻飘飘的，别是空的吧？"这些天来，他每天都要试着拎拎这只油桶，验证一下自己是否还有力量拎到门外，每次他都觉着太沉重，担心到时力不从心。可今天，他竟毫不费力地拎出这么远！他疑惑地抽出匕首，撬开桶盖。一点儿不错，正是他亲手盛到里边的淡黄色的牛油。"要不，我在做梦吧？"他又想道，"哼，管它呢！就是在梦中，我也要把牛油涂上门窗。梦中烧死可恶的卡辛斯科依也是件快事嘛！"这样，他不推究自己是处于梦境还是置身现实了，很快用匕首挖起牛油，向门板上涂抹。涂完了门，又拎桶走到窗下，他伏在窗上听到了里面的鼾声，确信卡辛斯科依睡得很实，才又小心翼翼地往窗上涂牛油。不过，他到底还是过于紧张了，一不小心，匕首碰到了桶壁，声音虽不甚响亮，在寂静的夜里听来还是很清晰的。这声音显然传到客房里，惊醒了卡辛斯科依。

"谁在外面？"卡辛斯科依的喝问声使特里根抖了一下。他连忙把油桶隐在廊柱后面，把匕首插入鞘内，同时在脑子里搜索应变的主意。

"外面是谁？为什么不说话？"又传来卡辛斯科依怒气冲冲的声音，还掺杂着跳下床的响声。

"噢，卡辛斯科依大使，是我，特里根啊！"

"你在我窗下干什么？"

特里根瞥见窗帘的缝隙处露出一只射着凶光的眼睛，便支支吾吾地说了一句临时现编出来的话："我想院子里这么多雪，是啊……我想把院子里的雪……扫一扫。没想到惊动了大使。"

卡辛斯科依刷地拉开窗帘，十分恼怒地喝道："三更半夜扫什么雪！"

"我以为……天亮了呢。"

卡辛斯科依掏出怀表看了一眼,说道:"现在刚过半夜!真是胡闹!"

"那……实在对不住了。请大使先生睡吧。"

卡辛斯科依刚想拉上窗帘,却突然一怔,瞪直眼睛向南边的天空看去,说道:"嗯?不对!"说完,他很快回身穿上外衣,拿起手枪。走到外面来。

特里根从窗下急趋到门口,说道:"先生,外面很冷。"

卡辛斯科依不再理他,径直朝大门外走去。特里根想了想,也跟了出去。

到了大门外后,卡辛斯科依凝视着南边天际处愈升愈高的红光,问道:"你看到了吗?那片红光!"

"红光?看到了,看到了。要不我怎么说天亮了呢?"

"老糊涂!那是南方!"

"南方?是呀,也许今天老天爷想先从南方亮起来。"

"胡说!那是火,火!明白吗?"

"要不,是火山爆发了?"

"哼!渥巴锡,你让我上了个大当!杜丁大尉七天没送回消息,也一定是落入你的陷阱。等着吧,我不会让你的人马越过雅依克河半步!狡诈的加尔梅克人!"

"阁下,您在说些什么?"

"你也不是个好东西,也许你早知道渥巴锡今天的行动的!"

"阁下,我可是……"

"少啰唆!你要是还想活,就立刻进去喊醒我的骠骑兵,然后待在屋子里,不准出来!"

"阁下,你这里才有十几个兵啊!"

"一会儿就会有几千!快去!"

"可是阁下请听,好像有马蹄声!"

"在哪边?"

"西边。您看,有不少人向这里冲过来了!"

卡辛斯科依不由得微露惊恐地向西看去。恰在此时,特里根从腰间摸出匕首,用尽全身力气,向卡辛斯科依的后背猛刺过去。

卡辛斯科依低吼了一声,左手捂住露出胸口的匕首尖端,倏然转过身,提起手枪朝特里根射去一颗子弹,手枪随即掉落雪地上,他自己则晃着身

体,凝视着特里根。

事实上,特里根把匕首刺进卡辛斯科依后背的一刹那,身体中的力量就已全部耗尽了,精神上的支撑力也同时弥散在清冷的夜空中。这个时候,有谁轻轻推他一把,他就会一下子倒下去永远也起不来了。然而,射入他胸膛的子弹却令他精神一振,并恢复了记忆,知道已经替女儿报了仇,一丝微笑在他的满脸皱纹中荡漾开。

就这样,两个人面对面,一个在凝视,一个在微笑,都用双手捂着自己的胸口,身体微晃着,都企图竭力站得稳些。过了好久,他们身体的、精神的力量终于都耗尽,几乎在同时仆倒在雪地上了,他们身下的白色的雪很快变成了红色的水,并向外扩展。

被枪声惊醒的骠骑兵们,这时已穿好衣服,提着枪跑出归鸿驿的大门。他们一眼看到卡辛斯科依和特里根都趴在血泊中,感到毛骨悚然和大感不解。在一团忙乱中,他们把这两个人的身体翻转过来。卡辛斯科依早已断气,特里根也只剩下几口残喘了。他们不知道刚才到底发生了什么事,站在那里面面相觑,不知所措。

突然间,真的传来了飞奔而来的杂乱的马蹄声。他们循声看去,不由得又吃一惊,当即灵魂出窍了。因为向归鸿驿冲来的是一群挥动大刀的蒙古人。不知谁喊了一声"快跑!",他们便作鸟兽散了。但是,没有一个人能逃过蒙古人手里的大刀片。

前来夜袭归鸿驿的是江基尔·巴图尔率领的二百名决心当强盗的蒙古人。这是一千人的强盗队伍里唯一在今天夜里有行动的小分队。

巴图尔兄弟在七天前挑起巴木巴尔和杜丁大尉的冲突并痛快淋漓地砍杀了一阵之后,就带领人马躲进森林了。这之后,他们原拟是去归鸿驿杀死卡辛斯科依和估计人数不会太多的骠骑兵。但他们突然获悉了一个消息,说阿斯特拉罕总督贝格托夫带着数百名哥萨克骑兵到了和硕特部。江基尔·巴图尔知道,对于俄罗斯女皇,贝格托夫比卡辛斯科依更重要。所以,他决定先把贝格托夫和那几百名哥萨克收拾掉,然后再去找卡辛斯科依报仇。为了谨慎,江基尔·巴图尔只身潜入和硕特部,证实确有五百名哥萨克驻在那里,但贝格托夫却已经离开和硕特部了。没有谁知道这五百名哥萨克为什么突然驻进和硕特部,江基尔·巴图尔以为也无须弄清他们来此何干,决定搞一次袭击。骤然下起的大雪使他确信这次袭击有绝对把握。可是,在他率领人马突然冲进和硕特部时,却看到了一幅令人骇然的情景,雪地上杂陈着包括哥萨克在内的僵尸,少说也有一千多。所有的毡帐都是空的。四面的雪野上到处是杂乱的蹄印,无法搞清活着的人到什么地方去了。他们很纳闷,也不敢久留,便又连夜驰回森林。之后,江基尔·巴图尔挑选了二百名勇士,便直奔归鸿驿而来了。

在归鸿驿大门前,江基尔·巴图尔的人马砍死了全部骠骑兵,便都冲进大门寻找可以杀的人去了。江基尔·巴图尔则飞身跳下马背,跪在雪地上,抱起特里根。

刚才卡辛斯科依射出枪膛的子弹,由于手腕抖动,偏离了特里根的要害部位。所以,特里根没有死,只是由于衰弱和流血暂时昏迷罢了。这会儿,他苏醒过来,睁开眼睛看到了江基尔·巴图尔。

"巴图尔?"

"是我,特里根老爹。卡辛斯科依是您杀死的?"

特里根在嘴角颤起一个骄傲而宽慰的笑意,说道:"我给阿黛报了仇。"

"谢谢您,老爹。"

"何必呢?阿黛是我的女儿嘛。……现在仇报了,我也可以死了。"

"您的伤不重。我能给您治好。"

"跟伤有什么关系?我……早就死了!"

"特里根老爹!"

"巴图尔,你好像带来不少人?"

"二百人。我一共有一千人。"

"去投奔渥巴锡殿下吧。"

"投奔他?哼!"

"你误解了他。"

"不!在俄国人面前,他活像个奴仆!"

"胡说!他想把汗国带回天山……"

"说说而已!他把萨莱王子……"

"是啊,为了汗国,他献出了儿子。"

"您说什么?"

"看看南边的天空。通红一片。渥巴锡殿下正率领汗国向东前进了。他的儿子,却……留在了俄国!"

"您说的是真的吗?"

"混账!我能骗你?"

"您为什么不去玛怒托海?"

"我的灵魂会跟汗王走的。巴图尔,快去吧,去向殿下认罪,求他宽恕你。——来,把我抱起来。"

巴图尔遵命抱起特里根轻飘飘的身体。

"把我放进管事房。然后放一把火,你就赶快走!"

"您想要干什么?"

"我舍不得和归鸿驿分开呀!"

"不行!我要带您离开这里。"

"傻瓜!看不到我……就要咽气了吗?快把我送进去。要不,我会死在外面的。"

江基尔·巴图尔知道特里根只要下了决心,是无法扭转的。而且,看样子,也真活不了许久了。因此,他依着特里根的要求,一一照办了。

归鸿驿很快也成了一片火海。

江基尔·巴图尔望着大火,费劲儿地思考着。他不知道作为曾辱骂和背叛过汗王的人,下一步该如何迈出。

40

王室队伍出发后,虽说没有进行所谓"日夜兼程"的飞奔,但由于无论是骑马的还是驾车的,都是清一色的马匹,要比汗王督率的混杂着大量牛车和驼队的汗国主体队伍快得多,所以,他们走到第四天的时候,至少要拉下汗王的队伍一天的路程。一直走在队伍前边的阿斯楞估计,顶多再有半天,他们就可以抵达库拉金纳要塞了。如果汗王的计划和舍楞、巴木巴尔向汗王作出的保证能够实现,也就是说,两天前就攻下了要塞,并早已扫清了左近的残敌,那么,王室队伍就可以在非常安全的条件下通过雅依克河,进入哈萨克草原。紧接着,汗王的大队伍也会顺利通过雅依克河。这样,东归大业就算成功了一半。想到这些,再加上这几天行进得出奇地顺畅,没有出现一次哪怕很微小的滞碍,阿斯楞如何能不兴奋呢?

可是,阿斯楞的兴奋没有持续多久,便被一阵恐怖和担心取代了。因为他分明听到,在东边传来了炮击声。从那时高时低并很密集的轰响声来看,这显然不是舍楞为迎接王室队伍鸣放的礼炮,而是在告诉他库拉金纳要塞的攻守战仍在激烈地进行着!

阿斯楞蹙额思考了一下,觉得再往前走是不合适的,必须先弄清前边的战斗情况,再作道理。于是,他下了停止前进的命令。他的命令被一迭连声地向后传去,长长的队伍也一段段相继停下来。他扯转马头,准备驰到队伍的中段,将眼前的形势和他的打算向国母殿下和达什敦杜克禀告一下。

阿斯楞刚想抖动缰绳,却听有人喊道:"阿斯楞大人,前边出现一彪人马!"

"天哪!"阿斯楞在心里叫苦道,"难道真是祸不单行吗?"同时,他又急忙把马头扯回到朝东的方向。不过,当他看清出现在视野里的人马只是一支百八十人的小队伍时,却立即放下心来,并有把握地猜测,一定是舍楞和巴木巴尔派来迎住王室队伍的。不大一会儿,那些人的蒙古族装束也依稀可辨了,阿斯楞更加确信了自己的猜测。他告诉部下无须进行战斗准备,便纵马迎了上去。

"停下!"阿斯楞命令道,这时他和狂奔而来的人马相距只有几十步了,他认出跑在那支小队伍最前面的人是千夫长查合布彦。

查合布彦勒住马缰,约束住部下,在马鞍上抱拳道:"阿斯楞,我要立即面见汗王殿下或国母殿下!"

阿斯楞说道:"叫你的部下停在这里,你随我来。"说完,不敢怠慢,当即带着查合布彦驰向王室队伍。这时,殿后的色克色那也正向队伍前边驰来,想问问为什么停止前进,碰到阿斯楞后,便一同来到国母殿下的车驾跟前。

国母殿下与一个贴身女侍同用的车驾在队伍的中间;她前面的马车上乘坐的是达什敦杜克和洛桑丹增;她后面的马车归塔莉莎娜王妃和女常侍安妮使用;再后面的马车原是让达尔罕陪同莉莎乘用的,但达尔罕却宁愿骑着马和色克色那压阵,母后只好安排一个女仆来照顾重病中的莉莎。此刻,由于队伍突然停止前进,不知发生了什么事情,除莉莎外,都把头探出车窗,想看个究竟。

阿斯楞等在国母殿下的车门前跳下马来。正要跪下去,却听国母说道:"以后,那些虚文浮礼一概取消。有什么话,就快讲吧!"

"是,国母殿下。"三个人同时俯身道。

查合布彦紧接着说道:"舍楞大人命我来见国母殿下。他叫我禀告国母殿下,库拉金纳要塞尚未攻克,目下战斗很激烈,请国母殿下暂时不要接近战场,他和巴木巴尔大人将竭尽全力,在最短的时间内拿下要塞,亲自来请罪和迎接国母殿下和汗王殿下。"

"库拉金纳要塞防守很严密?"

"是的,国母殿下。"

"我们的伤亡很惨重吗?"

"是的,国母殿下。"

这时,达什敦杜克和洛桑丹增走了过来。

"给大人请安!给活佛请安!"

"免!"达什敦杜克说道,"查合布彦,舍楞大人让我们在这里等多久?"

"他没有说。大人。"

"这就是说,他对什么时候攻下库拉金纳要塞心中也没数。是不是这样?"

"我想……是这样。大人。"

"查合布彦,你是看到战场的情况的。照你看,库拉金纳要塞是很难攻破的吗?"

"大人,这……"

"照实说!"

"是,大人。库拉金纳要塞的确很难攻破。"

"怎么会这样?"母后说道,眼睛里现出忧虑的神情,"查合布彦,舍楞没要求派援军吗?"

"国母殿下。"查合布彦说道,"舍楞大人再三说,不能派援军。"

"既然攻克要塞有困难,为什么又拒绝援军?"

"国母殿下,靠人数的优势是无法攻下要塞的。而且,人越多,伤亡就会越大。要塞司令拿不勒将军,把一个炮兵旅部署在城堡和两翼哥萨克骑兵阵地的后边。我们的人马只要一进入大炮射程,就会立刻万炮齐鸣,根本无法接近要塞。每次冲锋,在丢下几百名战士的尸体不得不退回本阵时,哥萨克骑兵就会掩杀过来,等我们再回过头去迎战时,哥萨克骑兵就掉头而回,我们又得在密集的炮弹爆炸中牺牲上百的兄弟。……"

"我明白了。"母后说道,"拿不勒将军是以逸待劳和拖延时间。"

"是这样。"达什敦杜克说道,"拿不勒将军知道,他只要把我们阻截在雅依克河西岸,就会对我们形成包围圈。我想,已经不需要三五天的时间,我们就会四面受敌!"

"可是,我们总不能坐以待毙呀!"母后说道,突然转向阿斯楞,"阿斯楞,立刻派人把前面的情况报告给汗王殿下。让他尽快赶到前边来。"

一直在拧眉沉思的阿斯楞说道:"国母殿下,最好不让汗王殿下为前面的形势着急。"

"他迟早是要知道的。而且,很需要他来拿主意。"

"国母殿下,我们必须在汗王到来之前攻下要塞。"

"可是,你没听到查合布彦说的话吗?"

"听到了。所以,不应让汗王殿下徒然焦虑。国母殿下,对库拉金纳要塞和哥萨克的情况我比较熟悉,请允许我到前边去看看,或许能给舍楞大人和巴木巴尔大人帮点儿忙。"

"那么,事不宜迟,你就和查合布彦快走吧!"

"哥哥!"安妮跳下马车说道,"把我也带上吧。"

母后喝道:"胡闹!那也是你去的地方?"

"母后殿下。"安妮尽力支撑着一直很虚弱的身体,乞求地看着国母殿下说道,"答应我吧!说不定我能替母后殿下和……渥巴锡殿下干点儿什么。"

"那是战场!有上万名战士,用得着你这个弱不禁风的女孩子吗?"

"母后殿下!"

"不用再说了!——阿斯楞,你快走!"

"是!"

"哥哥!你真是……"安妮盯着阿斯楞叫道,眼里闪动起泪花。

虽然安妮的眼里涌动着泪水,但阿斯楞还是看到那里向他射过来一股怨恨的光和只有他才能约略猜出的某种决心。

他的心脏不由得一阵痛苦地攒动,低声喝道:"听国母殿下的话,不得胡来!"

安妮咬了咬嘴唇坚定地说道:"我宁可受到责罚,也一定要去。"说完,她走到旁边,不由分说地从一个战士手中抢过缰绳,跳上马背,径自向前驰去。

"安妮!"阿斯楞气急败坏地喊道,"回来!"

"随她去吧!犟种!"后母愠怒地说道,"你们快走,不要再耽误时间了!"

阿斯楞只好答应一声,和查合布彦翻身上马,追了过去。

"姑妈。"色克色那俯身叫道。

"怎么,你也想去吗?"

"表哥向我交代过,必须保证安妮的安全。"

"去吧,去吧!今天都疯了!"母后说着,仰回到车座上,猛地拉上了窗幔。

达什敦杜克对色克色那说道:"你跟去也好,要仔细看看战场的情况,尽快回来告诉我。"

"是。"

色克色那飞身上马,很快追上了阿斯楞等三人,但是,他们只是神态各异地互相看了一眼,谁也没有说话。色克色那看得出,安妮对他也随同前往是有些讨厌的,所以,当那三个人走到那支小队伍的前头时,他没有跟过去,而留在了队伍的最末尾。

他们一路狂奔,不消两个时辰,就来到了前头部队的大营。

与其说这里是大营,不如说是篝火大会。因为他们原来估计,这里的战斗最多持续两天,没有必要扎起营帐,燃起篝火就可以了。谁料到,五天过去了,战斗仍没有结束。按照他们此刻的心理,要么攻下要塞,要么束手就擒,不用说营帐,就是住进宫殿又有什么意义呢?所以,他们宁肯就这样在战斗间歇时到篝火旁暖暖身子,却不想支起毡帐了。然而,真能享受到篝火温暖的,也只有那些身负重伤的人。那些还能骑马驰驱的人都集中在大营的前边,随时准备投入战斗,真可谓是马不下鞍,人不离镫了。

此刻,前边的战斗显然正在激烈地进行着。一阵阵滚雷般震耳欲聋的大炮轰响中,时而有呐喊声传送过来。阿斯楞等急奔阵前,终于找到了衣帽不整、疲惫不堪和满面焦虑的舍楞。

舍楞扫了一眼在他跟前跳下马来的四个人,眼睛又继续凝视起不远处翻涌着的硝烟和忽隐忽现的刀光剑影,嘴上问道:"阿斯楞,王室队伍是先启程的吗?"

"是的,舍楞大人。"

"离这里有多远?"

"不到半天的路程。"

"半天……是啊,我这会儿正该在要塞城堡的大门口恭候国母殿下的车驾。唔!"舍楞说着,突然转过脸来,看着色克色那,"色克色那,我说怎么觉得刚才看到了你!你是怎么来的?"

"记得我跟您说过的。"色克色那轻描淡写地说道。

"唔,想起来了。令尊大人呢?"

"已被汗王处死。"

"早该如此!——唔,请原谅我如此直率,你毕竟……"

"舍楞叔父大人,您说得很对。汗王殿下有时手太软,对于家父过分迁就了。我迟迟未能下决心,也是不可饶恕的罪过。"

这时,阿斯楞喊道:"炮声停了!巴木巴尔是不是攻进了要塞?"

舍楞倏然回过头去,但马上摇头叹息道:"又失败了!"

"您怎么知道?"

"你们就会看到的。最叫人担心的,就是炮声和呐喊突然一起沉寂下去。"

果然不出舍楞的推断,硝烟散处,向这里奔驰的人马已清晰可见了。片刻后,几千名带刀士都驰回阵前,有的爬下马鞍草草包扎伤口,更多的人则在停住后勒转马头,带着耻辱和无奈的心情,回望着战场和陆续返回的同伴。

没有任何人责怪他们,因为两万人里,除了牺牲的几千人,都有过逃回本阵的记录。

"舍楞叔父大人。"色克色那闻道,"只能向正面进攻吗?"

舍楞说道:"没有别的办法。他们两翼的防线延续二十公里,像一条长蛇,首尾相顾,而且,在通往哥萨克阵地的雪野上,隐藏着无数陷阱。再说,攻击两翼有什么意义?就算老天爷有眼,突然让雅依克河封冻,要塞的驻防军也会转眼间在对岸布下炮阵!——这个可恶的老狐狸,他把我们的计划全看透了!"

阿斯楞问道:"您是说拿不勒将军吗?"

"当然是他。我们把他估计错了,他不仅是个觉迷和色鬼,在用兵布阵上也是老奸巨猾。直到今天,他也不给我们一次搏斗的机会,否则我们那些视死如归的勇士们肯定会挫一挫他们的锐气!"

这时,战场上活着的人已经都退回来了,最后到达的是巴木巴尔。

看到巴木巴尔的肩头和他的坐骑的眼眶上都流着血,人们一拥而上,要伸手扶他下来。

"躲开!"巴木巴尔没好气地喊道,"我不是英雄,用不着你们列队迎接!"说着跳下马背,甩掉缰绳。看来,他的伤不轻,在他跳到地上的一瞬间,伤口受到震动,疼得他搐动了一下。他扬起手在肩头抹了一把,然后把沾到手上

的血赌气似地使劲儿蹭到衣襟上。

"我给你包扎一下吧。"安妮走过来说道。

"用不着!"巴木巴尔说道,扫了安妮和稍稍靠后的色克色那一眼,"你们这些派不上用场的人,为什么到这儿来?"

"巴木巴尔!"舍楞叫道,"不要对他们发火,谁都和你一样着急。你先去歇口气,包扎一下伤口,下一次冲锋该轮到我了。"

"我都冲不过去,你能行?"

舍楞苦笑了一下说道:"我们总不能都蹲在这里烤火。"

"算了吧,没有用!方圆几里地炸成了一脸麻子,炮弹还要不停地在马前马后炸开,有多少人马也白费!该死的拿不勒,也许他把全世界的炮弹都搬来了!"

"不管怎么说,库拉金纳要塞必须攻下来。如果三五天之内我们仍旧原地未动,那我们的东归就会彻底失败!"

"所以需要当机立断!"

"孤注一掷?"

"对。就照我说的办吧!你还是下不了决心吗?"

"我担心,这样干,我们的人马十停会损失七八停。而且……"

巴木巴尔抢着说道:"只要攻下要塞,打开通道,我们都战死也值得!"

"而且,"舍楞接着前面的话头说道,"还没有必胜的把握。你想,近两万人的队伍,在黑夜里冲过去,不要说对方密集的炮弹和要塞两翼的上万名哥萨克,就是我们自己的马蹄也会踩死无数同伴的!"

"那么,照眼前这么干会怎样呢?我们照样……"巴木巴尔说着,愤然挥了一下胳膊,结果,话没说完,就"哎哟"一声呻吟起来,脑门上立刻沁出大颗大颗的汗珠。他捂住肩膀,闭着眼睛喊道:"安妮!"

可是,他没有听到安妮的声音。他睁开眼,想看看安妮为什么不理他,却发现安妮和阿斯楞站在很远的地方,两个人比比画画好像争论着什么。他只好不喊安妮,而去求助色克色那了,"快来,色克色那,帮帮忙,拿一根绳子把这个倒霉的肩膀勒上!"

在色克色那给巴木巴尔包扎肩膀时,舍楞又说道:"巴木巴尔,我不是完全不赞成你的意见。到了最后的时刻,也就是说,如果直到明天我们仍攻不下要塞,也只好按你说的死活也拼一下。只是,我们好好想一想,即便没有万全之策，也要找到一个减少牺牲的办法。"

巴木巴尔不满地瞪了舍楞一眼，说道："那你就去想吧！"说完，走到一边，让随从在篝火旁铺上毡子，就躺下去了。几乎就在他刚一闭上眼睛的瞬间，便进入了酣梦。此后，阿斯楞兄妹同舍楞以及色克色那有时像吵架一样的谈话，他一句也没有听到。直到第二天发生了使他目瞪口呆的事情，他仍旧以为是在做梦呢！

41

在雅依克河西岸，曾耸立着一座古城堡。库拉金纳要塞就是在这座古城堡的基础上扩建的。它的又高又厚的围墙足有两千米长，在围墙中的宽阔的内院，还保留着古城堡的二十米高的塔楼和两座石砌的楼房。登上塔楼的平台，周围几十里内的景物便可尽收眼底。在两座楼房中，右侧较大的一座三层楼是司令部，后侧的小巧的二层楼是司令官的内眷室。两座楼房里凡所应有，无所不有，又舒适又豪华。正面围墙的中间是上面修有飞堡的大门洞。大门洞外大约一百米的地方，是一座比内院塔楼略矮的望楼，望楼下又是一座大门，大门前是一座大吊桥和人工开凿与雅依克河相连的护城河。在护城河的里侧，是由望楼两边伸出的与内院城墙相连的围桩，整个围桩都是用整棵整棵的原木略加砍削一棵挨一棵排成的。在成半圆形的围桩内是一个平坦的广场，这是要塞司令训示他的官兵的地方。

以上只是库拉金纳要塞的主体。在他的两侧，沿着雅依克河河岸，还有无数个立有围桩的小要塞，住着正规驻防军和哥萨克骑兵。

总之，库拉金纳要塞不愧为一座出类拔萃的要塞。虽然不能说它在要塞如林的18世纪的欧洲独占鳌头，但在俄罗斯南部数以百计的要塞中可算得上首屈一指了。

不久前，被叶卡特林娜女皇任命为要塞司令的拿不勒将军，在率领随行人员踏进要塞大门时，却一点也看不出这座宏伟建筑有什么可爱之处，反而觉着处处都不顺眼。要知道，自从拿不勒将军全歼了一个加尔梅克人叛逃的鄂拓克，因而荣升喀山驻防军副司令后，他的足迹便再也没有离开过繁华的都市，出门时金车宝马，跻身处灯红酒绿，耳接丝竹，目眩美色，真是又气派又惬意。而库拉金纳要塞是一幅怎样的情景呢？除了军人的围桩外，只有几个哥萨克人的小村落，简直是令人窒息的一片荒原！其次，他的心里还藏着一股无法宣泄的类似在受到委屈后产生的怨气。在他看来，所谓加尔梅克人举国东逃，是不可能的，纯粹是贝格托夫伯爵闲得无聊胡乱编造出的鬼话。因而，女皇陛下说的库拉金纳要塞如何如何重要，加强防守对俄罗斯的利益和女皇的声威如何如何意义非凡，等等，也只不过是母亲哄骗孩子而随随便便创作的一首摇篮曲而已。并且，让他这样一个武功赫赫的将军，到一个无关大局的要塞，充当毫不引人注目的小小司令，岂不是把他看成一个可有可无的小人物了吗？他怎么能不感到委屈，怎么能高兴得起来呢？

不过，委屈归委屈，郁闷归郁闷，女皇陛下的旨令还是不能违抗的。加上拿不勒将军生性喜欢把一切搞得井然有序，看不得乱糟糟的场面和玩忽职守的下属。所以，在他赴任第一天一眼看出要塞部署很不合理、军纪异常松弛后，便立即进行了大刀阔斧的整顿。虽然在此期间，他每天睡觉和饮酒的时间已突破了二十小时，却在不到一个星期的时间，使要塞的面貌发生了彻底变化。他把一个炮兵营部署在要塞主体的周围，一个炮兵旅则在要塞两侧雅依克河的峭岸上列成长蛇阵。这样，无论在要塞内城墙宽阔的巡逻道上还是护城河和围桩内的广场，无论是正规驻防军阵地的后面还是哥萨克骑兵驻地的后面，都可以看到长长的炮身斜刺蓝天，而且，不论是河西岸出现敌情，还是河东岸有人进犯，大炮都能在很短的时间内将炮弹射出炮口。同时，为了整肃军纪，他至少把五个中尉以上的军官投进塔楼下面的地牢，其他官兵再也不敢酗酒和为女人进行决斗了。

有一天，他在睡觉的间隙中登上塔楼的平台，指着西边的一片平坦的草原对他的副官们说道："明天，我的大炮就要在那里把土尔扈特汗国整个炸飞！"

其实，拿不勒说的是一句半赌气半玩笑的话，他心里并不认为会有一次万炮齐发的机会。不料想正是在第二天，土尔扈特汗国的先头部队出现在那片已被白雪覆盖住的草原，并向要塞以迅雷不及掩耳之势展开了进攻，使听到上面那句话的副官们都说拿不勒将军神机妙算！

一开始，拿不勒将军感到很惊讶，以为是下属谎报军情。但是，随着第一排炮弹的落地开花，他也心花怒放了，觉得自己大概真有先见之明，只是自己还没有认识到罢了。紧接着，第二排炮弹冲出炮口时的闪光，驱散了他纠结于心的委屈感,落地后的轰鸣又炸出了他的兴奋和雀跃。霎时间,他感到自己身价百倍,感到获得伟大女皇的赏识的喜悦。同时,他也在心里佩服女皇的眼力,知道他拿不勒将军是位不同凡响的、能付以重托的人,真可谓慧眼识英才啊!

总之,拿不勒将军到库拉金纳要塞后,并非由于敌情观念而仅仅出于习惯所做的一切,却起到了阻止加尔梅克人东逃的作用,使他处于极度兴奋之中,甚至有些陶醉了。他决定尽量使用炮弹,把加尔梅克人阻止在远离要塞的地方,不给他们进行肉搏的机会。所以,他命令手下人,把要塞里多年积存的上万发炮弹都从仓库中搬出来,逐个进行检查。

一月九日,拿不勒将军照例又登上塔楼,准备欣赏大炮轰鸣和加尔梅克人溃逃的场面。可是,出乎预料的,对方迟迟不发起进攻。他从旁边副官手中拿过望远镜,但是,他从接物镜中看到的加尔梅克人的营地也是死气沉沉,似乎根本没作出战的准备。

拿不勒将军放下望远镜,皱起眉头说道:"这是怎么回事?难道是巴木巴尔这个莽将军不敢再和炮弹较量了?"

"将军大人。"一个副官说道,"是不是派出骠骑兵或哥萨克去攻击他们的营地,打他们个措手不及?"

拿不勒将军瞥了问话的副官一眼,带着讥笑的口吻说道:"傻瓜才会那么干!我一下就识破了舍楞这只老狐狸的诡计。"

"您是说,他们想引诱我们去进攻?"

"可惜我不想上他的当!哼,想跟我的人马搅到一起,想让我的大炮失去作用,然后乘机杀过来,真是一条好计策。"

"将军,我们的骑兵也不一定输给他们啊!"

"你懂什么?加尔梅克人已把生死置之度外,正是一可当十,而我们这些兵痞,一碰硬就完蛋了!"

"将军大人所见极是!"

拿不勒打了个哈欠,并记起把住在女眷室的那个哥萨克姑娘冷落了好几天了,应该乘此战场无事的机会去跟她调笑一番。虽说这个哥萨克姑娘与一直未能上手的安妮有霄壤之别,又百依百顺不合口味,但既然安妮已一去不返,而且是在如此荒僻的要塞,能有个姑娘陪伴也算不错了。更兼这个姑娘是从一个哥萨克军官手中夺来的,这本身还多少有点儿意思,毕竟表明自己是个强手中的强手嘛！他想到这里，便对几个副官说道："我先下去。你们继续观察，一有动静就到女眷室向我报告。"

拿不勒将军移动着肥胖的身体，刚刚走到旋梯的入口处，就听一个副官喊道："将军大人，战场上出现两个人。"

拿不勒头也不回地说："就是一个也用炮轰！"

"唔！好像还有一个女人！"

"女人？"拿不勒收回踏上阶梯的脚，拧着眉头问道，"真是女人吗？"

"没错，将军大人，还非常漂亮呢！"

拿不勒又走回到雉堞处，顺手夺过望远镜朝前面看去。

"什么？"拿不勒惊异地叫道，"是她？"

"是谁，将军大人？"

"你不用管。去命令望楼里的人，放下吊桥，让那两个人进来！"

"会不会是奸细？将军大人！"

"奸细有什么可怕？他们进来就别想逃出去！——快下去，再过一会儿，就有人放枪了！唔，对了，把他们带到这里来！"

"是，将军大人。"

大约半小时后，阿斯楞和安妮就踏着吊桥走进要塞，并在拿不勒将军副官的押解下，走进内院，经过井房，到了塔楼下面的贴壁楼梯前。副官示意他们上去，阿斯楞和安妮便踏上楼梯。

贴壁楼梯走完后，进入塔楼的入口。里面光线很暗，旋梯隐约可见。在他们走向旋梯时，阿斯楞发现旁边有一道铁栅，无疑是座牢房，而且里边确实关押着犯人。令阿斯楞和安妮万分惊讶的是，坐在铁栅里面向外窥视的却是加米尼契中尉！

"加米尼契！是你？"

"你是……天哪！阿斯楞！"

"是我。你怎么待在这么个鬼地方？"

这时，拿不勒将军的副官喝道："不准说话，上去！真看不出，你们还会说俄国话。还等什么？快走！"

阿斯楞丢给加米尼契意味深长的一瞥，便拉着安妮走上旋梯。片刻后，他们已经站到拿不勒将军的面前了。

拿不勒将军把双手交叉在一起放在凸起的前胸上，眯着眼，抿着嘴，审度地盯着安妮,似乎有意延长见面后的静场时间,击溃眼前这个胆大包天的姑娘的精神防线。结果,弄得副官们大惑不解,阿斯楞兄妹也确实有点儿心慌意乱,都慢慢垂下眼帘。过了一会儿,他嘴角一咧,冷笑了一声说道:"你很有福气啊,安妮小姐,竟能从我的深宅大院逃出来,而且平平安安过了三年!"

对拿不勒的话,安妮并不感到吃惊,因为她决定和哥哥深入虎穴那一刻就估计到,拿不勒即或不在开宗明义第一句,也肯定会在第二句说出这样的话。所以,安妮不慌不忙地说道:"我不是逃跑。我是得到夫人允许,才离开府上的。"

"别跟我提起那个老妖精!她是轻信了你的谎话!"

"我确实去寻找爸爸和哥哥。"

"哼!爸爸和哥哥!他们在哪儿?"

"爸爸已经去世了,只找到了哥哥。"

"那么说,这位就是你的哥哥了?"

"是的。"

"喂!安妮小姐的哥哥,你叫什么名字?"

"阿斯楞。"

拿不勒伸手拍了拍阿斯楞的肩膀,歪了歪头说道:"看得出你是个又棒又精明的小伙子。"

"将军大人可真有眼力。"

"是舍楞的副官还是巴木巴尔的参谋?"

"我是汗王殿下的司御官兼宿卫军司令。"

"官运不错嘛。"

"那还用说。不少人都想巴结我呢!"

"的确值得巴结。不过,你今天来,好像不是为了向我夸耀你的崇高地位吧。让我猜一下,猜一下。……唔,对了,你一定是想说,因为汗国即将覆灭,求我放你们兄妹一条生路。对不对啊?"

"猜得准极了,将军大人。"

"而且,你还要说,眼下舍楞和巴木巴尔的战士已被我的大炮炸得失去了斗志,我让要塞的军队冲出去掩杀一通,是再好不过的时机了。对不对啊?"

"您这下可猜错了。我是个堂堂正正的大丈夫,扔下弟兄自己逃生就够丢人了,怎么还忍心出卖他们?可是,我可真佩服将军大人的明察秋毫的眼

睛和出神入化的分析力。您把我们看透了！"

"那么说，你们的情况的确很糟？"

"唉，不瞒您说，我们现在的局面真是叫人泄劲儿！想各自逃生的可不仅仅是我们兄妹呀！"

"令人奇怪的是，你们怎么会逃到我这儿来？"

"逃到别的地方的人大都被抓回处死了。妹妹说，将军大人看在以往主仆的情分上，会保护我们。"

"照你说，我乘此机会去袭击你们的营地，肯定会大获全胜？"

"肯定是这样。现在舍楞和巴木巴尔很不和，总是互相责怪，搞得人心涣散。将军大人只要派出要塞的一半人马，胜利就会唾手可得。——唔，天哪！您可真是个老滑头，把我们的秘密全套出来了。我们的人要知道我向您说了这些不该说的话，会割掉我的舌头，会把我剁成肉酱的！"

"如此说来，你倒是不希望我去袭击他们？"

"那还用说！我们的人马已经是不堪一击了。您一出战，整个汗国就要覆灭。我怎么能愿意看到您轻取胜利和他们惨遭杀戮呢？他们毕竟是我的同胞啊！"

"你倒满慈悲啊！好吧，看在你的面子上，我不去袭击你的营地好了。"

"真的？"

"那还有假！"

"您可真是个软心肠的好人，竟能舍弃辉煌的战绩和女皇陛下的赏赐，而给汗国留下重振士气的机会。我替我的汗王和同胞多多感谢您了！"

拿不勒俯首道："岂敢，岂敢！"但当他抬起头来，眯眼凝视了阿斯楞一霎之后，突然爆发出一阵狂笑。后来，他一把抓住阿斯楞的胸襟，眼里迸射出恼怒并混合着讥笑的光，大声说道："臭小子！你以为靠你的一张巧嘴就能轻易把我骗进你们的圈套吗？告诉你，不出两天，不只你们的先头部队，连你们的所有老弱妇孺和汗王本人，都会进入我们的包围圈！两天，明白吗？——你过来！"他说着，把瞠目结舌的阿斯楞拽到平台边缘的雉堞处，顺着雉堞的凹孔指着下面说道，"看看那里是什么？"

阿斯楞朝斜下方看去，在那里正有上百人往要塞外搬运着炮弹和盛着引信的木箱。而那堆放在仓库外面的炮弹简直像小山一样。

"怎么样？宿卫队司令阿斯楞大人。这些炮弹够两天用的吗？"

阿斯楞呻吟般地呼出一口气,自言自语地慨叹道:"天哪!……"说着,绝望地看了随后跟过来的安妮一眼。

"叫地也没有用!我要叫舍楞和巴木巴尔和你一样,悲哀地叫一声'天——哪'!——来人!"

副官们应声跑了过来。

"立即发出信号,命令要塞内外的所有大炮,连续开炮十分钟!"

"目标是……"

"和昨天一样。"

"那里没有敌人啊!"

"少啰唆!去发信号!"

"是。将军大人。"

顷刻后,所有大炮都开火了。

在大炮的轰鸣中,拿不勒将军对阿斯楞说道:"这不很好吗?省得你冒险再跑出要塞去向舍楞和巴木巴尔报告要塞的情况了。"

阿斯楞叹口气说道:"我们失算了。斗智也斗不过您,难怪舍楞大人说您是一只狡猾的老狐狸!"

"老狐狸?嗯。嗯?哈哈哈哈!"拿不勒十分痛快地狂笑一阵后,又拍了拍阿斯楞的肩膀说下去,"不过,你也不必灰心丧气。也许你的后半生会永远庆幸充当了一次不成功的奸细的。你先说说,你这次冒险深入要塞司令部,有什么感受?"

"汗国东归是毫无希望了。"

"你说了一句很聪明的话。你还想回到你的同伴那里去吗?"

"不,我还很想活下去,哪怕当奴隶。"

"这就更聪明了。其实,我不一定让你当奴隶。可是,你首先得让我相信,你确实是安妮的哥哥。"

"我可以对天发誓。"

"好了,我相信了。你就留在要塞吧,只要在我全歼土尔扈特汗国前,你不再做什么愚蠢的事情,我可以让你当个中尉。——安妮,你呢?你也一定想活下去,对不?"

安妮咬了咬嘴唇,慢慢垂下头去。

"明白了,你当然不愿意惹我发火而受到惩罚了。"

"可是……"安妮突然抬起头来,略显恐怖地看着拿不勒将军,"让我再去侍奉夫人吧!"

"先侍奉我!来,搀着我的胳膊,我要把你送进一座豪华的宫殿。"

"将军大人!……"

"怕什么?我又没说娶你。"

"妹妹,既然将军大人赏脸,你就去给他递个水斟个酒什么的,也是应该的。"

"哥哥!"安妮埋怨地叫道,涨得满脸通红。

"好了,不好意思当众搀扶我也可以。我们下去吧。"拿不勒说着,打了一个很响的哈欠,然后抬起腿,费力地把大肉块送向旋梯的入口。

阿斯楞走到安妮身边,拉住她的手用力握了一下。安妮会意地点点头,似乎又一次下了决心似地咬了咬牙,便同哥哥一起跟了过去。在他们的后面紧紧跟着拿不勒将军的随身副官。

在他们快下到旋梯的尽头时,阿斯楞问道:"将军大人,我有两个哥萨克朋友,听说调驻您的要塞了。一个叫加米尼契,一个叫格里奇。您认识吗?"

"怎么,这两个狗东西是你的朋友?"

"他们救过安妮妹妹的命。"

"是这样。……好吧,正巧加米尼契在这里,你一会儿就能看到他。"

说话间,他们走下了旋梯。拿不勒把阿斯楞兄妹带到地牢的铁栅前。

"看吧,那就是加米尼契。"

"他怎么关在这里?"

"这就够便宜他了。不过,你想让我放了他吗?"

"那当然。就请大人格外开恩吧。"

"既然他救过安妮的命,就饶过他吧。——来人,把加米尼契放出来。"

看守间立刻跑出一个人来,打开铁栅的大锁,放出了加米尼契。

阿斯楞兄妹过去扶了加米尼契一把。加米尼契什么也没有说,只是瞪着他那带着野性的眼睛凝视着拿不勒将军。

阿斯楞说道:"加米尼契,快去谢过大人的恩典。"

拿不勒厌恶地挥挥手,说道:"用不着他谢我。"然后,他又回身对副官招了招手,"去女眷室把那个哥萨克姑娘带到这里来!"

副官当即跑出去执行命令了。

几分钟后,塔楼外的贴壁楼梯上传进来一阵轻快的脚步声。阿斯楞兄妹向楼梯入口处看去，只见一个打扮得花枝招展的哥萨克姑娘飞进来，向拿不勒扑去，还带着一串艳笑喊着："将军大人——"

拿不勒将军赶忙躲了一下说道："你在宫殿里住到时候了。跟你的加米尼契走吧！"

"将军大人，你好狠心哪！"

拿不勒将军见那个姑娘又想向他撒娇，便怒喝道："滚开！——加米尼契，还不把她带走！"

加米尼契一言不发，用力甩开阿斯楞兄妹的扶持，梗着脖子向姑娘一步步接近，那样子就像一头野兽要一口吞下眼前的猎获物。

那姑娘一面胆战心惊地后退，一面求救地看着拿不勒将军说道："我不干！快救救我吧，将军大人！"

这时，已经逼近那个姑娘的加米尼契一把把她拽到胸前，并回头问道："这个娘们儿归我了。对吗？将军大人！"

"我说过物归原主。还啰唆什么？"

加米尼契不再说话，只是凶狠地凝视着眼前吓得半死的姑娘。阿斯楞似乎看出就要发生惨剧，想去制止住加米尼契的兽性发作，但已经来不及了，他刚迈出脚步，就见加米尼契已挥拳砸了下去，随着一声闷响，可怜的姑娘早已脑浆迸裂，被遣送到另一个世界去了。

"站住。"拿不勒看着转身就走的加米尼契，大声喝道，"你上哪儿去？"

"您说过放了我。"

"你以为让我看到你的野性后，还会放你回到你的连队中去吗？听着，去给我搬炮弹。等我消灭了加尔梅克人再处置你。去吧。"

加米尼契回头怒视了拿不勒将军一眼，愤然走了出去。

拿不勒将军又对阿斯楞说道。"我想，你也应该干点儿什么，否则你会感到闲得无聊的。"

"将军大人是想让我也去搬炮弹吗？"

"搬炮弹？我可没这么想。不过，你要愿意和朋友一起干，倒也不错。等你干累了，就到我那里去喝酒。"

"非常感谢将军大人！"阿斯楞说道。随后转过身，对安妮说了一句蒙古话，"妹妹，现在可靠你自己保护自己了，千万小心。让他睡觉。我会找机会去看你的。"说到这里，他发现那个副官对他说蒙古话露出怀疑和警觉的神

色,便紧接着用俄语做了结尾,"要好好侍奉将军大人,陪他多喝几杯!"说完,丢给安妮一个眼色,就匆匆走了出去。

拿不勒又忍不住打了个哈欠,同时瞟了一眼横在地上的女尸。哈欠结束后,他对副官说道:"剩下的事情用不着你了,——安妮,跟我来吧。"

"将军大人!"副官叫道,看了看安妮,把下面急于想说的话又暂时留在喉咙口了。

"不用说了!我不是傻瓜!去派人加强对引信库的看守。没有引信,那炮弹就是烧都烧不着的废铁。"说着,他淫荡荡地盯了安妮一眼,又朝副官挤了挤眼睛,"这安妮小姐毕竟是真的嘛。别的事情还用我关照吗?"

"不用了。"副官谄媚地一笑说道,"祝将军大人快乐!"随即也退了出去。

此刻的安妮的心变得慌乱起来。她胆战心惊地意识到,一会儿她被带进所谓女眷室将会发生怎样可怕的事情!虽然当她下决心进入要塞时,就预料到自己肯定逃脱不了这个老色棍的凌辱,她也甘愿为渥巴锡殿下为汗国做出这样的牺牲;但真正到了这个时刻,那可怕的一幕已不再是设想,就要变成事实的时候,又不能不犹豫起来。曾经有那么一瞬,她想夺过手枪把眼前这个老魔鬼的脑袋打碎,再朝自己胸口打一枪。为什么不能这样?难道汗国二十万人只有她安妮要承受这种可耻的不幸吗?她的神圣的感情和珍贵的肉体,只献给过渥巴锡殿下,而且发誓永远不再把自己交给第二个男人。而现在,天哪!她竟主动把自己送到一个给自己的一家人带来灾难的不共戴天的仇人手中!然而,就在她想冲过去拔下拿不勒腰中的手枪时,第二个犹豫又把第一个犹豫压了回去。是的,她不能这样冲动。她又记起了自己这次行动对汗国东归大业的意义。她和哥哥是肩负着二十万人的命运啊!她自己一死不足惜,反正早已下了一死的决心,但汗国怎么办,渥巴锡怎么办?想到这里,她觉得自己的任何灾难都是不可怕的,甚至是应该引以为荣的。于是,她横下一条心,在拿不勒将军又一次催促她的时候,异常平静地走出塔楼。几分钟后,她已置身在有好几个老仆人的要塞司令的女眷室了。

42

时近中午,有人招呼加米尼契和阿斯楞去用饭。阿斯楞早晨离开舍楞时,连一块烤牛肉也没吃,这会儿又累得汗流浃背,实在也是饿透了。要是眼前再有香味扑鼻的烤牛肉,他会吃下一整只牛腿的。但是,他对安妮妹妹总有些不放心。虽说这还是大白天,可那个老东西什么缺德的浑事干不出来?他必须去看看,或许对妹妹是个帮助,至少推迟那种令人担心的事情的发生。所以,他叫加米尼契一个人去进餐,他自己则在一阵寒战中赶忙披上扔在炮弹上的皮袍,急急忙忙朝离他足有四五百米的女眷室小楼走去,心里在祝祷着:但愿睡魔把拿不勒缠住一天一夜!愿一切神灵都来保护可爱的妹妹,使她免遭灾难吧!

阿斯楞很快来到楼门口。守门人已经得知这个加尔梅克小伙子是拿不勒将军第二个临时"女眷"安妮的哥哥,便没加阻拦,还把他送到楼上安妮的房间的门口。

阿斯楞敲了敲门,立刻有一个老太婆开门伸出头来。

"你是谁?"

"安妮的哥哥。"

"请进来吧。"

一直担惊受怕、忧心忡忡坐在沙发上的安妮听到阿斯楞的声音,高兴地跳起来,几步跑到阿斯楞面前,好像终于盼来了救星似地喊道:"哥哥!"

"安妮!"阿斯楞迎上一步,紧紧抓住安妮冰冷的小手,看着她嘴唇抖动、汪然欲涕的样子,忍不住一阵心酸,险些掉下泪来。

"哥哥,你怎么出这么些汗?"

"快告诉我,拿不勒……他……"

安妮红着脸摇摇头,并努嘴指了指通往内室的门。

阿斯楞看了看那扇关得很严的门,这时正好从里面传出沉睡的鼾声。他轻声咒骂道:"他这一觉睡到地狱去才好!"

"可是哥哥,我真担心,他一旦醒来……"

"那你就——唔,这两个老太婆懂不懂咱们的话?"

"不懂。"

"她们为什么和你在一起?"

"她们是仆人。可看样子是监视我的。"

"这个老混蛋!真他妈狡猾得出奇!对了,我们别这么站着说话,这两个老太婆会怀疑的。我看餐桌上有不少好吃的东西,我正好饿坏了。"阿斯楞说着,和安妮走到餐桌旁,坐了下去。

"你吃吧,哥哥。没人动过。"

阿斯楞一边狼吞虎咽地大吃大嚼,一边看着满面愁云的安妮问道:"你怎么不吃?"

"我吃不下。"

"那怎么行?"阿斯楞说道,把一只火腿推给安妮,"吃不下也得硬吃。要不,等你需要力量的时候会后悔的。"

"力量?……对了,哥哥,你刚才想说什么?"

"嗯?……唔,我是说,拿不勒要是醒来,你就哄他使劲儿喝酒!"

"他不使劲儿喝怎么办?"

"这……"

"哥哥!我担心我会……掐死他!"

阿斯楞一惊说道:"千万不能!弄死他并不困难,但我们的事就会前功尽弃!"

"可是,越临近那个可怕的时刻,我就越感到决心在迅速消失。也许我太软弱了。"

"我能理解……"阿斯楞说道,慢慢垂下头去,心头升起一阵叫人发疯的强大而压抑的痛苦,声音也变得战栗了,"安妮,我知道那对你比死还可怕。我是哥哥,心里比你还难受啊!我宁可忍受千刀万剐的痛苦,宁可死一百次,也不愿叫你承受那种可怕的打击!我当初怎么会同意你这个主意呢?"

"哥哥!我不是为当初的决定后悔。我不来,拿不勒能放你进要塞吗?放进来也会马上被投入地牢。我知道,已经到了这一步,我们再也没有退路了。真的,哥哥,我不后悔,为了殿下,我什么都舍得。我想保住贞节,不也是为了殿下吗?"

"我明白,安妮,我明白。"阿斯楞说着,使劲儿咬起自己的嘴唇,痛苦地垂下眼帘。过了一会儿,他突然睁大眼睛,盯着安妮说道:"我们干脆绑架拿不勒!"

"绑架?"安妮问道,眼里闪出兴奋和希望的光。

"对!我们逼他下令放我们通过要塞。"

"他要不干呢?"

"难道他不怕死吗?"

安妮思忖片刻,摇头道:"不行,哥哥,这样怕不行。"

"为什么不行?我过去常听人讲绑架敌人元帅的故事。"

"我也听过。但那是故事,听起来好听,实际干起来就不那么简单了。"

"让我们来试一试吧。"

"那怎么行?出一点儿差错,就全完了!我们必须万无一失才行。"

"我们现在就可以干!冲到里边去就能成功!"

"我们还没等冲进去,就会被打死的。"

"那怎么会呢?"

"你看到了吗?那门是在里边反锁的。还有这两个老太婆,总是守在两道门旁边,随时都能拉响门铃叫来卫兵。再说,我们就算冲进去绑架了拿不勒,他也不一定听我们摆布。他知道总是一死,就会宁可死在我们手里而成为英雄,也不肯被女皇当作罪人绞死。还有,我们绑架他,他的那些副官也许很高兴,巴不得我们弄死他呢。你没看出拿不勒又专横又骄傲吗?他不会把功劳分给他的副官的。所以,他就是下令放我们通过,他的副官也不会执行的。结果我们只能弄死一个变得一文不值的将军,别的什么也得不到。我们送命还在其次,汗国的事业就全完了!"

阿斯楞泄气地叹口气说道:"是啊,你说得很有道理。可是还有什么别的办法呢?"

"哥哥!"安妮自责地说道,"这都怪我。我不应该在这种时刻再搅乱你的思想。我们别再想这些没有意义的事了。你还是按原来商议好的干吧。"

"可是你……"

"别再考虑我。让我们只想到渥巴锡殿下,只想到汗国,那样我们的心就会平静了,什么也不怕了。"

"安妮……"

"哥哥,快告诉我,你能成功吗?"

"我必须成功!"

"加米尼契能帮你忙吗?"

"他说,可以帮助我们杀死拿不勒和逃出要塞。"

"那有什么用?"

"是啊,他不肯帮助我引爆那堆炮弹。可我们当初没想到炮弹要加上引信才能响。我真是太蠢了!"

"加米尼契这么忘恩负义!"

"他说,那堆炮弹一炸,我们都得死!"

"他忘了,你今天不说情,拿不勒照样会弄死他!"

"不过,我还要说服他。至少让他给我偷到引信和告诉我怎么使用。"

"那你就快去吧,哥哥。我们的时间不多了。"

"是啊,只剩半天的时间了。我去了,安妮。"

"你可千万小心啊,哥哥! 别挂着我。……"

"你也要小心,安妮,你要尽量和那个老贼拖时间。只要能拖到半夜,我就会来救你。那时,我们杀死拿不勒,就去迎接汗王殿下!"

安妮忍住眼泪,费劲儿地装出一个微笑,哽咽着点了点头说道:"我等着你,哥哥。……"但她心里明白,所谓"我等着",只不过是为了安慰哥哥的一句自欺欺人的话而已。就算她能活到那个时候,也不会走出这座小楼半步。是呀,拿不勒迟早要醒来,当这个老色鬼意识到被安妮哄骗喝了过多的酒,因而失却了几近一整天的大好时光,难道还肯轻易把酒倾进喉咙吗?那么,安妮除非拼死反抗,否则,就只有忍辱含垢地顺从了。但她又不能拼命,甚至不能惹恼了拿不勒。眼下,拿不勒确信,安妮为了保住自己和哥哥的命,是宁肯出卖贞操的;其他俄国人也都知道,拿不勒喜欢安妮,而阿斯楞是安妮的哥哥,无须严加防范。这正好可以使阿斯楞暗中做手脚。如果一急之下弄死了拿不勒或者使他恼羞成怒,那么,安妮和哥哥都会立即失去自由,一切就全完了! 所以,必须使眼前的局面继续下去,至少在午夜前不叫哥哥横遭厄运。做到这一点,只有一个办法,就是安妮牺牲自己,稳住拿不勒,除此,没有第二个选择,然而,当那可怕的一幕一旦成为事实,安妮还能活着走出要塞吗? 她还能去见渥巴锡殿下吗? 安妮这样想着,已意识到现在和哥哥是最后一次见面了。哥哥一走出这个房间,安妮就算死去了。这里就是她的坟墓。所以,她又走到阿斯楞面前,仰脸使劲儿地看了哥哥一眼,似乎要把那张此刻倍觉亲切的面孔摄进眼波,埋进心底,带到另一个世界去。同时,她在心里悲痛欲绝地喊道:"永别了,哥哥。记住可怜的安妮吧!"

"你怎么了,安妮?"阿斯楞怪异地问道。

"不,没什么。你……走吧。"

"要打起精神来,安妮。我们会成功的。你应该记住刚才说过的话,要时时想着汗王殿下,时时想到汗国,就什么也不可怕了。我们现在需要的是忍耐。能忍耐,就会胜利,否则,就必然失败。"

"记住了,哥哥,我会……忍耐的。"

阿斯楞最后留给安妮一个鼓励的注视,就匆匆离去了。房门啪的一声在安妮眼前关合了,把她和哥哥隔在了两个世界。陡然间,安妮像被亲人扔在了无边无际的沙漠,像被抛弃在荒无人烟的孤岛,一股巨大的孤寂之感袭击得她险些晕倒。她摇晃着身体,拖着颤抖无力的双腿,好像走过了一段漫长坎坷的道路,好不容易挨到沙发前,把自己抛进软得可怕的丝绒垫上,再也站不起来了。她周围的一切似乎都成了梦境中的东西,在不停地伸缩,不停地幻化,连那两个老太婆也像无声地向一处飘去。

可是,骤然间飘进耳朵的声音使她差点儿喊起来。她分明听到一个老太婆说要把她和哥哥的谈话报告给拿不勒,另一个说,稍微等一会儿,拿不勒将军很快就要醒来的,因为她听到了里面的翻身声。

"天哪!"安妮在心里恐怖地惊叫道,"这两个该死的老太婆原来懂得蒙古话!完了,全完了!是我害了哥哥,是我害了汗王殿下呀!可是怎么办?我们就等着死吗?就眼看着哥哥正在冒险干的事毁于一旦吗?不,我不能就这么坐着等待死亡。不!我已经死了,还等什么?我为什么还在想着自己的贞操?和哥哥的安全、汗王的大业比较,我一个人的贞操算得了什么?是的,我已经死了,还怕什么?还怕什么?我为什么这样看重自己的肉体?为什么总是犹豫?为什么还存在侥幸心理呀!快站起来吧,安妮。快去救救哥哥,救救汗国吧!"安妮这样在心里狂喊着,倏然跳了起来,抓过餐桌上的酒瓶,把里面的酒咕嘟咕嘟倒进喉咙。她的脸片刻间被酒热烧红了,她的身体也烧得滚烫,同时也烧出了一股疯狂的力量。她也不管那两个老太婆如何惊愕,一件件脱去包裹着她美妙身体的衣服,很快一丝不挂了。然后,她像旋风一样冲到通往内室的门前……

时间的脚步突然出奇地缓慢起来。一分钟像一天那么长。但安妮却必须等待,必须熬到今天和明天交替的那个时刻。而且,她必须忘掉廉耻,裸着珍贵的肉体躺在另一个也是裸着的可恶的男人旁边,不作任何反抗地接受这个老色狂的不知餍足的摧残!她几次想哭,但喉头搐动一阵后却哭不出来,她忘了已没有了眼泪,忘了她的眼泪早已吞咽下去和着血从心脏涌出,积成冰冷而燥热的一堆,在胸膛里攒动,像要从翻动的胸口迸溅而出。

她几度渴望自己变成一只野兽,一跃而起,把身旁这堆罪恶的无耻的肉块撕咬得零零碎碎,但她知道,她变成不了野兽,她依然是一个柔弱的少女,而且已经奄奄一息了。她几回感到自己疲惫不堪,直想合上眼睛永远睡去,但她终于惊悚地睁开眼睛,记起她在这里等待的不仅仅是死亡!是的,她不能哭,不能拚,更不能死,她必须等待。她必须保存最后的一息,必须保存最后的一丝力量,以便在午夜的巨响和火光中去结束拿不勒和自己的生命。那该是最后的时刻了,那该是最后的解脱了。那该是何等伟大、何等光辉的时刻呀,她自己也会变作一声巨响,告诉渥巴锡可以前进了;她自己也会变作一团火光照亮汗国东归的道路!她盼着那个伟大时刻的到来,等待着那光辉的时刻的到来。那时,她将不仅能再哭,也能再笑了;那时,她将永远伴随着渥巴锡,驱散渥巴锡眼前的黑暗,驱散渥巴锡身体的寒冷。她该是何等幸福的女人啊!可是——

时间走得可真慢!它好不容易走出一小步,下一步却迟迟不肯迈出,好像就要停在这个位置上不再前进了。可怜的安妮却必须继续等待,必须以超凡绝俗的忍耐力去等待。如果不是她在半昏迷状态中,从浊浪翻涌或者确切点儿说是从空蒙一片的心海里,偶然掬起一朵闪光的浪花,使她眼前一片光明,暂时遮掩住痛苦和耻辱感的话,那么,她的忍耐力早就超过极限了,也绝不会有力量促使并帮助拿不勒骂退叩门者了。

然而,令安妮椎心泣血和惊心烈胆的是,当她以难以想象的忍耐力终于盼来了午夜的钟声时,却没有听到震撼大地的巨响,也没有看见明烛天地的火光,更不见哥哥的到来。一切都那么宁静,宁静得令人战栗,令人恐惧。安妮在心里异常悲哀地说道:"完了,哥哥失败了。"这个想法一经进入她的脑海,就如同被千斤重锤猛击了一下,使她一阵晕眩,体内残留的力量倏然消失殆尽。但是,几乎在同一刹那袭进心头的另一个更加可悲的想法,又使她在心里狂喊起来:"我安妮就白白做出这样巨大的牺牲吗?"因而,又有一股奇特的力量充满周身,每一条神经都在震动,每一根血管都在膨胀。她骤然间从床上腾身跳起,顺手捧过桌子上的大瓷瓶,猛地砸向拿不勒的发红的脑袋,接着又把桌上的餐刀一下戳进拿不勒圆滚滚的肚皮,然后,她疯了一样,把一切应手的东西一件件砸向挣扎着的拿不勒身上,但是,与此同时,拿不勒的手枪击中了她的胸口。

此刻,拿不勒无力再放第二枪,已奄奄待毙了;安妮的伤也是致命的,早已站立不稳。他们互相凝视了一会儿,安妮突然轻轻笑了一声,继而她又像旋风一样在偌大的房间里刮来刮去,她握在手里的烛台发出暗淡的光,在安妮身体四周形成了一个闪动的光晕,这光晕似乎带着中间的一团白光,在四周飘动,每飘动一处,便会骤然亮起炽烈的火焰。拿不勒莫名其妙地用他那已经黯然无神的眼睛看着地上的影子,不知道那到底是疯狂的安妮还是愤怒的女神。

不大一会儿,这间房子里已是一片火海了。安妮和拿不勒几乎在同一刹那死去。这之后,继大火而起的一片混乱和更加惊心动魄的场面,安妮和拿不勒都看不到了。

43

渥巴锡得悉库拉金纳要塞并未如期攻克的消息后,焦急万分。他叫策伯克多尔济继续统率主力保护部众谨慎前进,自己则只带沙固都尔,扬鞭催马,追风逐日般朝库拉金纳要塞的方向奔去。经过王室队伍时,天已大黑,渥巴锡稍事停留,简单询问了几句,又继续朝东飞驰了。

将近午夜时,渥巴锡到达了先头部队的营地。

营地内一片宁静,听不见马嘶人叫,只有为数不多的身受重伤者躺在一堆堆仍在燃烧的篝火旁。渥巴锡诧异地皱起眉头,朝四外巡视了一遭,这才发现在大营的东边,依稀可以看到夜色笼罩下的黑压压的人群。渥巴锡和沙固都尔朝人群驰去,两人穿过骑马伫立的战士队伍,在一片惊喜而敬畏的压抑的欢呼声中,来到了队伍前边,跳下马来。立刻有人接过缰绳退到一旁。

舍楞和巴木巴尔见汗王驾到,慌忙滚鞍下马,噗地跪了下去,同时说道:"汗王殿下,臣等久战不力,甘当重罪!"

"起来。"

"谢殿下!"

渥巴锡由于焦虑而产生的怒气,本想在这两个曾保证七天之内拿下要塞的大臣面前发泄出来,但看到他们衣服破烂、疲惫不堪和似乎都带着创伤的样子,又不忍心了。他紧紧咬了一下嘴唇,吁出一口浊气说道:"没想到,库拉金纳要塞竟然固若金汤!"

"就是纸糊的也得干瞅着!"巴木巴尔愤愤地说道。

"为什么?"渥巴锡厉声问道,心里一阵恼怒。

"炮弹像雨点一样落下来,干脆别想贴上边。"

"一个炮兵营就打得两万人寸步难行吗?"

"不仅仅是一个炮兵营,殿下。"舍楞解释道,"拿不勒至少又带来一个炮兵旅。骑兵阵地的后面,都是大炮。我们不管朝哪个方向进攻,都躲不开密集的炮弹网。"

"是这样……那么,夜里试过吗?"

"夜里也一样。拿不勒好像对炮弹毫不吝惜。今天白天,我们没有派出一兵一卒,他照样放一阵炮弹。"

"也就是说,拿不勒根本不打算派出骑兵和我们交锋?"

巴木巴尔用力挥了一下胳膊说道:"他要敢派出骑兵,我早就冲进去砍下拿不勒的脑袋了!"

"我明白了。"渥巴锡脸色阴沉地说道,"他是以逸待劳,等着我们自己瓦解或被包围。"

舍楞点头道:"正是这样,殿下。"

渥巴锡略一思忖,回望了一眼大队人马问道:"你们今天是想全力以赴夜袭要塞吗?"

"没有别的办法,只有拼力一战了。"

"只好如此。今天必须拿下要塞,多大的牺牲也不能顾惜了。两万人能换来东归的通道也是值得的。现在已是午夜,正好进攻。舍楞,巴木巴尔,请你们立即把兵力分成三队,我带领一队从正面打,你们俩各带一队从两翼打,只要有一队人马冲进要塞的防线,我们就有胜利的希望!"

"我们原来也打算这么干。"舍楞说道,"但殿下不能去,我们会奋力向前。"

巴木巴尔喊道:"有我们在,还能让汗王殿下去冲锋陷阵吗?"

"不,我一定要去。战士们经过七八天的失败,需要我们身先士卒去鼓起他们的勇气。——好了,不必再说了。事不宜迟,马上行动。"

"殿下!"

"就这样了。"

"殿下,"舍楞依然盯着渥巴锡固执地说道,"谁也不会同意您去冒险的。还有,请允许我们再等一会儿。"

"等？等什么！"

"也许……阿期楞会成功。"

"阿斯楞在哪儿？还有安妮和色克色那，不是也来了吗？他们都在哪儿？"

"阿斯楞兄妹在今天——唔，是昨天上午，就进入要塞去了。"

"什么？"渥巴锡大惊道，"他们活腻了？这是谁的主意？嗯？到底是谁出的鬼点子？"

"办法是安妮想出来的。她说她曾给拿不勒夫人当过仆人，可以骗住拿不勒。这样，阿斯楞就能寻找机会炸了炮弹库。"

"你不知道他们这一去肯定凶多吉少吗？"

"知道。但阿斯楞兄妹执意要去。我也确实别无良策，就答应了。如果此举不妥，罪责在我一人身上。"

"罪责……"渥巴锡毫不掩饰他的恚恨，焦躁地凝视了一眼根本看不见的库拉金纳要塞，似乎悟出了安妮所说的"骗住拿不勒"的底蕴，身上像起了大火，烧得他一阵烦乱，自言自语地喃喃道："安妮……安妮！你怎么能……"他说着，突然转过脸愤怒地喊道："把色克色那叫来！"

"殿下，"舍楞说道，"色克色那带领一支人马到北边巡哨去了。"

这时，有不少人惊喜地欢呼起来："火！要塞起火了！"

渥巴锡倏然转身看去，东方确实有一股火焰升起，要塞的塔楼在火光中依稀可辨。但火焰不十分炽烈，而且时高时低，忽明忽暗，显然有人正在扑救。

渥巴锡有些沮丧地说道："微不足道的小灾难，一会儿就会火灭烟消的。不仅于事无补，而且有害无益。整个要塞的人都会被这场火灾烧得警觉起来的！"

舍楞深感怀罪地说道："殿下，现在怎么办？"

"兵分三路，进攻！有后退者杀无赦！"

"是，殿下。"

命令立刻传下去。一万五千人很快分作三队。

正当冲锋的号角要吹起的时候，骤然在东方迸现出一团火光，天空和大地都被照亮了，紧接着，传来一声山崩地裂的巨响，天空和大地都被震撼了。

一万五千匹骏马都昂头嘶叫起来。一万五千战士一下子沸腾了。像有谁喊着口令，人们万口一声地喊道："阿斯楞！安妮！阿斯楞！安妮！"这充满狂喜和崇敬的呼声，压过了爆炸的巨大轰鸣，震向原野，震向夜空，也震向

渥巴锡和舍楞的快要窒息的心。

不用说什么,一切都明白了。这肯定是阿斯楞和安妮舍命干出来的辉煌业绩。不用说什么,谁的心里都知道,胜利了,东归的通道就要打开了,不,是已经打开了!

渥巴锡坐在马鞍上,遥望着前方仍在向上升腾的火光,好像看见了阿斯楞和安妮手拉着手在微笑;他听到前方经久不息的震响,好像听见阿斯楞和安妮在向他喊着:"前进吧!汗王殿下!"

在这一瞬间,渥巴锡自己也弄不清,在心房里攒动着、燃烧着、膨胀着的一团,到底是喜悦还是悲哀,到底是激动还是怅惘。但他感觉出,他想哭,痛痛快快地哭。他真的哭了,眼泪涌出眼眶,漫向面颊,流向衣襟。他也感觉出,他想喊,用尽全力去喊。他真的喊了,喊声冲出他的胸膛,飞上九霄,滚向东方。

然而,谁也没有预料到,渥巴锡殿下喊出的不是"冲啊",而是"阿斯楞!安妮!"

同样的,谁也没有预料到,这不是"冲啊"而是"阿斯楞,安妮"的喊声在此刻如此震撼人心。这和着眼泪并带着哽咽的喊声,叫人热血沸腾,叫人忘我,叫人疯狂!

一万五千人中也许有一万五千人没有听到渥巴锡的喊声,但也许一万五千人都听到了,而且异常真切地听到了。他们不约而同地喊着:"阿斯楞!安妮!"奋勇争先地跟在汗王如飞的坐骑后边,山呼海啸般向库拉金纳要塞冲过去!

黑夜在刀光、火光和血光中隐退了,雅依克河迎来了一个红色的黎明。在这弥散着硝烟和血腥味的红色的黎明中,战斗结束了。

土尔扈特汗国的先头部队有八百名战士献出了生命,加上在此之前死于炮弹击中的人,一共损失四千一百人。库拉金纳要塞的守军,除从南北两翼逃窜三千人以及一千五百名哥萨克跪地投降外,其余七千多人全部毙命。

库拉金纳要塞落在渥巴锡手中。

渥巴锡当即命令舍楞和巴木巴尔各带两千人马追击向南北逃跑的残敌,至少要把他们赶出一百里,又命令沙固都尔去通知王室队伍和策伯克多尔济,全速向库拉金纳要塞挺进。第三个命令是,让留在要塞的人把俄国骠骑兵和哥萨克丢弃的步枪和子弹收集到一起,他准备武装起一支刀枪双挎

343

的精锐部队。他在一分钟内下达了上述三个命令后,便带着五百名战士,进入要塞的城堡内院。

说这是要塞,是因为它确实曾经是要塞;说这是城堡,是因为城堡确实曾经存在。但是,无论是渥巴锡,还是跟随他的五百名战士,置身要塞的城堡内院,都想象不出这座声名遐迩的要塞原先究竟是什么模样。他们眼下看到的要塞却是这样一幅景象:两千米的围墙全部崩坍了,西面和南面的两堵墙似乎足足飞出去二十米才齐刷刷倒下去。那排坚固的石头和铁的库房,早已失去了踪影,只剩下了黑色的地基。塔楼只有小半截可怜巴巴地埋在土和石堆成的坟墓里,它的上半截显然曾疯狂地砸下去,倒霉的三层石砌楼房被摧残得七零八落,变成了一座石山,似乎想向参观者证明,耸立在要塞内院的塔楼曾经何等威风。唯有北侧的女眷室,还在底部残留着略具形状的断壁,挣扎着诉说它昔日的繁华。

要塞没有了,连它的大概形状都没有了。这里只是瓦砾、乱石和碎尸的坟场,而且,弥散着令人作呕的血肉焦糊味、令人窒息的火药燃烧味。

然而,站在瓦砾、乱石和碎尸上的渥巴锡什么味也闻不到。他的五百名战士却闻到了。但是他们看到渥巴锡殿下并没有掩住鼻孔,便也把扬起的手臂垂了下来,并告诫自己,汗王闻不到的气味,他们也应该闻不到。

渥巴锡站在那里,麻木了一样一动不动,长时间凝视着脚前的瓦砾、乱石和碎尸布置起的画面。或许他连这些也没看到,只看到了一团蠕动着、旋转着的悲痛。

过了好一会儿,他使劲儿闭了一下枯涩的眼睛,然后,他终于能转动起黯然的双眸了。他镇定着自己,使模糊的视线得以射向每一个暴露着的或隐蔽着的、明亮的或黑暗的角落。心里盼望着不可能出现的奇迹……

渥巴锡怎么也想象不出阿斯楞和安妮是怎样完成这伟大使命的。但有一点他确信无疑,那就是,在这场伟力和巨响造成的灾难中,只要置身围墙里,铁打的人也不会幸免于难。因而,他带来五百人寻找阿斯楞和安妮是毫无意义的。

渥巴锡的心凉了。他失去了两个非常喜爱和非常需要的人。他此刻本该有一声叹息,但那叹息却哽在喉头吐不出来,终于压向心底去了。

"亲爱的安妮,亲爱的阿斯楞啊,你们是不朽的!"渥巴锡在心里说着,这便是他的全部悼词了。

他挪动了两下已经站得麻木的腿,决定带领那五百名战士离去了。

可是,奇迹出现了!

渥巴锡以为一定是眼睛看花了,所以才虚幻出阿斯楞的身影。他万分骇异地闭了闭眼睛,又仔细看去。没错!阿斯楞确实从女眷室楼底的孔洞中钻了出来,怀里抱着的不正是安妮吗?

"有人!"

身后的战士的喊声证明渥巴锡眼前出现的绝非幻象。

他踏着瓦砾,趔趔趄趄地冲过去。五百人也跟了过去。

他又猛然站住了,大失所望地站住了。

钻出地下室孔洞的是一个穿着烧焦的皮袄的肮脏的哥萨克,他双臂托着的是一个窗幔裹成的长长的包裹。

"该死的哥萨克!"渥巴锡无名火起,狠狠地咒骂道。

那个"该死的"哥萨克没有躲避他,反而加快了脚步走过来,身体摇摇晃晃,双腿在不停地打战。他在离渥巴锡很近的地方站住了,他想努力站稳,却怎么也直不起腰,双腿一软,竟跪了下去。看得出,他不是求饶,而是太疲惫了。他仰视着渥巴锡,扭动着脸颊,费了好大的劲儿,才断断续续说了一句渥巴锡听不懂的俄国话。

"你嘟嚷的是什么鬼话?想求饶就快滚!"

"殿下,"渥巴锡身后的人说道,"他问您是不是汗王殿下?"

渥巴锡回过头略显惊异地问道:"托布信!你怎么在这里?"

托布信俯首道:"国母殿下听到了爆炸声,很不放心,叫我到前边来看看。恰好碰到色克色那,他也在找殿下,我们就一起来了。"

"噢……"渥巴锡指了指那个哥萨克,对托布信说道:"告诉他,既然他躲过了这场灾难,我就给他一条活路。让他马上离开要塞。"

托布信遵命翻译了过去。

哥萨克表示感谢地点点头,又说了几句话。

托布信悚然一抖,对渥巴锡说道:"殿下,他说他抱着的是安妮的尸体!"

"什么?安妮!"渥巴锡的脑袋好像受了重重的一击,霎时头晕目眩,差点儿仰面倒下去,但同时又有一股力量将他向前推去,使他一下跪到瓦砾上,劈手夺过长长的窗幔包裹。

"安妮,安妮,安妮……"渥巴锡喃喃地一遍又一遍地重复着这个亲切的名字,用力抱着包裹,就像他在惩罚室第一次拥抱安妮一样,那么紧,那么热烈,就像拥抱着活生生的安妮一样,那么亲,那么忘我。他的眼里又有了泪水,而且那么汹涌。他使劲儿地把泪眼贴在安妮的胸口处。他的整个心灵,他的全部语汇,在此刻凝聚成两个永远重复不完的字:"安妮……安妮……"

在场的人,包括那个仍然跪着的哥萨克,一个个黯然神伤,默默地垂下阴沉的脸。

这样过了好久,渥巴锡慢慢抬起头来,抖抖地擎起右手,想掀开遮住安妮的窗幔,看一眼她的遗容。

但那个哥萨克却伸过手来,拨开渥巴锡的胳膊,把已经掀开一层的窗幔又缠回去,紧紧压住,并抬头对托布信说道:"请告诉殿下,他最好不要看。安妮死时赤身裸体,被烧得惨不忍睹,殿下看了会更加伤心的。"

还没等托布信把这话翻译出来,渥巴锡就愤怒地推开了哥萨克,执拗地又把窗幔揭开。他终于看到了安妮被火灼伤的脸,被火烧焦的头发,以及一角变成黑色的胸脯。渥巴锡一阵刀绞似的心疼,脸上的肌肉搐动起来。但刹那后,惨不忍睹的安妮消失了,生动地活现在他眼前的,依然是昔日的安妮,不,是比昔日更叫人喜爱的安妮。渥巴锡猛地俯下头,将自己的吻雨点般印在那张可爱的脸上、头发上和胸脯上。

那个哥萨克被渥巴锡对安妮的情意感动得流下了眼泪。他摇头叹息了一声,费力地站起身,迷梦般巡视了一遍要塞的四周,又转向托布信说道:"我叫加米尼契,是阿斯楞和安妮的朋友。希望您能把我下面的话全部转述给汗王殿下。"

"我会的,先生。"托布信也用俄语回答道,"请讲吧。"

加米尼契讲述了一遍我们在前边已经知道的那些情节后,舔了舔干燥的嘴唇,继续说道,"当时,阿斯楞让我帮助他偷引信,我没有干。他急得直拽头发,但没有怨恨我。他说:'也许你是对的,你不愿意当叛徒,我不怪你。'后来,女眷室起火了,我又找到阿斯楞,他还没有弄到引信。他对我说:'安妮知道我失败了,所以才放火,决心和拿不勒同归于尽。'这时,我的心受到了震动。三年前,他们应该杀我时,却放了我;昨天,在我注定要死在地牢时,救了我。我不忍心看着他们失败和遭殃,就决心帮助他们完成使命,乘着院内一片混乱,偷出了一箱引信。阿斯楞高兴得什么似的,流着泪亲我。他让我躲开,我不干。他又对我说:'赶快混进救火的人群,救出安妮,想办

法藏进地下室,我晚一会儿引爆。你一定要把安妮交给渥巴锡殿下。殿下非常爱安妮妹妹。'我知道,引爆的人肯定要粉身碎骨,我想替他去死,他不肯,硬把我赶走了。我照阿斯楞的话做了。可是,安妮已经死了。……唉,我真后悔,要不是我犹豫,耽误了阿斯楞的时间,安妮不会死的。……阿斯楞和安妮,太伟大了。他们的事迹应该让你们的同胞永远记住……"

加米尼契讲完了。渥巴锡也算最后告别了安妮。他把窗幔重新裹好,轻轻放在膝前的瓦砾上。他慢慢转过身来,一把抓住色克色那的胸襟,咬牙切齿地说道:"我不会原谅你的!"

色克色那没有躲避,只是面无表情地看着渥巴锡,说道:"我知道。"

"你知道!那你为什么不阻止她?"

"我没有理由阻止决心为汗王去死的人。"

"为我去死?你忘了吗,我把她交给了你!"

"她心里只有殿下。"

"胡说!她已经答应接受你的爱。"

"她在答应你的时候,就已经下决心为您去死。"

"因此,你就希望她去死!"

"她如果选择别的死法,我会阻止她,甚至打昏她也在所不顾。但是,她是在汗国事业受到威胁的时候,决心为汗国为殿下去死,我有什么权利反对?"色克色那见渥巴锡只是震动了一下,并不说话,又接着说下去,"殿下,安妮和阿斯楞的死,确实为舍楞特别是为您挽回了败局。她们死得其所,死得辉煌,死得有价值!就是您在场,也不会阻止的。"

渥巴锡听着,什么话也说不出来。他松开手,缓缓垂下眼帘。他承认色克色那说得对。

色克色那继续说道:"我不是没有想过,安妮的死会给您巨大打击。但我认真考虑了当时的形势,没有谁能想出比阿斯楞和安妮更好的办法,也没有任何人能代替他们,特别是,谁也代替不了安妮。是的,谁也代替不了。我不能阻止她。您知道,殿下,她是从我身边走的,我一伸手就可以拉住她。我却不能这样做,瞅着她……向死亡走去。我的心……您以为我好受吗?我也热烈地……爱着她呀!"色克色那说着,已经泣不成声了。

渥巴锡抬起眼睛,扬臂抱住了色克色那剧烈搐动的身体,说道:"原谅我,表弟。"

"表哥,我爱她,我爱她呀!"

"我明白了,表弟。是巨大的悲痛和自私的感情使我丧失了理智。可是,二十万人谁的心里不压着巨大的悲痛?几千人战死了。而安妮只不过是其中的一个。我们可能明天也会尸横沙场。是的,我们必须学会冷酷,虽然这样太难,但必须如此。"他说着,松开色克色那,像致敬似地俯身对着安妮的尸体,"安妮,阿斯楞,为东归首战捐躯的将士们,你们流出的鲜血,将像太阳照亮大地一样,照亮汗国的东归道路。你们是不朽的!"

……

时间很快到了中午。舍楞和巴木巴尔率领追击残敌的队伍相继返回库拉金纳要塞。他们饱餐一顿并略事休息后,渥巴锡命令他们留下三千人负责要塞周围的警戒,其他人迅速越过已经封冻的雅依克河,继续为东进的大队伍去开辟道路。

夜幕垂下时,王室队伍抵达了要塞。他们在短暂的停留中,对死难者举行了追悼仪式。洛桑丹增诵读了超度经文。母后和塔莉莎娜王妃获知阿斯楞兄妹为了攻陷要塞双双献身,忍不住泪如雨下。塔莉莎娜哭得最伤心。要不是渥巴锡催促他们尽快离开要塞,塔莉莎娜就会哭得晕过去。

第二天,渥巴锡迎来了策伯克多尔济率领的大队伍。这时,要塞两侧的陡岸,早已叫一千五百名哥萨克凿平,因此,由两万辆牛马车、一万五千匹骆驼和五万匹马组成的庞大队伍,仅用一天多的时间,便全部踏过雅依克河的冰面,进入了白雪皑皑的哈萨克草原。渥巴锡知道,哈萨克草原广阔而平坦,十几万人的大队伍等于暴露在可能出现的敌人面前,所以,他命令五万武装战士分成两路纵队,和当中的车队、驼队拉开十里的距离同步前进,这就在老弱妇孺的外围设起了两条活动的屏障,使这些受保护者免受敌人的直接攻击。

第四天凌晨,渥巴锡确信他的部众已全部越过了雅依克河,便和策伯克多尔济统率一万名殿后的战士,最后离开了库拉金纳要塞的废墟。行前,他释放了包括加米尼契在内的一千五百名哥萨克,不过,除了加米尼契,他们谁也弄不明白为什么会得到渥巴锡殿下的赦免。

渥巴锡让策伯克多尔济率队先过河,他要最后一个离开西岸。可是,正当他跃上马背,准备跟在队伍后面踏上雅依克河的冰面时,忽听身后传来马蹄声,并听有人喊道:"汗王留步!"

渥巴锡倏然回头看去,只见几个同族人在离他不到一箭之地的地方勒住了马缰,打头的一个正在取弓搭箭。说时迟,那时快,渥巴锡还没来得及答话,那支飞来的箭已经到了眼前,他急舒猿臂,稳稳抓在掌中。令他更为惊讶的是,这支箭已拔去箭头,箭杆上用丝绳绑着一张纸。渥巴锡赶忙解下丝绳,展开信纸,只见上面写道:"尊敬的汗王殿下。贝格托夫已召集雅依克河下游各要塞哥萨克计一万人,于昨天午夜自东岸向您的部众发起进攻。另据悉,贝格托夫已赴奥伦堡,估计是调兵遣将追击殿下。万望殿下早作准备。"这封信没有落款,渥巴锡想问问他们是什么人,为什么不同大家一起东归,又为什么采取这种方式传递消息?但此刻,那几个人早已飞骑而去了。渥巴锡确信这飞来的消息肯定不是虚构的,他不敢怠慢,策马追到队伍的前面,和策伯克多尔济商量对策去了。

44

我们在前边讲过,贝格托夫曾潜入和硕特部,和札木扬密谋,决定合兵进攻玛怒托海,从背后给渥巴锡致命的一击。从战略角度和当时的形势的紧迫来看,这实在也是一个好主意。札木扬也觉得机会难得,跃跃欲试,似乎他明天就可以生擒渥巴锡而登上汗位了。如上所知,这次阴谋在付诸实施前就被色克色那击败了。那么,在五百名哥萨克被砍杀得尸横遍野时,贝格托夫伯爵在哪里呢?原来,他在和札木扬密议之后,当即就认识到要他进行的是一次注定要失败的愚蠢行动。因为他忘记考虑渥巴锡的实力和汗国部众破釜沉舟的决心了。他知道,要想阻止住汗国东归的脚步,就算和硕特部的一万人都变成骁勇的青壮年,就算他投入的哥萨克不是五百而是五千,也只是杯水车薪、隔靴搔痒而已。没有重兵围剿,一切妙计都无济于事。而且,他的五百哥萨克和札木扬的不堪一击的一两千兵勇肯定白白送死,又只能增长渥巴锡的气焰。那么,到哪里去调集重兵呢?他手下有几万驻防军,却不能轻易动用,因为必须严阵以待,准备随时迎战不甘心失败的土耳其军队;雅依克河防线的军队,他又无权调遣。唯一的办法就是请求皇帝陛下圣旨,命奥伦堡总督发兵攻击汗国。不过,他没有把自己的想法告诉札木扬,也知道异常兴奋的札木扬不会放弃眼下千载难逢的机会。"随他去吧。"贝格托夫在心里这样说道,"五百哥萨克也只能让他们听天由命了。我必须立即启程去彼得堡。"但是,当他带领几个贴身随从驰离和硕特部不久,又突然改变了主意。他估计到,不出十天,渥巴锡就会攻破库拉金纳要塞,而他到彼得堡,至少需要一个星期,那时,圣旨传到奥伦堡也要一个星期,渥巴锡的人马早已越过哈萨克草原,很难追赶上了。所以,他在大雪纷飞的途中,伏在车厢里写了一份简要的报告,叫手下人日夜兼程赶往彼得堡,呈递给女皇。他自己则改乘雪橇,飞驰向雅依克河下游而去。经过他不辞劳苦的奔波和披肝沥胆的游说,加上和他有过深交的几个哥萨克军官的协助,终于召集起将近一万哥萨克骑兵,从东岸向东北方向去截击可能已经踏上哈萨克草原的渥巴锡的人马。他允诺,只要一万哥萨克把汗国的庞大队伍拦腰截断,都会受到优厚的赏赐。

哥萨克杀气腾腾出发后,贝格托夫便向奥伦堡驰去。一月二十日,贝格托夫伯爵和叶卡特林娜的圣旨几乎在同一时刻进入奥伦堡总督莱英斯多尔普伯爵的官邸。当时,正好有军团司令达维多夫少将在座,他是得悉库拉金纳要塞被加尔梅克人攻陷的消息前来商量对策的。这样,他们三个人便一起开读了女皇的圣旨。

在圣旨中,叶卡特林娜女皇丝毫不掩饰自己愤怒已极的心情,一开头就直言不讳地严词训斥她的奴仆玩忽职守,尸位素餐。她说,对土尔扈特汗国的不稳定迹象,曾无数次晓喻南部各省总督和将军们,然而,"你们竟漫不经心到让整个部落在鼻子尖下举行暴动","从而使罗曼诺夫家族和头戴彼得大帝王冠的守护神鹰蒙受了永远不能洗刷的耻辱"。她特别痛骂了"自以为是"和"姑息养奸"因而"酿成祸患"的卡辛斯科依。接着,她下了几道必须立即执行的命令:

一、命莱英斯多尔普伯爵和贝格托夫伯爵全权处理追剿土尔扈特汗国事宜,不听调遣者,先斩后报;

二、着人逮捕卡辛斯科依,押送彼得堡听审;

三、即着达维多夫少将率驻防军截击加尔梅克人,着特鲁本堡将军聚集哥萨克骑兵协同追剿;

四、不惜重金买通哈萨克人和巴什基尔人,从各方袭扰渥巴锡的人马。

女皇最后又强调说:"此举务求全胜。如渥巴锡不悬崖勒马,就让可恶

的土尔扈特汗国从世界上永远消失!"

不用说,伯爵和将军们个个战战惊惊,唯恐再忤圣颜;人人慷慨陈词,发誓以死报效。接下来,当然是拍案而起,揎袖捋臂,奋勇争先地去调兵遣将了。他们以前所未有的速度,派出两支分别由别伊耶连和米特里亚索夫率领的武装精良、战斗力非凡的军队。可以预料,这两支马不停蹄地向东飞驰的军队,很快就会追上渥巴锡的人马,那时,必将有一场接一场的厮杀。莱英斯多尔普伯爵蛮有把握地确信,有这两支军队的新式步枪,加上哥萨克的大刀,不出十天半月,就会杀得渥巴锡的人马跪地求饶。但贝格托夫伯爵毕竟更加老谋深算,他又迅速派出信使,绕过渥巴锡的队伍,飞赴北部各要塞和各部族驻地,令他们严加防范,准备随时迎击东逃的加尔梅克人。所以,又可以预料,在渥巴锡东归的道路上,会有无数库拉金纳要塞在等着他呢!

但渥巴锡不是仅有一腔热血而缺少预见的人。还是在举事前,他就充分估计到在万里征途上,每一步可能遇到的麻烦和险阻。最令他担心的,就是奥伦堡方面肯定会派重兵追击。所以,库拉金纳要塞一经攻破,他就命令部众刻不容缓地越过雅依克河,利用哈萨克草原平旷的条件,迅速向东挺进,争取把追兵抛下三五天的路程。当然,由于他的部众携带着大批畜群,只能以牛羊赶牧的速度前进,还是免不了会被日夜疾驰的俄国骑兵赶上。对此,渥巴锡和策伯克多尔济都认为不足为虑。因为他们速度缓慢正好可以使人马养精蓄锐,而敌人的奋力追赶则定然人困马乏,以生力军对付强弩之末,取胜是不成问题的。因此,当渥巴锡稳坐雕鞍、轻按刀柄,看着自己的人马在银装素裹的哈萨克草原浩浩荡荡向东走去的时候,他怎能不放心地舒一口长气呢?可是,渥巴锡这口长气还没有全部舒出,却陡然接到报警的飞矢,又顿时紧张起来。他不是没有预料到,在进入哈萨克草原后,会遭到哥萨克人、哈萨克人以及巴什基尔人的骚扰。他确信,这种几百人最多一两千人的攻击,不会对他的人马形成威胁,在绵延百里的队伍的每一点上,都会在瞬息间集中上千的战士,足以把小股敌人赶尽杀绝。但是,现在向他的队伍袭来的不是几百,也不是几千,而是一万,这确实是渥巴锡始料未及的。

"不过,殿下,这消息可靠吗?"当渥巴锡驰到队伍前边,决定亲自率领殿后队伍的一半人马去迎战时,策伯克多尔济这样问道。

渥巴锡盯着哥萨克可能出现的东南方向说道:"任何人都没有必要和我开这个玩笑。"

"可是,传递消息的是谁?为什么采取如此神秘的方式呢?"

"我们现在没有时间去分析这种奇怪的报警方式。我们必须争取每一秒钟,去防止惨剧的发生。你想,我们的队伍一旦被拦腰截断,后果不堪设想。如果哥萨克扑向毫无抵抗力的老幼妇孺,局面就不好收拾了。所以,我是宁肯相信这个消息百分之百的准确。"

"殿下说得很对。就请殿下留在后面,我带人马去迎战。"

"不。你运筹帷幄绰绰有余,战场驱驰却力有不任。——不必多说了!我现在就出发,你要立即把队伍分成两部分,第一个千夫队跟在我后面,要快!其余的千夫队,也要尽快分好跟上!"渥巴锡说完,抖动缰绳,扬鞭催马,向东驰去。

第一个千夫队紧跟着渥巴锡出发了。接着,一个个千夫队相继驰离了后路。一开始,在雪原上形成了一条黑色长龙,向东蜿蜒而去。刹那后,雪粉腾飞,长长的黑龙又变了一条白色的雪龙。

可是,尽管渥巴锡毫不犹豫地当机立断,尽管他的一万战士风驰电掣般踏雪飞奔,却终于没能阻止一场惨绝人寰的大屠杀。

当渥巴锡驰到出事地点时,出现在他面前的是一幅触目惊心的惨景:在十几里方圆内,被马蹄踏碎的雪原上,到处躺着蒙古人的残缺不全的尸体,好像这里是一座屠场,根本无法估计有多少人惨遭杀戮。而且,在这座屠场的北侧,一座新的屠场正在开辟。数不清的哥萨克人不停地挥动着大刀,他们显然企图冲进汗国队伍的中路,去砍杀手无寸铁的老弱妇孺。虽然不时有蒙古骑士从东西两侧迎着哥萨克冲击,想阻挡住他们向北移动的脚步,但由于人数上多寡太悬殊,很快又被哥萨克的庞大队伍吞食了。

渥巴锡感到一阵头晕目眩。他在心里悲哀地叫道:"迟了,迟了!"此刻,他直觉得那些躺在殷红的雪地上的同胞都向他瞪着哀怨的眼睛,好像在指责他的无能;直觉得从每一具尸体上流出的血汇成了一条巨流,冲进他的干燥的喉咙,堆进胸膛,令他窒息。他周身的血管都膨胀起来,眼睛热辣辣的,似乎胸膛里的血液,就要变成烈火从身体各个部分喷射出来。更令他胆战心骇的是,那些在中路两侧临时聚拢的几十或者几百的蒙古骑士,就算前赴后继,也都会被哥萨克的人海一队队淹没得无影无踪,而他率领的一万人马,由于七八十里的狂奔,拉成了一条细细的长蛇,一下子还无法形成对敌人的威慑力量,等到他们收缩成可以同对方抗衡的密集队形,哥萨克势必早

已冲到中路。那样,他的家属队伍就要遭殃了。他是汗王,理所当然地要首先考虑部众中最软弱的部分,哪怕有一个老人、妇女或孩子惨遭哥萨克的屠刀,也要比上百战士捐躯战场更令他痛心疾首。是的,绝不能让哥萨克接近在冻馁中的可怜的弱者队伍。

渥巴锡这样想着,又抖起刚刚收拢的马缰,连身后的战士也不等待,便呻吟般低吼一声,径直朝哥萨克的队伍冲去。不用说,被他抛在身后的三五成群的战士,见汗王直奔战阵,当然都迅即跟了上去。

我们知道,再冷静的人有时也会被感情所左右,不计后果地采取足以铸成大错的行动。渥巴锡此刻便是如此。他没有细细地想一想自己此举的利弊,任凭一股愤怒、悲哀和疯狂力量的推动,几乎可以说十分愚蠢地奔向死亡和把自己的队伍引向溃败。试想,面对数以千计而且在惬意的砍杀中变得狂热的哥萨克,渥巴锡这种长蛇队伍直线插入的打法,除了一批批在蹄风刀影中陆续送命外,还会有别的结局吗?

事实上,哥萨克骑兵的统帅早就发现了渥巴锡的人马,估计人数不会少于一万。而此时,他的哥萨克也至少有一两千人被蒙古人砍死,正面和两侧仍有一队队蒙古骑士冲过来,使他的队伍向中路推进的速度变得缓慢。再加上对方的大批援军,等于四面受敌。因此,他不敢恋战,决定暂时放弃取胜的机会,退出战场,再图进取。可是,当他发现对方的援军没有收缩就投入战斗,确信这支援军的统帅(他不知道这统帅就是渥巴锡本人)是一个对军事一窍不通的庸才,便又恢复了取胜的信心。他当即叫传令兵把他的命令下达到各个骑兵旅,即除一千人马继续对付正面和两侧的蒙古人外,其余的哥萨克全都勒转马头,迎战对方的援军。

说时迟,那时快。只见几千哥萨克已经面向渥巴锡,并在前面划然分开,形成了一个三角形的空档,犹如一头巨兽张开了满布利齿的大口,似乎准备把向它的喉咙口直冲猛进的长蛇一节节吞下肚腹。

等到渥巴锡猛然醒悟,意识到自己由于一时冲动而犯了一个不可饶恕的错误时,已经太晚了。因为他坐下的烈马,嘶叫着,踏起一阵阵闪着红光、带着血腥味的雪粉,越过一个个蒙古人或者哥萨克的尸体,早把他带到离哥萨克队伍不足一百米的地方了。但几乎同时,他又绝望地想到,在眼前的形势下,懊悔没有任何意义,改变已来不及了。他知道,只要他拨转马头,哥萨克必然会全速追杀过来,他的人马便不是在进攻中拼搏,而是在败退中被迫歼了。那样,他们的结局将会更惨。所以,渥巴锡丝毫没有放慢速度,反而狂吼一声,高举宝刀,凶神般冲杀过去。从这一瞬间开始,渥巴锡的脑海已成为一片空蒙,记忆已经消失,也不再需要思考。他的整个身心和胯下的坐骑、手中的宝刀结合并凝聚成将通过左劈右砍来表达的一股仇恨的力量。片刻后,一百米的距离缩小到五十米,三十米,二十米。哥萨克已近在咫尺了。他倏然挥起大刀……

说也奇怪,哥萨克们没有向他围攻,甚至没有一个人要和他对拼,竟然乱作一团,互相践踏着退避到一边,而且向东南逃窜了。渥巴锡无暇去想一想他的一把大刀何以产生如此巨大的威力,心里只有一个念头:杀!哥萨克的头颅就在眼前飞到地上,不是一个,而是几十个,上百个。渥巴锡无暇去想一想,他的一把大刀何以使上百个哥萨克人头落地,心里只被一个字统治着:杀!他就这样一次次挥动大刀,不断看着哥萨克滚下马鞍。惨叫声在他耳畔震响,血花在他眼前飞溅,他越杀越勇,越劈越有力。如果不是几十个蒙古人的坐骑将他团团围住,如果不是溅在脸上的鲜血遮住了他的眼睛,那么,他肯定会继续砍杀下去,直到用尽最后的力量。

渥巴锡在同胞的带着乞求的喊声中勒住马缰,扬起衣袖拭去糊住双眼的鲜血,想愤怒地喝退这些阻拦他砍杀的人。但当他一眼看到战场发生的出乎意料的转机,惊讶得目瞪口呆。几千哥萨克正溃不成军地向南狂奔,在他们身后,是乘胜追击的上千名骁勇的蒙古人。渥巴锡不由得感到奇怪,刚才虽然他一度陷入忘我的疯狂,但毕竟能推断出从他挥下第一刀算起,也仅仅是几分钟的事。在这么短的时间内,被他抛在后面的军队是不可能飞聚到战场上来的。他下意识地朝北看了一眼,雪野上仍旧是一支望不到头的长蛇队。可是这几千人是怎么回事?难道是从天而降的吗?

渥巴锡刚想询问一下他周围的那些人,却见其中的一个在马鞍上俯首道:"汗王殿下,我们来迟了。我们将把哥萨克赶回雅依克河下游,请殿下整顿人马,继续东进吧!"

渥巴锡骤然一惊,叫道:"你是江基尔·巴图尔!"

那人没有证实渥巴锡的话,继续说道:"请殿下保重。再见!"说完,扯转马头,抖起缰绳,几百个人紧紧跟着他,朝南驰去了。

渥巴锡喊道:"江基尔·巴图尔!你为什么不和我一起走?"

但是,回答他的是渐渐远去的马蹄声。

45

哈萨克草原上的一场恶斗结束了,而二十七岁的汗王却为了九千名英勇战士死于哥萨克的马刀之下深深陷入了残酷的自责,久久不能平静。

其实,那些战死的和幸存的骑士以及失掉儿子、丈夫或爸爸的老弱妇孺,没有任何人因为这次偶然的失利而怨恨或怪罪渥巴锡。他们都知道,首尾上百里又比较分散的队伍,在每一点上,都有随时遭到敌人攻击的可能。他们没有理由要求汗王事先就告诉他们,在哪一点上、在什么时候会有哥萨克骑兵或其他敌人出现。尤其是,有谁能预料到,贝格托夫在离开和硕特部后,既不是驰赴彼得堡,也不是到库拉金纳要塞附近的地方调集军队,却绕过汗国,跑到遥远的雅依克河下游去招募哥萨克呢?再说,要不是渥巴锡及时赶到,要不是他凭着非凡的勇气单枪匹马冲入敌阵,吸引了几千哥萨克的注意力,因而使江基尔·巴图尔的人马到了哥萨克眼前还没被发现,终于以少胜多地驱逐了凶残的敌人,那么,汗国人马的损失肯定会加倍,甚至全军覆没。从这个意义上讲,汗国的部众非但不怨恨渥巴锡,恰恰相反,还要感谢他挽救了汗国的东进队伍!

但是,渥巴锡却不这样想。他无法接受部众们对他的颂扬和感谢。对此,他觉得受之有愧。如果人们指责他、怨恨他,或许他会好受些,因为他自己认为是汗国的罪人。战死九千,是呀,这是个叫人想一想都要不寒而栗的数字。要知道,汗国的东归队伍,包括耄耋长者和襁褓小儿,也只有二十万人。其中能投入战斗的,仅有三分之一,也就是不足七万之数。这就是说,如果算上攻打库拉金纳要塞牺牲的人,以及受了重伤不能参战的人,汗国的兵力三分已经去了一分!而且,这仅仅是开始,充满艰险又势必要经历无数次战斗的一万多里的征途,他们走过的还不足十分之一!照这样下去,走不到一半路程,汗国的人马就会荡然无存了。想到这一点,渥巴锡如何能不痛心疾首呢?在他看来,不是别人,正是他的料事不周和指挥不力才造成了这次巨大损失,给以后的继续东进造成了困难。同时,他也为这次战斗中自己采取的贸然行动感到羞愧难当。他曾在心里问自己,当时为什么要冲入敌阵呢?是因为他预料到会有江基尔·巴图尔的几百人马来救援吗?不,他没有料到。他根本无从知道是江基尔·巴图尔探知贝格托夫的行踪并带兵赶到哈萨克草原的。也就是说,那时他曾想去死,曾想在哥萨克的刀丛中粉身碎骨,从此逃避罪责,逃避部众怨怒的眼睛。他是否真这样想过,已经记不得了。或许他当时什么也没有想。但他确信在心灵深处肯定隐藏着这种"一死了之"的可鄙想法。这就等于他先于任何人放弃了刚刚开始的事业。难道这是可以宽恕的吗?而且,这场恶战又和巴图尔兄弟联系在一起。无法回避的事实是,作为汗国的部众,这两个人竟不愿投到他这个汗王的麾下,还有那一千左右异常勇猛的战士,都是如此。他们宁可走自己选定的道路,做东归大业的局外人。然而,恰恰是这一千不愿接受他指挥的人马,在千钧一发的紧急关头,拯救了汗王和整个东进队伍。看样子,巴图尔兄弟和那一千人并不反对东归,却为什么游离在东归队伍之外呢?这显然意味着,这些人并不相信他能完成东归大业。

　　想到这些,渥巴锡的整个身心都被一种前所未有的巨大痛苦紧紧包围住了。渥巴锡不是一个感情脆弱的人,他性格中最可贵最稳定的一点便是坚韧不拔。他经历过各种各样的痛苦。有些痛苦是常人所无法忍受的,他都忍受了,而且变得更加坚强。但是,这次事件给他造成的痛苦,却无论如何开解不了。因为透过这次事件,他深感自己远远没有成熟,深感自己还不具备组织东归壮举的才干,深感自己并没有获得所有部众的信任。如果这些属于东归首脑必须具备的东西,他一样也不具备,那么,他有把握把汗国带回天山牧场吗?他开始怀疑自己了。

　　也许渥巴锡没有意识到自己突然变成了没有决断的人。但是,跟他朝夕相处的策伯克多尔济却明显地看到了他的变化。他沉默寡言,常常陷入沉思。特别是,在那场死伤惨重的恶战后,又曾遇到几股敌人。在每次交锋前,渥巴锡不再像以往那样指挥若定,信心十足。也不再像以往那样不容置辩地厉声说:"不必多说!就这么干!快去!"却总是艰难地思索一会儿,试探地询问道:"策伯克多尔济,你以为这样行吗?你有什么好主意?"结果是,他这么一犹豫,或者是贻误战机放跑了敌人,或者是造成了不应有的损失。好在这几次进行骚扰的敌人数量不大,有时几百人,最多也不超过一两千人,是不足为患的,策伯克多尔济也没有在意。他相信渥巴锡殿下很快会从自造的困扰中解脱出来,恢复以往的坚毅和果断。他理解渥巴锡。他是站在客观角度去看这次偶然事件的。他不认为渥巴锡对这次失利负有指挥上的责任。

渥巴锡之所以被折磨得身心交瘁，是因为他历来对自己非常苛刻，只想在自己身上寻找原因，而忽略了其他因素。其实，渥巴锡没做错什么事。换上别人遇到那种情况，也就是说，在败局已定，老弱妇孺就要被敌人血洗的情况下，除了采取渥巴锡采取的行动，是别无选择的。对此，渥巴锡能想通，不会就此一蹶不振的。策伯克多尔济耐心地等待着汗王殿下重新振作起来。

然而，直到寒冷的一月的末尾，渥巴锡也未能从痛苦和自我谴责的海洋中游上岸来。而这时，不仅南北两侧敌人骚扰日渐频繁，据报，前锋战事不利，追兵也近在咫尺了。东归队伍又将面临一次严峻的考验。策伯克多尔济觉得有必要去提醒一下渥巴锡了。

有一次，太阳刚刚升起时，他们遇到了一千多巴什基尔人的袭击。策伯克多尔济主动要求带领三千人去迎战。渥巴锡知道，巴什基尔人的冲杀总是虎头蛇尾，一碰硬，就会四散逃跑，要比对付哥萨克容易多了。所以答应了策伯克多尔济的请求，并确信他能大获全胜。策伯克多尔济点了三千人马冲过去了。渥巴锡则在沙固都尔陪同下站到一个高埠处观战。可是，看到策伯克多尔济的打法，他几乎气炸了肺。眼看巴什基尔人一蜂窝地败下阵去，策伯克多尔济却突然约束住身后的战士，在原地停留了好半天。

渥巴锡惋惜而恼怒地挥了一下胳膊，纵马驰到阵前，厉声喝道："为什么不追击？"

策伯克多尔济好像刚刚明白过来，说道："我这就去追击。"

"算了吧。机会已经被你错过了！"

"殿下，我当时拿不定主意。不知道是追击对呢，还是不追击对？"

"这种情况怎么能犹豫？这是一个十夫长都明白的道理！"

"我总得琢磨琢磨呀。"

"琢磨什么？战场瞬息万变，必须当机立断！你本应全歼一千巴什基尔人，可他们却在你琢磨的时候逃到天边去了！"

"可我不敢相信能必胜。"

"战场的胜负，常常是由信心和勇气决定。你作为统帅都没有必胜的信心，部下能英勇克敌吗？"

"殿下，我当时有很多想法。比如……"

"不用说了！哼，很多想法！正是你思想混乱，让一些杂七杂八的顾虑束缚住了手脚，才丢掉了唾手可得的胜利。你忘记了，在战士面前，统帅是灵魂！可你——"渥巴锡正威颜厉色地说着,猝然停了下来。他觉得在这一刹那,心脏猛地收缩一下,把血液全部推到了他的脸上,并燃起了一团烈火,继而,脸上的血液又一丝不剩地退回到胸膛,压得他一阵寒战。他在心里说道:"天哪！我这是在训斥策伯克多尔济吗？不,这是在训斥我自己！我怎么了？十几天来,我一直在噩梦中吗？我的心被魔鬼掏走了吗？"他这样想着,迷惘地扫了雪原一眼,咬住苍白的嘴唇,慢慢垂下头去。

"殿下,"策伯克多尔济又说道,"我懂了。"

"不！"渥巴锡抬起头来,声音沙哑地说道,"是我懂了。"

"殿下！"

"我明白了。你是为了我才放跑巴什基尔人的。"

"这是值得的。"策伯克多尔济哽咽了一下说道,"是的,放跑一万敌人也值得！"

"谢谢你,策伯克多尔济。你帮助我寻回了我自己。"

"我要谢谢殿下。我更为汗国的部众庆幸,他们又找回了壮志凌云、英勇无畏的汗王。"

"我深感愧对祖宗,愧对部众。"

"不,殿下。你没有做错什么事。战场的失利并非……"

"并非是别人造成的。我不能透过他人,或寻找开脱自己的理由。是的,我不会宽恕自己。不过,我无论如何不能颓废下去。我要用百倍的努力挽回自己的过失。走,我们归队,边走边商量一下怎样应付眼前的局面吧！"

恰在此刻,有一匹马正从东面朝他们飞驰而来。

渥巴锡飞快地扫了一眼策伯克多尔济说道:"一定是前边又出了麻烦。"

"唔,殿下,我看来人好像是色克色那！"

"是他！他来干什么？莫非是王室队伍出了事？"说着,渥巴锡无暇多想,立即抖起缰绳,怀着忐忑不安的心情迎了过去。

策伯克多尔济让沙固都尔把三千战士带回队伍,也策马跟了上去。

三匹马面对面地停下了。

渥巴锡看着大汗淋漓、气喘吁吁的色克色那,急切地问道:"发生了什么事？快说！是不是母后……"

色克色那使劲儿摇了摇头,半天才喘过气来,说道:"不,舅妈很好……"

"前边怎么了？战事不利吗？"

色克色那点点头,说道:"奥琴峡谷打不通。"

"怎么会?那里只有五百人啊!"

"现在……至少有一万哥萨克。"

"又是哥萨克!而且有一万?"

"是的,表哥。是不是阿斯楞搞错了?"

"阿斯楞不会那样粗心。我明白了,肯定是贝格托夫搞的鬼!"

策伯克多尔济说道:"如果那里确实驻守一万哥萨克,对我们的威胁就太大了!奥琴峡谷是有名的一夫当关万夫莫开的险要地方。"

"正是这样。"色克色那呼吸渐趋平稳地说,"山口很窄,两面是悬崖峭壁,哥萨克又都用火枪,我们上去多少就死伤多少,打了五六天了。山口堆满了我们人的尸体,连巴木巴尔也受了重伤。"

"他伤得怎样?有没有危险?"

"布兰德医生说,他将竭尽全力治好巴木巴尔。"

"这就是说,伤得很重,布兰德医生也感到棘手。"

"是这样。"

"舍楞叔父呢?他怎么样?"

"他没受伤。可有一次,一颗子弹射穿了他的帽子。"

"天哪!他一定也冲到山口了!"

"战士们都不愿意去送死了。舍楞叔父和巴木巴尔只好率先垂范了。"

"我再三告诉他,不管什么情况,也不准他冲锋陷阵。库拉金纳要塞一战,他就险些送命,我一直非常后悔,当时为什么让他和我一样冲锋?现在,巴木巴尔一倒下,他更要拼命了!我真担心……"

"殿下可以放心,舍楞叔父前天早晨就离开了战场。"

"什么?"

"他带领数十人,想去寻找一条别的道路。"

"白费劲儿。阿斯楞在奥加德察山脉跋涉了一个月,也没有找到奥琴峡谷以外的通道。"

"可是,几昼夜持续不断的战斗,证明哥萨克凭借天险的扼守是难以攻破的。再打下去,只能增加伤亡和拖延时间。舍楞叔父说,哪怕能在崇山峻岭中找到一条羊肠小道,那么,即使舍弃车辆和畜群,让人们步行攀登过去,也比在山口外坐以待毙强得多。"

"天哪！舍楞叔父这是怎么了？"

"表哥,你是说……"

"他要不是老糊涂了,就肯定让哥萨克吓丢了魂！让十万多老弱妇孺在严寒中去攀登羊肠小道？让战士舍弃坐骑？亏他想得出！"

"唔！真的。你说得对,表哥。可我们当时都觉得舍楞叔父的话很有道理。"

"那么,现在谁指挥军队？"

"达尔罕。"

"什么什么？这是谁的主意？"

"是他自己要去的。谁也拦不住。舍楞叔父临行前,曾严令骠骑将军、龙虎将军以及所有千夫长,在他返回前,任何人不得擅自攻打山口。舅妈担心达尔罕会干出莽撞的事,所以派托布信和达什敦杜克大人去挟制他,命我快来找你。"

"简直乱套了！乱套了！看来,我必须赶到前边去。你来时,一定看到了家属队伍最前面的车队了,他们现在到了什么地方？"

"估计已经到了王室队伍扎营的那片森林了。"

渥巴锡又转向策伯克多尔济:"你估计奥伦堡方面的追兵离我们还有多远？"

策伯克多尔济立即答道:"他们的行军速度不算快。据可靠的情报,他们离这里还有一天半的路程。"

渥巴锡略一思忖说道:"时间够用。我们的全部人马将在这一天半内集中到奥琴峡谷的山口外,追兵暂时不足为虑。那么,你也和我一同到前面去。"

"是,殿下。"

"事不宜迟。我和色克色那先走。你去把殿后的人马安排一下,让他们严密警戒身后的敌人。然后你就迅速追上我们。唔,对了,让沙固都尔带几匹备用马来。"

渥巴锡说完,就和色克色那纵马向东驰去了。

中午,他们来到了王室队伍的营地。

16

渥巴锡一行人,在离王室队伍扎营的森林很远的地方,就听到了一个早在预料中的不幸消息。那就是,达尔罕真的对奥琴峡谷的哥萨克组织了一次进攻,结果以惨败告终。达尔罕本人身中数弹,被托布信等人冒死抢出山口,现已送进他自己的帐幕,生死未卜。

渥巴锡又惊、又急、又恨,脸色一片惨白。

在色克色那带领下,他们很快来到达尔罕的帐幕,

娇弱无力的莉莎正站在帐幕外嘤嘤啜泣,胸前的泪水已结成冰凌。

渥巴锡见状大惊,急趋几步,拉过莉莎的冰冷的小手问道:"莉莎!达尔罕,他……"

莉莎见眼前的人是汗王殿下,赶忙跪下去,抽噎道:"殿……殿下!"

"起来。快告诉我,你为什么哭?是不是达尔罕……"

"他,不让我在身边,把我……赶出来了。"

"达尔罕还活着?"

"是的,殿下。可他不愿见我……"

"是这样……"渥巴锡喃喃说道。此刻,他心里的惊恐和焦急顿然冰释了,但恼恨却成倍地增长起来,他咬着嘴唇,轻轻"哼"了一声,拉着莉莎向帐幕门口走去,"跟我来。我送你进去。看他还敢不敢赶你出来?"

"殿下!我……"

"有我在,你怕什么?"

"我……殿下,请不要责怪达尔罕。"

"我要狠狠教训他一顿!"

"求您千万别……别这样。都是我不好啊!"

"我早说过,没有你的事。"

这时,帐幕里的人显然已经听到了渥巴锡的声音,因为随着"殿下""渥巴锡"的惊喜的喊声,门被很快地打开了。开门的是托布信。

"殿下!快请进来。"

渥巴锡跨进帐幕,一眼看到母后、王妃、达什敦杜克以及布兰德医生都向他迎过来。

"殿下!"

"渥巴锡!"

这是母后和另外几个人的第二次喊声。除了这简单的称呼,似乎再没有别的话了。也许是在盼望和等待中准备的话太多,突然相见,一时又不知

从何说起了。但渥巴锡却明显感到,这第二次呼喊已不仅仅是惊喜,又饱含着慈爱、思念、悲凉和希望,包容了极为丰富和复杂的难以用语言表述的内容。他感慨万千地挨个看着眼前的人,异常费劲儿地叫了一声:"妈妈!"竟也说不出话来了。

"哥哥……"达尔罕的微弱的含着泪的声音打破了眼前短暂的沉寂。

渥巴锡这才记起自己还握着莉莎的手。他松开莉莎,怜悯而愠怒地看了躺在板铺上的达尔罕一眼,本想说什么,却犹豫了一下,又咬起了嘴唇,轻叹了一声。

母后似乎猜出了渥巴锡的心思,不愿看到兄弟俩一见面就争吵起来,便赶紧说道:"他没事儿了。"然后岔开话题,"渥巴锡,你来了就好了。"

"妈妈,您……瘦了。"

"大家都在瘦下去。你也一样啊。"

"是啊,才刚刚过去两个月。真是度日如年啊!——叔父,您好吗?"

"我很好。身体健康,心里惭愧。"

"不能这样想,叔父。看到您安然无恙,我很高兴,特别是您到过山口以后。"

"我是被拉下马来的。都认为我……"

"不,叔父。他们做得很对。——塔莉莎娜,你这是怎么了?能不能不让我看到眼泪?"

"对不起,殿下。"塔莉莎娜抽噎着说,"我……不应该哭。我不哭……"她说着,猛地捂住泪洗的脸,泪水却继续从指缝间涌流出来。

"你应该坚强些!"

"是,殿下。我要……坚强些。"

"渥巴锡!"母后嗔怪地说道,"作为一个妻子和母亲,要她怎样才算坚强?流泪并不证明软弱!"

"您说得对,妈妈。"渥巴锡说道,心里一阵慌乱和内疚,因为他见到塔莉莎娜骤然想起萨莱王子,也曾在一瞬间想哭一场。他走过去,深情地握住塔莉莎娜的手,"原谅我,塔莉莎娜。有时我也恨自己,我怎么变得越来越粗暴?"

"我能理解,殿下。我不埋怨你。"

"谢谢你,塔莉莎娜。请你扶母后坐下。"

塔莉莎娜点头照办了。

"叔父,您也请坐下。——唔,布兰德医生,请宽恕我的失礼,我还没有问候您。"

"我也忘记问候殿下了。因为我们心里都拥挤着更重要的事情。"

"您的意思是……"

"殿下,您的脸色非常不好。我想,您应该抽出一点儿时间,让我检查一下。"

"不。我很好,您不必替我担心。不过,您的蒙古话说得如此熟练,真令人惊讶!"

布兰德微微一笑说道:"忙里偷闲学了一点儿。这很需要。殿下,还是先来谈谈……"

"谈谈巴木巴尔吧!"渥巴锡连忙打断了布兰德医生的话,固执地凝视着对方,"告诉我,他的伤势怎么样?"

布兰德医生看得出,渥巴锡是不愿在当前形势紧迫的情况下去谈论自己的健康状况的。这更加证实了他的推测。但是他也知道,渥巴锡是个很难说服的人。所以,他只好无奈地摇摇头,充满忧虑地看了渥巴锡一眼,然后垂下眼帘说道:"巴木巴尔已经脱离危险。他是条硬汉。看样子,很快就能站起来。"

"谢谢您,布兰德医生。"

布兰德医生紧接着说道:"达尔罕殿下身中五弹,不过,都不是要害部位。只需静养两个月,即可复原。塔莉莎娜王妃的病已基本痊愈。还有……"

渥巴锡疑惑地看着布兰德医生说道:"您……"

"还有,"布兰德医生自顾说下去,"两千六百名伤员都得到了及时治疗。殿下,您还想知道什么?"

"我想知道的,您都说了。我可以想象得出,为了这些伤病人员,您是怎样夜以继日地忙碌!"

"我不是讲述我的功劳。再说,这也不是我一个人干的。洛桑丹增喇嘛和莉莎小姐付出的力量都比我大得多。"

渥巴锡看了看胆胆怯怯站在达尔罕身边的莉莎问道:"您说的莉莎小姐是她?"

"她很聪明,也很能干。人们把达尔罕殿下抬回来时,我正在给巴木巴尔做手术,是莉莎小姐使达尔罕殿下苏醒过来的。"

"也就是说,莉莎已经成了您的好助手了?"

"的确是位好助手。——不过,殿下,您不必故意把话题岔开。我说这些,是想告诉您,别人也有急于想知道的事情。"

"我明白您的意思。"

"那您为什么不愿让我知道?"

这时,母后说道:"渥巴锡,是不是布兰德医生发现了你旧伤复发的迹象了?你就让他看看也好。"

塔莉莎娜说道:"您就让布兰德医生看看吧。您一进来,我就看您的脸色不好。"

渥巴锡笑道:"您看,布兰德医生,您一两句随口说出的话,可把母后和王妃吓坏了!"

"我相信我的眼睛不会看错。"

"好了,布兰德医生。过几天我一定会自己去找您的。"

"我想现在就看看。"

"不行。我本想看弟弟一眼就走,却耽搁了这么久!我必须立即到前边去。"

母后诧异地问道:"到前边去?"说着,站起身来。

"到奥琴峡谷的山口。"

"为什么不等等舍楞?他也该回来了。如果他能找到一条道路……"

"这没有任何意义,妈妈。"

"你是说,要继续攻打奥琴峡谷?"

"没有第二条可供老弱妇孺通过的道路。我们并不都是身强力壮的战士啊,妈妈。"

"你们都把我弄糊涂了,我真不知道你们谁说得对?"

"我说得对。相信我好了。对了,妈妈,策伯克多尔济和色克色那在外面等我,他们会向您讲清道理的。我想利用这一段短暂的时间,和达尔罕弟弟单独说几句话。"

"不能当我们面说?"

"不能,妈妈。请您不要介意。"

"你是汗王,我们当然都得服从。"

"妈妈!"

"殿下,"布兰德略一犹豫说道,"请您慎重考虑我刚才的话。"

"我已经说过了,医生,打下奥琴峡谷再说。"

"也许……"

"布兰德医生!……我心里有数,谢谢您——"

"您像骆驼一样执拗!"布兰德医生生气地挥手道,转身朝外走去。

从门外传来母后气囔囔的声音:"说得不错,他就是一匹执拗的骆驼!"

渥巴锡凄然一笑。他见莉莎也正蹑手蹑脚向外走去,说道:"莉莎,你可以留下。"莉莎万没想到,渥巴锡殿下赶走了母后等人,却叫她留下。一开始,她不敢相信,但看到汗王亲切和鼓励的目光,才知道自己没有听错。她高兴得涨红了脸,哽咽了一下,痛快而轻柔地遵命道:"是,殿下。"并随着渥巴锡向达尔罕的床铺走去。

但是,一声轻吼却使她倏然收住脚步。这当然是达尔罕的声音:"让她走!别让她走近我!"

莉莎像受了致命的一击,险些晕倒,霎时,眼泪夺眶而出。她几步扑到达尔罕床边,跪下去哭喊道:"求求你,达尔罕,别赶我走,别赶我走啊!……别让我离开你。你打我,骂我,都行。你把我当作奴隶……也行啊!就让我做你的仆人吧!只求你……别再赶我,别让我……离开你啊!除了你,我什么……也没有了!……"

"起来。"渥巴锡感动地说道,伸出颤抖的手扶起莉莎,然后恼怒地看着达尔罕,"达尔罕!不准你再用现在这样的态度对待莉莎,她已经正式成为汗国王室家眷的成员!"

"我不承认!"

"你不承认也是事实。而且我要明确告诉你,莉莎是我的唯一的弟媳。有这样高尚的姑娘做我的弟媳,我高兴!"

"别逼我了!别让我再见到她,让我忘掉耻辱吧!"达尔罕说着,扯过皮大哈蒙上了自己的脸。

"忘掉耻辱是自欺欺人的逃避,但耻辱可以洗刷!就算莉莎做过错事,她已经用行动赎回了罪过。追究起来,祸根在你。可你干了什么?"

达尔罕刷地掀开皮大哈,大声说道:"祸根是在我!那你为什么不让我选择一条赎罪的道路？"

"什么道路？死！这就是你今天违抗母后和舍楞叔父的命令,擅自率领战士冲击山口的目的！你想避开自杀的嫌疑,体面地去死。你这种任性的行为,除了作践自己、折磨莉莎、刺痛母后和给汗国造成毫无价值的损失,还有什么意义？这不是赎罪,是继续犯罪,比自杀还可恶！"

"你……真咨啬！一条道路都不给我,只给我留下痛苦的深渊！"

"那是因为你心里只装着自己！"渥巴锡说着,扫了莉莎一眼,谈锋陡然一转,问道："你爱莉莎吗？"

达尔罕一怔,疑惑地问道："你为什么问这个？"

"回答我。"

达尔罕咬了一下嘴唇,不情愿地说道："曾经爱过。可现在……"

"现在还爱她！"

"不,我恨！"

"你的恨正是基于至死不渝的爱！"

"毫无道理！"

"你骗不过我,达尔罕！假如无意泄露机密的不是莉莎,而是别的少女,你会怎样？你肯定会求我宽恕这个少女的无意的过失。可恰恰是莉莎！所以你产生了恨,你恨的是,这个有过失的少女为什么不是别人而是莉莎？为什么是自己的恋人而不是和自己毫不相干的姑娘？你咬住嘴唇,闭上了眼睛,证明你承认我说的对。你心里对莉莎的爱并没有变。但你更爱你自己,爱自己超过了爱任何人。这就是你为什么不能自拔的真正原因！"

达尔罕的脸剧烈地抽搐一阵,突然热泪涌流地说道："哥哥！我承认我是个自私的人。就求你最后满足我一次自私的愿望吧！"

"啪"的一声,渥巴锡猝然扬起的手掌重重落在达尔罕的脸上,同时恼怒地骂道："冥顽不灵！要不是你重伤在身,我会狠狠揍你一顿,直到你清醒为止！听着,达尔罕,目前形势紧迫,我一分一秒都舍不得浪费。可我还是决定同你说几句话,希望你能在错误的道路上停下脚步。"

"哥哥,你就别费心了。我不会放弃我的选择的！"

"这由不得你！你以为任何人都可以随意去选择死或者活吗？不！你并不仅仅属于你自己,正像我、色克色那、策伯克多尔济以及许许多多人并不仅仅属于自己一样。我们更属于汗国,只有汗国才有权决定我们是死还

是活。如果谁都可以随心所欲地选择,我就不会选择目前这条艰难的道路,至少我可以轻而易举地逃出俄国。但我不能,我有推卸不了的责任,我不能只想到自己而舍弃汗国!"

"因为你是汗王,可我并不是!"

"假如你是呢?"

"这是不能假设的。"

"能!因为也许明天,汗王这副重担就会落在你的肩上!"

"你在胡说!"

"不是胡说。你仔细听着,达尔罕。我也许明天就会死去。"

"哥哥,我不想再听你胡说了。你快走吧!"达尔罕骇然地喊道,又扯过皮大哈捂住了脸。

渥巴锡激动地喘息了一阵,伸手揭开皮大哈,俯下身去,双手紧紧握住达尔罕的腕子,一字一顿地说道:"我说的是真话。布兰德医生很有眼力,看出我的伤口又一次迸裂了。你知道这意味着什么吗?"

"天哪!"达尔罕恐怖地叫道,"让我的耳朵聋了吧,让我的眼睛瞎了吧!"

"这是你逼着我说出来的,达尔罕。"渥巴锡说着,松开了达尔罕的腕子。

达尔罕却双手抱住了渥巴锡的胳膊,哭道:"哥哥,别再说了,你就只管打我吧!"

"别喊!听我说完。我理解你的苦恼。我知道一个人带着巨大痛苦,生不如死,哪怕是自造的痛苦。如果萨莱还在,如果我还有另外一个弟弟,我甚至会帮助你获得解脱。但事实却是,我只有你这么一个弟弟。当然,策伯克多尔济和色克色那都很有才干,又是我们的同族或近亲,他们也未必不想登上汗位。可我能甘心把几代人创立的基业交到别人手中吗?达尔罕,你现在还不明白我的意思吗?"

"不,哥哥,汗国不能没有你,你必须永远活下去啊!快跟我说,你会永远活下去,永远活下去。……你就……快说吧!"达尔罕说着,已经泣不成声了。

渥巴锡挣脱了达尔罕的手,长吁一口气说道:"我当然会永远活下去。但要以另一种方式。"

莉莎扬起泪脸,怯生生地说道:"殿下,能让我替您包扎一下伤口吗?我轻轻地……"

367

渥巴锡亲昵地按着莉莎的肩膀,苦笑了一下道:"谢谢你,莉莎。我的伤在内脏,包扎是没有用的。再说,我已经没有时间了。"

达尔罕陡然一颤,突然说道:"你别走,哥哥!——莉莎,去喊母后。我要让母后强制你治疗创伤!"

"傻瓜!你想让母后在为你忧虑的同时再加上对我的担心吗?如果你还盼望我多活几天,就好好养伤,好好听母后的话,好好对待莉莎。从现在开始,你必须忘掉自己的快乐和痛苦,多想想对别人、对家族、对汗国的责任吧!"

渥巴锡说完,丢下痛哭失声的达尔罕和不知所措的莉莎,匆匆走出帐幕。

外面的风已经大起来,发出尖锐的哨音,雪团从树枝上纷纷落下,被吹成雪粉在林木间飘洒。气温开始下降。渥巴锡对这些浑然不觉。他的脑海里只剩下了难以攻破却必须攻破的奥琴峡谷。

不大一会儿,他走到坐骑前,看了看冻得瑟瑟发抖的策伯克多尔济、色克色那以及沙固都尔,什么也没有说,连鞍鞯上的雪粉也没拂拭一下,便翻身上马,向林外驰去。另外三个人也赶紧引镫上马,追上汗王。

在奔向山口的途中,他们遇上了舍楞。

47

渥巴锡和舍楞同时勒住马缰。其他人也随即停下。

"殿下!"舍楞在马上草草施礼道,"微臣真是无能,又惊动殿下亲临前线了。唔!策伯克多尔济也来了!"

"舍楞叔父。——噢,天哪!你的皮袍怎么弄成这个样子!"

舍楞并没理会渥巴锡对他零零碎碎的皮袍的关注,担心而急切地问道:"殿下,是不是家属队伍和殿后的人马全部上来了?"

"暂时还没有。明天晚上,这里便是汗国大会师了。"

舍楞隐约地听出渥巴锡对他的责难,惭愧地说道:"又是我耽搁了行程,真是罪不容诛!"

"我不是在责怪你,舍楞叔父。形势的变化,往往出乎预料。我想,你还是先把皮袍换下来吧。——沙固都尔,把你的皮袍给舍楞大人,你返回森林向达什敦杜克叔父要一件。"

舍楞想拒绝,却见沙固都尔已递过皮袍,只好赶紧换上,同时问道:"殿下,你是想去山口看看吗?"

渥巴锡没有回答,却问道:"你带去的那些人呢?"

"我叫他们休息去了。殿下……"

渥巴锡不客气地打断了舍楞的话:"看得出,你也筋疲力尽了,也该去休息一下才是。"

"休息?不,形势如此令人焦虑,我怎能休息?"

"那么——"渥巴锡冷冷地说道,"我们就尽快赶到山口。时间是不会专为我们放慢脚步的。"说完,便催马向前。

舍楞不由得一怔,继而委屈地咬了咬结着冰凌的胡须,最后询问地看了策伯克多尔济一眼。

策伯克多尔济抖起缰绳,同时用一个微妙的眼神回答了舍楞。那意思分明在说:"此刻什么也别说,什么也别问。跟在后面就是。"

舍楞摇摇头,只好扯转马头也赶了上去。

但是,不让舍楞说话,是不可能的。他这两天在摩加德察山攀登滚爬,虽然并没有找到一条原来想找到的道路,却无意间有了一个新发现。在他见到渥巴锡的刹那,就迫不及待地想把这个新发现讲出来。只是由于渥巴锡异常冷漠的态度和紧接着的纵马疾驰,使他没有说话的机会。后来,他们的坐骑踏进伊施姆河的一条支流,由于冰面很滑,不得不放慢速度,舍楞便向渥巴锡靠去,他已经无法忍受眼前这种可怕的沉默了。

这条支流是南北走向,在北边很远的地方折向东边,注入纵贯奥琴峡谷的伊施姆河。在这里虽然还看不见伊施姆河,但拔地而起、巍然耸峙犹如一堵不可逾越的高墙的摩加德察山以及鬼斧神工的奥琴峡谷却历历在目。

渥巴锡的视线一直凝聚在奥琴峡谷。

舍楞终于使自己的坐骑靠近了渥巴锡。

"殿下,"舍楞问道,"你为什么不想知道我这两天踏查的结果呢?"

"我已经知道了。"渥巴锡说道,头也没有回过来。

"怎么会?我还没有向殿下报告。"

"不必了。"

"殿下,请允许我作一番详细说明,再下结论吧!"

实在说,当渥巴锡刚一听说舍楞停止攻打奥琴峡谷而去另寻出路时,心里就异常恼火。如果这件事是另外一个人干的,他就会不仅是严加训斥而已,还会毫不犹豫地解除这个人的职务,甚而加以惩处。但这个人是舍楞,是他一直敬重的长者。正是这个人,坚定了先王东归的决心,并把这个决心作为遗愿传给了他这个年轻的汗王。从情理上讲,他是不忍心刺伤这样一位有大功于汗国的老臣的。加上舍楞是以对汗国的忠心才不顾一切年老涉险,尽管是一种愚蠢的行动,也还是很令人感动的。所以,当渥巴锡遇见舍楞后,一直强忍住恼怒,尽量回避这个问题。可是,舍楞竟如此固执和啰唆,非要向他详细报告不可。他是再也克制不住自己的感情了。他突然侧过脸来,带着烦躁,盯着舍楞怨望的眼睛,说道:"舍楞叔父,您已经白白丢掉了两天时间!"

"殿下,事实也许并非如此。"

"是吗?难道您要说,您用了两天时间找到了阿斯楞一个月没有找到的道路?"

"不,我没有这样说。我承认,想在奥琴峡谷以外,去寻找一条能越过摩加德察山的道路,是个错误决定。这一点,我在登上第一座山峰时就意识到了。"

"这一点,您在做出决定前,就应该意识到。阿斯楞曾向我们详细描述了摩加德察山,十分肯定地告诉我们,除了奥琴峡谷,没有第二条道路。"

"是这样,殿下。阿斯楞说得很对。"

"其次,"渥巴锡接着说道,"当您意识到,不应该浪费一刻千金的时间去证实阿斯楞的话的时候,就应该立刻返回山口,继续组织攻击。"

"我确实曾经这样想过。"

"可您却继续在错误的道路上走下去,直到一无所获地踏上归途!"

渥巴锡说着,驱马上岸,不甚宽阔的河床抛在了身后。他一眼看到了几百米外杂乱无章又死气沉沉的营帐,以及营帐四周无精打采的马匹。他原本就忧心如焚,看到眼前令人沮丧的情景,更加觉得有一股巨大的悲哀和愤怒袭上心头。他的情绪降到了最低点。

舍楞是紧跟着渥巴锡登上东岸的。渥巴锡看到的,他当然也看到了。但也许由于这是自己统率的军队,司空见惯,并不感到有什么刺激,因而也就很难猜度到渥巴锡的火冒三丈的心绪。所以,他依然固执地想和渥巴锡继续谈下去,便拢了拢被风撕拽着的衣襟,接着刚刚停了一瞬间的话头说道,"殿下,请允许我把话说完。"

渥巴锡倏然回过头来,不胜厌烦和不容置辩地大声说道:"舍楞叔父!请您让我安静一会儿!"

第三个登上岸来的策伯克多尔济看到渥巴锡殿下和舍楞之间的僵持状态,本待上前劝解一下,至少暗示舍楞暂时再说话。但是,当他刚要开口时,却猛然发现,从他们左侧不远处有一峰骆驼跃上岸来,刹那间又跃上第二个和第三个,它们高昂着头,迅疾而节奏分明地拍着大蹄子,朝着渥巴锡的坐骑横冲直撞过来。策伯克多尔济大惊失色地喊道:"殿下留神!"

然而已经来不及了。渥巴锡还没弄清策伯克多尔济为什么惊呼,正在愕然之际,几峰骆驼已经紧贴着他的马头一掠而过。被踏起的雪粉骤然扑向他的面颊,灌进他的喉咙,使他感到一阵透骨般的寒冷,险些窒息过去。受惊的坐骑,嘶叫起来,猝然倒退,把毫无思想准备的渥巴锡重重地甩到雪地上。

舍楞见状骇然一抖,顾不得正有雪粉向他扑来,慌忙滚下马鞍,一个箭步蹿到渥巴锡跟前,想伸手去搀扶。

策伯克多尔济和色克色那也相继跳到雪地上。

渥巴锡憎恶地推开舍楞的手,奋力跳起来,一面拍着身上的雪,一面怒气冲冲和莫名其妙地目送着飞也似狂奔的十几峰骆驼。

这时,追赶骆驼的人也爬上岸来,看到眼前的情景,知道闯了大祸,顿时魂飞魄散了。他几步跑到渥巴锡面前,噗地跪了下去,双手扑到雪地上,恐惧地说道:"给殿下请安!"渥巴锡怒不可遏地喝道:"混蛋!你想让骆驼撞死我吗?"

那人觳觫道:"小人不敢!小人该死呀!"

"我看你也是活腻了!"渥巴锡说着,刷的一声把宝刀抽出鞘来。

渥巴锡这个异乎寻常的举动,使在场的几个人深感意外。因为他从来没有对属下人横眉立目、疾言厉色的时候,更不用说咄咄逼人地亮出宝刀了。他们看着宝刀的刺眼的渴血的青光,胆战心惊地意识到,历来爱民如子的汗王今天真要亲手砍杀一个偶然犯了过失的部众了!他们为汗王理性混乱感到忧虑,替那个可怜的倒霉汉捏了一把汗。

跪地请罪的人抬起瘦削而苍老的脸，乞怜地看着赫然而怒的汗王，费劲儿地启动发紫的嘴唇，说道："殿下！小人是无意的呀！小人是想截回这些受惊的骆驼。可它们不像人那么听话。汗王也应该知道，骆驼一发疯，就一个劲儿往前跑，连头也不回，就是殿下您也没有办法呀。"

策伯克多尔济等人都替眼前这个赶驼长者着急。因为他的哀求和辩解实在不得要领，且有责怪汗王之嫌。这无疑是在给正处于怒火中烧、似乎不杀人无以得到平息的渥巴锡火上浇油。他的飞来的横祸看来是无法解除了。

然而，令人万分诧异的是，渥巴锡在听了上面几句话后，突然怔了一下，紧紧拧起眉头，好像在思考什么，手中的大刀非但没有举起，那刀尖却缓缓向刀鞘移去。这种陡然而起、陡然而落的情绪，实在难以理喻。

更叫人大惑不解的还在后头。

正当策伯克多尔济几个人面面相觑、交换惊疑的眼神时，只听"啪"的一声，渥巴锡已将宝刀推入鞘内，并很快走上前去，扶起了赶驼长者。他急切而热烈地说道："请你把刚才的话再重复一遍！"

赶驼长者看着渥巴锡脸上异样的表情，一时间懵懵懂懂，如坠云里雾中。他弄不清汗王为什么把他拉起来，这到底是意味着获得宽恕还是别有厄运？他弄不清汗王为什么让他重复刚才说过的话，这到底是祸还是福？总之，他像魔入梦中，讷讷半天，竟一个字也没说出来，反而忐忐忑忑地退了一大步。

渥巴锡看着赶驼长者的可怜相，宽容地一笑。他不再追问，却自己重复道："骆驼一发疯，就一个劲儿地往前跑，连头也不回！你是这样说的吗？"

"是，是的。殿下。"

渥巴锡猛一挥手，转过身来，朝着策伯克多尔济等人兴奋地大喊道："你们和我一样，都是笨蛋！"然后，也不管那几个人如何瞠目结舌，又飞快地旋过身体，略一思忖，从腰间扯下价值连城的玉佩，塞到不知所措的赶驼长者的手中。"这是对你的奖赏！"

"奖赏！……"赶驼长者一次又一次把手中那块见所未见的玉佩擎在眼前，"天哪！我是做梦吧？我刚才好像冒犯了殿下呀！"

"不，老爹。你的一句话，可以抵消一百次死刑。你简直是神佛派来启迪我的！"

赶驼长者仍旧不明白,且更加茫然,只是一个劲儿地眨眼睛。

渥巴锡和善地按着赶驼长者的肩膀,抑制着内心的激动,微笑了一下说道:"相信你的好运气吧,老爹。而且,我对你的奖赏还没有完。你叫什么名字?"

"我叫……唔,想起来了!我叫贡布。"

"有官职吗?"

"年轻时是带刀士,现在是五十峰骆驼的管事。"

"官职太低微了!"渥巴锡说着,听到身后有马蹄踏上岸来的声音,回头看去,见是沙固都尔赶了上来,便招了一下手,"沙围都尔,你来得正好。过来!"

沙固都尔跳下马来,走到渥巴锡身边。

渥巴锡继续对赶驼长者说道:"从现在开始,你就是一万峰骆驼的副总管——贡布大人!"

听了汗王的话,贡布猛吃一惊。要不是渥巴锡赶忙扶了他一把,他准会晕倒。

渥巴锡又对沙固都尔说道:"立刻带贡布大人去见驼队总管查合布彦,传达我刚才的任命。并叫他尽速仔细挑选两千峰剽壮而执拗的骆驼(他这时想起布兰德医出和母后的话),交贡布喂足草料、咸盐。天黑前,要保证把这两千峰骆驼驱赶到前锋队伍的营地。不得有误!"

"遵命,殿下。——贡布大人,我们走吧。"

渥巴锡说道:"贡布,把我的马骑去。"

"这……"

"骑上吧。——是啊,我也觉得是梦。不过,这是真实的。——快走吧,贡布大人。要我扶你上马吗?"

"不不!我自己来。"贡布接过策伯克多尔济递给他的汗王坐骑的缰绳,一边费劲儿地爬上马背,一边还不停地嘟囔着,"今天是怎么了?我可是越来越糊涂了!"

渥巴锡看着沙固都尔和贡布驱马踏下河岸,听着贡布含混不清的喃喃自语,摇头笑了一下。

"殿下,"策伯克多尔济询问地说道,"您是决定组织一支驼兵?"

渥巴锡慨然叹道:"这么简单的问题,几乎无须动脑,我们却谁也想不出,真是愚笨得可以!"

舍楞也憬然有悟地叫道:"嗄,我的天!这都怪我太浑。我怎么就没有想起冲击狭窄的隘口,骆驼要比战马强胜百倍呢?"

渥巴锡挑动一下眉毛说道:"舍楞叔父,您当年出奇制胜的智慧叫哥萨克吓丢了吧?"

舍楞知道,渥巴锡在此刻提到十几年前他参加反清叛乱时计杀唐喀禄一事,纯粹是开玩笑,便也毫不在意。便笑了笑说道:"殿下的情绪这阵又回升到顶点了!"

"那还用说?我至少有了一半取胜的把握!"

策伯克多尔济问道:"殿下指的另一半是什么呢?"

渥巴锡叹口气说道:"如果阿斯楞还在,我们就可以稳操胜券了。"

"没有人能代替阿斯楞?"

"他的死,等于砍掉了我一只胳膊!"

"殿下能说得具体一些吗?"

渥巴锡犹豫了一下说道:"他知道一条隐秘的道路。他要是活着,就可以带领一支火枪队攀缘到哥萨克的后面,使我们形成夹击之势。我当时没有在意,以为五百守军无须大动干戈,即可全歼。哪里料到,这里一下子增加了一万哥萨克!看来,阿斯楞也许预见到了今天的局面。他比我有远见。——但是,说这些有什么用?我们现在从头寻找那条隐藏在深山里的河谷显然是来不及了。"

在渥巴锡讲述这条秘密道路时,舍楞一直在思索,这时,他略一犹豫,问道:"殿下说的那条河谷,是隐在一带高耸入云的断壁下面吗?"

"是的。断壁中段,有一条仅能通人的天然石路。石路上面是凌空的悬崖,下面是万丈山涧。从这里,抓着嶙峋怪石,小心翼翼攀缘而上,可以到达奥琴峡谷南侧的崖顶。这就是阿斯楞曾向我描述过的那条险峻得无人敢问津的道路。"渥巴锡说着,突然停下来,异常惊讶地盯着舍楞,"舍楞叔父,您怎么知道那带断壁?"

"我登上了崖顶。"

"什么!您登上了崖顶?奥琴峡谷的崖顶?"

"我站在崖顶,看到了奥琴峡谷谷底石砌的哥萨克兵营以及数不清的帐幕。"

"您说的是真的吗？我真有点儿怀疑我的耳朵是不是出了毛病？"

"我确信，我是沿着阿斯楞的足迹攀到崖顶的。也许正是阿斯楞的幽灵在指引我。"

"这就是说，这条将给我们带来胜利的道路，被您奇迹般地找到了，而且，您冒着生命危险，亲自登上了崖顶！"

"我带上去十个人，有三个人没能回来。但是，无论是这三个人的粉身碎骨，还是我的九死一生，都是值得的。因为它给殿下换来了获胜的另一半把握。"

"是的，舍楞叔父。您和葬身谷底的战士都是功高盖世的。你们的行动具有挽救汗国东归大业的巨大意义。——舍楞叔父，您为什么不早些告诉我？"

舍楞耸耸肩，犹带尚未消尽的怨气说道："是殿下不让我开口嘛。"

渥巴锡猛可记起刚才大发雷霆，对舍楞大喊大叫。他感到很对不住眼前这位忠心耿耿、令人敬佩的老臣，满脸羞愧地说道："是呀，我说了许多不中听的话。请宽恕我，舍楞叔父，我那时一定是鬼迷心窍，丧失了理智。"

"看殿下刚才的样子，是恨不得一拳砸扁我的鼻梁骨的！"

"现在该轮到舍楞叔父砸我的鼻梁骨了。"

舍楞笑道："我可舍不得。——我是说，我留下的第二次登上崖顶的力量，可舍不得在殿下的鼻梁骨上消耗掉。"

"那么，这个鼻梁骨就先寄存在我的脸上。等攻下奥琴峡谷，舍楞叔父有权随时展开进攻！"

听了这两个不苟言笑的人竟说起笑话，策伯克多尔济和色克色那也忍俊不禁，笑了起来。

此刻，堆积在他们心头和脸上的阴云，飞散得精光，变成一片光风霁月。他们确信，奥琴峡谷已经握在手中了。

紧接着，他们不顾寒风凛冽、冰雪砭骨，团团席地而坐，以指画雪，商讨起作战方案和他们几个人的分工。渥巴锡决定，由他自己组织驼兵。色克色那则要尽快驰赴殿后的队伍，负责牵制和迎战奥伦堡方面来的追兵。在应该由谁率领火枪手去攀越悬崖袭击哥萨克一节上，他们发生了激烈的争论，最后渥巴锡和舍楞同时做出了让步，渥巴锡同意了舍楞的请求，舍楞则保证只以向导的身份把人马带上崖顶，不参加策伯克多尔济到谷底进攻哥萨克的行动。

到了傍晚,他们就一切准备就绪,策伯克多尔济和舍楞率领两千名火枪手,乘着夜色,顶着寒风,向摩加德察山挺进了。

按照他们的约定,夹攻奥琴峡谷的战斗,将在从当天算起的第二个黎明打响。

48

以善于攀高履险著称的矮小而矫健的蒙古马,在顺利地翻越了三道山梁后,把汗国的两千名勇敢的火枪手带到了一个狭窄而隐蔽的河谷。

战士们纷纷跳下马来,一面惊讶地仰望着头顶的一隙星空,一面等待着命令。

策伯克多尔济看了看正在沉思的舍楞,满心不快地皱了皱眉头,问道:"舍楞大人,您是不是认为我们应该马上就攀上峭壁?"

舍楞不经意地说道:"当然。"

"可现在离午夜至少还有两个小时。"

"是这样。"

"我们为什么要早早就登上崖顶?"

"嗯……你说什么?"

策伯克多尔济很不愉快地瞥了舍楞一眼,说道:"根据您往返崖顶的时间计算,我们两千人完成攀登的任务,有七八个小时就足够了,所以,我当初是主张在明天晚上开始战斗。您却坚持在后天凌晨。渥巴锡殿下同意了您的意见。可是您看,我们这么快就到达了河谷。用不到明天中午,我们就可以全部集中到崖顶了。——舍楞大人,您好像并没有听我说话?"

"唔,不。我在听,说下去吧。"舍楞抹了一把凝结在胡髭上的霜雪说道,依然是心不在焉的样子。

"请您解释一下,为什么有意把开战时间推迟几乎一整天呢?"

"你说我有意推迟开战时间?这怎么会呢?不过……"舍楞说到这里,犹豫了一下,似乎将下面要说的话又吞咽了下去。

"舍楞大人,您一定隐瞒了什么。"

"没有……"舍楞并非充满自信地说道,停顿了一霎,"策伯克多尔济,你认为我会做出不利于汗国和渥巴锡殿下的事吗?"

"我相信——不会。"

"那我们还是抓紧时间行动吧。我在前边带路。"

"舍楞大人!"

"你还有什么话?"

"我想,我们不如在河谷背风处待到明天下午。否则,在崖顶等待的十几个小时是很难熬的。"

舍楞欲言复止,似有难言之隐地轻轻摇了摇头。

"我们的时间绰绰有余。"策伯克多尔济又说道,"何必到崖顶挨冻?要不,我们派人回去请示渥巴锡殿下,把开战时间提前一天。"

"这不行。万一我们误了时间就坏了。"

"不会。有您驾轻就熟地引导,肯定不会误事。"

"我们必须考虑各种各样的可能,特别是最坏的可能。也许……我们的时间并不像你想象的那么充裕。"

"我不明白,舍楞大人。"

舍楞突然果决地挥臂道:"我们就执行汗王的命令吧!"说完,他头也不回地沿着河谷的陡坡向头顶黑黝黝的断壁爬去。

策伯克多尔济无可奈何地站了一会儿,只好命令战士们把坐骑留在河谷,跟在舍楞后面去攀登了。他心里越来越觉得事情蹊跷,舍楞的言行也有些古怪。

然而,更令策伯克多尔济惊讶的是,他们整个攀登过程竟如此不顺畅,蜿蜒在断壁上的长长队伍,不时要停下来,有时甚至要足足在原地坚持半个小时,才又缓缓动起来。残夜将尽,两千人还有一千人等在河谷。策伯克多尔济急得心里冒火,七窍生烟,在谷底走来走去。现在他不再忧虑战士们会在崖顶挨冻,而是担心战斗打响时,他的战士还像壁虎一样紧紧贴在断壁上。

天亮了。太阳的寒冷的光射进河谷。谷底的尸体已增加到五十多具。策伯克多尔济仍然在原地徒自焦急。

中午了。河谷里的积雪被阳光照得耀人眼目,每一条光线都像一支钢针,刺向策伯克多尔济的心头。断壁上的长蛇队移动的速度丝毫不见加快的迹象。他眼前还有几百人翘望着绝壁,不停地跺着早已冻得麻木的双脚。

直到夜幕垂落下来,令人望而却步的断壁又变成黑黝黝、阴沉沉直插星空的高墙时,策伯克多尔济总算以最后一个攀登者的身份向断壁踏上第一步。在他脚下的谷底,留下二十个看护马匹的战士和一百多具残缺不全的僵尸。

策伯克多尔济终于气喘吁吁地登上狂风呼啸的悬崖绝顶时,已经是第二天和第三天交接的时刻了。

"舍楞大人!"策伯克多尔济第一次像看着仇人似地看着迎接他的舍楞,气咻咻地喊道,"到底是怎么回事?"

"什么也不要问了!值得庆幸的是,我们刚好还来得及。你们缒下谷底的地点,离这里还有一里地。快跟我走!"舍楞说完,急急向东走去。

策伯克多尔济紧紧跟在后面,刚想再质问一下舍楞,却一眼看见对方吃力地拖着左腿,一瘸一拐的,走得十分艰难,便问道:"您受伤了?"

"小事一段。"舍楞毫不在意地挥挥手说道,"能找到这条道路,死了也值得。"

策伯克多尔济惊异地问道:"找到?您这是什么意思?难道您这是第一次走在崖顶上吗?"

"当然是第一次!是一次真正的冒险!——唔,等一等。"舍楞说着,停下脚步,对旁边正放下断木和石块的人喊叫起来,"混账!我已经说过,把断木和石块运到崖顶中段。放在这里准备砸自己人吗?"在他又往前走去的时候,慨叹地摇着头,继续说起来,"不错,他们又累又饿,冻得手脚不听使唤。我还要大声责骂他们。这很不公平。但有什么办法?时间是太紧迫了。——对了,我还没告诉你,我查点了一下登上崖顶的人,是一千八百人。我腿受了伤,不能下去参战,但总得做点儿什么。我突然想到,这里居高临下,可以学学古人,演一出滚木礌石的好戏。所以,我决定把受了伤的三百人留在崖顶。你不反对吧?"

"这很好。我不反对。不过,请您解释一下……"

"现在别谈这些。总之,我们全部登上了奥琴峡谷的崖顶,刚巧没误战机。这就足够了。你现在好好琢磨一下即将开始的战斗吧。其他的一切,等打完这一仗,我再向你以及渥巴锡殿下详细说明。"

说话间,他们已经来到了舍楞所说的缒落地点,这里更接近奥琴峡谷东

边的山口,还长着一些树木和天然石柱,缒人的皮索正好可以拴在树干和石柱上。策伯克多尔济看到临时接在一起的几十条皮索都已经牢牢拴住,一千五百名准备下到谷底的火枪手井然有序地等在那里,满意并放心地舒了一口气。

舍楞说道:"我们还有五六个小时,一千五百人缒下谷底看来没问题。但凡事赶早不赶晚。你就下令开始行动吧!"

策伯克多尔济点点头,下达了开始行动的命令。他自己作为第一批下到谷底的一个,和五十几个人分别走到盘在树根或石柱旁的皮索前,小心翼翼地把皮索顺下悬崖,然后脚盘手握地向谷底滑去。

此刻,渥巴锡已把经过一天多操训的驼兵带到离奥琴峡谷西边山口不远的地方,进入了临战状态。

这是一支庞大而奇特的队伍。两千峰昂首挺立的骆驼共分成五个方阵,即五支小分队。每个小分队的前头,都有一名千夫长,独自一人乘坐着一峰骆驼。其他骆驼上则都有两个人,一个是火枪手,另一个是带刀士或箭筒士。第三个小分队前面的骆驼的驼峰间还空着,那是渥巴锡殿下的位置。渥巴锡这时正骑着马,绕着队伍进行最后的战前巡视。他觉得可以了,这才把坐骑交给沙固都尔,步行到第三个方阵,坐到驼峰间。

开战的时间快到了。渥巴锡翘首望了望奥琴峡谷南侧悬崖的绝顶,眼睛里充满激动和期待以及对胜利的渴望。渥巴锡并非想看一看崖顶的信号。他们根本没有定下互相联系的信号,他们知道,这样做没有用,崖顶天高风急,火燃烧不起来,烟也会被吹散。但渥巴锡相信,有到过崖顶的舍楞带路,策伯克多尔济的两千人不会误事。夹击之势肯定业已形成,这就足以获胜了。

开战的时间终于到了。

渥巴锡朝天空开了一枪。枪声不太响。这是给号角兵的信号。

霎时,驼兵队伍后边一百支号角同时吹起来。

在陡然而起、响彻晨空、震动人心的号角声中,第一队驼兵朝着山口扑过去。他们很快到了山口。匆匆阻击驼兵的哥萨克,放出一排排枪弹。不少骆驼倒下去。

第二队驼兵几分钟后出发。他们稍微顺利地冲到山口,和第一个小分队的幸存者合兵一处,向山口里猛攻。

哥萨克的火力再强大,毕竟是匆匆应战,难以堵截住近千峰骆驼迅雷不及掩耳的横冲直撞,至少有三分之一的骆驼冲进了山口。

投入主力进行决战的时机成熟了。

渥巴锡揣好手枪,抽出宝刀。正是一驼当先,万驼奔腾。渥巴锡身后的三队驼兵——一千二百峰一往无前的骆驼和二千四百名视死如归的勇士——山洪般向峡谷涌去。

号角兵驱马紧随驼兵,直到山口附近,把催战的巨音送到每个驼兵的耳鼓里,激励他们去进行忘我的冲锋。这巨音也送到谷口里哥萨克的阵地上,使他们闻声色变,不知道驼队后面会不会还有虎师豹旅!

战场很快推进到峡谷的肚腹中。这是最关键的一步,冲进山口,就等于胜利了一半。汗国的战士们明白这一点,所以,他们在即将获胜的狂喜中,越斗越猛。

对于这场在闷葫芦一样狭小的谷地里上万人的战斗,任何人都可以想象出那一处处你死我活的肉搏,那尖利的箭镞的攒射,那闪着青光的大刀的劈砍,那从天而降的滚木礌石的轰响,那海啸般响成一团的枪击。

聚集在奥琴峡谷的一万多哥萨克,绝非乌合之众,也绝非一触即溃的弱旅。他们个个都是久经沙场的勇士。他们刀法的娴熟和蒙古人一样;他们枪击的准确,则远在蒙古人之上。而且,他们虽然知道自己身在一夫当关万夫莫开的隘口,面对任何强敌都可以高枕无忧,却一刻也没有放松对发誓东归的蒙古人的戒备。他们每时每刻,至少有一半人瞪着警惕的眼睛注视着谷口外的汗国人马。按说,他们的防区被攻陷的可能几乎是不存在的。但是这场战斗来得太迅猛,太突兀了!而且渥巴锡投入战场的是他们见所未见的兵种,战斗的方式简直令人目瞪口呆。他们更没预料到会有一支强悍的火枪队从东边山口包抄过来,尤其没有想到只在传说中听到的"滚木礌石"会成为这次战斗的奇特的点缀。他们懵了,稀里糊涂,以为是在做噩梦。最后,他们终于认识到,再也无法应付这种简直是一场恶作剧的战斗了。他们主动而且心甘情愿地以一种令蒙古人捧腹大笑的方式,宣布结束战斗。

时间是当日中午。

渥巴锡稳坐驼峰间,眯着眼看着集中在山谷中段的数不清的哥萨克们。他们五个人里至少有一个人用步枪挑着翻出白毛羊皮的皮袄,使劲儿往高

举,有的还不停地来回晃动,唯恐那些骑着骆驼的怪兵再向他们进攻,那意思分明在说:"别打了!我们这皮袄可是当作白旗用的啊!"

看到哥萨克这副怪相,又听着刚刚还在疯狂砍杀的同胞的疯狂笑声,渥巴锡也差点儿笑出声来,他使劲儿咬住了嘴唇。接着,他让自己的骆驼在投降者的队伍前走了几步,似乎是叫哥萨克们开开眼界。然后,他把宝刀"啪"地插入鞘内,命令部下去收缴枪支,并把哥萨克们驱赶到左侧犹如刀削的石壁下,严加看守,等待发落。

不大一会儿,策伯克多尔济和舍楞以及沙固都尔分别从两侧兴致勃勃地来到他的身边。

与此同时,哥萨克队伍中的一个中校一边把解下的手枪和皮带扔在地上,一边推开阻拦他的蒙古人,气咻咻地想冲到渥巴锡面前。

已经跳下驼峰接过沙固都尔带来的坐骑的渥巴锡,示意人们不必阻拦这个哥萨克军官,让他过来。

中校是个异常威武的军人,他挺着胸膛站在渥巴锡面前,声音洪亮且带着讥诮的语调说道:"渥巴锡殿下,你赢得并不光彩!"

渥巴锡认出了眼前这个精通蒙古话的人,笑了一下说道:"久违了,塔尔霍夫中校。记得我们在攻打霍亭时,结下了友谊。后来听说您已返回顿河。怎么突然跑到这么远的地方来与我们为敌呢?"

"女皇陛下命令我去高加索,我就毫不犹豫地替她打土耳其人;女皇陛下命令我到奥琴峡谷阻挡你们的叛逃,我就到这里迎战你的人马。女皇陛下的敌人,就是我的敌人。"

"您真是个可怜的人。"

"您说什么?"

"您张口女皇陛下,闭口女皇陛下,可您曾目睹过女皇的风采吗?您只是听了女皇的小小走卒贝格托夫伯爵的几句动听的谎话,就感到受宠若惊了!"

"见鬼!我不想和您谈这个。"

"那么,谈什么?请说吧。"

"您想把我们的人怎么样?"

"我一会儿就能回答您。不过,您刚才好像说我们的胜利不光彩。我倒要请教一下,这是什么意思呢?"

"您很清楚,殿下。你们驱使骆驼参战,这是什么打法?"

"这些发疯的骆驼一定把你们吓坏了,是吗?"渥巴锡说着,忍不住笑了起来,"但是,谁规定过打仗不准使用骆驼?而且,我敢说,阁下对历史很无知,组织驼兵我可不是第一个。"

"不管怎么说,这不是堂堂正正的较量!"

"这叫出奇制胜!中校阁下。"

"出奇制胜?哼!"塔尔霍夫恨恨不已地说道,"这叫恶作剧!"

"如果恶作剧能带来胜利,为什么不可以使用一下呢?胜利就是光荣,获得胜利的任何手段,都是无可非议的。您总不能说,你们的一败涂地才是堂堂正正的吧?"

"那么,殿下是不是还要说,采用只有原始人才使用的滚木礌石也是现代蒙古人的光荣呢?"

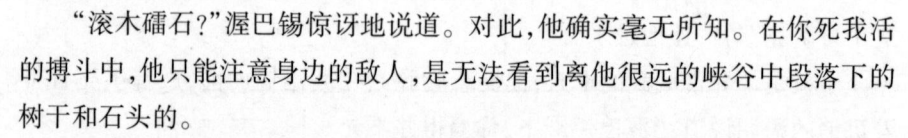

"滚木礌石?"渥巴锡惊讶地说道。对此,他确实毫无所知。在你死我活的搏斗中,他只能注意身边的敌人,是无法看到离他很远的峡谷中段落下的树干和石头的。

塔尔霍夫继续愤然说道:"要不是突然从崖顶落下冰雹似的滚木礌石,把我们的主力部队砸乱,我们就要组织的反击肯定能成功。那么,将不是我们举起白旗,而是你们抱头鼠窜!"

"非常可能。我为你们感到遗憾。可是,滚木礌石……"渥巴锡说着,沉思了片刻,突然明白了,他转过身,看着策伯克多尔济和舍楞,使劲儿拍了一下手掌,"亏你们想得出,滚木礌石,……唔,天哪,想想看,那冰雹一样的断木和石头,劈头盖脸地落下来,砸得哥萨克晕头转向,哭爹叫娘。那该是何等有趣的一出好戏呀!你们怎么会想到这么一个妙不可言的主意?"

策伯克多尔济说道:"这是舍楞大人的功劳。"

"舍楞叔父,您可真是机变百出!为了您这次补天浴日的奇功,我可以给您两次向我鼻梁骨进攻的权利。"

舍楞并没因为渥巴锡的玩笑而露出笑容,却抱愧负疚地说道:"应该被砸鼻梁骨的是我。因为我欺骗了殿下。"

"您指的是什么?"

"我说我曾在奥琴峡谷南侧崖顶看到了哥萨克兵营,是编造的假话。"

"您没到过崖顶?"

"我只是到了那条河谷,看到了险峻的断壁。如果殿下不说,我是不会想到断壁可以通到崖顶的。"

"您不是准确无误地把两千火枪手带到了崖顶吗?"

"多亏神佛护佑和殿下的洪福,才使我在昨天午夜前快要绝望的时候,终于登上了崖顶。"

"看来,我们这次获胜真是太侥幸了!……可是,我还是不明白,两天前,您急于向我陈述的不是您发现崖顶这件事?"

"当然不是。"

"那是什么呢?"

"我当时考虑各种因素,认为继续攻打山口是不明智的。我想请殿下集中兵力,先消灭追兵和两侧的敌人,解除四面受敌的窘境,然后再作打算。可是殿下突然想到用驼兵进攻,我的想法就暂时失去了意义。"

"是这样……其实,您完全可以不必去冒这双重危险。"

"我想过,第一,我可能葬身谷底;第二,我可能以欺君罔上罪被处死。但是我看到,您为失去阿斯楞而无法搞两面夹击一事深感遗憾。在一场决战前,主帅的信心是异常关键的。如果我说我没到过崖顶,只看到河谷上的断壁,您也不可能确信我肯定能完成使命,对胜利也就不可能有绝对把握,战士们也不会充满信心。所以,我决定冒着双重危险,以保证殿下带着必胜的信念投入战斗。"

"您真是煞费了苦心,舍楞叔父。"

"但我明白,我这次是犯下了不可饶恕的罪过。"

"您说我会惩罚您?"

"欺君罔上,罪不容诛。"

"不!"渥巴锡激动地大声说道,"舍楞叔父,欺骗并不总是罪恶。您对我的欺骗,是为了汗国的东归大业,而且在事实上起到了无以复加的巨大作用,使我这个情绪不稳定的年轻汗王不再去思虑失败的可能,使数千名战士在胜利的鼓舞下勇气倍增。是的,舍楞叔父,为了共同事业的胜利进行的欺骗,是伟大的欺骗。尤其是,您在卓越地完成了使命后,能自己讲出事情的始末,更是令人敬佩的光明磊落、坦荡无私!"

"殿下,您的方寸海纳的宽宏和过甚其词的褒奖,越加使我感到惶悚。因为我们做的一切都是出于侥幸。"

"不。您是在不顾自身安危踏上冒险的征途后,又用毅力和智慧进行了补充,使您的行动更具备了使我们获胜的关键意义。——策伯克多尔济,你认为我说得对吗?"

"殿下说得十分正确。"

"唔,对了!你也曾不止一次欺骗过我。"

"的确如此。"

"特别是开赴高加索的五万青壮,更是个伟大的骗局!舍楞叔父,您是不是认为策伯克多尔济也该受到惩罚?"

舍楞摇了摇头,不再说什么,但心里仍旧不能释然。

这时,被缴械的近一万名哥萨克已被全部驱赶到石壁下,三面都有驼兵看守。塔尔霍夫看了看自己的军队的悲惨场面,回过头来对渥巴锡不耐烦地喊道:"渥巴锡殿下,您还没有回答我!"

渥巴锡怒道:"请你安静一会儿。你有什么资格和脸面对我大喊大叫?"

"殿下!……"

"住口!怎样处置你以及你的同胞,是我的事,用不着你来指点!"渥巴锡说完,不再搭理他,转过身对沙固都尔命令道:"沙固都尔,立即去谷口外,通知王室队伍和家属队伍进入山谷,然后赶往殿后队伍,无论色克色那是否与俄军交战,也让他们以全速向这里挺进,在山口里侧扎营。去吧!"

"遵命,殿下。"沙固都尔飞身上马,去传播好消息了。

"殿下,"策伯克多尔济问道,"您是想让我们的人马在峡谷里休整一段吗?"

"人们都太疲劳了。"渥巴锡说道,"这里很暖和,粮草充足,东西谷口驻上重兵,是非常安全的。再没有比这更好的地方了。"他说着,感到一阵晕眩,身体晃动了一下,脸色也霎时苍白起来。

"殿下!您怎么了?"舍楞和策伯克多尔济同时担心地叫道,伸手想扶住渥巴锡。

渥巴锡轻轻摆摆手说:"不要紧。"

舍楞说道:"您是不是到个安静地方躺一会儿?"

"不。我要亲自处置这些哥萨克。"渥巴锡说着,忍着伤口突然爆发的剧痛,招手叫过带领驼兵的千夫长,然后面向塔尔霍夫,尽量提高说话的声音,"中校阁下,我现在就来回答您的问题。"他又转向跑到跟前的千夫长,"报告

一下清点结果！"

"是，殿下。被俘哥萨克总计七千八百九十名。"

"不到八千。不过，也堪称战果辉煌。继续说下去。"

"……其中少尉以上军官一百三十名，军官中俄罗斯校官五名，将军一名。"

"当然少不了俄罗斯将军。——塔尔霍夫中校，看来，你只是个被人驱使的马前卒而已。"渥巴锡没等塔尔霍夫说话，又转向千夫长，"执行我如下命令：七千八百九十名俘虏中，枪毙三千名！"

渥巴锡的话使在场的人都很惊讶，塔尔霍夫认为渥巴锡太过分了，舍楞和策伯克多尔济则以为汗王对哥萨克太宽容了。千夫长则感到伤心，很低沉地说道："遵命，殿下。"

他们谁也没料到，渥巴锡紧接着说出如下的话："两千名归你们驼兵处置，吊死、砍死或者千刀万剐，随你们高兴怎么办。"

这回，塔尔霍夫恐怖得魂飞魄散，舍楞和策伯克多尔济放心地舒了一口气，千夫长则异常痛快地答道："是，殿下！"

渥巴锡不容别人喘息地继续命令道："余下的两千八百九十名，一定要包括全部哥萨克和俄罗斯军官，捆好四肢，等着家属队伍上来，让在哈萨克草原失去儿子、丈夫和父亲的人任意宰割！"

千夫长这回再也忍不住热泪涌流了，他哽咽了一下说道："谢谢您，伟大的汗王殿下！"

渥巴锡也控制不住激动的感情，用潮湿的眼睛盯着同样闪动着泪花的舍楞和策伯克多尔济，费劲儿地问道："我变得……残忍了吗？"

舍楞和策伯克多尔济同声说道："不，殿下！"

渥巴锡大声说道："是的，这不是残忍！这是复仇！"

塔尔霍夫惊魂甫定，便吼道："渥巴锡！你不择手段，处死全部俘虏，还敢说这不是残忍吗？"

"你是个冥顽不化的混蛋！说我们残忍，哼！你自己去比较一下。你的同胞，在哈萨克草原，砍死我们九千名毫无准备的战士，还想冲进中路，去屠杀我们手无寸铁的老弱妇孺。是谁更残忍？是我们，还是你们？不把你们五马分尸、砍成碎块，就够便宜了。"

看着激动的大义凛然的渥巴锡，塔尔霍夫一时说不出话来。

渥巴锡喘息了一阵,又说道:"现在轮到你自己选择命运了。你想死还是想活?想死,就站到你的同胞中间去,三种死法任你挑选。如果想活,我看在曾并肩作战的分上,可以放你走。但你从此要回到顿河去,那才是你的家。不要再为虎作伥,替叶卡特林娜卖命了!"

不用说,塔尔霍夫选择了活。他被送出了谷口。

当晚,渥巴锡终于支持不住,晕倒了。他被舍楞和策伯克多尔济护送到原哥萨克守军的司令部里。布兰德医生很快赶来,对渥巴锡开始了艰难的抢救。

49

奥琴峡谷原俄国守军司令部是一座威风凛凛的高大的石砌楼房。它建筑在峡谷中段北侧的最高点,站在门前的台阶上,居高临下,整个山谷里的景物便可一览无余。

渥巴锡由于伤口迸裂、病情恶化而晕倒后,便一直住在这里养伤。他时好时坏,常常处于半昏迷状态,布兰德医生以及母后和王妃,都不准他起来,所以,他还没有机会去欣赏一下峡谷里的景物。

三月底,渥巴锡终于可以由别人搀扶下床活动了。他要求到室外看看。布兰德医生表示同意。

渥巴锡走出门外,站到了台阶上。强烈的阳光刺得他眯起了眼睛,一时什么也看不清,只觉得眼前一片幽暗,还到处闪着如针的金光。但他的耳朵却异常清晰地听到了人欢马叫,以及久绝于耳的悠扬的马头琴声和充满乡情的粗放的牧歌。他激动地使劲儿睁开了眼睛,朝两侧以及下面看去。他看到了整肃的军营,蠕动的畜群;看到了穿梭来往的男男女女,奔跑嬉戏的天真顽童。整个峡谷里,是一派和平和无忧无虑的景象。

渥巴锡不由得在心里喟然叹道:"可怜的人们,你们的要求如此低微和容易满足。就是如此低微的要求,在玛怒托海也得不到,却要远征万里,到祖先生活过的地方去寻找。"想到这里,一个可怕的预感突然跳进渥巴锡的脑际,他的心猛地紧缩了一下。倏忽间,他异常敏锐地意识到,在人们的欢乐里,隐藏着某种令人担忧的情绪,某种肯定和眼前的局势和未来的征程相悖的情绪,某种他一时还猜不透说不准却肯定在部众中扩散着的情绪。

正在这时,传来一阵疯狂的笑声。渥巴锡寻着笑声看去,只见一个奔跑着的年轻姑娘,和两个紧追不舍的男人,相继"飞"到离台阶不远的地方,一起滚倒在雪地上。两个男人一定喝了过量的酒,脸上红得发紫,衣襟全敞开着。三个人都毫无顾忌地笑着。两个男人正你争我夺地向那个姑娘进攻的时候,发现了台阶上的渥巴锡,笑声戛然而止,醉态顿消,他们互相扯了扯衣袖,若有所失地慢慢站起来。三个人都板着面孔低垂着眼帘转身走开了。

顿时,渥巴锡正在思考的那种令人担忧的情绪,在他的混乱的脑海里明确起来。他脸上的肌肉搐动了一阵。

在一旁搀扶他的塔莉莎娜担心地问道:"您怎么了,殿下?我们还是回到房间里去吧!"

渥巴锡轻轻摇摇头,然后说道:"你们说说看,"他这话显然是说给在场的所有人的,这里包括王妃、母后、达尔罕、莉莎和布兰德医生,"是啊,你们设想一下,当人们知道他们的汗王霍然病除,又能骑马奔驰的时候,会是一种怎样的心情?"

母后说道:"这还用问吗?所有人都盼望殿下早日康复。"

"不,妈妈。也许很多人更希望我一直躺到夏天,甚至第二个冬天!"

"你在说什么?渥巴锡。你的神志一定还没有清醒。"

"我比任何时候都清醒,妈妈。"

布兰德医生看到渥巴锡很激动,便说道:"殿下,您该回到房间去了。在外边站久了对您的身体很不利。"

"扶殿下回去。"母后对王妃说道,莉莎赶紧过来帮塔莉莎娜搀扶住渥巴锡的胳膊。

渥巴锡顺从地返回房间,但他没有躺下去,而是坐在钢丝床的鹅毛软褥上,斜靠在床头,并叫跟着进来的人都坐到沙发上。过了一会儿,他像自言自语地说道:"我病倒的真不是时候……"

母后等人对渥巴锡不着边际的话都感到莫名其妙,他们疑惑地互相看了看,都不知说些什么才好。

渥巴锡继续说道:"我原打算让大家休整五六天就离开峡谷,可是,一个月快过去了,却原地未动!"

母后说道:"这是因为你一直昏迷不醒。你不好起来,人们怎么能离开峡谷呢?"

"我病倒得不是时候。"渥巴锡又重复了一遍刚才的话,"所以人们才在一个不适当的时候去追逐快乐。"

"你今天说话怎么颠三倒四?"

"您没有理解我的意思,妈妈。"

"我理解。大病初愈的人感情都会有一个异常脆弱的阶段,看到苦难和快乐都会受到刺激。"

"妈妈,您是不是认为人们眼前的快乐是正常的、合情合理的?"

"当然。三个月来,人们经受了那么多苦难。现在有了一个暂时的安定环境,为什么不可以好好痛快一阵呢?"

"我也知道,这近一个月的时间,是人们踏上征途以来仅有的最快乐的日子。在这之前,至少有两万个家庭失去了亲人,剩下的人也几次濒临绝境,以后说不上哪一天,也会追随已死去的亲人。而在这里,在峡谷里,不必担心有生命之忧;凛冽的北风吹不进峡谷;有肉吃,有酒喝。他们势必要紧紧抓住这稍纵即逝的机会,尽情地欢乐。"

"你这不是说得很透彻吗?其实也就是如此,丝毫没有奇怪的地方。"

渥巴锡苦笑了一下说道:"妈妈,您还没听懂我的话。"

"你的话简单明了,入情入理,任何人都能明白。"

"可是,妈妈,您想过人们在这里尽情地欢乐意味着什么吗?"

"尽情欢乐意味着什么?……意味着……当然只能意味着欢乐。你不是也应许过给部众带来欢乐吗?"

"我应许给部众的是永恒的而不是暂时的欢乐。可现在还远远没到那个时候。"

"人类的本性就是追求欢乐,哪怕是暂时的欢乐也会抓住不放。这并不是坏事。"

"在眼前,这恰恰是坏事。"渥巴锡说着,激动地站起来,并对要扶持他的塔莉莎娜摆了摆手。他觉得现在的头脑清晰多了,刚才断断续续思索的问题,已凝聚成一个完整概念了。他接着说下去,"我原来打算五六天就离开峡谷,那么,人们只能刚刚解除疲劳,精神仍然处于紧张状态,没有追逐欢乐的愿望和机会,脑海里只有一个信念:冲出险阻,东归祖邦!然而,人们在这里不是休整五六天,却是足足闲待了一个月!没有敌情,没有饥寒,只有无忧无虑的享乐。这时人们会怎样呢？他们会对前一段路上的苦难渐渐淡忘，会把后一段路上的艰险视为畏途。是的，妈妈。向伟大目标走去的人，中途的享乐只能消磨他继续前进的勇气和意志，甚至说明他对达到伟大目标的希望十分渺茫。而对前途渺茫的人，在失去一次暂时的安乐以后，更会在碰到第二次安乐时，紧紧抓住不放，不再抬头去看那个伟大目标了。妈妈，您说说看，如果真这样，我们实现东归大业的艰难不是要成倍地增加吗？"

　　母后似有所悟地沉吟道："你说的倒是很有道理。不过……我总觉得你有些过分担忧了，像你说的那种人在我们的部众里不会太多。舍楞和策伯克多尔济率领的人不是一直处于紧张的戒备状态吗？"

　　"可是，刚才争夺女人的就是两个年轻人，他们都是战士，当然，这种人在目前也许不多。但是，这种人哪怕有一千，不，就是只有几十人，也非常可怕，他们的情绪会很快蔓延开去。这种情绪蔓延的速度比我们想象得要快得多。"

　　"你刚才为什么不下令处罚那两个人？"

　　"这不能怪他们。如果不是我……"

　　"你总是把过错都揽到自己身上！"

　　"事实如此，妈妈。"

　　母后见渥巴锡苍白瘦削的脸上涌出的细汗，心疼地叹了口气。过了一会儿，她感到忧虑地试探着问道："你的意思是尽快启程？"

　　"越快越好。"

　　"可是看看你，走几步路，说几句话就气喘和出汗了。你自己也能明白，你的体力还远远没有恢复。——塔莉莎娜，扶殿下躺下。"母后看着渥巴锡躺下去以后，转向布兰德医生，"布兰德医生，依您看，殿下的身体要多久才能复原？"

　　布兰德医生不假思索地回答道："在目前条件下静养，也要两个月。"

　　"两个月！"渥巴锡骇然叫道，想坐起来。

　　"殿下，"塔莉莎娜耳语般地乞求道，"别动，求求您。"

　　渥巴锡只好听从，但继续坚定地说道："绝不能因为我一个人耽搁整个汗国的行程。我可以在路上治疗嘛！"

　　母后也认为两个月时间是太长了。她思索了一下，又问道："布兰德医生,要是让殿下躺在马车上行进,他的身体还要养多久才能承受得了?"

"马车不行,国母殿下。几天前,探路归来的舍楞大人对我说,奥琴峡谷东边,不像哈萨克草原那么平坦,到处是连山和密林。这样的道路,就是健康人躺在车上也要颠出病来的。"

"照您说,在短期内,殿下是不应该离开这座房子了?"

布兰德医生犹豫了一下说道:"是这样。"

渥巴锡又气又急地说道:"布兰德医生!您当初真不该救活我!"

母后半恼怒半埋怨地喝道:"渥巴锡,你在胡说些什么?"

"你们干脆把我扔在这里算了!让达尔罕弟弟代替我去完成剩下的一半路程!"

"哥哥!"达尔罕跳起来叫道,看了一眼泪珠乱滚的塔莉莎娜,自己也忍不住热泪涌流了,"我……背着你走!"

"渥巴锡,"母后凄楚而又不容反驳地说道,"你现在就听听我们和布兰德医生的话,安心养伤吧!"

"安心养伤?那你们就在这里等着给我送葬,然后叫人们各奔前程!"

"你太激动了,渥巴锡。这件事以后再商量。"

"我要下命令!"

"现在由不得你。"

"那我就从即刻起拒绝治疗。"

"渥巴锡!你太固执了。"

这时,一直在沉思的布兰德医生走到母后面前,似乎下了很大决心地说道:"国母殿下,既然汗王殿下坚持尽快启程,又有充分的理由,我想,三天后可以动身。"

布兰德医生的话使在场的人都很惊讶。连渥巴锡也以为听错了。

母后惊疑地问道:"您是说……三天吗?"

"是的,国母殿下。"

"您是不是也病了,医生?您刚刚说过,殿下躺在车上也不行啊!"

"殿下可以乘坐在骆驼上。我已为殿下缝制了一个特殊的鞍子,我把它叫作驼峰病榻。殿下的腿可以放进皮筒,不会受冻,腰部可以用一条宽带固定在驼峰上而不会掉下来,也不至压迫伤口。只要有人不离左右,就能保证万无一失了。"

渥巴锡兴奋而隐含埋怨地说道："布兰德医生！您怎么不早说？"

"殿下。"布兰德医生沉重地叹口气说道，"我现在说出来，也为时太早。实在是迫不得已呀。"

母后很不释然地问道："布兰德医生，这样做有些不太慎重吧？"

"当然最好是室内静养。小受风寒和轻微的颠簸对殿下的身体都很不利。可是，国母殿下也不难看出，殿下已经无法安心。而心绪的焦躁不宁对他更为有害。"

母后悲凉地叹了口气。

渥巴锡则感动地说道："布兰德医生，您对我的心理真是体察入微！"

"舍楞和策伯克多尔济两位大人几次来探望殿下，不厌其烦地叮咛甚至央求我竭尽全力使殿下早日康复。我估计，殿下清醒过来后，会比他们更为焦急。您一旦能走下病床，势必要立即动身。我知道谁也阻拦不住您。便想出了一个驼峰病榻的主意，并求莉莎小姐偷偷帮我缝制。不过我一直很犹豫。我是个医生，让您带着不断恶化的创伤去承受漫漫旅程的折磨，是不符合医德的冒险行为。但我又知道，您不仅仅是个病人，更是一位汗王。所以，我终于下了决心。"

渥巴锡感慨良深地说道："布兰德医生，您是汗国的伟大朋友，土尔扈特蒙古人会世世代代传诵您的英名的。"

"实在不敢当，殿下。是你们的壮举感动了我。能和殿下结识并参与汗国的伟大事业，是我的荣幸。"

"谢谢您，好朋友。您使我的肉体和精神，同时复苏了！"渥巴锡说着又转向母后，"妈妈，既然布兰德医生担保我三天后可以上路，您该放心了吧？"

母后又重重地叹了一口气，无奈而悲哀地说道："我明明知道这样做太难为你，可又不能不违心地表示同意。你的身体这样衰弱，叫我怎能放心呢？"

"国母殿下。"布兰德医生说道，"在以后的路途上，我和莉莎小姐将伴在汗王殿下左右，形影不离，直到他完全康复。"

"谢谢您，布兰德医生。——渥巴锡，你也要对我做出保证。在身体康复前，不参加战斗，指挥军队的事，暂时交给舍楞和策伯克多尔济。另外，饮食起居不能自己做主，一切听从布兰德医生和莉莎小姐的安排。我让达尔罕也跟在你身边，把你的情况随时向我和塔莉莎娜报告。"

渥巴锡微笑了一下说道："妈妈，只要尽快离开峡谷，我一切都绝对听从您的。"

50

汗国的人马离开奥琴峡谷以后，在两个月的时间里，没有和任何敌人遭遇。但这是一段异常难走的道路，其艰险程度和对汗国人马造成的威胁，不亚于十万雄兵。几乎是永远爬不完的崇山峻岭，永远走不尽的密林河谷。稍许平坦的地方，又是沟壑纵横，寸步难行。这样渺无人迹和举步坎坷的深山老林，鹰隼盘飞于上，虎狼叫啸于下，不要说养尊处优的俄罗斯人，就是凶顽剽悍哈萨克人，也很少有人涉足其间。而汗国的庞大队伍，在经过几次战斗付出了沉重代价后，身强力壮者已不足五万人，老弱妇孺却近十万人。他们还带着畜群、车辆和必需的辎重。因而行进的速度无论如何也快不了。整个队伍走着走着就要停下来，项背相望地等着再能前进一步，有时一停就是两三天。先头部队作为开路先锋，确实成了披荆斩棘的开拓者，今天伐木修路，明天填沟造桥，使后面的队伍等得不耐烦。难怪巴木巴尔（他已在四月底恢复了健康）不止一次地抱怨说："这哪里还像军队？哪里还像行军？我们简直是在开天辟地！"

所有的人都已筋疲力尽。连母后和王妃都要步行。

每天都有人和车马从陡坡滚下山底，其他人只能眼睁睁地看着，救不了，也没有力量去救别人，更不用说去给死者送葬了。

两个月过去了。天气骤然热起来。人们在山岭上攀登，犹如云里穿、雾里行，不知头顶有多高，难测脚下有多深。有时一片黑云涌起，霎时就是一场倾盆大雨。他们梦想天晴后，眼前是豁然开朗的平旷草野，而雨住云收后，展现在前面的依然是关山迢递，层峦叠嶂。

两个月，死伤两千人，行程不到一千里。

然而，还有比天然险阻更令人忧惧的东西，那就是十几万人日益低落的情绪。这一点，渥巴锡在奥琴峡谷的石砌楼房里就估计到了。

的确，人的情绪常常是受客观环境所左右的。在进入奥琴峡谷前的两个月，汗国军民被摆脱奴役、奔向自由的理想鼓舞，马不停蹄、车无缓辔地驰向东方,情绪是激昂的。而且,前面有难以攻破的关隘,身后有凶残的追兵,形势异常险恶。胜败悬于一发,生命朝不保夕。情绪又是紧张的。那时,人们的思想只剩下一个意念:拼搏!要么拼搏求生,要么拼搏求死。此外,没有任何别的想法能侵入他们的脑海。但是,离开奥琴峡谷以后就不同了。两个月没有敌人袭扰。行进的速度有如蜗行牛步,缓慢得令人生厌。他们的精神弦索无须绷紧。他们有的是闲暇时间。因此,各种各样的思想,有了滋生和发展的条件。他们也有机会一次又一次而且一次比一次更加毛骨悚然地回忆起库拉金纳要塞的万炮齐鸣、哈萨克草原的刀光剑影、奥琴峡谷的枪林弹雨以及一个个血肉横飞和尸横遍野的恐怖场面。这一切,犹如一场噩梦,成为与生命相伴的内容,并在眼前以另一种形式延续着,或者以原来面目与眼前的策杖而行的老人、啼饥号寒的婴儿、参差错落的怪石、阴风飒飒的密林以及无精打采、寝苫枕块的人群重合交叉,织成了一个新的更加可怖的噩梦。这种对以往腥风血雨的余悸、对眼前险象环生的恐怖和对未来存亡难卜的惶惑,使一些人不能不产生一个可悲的想法:如果我们的前途只有死亡,那么,真不如活着当奴隶。一开始,滋生这个可怕想法的只是一些极为软弱的人,而且仅仅是他们的心理状态,还不足为患。可是渐渐的,他们的无声的心理变成了有声的怨言,并迅速传播开来,发展为一股怀疑和动摇的情绪,终于在六月四日,发生了一起上百人脱离队伍的叛逃事件。

已经可以独立行走的渥巴锡听说发生了叛逃事件,而且叛逃者又都是舍楞和巴木巴尔的部下,心中又急又气。他立即找到策伯克多尔济,带着沙固都尔,一同向前边赶去。

六月六日下午,他们追上了先头部队。

"舍楞叔父!"渥巴锡手指对面的山坡上横躺竖卧的人马,对迎上来的舍楞说道,"这是怎么回事?为什么停止前进?"

"殿下。"衣衫褴褛的舍楞站到渥巴锡面前说道,"人们都筋疲力尽了。"

"筋疲力尽?"渥巴锡不满地反问道。

舍楞立刻意识到,在两个月的攀山越岭的行进中,"筋疲力尽"这个词儿早已失去了作为理由的价值。所有人都筋疲力尽,尤其是那些老弱妇孺,何止筋疲力尽,简直可以说是苟延残喘了。所以他迅即改口道:"很多人患了疫病,而且情绪不稳,需要就地休整。"

"这个时候?在这里?不行!"渥巴锡说着向坡下走去。

"可是……"

"您说很多人患了疫病,有多少?"

"至少两千人。"

"这么多!"

"阴晴冷热变幻莫测。蚊蚋成群。常常饮用臭水。很多人上吐下泻,每天都有人死去。"

"洛桑丹增不是交给您十名懂医术的喇嘛吗?"

"杯水车薪而已。再说,他们自顾不暇,哪里管得了别人?"

"为什么不早向我报告?"渥巴锡问道,但马上意识到自己也说了一句毫无意义的话,便没等舍楞回答,紧接着说下去,"是啊,报告也没有用。到处都是病人。巴木巴尔呢?一定是追赶那些叛逃者去了吧?"

"是的,殿下。"

"去多久了?"

"到现在整整一天。"

"也就是说,你们已经一天没有前进了!"

"我担心他一个人会控制不住局面。"

"有这么严重?"

"殿下,失掉信心的人可不止逃跑的百八十人哪。"

"所以您想在这里对您的人马进行整顿?"

"正是这样,殿下。对追回的逃跑者严加惩处,或许能起到一些震慑作用。"

渥巴锡突然拧起眉毛,停下脚步,扫视了一下周围的连山,沉吟着说道:"按说,这些逃跑者应该明白,他们的行动隐藏着双重危险。一是饿死在崇山峻岭中,二是被抓回处死。……"

"殿下,这和溺水者盲目挣扎一样,是不考虑结果的。"

"他们都这样愚蠢?"

"在眼前的情况下,一个愚蠢的人就能轻易地让成百个聪明人丧失理智。"

渥巴锡摇头悲叹了一声,心里仍旧有些疑惑。片刻后,他转向策伯克多尔济问道:"你以为怎样?"

"殿下是问我对临时休整的想法吗?"

"人心动摇,纪律涣散。这样的军队,怎能继续充当先锋?"

策伯克多尔济想了一下说道:"震慑一下当然必要。但眼下的症结在于人们失去了信心。所以,必须以给人们希望作补充。如果他们再次踏上征途,依然是无尽无休的深山老林,那么,这种震慑作用就不会持续太久。"

"有道理。"渥巴锡点头道。

舍楞说道:"这一点,我已经想到了。昨天,我派出查合布彦带几个身强力壮的人,到前面探路去了。我想,三五天内他们会告诉我们是否看到了山岭的尽头。"

渥巴锡思忖了一会儿,突然问道:"舍楞叔父,您不感到奇怪吗? 我们本可以一个月就走出山区啊!"

"殿下是说,我可能领错了路?"

"现在还无法断定我们是否走错了路。但是,我们在两个月不断攀山越岭之后,举目处依然是关山阻隔,确实令人纳闷。阿斯楞走出山林还不到一个月呀!"

"他是一个人,殿下。我们是十几万,又要逢林开路,遇河架桥。"

"但愿只是由于我们前进速度太慢,而不是……走错了路。"

这时,策伯克多尔济手指对面的山顶说道:"你们看,那一定是巴木巴尔回来了!"

舍楞和渥巴锡同时看去,只见巴木巴尔正牵着马艰难地向坡下走来,他的身后,几个握刀荷枪的战士押上来的当然是那些被抓获的逃兵。

巴木巴尔一眼看见渥巴锡,使劲儿甩掉缰绳,几步跑了过来,也不请安,也不问问渥巴锡什么时候恢复健康的,却气急败坏地喊道:"殿下,坏了!"

渥巴锡惊问道:"什么坏了? 你不是把叛逃者都抓回来了吗?"

"这些孬种算个屌毛! 我们走到绝路上了!"

"说清楚,怎样的绝路?"

巴木巴尔刚要回答,却见他身后走上一个人来,俯身道:

"给汗王殿下请安! 给舍楞大人、策伯克多尔济大人请安!"

"查合布彦!"舍楞惊骇地叫道,一步跨过去,猛地拽住这个人的胳膊,"是你?"

"是我,大人。"

如果不是听到非常熟悉的语音,舍楞无论如何不会相信眼前这个浑身泥巴的大汉竟是千夫长查合布彦。这个人是他昨天派出去查勘道路的,估计最早也要三天后才能回来。但是,真正令他心震骨惊的不是查合布彦返回营地时间的早晚,而是那满身满脸的污泥。他瞪着恐怖的眼睛,紧紧盯着查合布彦难以辨认的面孔,似乎一下子明白了巴木巴尔说的"绝路"指的是什么。霎时,查合布彦身上的干结的泥片好像膨胀起来,飞散开,变成万顷泥淖朝他劈头盖脸砸下来。他的脸色顿时一片惨白,嘴唇颤抖着,再也说不出话来。

渥巴锡见状,也预感到事情不妙,他担心而急切地追问道:"快说,你们到底看见了什么?"

巴木巴尔大声说道:"这还用问吗?我们前面就是魔鬼也不敢踏进半步的雾淖!"

"雾淖!"渥巴锡和策伯克多尔济同时惊叫道,他们眼睛里迸现的恐怖绝不亚于舍楞。

舍楞虽然明明知道查合布彦和巴木巴尔肯定会说出"雾淖"两个字,但当他真的听到时,仍有五雷轰顶的感觉。他只说了一声"天哪",便晕了过去。要不是查合布彦赶忙抱住他,他准会瘫倒在地上。

可是,这所谓的"雾淖"究竟是什么,何以具有如此的威力,竟使三个意志异常坚强的人也像闻虎色变一样失态呢?

原来,这雾淖是一带宽不过数里、东西却绵亘几百里的沼泽。这条沼泽,在最寒冷的季节也不封冻,终年笼罩在浓雾中,当地的哈萨克人便给它起了个名字:雾淖。关于雾淖,在哈萨克人中间流传着许许多多令人胆战心惊的传说。其中一则关于雾淖来历的传说讲道,古时候,并没有这条雾淖,哈萨克草原是和山林紧紧相连的。那时,山林里住着无数魔鬼,它们生活得很快乐。后来,时常有一些贪心的人到山林里采参打鹿,搅得妖魔们不得安宁。妖魔们一怒之下,在山林的南侧用魔法造出了这条妖魔国的护城河。从此,就很少有人到山林里去了。有些不怕死的人想去,也只能从东边的高耸入云的绝壁上攀过去或绕出几百里从西边的河谷摸进去。有的人也曾想试着从雾淖穿过去,但人们只看见他们钻进浓雾中,却没看见有一个人活着回来。这些传说已经很古老了,但哈萨克人却深信不疑。所以再没有人敢走近这条雾淖。

两年前,阿斯楞到过这里。他也险些成为妖魔国护城河里的鬼魂。他

返回汗国后,曾详细地向渥巴锡描述了雾淖的可怕景象,并说,在这段路上,必须由他做向导。在奥琴峡谷里起程前,渥巴锡曾一再关照舍楞和巴木巴尔,进入山区后,一定不能偏离东南方向,否则就有被雾淖挡住的危险。

不幸的是,他们终于没能躲开这条雾淖。

巴木巴尔说出"雾淖"两个字,使渥巴锡和策伯克多尔济陡然色变,而舍楞竟至晕了过去。查合布彦可并不知道雾淖的厉害,所以他感到大惑不解。

"殿下,"查合布彦说道,"一条窄窄的沼泽地有什么可怕?"

"你知道什么!"巴木巴尔喝道,"你忘了你是怎么出来的了?要不是我返回途中听到了你的喊声,跑过去用缰绳把你拽出来,你早他妈见鬼去了!"

"就是我死了算什么!"查合布彦不服气地辩解道,"我们五个人总会有活着的人回来报告的。"他说着又转向渥巴锡,"真的,殿下,这应该是个好消息。从这里翻过三道山,就是那条沼泽,隔着浓雾,我们都听到了对面有牛的叫声。这说明我们离哈萨克草原不远了!"

似听非听的渥巴锡看到舍楞已苏醒过来,便对查合布彦说道:"这里没你的事儿了,带着你的五个人去休息吧。"

查合布彦有些懵懂地眨了眨眼睛,松开了舍楞,不大情愿地带着他的五个人走了。

舍楞扬着被痛苦扭曲的脸,向渥巴锡趔趔趄趄走了两步,自怨自艾地说道:"殿下,我这是怎么了?出征以来,没立下尺寸之功。这回,又把队伍带到了雾淖。您惩罚我吧!"

渥巴锡在满布愁云惨雾的脸上勉强挤出一个无奈而宽容的苦笑,说道:"这不能怪您,舍楞叔父。"

"可我是先头部队的总管呀,是我铸成了大错。请殿下不要再宽恕我了!"

"我说过,我不怪您。"

"殿下!……"

"舍楞叔父!责备和自责在眼前都没有用。再说,就是别人在前面带路,也不能保证每一步都踩到阿斯楞的足迹上。我们在起步时走错一寸,在终点就可能偏离几百里。这怎么能怪您呢?唯一使我感到痛心的是,我们过早地失去了阿斯楞。"

舍楞愧疚地垂下头,不再说请求惩罚的话了,却有些困惑地自言自语

397

道:"真令人百思不得其解。……"

"您说什么?"渥巴锡问道。

"我是说,"舍楞回答道,"我总觉得有些蹊跷。我每天夜里都对着星宿来矫正方向,然后才前进。可是,却偏离了这么多!难道是鬼使神差吗?"

"星宿?"渥巴锡皱眉道,"北极星吗?"

"光靠北极星只能确定大致的方位,还要参照别的星宿。"舍楞说着,突然停下来,一刹那后,他恍然大悟地叫了起来,"天哪!我真是愚不可及!阿斯楞到这里是冬季。而星宿的位置每个季节都在变啊!"

渥巴锡耸了耸肩,隐含着埋怨地说道:"舍楞叔父,您让星宿给欺骗了。"

巴木巴尔不耐烦地说道:"现在后悔和谈天论地顶个屁,还是想想眼前怎么办吧!"

"说得对,是得好好想一想。"渥巴锡说道,沉思一下后,又转向沙固都尔,"沙固都尔,立即去告诉后面的队伍就地休息,等待命令。"

沙固都尔答应一声,跳上马背走了。

巴木巴尔又问道:"这些败类怎么处置?"他说着,回身指了指那些垂头丧气的逃兵。

"有多少?"

"有十几名跑进雾淖送死去了。这里是八十人。"

"八十人,这么多?"渥巴锡犹豫了一下,最后还是下了狠心,用力一挥手,"全部处死!"

渥巴锡的声音很大,那些被看押的叛逃者都听到了。他们自知罪有应得,也不去做没有意义的哀告,都头垂到胸地等待处决。可是突然有一个人冲出队伍,几步跑到渥巴锡脚前,扑通一声跪了下去。

"汗王殿下,请饶命啊!"

渥巴锡厌恶地喝道:"滚回去!孬种。早知要跪地求饶,当初就不该当逃兵!"

"殿下,我不是汗国的人。"

这个人的话使在场的人都很惊异,连那等待死亡的一群也都扬起惊愕的脸,在他们酝酿和实施逃跑的整个过程,他们始终把这个人当作同舟共济的"难友"和主心骨,而现在,怎么忽然变成了"不是汗国的人"了呢?

渥巴锡扫了一眼身旁的人,向跪在脚前的人问道:"你是谁?究竟是什

么人?"

"回禀汗王殿下,小人名叫札尔,是特鲁本堡将军的奴隶。"

"好光荣的身份——特鲁本堡是谁?"

"殿下,"舍楞说道,"我认识特鲁本堡将军。据说,他有可能当奥伦堡省总督。"

札尔说道:"他现在已经是奥伦堡省总督了。"

渥巴锡又问道:"你是他派来的奸细。对不?"

"是的,殿下。"

"老老实实地讲,你来的目的是什么?怎么混进来的?"

"小人一定如实招供。我还有极机密的事情报告。但是,汗王殿下首先要答应免我一死。"

"你说吧。"

"殿下,您是不是已经答应不会因为我充当奸细而处死我了?"

"我……答应!"

"我相信殿下是不会食言的。"

巴木巴尔喝道:"真他妈啰唆!还不快讲?"

"是,我讲,这就讲。"札尔恐惧地看了巴木巴尔一眼,说道,"我是特鲁本堡将军的家奴,他很信任我,常叫我跑跑腿送个信什么的。四月中旬,特鲁本堡将军获知殿下的人马攻占了奥琴峡谷,同时接到了星夜到彼得堡见驾的命令。特鲁本堡将军估计是女皇陛下将让他率军追击汗国人马,便在行前写了一封信,命我尽快赶上和混进汗国的先头部队,把信交给舍楞大人。我知道信的内容是策动舍楞大人反叛,并应许给舍楞大人高官厚禄。……"

渥巴锡看了舍楞一眼,继续向札尔问道:"可是,你没敢把这封信交给舍楞大人,对不?"

"殿下英明,正是如此。我看出舍楞大人追随殿下是铁了心的。我要把信交给他,他准会杀死我。"

"算你聪明。信呢?"

札尔从怀里摸出信递给渥巴锡。渥巴锡启开铃封后,草草看了一遍,说道:"这里没有什么机密。"同时,他把信送到舍楞面前。

"殿下,"舍楞气愤并有些惶惑地说道,"我还是不看的好。"

"放心吧,舍楞叔父。绝不能因为有这么一封满纸胡说八道的信,人们就失去对您的信赖。"

渥巴锡把信塞到舍楞手中,随即又向札尔问道:"札尔,你刚才说的机密是什么?"

"这……"

"犹豫了?你当然可以不说,只要你不怕死。"

"我说,殿下,我说。特鲁本堡将军派出我的那天,还派出一个俄国中校,让他绕道去哈萨克小帐努尔阿里汗的驻地,说服努尔阿里汗统率人马拦截汗国的队伍。"

渥巴锡恨恨地说道:"是个比贝格托夫还狡猾的家伙。札尔,特鲁本堡决定什么时候向东进发?"

"特鲁本堡将军去彼得堡前,就叫手下人集合五千精兵待命。我估计,他最迟在五月底①从奥尔斯克出发,这会儿早已过了奥琴峡谷了。"

"你还有什么要说的吗?"

"我知道的全讲了,殿下。您现在能放我走了吧,殿下?"

"我答应过你,只要你讲出机密,我就可以饶恕你的奸细罪。"

"谢殿下不杀之恩!"

"可是,我并没答应不追究你对汗国的背叛罪。你是一个蒙古人,竟然心甘情愿充当俄国人的奴仆,这是不能宽恕的!"

"殿下!"

"巴木巴尔,把这个败类就地正法!"

巴木巴尔手起刀落,札尔在一声惨叫后,身首异处了。

"殿下,"巴木巴尔问道,"这些逃兵也现在砍头吗?"渥巴锡看了看渐渐围上来的战士,凝目思忖片刻,然后说道:"巴木巴尔,你去对他们讲,我不想把他们全部处死了。但他们必须一对一进行一场拼斗,胜利者可以免死。不愿参加拼斗甘心受死的人,站到一边去。"

"殿下……"巴木巴尔不解地看着渥巴锡。

"执行命令!"

巴木巴尔满腹狐疑地摇摇头,不得不去执行命令。

结果在八十名逃兵中,有三十五名甘愿引颈受戮,低头站到了一边,另

---

① 事实上,特鲁本堡的五千骑兵是在六月初出发的。

外四十五名原地未动,当然是想在拼斗中获胜以求活命者。

渥巴锡向那些划然两开的逃兵们走了几步,大声问道:

"你们还有没有人想改变自己的选择?现在还来得及。"

过了一会儿,低着头的三十五个人和扬着头的四十五个人,谁也没有动。看来,他们是不想改变自己的抉择了。

渥巴锡扬起冷冰冰的脸,又扫视了一下越聚越多的围观的战士。然后他面对那三十五个甘愿受死的人说道:"你们自知罪不容诛,甘愿受死。说明你们的灵魂还没有泯灭,还多少有点儿羞耻心和懊悔之意。我就饶过你们这一次。"

渥巴锡说完上面的使所有在场者目瞪口呆的话以后,倏然转向那四十五个选择了生的一群,恶狠狠地骂道:"你们是一群狗,一群软骨头的恶狗!几句诱惑的话就能叫你们忘了祖宗,就能叫你们去当叛徒!直到现在,你们还不知道你们的行为有多么可耻,直到现在,你们还想用同胞的鲜血来换取自己猪狗不如的生命!我替你们感到耻辱,为有你们这样卑鄙的属下感到羞愧!你们这会儿低下了头。可仅仅几秒钟之前,你们还不知羞耻地昂首挺胸站在那里,决心用你们罪恶的手去屠杀同胞!你们的心呢,你们的灵魂呢?让狗吃了,让魔鬼掏走了吗?哼!你们还想活!还想在和同伴的拼斗中求生!你们哪一个还有脸再说一声:我想活!说呀,怎么不说?你们在叛逃时的胆量、在渴望残害同胞时的勇气到哪儿去了?你们不说,那好,就让他们对你们做出判决吧!"渥巴锡说着挥手指了指成千上万的围观者,并朝他们转过身去。

那些围观的战士早就被刚才的场面惊呆了,他们第一次见到汗王殿下如此深恶痛绝地斥骂自己的属众,第一次听到汗王殿下如此力尽丹田地高声怒吼。此刻,又从正面看到了汗王殿下因悲痛、愤慨和暴怒而扭歪的脸、通红的眼睛、发紫的嘴唇以及颤抖的拳头,更感到有一种震慑的力量从汗王身上迸发出来压到他们的头顶、震撼着他们的心灵。他们肃然而立,屏息凝神,眼也不敢眨一下、气也不敢出一口地看着天神般的汗王。

渥巴锡转过身去后,只是深深吸了一口气,便紧接着把洪大而略显嘶哑的声音送到围观者的队伍中间。他说道:"听着,我的勇敢的战士们!你们是从汗国的二十万人中挑选出来的出类拔萃的勇士。你们是汗国的中流砥柱。你们是在东进道路上屡建战功的英雄!为了伟大的汗国,为了父老乡亲,为了子孙后代,你们舍生忘死、浴血奋战,面对困境,面对死亡,从没有皱过眉头！你们不愧是一支光荣的先锋部队！现在,在你们载满荣誉的队伍中间,出现了可耻的逃兵,出现了卑鄙的叛徒。他们就站在你们的面前。他们给你们的队伍带来了耻辱。你们有权对他们做出判决。现在,请你们回答我,也回答这四十五个败类：你们希望——不,你们允许这些败坏了蒙古人的传统、玷污了你们的声誉的恶棍继续活在世上,允许他们再站到你们的光荣的队伍中间吗？"

渥巴锡的问话极简单,那些战士只需回答"处死他们"或"留下他们"、甚至只要从"不"和"是"中间选择一个字就可以了。但是,他们却没有立即做出回答,而是默无声息地伫立不动。难道他们认为汗王殿下的斥骂有些过分因而对那四十五个人产生了同情？当然不是。那么,他们为什么沉默？他们在想着什么？为什么有不少人不是高昂着头颅而是低垂着眼帘呢？

无疑地,渥巴锡的极简单却具有震动力量的话,不能不使那些战士们的心海波涛翻涌。他们在思考,不是思考那四十五个人的命运,是在思考自己。因为他们也曾有过畏葸的瞬间,有过怨恨汗王的情绪,在失掉信心后也萌生过脱离汗国的念头。他们在心里问着自己："我担当得起汗王殿下刚才的赞誉吗？"甚至有人想道："我不是也应该站到那四十五人的一群中去吗？现在没有成为被审判者却成为审判者,只是由于自己的隐藏在心里的罪恶想法还没有变成罪恶的行动！"但是,他们并没有为自己的侥幸感到快乐。相反的,他们感到痛苦,感到有一种巨大的羞愧压迫得他们不敢仰视汗王。羞愧是良知的复苏,是罪恶的坟墓,是新生的土壤。对那些曾想退却还没有步入罪恶渊薮的人尤其如此。眼下,正是这种荫蔽的羞愧感,有如飞流直下的瀑布,冲洗着那些战士的身心,更新了他们的精神。他们明确地感到,他们骤然间变了,像噩梦顿消,像霍然病除,精神振发,体力充沛,产生了某种渴望。这渴望就是：去战斗,去为汗国、为汗王献身！在此刻,如果汗王殿下指着刀山火海说一句："冲上去！"那么,他们会毫不犹豫地冲上去。

事实上,在渥巴锡问话后,战士的队伍里仅仅出现了几秒钟的沉默。在这极为短暂的时间里,战士们只是进行极为简单的思考。然而,就是这极短暂的时间里的极简单的思考,却成为战士们灵魂的转折点,成了这支队伍精神的转折点。他们不再感到羞愧了,不,是把羞愧变成了力量。这力量将在未来的战斗中充分表现出来。在眼前,则表现为对四十五个叛徒的愤怒。

片刻后,所有战士都昂起头颅,用振臂高呼回答了汗王的问话:"处死他们!处死他们!处死他们!"

这异口同声的怒吼,像洪水奔腾,似震雷轰响,在两山之间的谷地滚动不已,并向连山、密林震动过去。

这惊天动地的怒吼,不仅是对四十五个叛徒的宣判,同时也是战士们对自己曾经存在过的懦弱、悲观和退缩的宣判。

渥巴锡是由于对四十五个想和同伴搏斗求生的叛徒的恼怒,才说出上面一番激昂的话来。他怎么也没料到,仅仅几句话,竟起到了比一百次战斗动员还要巨大的作用。他感到激动不已,胜利的信念重又在胸中燃起。他不由得看了看舍楞等人,他们也处于同样的激动中。

待战士们的怒吼声停息下来,并吸引过更多的战士时,渥巴锡以他处决札木扬时的威严姿态,向巴木巴尔命令道:"把这些逃兵拉到坡顶上去碎尸万段!让更多的人看看那些背叛汗国的败类的可耻下场!"

巴木巴尔威风凛凛地答应一声,便朝着看押逃兵的战士挥了挥手,那四十五个被宣判死刑的人立即被赶往坡顶了。围观的战士们,略一犹豫,随后也向坡顶蜂拥而去。

51

渥巴锡不想目睹四十五个叛徒的受刑场面。所以,在巴木巴尔把那后悔不迭和失魂落魄的一群,往坡顶上赶去的时候,他站在原地未动。

舍楞和策伯克多尔济站在旁边陪着他。

过了一会儿,渥巴锡的激动的心终于渐趋平稳,也想起此刻最要紧的是根据各种因素考虑和决定下一步的行动方案。在此之前,他应该亲自看看那条被传得神乎其神的雾淖。当然,他并不指望在今天剩下的时间里走到雾淖跟前。他知道,就是站到雾淖的边缘,也不可能亲自踏入烂泥冒险一试,那浓雾中隐藏了千百年的真相照样还是一个谜。

他只是想站在山顶远远看一看,以便确认雾淖的方位和它周围的地势。

渥巴锡这样想着,便叫上舍楞、策伯克多尔济,绕过人群,从另外一处向山顶登去。

山顶上岩石裸露。他们就站到一块巨大的岩石上。这里不像坡底那样闷热,有清风吹拂,他们觉得很凉爽。站在这里,他们可以清楚地看到三道山梁和山梁南侧的浓重的雾带。雾带下,当然是那条神秘的雾淖了。一天前,舍楞也曾站在这个山顶上久久凝视过那条雾带。那时,他误认为是山岚,以为这样经久不散的山岚,一定隐着更高的山峰。他派人去查看道路,就是让他们穿过雾带,攀上想象中的高山,看看山脉的尽头究竟还有多远。结果,查合布彦险些葬身雾淖。现在,舍楞当然不会再把那条雾带误认为山岚了。

渥巴锡和策伯克多尔济却是在登上山顶前就知道,那雾带不是山岚,而是笼罩在雾淖上的雾气。

这三个人都在凝视着那条雾带。他们都没遇到过雾淖,想象不出雾气下面怎样阴森可怕。但有一点,他们都很清楚。那就是:雾淖近在咫尺,宽不过三五里,对面就是坦荡无垠的哈萨克草原。这本身就具有极大的诱惑力。

但是,这条雾淖能通过吗?如果它真是魔鬼幻化出来阻挡人类骚扰的护城河,那么,汗国十几万人在山林里两个月的骚扰,不是更会惹恼众魔鬼因而肯定要把雾淖变成更可怕的陷阱吗?

摆在汗国东进队伍前面的就是这样一个问题:是冒险试试雾淖的厉害呢,还是识趣地避开它?

站在山顶岩石上的三个人,在想着同样的问题。他们在心里向自己询问,也询问另外两个人,同时也听到另外两个人的询问。他们的心声在互相撞击,却久久未能撞出和声。

又过了一会儿,他们的思绪被一阵脚步声打断。

是巴木巴尔跑了上来。

"唔,天哪!"巴木巴尔一边跑一边气喘吁吁地喊道:"真是见所未见,闻所未闻!"

舍楞问道:"怎么?"

"你们要亲眼看看就好了!"巴木巴尔停下脚步,深深吸了一口气,"战士们疯了。我还没下开刀问斩的命令,他们就呜嗷一声扑了过去,把那四十五个倒霉鬼敲巴得稀烂!"

舍楞慨然道:"好,军心大振了。"

策伯克多尔济说道:"这四十五个人临死才算立了一功。"

"的确是这样。"渥巴锡说道,"他们罪当不赦,死不足惜。但是,他们的死,却抵得上为汗国增添了千军万马,从这一点看,他们又死得有价值。"

"不管怎么说,现在的战士们可以赴汤蹈火,以一当十。"巴木巴尔掩饰不住兴奋地说道,"殿下,快说吧,我们怎么干?你只要下一道命令就行了。"

"问题并不这么简单,巴木巴尔。"渥巴锡说道,沉思了片刻,"下一道命令很容易,但是,做出准确无误的判断却很难。"

"殿下,你变得谨小慎微了。在库拉金纳要塞和奥琴峡谷,你不是当机立断并赢得了胜利吗?你再把那时的魄力拿出来嘛!"

"形势不同了,在库拉金纳要塞,我们只有正面的敌人;在奥琴峡谷,虽说后面有追兵,但真正决定我们命运的也只是正面的峡谷。那时,我们只有一个目标,没有选择的余地。眼下的情况要复杂得多。东西南北四条道路,各有利弊,我们只能选择一条。稍有权衡失当之处,就会踏上错误的道路,连改正的机会都没有。所以,我们不仅需要果断,更需要谨慎。"

"谨慎?如果拖到明天做出决定……"

"不,必须在今天做出决定。不过,巴木巴尔,你既然如此急于行动,也一定会有自己的想法。你说说看,如果让你决定,你要选择哪条道路呢?"

"那还用问?向南,穿过雾淖,直达哈萨克草原!"

"理由是什么?比如说,你为什么不选择另外三条道路?"

"根本用不着去想那么多。战士就要勇往直前,只能进,不能退!"

"可你不是战士,是将领,是统帅。战士只需知道是前进还是后退就可以了,统帅却必须知道前进和后退的根据。否则,你的行动就是盲目的。"

"在汗王面前,我这个先头部队的副将,也只是个执行命令的战士。"

"你随时都可能要指挥全汗国的军队!"

"这是毫无道理的假设!"

"不对,巴木巴尔。我们前面的道路还充满艰险,还有无数场恶战等着我们。捐躯的机会对每个人都是同等的。我们——至少是我们四个人,都必须具备在只剩下自己时,去独立地指挥全汗国人马的能力!"

"殿下!……"

"不要再和我争论了,巴木巴尔。我并非说你选择雾淖这条道路是错误的。你说过,这条雾淖连魔鬼也不敢踏入一步。可你偏偏选择了它,你当然认为自己的选择是正确的,但你必须讲出让别人也信服的道理。"

"道理! 天哪,你这不是……"

"好了,巴木巴尔。你再细细地琢磨一番。现在,让我们再来听听舍楞叔父的意见。"

舍楞毫不犹豫地说道:"我赞同巴木巴尔的选择。"

渥巴锡的眼睛闪动了一下,很感兴趣地说道:"您和巴木巴尔不谋而合了! 我相信您是能做出详细说明的。"

舍楞略事斟酌,说道:"我刚才受到殿下的启发,对我们面临的四条道路进行了比较。我想,首先必须排除东西两条道路。你们看,"他说着,指向东方隐约可见的峰峦,"整个东边都被陡峭的山脊挡着,它就像南北横在那里的一架鱼骨的脊梁,我们的人马车辆是无法通过的。再看两边,虽说只是连绵的丘陵,但绕过雾淖,绕过据阿斯楞所说的湖泊和大片的沼泽地,至少要走出上千里,这无疑等于增加了两千里行程。而且,我们要横穿哈萨克人的驻地,破坏他们的草场。哈萨克人和我们的友谊早已荡然无存,这回又受到特鲁本堡将军的唆使,必然要为难我们甚至诉诸武力,每走一步都可能有一场战斗。所以,向东向西都不行。现在,只剩下南北两个方向,也就是要么前进,要么后退。我曾认为后退可取,因为回头走一段路,我们总可以找到阿斯楞讲述的那个略微平缓的山梁。细想一下,这更不行。按着札尔的供词,特鲁本堡的五千人马这会儿已经进入山区,设若和他们遭遇,等着我们的必然是毁灭性的失败。因为在崇山峻岭中,无论是驼兵还是马队,都会失去威力,只能在俄国人的枪弹中一批批倒下去。还有一点,是更可怕的。眼下,由于我带错了路,造成整个汗国人马的情绪低落,先头部队今天的高昂热情也不是很稳定的。一旦宣布后退,不管我们怎样解释,不管我们退出多远,人们的信心也会丧失殆尽,用不着和俄国人交锋,我们自己就会崩溃。总之,向南是唯一正确的方向。正如巴木巴尔所说,只能进,不能退。"

在舍楞直抒己见的时候,另外三个人都凝神静气地侧耳倾听,仔细地琢磨着他的每一句话,有时还赞许地点点头。他讲完后,渥巴锡又点点头,但没有马上表示自己的看法。少时,他自言自语地沉吟道:"只能进,不能退。只是这雾淖……"

"殿下。"策伯克多尔济说道,"不必犹豫了。舍楞大人的分析是鞭辟入里、无懈可击的。"

渥巴锡紧盯着策伯克多尔济问道:"你也赞同去向魔鬼挑战?"

"殿下,说雾淖是鬼域护城河,只是哈萨克人的传说。我推想,由于雾淖总是笼罩在浓雾里,人们无法看到它的真实面貌,便觉得它很神秘;又由于它终年不冻,泥淖一定很深,一些不知就里的人走进浓雾,免不了惨遭没顶之灾,不可能生还,向人们讲述里面的真谛。这样就更增加了雾淖的阴森可怖和不可知的神秘色彩,人们也会据此敷衍出许许多多令人胆战心惊的故事。"

"可是,我总感到疑惑。"渥巴锡仍不释然地说道,"以舍楞叔父的才智和老练,怎么会忘记星宿的位置会随着季节变化呢? 这是不是魔鬼在作祟,有意把我们引向雾淖呢?"

"不会的,殿下。"策伯克多尔济自信地说道,"我们一直穿行在人们所说的魔鬼聚居的山林,它们怎么会允许我们骚扰两个月呢? 再说,如果雾淖确实是魔鬼幻化出的护城河,那么,说明魔鬼也是喜欢安宁的。我们东归祖邦也是在追求安宁的生活,这正是同病相怜。所以,我们可以请洛桑丹增喇嘛到雾淖跟前进行祈襀,向魔鬼陈述我们的苦衷和请求。我想,魔鬼也会同情我们而网开一面的。"

渥巴锡听了策伯克多尔济的话,深深呼出一口浊气。他咬了咬坚毅的嘴唇,挥了挥拳头,如释重负地说道:"好! 策伯克多尔济,我心里的疙瘩被你解开了!"

"殿下终于下了决心。"

"向南,穿过雾淖,向哈萨克草原挺进!"

"殿下!"巴木巴尔兴奋地叫道,"这真是太好了! 我们四个人想到了一处!"

"可是,如果没有你的胆勇过人、舍楞叔父的料事周全和策伯克多尔济的机变百出,我是不能这么快就下了最后的决心的!"

"你就下令吧,殿下。"巴木巴尔急不可耐地喊道,"我现在就可以把队伍带到雾淖。"

渥巴锡看着巴木巴尔雀跃的样子,忍不住微笑了一下问道:"你知道怎么穿过雾淖吗?"

"还是那句话:只能进不能退。就是不能活着走出雾淖,我们一万多人的身体也能给后面的人马垫起一条道路!"

"我可舍不得让一个战士沉入泥潭。"渥巴锡说着,态度即刻变得威严起来,"舍楞叔父,巴木巴尔,仔细听好我如下的命令,并要保证执行得分毫不差!"

舍楞和巴木巴尔同声说道:"殿下请讲。"

"第一,立即挑选十名口齿伶俐的战士,两人一组,分别去通知家属队伍、王室队伍和殿后队伍于明天凌晨迅速向雾淖集中,通知洛桑丹增喇嘛带领徒众连夜奔向雾淖,通知赶牧队伍的总管,以最快的速度把一千头牛赶到先头部队的营地。第二,命令先头部队就地休息,待一千头牛送到的时候,即行屠宰,牛肉全部烤熟,每张牛皮均匀割成五块长条,集中一处运到雾淖。第三,这一千头牛处理完之后,大约是后天凌晨,你们带领先头部队的全体战士,迅速奔向离雾淖最近的山上。你们看——"渥巴锡用手指着南面的山岭,"那三座山的北坡,都有大片的森林,山坡少不了有大量块石。你们的任务是,每人砍伐一棵粗细在一尺上下的树木,每个人两块越大越好的石头,分批运到雾淖的岸边。就这些。不知你们是否听明白了我的话?"

舍楞问道:"殿下是想架座浮桥?"

"我不能让人们带着胆怯心理到泥淖中去冒险。"

"看来殿下早已成竹在胸了!"

"想到浮桥是极容易的。既然主意已定,行动就不能迟缓。你们去执行命令吧。有一点要切记,千万不能让战士们知道关于雾淖的传说。唔,对了,再给我派五十个战士来,我一会儿要和策伯克多尔济到雾淖去,选好架桥地点,在那里等候你们。"

不用说,渥巴锡的三条命令执行得顺利极了。到了六月八日晚上,第一批原木和块石已经陆续运到雾淖岸边。洛桑丹增喇嘛也带着徒众赶到并立即作起法事。

渥巴锡和策伯克多尔济带领五十个战士开始架浮桥。

雾淖岸边的青草特别茂盛,足有一人高。穿过茂草,是一带寸草不生的褐色土地,温热而柔软,走在上面呼扇呼扇的,像踏着厚厚的地毯。走过这一带犹如翻浆的土地后,是难以通行的烂泥。这烂泥大约就是雾漳的边缘了。从这里,可以隐约看到雾淖数丈以内的情景。也是一律的烂泥,只是越往里越显得稀薄。在稠粥一样的表面上,不断有肮脏的水泡冒出,那浓厚的雾气就是从那些噼啪乱响的水泡里蒸腾出来的。

浮桥就从烂泥处开始架起。

三十个人搬运块石,投入脚前的烂泥,直到块石不再下沉,再让位给二十个扛原木的人,他们把原木一棵挨一棵横摆在石头上。渥巴锡和策伯克多尔济则负责从两端把原木一棵棵用牛皮索牢牢连结在一起。这一段铺完后,再依照前面的顺序铺设下一段。就这样周而复始地一段段向前推进。

空气又潮湿又闷热,就像置身蒸气浴室一样。不久,无论是五十名战士,还是渥巴锡和策伯克多尔济,都已是大汗淋漓了。他们全都脱掉上衣,脱掉靴子。他们的裸着的上身和大腿,都溅满了烂泥。

浮桥架设得很顺利,不到午夜,已延伸出近二里地了。渥巴锡和策伯克多尔济都很高兴,也感到意外。尤其使他们惊异的是,战士们投到泥淖里的块石数量不大。他们脚下的位置显然已越过了雾淖最深的中间部分,按投下的块石估计,也不过一丈左右深。一丈深的泥潭,徒步涉过去当然不可能,但对于架设浮桥却是太容易了!按现在的速度,要不了明天早晨,就可以推进到对岸,而且是一座真正的木桥,一座纹丝不动的地地道道的木桥。

"策伯克多尔济,让你说对了。这雾淖也只是在传说中那么可怕。"渥巴锡坐在原木上说道,扬起胳膊擦了一下脸上的汗水,结果弄得满脸污泥。

策伯克多尔济从另一侧扬起脸说道:"也许是洛桑丹增喇嘛的祈祷感动了魔鬼。"他说完,笑了笑。

"不管怎么说,这条道路选对了。"渥巴锡说着站了起来,"可我怎么也想不到这么顺利!如果早知如此……"

"殿下就不会决定只造一座浮桥!"

"你可真是善解人意。"

"现在还来得及。殿后的队伍至少还要两三天才能到达这里。"

"好。今天到此为止。我们回去休息。再给舍楞他们每人增加一棵原木。"

"他们会很高兴的。"

"那还用说!"

他们说完,便带领五十个战士回北岸去了。这时,北岸附近的山坡上早已点起了千百堆篝火。先头部队的战士们带着一天多的疲劳和兴奋,围坐在篝火旁烧水、烤肉和喝酒。渥巴锡和策伯克多尔济找到舍楞和巴木巴尔,四个人也开怀畅饮,谈笑风生。

这一晚,人们过得都很愉快。

第二天拂晓,舍楞和巴木巴尔又带领战士们精神抖擞地去当伐木工了。有二百人留在雾淖边。昨天的五十人继续铺设已经完成了一半的浮桥,增加的人则在渥巴锡和策伯克多尔济的指挥下,开始铺设另两座浮桥。

一切就绪后,渥巴锡和策伯克多尔济又一同走上第一座浮桥。这里的五十个人干得比昨天熟练多了,进展的速度也快了不少。大约到了下午两三点钟时,前面的泥淖已经很稠很浅了,投下的块石越来越少,最后,投下的块石竟有一半露在烂泥外面。这里的雾气也稀薄多了,虽说还无法看清彼岸的情景,但从那似见非见且在微动的一带黑暗的影子,可以确信那是岸边的茂草。渥巴锡从战士手中接过一块石头,扔进脚前的烂泥,这块石头只有极小的一部分陷下去。他用脚使劲儿踩了踩,石头几乎连动也没动。渥巴锡不由得一阵惊喜,他转过脸来,激动万分、神采飞扬地看着策伯克多尔济,却一时说不出话来。

策伯克多尔济笑着说:"殿下,我们成功了!"

"我们……成功了!"渥巴锡这才挥臂喊道,"从这里,就是不再架浮桥,我们也可以直驱哈萨克草原!"

渥巴锡的话,在身后的战士中引起一阵狂喜的骚动,刹那后,他们不约而同地高呼道:"成功了!万岁!"

无论渥巴锡怎样稳重,也无论策伯克多尔济怎样练达,他们毕竟属于少年老成之列。在一般情况下,他们不会失态。但是,在形势发生了出乎预料的骤变时,就免不了会暴露出青年人的固有的弱点,使激动形诸声色。眼下正是如此。千百年来,人们不敢问津、趋避犹恐不及的神秘的雾淖,在今天,竟被他们如此轻而易举地征服了!这意外的柳暗花明,确实是大喜过望的胜利,他们怎能不像孩子一样欢欣雀跃甚至达到忘乎所以的程度呢?

对于那些芸芸众生的战士,则无论什么情况下,也无须掩饰和克制自己的感情。在胜利时,他们可以尽情狂欢;在失败时,他们可以垂头丧气,而不必考虑自己的情绪对整个汗国的影响。照一般的说法,统帅是灵魂,战士的情绪是被统帅的情绪左右着。现在,正是渥巴锡的情绪感染了五十个战士,正是渥巴锡一句激动的话给他们带来了狂喜。要知道,草原才是蒙古人的生命,草原才是蒙古人的梦啊!两个月来崇山峻岭中的摔打滚爬,他们是大旱而望云霓一样渴想着草原啊!突然,汗王告诉他们,眼前就是草原,他们如何能不喜悦抃舞,如何能不疯狂地欢呼呢?

然而,汗王也好,战士们也好,都忘了一件本不该忘记的事情。他们忘了,在雾淖的南岸,不仅有翠绿的草野、明丽的阳光和清澈的溪流,还有哈萨克人。已不再是朋友的哈萨克人,在特鲁本堡的唆使下正虎视眈眈地窥视着汗国的行踪。

渥巴锡到底是个有远见卓识的汗王,他几乎是在刚刚说出前面那句话的同时,就即刻意识到此时此地绝不能高声喧哗。可是,在他扬起手准备制止战士的狂呼时,陡然从南岸传来一阵号角声。

这无异于晴天霹雳!

战士们顿时缄口垂臂,无不大惊失色、瞠目结舌地看着渥巴锡。

"坏了!"渥巴锡脱口说道,"这是哈萨克人召唤人马迎战的号角!"

就像为了证实渥巴锡的判断,那奔驰而来的马蹄声已清晰可闻。

策伯克多尔济惊问道:"殿下!先撤回去吗?"

"不!"渥巴锡果断地说,也不向策伯克多尔济作任何解释,便向不知所措的战士们喝道:"趴下!用石头和原木挡住脑袋,不准出声!"他说完,不由分说地使劲儿拽过策伯克多尔济,让他和自己一同趴在一分钟前曾给他们带来喜悦的那块巨石后面。

说时迟,那时快。他们刚刚趴在浮桥上,就听到了空气被撕裂一样的呼哨声,霎时,强劲的箭矢如闪电般破雾而至,准确地在他们头颅和胸膛刚刚停留过的地方交叉着飞过,直刺入两侧的泥淖,不少箭矢在空中相碰,纷纷落在他们的脊梁上。

过了好一会儿,对岸的人停止发箭,传来一个特别洪亮又特别傲慢的喊声:"雾淖里的人听着!把你们那位乳臭未干的汗王叫来,说我努尔阿里在此恭候他的大驾!"

接着是一阵高过一阵的狂笑声。

渥巴锡又是一惊,说道:"是小帐努尔阿里汗!"

"这个背信弃义的坏蛋!"策伯克多尔济愤然骂道,"他怎么知道我们会走雾淖这条路?"

"他不可能知道。是我们过早的兴奋暴露了自己。我估计他们的驻地离这里不会太远,附近布满了巡逻兵。刚才的号角就是巡逻兵告警的信号。"

"那么,我们一上岸就会有一场生死搏斗!"

"努尔阿里不会等着我们大队人马走出雾淖的。他们的枪弹和箭矢将使我们寸步难行。"

"我们这座浮桥要放弃吗?"

"也许要放弃。但另外两座浮桥无论如何不能暴露。"

"我现在就去通知他们,任何人不得高声讲话!"

"等一等!"渥巴锡拉住了想站起来的策伯克多尔济,"他们的眼睛和耳朵都集中在我们这个地方,稍有动静就会万箭齐发。"

这时,南岸又传来努尔阿里的喊声:"喂!蒙古佬,你们怎么不回话?都成了缩头乌龟了吗?"

哈萨克人又爆发出更疯狂的笑声。

渥巴锡没有搭理努尔阿里污辱性的挑衅。他凝眸想了想,侧过脸问道:"策伯克多尔济,我们身后还有多少原木?"

策伯克多尔济答道:"大概有七八十棵。"

"足够了!"

"殿下,您是想在前面树起一个屏障?"

"有了围桩,我就可以站着和努尔阿里讲话而不必担心他的冷箭了。"

"殿下要和他谈判!"

"是的,尽量化敌为友。"

"努尔阿里是个暴虐而不讲信义的小人。这回又受了特鲁本堡的蛊惑,不会轻易放我们过去的。"

"至少也要做到先礼后兵。这是在他们的土地上。"

"我明白了,殿下。请不要动,这事我来干!"

策伯克多尔济说完,小心翼翼向后爬了几步,对五十个战士命令道:"听着!每两人抬一棵原木,顺着浮桥两侧慢慢向前,不准弄出响动。到了浮桥前端后,把原木轻轻立起,听我一声令下,就把原木合拢到一起,插入烂泥。你们隐在原木后,不会有危险。干吧!"

策伯克多尔济则叫过一个战士,轻轻抬起一棵原木,异常小心地把它立在桥端正中,为另外的战士确定了一个目标。待那些战士如履薄冰般终于一个个到了桥端,策伯克多尔济轻喊了一声:"合拢!"

瞬息间,二十多棵足有两人高的原木一棵挨一棵地立了起来,浮桥的前端,出现了一个临时的屏障。

在竖立这些原木时,曾发生一阵互相撞击的声音,免不了又招来箭矢的攒射,但有了原木屏障,渥巴锡和战士们都毫发无伤。随后,策伯克多尔济又让可以腾出手的人把尚未投入泥淖的石头搬过来,挨排堆在原木里侧,最后用牛皮索把原木连结在一起。一道真正的坚固的围桩终于完成了。

渥巴锡略一踌躇,踏上一块石头,伏在两棵原木的空隙处高声喊道:"请先不要放箭。尊敬的努尔阿里汗殿下,土尔扈特汗国渥巴锡汗向您问候!"

对方果然停止放箭。

片刻后,传来努尔阿里的声音:"啊哈!你是渥巴锡吗?"

"我是渥巴锡,努尔阿里殿下!"

"你我今天狭路相逢,可真是天缘巧合啊。你现在该知道雾淖的厉害了,是被你们惹恼的魔鬼把你送到我的手里的。"

"努尔阿里殿下,我希望您听听我如下的陈述。我们曾世代友好相处。你们也备受俄国人的欺凌。我们是想摆脱俄国人的奴役,投奔祖邦,才不得不经过贵地,惊扰殿下。我恳求您理解我们的苦衷,谅解我们的冒昧,借给我们一条路。我们将奉献全部珠宝和牛、马、驼、羊各一千作为谢礼和补偿殿下的损失。请殿下回答我。"

"你挺慷慨啊,渥巴锡。可我告诉你,特鲁本堡将军和女皇陛下应许给我的不仅是你们的全部珠宝和牲畜,还让我在你们的姑娘中挑选一百个美女呢。你要答应这些条件,我就放你过去。"

渥巴锡气得脸色煞白,他扫了策伯克多尔济一眼,强忍住胸中的怒火,又对努尔阿里喊道:"努尔阿里殿下!您为什么要在我们之间引起争斗,互相残杀呢?"

"你是说争斗和互相残杀吗?啊?哈哈哈哈!"这是一阵疯狂而放肆的笑声,"我明明白白地告诉你吧,自作聪明的年轻人。我虽然想不到你们会走雾淖这条路,但当我知道你们砍伐树木时,当即猜到你在打什么主意。现在,东边的山口、西边的湖畔都有我的人马,北边有特鲁本堡将军。你们已是山穷水尽,上天无路、入地无门了!你要想留条活命,就扔下武器,老老实实走出来,永做我的属众,别再妄想什么争斗了。"

渥巴锡听完努尔阿里的狂妄但未必是胡编的话,回头对策伯克多尔济说道:"你说得对,努尔阿里是不会放过这个机会的。"

"殿下有什么打算？"

"一会儿对你讲。"渥巴锡转向身后的战士，"你们立即往回撤，脚步要轻！"

策伯克多尔济问道："那么这里……"

"努尔阿里没必要让他的人来冒险。"

从南岸又传来努尔阿里的喝问声："渥巴锡，你怎么不说话？我可又要下令放箭了！"

渥巴锡回答道："努尔阿里殿下，我决定接受你的条件。但你要退回三十里。等我的人马过了雾淖，立即把全部珠宝、牲畜和一百名美女奉达帐前！"

"哈哈！渥巴锡，你这小小骗术还想瞒过我吗？"努尔阿里的声音到这里突然停下来。十几秒钟后，才又接着喊道："渥巴锡，我就卖个人情给你。但是，你和你的母后、王妃以及汗国大臣必须第一批过来。"

渥巴锡冷笑了一下喊道："我答应了。我现在就去接母后。今晚就到华帐拜见。"

渥巴锡说完，拉过策伯克多尔济向回急走。努尔阿里好像又喊了几句什么，他们不想再听了。

走了一段路以后，策伯克多尔济问道："殿下是想诈降吗？"

"不。我已经想好了一个计策。我要让这个混蛋跪地求饶！"接着，渥巴锡把他想好的计策详详细细讲了一遍。策伯克多尔济点头称是。

52

努尔阿里，年约四十以往。黄头发，又窄又高的额头，深陷的灰蓝色大眼睛，耸起的颧骨，鹰钩鼻子，两撇八字胡下藏着两片薄唇，下颏翘起，与鼻准遥相对峙。这一副出落不凡的相貌，无一处不向人们述说他的惨刻少恩、贪得无厌的诡谲狡诈。

在广阔的哈萨克草原上，努尔阿里的势力仅次于中帐阿布赉苏丹①。长期以来，他对于阿布赉的发号施令心中很不服气，早想与之争锋，只是感到

---

① 阿布赉同时管辖着大帐，疆域广阔，直达新疆。

力不从心。这次,特鲁本堡将军选择他作为攻击土尔扈特汗国的合作者,并答应把俘虏的三分之一送给他,正好触到了痒处,当即成交。他又联络了巴什基尔人的四千人马,组成了一支有两万人的大军,在渥巴锡可能经过的地方布下天罗地网,他自己则率领八千人马的主力驻扎在雾淖南侧,不管战斗在东西哪一个方向打响,他都可以迅速赶到。可巧,渥巴锡选择了雾淖这条道路,他更觉得是逼迫渥巴渥就范的天赐良机。

努尔阿里隔着浓雾对走到绝路的渥巴锡要挟了一阵,后来,听信了部将的话,假称答应了渥巴锡的要求。但他没有后退三十里,却是命令部下将营帐移到离雾淖仅一公里之处。他当然知道,渥巴锡说投降,也是假话,肯定是要耍点儿小计谋。但这算得了什么?反正渥巴锡已到了山穷水尽的绝路,再狡猾,再挣扎,最后也只能束手就擒。

努尔阿里俨然已是个大获全胜的英雄,他派人密切注意那座隐在浓雾中的浮桥,他自己则进入营帐喝酒。

努尔阿里的部将们可不像高傲的汗那样坦然。他们早就风闻蒙古人能征惯战,从没有投降的先例。而且,一支能攻陷库拉金纳要塞和奥琴峡谷的军队,肯定是强大到无坚不摧、战无不胜的,绝不能等闲视之。他们哈萨克人,只有两万人马,一多半又是分散在东西数百里外。还有一点,是最令他们恐慌的。这雾淖是魔鬼的护城河,从来没有哪一个胆大妄为的人敢踏入半步。这回,蒙古人若不是打败了魔王,就一定是得了它的帮助,否则,怎么能架起一座浮桥呢?说不定正是众魔鬼站在泥淖里用头顶着木头呢。他们这样想着,便纷纷走进努尔阿里的营帐,劝说努尔阿里请阿布赉苏丹合兵迎击强大的且可能得到魔鬼帮助的蒙古人。努尔阿里听后大为光火,怒斥道:"别再跟我提什么阿布赉,什么苏丹,眼前的胜利唾手可得,用不着别人助阵。你们他妈忘了,有阿布赉,我就只有喝汤的份儿,这回,我却要吃肉!"听了努尔阿里的怒吼,部将们只好唯唯而退。

可是,夜幕垂下以后,执行巡逻任务的战士向努尔阿里报告了一个使他大吃一惊的消息,说蒙古人可能要放弃浮桥,向东北方向逃窜。

努尔阿里跑出营帐,顺着巡逻兵手指的方向看去,确实有无数火把在山坡上向东北移动。火把很亮。还伴随着万口同声的呼喊:"东归祖邦!汗国必胜!"

初始惊讶,继而疑惑,终至于恍然大悟的努尔阿里突然纵声大笑起来。

弄得集聚到身边的部将们大惑不解。

过了一会儿,努尔阿里收住笑声,嘴角残留着一丝讥诮的笑意,朗朗说道:"小小的骗局而已。想让我上当,不是做梦吗?"他说着,炫耀地瞥了瞥两边的人,"你们也蠢得可以。渥巴锡要瞒天过海,偷偷跑掉,可会先向我们打个招呼?哼!打着火把、喊着口号逃跑?这是三岁娃娃的鬼把戏。我现在就让渥巴锡知道,我努尔阿里不会从这里调走一兵一卒,让他知道,最聪明的办法就是乖乖投降!"接着他命令他的部将,把所有战士叫到营帐外,燃起篝火,一边喝酒,一边齐声高喊"渥巴锡,快投降",声音要响亮,让夜空也为之颤抖。

结果,这个短暂的夏夜,几乎有一半的时间是在雾淖两侧此伏彼起的喊声中过去的。

天亮了。东方天际处被朝霞烧得通红。草原上的夜雾和雾淖上的浓雾划然分开,并渐渐散尽了。

这时,巡逻兵又向努尔阿里报告了一个消息,说是在雾淖的边缘处出现了一道长长的围桩,巡逻兵自信地说,他敢肯定,围桩后面,就是昨天渥巴锡说话的地方。

努尔阿里这回没有表示丝毫惊讶,却冷笑了一下说道:"哼,果然不出所料。渥巴锡是想冒险突围。"但他突然紧紧收回薄唇,拧着眉头站了起来。他在地上走了几步,歪着脖子,"嘶"的一声吸了一口气,自言自语地说道:"奇怪,……奇怪,这个蠢小子在打什么鬼主意?"过了一会儿,他喝退了巡逻兵,叫传令官去召唤几个主要的部将。和他一同去看看那道围桩。

十几分钟后,他们来到了昨天站立过的地方。

在雾气稀薄处,一道足有三十米长的围桩赫然而立,远远就能看得一清二楚。

很愿意说话的那个部将又是第一个开口说道:"殿下,渥巴锡并不想投降啊!他准是把人马隐在围桩后面,伺机扑过来,企图突围。"

努尔阿里咬了咬胡子说道:"我昨天就知道他会这么干。可是,靠这么一道围桩就想冲开我的人马,真他妈是异想天开!"

"殿下!渥巴锡是不是有别的阴谋?要不,为什么把围桩修在这么明显的地方?会不会是……"

"屁话!"努尔阿里厉声喝道。其实,这个部将分析得很有道理。但他不

愿意承认别人也能和他一样具有超越众人的洞察力。再说,对渥巴锡有意暴露给他的围桩以外,究竟隐藏着什么鬼把戏,他还一时琢磨不透。这样,那个多嘴多舌的部将就不能不挨斥骂了。

努尔阿里继续大声说道:"只要我努尔阿里不撤兵,渥巴锡纵有天大本事,也休想跑掉。"

他的话音刚落,便听到围桩后面响起马嘶人叫声,同时听到渥巴锡的一阵笑声。

努尔阿里大怒道:"渥巴锡!你要胆敢顽抗,我就叫你死无葬身之地!"

传来渥巴锡的高声回答:"努尔阿里,你的生命已经危在顷刻,还敢在那里口出狂言吗?"

"好哇,渥巴锡!"努尔阿里喝骂道,"你这个不识时务、不知好歹、不知天高地厚的蒙古佬!以为凭这点儿小小的伎俩就能死里逃生吗?有种的就冲过来吧!"他说着,倏然转身又骂起呆立不动的部将,"你们还站在这里等个屁!快去调来一千火枪手、一千弓箭手,其他战士也要做好迎战准备。快去!"

说也怪,他这么一喊,不仅部将们大气不敢出地扭头就跑,连渥巴锡的声音也停下来,刚才的马嘶人叫也顿然消逝了。雾淖里一片寂静,只有浓雾照例在翻滚蒸腾,更显得神秘莫测。努尔阿里愈加茫然而不知所以。

不大一会儿,两千名骁勇的哈萨克战士纵马飞奔而至。

"一群蠢驴!"努尔阿里骂道,"这他妈用得着骑兵吗?下来,沿着雾淖,弓箭在前,火枪在后,站成两列。朝围桩后面猛打。渥巴锡不喊饶命,就别给我停下。"

战士们很快站好。两千双眼睛,紧紧盯着围桩和围桩后面不可见的浮桥。一声令下,弹出膛,箭离弦,蝗飞蚁聚般向围桩后边压了过去。

努尔阿里是由于被渥巴锡激怒才调上人马的。但是,他也是一个久经战阵的将领,很快意识到向雾淖里盲目射击是个错误决定。他本应该等在附近,让渥巴锡的人马走出一部分,再进行攻击,从中截断,势必首尾不能相顾,那时,渥巴锡不投降也不行了。可是,他的命令已经变成了战士们的行动,来不及收回了,他索性把这次错误的攻击变成一次示威,震慑一下渥巴锡。所以,他就一个劲儿地喊道:"打,打,猛打!"

使努尔阿里惊异和恼怒的是,战士们骤然间停止了发箭和枪击,像被谁使了定身法,呆站在那里一动也不动。他不由得顺着战士们的空隙处朝雾淖看去,竟也骇然一抖。原来,在长长的围桩顶端,竖着一排魔鬼的牛头马面,都一律张着血盆大口、瞪着灯笼般的巨目,一边晃动,一边发出疹人的吼叫,似狼嚎,如虎啸。

突然,一个哈萨克战士恐怖而凄厉地喊了一声:"魔鬼!"抛弓在地,扭头就跑。这下可炸了营,许多战士也都效法开头者,把枪、弓委弃脚下,抱头鼠窜了。

努尔阿里怔忡片刻后,惊魂稍定。他总算明白过来,这不是哈萨克人的枪声惹恼了魔鬼,而是渥巴锡的死牛头把哈萨克人吓破了胆。他想喊回战士,大骂他们一通。但是,那些自恨腿短的逃命者,哪里顾得上去听他的命令?再说,已经来不及了。因为他听到从围桩后面突然响起一连串的号角声。他也知道,这是蒙古人进军的号令。

刹那间,随着山呼海啸般的喊杀声,从雾淖南侧的一带薄雾里,跃出数不清的满身满脸都是褐色泥巴的蒙古人,也犹似一群魔鬼,但比魔鬼可怕,因为他们手里都握着索命的火枪、大刀和弓箭。

弓箭拉开了。火枪冒火了。

在连盘的通通通、嗖嗖嗖的声音里,哈萨克人一堆堆地倒下去。

这还只是序幕,更厉害的还在后头。

往日里罩满妖气的雾淖,此刻似乎变成了蒙古人的其大无比的兵营,隐藏着各类兵种、无数精兵,一队队破雾而出。

到处是蒙古人的驼兵、马队以及徒步的弓箭手、带刀士和火枪手。他们以迅雷不及掩耳之势把哈萨克人分割成好几个互不联属的部分,展开了格斗。

这一切开始得如此突兀,发展得如此迅速。哈萨克人惊骇得目瞪口呆,以为是中了魔鬼的魔法或者天塌地陷了。他们还没分辨出惊天动地的喊杀声从何处爆发,还来不及想一想这些凶狠的蒙古人怎么会突然从地下冒出来,就已经陷入包围圈甚至人头落地了。这时,他们的思想才开始活跃起来,在迎战和逃跑两者之间做着迅速的选择,并立即付诸行动。结果是,一半人挥刀迎战,另一半人纵马逃命。

努尔阿里当然选择了逃命。他带着几个亲近部将和大约三千战士,向南狂奔而去。

已经到战场进行指挥的渥巴锡命令部下不要追赶努尔阿里。

不久,哈萨克人都已知道努尔阿里汗已经逃跑,他们的精神阵线彻底崩溃了,他们的队伍随之土崩瓦解。

汗国的人马被意想不到的胜利所鼓舞,在久违的平坦如砥的草原上无比惬意地奔跑,争先恐后地追杀着溃逃者。如果不是目睹这场屠杀的渥巴锡让号角兵赶快吹响停止战斗的号令,他们准会把扔下武器和跪地求饶的哈萨克人也全部砍死。

这场出奇制胜的闪电般的速决战,从吹响进军的号角,到停止战斗,只进行了一个时辰。但是,无论是渥巴锡,还是汗国的男女老幼,都不会忘记,为了这场战斗,他们曾付出了多少劳动,流了多少汗水,特别是那数千名在深及半腰的烂泥里一动不动、紧闭着嘴站立了足足半宿的战士,对那种比死还难以忍耐的滋味,临死也会记忆犹新的。

巴木巴尔比任何人吃的苦头都多。他在浮桥的中段,不慎跌入泥淖,虽然前后的战士眼疾手快,在他尚未没入烂泥时拽住了他的胳膊,但他的腿却被石头碰了一道很深的口子。他只是简单地包扎了一下,就和战士们一起,照样在烂泥里站了半宿。在他们冲到南岸时,他已经跑不动,落在了战士的后面,后来他抓住一匹哈萨克人的坐骑,才痛痛快快地发泄了一阵。他正杀得性起时,听到停止战斗的号角,深感尚未尽兴地收起大刀,命人把大约一千名哈萨克俘虏驱赶到雾淖边看管起来,便跑到渥巴锡跟前。

"殿下,您为什么不准战士去追赶努尔阿里?"

"巴木巴尔,"渥巴锡微笑道,"你今天砍杀得还不过瘾吗?"

"我恨不得把他们全砍死!"

"我们今天已经太过分了。"

"这些狗娘养的,还值得殿下可怜吗?"

"这是在他们的草原上,巴木巴尔。"

"可是,正是他们阻挡我们前进,要置我们于死地!"

"他们有这个权力。不管发生冲突的原因是什么,理亏的也是我们。至于哈萨克战士,更是无辜的。"

"听您的话,那一千名俘虏也要放了?"

"我将在一个适当的机会把他们交还给努尔阿里。"

"殿下!"

"巴木巴尔,不要忘了,我们在哈萨克草原上还有将近两千里的路程。努尔阿里或者阿布赍,完全可以把我们当作入侵者去动员全体哈萨克人来对付我们。——好了，巴木巴尔，我们对今天的胜利应该满足了。现在，我们必须尽快组织家属队伍、王室队伍以及殿后的人马到南岸来，这至少需要三天时间。然后，我们要日夜兼程向巴尔喀什湖前进。"

一切都和渥巴锡预料的那样，当他们全部人马都到了雾淖的南岸，立即向东边的巴尔喀什湖挺进时，努尔阿里和阿布赉正在召集哈萨克所有能参战的人，准备和土尔扈特汗国决一死战；而且，特鲁本堡将军的五千骑兵也紧追不舍。

53

六月二十日，汗国的人马冒着酷暑，以急行军的速度驰行了一千多里的路程，终于抵达了离巴尔喀什湖不远的吐尔盖河畔。这时不仅人困马乏，而且很多人患了热病，连塔莉莎娜王妃也病得奄奄一息。整个队伍已是寸步难行。渥巴锡计算了一下行程，此去准噶尔界不会超过两千里，而他们抛下特鲁本堡将军和哈萨克人至少有十来天的路程，有足够的时间让人们喘息一下。扎尔固成员和渥巴锡有同样的想法。这样，他们就决定在水丰草美的吐尔盖河畔休整一段，养足精神再继续前进。

可是，出乎预料的，渥巴锡刚刚下达了就地休整的命令，就有巡逻兵把特鲁本堡的信使带进他的营帐。

"什么？"渥巴锡不由得在心里大惊道，"难道俄国人的军队已经逼近吐尔盖河了吗？"他下意识地扫了一眼在场的舍楞、达什敦杜克和策伯克多尔济。这三个人虽然也没有作声，但从倏然色变的脸上也可推测，他们的心里正发出和渥巴锡同样的惊呼。是啊，他们对汗国人马眼前的状况是心如明镜的，仅剩的十一万人里，至少有十万人是不能参战的，能参战的人也是不堪一击了，而且，在接到就地休整的命令后，他们的精神一下子松懈下来，残存的一点力量，也在扑到地上的一刹那消失殆尽。这时不要说去迎战强敌，恐怕让他们站起来也是办不到的。

然而，特鲁本堡将军的使者就站在眼前，而且以不可一世的态度说起话来。

策伯克多尔济翻译道："殿下，此人说有一封特鲁本堡将军的密信要面呈汗王殿下。"

"密信？——告诉他，我就是汗王。"

来人听了策伯克多尔济的介绍，惊奇地盯着破衣烂衫污秽不堪的渥巴锡，实在不敢相信这个威仪荡然无存的年轻人竟是被传说得神乎其神的智勇兼备的汗王。但看到眼前的场面，特别是另外三个人的恭谨态度，又不得不相信此人就是土尔扈特汗国至高无上的汗王殿下。他感慨万端地呆立了片刻，最后恭恭敬敬地把信呈了上去。

渥巴锡对策伯克多尔济说道："接过去，看看写些什么？"

策伯克多尔济遵命接过信，打开后，一边看一边翻译给渥巴锡。信是这样写的：

光荣的土尔扈特汗国之尊贵的汗王渥巴锡殿下：

　　殿下英名盖世，如雷贯耳；无幸一睹威仪，常自恨之。

　　年初之际，猝闻殿下斩关杀将，贸然东行，似与俄邦不共戴天。某不胜惊骇，且深感怪异。吾以为，殿下持身正大，安分守本；屡受皇恩，臣心如水。必不至胸中鳞甲，心怀异志，岂能弃友投敌，铤而走险耶！当是一时迷离，受人蛊惑，始有千虑一失之举。朝夕间定能猛醒而勒马悬崖。

　　不意未闻殿下西归之喜讯，却上俄军东讨之雕鞍。余驰驱兼旬，紧追不舍者，实君命难违；几度收刀入鞘者，对殿下有所期待也。今殿下人众已抵边陲，吾之大军亦可朝发夕至。与殿下会猎草野，势所不免，然临战之际，吾深为殿下忧惧。想汗国臣民，半年奔突，死伤无算；人马疲弊，元气已尽。而吾之精锐，兵器精良，人强马壮；虎视鹰扬，斗志方炽。战衅未开，胜负已定。与其生灵涂炭，国灭家亡，何如弃戈回銮，尚可王侯不失尊位，庶众得保家园。殿下以吾之所言是也？非也？如殿下有意，吾可按兵数日，于两军间之红柳村设帐，恭候殿下玉趾，和解详款当与殿下杯酒议定，如殿下亲临有失尊卑之体，亦可着德高望重之大臣莅临。

　　以上肺腑之言，恭请三思。亡羊补牢，犹未为晚。若仍执迷不悟，祸患立至。勿谓言之不预也。谨此。

　　　　　　　　　　　俄罗斯帝国 奥伦堡省总督
　　　　　　　　　　　　　　　　 讨逆军大元帅　特鲁本堡中将

　　　　　　　　　　　六月十九日于行旅

读完特鲁本堡将军的所谓"密信",无论是渥巴锡,还是他的三位大臣,都产生一种类似侥幸的心理,暗自舒了一口气,不像陡然听说俄国信使求见时那样惴惴不安了。因为特鲁本堡的信还不能算一通战表,倒俨然是一封劝降信。当然,让渥巴锡投降是做不到的。从他踏上征途的第一步起,就下决心誓不回头西顾,放火焚烧了宫殿和毡帐的同时,也就埋葬了西归之心,他们的方向只有一个,就是太阳升起的地方,那里才是他们的父母之邦,才是他们的故土。为了实现这个几代人的梦想,他们历尽了艰辛,死伤七八万人,行程几近万里,难道让他们在离祖邦仅剩一两千里的地方,再踏着同胞的血迹返回只有流不尽的苦难的额济勒河吗?不,这无论如何是做不到的。也许特鲁本堡并不理解汗国臣民誓死东归之心,所以才出此下策,企图诱使渥巴锡就范。不过,也亏得特鲁本堡有此一念之差,才使汗国有了一个回旋的余地。设若他不侈想兵不血刃,就把汗国十多万人马当作战俘奉献给叶卡特林娜,而是马不停蹄、长驱直入地袭击汗国营地,那么,汗国肯定要一败涂地,甚至彻底覆灭,绝不可能有别的结局。

但是,渥巴锡也好,他的三位大臣也好,侥幸心理的产生也只是一刹那间的事。他们随即又都陷入惶惑之中了。要知道,特鲁本堡这封并非咄咄逼人的劝降信,无疑也是一个最后通牒。是战是降,必须立即作出答复。不投降就等于应战。特鲁本堡不会等到汗国人马恢复元气再进行攻击的。就是说,这一场肯定异常险恶的最后决战是迫在眉睫了。而且,从信中可以看出,特鲁本堡对汗国的状况是了若指掌的,他的每一句话都刚柔相济地击中了汗国的要害。他绝非寻常武夫可比,不像一般俄国将军那样狂妄和急躁。这样的对手,令人莫测高深,是很难对付的。以汗国有气无力的人马,去迎战一个英明统帅的生力军,无异以卵击石,正如特鲁本堡所说,战衅未开,胜负已定。就是巴木巴尔在场,恐怕也不敢拍着胸脯说一句:"干,这一仗我来打。"他们这样想着,就不能不在沉默中故作镇静的冷峻表情里,渐渐透露出忧虑和举棋不定、难下决断的心情了。

策伯克多尔济擎着刚刚读完的信,依次看了看渥巴锡、舍楞和达什敦杜克,猜出他们在此刻的矛盾心情。他觉得,让渥巴锡立即对特鲁本堡的信做出答复是不可能的。便叫人把信使带到另一座帐幕里等候。他则很快回到渥巴锡跟前,问道:"殿下对特鲁本堡的信怎么看?"

"他说的是实情。"渥巴锡神色黯然地说道,"至少我们的现状被他说中

了。我们确实也是强弩之末。"

"可是殿下,特鲁本堡应该预料到,我们是不会投降的。"

达什敦杜克说道:"我也是这样想。他不是多此一举吗?把自己装扮成菩萨的人,一定隐藏着别的阴谋。"

"别的阴谋?……"渥巴锡沉吟着说。

"也许他想麻痹我们,然后突然把我们包围。"

渥巴锡摇头道:"如果这样,倒真是多此一举了。"

一直在沉思中的舍楞说道:"殿下,是不是有另外一种可能,他的人马和我们一样疲惫,不能立即投入战斗,也需要一段时间进行休整呢?"

"这种可能未必不存在。"渥巴锡说道,"但是,我宁可相信他们兵强马壮。我们不能在开战前就把敌人设想成是不足挂齿的草包。"

"殿下,"舍楞仍坚持道,"特鲁本堡将军确非等闲之辈,稳健而深具谋略。但他也不会违背常理。他紧紧追赶我们二十多天,无时无刻不在渴望把我们剿灭。他急于事功的心情应该是很强烈的。我们现在临近边陲,而且喘息未定,他不是正该分秒必争地进行攻击吗?为什么把时间浪费在毫无意义的劝降上呢?"

"您说的很有道理,舍楞叔父。我也希望您说得对。但这仅仅是个假设。我们除了知道自己筋疲力尽外,对特鲁本堡的实力一无所知。"

"就算他兵强马壮,我们仅仅为了避避他的锋芒,也应该毫不迟疑地继续东进,尽量拉开和俄国人的距离。"

"我想过,但这不行。我们朝令夕改,部众和将士会出现怎样的情绪?事实上,他们也没有力量立即踏上征途。即便勉强服从命令,也只能极缓慢地前进。如果我们在无精打采、东倒西歪、昏昏倦倦的行进中,被敌人追上,势必要被风卷残云般地彻底消灭,哪怕只是努尔阿里的残部而不是我们必须看成强敌的特鲁本堡。"

"那么……"舍楞犹犹豫豫地说道,"殿下,您是打算迎战了?"

"不。连爬起来躲避敌人锋芒的力量都没有,如何能迎战强敌?我们的人马在三两天内恢复战斗力是不可能的。"

"一战一降,二者必居其一。还有别的选择吗?"

"我决定和特鲁本堡将军谈判。我想,至少可以拖个五天八天,我们的军队或许能够振作起来。我们必须赢得时间,除此别无良策。"

"这不行!"达什敦杜克大声说道,"你怎么能冒这个险?"

策伯克多尔济也紧跟着附和道:"殿下的决定的确不慎重。特鲁本堡巴不得殿下走进他的圈套,再以软禁殿下来要挟汗国,逼我们束手就擒。殿下是万万去不得的。"

"正是因为我估计他的这封信的目的就是让我走进圈套,我才决定将计就计,让他确信我是自投罗网。这是我们眼下唯一可以利用的一点。汗国能顺利度过可能是最后的一道难关,就算完成了东归大业。在这样的时刻,我个人的安危已不那么重要了。"

达什敦杜克又想说几句坚决反对的话,却一眼看到舍楞站在一旁低垂着头,好像在想着和眼前的争论毫无关系的问题,感到一阵恼火,便劈头问道:"舍楞大人,你怎么不说话?你赞成殿下的草率已极的决定吗?"

舍楞抬起头,平静地说道:"是的,我赞成殿下的决定。"

"什么?"达什敦杜克和策伯克多尔济同时叫道,他们怎么也没料到舍楞会不动声色地说出这样的话来。

舍楞继续说道:"殿下的决定非常英明。"他说着,又转向目瞪口呆的达什敦杜克和策伯克多尔济,"你们两位刚才都说特鲁本堡将军的劝降信隐藏着威逼汗国就范的阴谋,具体地说,特鲁本堡知道我们不会投降,却又诱使我们为了赢得时间去演一出假谈判的戏,然后他一翻脸,以武力胁迫汗王殿下命令汗国人马举起白旗,以达到他既大获全胜又全师而还的目的。如果事实真是如此,而不像我估计的那样,那么,我们就必须在谈判和不谈判中做出抉择,我们不谈判,特鲁本堡就会立即进攻,我们的失败就会来得更快。所以,我们必须接受谈判,哪怕赢得三五天的时间也好,多拖一天,我们就多一分胜利的把握。"

"说得对。"渥巴锡似乎受到鼓舞地说道,"您说出了我想说的话。"

"但是,"舍楞的话头陡然一转说道,"殿下不必亲自去。最合适的人是我。"

"不。必须我去。"渥巴锡断然说道,"既然是将计就计,就得让对方确信我们上了当。如果不是我亲自去,特鲁本堡会当即猜出我们识破了他的阴谋。"

"不会的,殿下。"舍楞振振有词地说道,"第一,特鲁本堡并没说非汗王去不可;(单从这一点,不是就说明特鲁本堡态度并不强硬,甚至心中发虚

吗?可殿下不相信这一点,却要冒险去谈判!)第二,我虽不敢谬称德高望重,但特鲁本堡是知道我在汗国的重要地位的;这合于他信中提出的谈判对手的条件;第三,我和特鲁本堡很熟,以这样的关系,就容易和他拖时间,以使殿下作好迎战或东进的准备;第四,我的生命不会有什么危险,无论杀死我或用我要挟汗国都毫无意义。总之,如果殿下认为必须用谈判拖延时间,那么,我比殿下更具备和特鲁本堡将军打交道的条件。"

渥巴锡仔细地听着舍楞的话,觉得很有道理,对那些话里的言外之意却没能认真分析一番。实际上,舍楞是反对接受谈判的,他不相信特鲁本堡竟在有必胜的把握时搞什么假谈判。但他知道渥巴锡已陷入一个错误的思考,是很难挣脱出来的,他不得不违心地表示赞同渥巴锡的决定。他去谈判的目的,仅仅是为了使渥巴锡免遭厄运,要是渥巴锡贸然前往,特鲁本堡绝不会放他回来,这对汗国是一个最致命的打击。他决心牺牲自己。

结果,事情就这么匆匆决定了。

舍楞和他挑选的唯一随行人员托布信,也只是草草准备了一下,来不及和亲人告别,就匆匆和俄国信使踏上了西行的道路,向红柳村奔驰而去。

半天以后,他们到达了目的地。

在红柳村与教堂比邻的一座高大的木刻楞房子里,舍楞受到特鲁本堡将军的热烈欢迎,并立即吩咐仆人去准备丰盛的酒筵,给舍楞和托布信接风。席间,特鲁本堡将军以体谅的口吻说,因舍楞远来疲惫,谈判在明天举行。舍楞暗含讥讽地笑了笑,表示同意,心里却在想:"看来让我猜对了,你也是想拖延时间,等待战士们恢复战斗力。那么来吧,我是有耐心和你泡到底的。"

但是,两天过去了,特鲁本堡对谈判的事只字不提,反而更加殷勤地招待舍楞和托布信,好像根本不存在谈判这件事。但从他不时向窗外瞟去的眼神,舍楞明显地看出,他肯定在期待着什么,而且心里一定很焦急。他期待着什么呢?难道是他的军队已经向汗国的营栅进攻了吗?他是等待着交战的信息吗?似乎不像。是的,他根本无须在进攻前故弄玄虚。那么,他一定在等待着别的也许对汗国更加可怕的事情。舍楞开始不安了。在第三天早宴时,他忍不住试探着问道:

"将军阁下,您好像不急于开始谈判?"

"您也并不着急啊!"

"但我想,阁下约我们来红柳村,可不仅仅是为了一天三宴地招待我们吧?"

"这不很好吗,您和副使托布信先生在这里享受肉山酒海,渥巴锡殿下在吐尔盖河畔养精蓄锐,准备背水一战,或者泛舟东进。一举两得嘛!"

"您这话怎么讲?"

"您可真健忘啊,舍楞大人。"特鲁本堡忍住笑,眼睛闪着戏谑的光说道,"您离开汗国营地前,汗国殿下不是再三嘱咐您要故意拖延时间吗?"

舍楞装出发怒的样子,拍案而起,大声说道:"阁下根本没有谈判的诚意!"

"看到您火冒三丈,说明鄙人不幸而言中了。是吗?"

"特鲁本堡将军,您何必挖空心思搞这场假谈判?要打,就公开宣战好了,我们同意决战。——走,托布信,我们回去!"

特鲁本堡仰在椅背上,微微一笑,手指门外荷枪的卫兵,说道:"安静些吧,舍楞大人。我的卫兵是不会放走我的尊贵的客人的。"

"将军……卑鄙!"

特鲁本堡依然不动声色地仰望着舍楞,一边用戴着宝石戒指的手指轻轻敲打座椅的扶手,一边缓缓说道:"您不该骂我卑鄙,只怪你们的人头脑太简单。有道是,兵不厌诈嘛。而且您迟早会看出,我这个人是言而有信的。我说过,贵方一旦接受谈判,我就按兵不动。事实也是如此,我直到现在,也没动一兵一卒。好了,二位请坐,耐心等待,我想,最迟在今天下午,我们开诚布公的谈判就会正式开始了。"说完,他扔下茫然不知所以的舍楞和托布信,踏着稳重的步子,走出客厅。

事实上,还没到中午,特鲁本堡将军就迈着轻快的步子走进了客厅,他的后边还跟着一个相貌奇特的哈萨克人。

"我说过,"特鲁本堡径直向沙发走去时愉快地说道:"我说过最迟到下午我们就可以谈判了。"他说着,坐了下去,指着哈萨克人对舍楞介绍道:"谈判之前,我来向您引见一位哈萨克首领。这位就是——"

"我认识他。"舍楞鄙夷地瞥了哈萨克人一眼,"努尔阿里,蒙古人的手下败将。"

努尔阿里恼羞成怒,刷地抽出大刀,虎视眈眈地对着舍楞。

特鲁本堡摆手制止道:"努尔阿里殿下,不必为一两句话大动肝火。再说,舍楞大人是我的贵宾。"

努尔阿里怒气犹盛且又很不甘心地把大刀啪地送回刀鞘。

"请坐下,努尔阿里殿下。"

"不。我不愿和蒙古人坐在一个房间!"

"悉听尊便好了。请问殿下,事情进行得怎样了?"

"一切顺利,将军阁下。"

"有必胜的把握吗?"

"毫无疑问,我们已手操胜券。阿布赉苏丹同意发兵,加上巴什基尔的几千人马,总计五方联军两万精兵。最迟在明天晚上就可以把土尔扈特汗国的营地围个水泄不通!"

"很好,殿下。"

舍楞闻言大惊,他怒视着努尔阿里,喝道:"努尔阿里,不要忘了,我们还有一千名哈萨克人俘虏。"

努尔阿里紧抿了一下薄唇说道:"一千?哼,我这回要把十几万蒙古人都变成我的俘虏!"

"好了,努尔阿里殿下。何必在这里白白浪费精力。既然已经一切就绪,您就赶快去调兵遣将,准备打一个漂亮的大仗吧。"

"那我就告辞了。"

"上帝保佑殿下旗开得胜。"

努尔阿里犹豫一下问道:"不过,将军大人说过……"

"放心,我不会忘记说过的话。我可不是出尔反尔的人。"

"我们是五方联军,将军大人。"

"都会获得满意的赏赐的。但您要跟阿布赉苏丹讲,尽量逼降,不降再打。俘虏多了才好分配嘛。不过,千万不能给渥巴锡太多的喘息时间。"

"我们会遵照将军的指教去干的。"

"好,再见吧。"

"再见。"

待努尔阿里收拢住薄唇,傲然走出房门后,特鲁本堡眯起眼睛看着坐立不安的舍楞,微笑道:"舍楞大人,您此刻一定很担心汗国的命运,巴不得飞回到渥巴锡的营帐。对吗?"舍楞仇恨地"哼"了一声说道:"谅您也没有胆量放我回去。"

"其实您回去也没有用。"

"我不回去汗国也不会失败。"

"这种可能太小了。"

"汗国已经有了三天的喘息时间,会奋勇击退哈萨克人的进攻的。我们是一支不少于十万人的队伍。"

"确切地说,是十万老弱妇孺和疲惫不堪的人。可你们面对的是两万带着仇恨的劲旅。当然,您说得对,汗国经三天的休整,精神会振作一些。但您应该意识到,这三天的时间,渥巴锡殿下一直以为是我受骗了,神经不会绷得很紧,错误地相信,可能向他进攻的是我的军队,而我的军队只能在谈判之后展开攻势。可是,谈判正在进行中,你们突然被两万哈萨克人包围,再想到还有五千俄罗斯骑兵说不上什么时候也出现眼前,那么会怎样呢?您的十万人的精神就会彻底崩溃。"

"您真是个又恶毒又狡诈的人。"

特鲁本堡没理会舍楞的怒骂,继续说道:"退一步讲,就算你们能奋死抵抗,不屈不挠,要打败哈萨克人,也得付出至少双倍乃至三四倍的沉重代价。你们还经得起这样的伤亡吗?等到那时,我再来收拾残局,可说是事半而功倍了。"

"您是在做梦,将军!我早就看出,您根本就没有军队。"

"什么?"特鲁本堡惊讶道,"我可有五千生力军!"

"是五千不能上阵的废物!阁下,您骗不了我。您的军队的状况不会比我们好。否则,您就不会欺骗哈萨克人去替您打这一仗!"

"那也不见得。既然哈萨克人甘心去卖命,至少你们两败俱伤,我为什么不坐收渔翁之利呢?——不过……聪明的舍楞大人,我必须承认,让您说对了。"他说着,从沙发上站了起来,深深叹口气,"是啊,您说对了。我的军队的确是有等于无。五千人中,近一千人死于疫病,两千人在死亡线上挣扎,剩下的人也有气无力,而且怨气冲天,拒绝执行命令。我只好把他们留在一千里之外。要不是哈萨克人和你们都能这么轻易上当,我就只能眼睁睁看着你们走出国境了。"

舍楞意识到局势已无可挽回,期望特鲁本堡放他离开红柳村也是缘木求鱼、虎口素食,而且,他不相信哈萨克人真的能打败休整了三天的汗国人马。所以,他不想再和特鲁本堡徒然争论一些毫无意义的问题,便颓然坐下去,重重叹了一口气,自怨自艾地说道:"都怪我,什么都料到了,就是没料到哈萨克人能这么快聚集起强大的兵力。"

"这一点,也出乎我的意料。"特鲁本堡说着也坐了下去,"这都是努尔阿里的功劳。他不辞辛苦地奔波了整整一个星期。"

"这个坏蛋,"舍楞恨恨不已地说道,"渥巴锡殿下这回是不会再放过他的。"

"但愿他能光荣战死。"特鲁本堡说道,阴险地笑了笑。

"您很会借刀杀人。"

"两虎相斗,必有一伤。你们哪一方被消灭,对俄罗斯也不是坏事。——不过,舍楞大人,您我之间现在该进行真正的谈判了。"

"您说什么?想开玩笑吗?"

"不,我非常认真。请您听好,仔细考虑。如您所说,汗国在这场战斗中未必会输给努尔阿里和阿布赉。我们姑且假设哈萨克人败了,你们的力量也肯定消耗殆尽。那时,如果您能帮我一个忙,具体地说,您能鼓动汗国或者……率领千八百人返回额济勒河,那么,您不仅能避免死于非命,而且会获得比现在更高的荣华富贵。否则,我不能保证您和托布信副使能活着走出红柳村。"

舍楞冷笑了一下,凛然说道:"您不必徒费唇舌。我是不会背叛汗国和渥巴锡殿下的,哪怕您应许给我整个俄罗斯帝国。"

"据我所知,您不是个固执的人。遇事总能随机应变,今天怎么不知变通了呢?"

"这要看是什么问题。涉及忠于不忠于汗国,忠于不忠于汗国的东归大业,是不能有丝毫变通的。"

"请恕我直言,阁下。别人这样,我会赞赏他的耿耿忠心;您这样,我就要说不明智,甚至很愚蠢。您曾参加阿睦尔撒纳反清叛乱,诱杀清廷边将,叛逃俄国。乾隆皇帝对您恨入骨髓,几次要求俄国引渡处死您。此事仅仅过去十几年,乾隆皇帝不会忘记;伊犁的官兵也不会忘记,当年被您诱杀的唐喀禄的弟弟——据说目前也是副都统——更会记忆犹新、耿耿于怀。请问,您去伊犁,不是自投罗网吗?这是智者所不为的。"

"可惜您这番话说得太晚了,将军阁下。要是十年前您这样说,我会衷心折服。因为那时,我正庆幸自己走了一条所谓'智者'的道路。可是,我如今已不再是十四年前的舍楞了。当然,我仇恨过朝廷,背叛过皇上,是罪不容诛的。正因为如此,我才要用自己的行为弥补前愆。您说得对,皇上也许不会宽恕我,甚至我一踏入伊犁界就被处死。但是,最后的赎罪不正该是自投法网、引颈受戮吗？我能死在父母之邦，长眠在生养我的土地上，是我的最高愿望，我会愉快地迎接那一刻的。"

"愚蠢的自作多情而已。"

"如果阁下曾背叛过俄罗斯，曾有过十几年甚至哪怕几年的客居异域的经历，就不会说这是自作多情了。"

"我为您感到遗憾，舍楞大人。您长眠的土地可能不是伊犁，而是红柳村。"

"我预料到您会这么干的。但这有什么？我照样可以归正首丘。我毕竟是朝着祖邦走去。我的肉体走完了近一万里的路程，我的灵魂会走完剩下的两千里路程的。"

"但是，渥巴锡这次彻底失败，您怎么办？"

"我将面东自尽。"

特鲁本堡额头微蹙地盯着态度怡然的舍楞，过了好一会儿，他才似无奈又似怨恨、似怜悯又似敬佩地摇摇头说道："真是个顽固不化的人。看来我说服不了您。"他说着，慢慢站了起来，"我太疲倦了。我得去睡一会儿。二位也请自便。明天，我将陪同二位到临近战场的地方观战，看看蒙古人和哈萨克人是怎样互相残杀的。"

54

当特鲁本堡将军缓缓走出他在红柳村临时司令部的客厅时，吐尔盖河畔的渥巴锡殿下正急匆匆向塔莉莎娜的帐幕奔去，唯恐来不及见王妃最后一面了。

三天来，渥巴锡一直处于席不暇暖、饥不及餐的忙碌之中。为了走完东归的最后一段路，为了应付随时都可能发生的激战，他要去安抚和激励一蹶不振的十万军民。但是，要使精神和肉体都异常疲惫甚至濒临崩溃的庞大队伍重新振作起来，并不是一件轻而易举的事情。他竭尽全力，事必躬亲，也无法令那些伤残病患以及心灰意冷的人恢复信心。一种苟安现状、活一天是一天的悲观情绪，笼罩着整个队伍。勉强跟他一起砍伐树木树立临时营栅的五千战士和负责外围警戒的三千名火枪手，也都无精打采，垂头丧气，那样子，好像如果此刻有敌人进犯，他们就要马上倒下去似的。渥巴锡心里焦躁,却没有对他的推一把走一步的部众大发雷霆,尽管巴木巴尔对他的和颜悦色和"婆婆妈妈"甚为不满,并主张采取高压手段。渥巴锡说,虽然东归大业不仅仅是汗王和大臣的事,每个人都有份儿,但是,汗王和大臣只需有明确目标和下命令就可以了,而那些普通的战士却要用生命和鲜血表达自己的决心和忠诚。他们吃了那么些苦,有一半人抛尸原野,剩下的人还要迎接各种各样的苦难,随时也会命丧黄泉。对这样的部众怎么可以谩骂、逼迫和用皮鞭驱赶呢?所以,渥巴锡像一个普通战士那样,什么都干,脸上还得挂着笑容,内心的痛苦和忧虑,只有他自己知道。他感到心力交瘁,又无可奈何,唯有暗自悲叹而已。

正在这时,他被告知王妃病在垂危,在弥留之际想见他一面。这对他无疑是火上浇油。他当即跳上马背。

半小时后,狂奔的马把心急如焚的渥巴锡带到塔莉莎娜王妃的帐幕前。他跳下马背,冲进帐幕。

可是,令人万分惊讶的是,塔莉莎娜平稳地睡在病榻上,似乎危险已经过去;而布兰德医生却瘫倒在地上,嘴角还残留着未揩净的白沫。围在他身旁的母后、莉莎和两个女仆瞪着惊恐的眼睛,不知所措。

用不着别人解释,渥巴锡一下子就明白到底发生了什么事情。他连忙跪下去,用双手轻轻托起布兰德的上身,用含泪的声音喊道:"布兰德医生……"

布兰德医生像睡着了一样毫无反应。

渥巴锡愈觉事情不妙,他猛地抬头对莉莎喝道:"还不快去请洛桑丹增喇嘛!"

莉莎这时才猛可想起早就该做却因一时吓昏了头而忘了做的事情。她怀罪地连连点头,揩了一把泪水,飞跑了出去。

渥巴锡又命令女仆找来毡子铺好,小心翼翼地把布兰德医生轻飘飘的身体放上去。然后他站起来,看着紧张不安的母后,带着明显的埋怨口气问道:"妈妈,是您请布兰德医生来抢救塔莉莎娜的吗?"

"是的。"母后说着叹了口气,"塔莉莎娜没事了,他却昏了过去。"

"你怎么能这样做?妈妈!"

"我没想到……"

"您应该想到的,妈妈。过了雾淖以后,我再三告诫大家,布兰德医生操劳过度,生命垂危,任何人不得打扰他,哪怕是母后……"

"如果是我病了,就不会请他来了。我当时也很犹豫,但塔莉莎娜病得那么重,洛桑丹增也束手无策,你又从不过问,想起塔莉莎娜这几年忍受的痛苦,……我可怜她,不得不请来布兰德医生。怎么也没料到,仅仅三天时间……"

"三天!"渥巴锡骇然叫道,不由得又担心地扫了悄无声息的布兰德一眼,然后恼怒地看着母后,"妈妈!您是怎么了?您让一个心血和体力都耗尽了的人在王妃病榻前操劳了整整三天!"

"我劝他休息,他不肯。他说他坚持得了。他还埋怨我没早一些喊他过来,他还说,再晚一天,王妃就没救了,有他在这里,竟让王妃病故,他会对不起汗王殿下的。"

"妈妈!您真……糊涂!"

"也许……他仅仅是昏迷了过去?"

"也许!您怎么不事先想一想他也许……不仅仅是昏迷过去?"

"看来,不管结果如何,我也是做了一件错事。"

"一件大错事,妈妈!您不会不知道,不,您自己也常常说,布兰德医生比我们任何人都累。他拯救了上万人的生命,自己却累垮了。他是个外国人,有财产,声名卓著,却背井离乡,和我们一起走上这条艰险的路。他对汗国的意义是可以用几千、几万人的生命去衡量吗?他对汗国难道仅仅是个救死扶伤的医生吗?不,妈妈。我是宁可损失一万人马,宁可失掉王妃,宁可自己死去,也不愿意让世界失去这样一位最高尚最伟大的人的。如果因为挽救我的妻子而夺去了布兰德医生的生命,我的灵魂会一辈子不得安宁的。"

"但愿……"

然而,不管母后怎样后悔不迭和在心里祈求神佛保佑,也不管渥巴锡怎样严词责难,这件事毕竟已经发生,而且无可挽回了。待莉莎找来洛桑丹增喇嘛后,人们才知道,布兰德医生是脑血管崩裂,在倒下去的一刹那就已经升遐了。布兰德医生就这样,用他的高超的医术,最后一次救活了一个蒙古人,他自己则终于熬干了心血,一句话也没有说,就平静地,平静得令人心碎地离开了人世。

母后又悔恨又伤心,直哭得昏了过去。

汗国的部众听说布兰德医生逝世,无不伤心落泪。

渥巴锡没有哭,但谁都看得出,他比任何人都痛苦。他紧闭双唇,默默地守在布兰德医生的尸体旁,直到夜幕垂下。后来,他命令人们在外面支起个架子,铺上柔软的皮褥,亲手托着布兰德医生的尸体,放到灵床上。他宣布,将在明天为布兰德医生举行隆重葬礼。

可是,到了第二天中午,葬礼就要开始的时候,不远处的瞭望塔上突然传来异常惊恐的喊声,说有大队人马从三面围了上来。

这一个令人震悚、难以置信的消息,在数以万计的参加葬礼的人群里引起了不小的骚动,一个个瞪起惊恐万状的眼睛,有的人当场晕了过去。连素来以遇事不慌、镇定自若著称的策伯克多尔济也像被猛击一棒,身体抖动了一下,险些惊叫起来。

连日来被部众的一落千丈的情绪搅得忧心如焚、对布兰德医生不幸死亡怀有切肤之痛,因而神志恍惚的渥巴锡,对瞭望塔上传来的无异于五雷轰顶的消息,竟几乎毫无反应。他只是缓缓抬起头,把视线从布兰德医生的尸体移向高耸的瞭望塔,继而移向远方升起的烟尘,最后停在自己的脚前,久久地,既不说话,也不改变这种垂首默立的姿势。

那些正在愕然,恐怖和一团慌乱中的部众,看到渥巴锡万念俱灰的样子,不由得都肃静下来,并产生一种惊诧莫名甚至大难临头的感觉,因为在他们的记忆里,英勇的汗王殿下从未像眼前这样木然和气馁过。一种末日来临的沉重气氛开始压向部众的早已沮丧的心头。

就这样过了好一会儿,渥巴锡才又抬起头,什么也没有说,只是机械地移动着脚步,面无表情地向瞭望塔走去,连飞骑而来并在他面前倏然跳下马背的巡逻兵也没看一眼,只顾向前走去。

巡逻兵手里擎着系着书信的箭矢惊疑地看着渥巴锡向瞭望塔走去的背影,口里讷讷了半天,却说不出话来。

策伯克多尔济快步走上来,接过箭矢,取下信笺。这是阿布赉苏丹的逼降信。信中简单明确又措辞强硬地写道:如果渥巴锡不投降,哈萨克和巴什基尔的联军就要席卷而来,把汗国人马杀个片甲不留。信中还捎带着说,舍楞已被特鲁本堡将军囚禁在红柳村,不久即要问斩。

信还没有读完,策伯克多尔济就大惊失色了。他赶忙向渥巴锡追去,很快也登上瞭望塔的顶端。

"殿下,阿布赉苏丹……"

"不用说了。"渥巴锡头也没回地说道,泄气地摆了摆手,"是逼我们投降,对吗?"

"是的,殿下。"

渥巴锡的肩头可怜地搐动了一下,慢慢回过头来,看着策伯克多尔济,苦笑了一下说道:"没想到,我们的事业竟是这样的结局。"说着哽咽起来,眼里涌出一汪泪水。

"您说什么?殿下。"

"半途而废!"

"殿下以为我们肯定打不过哈萨克人吗?"

"连想都不用想了。你看吧。"渥巴锡指着远处说道,"旌旗遍野,刀枪如林。甚至可以想象出哈萨克人杀气腾腾和耀武扬威的样子。而我们的人马,咳……我们到底没能逃出特鲁本堡的圈套。不过,我们总可以结束了,我反而感到轻松。"他说完,又是含泪苦笑了一阵。

"您失掉了信心,失掉了往日的锐气,殿下!"

"你让我硬充英雄好汉吗?"

"殿下的情绪会瓦解战士们的斗志的。"

"已经瓦解了。策伯克多尔济,我们的人马斗志早就瓦解了。"

"可是……"

"说什么也没有用。大话退不了敌人。"

"殿下!您无论如何不能走回头路!"

"的确不光彩。我也是不断警告自己,千万别产生走回头路的念头。与其中道而返,莫如全部战死。可你知道部众们想些什么?他们说,真不如继续留在玛怒托海混下去了,苦总比死要强。他们说这些话时,根本不回避我。你明白吗?"

"有这种想法的人并不多。"

"很多。是的,很多。但我不怪他们。谁都想活。活下去,太有诱惑力了。活得好些,当然更有诱惑力。但是,假如活得好些的愿望实现不了,而摆在他们面前的是死亡或做奴隶,那他们还会选择活下去的,哪怕活得更艰难些。你能因此去怪他们吗?"

"并非所有人都肯重新做奴隶以求得屈辱中苟活。因为他们不能不知道,俄国人对曾反抗过他们的民族更会穷凶极恶,不择手段地进行摧残。这样的生,不如死。"

"叶卡特林娜只恨我一个人。我甘心为部众的生走上绞架。"

"那只是您一个人获得了解脱,或者说,您只是为了不再目睹民族的苦难,是逃避您应承担的责任。"

"我没有别的办法。我不能在活着的时候对眼前的局面视而不见。"

"您应该振作,殿下。现在就是很好的机会,用您的决战决胜的信心去激励起汗国军民苦斗求生的情绪,我们还可以奋力一战,不是没有突围的希望。"

"我不能自欺欺人地去说空洞的大话。"

"那么,我来和他们讲!"

"策伯克多尔济!"

"等我说完,他们仍旧不想死战到底,那时您再宣布投降也不迟。"策伯克多尔济说着,倏然转过身,他的下面就是前来参加布兰德医生葬礼的部众,这时越聚越多,少说也有三四万人了。这些人已渐渐移近瞭望塔,翘望着上面的渥巴锡和策伯克多尔济,似乎等待着他们命运的最后宣判。

策伯克多尔济深深吸了一口气,对那些屏息而立的数万军民高声喊道:

"乡亲们!汗王殿下让我代表他向你们——光荣的士尔扈特汗国的臣民们说几句话。你们已经知道了,我们陷入了哈萨克人的包围之中。他们很强大,对我们怀有刻骨仇恨,决心置汗国于死地。而我们,人马疲敝,连走路都困难,迎战哈萨克人就有可能彻底失败,陈尸原野,无一幸免。你们或许会想,汗王殿下让我说这些话,一定是准备让你们投降。不!汗王殿下了解你们,就像了解他自己一样。

"我们是光荣的蒙古人,我们有过失败的记录,却没有过投降的先例。是的,你们都是视死如归的英雄,你们谁也不想在敌人面前成为懦夫,你们谁也不愿意给祖先丢脸。我相信,这才是你们的心里话。站在你们中间的一些人,可能一度变得怯懦,眼下也还会有苟活胜过惨死的想法。对这些人,汗王殿下不怪罪你们,因为你们已经吃了太多的苦。而且汗王殿下相信,偶然产生的怯懦,不会在你们的高贵灵魂中停留太久。你们会很快想起,在东归祖邦的每一步上,都有同胞死去,你们不会让他们的鲜血白流。你们会和他们一样勇敢,会比他们更加勇敢!你们知道,布兰德医生昨天死了,你们今天就是来参加他的葬礼的。那就请你们想一想,布兰德医生是为谁献出生命的?是为你们!如果没有他,你们有成千上万人早已不在人世!如果你们,对汗国、对东归大业的忠诚反而不如一个外国人,还有什么脸面敢说自己是光荣的蒙古人？想想死去的同胞,想想布兰德医生,你们还有什么理由顾惜自己的生命？有什么理由不彻底丢开畏怯和退缩的想法？如果想到这些,你们仍旧有人不敢决心一战,那么就设想一下另外一种结局,那就是投降,去做奴隶！就算你们活着回到玛怒托海,你们面临的将是更大的耻辱。俄国人的要塞会把你们的牧场团团围住,随意赶走你们的畜群,肆无忌惮地杀戮你们的父母,奸淫你们的妻女,把你们驱赶到高加索当炮灰！你们将永世为奴,永远失去自由！你们愿意去过这种生不如死、苦难而可耻并且最终像畜生一样被宰割的生活吗？当然不！正是为了摆脱奴隶的土地,汗王殿下才把你们带到奔向礼仪之邦的征途。我们走过了将近一万里,祖邦近在咫尺,要实现我们的愿望,只有向东,奋勇向东,朝着太阳升起的地方勇敢前进,直到天山牧场,别无选择。而且,汗王殿下还可以告诉你们,哈萨克人气焰嚣张、貌似强大,其实并不可怕。我们在雾淖打得他们落花流水,现在也还是惊弓之鸟,他们害怕我们,比我们畏惧他们的更严重。我们有十万人,他们只有一两万。如果我们五个人收拾不了一个哈萨克人,那不是英勇善战的蒙古人的奇耻大辱吗？当然,我们会有很多人死去,汗王本人和大臣们将和你们一起战斗,也可能抛尸疆场。但是,我们的死是奋斗求生的光荣的死,绝不是跪地投降带着奇耻大辱的死。我们的死会给我们的子孙换来永生永世的安宁和自由！乡亲们,是战是降,你们选择吧！"

策伯克多尔济说到最后,已是声嘶力竭了。他的脸和眼都涨得通红,嘴上气喘吁吁,紧握着横木的手在剧烈地抖动,身体也在晃动,好像就要倒下去。被他这番话感染的渥巴锡连忙在旁边扶了他一把,激动地说道:"谢谢你,策伯克多尔济,至少你已经把我说服了。"

"殿下！……"策伯克多尔济紧紧抓住渥巴锡的胳膊动情地叫道,眼里霎时充满了热泪,"我知道您会下决心的。"

"我很惭愧,策伯克多尔济。我怎么会产生投降的念头？"

"您太爱您的部众了,殿下。"

"你在为我开脱。"

"不。我了解殿下爱民如子的柔肠。汗国的部众真是太幸运了！——您听,殿下,好像有谁爬上了瞭望塔。"

渥巴锡向下看去,只见巴木巴尔气呼呼地向上爬来。

"巴木巴尔！"渥巴锡叫道。

巴木巴尔没有回答,却在梯子的中间停了下来。他站在那里朝着下面的人群雷鸣般地吼道:"听着,汗国的臣民们!眼下是汗国生死存亡的关头,你们不能再犹豫了!除老弱妇孺以外,凡是能站起来的,都要驰驱沙场!说一句软话的是孬种!谁敢说出个'降'字,我就砍下他的脑袋!现在你们就回答汗王殿下,是战还是降?"

这到底是巴木巴尔!除了他,没有谁能发出如此大义凛然又带着明显威胁的怒吼,正像没有谁能像策伯克多尔济说出那些情理昭然又慷慨激昂的话一样。这两个人毫无准备却恰到好处的配合,像一场暴雨,冲击了人们心灵上的污垢,复苏了人们即将沉沦的反抗奴役和争取自由的意识,使他们的精神为之一振。不用说,人们回答的是一个异常响亮的字:战!

站在瞭望塔顶端的渥巴锡,望着下面黑压压的人群,听着他们肯定是发自肺腑的吼声,心里一阵激动,一股热流涌进他周身的每一条血管。人们的喊声无疑是出自民族自尊和大无畏精神,这使他本人也顿时产生一种渴望拼搏的冲动。他觉得他的部众太可爱了!

但是,渥巴锡眼里闪动的兴奋的光没有停留太久,很快又黯然了。他意识到,他的乐观是盲目的,甚至是对部众的残忍。是的,激情并不就是力量,决然也不等于信心。那么,他的部众有驰驱疆场的力量吗?有克敌制胜的信心吗?看看他们一个个形容枯槁、站立不稳的样子,如何能跃马横刀去迎战强敌?让这些虽然视死如归却没有战斗力的部众去和一支生力军交锋,岂不是以卵击石、为虎驱羊吗?想至这些,渥巴锡又觉得他的部众太可怜了,他不由得叹了口气。

策伯克多尔济听到渥巴锡的叹息声,初始时感到疑惑,随即也猜到了这叹息声里隐藏着的内容。他说道:"殿下,您在担心我们的战斗力吗?"

"也许是我的胆量……太小。"

"我理解殿下的心情。我们已经损失了半个汗国。面对一场恶战,设想战斗的结局,谁也会不寒而栗的。"

"我并不为过去后悔。但是,我也不能只是盯着未来。我们的思想必须和部众的思想在现实中会合。他们现在需要活,活着走向未来。如果他们都死了,未来再美好,又有什么意义呢?"

"我们回避不了这场战斗,殿下。"

"我是说,我们必须避免全军覆没。我们能上阵的人马不到一万。这一万人一溃败,伤病员和老弱妇孺就要血流成河!"

"力战当然不行。"

"智取就需要设计和部署的时间。但是,我们今天不做出答复,阿布赍明天就会掩杀过来。——唔,我们别在这里谈下去了,下边的人会以为我们在吵架。走,我们下去,继续为布兰德医生举行葬礼。葬礼一结束,我们就召开一次扎尔固会议,一起商量商量。"

55

特鲁本堡将军曾对舍楞说过,哈萨克人未必能打败汗国的人马,这的确是他的由衷之言。他看出努尔阿里这个人太狂妄,也太贪婪,是个见利忘义的小人。这样的人是靠不住的。他没见过阿布赍苏丹。听努尔阿里介绍,那是个优柔寡断的人,在军事上是个庸才。这样的人,就算握有重兵,也难成大事,所以,他对即将打响的战斗放心不下,决定亲自去看看,必要的话,指教他们一番。

于是,特鲁本堡将军乘坐华丽而舒适的四轮马车,带着两个骑马的随从,驰到联军统帅阿布赍苏丹的驻地。

时间是6月24日,即阿布赍向渥巴锡投去逼降书的第二天上午。

特鲁本堡将军很快认识到,他的担心是多余的。从那一座座整肃的军营,一排排微拂的旌旗和一队队严阵以待的士兵,他不仅看到了哈萨克人非凡的战斗力,也看到了阿布赍苏丹的非凡的军事才干。要知道,仅仅半天时间,就把两万人马部署在长达百里的战线上,占据了所有有利地形,而且井然有序,可不是纸上谈兵那么容易。看来,阿布赍不仅很有魄力,而且用兵如神。

特鲁本堡将军被迎进统帅营帐和阿布赍正面接触并交谈了一段后,他的推断获得了进一步证实。他发现,阿布赍苏丹仪表堂堂,机敏过人,威武中含几许儒雅,老辣中带几分忠厚,是一位可亲而又令人畏惧的长者。这就难怪努尔阿里对阿布赍妒火熊熊了。总之,特鲁本堡确信,有阿布赍统率联军,渥巴锡是败局已定了。想到这次借刀杀人即将奏效,特鲁本堡心里不由得自鸣得意起来。

尤其令他高兴甚至感到惊讶的是,阿布赉告诉他,今天中午前,渥巴锡将亲自来送降表,并请他留下来看看这出好戏。

特鲁本堡当然是十分愉快地接受了这个邀请。

但是,中午已经过去了一个多小时,还不见渥巴锡到来。早就被召集到元帅营帐的努尔阿里以及哈萨克的、巴什基尔的大小首领都有些不耐烦了;营帐前两排凶神恶煞般的武士也有些倦怠了。他们甚至都以为,这是渥巴锡为了拖延时间的鬼把戏,把他们全给戏弄了。

特鲁本堡也感到有些蹊跷,忍不住皱眉问道:"苏丹陛下,渥巴锡是不是在欺骗我们?"

站在他身后的哈萨克通事赶忙把他的话翻译给阿布赉苏丹。

坐在虎皮靠椅上的阿布赉看了看特鲁本堡,不动声色地说道:"举国投降不是件简单事,他们肯定会有争议。"说着把前面几案上的一封信推到特鲁本堡跟前。

特鲁本堡坐在几案的左侧,不用起身便可以拿过那封信,但他还是等到翻译呈到眼前才接过来。他草草地看了一遍,然后沉吟着说道:"这封信没有投降的字样。"

"这不是降表,将军阁下。这封信是在我射过去逼降信不久,渥巴锡派人送来的。他要写上投降的字样,我反而不会相信了。"

"陛下确信他今天真会送降表吗?"

"我对他们的情况了如指掌。除了投降,他无路可走。"

坐在阿布赉右首的努尔阿里满脸不快地说道:"我看未必。渥巴锡是很狡诈的。"

"那么,依你之见呢?"

"依我之见现在就冲杀过去,怕不杀得他人仰马翻!"

阿布赉冷笑道:"你当然希望这么干。但我可不想干你干的那种蠢事。"

"苏丹陛下!"

"听着,努尔阿里。我是不会让哈萨克人成千成百地死掉的!"

"陛下把渥巴锡的力量估计太高了。"

"笑话。如果我把渥巴锡的力量估计过高,就不会逼他投降。我要不伤一兵一卒就大获全胜。而且,我相信特鲁本堡将军也希望把更多的蒙古人活着带回玛怒托海。是这样吧,将军阁下?"

"唔,当然……不过,我们可别上了渥巴锡的当。"

"拖延一天两天对渥巴锡毫无意义。躲过初一,躲不过十五。他今天不送降表,我照样会消灭他!"

阿布赉话音刚落,就听外面一迭连声喊道:"土尔扈特汗国渥巴锡殿下到——"同时门前的武士们也发出阵阵示威的吼声。

阿布赉不可一世地扫了扫在座的人,整了整衣冠,威严端坐,其他人也都抖擞起精神。所有的眼睛都盯在门口。

不大一会,渥巴锡目不斜视地走进营帐。他先是巡视了一遍在场的人,视线曾在特鲁本堡的脸上停留一瞬,随即不屑一顾地收回目光,然后转向阿布赉,浅浅鞠了一躬说道:"土尔扈特汗国汗王渥巴锡,诚惶诚恐拜见尊贵的阿布赉苏丹陛下!"

阿布赉略略欠了一下身子,不冷不热地说道:"久违了,渥巴锡殿下。"

"苏丹陛下,国丧之际,曾有幸一睹威仪,衷心仰慕。吊祭扶柩之情,不敢或忘。早应跪临上国拜谢。然小王不才,政令国势日衰,民不聊生,俄皇征调,常在军旅,终未克分身,失礼殊甚。今又举国避难,旅经贵地,因情势所迫,未及先申假途之情,开罪上国。今一并致谢致歉。并备下珠宝玉玩千件、牛羊马驼各两千匹头,日内即可奉达,以表诚意,以偿上国军资。"

听了渥巴锡不卑不亢的陈述,努尔阿里火冒三丈。他腾地跳起来,用手指点着渥巴锡喝道:"渥巴锡!你说得好轻巧。你用这几句好听话就能把旧账一笔勾销吗?你若是识趣,就痛痛快快呈上降表,少扯这些废话!"

渥巴锡朝着努尔阿里拱手道:"努尔阿里殿下,想雾淖一战,多有得罪,尚乞海涵。彼时也是事出无奈,方小施计谋致使威名赫赫的努尔阿里殿下蒙受败军之耻。但我毕竟是有意留给殿下一条生路。放走殿下后,我已严令部下善待殿下的一千降兵。这一千降兵,包括殿下的五员亲将,均毫发无损,请殿下放心。"

在场的人都知道,渥巴锡是来下降表的。阿布赉苏丹就是这样告诉他们的。但他们怎么也没料到,渥巴锡竟孤身一人深入虎穴,而且竟敢在哈萨克首领们面前炫耀自己的战绩,更料不到会当众揭努尔阿里的丑。努尔阿里狂妄而且暴躁,他在听着左一个降兵,右一个败军的情况下,如何能不恼羞成怒呢?所以,他们都瞪起惊讶的眼睛,并替渥巴锡捏了一把汗。

努尔阿里什么时候这么当众出丑过?他直气得满脸煞白,胡髭掀动,一

时说不出话来。但这毕竟是有损他威风的事,又怎能不发一言呢?结果,他说出了一句使在场的人险些笑出声来并且后来被传为笑柄的话:"渥巴锡,我谅你吃了老虎胆也不敢慢待我的一千降兵!现在轮到你投降了,还有脸充硬汉吗?"

看到努尔阿里气急败坏的狼狈相,阿布赉又是幸灾乐祸,又是怜悯。他连忙摆手道:"努尔阿里,坐下坐下。胜败兵家常事,值不得大动肝火。只是这一千降兵——"他说着,转向渥巴锡,投过去询问的眼神。

渥巴锡微微一笑说道:"我把他们留下来,就是准备在一个适当的机会奉还给努尔阿里殿下。此外,努尔阿里殿下不幸战死的数千将士,敝国当对其家属承担抚恤之责。"

"那么,"阿布赉想了一下问道,"殿下打算什么时候实现刚才的话呢?"

"今天即可商定。"

"渥巴锡殿下,——唔,来人,给渥巴锡看座。"

立即有人搬过座椅放在渥巴锡身后,渥巴锡坐了下去。

阿布赉凝视着渥巴锡,语气舒缓地说道:"说到过去,我和令尊确实过从很密,情同手足。按说,我不应该难为你。但此一时彼一时也。我现在也做不了自己的主。其中隐微你当能理解。也请你不要怪我无情无义。其实呢,我也是为了你好。为什么知其不可为而为之,非要弄个国灭身亡的悲惨结局呢?你今天能来见我,我很高兴。看得出来,你是个识时务的俊杰。迷途知返,弃戈西归,仍不失为一国令主嘛!"

"陛下是说'迷途知返'?"

"唔,当然。你也是太年轻,一时惑于妖言,打错了主意,结果骑虎难下,身不由己。对此,女皇陛下是能够体谅的。"

"苏丹陛下,您说得不对。我绝非受人蛊惑才走上东归祖邦的道路。摆脱俄国人的奴役,是我们几代人的愿望。陛下不会不知道,俄国人是怎样惨无人道地对待独立的土尔扈特汗国的。我们的牧场不断被他们侵吞。几十万蒙古人死于俄皇开拓疆土的战争。叶卡特林娜甚至想灭绝我们这个不肯就范的小小汗国。我的唯一的儿子,也被他们押到彼得堡去做人质!"

"渥巴锡!"阿布赉大声打断了渥巴锡的话,"到了这个时候,你怎么还说这些话?"

"因为我想劝告陛下,不要助纣为虐!"

"胡说！我重兵围困,逼你投降,生灵免遭涂炭,化干戈为玉帛,从哪个角度看,也是义举。"

"做着蠢事还自以为得计,就更加可悲！"

"渥巴锡,你过分狂悖！我问你,你今天是来送降表还是下战表?"

"都不是。"

"什么什么?"阿布赉惊讶地问道,他本想跳起来怒喝一声,却犹豫了一下重新坐好,不知所措地环视了一遍在场的人。

渥巴锡继续平静地说道:"送降表,我们没有这个习惯。下战表,也没有理由。"

"那你来干什么?"

"谈判。"

"谈判什么?"

"陛下太健忘了。我一开始就申明了来意。"

"借路。对吗?"

"是的。我们可以付出双倍甚至更多的补偿。"

"你以为我会答应吗?"

"肯定会。"

"是吗?"阿布赉冷笑道,"你先问问特鲁本堡将军,他如果同意,我立即解围。"

"这跟他毫无关系。我不想听他胡说八道。"

"还是听听的好。听了将军的话,你就知道自己该怎么办了。"

特鲁本堡从身后哈萨克人不断的小声翻译中,知道交涉双方说的都是什么话。只是由于翻译速度太慢,他想插上一两句话时,那高声对答又飞快地继续下去了。他怎么也插不上嘴,只好一会儿耸耸肩膀,一会儿摊开双手,一脸又着急又无可奈何的样子。这回,阿布赉用手指着他说了一句话,他猜出是让他说几句,但是,他刚一张嘴,渥巴锡却早已把话头抢了过去。

"陛下,您还是仔细想想自己该怎么办吧。"

"我知道该怎么办。你投降,一切好商量。否则,只有交锋。"

"陛下会后悔的。"

"不会。"

"肯定会的。听我告诉您,我们还有十万人。"

"你们有二十万也照样会被我消灭。"

"就算我们被陛下消灭了,您能得到什么呢?您统辖的大帐和中帐,是在哈萨克草原的东部。玛怒托海的牧场对您毫无意义。而且,您的人马都是铁打铜铸的不成?他们也都是血肉之躯。大刀也会叫他们身首异处的。我们拿五个人,不,拿十个人换一个哈萨克人,这不算不着边际的大话吧?结果会怎样?土尔扈特汗国被您消灭了,您也差不多同时消灭了自己的国家。我们两败俱伤,俄国人坐收渔翁之利。陛下可曾想过这一点吗?"

阿布赉听了渥巴锡的话,似乎有些震动。他沉思片刻,走下座位,慢慢踱到渥巴锡面前,沉吟着说道:"你说的确实有些道理。"

努尔阿里见阿布赉的态度急转直下,站起来叫道:"苏丹陛下,怎么能听他胡诌?"

特鲁本堡随后也离座走到阿布赉身边说道:"苏丹陛下,请不要犹豫。渥巴锡不投降,你就进攻。我答应把全部战利品和俘虏都给您。不要忘了,叶卡特林娜女皇是异常关注这次战斗的。"

阿布赉耸耸肩,看着渥巴锡,似乎是举棋不定地说道:"我左右为难啊,渥巴锡。借路放行,你一走了之,我可后患无穷啊!看来,不管真打假打,我们也得动动刀枪了。可是,比划比划也得死人啊!再说,你的十万人中十之八九是老弱妇孺和伤残病人,能跳上马背的才不到五千人啊!连策伯克多尔济都主张投降嘛。"

"您怎么知道?"渥巴锡显出异常吃惊的样子说道,但随即意识到说溜了嘴,连忙改了口,"不!您说得不对。我们至少有两三万人和陛下的战士一样身强力壮。"

"是吗?"阿布赉的眼睛闪动了一下说道,并忍不住哈哈大笑起来,弄得身边的特鲁本堡将军以及所有在场的人都莫名其妙,"你毕竟太年轻,沉不住气啊。你在惊讶中不自觉地透露了真情。不过,我还是很佩服你。你和令尊一样能言善辩,而且更会说谎话!"

"您这话是什么意思?"

"你就会知道的。——来人,带查合布彦。"

渥巴锡显得更加吃惊地说道:"查合布彦?"

"看来,你的千夫长没有欺骗我。"阿布赉说着向座位走去,同时向特鲁本堡摆了摆手,"请坐下,将军阁下。等着看好戏吧!"

阿布赉刚坐好,查合布彦就被带到营帐里。

"小人参见苏丹陛下。"查合布彦跪下去说道。

"站起来吧。"

"谢陛下。"

"查合布彦,抬起头来,看看你眼前这个人。"

查合布彦慢慢抬起头,陡然一惊说道:"渥巴锡……殿下!"

渥巴锡怒道:"不要喊我殿下!丢尽了蒙古人的脸,胆小鬼!"

阿布赉说道:"弃暗投明可不是胆小鬼敢干的。再说,这都怪你用人不慎重嘛。我早就认识查合布彦,他是札木扬非常器重的人,怎么可以把这样的人留下甚至委以重任呢?"

"恨我当初没把这个败类和札木扬一起处死!"

查合布彦垂下羞红的脸说道:"殿下,对您的不杀之恩,小人没齿不忘。这次投奔阿布赉苏丹陛下,也是事出无奈,尚请殿下宽恕。眼前大势已去,汗国臣民愿降不愿战者十有八九,也望殿下……"

"住口!"渥巴锡喝道,"贪生怕死之辈,我今天不会饶过你!"他说着,在人们猝不及防的情况下,猛然抽出匕首,用力投了过去。

渥巴锡离查合布彦不算太远,又是正面相对。按说,这柄匕首飞过去,肯定会要了查合布彦的命。但是,也许由于过分恼怒使他的眼睛视物模糊,也许由于在激动中手腕颤抖了一下,匕首只刺到了查合布彦的左肩头。

查合布彦低沉地呻吟了一声,伸出右手想拔出匕首,那样子好像若能拔出匕首,就会朝渥巴锡回敬过去。但是他没能做到,就仆到地上了。

渥巴锡本人也好像被人捅了致命的一刀,脸色变得惨白。他费劲儿地稳住身体,慢慢垂下眼帘。在场的人都以为渥巴锡猜出查合布彦已经泄露了汗国的秘密,因而精神崩溃了。

阿布赉并没有跳起来大发雷霆,只是冷冷地说道:"渥巴锡,你太过分了。这是在我的帐中。"然后他又命令手下人,"把查合布彦扶出去救治,从即刻起,解除看守。"他的意思分明在告诉人们,他原来认为查合布彦是诈降,而现在他相信是真投诚了。

渥巴锡抬起失神的眼睛,看着阿布赉说道:"苏丹陛下,请把查合布彦交给我,我情愿献出一千名哈萨克俘虏。"

"你想处死他?"

"难道陛下要留下曾两次出卖主人的叛徒吗？"

"我当然不会重用他。但是,他对你的人众驻扎情况了若指掌,这正是他暂时的价值所在。你大概还不知道,查合布彦还带来五名努尔阿里的降兵。单从这一点,也应该免他一死。——努尔阿里,你说对吗？"

努尔阿里脸一红,没有说话。

阿布赉紧接着说道:"不过,渥巴锡,你现在还想说你的人马可以决战吗？"

渥巴锡低下头,不置一词。

阿布赉又笑道:"不要太固执了,渥巴锡。"

渥巴锡突然抬起头说道:"我不否认,我们确实没有与上国抗衡的力量。但是,我们可能因为没有力量而失败,绝不会因为没有力量而屈服。"

"失败？失败以后怎么办？那时还说这样的大话吗？"

"苏丹陛下,您肯定不解围放行吗？"

"除非你宣布投降。渥巴锡,我劝你聪明一点儿,不要因为自己想充硬汉而葬送了整个土尔扈特汗国。"

"既然陛下如此绝情和甘心与人作嫁,那么,小王也只好斗胆冒渎神威与上国周旋一番了。"

"你的百姓会因为你的固执而全部死于非命！"

"请陛下不要忘记,战衅一开,首先丢掉脑袋的是一千名哈萨克俘虏。"

"殿下的生命不比一千名哈萨克降卒值钱吗？"

"您这话怎么讲？我可是来谈判的。"

"我正是要和你谈判。你要是想活着回去,就立即写信让你的大臣放回那一千名哈萨克人！"

"您不解围,我就不放回俘虏。"

"那我就和你的大臣谈判好了。"阿布赉说着,提起笔来,伏在几案上很快写了一封信。

"努尔阿里,派人把这封信送进土尔扈特汗国的营寨。我倒要看一看,他们是要汗王,还是要一千名哈萨克人！"

"您达不到目的。没有我的命令,谁也不敢放回那一千名俘虏的。"

阿布赉望着努尔阿里的背影,微微一笑,又将视线转到渥巴锡脸上,一字一顿地说道:"那我们就等着瞧吧。今天日落前就能见分晓。"

"这太卑鄙了,苏丹陛下！"

445

"卑鄙？哼！你愿意怎么说就怎么说好了。等那一千名哈萨克人返回我的营寨,看你还拿什么跟我讲价钱？看你还说不说我卑鄙？那时,我们再进行谈判吧！——来人,把渥巴锡殿下带到偏帐,小心侍候。"

渥巴锡被强行带走后,努尔阿里回来了。

阿布赉盯着努尔阿里,面带得意和要挟地说道:"没有你的一千名降兵,我会逼着渥巴锡当我的面写降表的。"

努尔阿里愧赧地说道:"感谢苏丹陛下厚恩,小帐从此愿永远供陛下驱策。"

阿布赉讥诮地微微一笑,没有说话。

接下来,营帐内免不了出现一阵热烈的议论,不外是颂赞阿布赉智谋无双、神机妙算。几乎所有人都确信,渥巴锡是非投降不可了。只有努尔阿里不这么看。他和渥巴锡打过交道,吃过大亏,知道渥巴锡的机智远在阿布赉之上。而且时间拖得越久,对渥巴锡越有利,渥巴锡这次竟冒险亲自来谈判,敢说不是为了拖延时间？以他的意思,尽快发动攻击才是正确的。但他又知道,阿布赉不会这样干,只认准了逼降一条路。再说,眼下的事恰恰涉及他的一千降兵能否回到麾下,这也是非同小可的事。想到这些,他当然就不能去陈述自己的主张了。

唯一向阿布赉提出质询的是特鲁本堡将军。

"苏丹陛下,您放回渥巴锡是不是失策呢？把他扣在这里,再逼降,成功的可能就更大。"

阿布赉笑道:"我不会放回渥巴锡的。——努尔阿里,你带领一千人马埋伏在两军中段,等一千名降兵走过来,你就冲过去杀退蒙古人。我预料,他们不会派很多人押解降兵,你能打败他们。"

特鲁本堡将军点头称是。他可以放心了。

不过阿布赉计划的那场战斗并没有打起来。因为努尔阿里碰到了一个难题。他看到押送俘虏的蒙古人不是不多,而是很多,跟在俘虏队伍后面的骑兵少说也有两千人,更叫他棘手的是,在每个哈萨克人的身后都有一个徒步的带刀士。一千把大刀在晚照中闪着一片红光。这无疑在警告他,他稍有举动,那一千名哈萨克人就会在顷刻间人头落地。他只好撤回自己的人马,向阿布赉做了报告。

"你做得很对,努尔阿里。"阿布赉夸奖道,"在眼下,那一千哈萨克人要比一个渥巴锡更值钱。"这是他嘴上的话,他心里却说着另外的词句:"努尔

阿里哟,你这回可上当了。我压根儿没想把降兵还给你。有什么办法?一下子增加一千人马,对谁能没有诱惑力呀!"

特鲁本堡将军说道:"苏丹陛下,您好像要放弃逼降了。"

"不。我还是要逼降!"

"可渥巴锡一放回去……"

"就宣战?"

"或者逃跑。"

"阁下,不要忘了渥巴锡带着七八万老弱妇孺。他敢宣战或者想逃跑,除非他决心舍弃这七八万人。渥巴锡不会这样干的。放心吧,将军阁下。土尔扈特汗国已是我的掌中物,渥巴锡有三头六臂也休想改变眼前的局面!"接着,他又转向手下人,"去给渥巴锡鞴马,带到两军中段去交换我们的一千战士。"

半小时后,阿布赉带着渥巴锡以及大小首领数十人来到他在信中指明的交换地点。

押送俘虏的队伍早已停在那里等待着。策伯克多尔济骑马立在队伍的前头。

整个原野鸦雀无声。

阿布赉停了一会儿,又轻抖马缰独自一人向策伯克多尔济缓缓走去。

策伯克多尔济以同样速度迎了上来。

两个人在马头碰到马头时勒住了马缰。

沉默了片刻后,阿布赉说道:"我想,我们现在可以正式交换了。"

"我同意。"

说完,两人都勒转马头,朝着自己人的方向摆了摆手。

于是,正式交换开始了。

先是努尔阿里握着大刀牵着渥巴锡的马缰和一千名蒙古人带刀士押着一千名哈萨克俘虏,慢慢从阿布赉和策伯克多尔济站立的地方交叉而过,走出一定距离后停了下来。然后,阿布赉和策伯克多尔济又朝着自己的人做了一个可以返回的手势,一千名蒙古人带刀士和努尔阿里便都离开看押对象,交叉着走回到自己的一方。交换仪式到此就算完成了。

阿布赉凝视着策伯克多尔济,微微一笑说道:"人们盛传阁下智勇双备,确是名不虚传。"

"久闻陛下宽厚爱人,但愿不是无中生有。"

"策伯克多尔济,听查合……"

"苏丹陛下,此非谈话之地。就此拜辞,后会有期。"

策伯克多尔济打了一拱,扯转马头,朝渥巴锡走去。

阿布赉伫立原处,凝目沉思,细细品味着策伯克多尔济的话,似乎捕捉到了弦外之音。

这时,他看到策伯克多尔济已经走到渥巴锡跟前,刚要跳下马来,却挨了渥巴锡重重的一记耳光,与此同时,清晰地传来渥巴锡愤怒的声音:"蠢材!这一千俘虏是我手里唯一的筹码。你还了回去,我拿什么跟阿布赉谈和?汗国垮就垮在你手里!"说完后,也不等策伯克多尔济申辩,催动坐骑,狂奔而去。策伯克多尔济回过头来,朝阿布赉拱了拱手,也追了过去。

阿布赉见状,心中一阵暗喜。他蛮有把握地预料,渥巴锡和策伯克多尔济回去后,还会有一场好斗。特别是策伯克多尔济,在救出渥巴锡后反而挨了一掌,在自己人以及哈萨克人面前丢尽了脸,是不会轻易吞下这口窝囊气的,势必会坚定投降的决心。刚才策伯克多尔济说什么来着?他说"此非谈话之地","后会有期"!这不正道出了想投降的隐衷吗?看来,那个查合布彦说的句句是实,汗国内部的确是分崩离析了。退一步讲,即使渥巴锡想组织突围,人马不得不服从他,那也是一盘散沙,无异以卵击石,自取灭亡。想到这里,他眯着眼看了看渐渐远去的蒙古人骑马的和步行的队伍,冷然而骄傲地一笑,然后,以一个手操胜券的统帅姿态,拨转马头,趾高气扬地朝着他的部下们走去。

其实,渥巴锡纵马驰过自己的人马后,一直在缓缓前进,有意地等着策伯克多尔济。这时两个人都停了下来。

渥巴锡扬起慈祥而又充满歉疚的眼睛,久久地凝视着策伯克多尔济。

"殿下!……"

"你……很疼吧?我真不该下手那么重。"

策伯克多尔济伸手摸了摸红肿的脸颊,笑了一下说道:"重是重了点儿。可是值得。殿下,此行没有出现什么差错吧?"

"一切都和我们设想的一样。至少阿布赉确信我们是不敢迎战的。他想胜利,却不愿付出一兵一卒。他需要奴隶和士兵,而不是我们的人头。"

"这就太好了。查合布彦怎么样?"

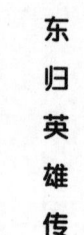

"他完成了使命,我却要刺伤他的肩头。现在还不能预料他能不能活着回来。唉!因我这么个无能的汗王,臣民都要跟着受苦……"

"不,殿下。我们都衷心爱戴您。为殿下做出牺牲,都会感到光荣的。"

"光荣?天哪,为了死里求生,我不得不去演戏!"

"您是在挽救汗国,挽救十万部众啊,殿下!"

"你说得对。我不该总想到汗王的威仪,只应想到汗王的责任。——好了,不说这些。你快说说,准备得怎样了?"

"一切都准备停当了。"

渥巴锡惊问道:"你是说'一切'?"

"是的,殿下。三千名驼兵、三千名带刀士和两千名火枪手都已经整装待命。"

"这么多!"

"有些人是带着轻伤的。还有,凡是能行动的人,都和宿卫军一起,守在王室和家属队伍的外围。"

"没想到你们干得这样快,这样好!"

"人们都决心拼死一战。"

"照这样看,我们无须拖到明天了?"

"正是这样,殿下。"

"那么,事不宜迟,时间就定在今天午夜。你看怎么样?"

"干吧!趁着阿布赉正沾沾自喜以为我们今天除了争吵不会有任何举动的时候,打他个措手不及。我们的牺牲也会大大减少。只是,我有个请求,这次战斗由我指挥。"

渥巴锡略一思忖,点头道:"好,我相信你!"

说完,两个人并辔向土尔扈特汗国的营栅驰去。

56

过去的一天,对于渥巴锡,无疑是一场精神折磨;对于远在红柳村的舍楞,又何尝不是一场精神灾难呢?要知道,渥巴锡的哈萨克军营之行不管多么险恶,总还是身临其境,正在发生和可能发生的事情,几乎都可以预料到,他只需要机智、沉着、谨慎和克制就够了。但舍楞则不然,他是被软禁在客厅里,与世隔绝,他最关心最急于了解的一切,诸如哈萨克人实力怎样,渥巴锡是否做好了迎战准备,军民中有没有投降的情绪,战斗什么时候打响,战况和结局会怎样,等等,他都无法看到,只能在脑海里虚构各种场面。预料和设想是不同的。前者是根据已知因素推断可能发生的事情;后者却常常浸进一些未知因素,虚幻出几乎不可能发生的事情,要么好到光怪陆离、虚无缥缈,要么坏到天崩地裂、万劫不复。舍楞的精神无疑是被后者统治着。在他眼前不断切入或交叠出现的,都是一些令他惊心裂胆、头晕目眩的恐怖而凄惨的场面,他甚至看到了渥巴锡滚落雕鞍、血染碧草,听到了老弱妇孺的呼儿唤娘;看到了汗国臣民尸骨如山,听到了遍野的悲哀呻吟。

其实,舍楞是应该能够目睹眼下发生的一切的。特鲁本堡说过,要在哈萨克人进攻汗国营寨时带着他去观战。舍楞确信败局已定,估计到无论胜败,他也没几天活头了,也希望在合上眼睛前,看一看汗国的最后命运,然后面东自尽。但是,特鲁本堡离开这个房间后,再也没有进来。所说的那个开战的下午已经艰难地过去了,更艰难的一夜也已将尽,特鲁本堡的身影却始终未能出现。这使他在焦虑中又感到纳闷,设想的场面也更令他臂颤股栗,坐卧不宁了。他一会儿躺下,一会儿跳起,一会儿焦躁地踱步,一会儿急趋窗前。直到天光微明,他感到体力和精神都已耗尽,才躺在沙发里闭上眼睛,去等待自己的最后时刻了。

他刚一合眼,便陷入了噩梦。他清楚地看到了土尔扈特汗国营地的惨状,清楚地看到了渥巴锡的零碎的尸体。他跪下去想喊一声"殿下",却只见渥巴锡的尸骨在缓缓合拢,终又结合成一个整体,并站了起来,用手指着周围的尸体,说道:"完了。一切都完了。"但转瞬间,渥巴锡变得异常凶狠,狞视着他,咬牙切齿地说道:"你胜利了!""我?殿下是说我胜利了?"他惊讶地反问道,心里一阵委屈,因为渥巴锡显然把他当成了叛徒。渥巴锡又大声重复道:"是你胜利了!"舍楞曾背叛过朝廷,最忌讳听到"叛徒"二字,特别是渥巴锡把他当成叛徒,他如何忍受得了。他腾地跳了起来,高声辩驳道:"不,您说得不对!"

可是,舍楞一下子又懵懂起来,因为渥巴锡倏然消逝了,他眼前站立的却是特鲁本堡将军。他揉了揉眼睛,这才看清自己是站在沙发前的地毯上。刚才是在做梦。

特鲁本堡显得很疲惫,他无力地走到沙发前坐下去,扬起无神的眼睛看着莫名其妙的舍楞,苦笑了一下说道:"我不骗你。你们确实胜利了。你应该感到高兴。"

舍楞这回可真是大吃一惊,一时竟不知道舌头放在什么位置才能把自己的惊疑变成准确的声音,他费了半天劲儿,才不清不楚地问道:"你说……什么?"

特鲁本堡很有耐性地说道:"你们胜利了,阁下。我已经重复三遍了。"

舍楞的神志开始清醒了,确信眼前的场面绝非噩梦的延续,特鲁本堡的话也不是对他故意欺骗。但是,这消息来得太突然,出乎预料,他毫无精神准备。他不知道此刻应该想些什么,应该说些什么,应该怎样表达自己的复杂的或者说是刹那间弥散到空中的感情。他只觉得心脏在飞动,似要破腹而出,只觉得身体在震颤,似要羽化升腾。他自己也不知为什么,他突然嘴唇一抖,疯狂地笑起来,同时,眼泪像小河般夺眶而出。随后,他又奔到热泪盈眶的托布信面前,声音和着泪水地喃喃说道:"汗王殿下胜利了!托布信,临死前,我们听到这个消息,能够……瞑目了!"接着,这两个明知必死无疑的人,用力搂抱在一起,痛哭失声了。

特鲁本堡对眼前的场面感到迷惑不解,他看出,舍楞也好,托布信也好,尽情抛洒的泪水,绝非为了自己将死,而是为了渥巴锡的胜利。这实在有悖于人之常情。按理,他们此刻首先应该想想怎样挣脱正在大步走来的厄运;其次应该感到委屈和怨恨,因为渥巴锡在欢庆胜利,而他们却被抛在这里等着生命的结束。然而,这些应该想的,他们恰恰没有想,反而为汗国的对他们来说毫无意义的胜利欣喜若狂。难道他们没有自己的灵魂和感情,只有供汗王驱使的躯壳吗?突然,他又回忆起那场从午夜一直打到凌晨的战斗。那时,他躲在一个安全的地方,几乎是作为旁观者,目睹着蒙古人和哈萨克人的力量悬殊的角斗,就曾对明知是弱者,明知是投食馁虎,却仍要顽强拼搏的蒙古人,感到难以理喻。他还清楚地记得,那场战斗从打响到结束的全部经过,虽说他能看到的只是战场的一部分,甚至是极次要的一部分,也足以令他瞠目结舌,思想迷乱和胆战心惊了。

特鲁本堡是在睡梦中被嘈杂声惊醒的。他慌忙穿好衣服,同两个随从走出偏帐。他看到已经披挂好正准备上马的阿布赉和向中军聚拢的一队队哈萨克骑兵。

"苏丹陛下!"特鲁本堡问道,"是蒙古人打过来了吗?"

手按雕鞍、脚引银镫的阿布赉回过头来,恶狠狠地说道:"狡诈的渥巴锡,他把我们骗了!"

"陛下是想暂时退避一下吗?"

"退避?哼!你看我怎样杀得他们人仰马翻,怎样生擒渥巴锡吧!"说完一纵身,跳上马背。

紧接着,在一阵号角声中,阿布赉一马当先,匆匆上马却精神抖擞的哈萨克战士跟在统帅的后边铺天盖地朝前涌去。呐喊声和马蹄声震耳欲聋。

特鲁本堡知道此地不宜久留,便命随从套上马车,驰离了阿布赉的中军营寨,向西奔去。在一个长满树丛的岗坡上,他停下来,隐藏起马车,他则和随从躲在树丛里,打算在这里等着战斗结束。天虽然很黑,但从树隙中还可以隐约看到,蒙古人的驼兵像乌云恶浪般在星空下向阿布赉营寨滚滚而去,看来,他们已经冲破了哈萨克人的第一道防线。不久,那乌云恶浪不再向前滚动,而是在原地翻涌。显然阿布赉的主力部队已和蒙古人驼兵交锋了。大约一个小时后,这种两军相持的原地格斗的局面发生了变化。蒙古人的驼兵暴露出力不从心和不灵活的弱点。他们被阿布赉的骑兵向北逼去,继而又向西逼过来。不久,这场鲜血迸溅、驼滚马翻的砍杀已近在特鲁本堡的眉睫了。短促的夏夜就要过去,东方已现出微明。借着晨光,特鲁本堡可以模模糊糊看到拼斗者的面孔了。在纠结到一起的无数驼马中,他发现了阿布赉和策伯克多尔济。这两个敌对的统帅,离得越来越近,好像都下了不是你死就是我活的决心。他很受感动。他想在心里赞誉这两个身先士卒的统帅,却又被战场上的一个令人难以置信的现象惊得目瞪口呆。他清楚地看到,骑在驼峰间的蒙古人中,不少都是身带以往战斗留下的重创,有的竟只有一只胳膊!他在心里叫道:"天哪!这些蒙古人都不想活了!他们是一群野兽吗?"而且,这实在太蠢了。用驼兵去和骑兵交战,这先就输了一着,何况又掺杂着那么多十个抵不上一个的伤员呢?这不是注定要惨败吗?但是,片刻后,他又陡然一惊,反而为阿布赉的联军担忧了。因为,从眼前的战场可以推知,渥巴锡很可能是企图用驼兵牵制住阿布赉的主力,而用自己的主力去攻击联军的比较薄弱的两翼,然后冲出包围圈。"不,不会这样。"他随即否定了自己的猜测。他知道,渥巴锡还有七八万老弱妇孺,就算能冲出包围圈,阿布赉的主力部队照样会追杀过去。渥巴锡不会这样愚蠢的,他能想到,要冲出包围,带走部众,唯一的办法是击溃阿布赉的主力。"可是,"特鲁本堡在心里说道,"渥巴锡不是太不自量力了吗?"接下来的事实恰恰证明,渥巴锡正是想要击溃联军主力。特鲁本堡发现,远处有一支蒙古人马队已加入战阵,而且更有一支轻骑从眼前飞驰而过,绕过战阵,从斜刺里冲向哈萨克骑兵,上千支火枪同时喷射出火光,刹那后,传来乒乓乒乓的响声。蒙古人一下子从人数上占了上风。"坏了!"特鲁本堡不由得在心里叫道,"阿布赉会顶不住的!"正在这时,策伯克多尔济和阿布赉已经搅到一处,各自在几十名战士的护卫下,杀到岗坡上。特鲁本堡可以清楚地看到这些角斗者身上和脸上的血污,可以清楚地听到他们的喝骂声了。突然,阿布赉的灵活的坐骑一下跃到策伯克多尔济的身旁,阿布赉挥刀猛地砍去,策伯克多尔济让骆驼转弯已经来不及了,只见他一低头,那把带着寒光的大刀早已削掉骆驼的半个脑袋了。策伯克多尔济连人带骆驼摔倒在地上。当即有几十个驼兵冲了过来,挡住了阿布赉的第二次劈刺。同时,也有几十个哈萨克骑兵冲过来,迎战蒙古人的驼兵。两个统帅被隔开了。阿布赉本待再次冲过去活捉策伯克多尔济,却被一个飞骑而来的部将喊住了。"陛下!"那人呼哧带喘地喊道,"我们撤吧!"阿布赉怒喝道:"混蛋!为什么撤?给我上,把蒙古人全砍死!"那人又说道:"陛下看看吧,足有两万蒙古人啊!"

阿布赉顺着部将手指的方向看去,只见数不清的蒙古骑兵从远处波翻浪滚地冲过来。他大吃一惊,恨恨不已地说道:"这些蒙古人是现生出来的吗?"接着,他对部将命令道,"派人去让努尔阿里和巴什基尔人来迎战,我们的人马立即撤离战场!"听到阿布赉要撤退,特鲁本堡骤然一惊,险些叫出声来。他真想钻出树丛告诉阿布赉,那些蒙古人是虚张声势,打不了仗的,就是有三万五万,也抵不上五千哈萨克人。但他终于没有这样做。他知道,他一露面,让蒙古人看见,就别想活命了。就这样,他眼睁睁看着肯定能获胜的阿布赉带着哈萨克士兵,向南逃跑了。特鲁本堡悲叹一声,准备离开树丛。这时,他看见渥巴锡驰过来,在受了伤的策伯克多尔挤跟前跳下马来。渥巴锡关切地问道:"你的伤重吗?""不要紧的,殿下。""还能冲锋吗?""能。""那我们就乘胜追击吧!"渥巴锡说着转身对传令官命令道:"立即叫一万妇女和老人离开战场,返回营寨,做好启程准备。"传令官走后,渥巴锡又对策伯克多尔济说道:"我们兵分三路,你去攻击巴什基尔人,我去打努尔阿里,巴木巴尔追击阿布赉。"说完后,飞身上马。如果此刻特鲁本堡掏出手枪,勾动两下扳机,那么,渥巴锡和策伯克多尔济就会当场毙命。这两个人一死,蒙古人群龙无首,单单一个努尔阿里就能轻取胜利。他真的掏出了手枪,并向渥巴锡瞄去。但他自己也弄不清为什么,他犹豫了,最后竟缓缓收起手枪,悲哀地叹口气,对随从说道:"我们回红柳村吧。"

特鲁本堡坐在沙发里,因为舍楞和托布信的欣喜若狂,促使他又一次回忆起上面的一些战斗场面。他记得,他收起手枪后,曾在心里问过自己:"我为什么不杀死渥巴锡和策伯克多尔济?是同情还是怜悯?不。"他自己又回答道,"我是被震慑了。被一种非物质的力量征服了。"不过,这种非物质的力量究竟是什么,他当时还弄不明白。现在,这种力量又通过另一种形式,从舍楞和托布信身上迸发出来。他终于弄明白了,无论是战场上视死如归的蒙古人,还是被囚禁中的舍楞和托布信,他们身上都具备着一个伟大民族的民族魂所哺育出来的至死靡他的忠诚和忘我。这是一种宝贵的精神,是一种无法克服的力量。他正是被这种精神力量震慑了。

想到这里,特鲁本堡更加无力地凝视了一眼渐趋平稳的舍楞和托布信。然后他站起来,缓缓走到他们面前,声音嘶哑地说道:"二位从即刻起,自由了。"

舍楞有点儿不相信地说道:"阁下是说,放我们走?"

"把你们处决或带回彼得堡,都没有任何意义。走,我送你们离开红柳村。"

不用说,由于死里逃生造成的新的喜悦,使舍楞和托布信异常兴奋,顿时感到轻松和增添了巨大的力量。他们一心想着就要回到胜利的渥巴锡身边,回到自己的队伍中,竟忘记了对特鲁本堡的宽宏表示谢意,互相挽着胳膊,向外走去。特鲁本堡摇摇头,跟在后面走了出去。

他们很快鞴好马,飞上雕鞍。片刻后,他们已然是在红柳村东边的大道上了。

舍楞勒住马缰,向特鲁本堡拱手道:"鄙人将永远记住阁下的不杀之恩。就此拜辞,请留步。"

特鲁本堡幽幽地说道:"代我祝贺渥巴锡殿下。我衷心佩服他。"

"谢谢将军阁下。"

"告诉渥巴锡殿下,不要记恨我做过的一切。当然,我不是说如果事情重新进行一次,我会采取相反的立场。不,我是俄国将军,是女皇的仆人,我只能为俄国、为女皇效忠,而不会成为你们的朋友。但有一点,我不能不承

认,我就是有百万雄师也没有用。你们剩下一个人也会拼到死的。是的,我必须承认,你们是不可征服的。"

舍楞受到了感动,他哽咽了一下说道:"我代表渥巴锡殿下和士尔扈特汗国,向您表示真诚的谢意。您是第一位对我们这个弱小民族做出公允评价的俄罗斯将军!"

"你们上路吧,舍楞大人。不要忘记,阿布赍苏丹是不会甘心失败的。"

特鲁本堡说完,勒转马头,凄凉地朝红柳村慢慢走去。

他的背上是红色的阳光,前面是长长的不断晃动的身影。

直到他隐进村民的房舍间,舍楞才抹了一把泪水,和托布信一起,迎着升起的太阳向东狂奔而去。

还没到中午,他们就驰回了吐尔盖河边的营地。当天下午,汗国的已不到十万人的队伍向东开拔了。在此之前,渥巴锡派出几个身强力壮的人,带着他的亲笔信,取道巴尔喀什湖北侧,去拜见伊犁将军。

57

特鲁本堡将军说对了,阿布赍没有死心,被渥巴锡活捉后又放回的努尔阿里也没有死心。这一仗,由于中了渥巴锡的计谋,阿布赍错误地撤离战场,造成了两三千人的伤亡,使这两位哈萨克人的伟大首领丢尽了脸,更煽起他们的仇恨的火焰。他们决心再一次聚集力量,追袭渥巴锡行进缓慢的队伍,不是为了特鲁本堡,而是为了雪耻。

大约五天后,阿布赍和努尔阿里又立马横刀,浩浩荡荡地向东北方向进军了。

消息很快传到土尔扈特汗国的队伍中。

这时,汗国的队伍已停止前进。渥巴锡和他的几个大臣正在一片广阔无边的沼泽前,望而兴叹。听到哈萨克人已渡过吐尔盖河,他们都顿时觉得天旋地转,体内残存的力量也一下子飞散了。渥巴锡十分清醒地知道他的人马还有多大力量。吐尔盖河畔一战,虽说侥幸获胜,但人马的伤亡几乎等于哈萨克人伤亡的两倍,再没有力量迎战强敌了。而且,他们面前是怎样的道路啊!东去是数百里瀚海,北去是一望无尽的沼泽。汗国已陷入进退维谷的绝境了。几乎所有人都意识到,汗国这回彻底完了。剩下来的只是对死亡方式的选择。要么到沙漠中去渴死,要么以沼泽为最终归宿,要么闭上眼睛,躺到地上,任凭哈萨克人来尽情砍杀。

也许汗国气数未尽,也许这九万蒙古人命不该绝。正当渥巴锡感到上天无路、入地无门,他的大臣和部众们都心如死灰、陷入绝望的时候,飞奔而来的色克色那带来了出乎人们预料的喜讯。

"殿下,我们有救了!"色克色那兴奋地喊道,手里挥动着一张羊皮。

"你说什么?"渥巴锡惊问道。

"您看羊皮上的字。"

渥巴锡接过羊皮,几位大臣帮他扯平,都伸过头来,紧紧盯在羊皮上的几行血字上了。那样子好像他们手里抓着的是上天赐下的救命符,而不是一张普普通通的羊皮。

渥巴锡先是飞快扫了一眼,接着便激动地颤起干裂的嘴唇,轻轻地念出声来:"汗王殿下:请千万相信我这个罪民的忠告。东边的沙漠是死路一条,切莫涉足。更不能再回到哈萨克人驻地,他们正想洗雪败军之耻。汗国的唯一道路是北走沼泽。我的人已为殿下探得一条可以行走的道路,沿着我们的足迹,走出沼泽,殿下的东归大业就可以完成了。这是我最后一次赎罪。请殿下宽恕我吧!江基尔·巴图尔。——又是他!"渥巴锡感慨万千地抬起头来。

"此人是谁?"色克色那问道。

"一个非凡的人。他第二次救了汗国。色克色那,这封信是在什么地方发现的?"

"西边,离这里不远。"

"快,带我去看看。但愿你别忘了那个地方。"

"不会的。达尔罕表哥守在那里。"

渥巴锡和几个大臣在色克色那带领下,很快来到达尔罕伫立的地方。色克色那指着埋在地上的一个碗口粗细的木棍说道:"羊皮就捆在木棍上。"

渥巴锡用颤抖不止的手抚摸着木棍,并向沼泽望过去,他看到第二根和第三根木棍。这些木棍显然在向他们指示前进的道路。

不能再犹豫了。渥巴锡决定,抛弃所有牲畜和辎重,扔掉行囊和比较沉重的武器,每个青壮年人护持五个老人和孩子,立即向沼泽前进。

这个命令引起了不少人的反对,他们说,蒙古人赖以生存的是牲畜,没有牲畜,他们怎么活?难道从此以后去喝西北风吗?

渥巴锡对他们说,只要人活下去,将来就肯定还会有畜群。如果人都死了,再多的牲畜又有什么用?而眼前的局势如此紧迫,正是人和牲畜不能兼得,为了保证每一个人,无论是老人还是孩子,都能活着回到祖邦,只能舍弃畜群。

但是,让人们扔掉相依为命的畜群,毕竟不是轻而易举的事情。特别是这些畜群和他们一起度过了无数灾难、艰难地跋涉了一万多里地,在雾淖那样险恶的地方都没舍得抛弃,一旦扔在域外或者砍死,这在他们的感情上是难以通过的。这无疑是在挖他们的心。所以,很多人纷纷跪在汗王的周围,请他收回成命,并表示要和畜群共存亡。

"你们是一群糊涂虫!"渥巴锡又急又气地喝道,"阿布赉的人马离我们只有几天路程。带着畜群穿过沼泽,我们要花费三倍甚至十倍的时间!你们明白吗?"渥巴锡喊着,抽出宝刀,跑到自己的坐骑跟前,猛劈下去,接着他又发疯了一样砍烂了车驾,最后,他喊过来母后和王妃,让她们当众把随身携带的珠宝全部抛进沼泽。

看到渥巴锡震怒,人们不敢再坚持,只好忍痛割爱,哭着告别了畜群。

向沼泽进军开始了。渥巴锡让达尔罕和色克色那率领宿卫军走在最前面,一个跟着一个小心翼翼地踏上沼泽中木棍所指出的道路。接着是王室和几百名贵族子弟。其后是掺杂着战士的家属队伍。远远望去,像一条蜿蜒的长蛇。

当渥巴锡和策伯克多尔济最后踏上已被九万人踏成一条深沟的道路进入沼泽时,已是第三天深夜。阿布赉的先头部队离他们只有一二十里地了。渥巴锡放心地舒了一口气,确信哈萨克人是不敢在夜里进入沼泽的。明天就没事了。

但是,我们能够想象得出,沼泽中那条唯一的狭窄而又拐来拐去的小路,对于九万人的长蛇队,不可能万无一失。稍有不慎,偏离道路哪怕一小步,就会陷进无底的泥淖,一挣扎就整个没影了,谁也没办法施救。尤其是夜里,四面漆黑一团,他们必须紧紧拉着前面人的衣角,脚尖挨着脚跟一小步一小步地向前移动。前后都不时传来陷入泥淖中的人的凄厉叫声。而他们却要整整走两天两夜,连眼也不敢合一下。

当第五天即七月十日渥巴锡终于最后一个走出沼泽时,他看到草野上人们横躺竖卧,连动也不想动一下时,他一点儿也不感到惊讶。有人告诉他,至少有七八百人没能走出沼泽,他同样不感到惊讶。

不过,有一件事却令他大吃一惊。人们告诉他,江基尔·巴图尔在获知渥巴锡就要走出沼泽时,把匕首捅进了自己的胸膛。眼下,洛桑丹增正在全力抢救。

"为什么?"渥巴锡焦躁并带着突然升起的一股怨恨说道,"他为什么不想见到我?"说完,狠狠地咬住嘴唇,略一犹豫后,命报告这个消息的人立即把他带到江基尔·巴图尔自戕的地方,而将拜见母后的时间推迟了。

这是一株有两围粗的大柳树,枝叶披拂的树冠下,有一大片树阴。奄奄一息的江基尔·巴图尔躺在树阴下。洛桑丹增在他身边忙碌,热得大汗淋漓。原来这里是围着很多人的,他们对江基尔·巴图尔都怀有崇敬之心,对这位救了他们生命的好汉的安危异常关切。后来,洛桑丹增把他们赶开了,因为密密匝匝的人群,挡得连一丝风都透不过来。渥巴锡匆匆跑来时,人们都已退到很远的地方去默默等待了,洛桑丹增跟前,只剩下为数不多的几个助手。

渥巴锡跪坐在江基尔·巴图尔身旁,看了一眼仍在汩汩流血的胸口,倏然仰起脸,期待地看着洛桑丹增,恳切而固执地说道:"活佛。您一定要救活他。一定!"

"我在尽力,殿下。他是救了汗国的英雄。"

"是的。必须让他活。我要分给他半个汗国!"

"可是……"

"您说什么?"渥巴锡骇然问道。

"殿下。"洛桑丹增擦了一把汗水,叹口气说道,"他刺中了心脏……"

"天哪!"渥巴锡双手捂住自己的脸,悲惨地叫道,"他这是怎么了?是谴责我还是有意增加我的痛苦?"

"都不是,汗王殿下。"这似乎是从天外飘来的声音。渥巴锡以为是江基尔·巴图尔在说话,猛地拿开双手。但他眼前的江基尔·巴图尔依然静卧着,苍白的脸上没有一丝生命的迹象。渥巴锡不由得迷惑地抬起头来。他看到有一个年轻人正站在洛桑丹增的身后,面无表情地注视着他。

渥巴锡猛然跳起,冲到那个年轻人面前,使劲抓住那双想躲避的手,咽了

口唾沫,异常吃力地说道:"扎瓦·巴图尔!告诉我,你哥哥为什么要自杀?"

"他是罪人。他误解并辱骂过殿下。"

"我根本就没有怪罪他!"

"他心里不安。殿下,让一个怀着巨大不安的人活在世上,是很困难的。"

"他在为自己虚构痛苦。就算他自认有罪,他第一次救了汗国时就已经赎清了,不!他的行为足已赎回一百次死罪!"

"有的罪过是永远也赎不清的。"

"除非卖国求荣,弑君弑父。可他,没有这样的罪过。"

"他有,而且比这严重得多。"

"什么?你……再说一遍!"

"殿下,家兄犯有比卖国求荣、弑君弑父更可怕的罪过。他是在殿下为了汗国忍受失去儿子的巨大痛苦时,辱骂并背叛了您。"

"痛苦的并非我一人。而且,他的行为绝构不成背叛!——可是,扎瓦·巴图尔,你好像早就知道你哥哥要自杀,而且,你并没有阻止他!"

"直到昨天,我还不知道他要自杀。不过,我确实没有阻止他。"

"为什么?"

"他做得对。"扎瓦·巴图尔说道,态度依然异常平静,"我也曾认为他至少可以功过相抵了。但他说服了我。我同意了他的行动。"

"你……还表示了同意?"

"是的,殿下。最后的行为可以使他成为光明磊落的人。"

"请你解释一下。"

"我正想向殿下解释,尽管家兄临死前不让我向殿下解释。"

渥巴锡猛然一抖,松开了对方的手,喃喃说道:"临死前……"说着,他很快回过头去,"活佛,他……死了吗?"

"还没有死,殿下。"

"不能让他死,明白吗?可是,怎么您一个人在这里忙碌?您不是说过,莉莎在急救方面很有办法吗?"

"是的。"

"为什么不叫她来?"

"舍楞去找她了。这么久,还没有来。但我想,就是布兰德医生在这儿也恐怕无能为力。"

"别这样说！您一定要……一定要想出办法！"

"我全力以赴，殿下。"

渥巴锡咬了咬失去血色的干裂的嘴唇，又转向扎瓦·巴图尔，说道："我听着，你说吧。"

"殿下，家兄是在昨天晚上向我透露他自杀的决心的。我大吃一惊，哭着劝他打消这个可怕的念头，我说，他对汗国的功劳是没人不知道的，汗王殿下肯定能宽恕他以往的过错。他坚定地说：'不，我不能宽恕自己。我辱骂过最高尚的人，灵魂永远不会安宁的。我活着就是痛苦，比死要痛苦千万倍！再说，这几天我四处抢劫马匹，在几个俄国人村落中留下了蒙古强盗的骂名。我不能让汗王殿下带着这个有损汗国声誉的骂名返回祖邦。我必须死在这里。我死后，要把我扔到俄国人村落附近，让他们知道，渥巴锡殿下是不容留杀人越货的强盗的，让他们知道，我江基尔·巴图尔并不是汗国东归队伍中的人。'听哥哥这么一说，我一下子明白了。这几天，他替殿下夺来近一千匹马，每一次行动，他都严厉地命令我守在营地，他是为了让我活下去，为了让我不担上强盗的罪名，心安理得地跟随汗王踏上祖邦的土地。哥哥太高尚了。我终于同意了他的决定，并暗暗下了一个决心。"

渥巴锡又是一惊，问道："什么决心？"

"哥哥死后，我将抱着他的尸体走进俄国人的村落。我要告诉他们，我和哥哥并非东归队伍的成员。但是，我们敢做敢当。"

"简直是胡来，我不会允许的。"

"殿下应该知道，我们蒙古人是言必行，行必果的。"

"我宁可砍断你的双腿！"

"那还会有人帮助我们兄弟实现最后的愿望的。"

正在这时，洛桑丹增慢慢站了起来，对汗王说道："殿下，他……死了！"

渥巴锡悲痛欲绝地闭上眼睛，霎时从眼角浸出两滴浊泪。他好久说不出话来。

扎瓦·巴图尔说道："我说过，您救不活他。"说完，他蹲下去，轻轻托起哥哥的尸体。

渥巴锡猛地睁开眼，凄楚地哀求道："扎瓦·巴图尔，好兄弟，不要去。让我们把他带回祖邦吧，这曾是他的梦想啊！"

"我们兄弟的灵魂将永随汗王殿下。"

"为什么非要这样？我们可以把一千匹马送回去,再表示歉意……"

"殿下用得着这些马匹。再说,有五百匹马已被达尔罕殿下要去了。"

"什么！你说?"渥巴锡又惊又怒地说道,"他为什么要马？他在哪儿？他要干什么？你们都想把我逼疯吗?"

"达尔罕殿下带人去攻打坑格尔图拉要塞①了。那是汗国东归祖邦的最后一个要塞。永别了,殿下。"扎瓦·巴图尔说,朝渥巴锡鞠了一躬,又向东方凝视了一眼,然后,转向西面,坚定而缓慢地向前走去。

渥巴锡泪流满面地注视着巴图尔兄弟,直到他们的身影消失在山路的拐弯处。

过了好久,渥巴锡才缓缓转动起模糊的泪眼,像在梦境中一样巡视了一下给巴图尔兄弟送行的密密麻麻却悄无声息的人群。他不知道这些人在想什么,不知道他们怎样看待眼前的事情。但有一点可以肯定,人们心里在埋怨他,埋怨他竟允许救了汗国的英雄去接受俄国人惩罚,竟允许扎瓦·巴图尔把哥哥的尸体送到俄国人面前去接受凌辱！难道汗王可以这样对待有功的人吗？

那么,要不要强制扎瓦·巴图尔留下呢？现在还来得及,只要跑过去,就可以追他回来。但他立即否定了这个想法。是的,他不能这样。他知道,把扎瓦·巴图尔追回来,结局将会更惨。从归鸿驿的河畔第一次见到巴图尔兄弟,直到今天,这两兄弟的全部举止已经清楚地告诉渥巴锡,他们究竟是怎样的男子汉！他刚才还在想,一定要劝止扎瓦·巴图尔,并暗暗在心里决定,回到祖邦后,要给江基尔·巴图尔立碑,要给扎瓦·巴图尔高官厚禄。可现在他不这样想了。因为如果那样做了,无疑是对这两兄弟的高尚灵魂的玷辱。要给江基尔·巴图尔立碑,这碑应该立在心里;要给扎瓦·巴图尔奖赏,这奖赏应该是支持他完成哥哥的遗愿。这样做是痛苦的,但不得不这样做,这就更痛苦。这种痛苦的分量,只有在他失掉儿子时可以比拟。

渥巴锡这样想着,揪心地叹了一口气,失魂落魄地垂下眼帘,费劲儿地转过身来。他看到达什敦杜克正注视着他。

"叔父。"渥巴锡哽咽了一下说道,"您看到了?"

"是的。殿下为什么放他去赴难?"

---

① 今苏联乌斯季卡缅诺戈尔斯克附近。

"没有办法。叔父。"

"有两个人就可挟持住他了。"

"我没有权力。"

"你这是说什么糊涂话?你是汗王!"

"在巴图尔兄弟面前,我太低微了。"

"我不否认他们是英雄。特别是这次,他们用五百人的生命为汗国探出一条道路。他们受到赏赐是当之无愧的。但他们毕竟是你的臣民,不应该违背你的意志采取这种只能给人们带来痛苦的方式去死。"

"叔父,您是说,他们有五百人死在沼泽中了?"

"是的。他们还剩下五百人。"

"是这样……唔,叔父,让我告诉您,巴图尔兄弟是言出必行的人。我的权力和意志都改变不了他们的决心。就让他们按照自己的权利和意志去做吧。这才是对他们的真正理解、崇敬和尊重。但是,对他们留下来的五百人,我们一定要给予优厚的赏赐。"

"这五百人已被达尔罕带走了。"

"什么?"渥巴锡咬牙道,"他怎么能带走这五百人?"

"我们谁也不知道。刚才舍楞到处寻找莉莎,才知道达尔罕在昨天半夜就走了。有人说,他要去攻打坑格尔图拉要塞。"

"也就是说,莉莎也去了?"

"一定是这样,舍楞说,他当年就是经过坑格尔图拉逃入俄国的,对那里的情况很熟悉。他已经带人追去了。他说,就算追不上,至少也能帮达尔罕一把。"

"我明白了。叔父,达尔罕和莉莎也是去寻找归宿啊!"

"怎么会?"

"叔父,我必须立即赶上去。请您组织队伍,尽快上路。"说完,渥巴锡找到巴图尔兄弟专为他留下的一匹骏马,飞上马背,向坑格尔图拉疾驰而去。

达尔罕和莉莎双双赴难的决定,是在江基尔·巴图尔向弟弟透露自杀的决心之前。江基尔·巴图尔的自杀心理,是在归鸿驿的雪夜中抱起将死的特里根时就萌生了。在以后的日子里,从未动摇过,而是一天比一天更加坚定,直到他把匕首捅进心脏。达尔罕和莉莎则不然。这对热恋中的少男

少女也曾想死,后来又不想死了,至少是在攻破奥琴峡谷以后,他们彻底打消了捐生的念头。他们的死,是在走出沼泽后突然决定和当即付之行动的。

那是在昨天的炎热的中午。达尔罕来到王室成员休息的树丛中,叫走了莉莎。自从进入奥琴峡谷,达尔罕和莉莎摆脱了因泄密造成的自责的痛苦,又恢复了以往的热恋关系。从那以后,他们几乎形影不离。在他们晶莹如玉的单纯的心海里,无时不在涌动着对未来的美好憧憬。他们无数次地设计天山牧场的一个与世隔绝、与人无争的幸福的小家庭。所以,尽管他们经历的险恶和别人一样多,心里却比任何人都快乐。看到他们快乐,母后非常高兴。达尔罕这次来找莉莎,母后当然认为又是谈情说爱,无论如何想不到从此会永远见不到这两个可爱的孩子了。

莉莎可是一开始就有预感。她从达尔罕的呆滞、决然甚至有一种不同往常的期待的眼睛,看到了令她害怕的信念。她不知道达尔罕想让她干什么,但她确信那一定是她应该干和必须干的。

他们在一个非常隐秘的地方坐了下来。莉莎照例紧紧靠在达尔罕的肩头上。达尔罕却没照例去长吻莉莎的芳唇。

过了好一会儿,达尔罕咬了咬嘴唇,开门见山地说道:"莉莎,你知道吗?攻打坑格尔图拉要塞是汗国的最后一仗,从此我们再没有机会了。"

莉莎扬起脸问道:"是吗?"

"你怎么想?"

"和你想的一样。"

"真的?"

"那还有假?我俩只有一颗心。"

"不后悔?"

"只要和你在一起,我就不会后悔。"

"你真好!——可是,你知道我的意思吗?"

"我知道,亲爱的达尔罕。我早就知道你会下这个决心的。只是,我原想,我们可以死在你的祖邦,那样你会高兴的。"莉莎说着,流下眼泪来。

达尔罕感动地握住莉莎的冰冷的小手,说道:"我也不愿让你死在异乡。而且,汗国就要胜利了,每个人都会快乐。唯有我俩,是带着灵魂的谴责,再多走一步都是困难的。"

"我明白了,达尔罕。我听你的。"

"你和我相爱,真是太不幸了。"

"不!我感到幸福。临死我都会笑的。可是,我们怎么个死法呀?我可不能看到你先死。"

"我们不能自杀。我们要在战斗中死亡。这样,母后和哥哥的痛苦会小些。"

"战斗?我们两个去打坑格尔图拉要塞吗?"

"当然去打要塞,但不是我俩。我们去找江基尔·巴图尔,他会帮助我们的。"

他们找到江基尔·巴图尔,如实地陈述了他们的决心和请求。江基尔·巴图尔夸奖他们有勇气,痛痛快快地答应把自己仅剩的五百人全部送给他们。

就这样,当夜深人静的午夜来临时,这一对决心战死并决心为汗国攻下最后一个要塞的少男少女,带着五百个勇敢善战、视死如归的勇士,小心翼翼地离开了营地,朝坑格尔图拉奔袭而去。

不幸的是,达尔罕和莉莎都没有战死。坑格尔图拉要塞的俄国驻防军仅有三百人,大部分根本没经过战阵,加上那五百勇士横冲直撞,他们根本和敌人挨不上边。直到要塞已经攻下,这两个人还连一处战伤也没有。

结果,两个人只好心情郁郁地爬到要塞塔楼的顶端。他们沉静地看看下面就要永别的世界,然后,达尔罕朝东,莉莎朝西,互相扬起双臂,同时说着"我爱你,我爱你",紧紧搂抱在一起,一面长吻,一面纵身跳了下去……

等舍楞和渥巴锡赶到,只见到了他们紧紧交叠在一起的尸体。

58

舍楞告诉人们,此去伊犁界仅剩数百里,这一段路上,没有天然险阻,也不会再有敌人袭扰了。这无疑在向人们宣告,他们无须担心再发生一次流血战斗,东归祖邦的愿望,在攻陷坑格尔图拉要塞那一刻,就算实现了。剩下的只需一步步接近它,准备最后去拥抱它了。不用说,这是最能令人们高兴和振奋的消息。所以,在七月十五日,汗国的九万部众,离开坑格尔图拉,朝着东南的坦途继续前进时,虽说肉体都已达到出征以来最疲惫的程度,甚至达到最低极限以下,因而速度极缓慢,但人们的心情还是轻松的。

按说,和大臣们一起缓辔走在最前面的渥巴锡,也应该高兴才对。因为就要实现的东归大业,是几代汗王想实现而未实现得了的,他,以一个二十七岁的年轻汗王,却使这个目标成为现实;和先辈比,他无疑是个最强者。而且,他是在比先辈所处形势恶劣得多的情况下,举国东征的,一路上艰难险阻不必说,那些围追堵截的敌人也是异常强大的,却被他一个个击败了;和敌人比,他又无疑是个胜利者。作为一个无愧于祖先的最强者,作为一个打败了所有敌人的胜利者,难道不应该高兴吗?

但是,年轻的汗王无论如何也高兴不起来。他也曾想笑一笑,用自己的笑去感染和鼓励他的臣民,但他的面肌扯动出来的却是令人回肠九转的悲哀的苦笑,甚至仅仅是凄凉的搐动而已。他也曾想说几句高兴的话,使默默前行的队伍中出现笑语欢声,但他却说不出话来,喉咙口似被一团又软又韧的东西塞住了。只有他自己知道,如果憋在胸腔里的攒动着的块垒冲开喉咙,那绝不会是快乐的大笑,也绝不会是高兴的话语,而是一阵悲痛欲绝的哭泣。

是的,在那二十七岁的年轻的胸腔里,盛满着比二百岁的人还要多的痛苦。在七个月的征途中,他也有过痛苦的时候,但由于形势险恶,精神紧张,那些痛苦没有存身之地,或者稍纵即逝了。现在,旅途平安无事,精神可以松弛,那埋在心底的痛苦就不能不拥挤着奔出在整个胸腔里攒集和膨胀了。他想起了这七个月种种噩梦般的经历。他失掉的太多了!他失掉了一半部众,失掉了他最喜欢的姑娘,失掉了他最好的朋友,失掉了他最尊敬的医生。尤其令他想不到的是,七个月的征战,竟是以他献出爱子开始,以他的爱弟赴难结束。命运对他太不公平了,为什么要把他生活中最宝贵的部分全部夺走呢?此刻的渥巴锡终于认识到了,七个月的经历积累起的痛苦,远远超过七个月的胜利积累起的快乐。他此后还会有快乐吗?

七月二十三日,舍楞告诉渥巴锡,他们已经进入伊犁界,脚下正是准噶尔的土地,不远处就是塔城了。

渥巴锡不由得一震,猛然想起舍楞的事。这七八天的沉默的旅行,他只是流连在个人的痛苦之中,想到了萨莱和达尔罕,想到了安妮和阿斯楞,想到了布兰德和莉莎,就是没有想一想舍楞!想到的那些人早已长眠异乡,不能活转过来,想也没有用了。而舍楞却是活着的人,进入伊犁界,对舍楞是祸是福,还难以预料。要知道,舍楞是当今皇上悬斩在案的要犯啊!朝廷会不会马上拘捕和最终处斩呢?想到这些,渥巴锡又紧张起来,万分担忧地看了看舍楞,勒住了马缰。

舍楞却心情平稳、表情怡然。他回视了渥巴锡一眼,不动声色地说道:"殿下一定在担心我的命运吧?"

"你猜对了,舍楞叔父。朝廷会不会……"

"放心,殿下。我做好了精神准备。"

"如果皇上下令处决您,我也死。"

"殿下!"

"我一定这样。我完成了父亲的遗愿,把他的部众带回祖邦了。我现在死去,算不得对不起祖先。"

"我和殿下不一样。我对朝廷有罪……"

"皇上如果看不到您的功劳,只追究您以往的过错,就不会是一位明君,我也就不耻于做他的臣民。——唔,你们看,东边尘土飞扬,好像有一支军队向我们迎来了!"

舍楞仔细看了一下说道:"是朝廷的驻防军。"

"这就是说,伊犁将军已经收到了我的信。可他为什么派兵来?是想把我们逐出边境吗?"

渥巴锡的话引起身后一些人的惊慌。但也只有惊慌而已,因为不用说迎战,再让他们跑一步都困难了。

不大一会儿,数千名骁勇剽壮的清兵已经驰到眼前,耀武扬威地停下了。阵门开处,有三骑奔出,在渥巴锡面前跳下马来。

渥巴锡见来人并无恶意,朝大臣们挥了挥手,也都跳下马来。后边的人接过马缰。

来人为首的一个问道:"哪位是渥巴锡殿下?"

渥巴锡俯首道:"我便是。"

那人快步走上前来,一把握住渥巴锡的手,说道:"我是伊犁将军伊勒图,遵皇上圣旨,前来迎接殿下。"

渥巴锡一阵激动,抖着声音说道:"谢圣上,谢将军……"

"殿下的军队呢?是不是界外还有追兵?我的人马可以即去助战。"

渥巴锡摇摇头说:"全在这儿了。"

伊勒图一惊,不由得向渥巴锡后边仔细看去。"天哪!"他在心里叫道,

"这就是在额济勒河曾烜赫一时的土尔扈特汗国吗?"他没有看到军队,只看到数不清的乞丐!不要说那些老弱妇孺,就是略显年轻的人也都是衣不蔽体、骨瘦如柴,所有人都摇摇欲坠,昏然欲仆。伊勒图用不着听渥巴锡陈述,就立即想象出眼前的同胞们曾经历了怎样的艰险困顿。他忍不住热泪涌流,紧紧抱住渥巴锡,痛哭失声地说道:"你们……受苦了!"

渥巴锡也忍不住泪如雨下,哽咽着说不出话来。无论是强壮的清兵,还是羸瘦的汗国民众,都在拭泪了。

过了一会儿,渥巴锡止住眼泪,想起对舍楞说过的话,便向伊勒图问道:"请问将军,皇上对舍楞打算如何处置?"

"哪位是舍楞大人?"

舍楞向前走了一步,略一躬身,没有说话。

这时,从伊勒图身后冲出一个年轻军官,伸手抓住舍楞的胳膊问道:"你就是舍楞?"

舍楞从那个人的脸上看到了当年的唐喀禄,他知道大限已到,平静地点点头。

在人们还来不及想一想此人究竟要干什么的时候,只见他猛地抽出腰刀砍去,舍楞的开裂的衣袖倏然飞起。

渥巴锡大惊失色,一时不知所措。

伊勒图大怒,想喝退这个胆大包天的副都统。

但是,伊勒图还没喊出声来,却见那人已掷刀在地,抱住舍楞,呜呜哭了起来,那样子,就像意外地看到了久别的亲人。

这个在几秒钟内一砍一哭的场面,实在令在场的人大惑不解。

这时,只听那人说道:"我是唐喀禄的弟弟。刚才的一刀是我替哥哥报了仇,现在我拥抱的是蒙古人的英雄。"

渥巴锡和伊勒图舒了一口气,会心地笑了,但眼里的泪水却涌流不止……

附录一

土尔扈特全部归顺记[①]

　　始逆命而终徕服,谓之归降;弗加征而自臣属,谓之归顺。若今之土尔扈特,携全部,舍异域,投诚向化,跋涉万里而来,是归顺非归降也。西域既定,兴屯种于伊犁,薄赋税于回部。若哈萨克,若布鲁特,俾为外围而羁縻之。若安集延,若拔达克山,盖称元徼而概置之。知足不辱,知止不殆,朕意亦如是而已矣。岂其尽天所覆,至于海隅,必欲悉主悉臣,为我仆属哉?而兹土尔扈特之归顺,则实为天与人归,有不期然而然者,故不可以不记。

　　土尔扈特者,准噶尔四卫拉特之一,其详已见于准噶尔全部纪略之文。溯厥始率,亦荒略弗可考。后因其汗阿玉奇与策旺不睦,窜归俄罗斯,俄罗斯居其额济勒之地。康熙年间,我皇祖圣祖仁皇帝,尝欲悉其领要,令侍读图丽琛等,假道俄罗斯以往。而俄罗斯故为纡绕其程,凡行三年又数月,始反命。今之汗渥巴锡者,即阿玉奇之曾孙也。以俄罗斯征调师旅不息,近且征其子入质。而俄罗斯又属别教,非黄教,故与合族台吉密谋,挈全部投中国兴黄教之地,以息肩焉。自去岁十一月启行,由额济勒历哈萨克,绕巴勒喀什诺尔戈壁,于今岁六月杪,始至伊犁之沙拉伯勒界,凡八阅月,历万有余里。先是,朕闻有土尔扈特来归之信,虑伊犁将军伊勒图一人,不能经理得宜。有舒赫德以参赞居乌什,办回部事,因命就近前往。而畏事者,乃以新来中有舍楞其人,曾以计诱害我副都统唐喀禄。(唐喀禄于戊寅年四月,偕厄鲁特散秩大臣和硕齐率兵追捕逸贼,至布古什河源,射舍楞弟劳章扎布,扑而擒之。既而舍楞至,称欲投诚,请释其弟。唐喀禄虽许而疑其诈,欲先

　　[①] 乾隆三十六年(公元一七七一年),普陀奈乘之庙(位于承德狮子沟北坡,为避暑山庄外八庙之一)落成之际,恰值土尔扈特部归来。乾隆在《普陀宗乘之庙碑记》和《优恤土尔扈特部众记》两篇碑文,详细记叙了土尔扈特部重返祖国的过程以及清政府对土尔扈特部众的安置。这三篇碑文,用满、汉、蒙、藏四种文字镌刻在三块高大的石碑上,至今仍矗立在普陀宗乘之庙山门内的碑亭中。本文所引两篇碑文,均录自齐敬之著《外八庙碑文注译》(紫禁城出版社出版)。

擒舍楞。和硕齐云：擒之无益，不若招之使降。越日，舍楞诡称欲入见，且携众至。唐喀禄益疑之。和硕齐复言：彼畏我兵威，不敢动移，曷亲莅抚谕之？唐喀禄信其言，从数人往。既至，和硕齐劝各解鞍去橐鞬。俄顷，变作，唐喀禄遂遇害，和硕齐即降贼，寻擒获伏诛，舍楞乃窜入俄罗斯境)。因以窜投俄罗斯者，恐其有诡计，议论沸起。古云，受降如受敌，朕亦不能不为之少惑，而略为备焉。然熟计舍楞一人，岂能耸动渥巴锡全部？且俄罗斯亦大国也，彼既背弃而来，又扰我大国边境，进退无据，彼将焉往？是则归顺之事十之九，诡计之伏十之一耳。既而，果然。而舒赫德至伊犁，一切安讯、设侦、筹储、密备之事，无不悉妥。故新投之人，一至如归。且抡其应入觐者，由驿而来。朕即命随围观猎，且于山庄宴赉，如都尔伯特策凌等之例焉。

夫此山庄，乃我皇祖所建，以柔远人之地。而宴赉策凌等之后，遂以平定西域。兹不数年间，又以无意中不因招致，而有土尔扈特全部归顺之事。自斯，凡属蒙古之族，无不为我大清国之臣。神御咫尺，有不以操先券，阅后成，惬而愉快者乎？予小子所以仰答祖恩，益凛天宠，惴惴焉，孜孜焉，惟恐意或满，而力或弛。念兹在兹，遑敢自诩为诚所感与德所致哉？或又以为不宜受俄罗斯叛臣，虞启边衅。盖舍楞即我之叛臣归俄罗斯者，何尝不一再索取，而俄罗斯讫未与我也。今既来归，即以此语折俄罗斯，彼亦将无辞以对。且数万乏食之人，既至边界，驱之使去，彼不劫掠畜狝。将何以生？虽有坚壁清野之说，不知伊犁甫新筑城，而诸色人皆赖耕牧为活，是壁也不易坚，而野亦不可清也。夫明知人以向化而来，而我以畏事而止，且反致寇，甚无谓也。其众涉远历久，力甚疲矣。视其之死而惜费弗救，仁人君子所不忍为，况体天御世之大君乎？发帑出畜，力为优恤，则已命司事之臣。（土尔扈特部众，长途疲顿冻馁，几不能自存。因命舒赫德等分拨善地安置，仍购运牛羊粮食，以资养赡；置办衣裘庐帐，俾得御寒。并为筹其久远资生之计，令皆全活安居，咸获得所。）兹不赘记，记事之缘起如右。

乾隆三十六年岁在辛卯季秋月中浣御笔

优恤土尔扈特部众记

　　归降、归顺之不同既明，则归顺、归降之甲乙可定。盖战而胜人不如不战而胜人之为尽美也。降而归来，不如顺而来归之为尽善也。然则归顺者较归降者之宜优恤，不亦宜乎？土尔扈特部归顺原委，已见前记，兹记所以优恤之者。方其渡额济勒而来也，户凡三万三千有奇，口十六万九千有奇。其至伊犁者，仅以半计。夫此远人向化，携孥挈属而徕，其意甚诚，而其眡危求息，状亦甚急。既抚而纳之，苟弗为之赡其生，犹弗纳也。赡之而弗为之计长久，犹弗赡也。故自闻其来，及其始至，以迫于今，惟此七万余众，冻馁尫瘠之形，时悬于目而恻于心。凡宵旰所究图，邮函所咨访，无暇无辍，乃得悉其大要。于是为之口给以食，人授之衣，分地安居，使就米谷而资耕牧，则以属之伊犁将军舒赫德。出我牧群之孳患，驱往供馈，则以属之张家口都统常青。发帑运茶，市羊及裘，则以属之陕甘总督吴达善。而嘉峪关外董视经理，则以属之西安巡抚文绶。惟时诸臣，以次驰牍入告于伊犁塔尔巴哈台之察哈尔厄鲁特，凡市得马牛羊九万五千五百，其自达里冈爱商都达布逊牧群运往者，又十有四万，而哈密辟展所市之三万不与焉。拨官茶二万余封，出屯庚米麦四万一千余石，而初至伊犁赈赡之茶米不与焉。甘肃边内外暨回部诸城，购羊裘五万一千余袭，布六万一千余匹，棉五万九千余斤，毡庐四百余具，而给库贮之毡棉衣什布幅不与焉。计诸用帑银二十万两，而赏贷路赀及宴次赉予不与焉。其台吉渥巴锡等之入觐者，乘传给饩而来，至则锡封爵，（封渥巴锡为卓里克图汗，策伯克多尔济为布延图亲王，舍楞为弼里克图郡王，功格为图萨图贝勒，默门图为济尔噶尔贝勒，沙喇扣肯为乌察拉尔图贝子，叶勒木丕尔为阿穆尔灵贵贝子，德尔德什达木拜扎尔桑为头等台吉，恳泽为四等台吉。其未至之巴木巴尔，亦封为郡王。旺丹克布腾封为贝子，拜济呼封为公，余封台吉等秩有差。）备恩礼。（各赐鞍马橐鞬黄褂，并赐渥巴锡、策伯克多尔济黄辔，舍楞、功格、黩门图、沙喇扣肯紫辔。其汗玉皆赐三眼翎，贝勒、贝子双眼翎，余皆花翎。并视其爵秩，锡以章服）其往也，复虑其身之生，不宜内地气候，（蒙古以已出痘为熟身，未出痘为生身，其生身者多畏染内地气候出痘。)则命由边外各台,历巴里坤以行。而迎及送,并遣大臣侍卫等护视之。用以柔怀远人,俾毋致失所。

或有以为优恤太甚者,盖意出于鄙吝,未习闻国家成宪,毋惑乎其见之隘也。昔我皇祖圣祖仁皇帝时,喀尔喀、土谢图汗等,为厄鲁特所残破,率全部十万众来归。皇祖矜其穷陋,命尚书阿喇尼等往抚之,发归化城、张家、独石二口仓储,以振其乏,且足其食。又敕内大臣费扬古、明珠等,赍白金茶布以给其用,采买牧畜以资其生。遂皆安居得所,循法度,乐修养,迄今八十余年。(喀尔喀众,以康熙二十七年来归。)畜牧日以蕃,生殖日以盛,乐乐利利,殷阜十倍于初。其汗王台吉等,世延爵禄,恪守藩卫,一如内扎萨克之效臣仆。长子孙莫不感戴圣祖德泽及人之深,得以长享升平福也。朕惟体皇祖之心为心,法皇祖之事为事。惟兹土尔扈特之来,其穷陋殆无异曩时之喀尔喀,故所以为之筹画无弗详,赒惠无少靳,优而恤之,且计长久。庸讵知谋之劳而费之钜乎?冀兹土尔扈特之众,亦能如喀尔喀之安居循法,勤畜牧,务生殖,勿替厥志。则其世延爵禄,长享升平之福,又何以异于今之喀尔喀哉?用是胪举大凡,勒石热河及伊犁,俾土尔扈特汗王部众,咸识朕意,且以诏自今以往我诸臣之董其事者。

乾隆三十六年岁在辛卯季秋月中浣御笔

附录二

乾隆新疆后事记（节录）[①]

土尔扈特者，故厄鲁特四部之一也。其游牧地曰雅尔，即塔尔巴哈台。在伊犁之北，科布多之西南，接俄罗斯。其通中国，自康熙中之阿玉奇汗始。阿玉奇之曾祖和鄂勒于明季国初为邻部所偪，率其子书岱青等投俄罗斯。其旧游牧之雅尔地，则辉特部居之，故厄鲁特仍为四部。阿玉奇既长，仍回旧部嗣为汗，以女妻策妄。策妄则离间其子散札布台吉，使率所属万五千户至伊犁，尽没入之，而逐散札布归俄罗斯，又绝其贡道与赴藏熬茶之路。康熙五十二年，阿玉奇假道俄罗斯入贡。圣祖欲悉其要领，遣职方郎中图礼琛由俄罗斯报之，逾三载始反。俄罗斯者，北方大国，东界黑龙江，包蒙古、喀尔喀、哈萨克，直抵大西洋，袤二万余里，土尔扈特自明季国初越哈萨克而往投之。俄罗斯城郭国也，以土尔扈特故行国，亦给以边地额济勒河使游牧。有腾吉思巨泽曰玛鲁托海，在图理雅部之东，俄罗斯之南，左哈萨克部之北，夹河两岸广莫饶水草。传至阿玉奇之孙乌锡巴，皆以河南岸为王庭，而居其台吉、鄂托克等于河北，休养生息百余载，两岸各十余万户，毡幕驼马，云屯谷量。

乾隆二十二三年，王师大扫伊犁，其各部厄鲁特之逸入俄罗斯者，悉安置于乌锡巴部下，是为新土尔扈特。

康熙中，俄罗斯之察罕汗曾征土尔扈特兵攻西费雅国，土尔扈特兵不习战，多受创。至是叩肯汗攻图理雅国，复征之，土尔扈特兵屡衄，死伤万计，正当王师定伊犁之后。土尔扈特方苦于征役，而其族台吉舍楞者又新叛中国，自伊犁窜往投之，盛言伊犁空虚可据状，其四卫拉新投之人同词附和，劝

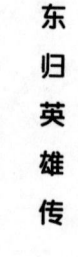

[①] 此文摘引自清·魏源撰《圣武记》卷四之《乾隆新疆后事记》，《圣武记》十四卷，记叙和论述了清初建国直至道光年间之武功。是清代以专师私撰清史的第一部著作。其取材丰富，考证详尽，为同时代人所不及，但有些材料来自第二手和第三手，加之著者出身及历史限制，难免有史实失真或观点错误之处，如本文即属此类，附录于此，仅供参考。

还故土。乌锡巴惑其言，与其台吉、剌麻集议，传谕大小宰桑，各戒严，约北岸部落于河冰合时同渡东徙。适冬暖，河久未冻，乌锡巴不能待，遂率南岸十六万口启行。沿途破俄罗斯边城四，俄罗斯兴兵追之，已出境将假道哈萨克。哈萨克倾国力战拒之，改道布鲁特。布鲁特千百为群，环攻其辎重牲畜，如祛网之待兽。土尔扈特进退无路，不得已改道各国边界戈壁之地，绝水草旬日，皆饮牛马血而行，人畜死亡大半，自十一月至六月始及伊犁卡伦，仅存七万余口，尪羸无人形。伊犁将军舒赫德严兵备边，遣人迎诘之。乌锡巴与台吉等计议数日，始以慕化归附为词，言俄罗斯持教衣冠俱不同，愿依中国兴黄教之地，以安部众。奏闻，廷臣议者以降人中有舍楞，前曾诓害我副都统唐喀禄，逃俄罗斯，今来归疑有奸计，且我受俄罗斯叛藩，恐启衅。高宗以舍楞前窜时，我固再檄索之，而俄罗斯不与，是我理直有词；土尔扈特既背其上国而来，倘复干我中国，彼将焉往？且求生而致死之，不仁；急之，必铤而走险，不智。于是受其降，召其酋长入觐热河，封乌锡巴为汗，其弟亲王，余郡王、贝勒、公、台吉有差。分新旧二部，各设札萨克。给官牧之马牛羊十有四万，而新疆市往之十二万不与；拨官茶二万余封，出屯庾米麦四万余石，而伊犁赡赈之茶米不与；甘肃边内外购羊裘五万余袭，布六万余匹，棉六万余斤，毡庐四百余架，而库给之毡棉不与。共糜帑金二十万有奇，邮传供亿，燕享犒赉，使者劳来相望，一如康熙中抚喀尔喀四部例。降夷息喘如归，献西洋钟表、火枪及所受明玉印，乃赐哈拉沙地为其游牧，以著勒土斯土为王庭，开都河两岸广沃，可耕可牧，如其故地。而俄罗斯方西向构兵，不暇东问，收其故地，马行东西三十日，南北二十日，改建他藩部，仍与我通市如初。于是四喀尔喀部与四瓦剌部之众皆抚而有之，疆域几埒元代矣。